KB084218

※ III ※

꿀이 흐르는 장편소설

 Ⅲ

초판 1쇄 인쇄일 | 2018년 07월 13일
초판 1쇄 발행일 | 2018년 07월 24일

지은이 | 꿀이흐르는
펴낸이 | 박성면
펴낸곳 | (주)동아

출판등록 | 제406-2007-000071호
주소 | 경기도 파주시 문발로 115, 세종출판벤처타운 201-A호
전화 | (031)8071-5201
팩스 | (031)8071-5204
E-mail | bear6370@hanmail.net

정가 | 12,800원

ISBN 979-11-6302-050-9 (04810)
    979-11-6302-026-4 (set)

ZERONOVEL

슈공녀

※ III ※

꿀이 흐르는 장편소설

동아

‖목 차‖

사랑인 것과 사랑이 아닌 것

"……그러면."

잠긴 목소리가 나왔다. 발리아는 목을 가다듬었다.

"그러면, 성녀님이 신성력을 써서 절 과거로 보내신 긴가요?"

예리가 고개를 붕붕 저었다.

"아니야. 난 그런 능력이 없는걸. 그리고 이 신성력이라는 것도 결국은 네가 있어서 쓸 수 있는 거고……. 네가 죽고 난 직후에는 정말 거짓말처럼 신성력이 사라졌거든."

"그럼……."

"신이 그랬겠지. 사실 난 신 같은 거 안 믿었는데."

성녀가 할 말은 아닌 것 같은데. 발리아는 그 말을 삼켰다. 왜 신이 예리와 자신을 과거로 돌려보낸 걸까.

그 이유에 대해서는 예리도 모르는 눈치였다. 다만 그녀는 감정이 북받친 것 같았다.

"이상했어. 나는……, 내 기억 속에서 분명 가르트는 후작 가문이었단 말이야. 그런데 공작 가문이라고 하고. 분명히 뭐가 달라졌으니까 봉작도 달라졌겠지. 그런데 잘 모르겠는 거야. 다짜고짜 물었다가 아니면 네가 날 미친 사람 취급할 것 같았고……."

한마디 한마디 할 때마다 끅끅대던 예리가 결국 또 눈물을 뚝뚝 흘렸다.

"……그만 우세요."

"미안……."

예리는 발리아가 내민 손수건을 받아들었다. 그리고 눈가를 박박 문질렀다. 그러면 아플 텐데. 발리아가 약간 당황해 손을 뻗었을 때였다. 멀리서부터 웅성거리는 소리가 들렸다.

✻✻✻ ✻✻✻ ✻✻✻

"폐하. 차 한 잔 드십시오."

황제 에드가 7세는 시종장이 따라 주는 차를 한 모금 마셨다. 잘 말린 곡물과 찻잎을 볶아 우려내 고소한 맛이 일품인 차였다. 황제는 재미있는 것을 보고 기분이 좋아진 후에는 꼭 이 차를 마셨다. 일종의 습관이었다.

"램튼. 자네도 보았지?"

"예. 폐하."

시종장 램튼이 공손히 대답했다. 황제는 껄껄 웃었다.

"아까 가르트 공작이 짐을 한 대 치는 줄 알았어."

"그 눈빛을 받으면서도 계속 안건을 꺼내시던 폐하께서 진실로 대단하십니다."

"하지만 재미있질 않은가. 자네는 언제 상상이나 해 보았나? '그 가르트 공작'이 아내랑 기껏 한 시간 떨어뜨려 놓았다고 저렇게 불쾌해할 거라고?"

"폐하. 정확히는 한 시간도 되지 않았습니다. 고작 30여 분 정도 지났지요."

"알고 있네. 그런데 가르트 공작의 인내심이 그리 깊지는 않지 않은가. 짐은 장수하고 싶다네."

이런 농담을 스스럼없이 하는 것도 결국은 슈덴에 대한 믿음이 굳건하기 때문이다. 자국에서는 무패의 기사, 타국에서는 살인귀. 언제나 제국에 승리를 가져오는 이 남자는 야금야금 세력을 긁어모으는 식의 공모도 전혀 하지 않았다.

더할 나위 없이 완벽한 신하이자 기사인 슈덴 가르트. 신하를 아끼는 마음이 깊어지면 다른 쪽도 신경을 써 주고 싶은 법이다. 황제는 전부터 슈덴이 하루라도 빨리 결혼하기를 바랐다. 마음 같아선 딸을 주고 싶었는데, 슈덴이 거절할 게 뻔해 제안도 안 했다.

'황가와 혈연관계로 얽히는 게 마냥 좋은 일은 아니지. 까딱 잘못하면 멸문을 당할 수도 있고. 가르트 공은 귀찮은 걸 원체 싫어하는 성격이니까.'

황가에 이름을 올리는 것은 큰 명예다. 그러나 슈덴이 그런 것에 별다른 관심이 없다는 걸 현명한 주군인 에드가 7세는 진즉 알고 있었다.

'공녀와 혼인하라고 몇 마디 거들었던 건 훌륭한 선택이었어.'

한때 슈덴을 예비 사윗감으로 점찍었던 입장에서, 그가 겔의 다른 귀족 레이디와 결혼했다면 솔직히 기분이 나빴을 것이다. 감히 제국의 황제를 제치고 슈덴의 장인이 된 귀족 가주에게도 평생 곱지 않은 시선이 쏟아졌을 터다. 황제는 은근히 쪼잔했다.

오히려 그렇기에 타국 귀족이고, 신탁까지 있는 가르트 공작 부인이 그 자리에 참 잘 어울렸다. 지금 와서는 그녀 외의 다른 여자가 가르트의 안주인으로 있는 건 상상도 가질 않았다. 그저 둘이 아주 잘 어울리는 한 쌍으로만 보였다.

"가르트 공작 부인에게 뭔가를 더 하사해야겠네."

황제가 왜 이런 말을 꺼내는지 아주 쉽게 짐작한 램튼이 첨언했다.

"폐하. 그러면 가르트 공작 부인만 인사하러 오시지 않겠습니까?"

"쯧쯧. 자네는 어찌 그리 눈이 어두워. 방금 전에 가르트 공작이 떠나는 뒷모습도 못 보았는가? 그런 남자가 아내를 혼자 오게 하겠나?"

"참, 맞습니다. 제가 아둔했습니다."

램튼을 흘겨본 황제는 좋은 보석 장신구 몇 개를 머릿속으로 떠올렸다. 가르트는 부유하기로는 제국에서도 최고다. 웬만한 걸로는 턱도 없다. 아주 귀한 보물을 내려야겠다.

그러면 또 이틀도 걸리지 않아 가르트 공작이 부인과 함께 인사하러 오겠지. 그 모습을 볼 수 있다고 생각하면 보물이 전혀 아깝지가 않았다.

'그런데 무슨 명목으로 하사를 하지? 아무 이유 없이 보물을 내렸다가는 문관들이 곱지 않게 볼 텐데 말이야.'

황제의 하사품은 공식적인 일이기에 기록까지 따로 남는다. 가르트 공작 부인이 입방아에 오르는 일은 별로 내키지 않았다. 어쨌든 자신에게 이만한 즐거움을 준 인물이질 않은가.

'그러면 아예 내궁의 보물 창고로 가르트 공작 부인을 부를까? 가르트 공작 부인은 성정상 귀한 걸 받으면 분명 다시 제대로 인사를 하러 올 것 같은데. 그때 가르트 공도 분명 따라올 테고.'

램튼이 들었다가는 기함할 일을 황제는 진지하게 고민했다.

한편 슈텐은 발리아가 이미 귀택했을 거라고 생각했다. 그래서 아직도 대기하고 있는 가르트의 마차를 보고는 눈썹을 슬쩍 추어올렸다.

설마 기다린 건가? 그럴 리가 없는데. 황제가 먼저 돌아가라고 완곡하지만 분명히 권한 상태다.

'무슨 일이라도 있었나.'

혹시나 했던 슈텐의 생각은 가르트의 마부를 보고 확실히 굳어졌다. 마부는 마부석에도 앉아 있지 않고 초조하게 제자리만 빙글빙글 돌고 있었다. 그러다가 슈텐을 보고 서둘러 달려왔다.

"각하!"

"안주인은."

뚝 떨어지는 물음. 마부는 목소리를 조금 낮췄다.

"그것이, 마님이 '성녀'라는 분과 차를 마시러 가셨습니다."

"……성녀?"

뜻밖의 인물이다. 마부는 허둥지둥 머릿속에 새겨 놓은 성녀의 인상착의를 설명했다.

"예. 검은 머리에 눈동자도 검은색이셨고, 피부도 어쩐지 상앗빛이 감도는……. 그리고 마님께서도 확실히 안면이 있으신 듯했습니다. 뒤에 시녀들도 여럿 거느리고 계셨고요."

"어느 쪽으로 갔지?"

"외궁 정원에서 차를 마신다고 하셨습니다. 아! 그, 꽃나무 테이블이라고 하셨던 것 같은데…….'

어딘지 짐작이 갔다. 슈덴은 곧장 등을 돌렸다.

짐작대로 그는 외궁 정원 바깥쪽에서 시립하고 있는 사용인 여럿을 보았다. 척 봐도 주인이 자리를 비우라고 해서 기다리고 있는 모습이다. 이 정원에서, 꽃나무를 함께 운운할 자리는 딱 한 군데였다.

"가르트 공작 각하."

슈덴을 알아본 시녀들이 고개를 숙였다.

"공작 부인이 안쪽에 계신가?"

"예. 지금 성녀님과 차를 마시고 계십니다."

역시. 슈덴은 그대로 시녀들을 지나쳤다. 정원으로 성큼성큼 향하는 발걸음에 시녀들이 깜짝 놀라 따라왔다.

"가르트 공작 각하! 성녀님께서 아무도 들이지 말라고 하셨습니다. 잠시만 기다려 주십시오!"

물론 말 몇 마디로 슈덴을 막을 수는 없었다. 그는 가로막는 사용인들을 무시하고 안쪽으로 걸어갔다. 사용인들이 어쩔 줄 몰라 하며 포르르 따라왔다. 주인인 성녀의 명을 들어야 하는데, 그렇다고 감히 가르트 공작의 앞길을 막을 수도 없었다.

비단 그들이 심약해서가 아니었다. 황제의 직속 시종이라고 해도 막기 어려울 게 뻔했으니까.

결국 외궁 정원에는 이상한 풍경이 연출되었다. 저벅저벅 걸음을 옮기는 가르트 공작과 그의 뒤로 쩔쩔매며 따라가는 예리의 시녀와 시종들.

슈텐은 만류하는 목소리에는 일절 반응도 하지 않았다. 지금 그는 기분이 상당히 저조한 상태였다.

성녀라는 말을 들었을 때부터 안 좋은 생각부터 떠올랐다. 혹 발리아가 공녀라며 트집을 잡고 있지는 않을까 싶었다. 슈텐이 이렇게 민감하게 굴게 된 원인은 당연히 메르실이었다. 게다가 성녀는 그 화려한 등장과는 달리 사교계에 전혀 얼굴을 비치지 않았다.

그러니 아직까지도 종교적인 인물로 볼 수밖에 없었다. 만약 그 오만한 대신관이 '성녀'라는 이름을 보호막 삼아 발리아에게 함부로 대해도 된다는 식으로 속살거렸으면 둘 다 입을 찢어 버릴 것이다.

티 테이블이 있는 곳까지는 그리 멀지 않았다. 슈텐은 자리에 앉아 있는 발리아를 보았다. 그리고 거의 동시에 발리아의 시선도 슈텐을 향했다. 예리도 마찬가지였다. 슈텐의 뒤를 쩔쩔매며 따라오는 시녀와 시종들 때문이었다.

"슈?"

발리아가 당황해 자리에서 일어났다. 슈텐은 표정을 굳혔다. 그녀의 낯이 평소보다 창백했기 때문이다. 발리아는 원래 피부가 하얗지만 지금은 핏기가 쭉 빠져 나가 파리했다. 슈텐은 아내의 안색 변화에 굉장히 민감했다.

'무슨 짓을 한 거지?'

붉은 눈동자가 순식간에 가라앉았다. 그는 입술을 짓씹으며 예리에게로 시선을 옮겼다.

그런데 예리의 얼굴은 더했다. 눈가는 발갛게 변해 있었고 소매 같은 걸로 북북 닦아 낸 것 같았다. 누가 봐도 울고 난 후의 얼굴이었다.

아내는 얼굴이 창백해져 있고 그 상대방은 잔뜩 운 얼굴이고. 더 가관인 건 발리아의 것으로 보이는 손수건이 예리의 손에 쥐어져 있다는 점이다. 당최 짐작이 안 가는 상황이다.

"부인."

일단 발리아를 데려가야겠다. 슈덴은 그녀의 손을 잡았다. 그리고 자연스럽게 제 품으로 끌어당겼다. 멍하니 슈덴의 행동을 바라만 보던 예리는 당황해서 일어났다.

'손은 또 왜 이렇게 차갑지.'

평소엔 따뜻하기만 한 손이 지금은 얼음장처럼 차가웠다. 아무리 유추해 봐도 좋은 상황이 아니다. 자연히 슈덴의 표정이 굳었다. 발리아는 슈덴에게 반쯤 안긴 상태라 못 봤고, 예리는 제대로 보았다. 순간 등골이 쭈뼛 설 만큼 눈빛이 싸늘했다.

"슈. 이야기 끝나셨어요?"

"예. 돌아갑시다."

"아……."

발리아는 예리를 보았다. 예리는 얼른 입을 열었다.

"오늘 유익한 시간이었어요. 가르트 공작 부인. 조심해서 가세요."

그렇게 말하면서도 예리는 어쩐지 불안한 기색이었다. 결국 그녀는 가르트 공작 부부가 채 두 걸음을 떼기도 전에 용기를 내서 입을 열었다.

"……저, 가르트 공작 각하."

엄밀히 따지면, 성녀인 예리는 슈덴을 '각하'라고 부르면 안 된다. 그러나 누구도 지적하지 않았다.

호칭 선용에 대해 빠삭한 사용인들이 그 자리에 몇 명이나 있었지만 감히 입을 열지 못했다. 어떤 간 큰 사용인이 가르트 공작 앞에서 그런 걸 지적하겠는가.

사용인들이 이렇게 바들바들 떨고 있는 덕분에 예리는 아무런 제지를 받지 않고 말을 꺼낼 수 있었다.

"이 케이크는 제가 공작 부인에게 한 입만 먹어 보라고 권한 겁니다."

"케이크?"

예레의 손짓을 따라 슈덴의 시선이 티 테이블을 향했다.

푸른색의 대리석 테이블 위에는 아기자기한 다과가 놓여 있었다. 아이들이 좋아할 법한 초콜릿 케이크도 나란히 있었고. 진한 초콜릿과 생크림을 아낌없이 얹은 조각 케이크는 무척 달아 보였다.

붉은 눈동자가 케이크를 보았다가, 다시 예리를 보았다.

어쩌라는 거지?

슈덴은 딱 그런 표정으로 일단 알겠다고 대답을 했다. 솔직히 성녀와 오래 있고 싶지 않았다. 예전에 발리아가 했던 말이 아직도 아른거리는 까닭이다. 혹시 성녀한테 반하셨냐고. 그 말의 충격은 여전히 슈덴에게 남아 있었다.

예리는 속으로 혼자 조마조마했다. 과거의 슈덴, 그러니까 가르트 '후작'이었을 때의 그는 결코 좋은 이미지가 아니었다. 아내의 식성까지 간섭하는 것 같은 남자였으니 말 다했질 않은가.

게다가 당시 아내였던 가르트 후작 부인에게도 무척 의무적으로 대했다. 가끔 볼 때마다 그런 게 여실히 느껴질 정도였으니까. 괜히 발리아에게 불똥이 튈까 봐 겁이 났다.

예리의 이런 걱정은 3분도 가지 않아 깨졌다.

'……저 남자, 원래 아내를 저렇게 봤었나?'

발리아를 바라보는 붉은 눈동자가 무척 부드러웠다. 예리는 저 남자가 저런 표정을 지을 수 있다는 사실에 한 번 놀랐고, 가르트 공작이 계속해서 발리아에게 시선을 못 떼는 걸 보고 한 번 더 놀랐다.

"안젤라. 저 두 분, 사이가 무척 좋아 보이시는 건 내 착각일까?"

"아니에요. 가르트 공작 부부께서는 아주 금실이 좋다고 사교계에서도 소문이 자자하답니다, 성녀님. 공작 각하께서 부인을 무척 아끼셔서 공작 부인은 제국 레이디와 귀부인들의 부러움이란 부러움은 한 몸에 사고 계시지요."

"……."

괜한 짓을 했군. 진작 안젤라에게 물어보지 않은 게 죄였다. 가르트 공작이 자신을 미친 사람 보듯 한 이유를 뒤늦게 알았다. 예리는 급격히 창피해져 마른세수를 했다.

* * *

그 날 저녁이었다. 슈덴은 발리아가 평소와는 다르다는 것을 알았다.

이 사랑스러운 아내는 매번 자신을 쳐다본다. 가끔 보면 진짜 홀린 듯이 응시하는 것도 같았다.

슈덴은 그게 꽤 재밌었다. 그녀가 제 얼굴을 보는 걸 모르는 척하다가, 입을 여는 게 특히. 그러면 발리아는 어깨를 움찔 떨었다. 살금살금 걸어오다가 들킨 고양이처럼.

이렇게 발리아를 놀리는 게 슈덴의 소소한 취미였다.

그런데 오늘은 도통 쳐다보질 않는다. 발리아는 무슨 생각에 푹 빠져 있는 것 같았다. 그녀의 앞에는 책이 펼쳐져 있지만, 아까부터 펼쳐진 페이지는 그대로였다. 책장이 안 넘어간 게 벌써 10분째니까. 결국 슬쩍슬쩍 훔쳐보는 건 슈덴이 되었다.

그런데 좀 너무하질 않은가. 부인이 한 번도 봐 주질 않으니.

슈덴은 발리아에게 몸을 약간 기울였다. 그래도 그녀는 미동도 없다. 진짜 어지간히 깊은 생각에 빠진 것 같았다.

"발리아."

"네?"

부르는 목소리에 그녀가 자신을 바라본다. 은회색 눈동자는 어떤 생각에 푹 빠져 있던 터라 조금 몽롱했다. 무슨 생각을 하고 있었던 거지. 슈덴은 일단 발리아의 허벅지 위에 놓인 책을 잡아 침대 헤드 위로 올렸다.

"어……?"

"무슨 생각을 하시는지는 모르겠는데, 그 자세 그대로 계속 있으면 목이 아프실 겁니다."

그 말을 듣고 나니까 목이 조금 뻐근했다. 발리아가 뒷목으로 손을 가져가자, 슈덴이 대신 파고들다 그의 단단한 손이 발리아의 목을 부드럽게 주물렀다. 그녀가 어깨를 약간 움츠렸다. 뭉친 건 금방 풀렸는데 손길이 부드러워 몸이 간질간질했다.

"……슈. 간지러워요."

슈덴이 피식 웃었다. 그는 발리아의 허리를 끌어안았다. 그리고 제 품에 반쯤 기대게 했다. 슈덴은 발리아의 부드러운 손을 만지작거리며 물었다.

"무슨 생각을 그렇게 하십니까. 줄곧 가만히 있으시던데."

"있잖아요, 슈."

발리아는 약간 고민하다가 입을 열었다.

"만약에, 정말로 만약에 말이에요. 진지하게 듣지는 말고요."

"뭔데 그러십니까."

"제가 죽었는데요."

"……음?"

"죽었는데 죽기 전으로 다시 되돌아왔다면 그 이유가 뭘까요?"

"발리아."

슈덴이 발리아의 턱을 잡아 조금 들어 올렸다. 붉은 눈동자가 은회색 눈동자를 빤히 내려다본다.

"성녀한테 무슨 말이라도 들었습니까?"

"아뇨, 저번에 책에서 읽었던 이야기가 생각나서요."

발리아는 대충 둘러댔다. 예리에게 들은 걸 곧이곧대로 털어놓을 수는 없으니까. 솔직히 겪지 못한 사람 입장에선 미친 소리로 들릴 터다.

"서재에 별 책이 다 있군요."

어쨌든 슈덴의 눈빛이 약간 누그러졌다.

"부인께서 만약에 그런 일을 겪으신다면, 바로 생각나는 이유가 하나가 있긴 합니다."

"네? 어떤 건데요?"

"저 때문이 아니겠습니까."

"……네?"

뜬금없는 말에 은회색 눈동자가 깜빡거린다. 슈덴의 입꼬리가 슬쩍 올라갔다.

"그렇잖습니까? 제가 부인을 이렇게 사랑하는데. 부인도 절 보러 오셔야지."

"……."

발리아는 슈덴의 눈에 떠오른 장난기를 읽었다. 평소였다면 얼굴이 빨개지거나, 아니면 장난 좀 치지 말라고 말했을 테지만. 지금은 그냥 그게 맞는 것 같았다. 발리아는 슈덴의 품에 가만히 안겼다.

ᴥ ᴥ ᴥ

"오라버니가 여기까지 오고, 무슨 일이야?"

카니에는 새침하게 말했다. 그녀의 앞에는 헤른이 앉아 있었다. 빌리엄 가문의 외아들이자 장차 가문을 이을 소공작. 수도에 있던 헤른이 빌리엄 영지로 내려온 것이 몇 시간 전이었다.

"무슨 일이기는? 널 보러 왔지."

카니에가 차갑게 웃었다.

"나를 보러? 오빠라면 그 말을 믿어? 수도에서 꽃 같은 레이디와 귀부인들만 쫓아다니더니 머리에도 꽃이 찼나 봐?"

"레이디답게 말을 좀 예쁘게 하는 게 어떨까, 카니에 빌리엄."

"싫다면 어쩔 건데?"

"조모님이 네게 여자가 마땅히 갖춰야 할 레이디의 정숙함을 가르치지 않았나? 내가 조모님께 한 말씀 올려도 좋다면 계속하려무나."

카니에가 헤른을 노려보았다. 물론 헤른은 눈 하나 깜빡하지 않았다.

그들의 친할머니, 즉 빌리엄 대부인은 어릴 적부터 헤른의 절대적인 뒷배였다. 대부인은 두 손주를 눈에 띄게 차별했다. 헤른은 장차 가문을 이어받아 빌리엄 공작이 될 거라며 아꼈지만, 카니에는 다른 가문으로 가 버리면 끝이라고 입버릇처럼 말했다.

"넌 여전히 좋아 보이네."

날카로운 분위기가 좀 가라앉자 혜른이 안부 인사를 꺼냈다. 의례적이긴 했지만, 아예 빈말은 또 아니었다. 카니에의 귓가에는 고급스러운 에메랄드 귀걸이가 달랑거렸고, 목에도 화려한 다이아몬드 목걸이가 빛나고 있었다. 얼핏 보기에도 기성품은 아니다. 어디 실력 좋은 장인에게 맞춤 주문을 한 모양이었다.

"드레스도 수도 유행에 따른 걸 보니까……. 이것도 수도 장인한테 따로 주문한 모양이지? 영지 사교계에는 모습도 드러내지 않는다고 들었는데."

"시골 귀족들한테 모습 비춰 봤자 뭐해? 그 시간에 부지런히 안목을 높여 두는 게 이득이야. 그래야 수도로 돌아갔을 때도 바로 적응할 수 있으니까."

겔 수도의 사교계는 일주일에도 몇 번씩 유행이 바뀐다. 꾸준히 팔리는 레이스 장갑 등을 제외하고는 드레스의 형태, 선호하는 색깔, 리본의 종류, 보석의 세팅까지도 오래 고정되는 법이 없다.

그 섬세한 조합은 수도 사교계에서 잔뼈 굵은 레이디 또는 귀부인들이나, 혹은 정보 취득에 빠삭한 고급 뷰티 살롱들이 독점한다. 그래서 영지에서 갓 상경한 귀족들은 창피를 겪는 경우도 종종 있었다. 어딘지 모르게 촌스러운 모습에 "수도에 오신 지 얼마 안 됐다고 하더니 어쩐지……." 하면서 은근히 비웃음을 사는 것이다.

"카니에, 네 사치를 감당하려면 꽤 돈이 많이 들겠어."

"왜 갑자기 참견이야? 오빠가 벌써부터 빌리엄의 가주인 줄 알아? 아버지도 아무 말씀 안 하는데 또 갑자기 내가 쓰는 돈이 아까워? 오빠 침대 데워 줄 여자들한테 갖다 바치는 거에 비하면 내가 쓰는 건

8할도 안 될 텐데?"

빈정거리는 말에 혜른의 입가가 파르르 떨렸다.

'계집애 주제에 건방지게.'

하지만 여기서 평소 성질대로 나가면 죽도 밥도 안 된다. 오늘 혜른은 꼭 성사해야 할 용건이 있었다. 그는 일단 표정을 갈무리했다.

"내 말을 너무 곡해해서 듣는구나. 네가 쓰는 돈이 어떻게 아까울 수 있겠어? 나는 다만 네 미래를 걱정하는 거야."

카니에의 이마가 미미하게 찌푸려졌다.

"미래라니 무슨 말이야?"

"조모님한테 들었다며? 아버지가 휴베르트 백작가에 네 혼담을 넣으셨어."

순간 카니에의 눈이 가볍게 흔들렸다. 당연히 알고 있었다. 카니에는 그 일 때문에 한동안 의기소침해 있었다. 물론 반항할 수는 없었다. 겔에서 귀족의 혼인이란 전적으로 부모에게 권한이 있었으니까. 카니에는 다시금 가라앉으려는 기분을 애써 떨쳤다.

"그래서, 뭘 걱정하는 거야? 휴베르트 가문은 대대로 부유한 가문이야. 그리고 난 휴베르트 백작이 오빠처럼 여자가 쓰는 돈에 벌벌 떠는 좀생이라는 이야긴 못 들어 봤는데?"

대답은 가시가 돋친 듯 날카로웠지만, 혜른은 어렵지 않게 눈치챘다. 카니에의 낯에 스쳐 간 일말의 동요를.

'역시, 고작 백작 부인에 만족할 성격은 아니지. 절대로 아니야.'

계획이 순풍을 탈 것 같다. 혜른은 부드러운 웃음을 가장했다. 목적만 성사된다면 카니에의 건방진 발언쯤은 참고 넘어가 줄 수 있었다.

"영지에 오래 있었더니 예민해진 모양이구나. 내 말은 그런 뜻이 아니었는데 말이지. 그건 그렇고, 카니에."

헤른이 은근하게 말했다.

"휴베르트가 아무리 부유해도, 가르트에 비할 수 있을까?"

"……뭐?"

"아, 별말은 아니야. 그저 네 다이아몬드 목걸이를 보니까 생각나는 게 있어서. 얼마 전 황제 폐하의 탄신 파티에, 가르트 공작 부인이 아주 값비싼 드레스를 입고 왔거든. 다이아몬드를 드레스에 달았더라고."

"다이아몬드가 달린 드레스라면 나도 가지고 있어."

"카니에. 내가 고작 그 정도 드레스를 봤다고 네게 이렇게 말하겠어? 비교가 안 되니까 알려 주는 거 아니야."

"……."

교육받은 대로 우아하게 자리하고 있던 카니에의 손끝에 힘이 들어갔다. 헤른은 성공적으로 그녀의 자존심을 건드렸다.

'그냥 후작 가문도 가르트의 재력을 따라가질 못해. 휴베르트가 유달리 돈이 많은 건 사실이지만 아무리 그래도 가르트를 제치기에는 한참 무리지.'

카니에가 아버지에게 순종하여 휴베르트 백작 부인이 된다면, 그녀는 평생 가르트 공작 부인을 뛰어넘지 못할 것이다. 재력도, 명성도, 작위도.

겔 제국 유일 공작 영애로 항상 최고만을 누려 왔던 카니에다. 그녀가 정적과도 마찬가지인 가르트 공작 부인에게 뒤처지는 걸 순순히 받아들일 수 있을까?

"……그래서, 내가 뭐 어떻게 할 수 있다는 거야? 오빠도 알잖아?

겔의 후작가에는 내가 들어갈 자리가 마땅치 않다는 걸. 그나마 백작 가문 중에는 휴베르트가 제일 나아. 아버지도 그걸 알고 혼담을 넣으신 거라고."

"어머니가 널 너무 고분고분하게 가르치셨구나. 왜 이렇게 야망이 없어?"

레이디답게 말하지 않는다고 빈정거릴 땐 언제고, 헤른은 손바닥 뒤집듯 쉽게 말을 바꾸었다.

"너는 왜 귀족 가문에 한정 지어서 생각하는 거야?"

"……무슨 말이야? 귀족 가문이 아니면? 타국 왕가에라도 가라고?"

걸려들었다. 헤른이 히죽 웃었다.

"그보다 높은 자리가 있어, 카니에."

❧✿ ❧✿ ❧✿

"……진짜인가."

"제가 없는 말을 지어내진 않습니다. 숀 경."

숀이 깊은 한숨을 내쉬었다. 그는 침중한 눈으로 눈앞의 남자를 보았다. 딱딱한 낯을 하고 있는 것은 슈덴의 보좌관인 율리안이었다. 율리안은 연거푸 한숨만 내쉬는 숀을 보다가 폭발한 듯 가슴을 퍽퍽 쳤다.

"아니, 좀! 그런 가라앉은 표정 하지 말란 말입니다! 숀 경 당신 잘못도 아니라니까요?"

"그게 왜 내 잘못이 아니란 말인가. 나는 가르트 기사단장이다."

"기사단장이라고 휘하 기사를 하나하나 다 컨트롤하는 게 말이 됩니까? 그럴 수 있는 기사단은 대륙을 다 뒤져도 없을……."

"가르트 기사단은 일반적인 기사단과는 다르다."

너 잘났다 그래. 율리안은 입술을 삐죽거렸다.

"아, 됐고. 각하께도 오늘 보고가 올라갈 겁니다. 제가 숀 경한테 직접 와서 말해 주는 건 쓸데없는 생각하지 말라는 뜻입니다. 자책도 적당히 해야지 아니면 보기 흉해요."

"……그래. 알겠다."

하지만 숀의 목소리는 영 좋지 못했다. 율리안은 쯧쯧 혀를 찼다. 하여간 이놈의 기사단장은 사람이 너무 고지식하고 근엄하다. 물론 숀은 언제나 기사단장으로서의 역할은 제대로 수행해 냈다. 다만 이런 성격은 부하의 배신에 마음속으로 크게 상처를 입는 게 문제였다.

"그래서, 아크 로일론은 지금 어디에 있지?"

물어볼 줄 알았지. 율리안은 냉큼 대답했다.

"물론 붙잡아 가둬 놓았습니다."

"얼굴을 좀 보고 싶은데 괜찮은가."

"뭐, 아주 잠깐이면 괜찮지 않겠습니까?"

숀은 무표정한 얼굴로 건틀릿부터 챙겼다. 갈무리해도 조금씩 흘러나오는 기세가 살벌하니 흉흉하다. 율리안은 봐도 못 본 척했다.

'감히 각하를 배신해? 마님도 팔아먹어?'

아크 로일론을 후려 패고 싶은데 힘이 달려 그러질 못했다. 기사의 몸은 단단하니까 연약한 제 주먹만 오히려 부어오를 것이다.

하지만 숀이라면 달랐다. 아주 손쉽게 아크를 패 줄 수 있고, 또 혹시 떨어질지 모르는 각하의 불호령도 혼자 감내하지 않겠는가. 가르트의 보좌관 율리안은 좋은 말로 하자면 두뇌가 비상했고, 나쁘게 말하자면 잔꾀가 많았다.

"따라오십시오."

손은 이를 으득으득 갈면서 율리안을 따라갔다.

✻⁓✻ ✻⁓✻ ✻⁓✻

"마님. 꽃이 너무 예뻐요."

"전 태어나서 이런 장미꽃은 처음 봐요."

하녀들이 눈을 동그랗게 뜨고 호들갑을 피웠다. 발리아는 그녀들의 소란을 이해했다. 하녀들이 구경하고 있는 장미는 아주 독특했다.

벨벳처럼 짙은 붉은색 꽃잎, 그 테두리가 빛나는 황금색이었다. 언뜻 보기에는 녹인 황금을 얇은 붓으로 찍어 테두리를 따라 그려 낸 것처럼 보였다.

꽃송이도 보통 장미보다 더 컸다. 이 귀한 장미는 황궁에서만 재배하는 꽃이었다. 외궁 정원에도 심지 않는 이 장미꽃의 이름은 골드 로즈로, 내궁 화원에나 관상용으로 조금씩 심어 놓고 즐겼다.

이름만큼이나 귀한 장미라 평민들은 평생 구경도 못 하는 경우가 다반사였다. 발리아도 과거 시녀 일을 할 때, 내궁에 있어서 알게 된 꽃이다.

"음?"

그날 저녁, 침실에 들어선 슈덴은 화병에 꽂힌 장미를 바로 알아보았다. 원체 귀하고 화려한 꽃이라 시선을 압도하기도 했다. 게다가 슈덴은 예전에 이 꽃을 받아 본 적이 있었다.

"오랜만에 보는 꽃이군요. 폐하가 내리셨습니까?"

"네? 아니에요."

발리아가 눈을 깜빡였다. 황제가 거기서 왜 나오지?

"성녀님이 보내신 거예요."

"······성녀가?"

슈덴이 이마를 슬쩍 찌푸렸다. 그는 며칠 전부터 왜 자꾸 그놈의 성녀가 발리아한테 얼쩡대는지 알지 못했다. 굉장히 탐탁지 않다는 점만은 확실했다.

"성녀가 당신한테 왜 장미를 보냅니까?"

"며칠 전에 제 앞에서 많이 우셨잖아요. 그게 미안하다고 보내셨어요."

"······그렇습니까."

그렇게 보낸 것치곤 좀 과한 것 같은데. 평소 침실에 두는 것보다 두 배는 큰 화병에 귀한 골드 로즈 한 묶음이 꽉꽉 꽂혀 있었다. 말이 한 묶음이지, 이 정도 양이면 거처의 개인 정원에 딸린 장미꽃을 모조리 뽑아 보낸 수준이다.

이 아름다운 골드 로즈 묶음에는 편지 한 통도 같이 딸려 있었다. 예리가 깃털 펜을 꾹꾹 눌러서 직접 쓴 것이다. 펑펑 울면서 마구 과거사를 털어놓을 때와는 달리, 예의 바르고 정중한 안부 편지였다.

'사과구나. 음, 굳이 사과할 필요는 없다고 생각했는데.'

예리는 가르트 공작 부인에게 마땅한 예의를 지키지 못했다며 사과했다. 그런데 사실, 발리아는 별로 기분이 나쁘지 않았다. 예리는 과거에서부터 틀에 딱 잡힌 듯한 귀족적인 이미지는 아니었다. 오히려 귀족들처럼 빙빙 돌려 말하는 걸 잘 못했지.

그런 모습이 당시 사교계에서 신선한 반향을 불러일으켰다. 발리아도 예리의 성격이나 행동이 신기했고, 당당해서 멋져 보인다고 생각했다. 게다가 예리는 어쩐지 인외의 인물처럼 느껴지기도 했고. 더군다나 사람을 깔봐서 하대하는 것과, 그렇지 않은 것은 분명히 차이가 있다. 발리아는 이 두 개를 구분할 줄 알았다.

그리고 발리아가 본 예리는 결코 전자가 아니었다.

'……막연히 멀리할 필요는 없지 않을까.'

발리아는 물끄러미 장미꽃을 바라보았다. 하녀들이 조심스럽게 물을 뿌려 놓아 막 피어난 것처럼 싱싱한 붉은 꽃잎.

"부인."

단단한 팔이 뒤에서부터 발리아의 허리를 끌어안았다. 슈덴의 턱이 그녀의 어깨에 내려앉았다. 두근두근 작게 뛰는 맥박이 맞닿은 피부를 통해 느껴졌다.

"꽃이 마음에 드십니까."

눈을 못 떼시는데. 슈덴은 솔직히 말해 발리아가 성녀가 보낸 꽃 말고 자신을 좀 봐 줬으면 했다. 물론 유치한 걸 알아 입 밖으로 꺼내진 않았지만.

"예쁘니까요. 이렇게 가까이서 보는 건 처음이고요."

"부인이 원하시면 뿌리를 구해서 정원에 심고."

심는 수준이 아니라 이 장미꽃으로 숲을 만들어 버릴 수도 있었다. 슈덴이 생각하는 규모를 발리아는 전혀 몰랐다. 그녀는 아하하 웃었다.

"괜찮아요. 그리고 골드 로즈는 내궁에서만 심는 꽃이잖아요."

"폐하께 말씀드리면 주실 겁니다. 몇 년 전에도 하사받은 적 있으니까."

"하사…… 요? 이 장미꽃을 하사받으셨다고요?"

"예. 이만큼은 아니었지만."

슈덴은 대수롭지 않게 대답했다. 발리아만 당황해서 떨떠름해졌다. 아무리 귀하고, 황금빛 테두리까지 둘렀다고는 하지만 일단 본질은 장미꽃인데. 세상에 어떤 사람이 이 남자한테 꽃을 선물할 생각을 하지? 아무리 하사품이라지만.

'과거에도 황제가 가르트 후작을 아낀다는 말은 심심찮게 들었는데. 이 정도였구나. 이 사람, 무슨 표정을 지었을까? 별로 기쁘게 받았을 것 같지는 않은데.'

남들은 싸늘하다는 이 수려한 얼굴이 발리아에게는 자주 귀엽게 보였다. 황제에게서 장미꽃을 받고 슈덴이 무슨 표정을 지었을지 생각만 해도 웃음이 나왔다. 발리아가 작게 키득거리자 슈덴이 그녀의 목덜미를 입술로 지분대며 물었다.

"무슨 생각을 하시기에 그렇게 웃으십니까."

"당신 귀엽다는 생각이요."

황금색 눈썹이 슬쩍 올라갔다. 슈덴은 발리아의 뒷목에 붙이고 있던 입술을 들어 올렸다. 이 깜찍한 아내는 그사이에 살짝 멀어지려고 한 모양이었다. 딱 붙어 있던 슈덴이 조금 멀어지자마자 몰래 떼는 발걸음만 봐도 알 수 있었다.

그러나 아쉽게도 그녀의 남편은 반사 신경이 특출하니 좋았다. 발리아는 손쉽게 슈덴에게 붙잡혀 그 자리에서 빙글 돌았다. 그녀는 어느새 그를 마주 본 상태였다. 포옹한 것처럼 가까운 거리. 슈덴이 허리를 굽히고 시선을 맞췄다.

"방금 뭐라고 하셨습니까?"

"으음……."

도망가기에 실패한 발리아는 일단 발뺌을 했다.

"저 아무 말도 안 했어요."

"흐음."

"진짜예요."

빤히 보이는 모르는 척. 슈덴은 어이가 없어져서 웃었다.

"제게 그런 말씀을 하시는 건 부인이 처음입니다. 알고는 계십니까?"

"정말 아무 말도 안 했는데."

발리아는 빙긋빙긋 웃었다. 슈덴은 시치미를 떼는 그녀의 입술에 쪽 하고 입을 맞췄다. 발리아는 으레 나누는 가벼운 키스인 줄 알고 얌전히 있었다. 슈덴이 턱을 약간 들어 올렸을 때만 해도 그런 줄 알았다. 그래서 입술을 살짝 벌렸다. '우리 이제 저녁 먹으러 가요.'라고 말하기 위해서.

슈덴의 혀가 그대로 틈을 파고들었다.

크고 단단한 손이 발리아의 목과 허리를 부드럽게 받쳐 잡았다. 꼭 그만큼 다정하던 입맞춤은 서서히 진해졌다. 말캉한 살덩이는 발리아의 입 안을 훑었다. 여린 살갗을 더듬고 맛보던 슈덴은 어느 순간 그녀의 혀뿌리를 강하게 옭아맸다. 온통 헤집어지는 입 안.

조금 더 키스를 한 슈덴이 발리아를 안아 들었다. 순식간에 발이 허공으로 뜬 그녀가 얼떨결에 그의 목에 팔을 감았다. 슈덴은 발리아의 뺨에 가볍게 입을 맞추고 걸음을 옮겼다.

"어디 가시는……."

발리아는 말끝을 흐렸다. 슈덴이 향하는 행선지가 명확한 까닭이다. 침실 가장 안쪽에 놓인 크고 푹신한 부부 침대.

"……침대는 왜요?"

"제가 귀엽다고 하시니 아닌 걸 알려 드려야지."

"네? 어……, 네? 저 그런 뜻으로 말한 거 아니에요."

"전 그런 뜻으로 알아들어서 괜찮습니다."

……뭐가 괜찮다는 거지? 은회색 눈동자가 당황해서 깜빡거렸다. 그날 저녁, 가르트의 주방장은 열심히 준비해 놓은 식사를 세 번 더 데웠다. 물론 두 분은 식당에 내려오지 않으셨다. 결국 저녁은 트레이에 담겨 침실로 올라갔다.

❧❧❧ ❧❧❧ ❧❧❧

"총집사장님. 각하께서 언제쯤 내려오실까요?"

폴은 난감한 표정을 지었다. 총집사장에게 어려운 질문을 한 것은 율리안의 수하였다. 그는 아크 로일론에 관한 보고서를 슈덴에게 올리기 위해 저택으로 왔다. 그런데 이상했다. 각하께서 침실에 계신다더니 아직도 안 내려오셨다.

"그것참, 어려운 질문이군. 나도 잘 모르겠네."

"하지만 저녁 시간이 벌써 한참 넘었잖아요?"

"각하께서는 종종 저녁을 약간 늦은 시간에 드시곤 하지."

'약간 늦은 시간? ……지금 많이 늦은 시간인데?'

수하는 가르트의 충실한 보좌관 중 하나였지만, 밖에서 너무 열심히 일하느라 저택 내부의 사정은 잘 몰랐다. 그래도 보좌관이 업이라 눈치는 빨랐다. 각하께서 침실에서 안 내려오신다니 그 이유는 대충 짐작이 갔다. 문제가 있다면…….

'……지금 밤 9시잖아. 저녁도 안 드셨다면서?'

귀족들이 일반적으로 저녁을 먹는 시간은 오후 7시. 어림잡아 두 시간이 지났다. 수하가 가르트 저택에 도착한 시간은 8시 반이었다. 혹시나 해서 폴에게 물어보니 각하께서 아직 저녁도 안 드셨단다. 그럼 금방 1층으로 내려오시겠거니 생각했다. 이 헛된 희망이 깨지기까지 걸린 시간은 약 30분이었다.

"율리안 님이 보고서를 각하께 전하라고 하셨는데……."

수하가 발을 동동 구르자 폴이 고개를 갸웃했다.

"이보게. 혹시 율리안이 '목숨을 걸고' 각하께 그 보고서를 전해 드리라고 했나?"

"예?"

갑작스러운 말에 수하는 생각을 되짚었다. 그 역시 가르트의 보좌관인 만큼 율리안에게 지시받았던 말 정도는 그대로 기억하고 있었다.

"그런 비장한 말씀은 없으셨습니다. 그냥 전해 드리기만 하라고 하셨어요."

"그럼 자네 사망 수당에 관한 이야기는?"

"……예? 사망 수당이요?"

왜 갑자기 그런 무시무시한 말을 하지? 수하는 폴에게서 두어 걸음 물러섰다. 이 총집사장이 날 죽이려고 그러나? 수하는 고개를 얼른 저었다. 어쨌든 율리안에게 사망 수당에 대해서도 듣지 않은 건 사실이니까.

"그러면 됐네. 차나 한 잔 더 하게."

"아, 잘 먹겠습니다."

"과자도 같이 들게."

"예에, 감사합니다……."

폴은 측은한 눈으로 수하의 뒷모습을 바라보았다. 율리안은 괜히 수석 보좌관이 아니다. 그 보고서가 당장 확인하지 않으면 안 될 정도로 급한 것이라면, 어떻게 해서든 전해야 한다고 분명히 덧붙였을 것이다. 혹은 사망 수당에 대해서 넌지시 언급하거나. 둘 다 아니라면 발등에 불붙을 만큼 급한 건 아니라는 뜻이었다.

그리고 애초에 그만한 일이었다면 본인이 직접 왔겠지. 폴은 거대한 가문을 빈틈없이 관리해 온 총집사장답게 역량이 뛰어났다. 수석 보좌관의 생각을 읽는 것쯤은 기본이었다. 게다가 폴과 율리안은 '마님에게 무사히 베개 갖다 드리기'란 명령 수행 덕분에 적잖이 친해져 있는 상태였다.

'저건 그냥 구색 맞추기용이겠구먼. 참 똑똑한 젊은이야.'

폴의 생각대로, 수하가 소중히 안고 있는 것은 약식용 보고서였다. 아크 로일론에 관한 정식 보고는 내일 아침 율리안이 슈덴에게 직접 할 예정이었다. 이유야 간단했다. 저녁에는 각하를 절대 뵐 수 없을 것 같았기 때문에. 또 그만한 여유를 미리 계산해 놓기도 했다.

그럼에도 굳이 수하를 가르트 저택으로 보낸 건 의례상이었다. '반드시 올려라.'라는 말을 하지 않은 보고서는 다 그런 용도였다. 일찍 보시면 좋고 아니어도 별로 상관은 없고. 물론 수하에게 이렇게 말하지는 않았다. 오늘 네 보고서는 9할 이상의 확률로 올라가지 못할 것 같으니 구색만 맞추라고 말할 수는 없는 노릇이니까.

'어쨌든 각하께는 그리 말을 올리겠군. 늦은 밤이라 혹여 방해될까 찾아뵐 수가 없었다고.'

모시는 주인이 무엇을 가장 중요하게 생각하고 있는지 파악하고 있는 건 아랫사람들의 기본이었다. 율리안은 그런 점에서 기본이 아주 잘 된 보좌관이었다. 그리고 적당히 구색을 갖춰 각하께 잘 보일 줄도 알았다. 폴에게도 과연 귀감이 될 만한 이미지 관리였다.

율리안의 이러한 치밀한 계획 아래 희생되는 건 수하였다. 뜬눈으로 지새울 게 뻔했다. 품에는 올리지 못할 보고서를 껴안고. 폴은 안쓰러워져서 말했다.

"자네, 이 쿠키 좀 더 먹게."

안 그래도 과자를 우물거리고 있던 수하는 엉겁결에 촉촉하고 통통하게 구워 낸 초콜릿 쿠키를 받아 들었다.

"이 샌드위치도 속이 든든하지."

구운 베이컨을 끼워 넣은 따뜻한 샌드위치가 디밀어진다. 수하가 입에 든 걸 꿀꺽 삼키기도 전이었다. 한 손에는 쿠키를, 한 손에는 샌드위치를 들고 있는데 폴이 흠 하면서 말했다.

"이 차도 향이 좋아. 쭉 들이키게."

"……"

❅⃛ ❅⃛ ❅⃛

한편, 공작 부부의 침실에서였다.

침대 위, 발리아는 슈덴에게 폭 안겨 있었다. 둥글고 부드러운 뺨이 단단한 가슴에 기대어져 있다. 맨살을 맞대면 들려오는 규칙적인 고동 소리. 몸은 영 노곤한데 기분은 나른하니 괜찮았다. 단단한 품도 안락하니 편안했고.

발리아는 제 손에 깍지 끼워진 슈덴의 손으로 손장난을 쳤다. 자세 때문인지, 꼭 그에게 폭 파묻혀 있는 것 같았다. 슈덴이 자신을 인형처럼 껴안고 있는 것 같기도 하고. 어느 쪽이든 좋았지만. 평범하다면 평범할 시간이 이렇게 문득문득 행복하게 느껴질 때마다 발리아는 실감한다.

'내가 이 남자를 많이 사랑하고 있구나.'

"있잖아요, 슈."

발리아는 슈덴의 손을 만지작거리면서 말했다.

"제가 사랑하는 거 아시죠?"

"글쎄요. 말을 잘 안 해 주시니 모르겠습니다."

은회색 눈동자가 동그래졌다. 그녀는 슈덴의 손을 놓고 상체를 약간 세웠다. 그리고 붉은 눈동자를 보며 억울한 표정을 지었다.

"제가요?"

"예."

"……저 진짜, 당신이 하신 만큼은 한 걸요."

"제가 그렇게 덜 말씀드렸습니까?"

묘하게 대답하기 어려운 질문이었다. 긍정을 하면 왠지 사랑한다는 말을 자주 해 달라고 투정 부리는 것 같고. 부정하자니 자주 안 한 건 솔직히 사실이라서……. 발리아가 눈을 깜빡거리자, 슈덴이 피식 웃었다.

"그럼 내일부터 매일 말씀드리지요."

"……뭐예요."

발리아는 볼을 부풀렸다. 그녀는 슈덴이 장난을 치는 거라고 생각했다.

슈덴의 말이 장난이 아님을 깨달은 건 그다음 날이었다.

밝은 아침이었다. 오늘은 슈덴이 연무장으로 가는 날이었다. 그의 곁에는 보좌관들이 있었다. 그중 하나는 눈 밑이 거뭇거뭇했지만 특별히 관심을 주는 사람은 없었다. 수하는 보고서를 아침에라도 꼭 각하께 드리겠다며 품에 소중히 소지하고 있었다. 그러나 이 모든 노력은 율리안이 저택으로 직접 오면서 수포로 돌아갔다.

슈덴을 배웅하는 게 소소한 즐거움 중 하나인 발리아는 오늘도 1층까지 따라 나와 있었다. 당연히 그녀의 뒤로 고용인들도 시립해 있었다.

가르트 저택에서는 흔하게 볼 수 있는 풍경이었다. 이젠 각하께서 마님에게 일찍 귀택하겠다고 말씀을 하시겠지. 마님은 잘 다녀오라고 하시고.

"사랑하는 부인."

순간 정적이 흘렀다.

"식사 잘 챙겨 드십시오. 일찍 올 테니."

"……."

보좌관들과 고용인들은 한순간 귀를 의심했다가 재빨리 표정을 갈무리했다. 발리아만이 잔뜩 당황한 낯빛으로 슈덴을 응시했다.

"아, 네, 저, 잘 다녀오세요……."

"그게 끝입니까?"

"네?"

"사랑한다고 하셔야지."

"……네?"

슈덴은 흔들리는 은회색 눈동자를 보며 슬쩍 웃었다. 그리고 그녀의 뺨에 가볍게 키스했다. 검은색 경장 차림을 한 그가 그대로 걸어 나갔다. 보좌관들은 발리아에게 얼른 고개를 숙인 후 주인 각하를 따라 나갔다.

'아니, 세상에. 고용인들이 이렇게 많은데……?'

발리아만 어안이 벙벙해졌다. 제 뒤에 있는 수많은 고용인들이 지금 무슨 표정을 짓고 있을까? 발리아는 어떤 낯을 하고서 뒤돌아서야 하는지 도통 감을 잡을 수가 없었다.

"흠, 크흠."

폴이 헛기침을 했다. 그는 아주 공손하게, 아무것도 못 들었다는 듯한 목소리로 말했다.

"마님. 어제 말씀드린 정원 보수에 대해 새로 보고 드릴 게 있습니다."

"……아. 집무실로 가지."

"모시겠습니다."

발리아는 자연스럽게 뒤로 돌았다. 그녀의 걱정 아닌 걱정과는 달리, 고용인들의 얼굴은 평소와 다를 바가 없었다. 아, 하긴. 그간 슈덴이 얼마나 갖은 애정 행각을 다 하고 다녔는데. 사랑한다는 말 정도는 별로 깊게 듣지 않은 모양이었다.

발리아는 3층에 있는 공작 부인의 집무실로 올라갔다. 마님의 뒷모습이 완전히 사라졌다. 엄숙한 무표정을 고수하고 있던 고용인들이 그제야 하나둘 표정을 풀었다. 그간 열심히 단련해서 망정이지 하마터면 실실 웃을 뻔했다.

두 분의 연인 같은 눈빛 교환에 슬슬 익숙해질 법하니까 이젠 사랑한다고 말씀하시기까지! 게다가 마님이 아니라 각하가 더 그러신다는 사실이 고용인들의 광대를 자꾸 상승하게끔 만들었다.

사라가 엄중한 목소리로 말했다.

"다들 그렇게 풀린 표정으로 어떻게 마님을 모시려고 그래? 표정

관리 잘하도록 해."

그러는 하녀장님도 웃고 계시잖아요.

하지만 상사에게 그렇게 지적할 수는 없는 법. 고용인들은 마님 앞에서 헤실헤실 웃지 않기 위해 이를 꽉 깨물었다.

⁕⁕⁕⁕⁕ ⁕⁕⁕⁕⁕ ⁕⁕⁕⁕⁕

아크 로일론. 가르트 기사단 소속. 그러나 동부와의 전쟁에서 적에게 투항하려고 한 죄로 네 개의 줄이 그어진 기사.

"정신이 나갔나 보군."

슈덴이 싸늘하게 내뱉었다. 낮은 목소리는 전에 없이 살의로 그득그득했다. 율리안은 괜히 등골이 서늘했고, 숀은 침중한 표정으로 고개를 떨어뜨렸다. 율리안이 아크에 대한 상세 보고를 올린 게 방금 전이었다.

이곳은 수도 주거지 모처에 있는 한 사택이었다. 겉보기에는 그저 평범하고, 일반적인 이 사택의 소유자는 다름 아닌 가르트였다. 그러나 일차적으로는 가르트와 전혀 관련 없는 사람 명의였다.

몇 다리나 건너 명의를 뒤바꾼 덕에, 누구도 이 저택과 가르트를 연결하지 못했다. 혹 낌새를 맡은 누군가가 작정하고 파헤쳐도 쉬이 알 수 없을 정도였다. 두어 다리를 추적할 즈음엔 이미 경계망을 펴 놓고 있는 보좌관들에게 걸려들게 되어 있다. 그만큼 치밀하게 숨겨 놓은 사택이었다.

이 사택은 가르트의 보좌관들이 주로 사용했다. 중요한 건물이긴 한데, 정작 마련한 지는 그리 오래되지 않았다. 정확히는 발리아가 슈덴과 결혼하고 얼마 되지 않아 마련한 곳이었다. 원래 보좌관들은 이런 독자적인 건물이 없었다.

그러니까, 각하께서 미혼이실 시절에는.

율리안은 두뇌가 비상했다. 닷새 만에 이루어진 결혼식에서 처음 본 마님은 너무 연약해 보이셨다. 그래서인지, 아니면 특별히 다른 이유에서인지 각하께서도 마님께 자꾸 신경을 쓰셨다. 그게 눈에 빤히 보였다. 옳다구나 싶었다.

보좌관 업무 중에는 가끔 은밀하게 처리해야 하는 것들도 있었다. 율리안은 마님이 혹 놀라실 일이 생길지도 모르니, 이런 업무를 따로 처리하는 사택을 마련하자고 슈덴에게 말했다. 몇 년 전부터 눈독을 들이던 사택이었다.

그렇게 얻게 된 장소다. 율리안은 이곳을 여러모로 알뜰하게 사용했다. 보좌관들의 효율이 좋아진 것은 두말할 것도 없었다.

'그때에는 그냥 각하께 지출 결의서 승인을 받으려고 아무 말이나 갖다 댄 건데……. 진짜 마님이 놀랄 만하실 일이 생겨 버렸을 줄이야.'

오히려 잘 됐다. 마님이 안 보시는 곳에 아크 로일론을 가둘 수 있으니까. 사택 지하실 감옥에 아크가 피로 떡이 된 채 기절해 있었다. 슈덴이 추하게 늘어진 아크를 훑어보았다.

"모습은 왜 이러지. 원래 이랬나."

"아, 그게…….”

"제가 사적으로 몇 대 때렸습니다. 각하. 죄송합니다."

숀이 죄를 청했다. 율리안은 슬그머니 눈치를 보았다. 각하의 반응이 생각보다 더 싸늘했기 때문이다. 숀이 아크를 건틀릿 낀 주먹으로 팰 때, 율리안은 모른 척 관망했다.

'나한테도 불똥 튀면 어떡하지!'

무식한 기사들이야 연무장 백 바퀴를 달려도 아무렇지 않겠지만, 머리 쓰는 게 천직인 자신은 버티지 못할 텐데.

다행히 각하께서는 그런 끔찍한 벌을 주지는 않으셨다. 붉은 눈동자는 그저 차갑게 아크를 노려보고만 있었다.

"슌."

"예, 각하."

"아크 로일론을 파문시킨다. 내일 안으로 처리해라."

"존명."

아크는 살아서 이 지하실을 나가지 못할 것이다. 어떻게 살아 나가도 파문당한 기사가 할 수 있는 것은 없다. 거리의 용병들에게조차 경멸받는 신세가 될 것이다. 기사단에서의 파문이란 곧 명예적인 부분에서의 완전한 죽음을 뜻한다.

슈텐은 입술을 조금 짓씹다가 지하실 감옥을 빠져나갔다. 슌은 여전히 기절해 있는 아크를 보며 주먹을 꽉 움켜쥐었다.

'아크, 이 멍청한 자식.'

슌은 기사단장이다. 휘하 기사에 대한 애정이 없을 수가 없었다. 아크도 처음에는 혈기왕성한 젊은이였다. 검에 대한 재능도 있었고, 그만큼 노력도 했다.

하지만 가르트 기사단에 입단한 후 달라졌다. 명예와 선망의 맛이 그만큼 달콤한 탓이리라. 언제나 정진해야 하는 기사의 도리를 뒤로 하고, 적당히 꾀를 부렸고 게으름도 살살 피웠다.

'로빈이 들어오고 더해졌지.'

로빈은 어린 나이였지만, 한 번도 게으름을 피운 적이 없었다. 항상 성실했고 붙임성도 좋았다. 그래서 기사단 모두가 이 막내를 귀여워했다. 아크만 다르게 굴었다. 그는 자신보다 어린 나이에 입단한 로빈에게 열등감을 느꼈다. 몰래 심술을 부리기도 했다. 어느 기사단에든 군기가 있는 법이지만 아크는 유치했다.

"거 너무 신경 쓰지 마요, 숀 경."

율리안이 툭 던졌다.

"난 예전부터 아크 로일론이 명예롭게 은퇴할 수 있을 거라곤 생각 안 했으니까."

물론 이렇게까지 큰 사고를 칠 줄은 몰랐지만. 율리안은 뒷말을 삼킨 후 슈덴을 따라 위층으로 올라갔다.

지금이야 겔 제국의 2대 공작 가문 중 하나라지만, 원래 가르트는 음습한 가문이었다. 가장 중요하게 여기는 가치는 황금. 남들이 천박하다고 말하는 고리대금업은 기본에, 인신매매도 한다는 뒷소문도 돌았다.

애초에 가르트는 겔의 개국 공신 가문도 아니었다. 화려하고 부유하지만 돈에 미친 귀족가.

남부의 변두리 귀족에 불과했던 가르트는, 어느 날을 기점으로 폭발적으로 성장했다. 손대는 사업마다 이상할 정도로 술술 풀렸다. 그렇게 되니 질투 섞인 소문도 돌았다.

사술을 썼다더라. 신에게 위배되는 존재와 계약도 맺었다더라. 악의적인 뒷소문에도 가르트의 창고는 매해 커졌다. 황금이 꼬박꼬박 쌓여 갔다.

말도 안 되는 재력, 뛰어난 사업 수완을 바탕으로 가르트는 어느덧 후작 가문에까지 이르렀다. 물론 그렇게 되기까지 긴 시간이 걸리기는 했지만. 어쨌든 고위 귀족이 된 후에는 가르트도 나름대로 체면을 지켰다. 주요한 돈줄이었던 고리대금업도 정리했다. 혹은 외국 귀족에게 비싸게 팔아 치웠다.

뒷말 나올 법한 사업은 모두 정리했지만 남는 건 있었다. 그중 하나가 정보력이었다. 음습한 돈벌이를 뒷받침하기 위해서는 정보 수집이 필수인 법이다. 은밀한 정보들을 교묘하게 수집하는 다양한 방법이 가르트에는 있었다.

슈덴이 후작으로 봉해지면서 기존의 보좌관들은 대부분 물갈이가 되었지만, 대대로 내려오는 방식까지 증발한 건 아니었다. 그래서 가르트의 보좌관들은 어떤 귀족 가문보다 그 능력이 뛰어났다. 몇몇 부분은 황실도 압도할 지경이었다.

그래. 그 덕에 지금 슈덴은 아크의 배신에 대해서 알 수 있었다. 게다가 그 배후에 대해서도 이미 소상히 전해 들었다.

"2황자 쪽에서는 알고 있나?"

율리안은 고개를 저었다. 아크의 배반이 들통났다는 사실을 2황자는 아직 모를 터였다.

"일부러 늦은 새벽에 기절시켜 데려왔습니다. 따라붙은 눈은 없었습니다. 아크의 생활 반경은 저쪽에서도 미리 파악해 놓았을 테니, 아직까지는 평소처럼 어디 술집에 있으리라 생각할 겁니다."

슈덴의 미간에 주름이 졌다. 율리안은 눈치를 보며 덧붙였다.

"아마 오늘 저녁까지 아크가 보이질 않으면 의심할 겁니다. 꽤 신중하게 아크에게 접근했으니 말입니다."

"의심하는 건 상관없다. 어차피 아크가 파문되면 자연히 알게 될 테니까."

엘반의 행태가 이상하다고는 생각했다. 깝죽대는 꼴이 약점 하나 알게 됐다고 신나 하는 것 같았으니까. 그런데 그게 발리아에 관한 것이라면 중요도 자체가 달라진다.

'그냥 죽일까.'

시체는 말이 없으니 가장 좋은 방법이기는 한데. 슈덴은 율리안의 보고를 들으며 생각에 잠겼다. 솔직히 말하자면 스스로가 한심했다.

슈덴은 처음부터 '공녀'를 철저하게 보호하지 않았다. 그가 완벽한 비밀 유지를 원했다면 리사 왕국에 보낸 기사의 수부터 대폭 줄였을 것이다. 어쩌면 슈덴이 직접 갔을지도 모르지.

하지만 그는 그러지 않았다. 그때의 슈덴은 공녀에게 별로 관심이 없었기 때문이다. 그렇게 신경 써서 지켜야 한다는 생각 자체가 없었다.

충분히 할 수 있었던 일을 하지 않은 행동의 결과란.

"머저리 같군."

"예?"

율리안이 화들짝 놀라 되물었다. 슈덴의 눈빛은 한없이 가라앉아 있었다.

설사 공녀인 게 알려진다고 해도 물리적인 불이익은 없다. 다만 사교계에서의 명성에 좀 문제가 갈 뿐이지. 결혼 전의 슈덴은 그렇게 안일하게 생각했다. 지금은 상황이 완전히 달라졌다. 사랑하는 여자에게 향하는 화살은 아무리 작은 것도 용납할 수 없었다.

"경고부터 해야겠어."

일단은 수습이 먼저.

이 새끼를 자근자근 밟는 건 후자다.

"율리안."

"예, 각하."
"사람을 보내라."

✦✦✦ ✦✦✦ ✦✦✦

발리아는 깊은 생각에 잠겨 있었다.

'이상하네.'

그녀의 앞에는 예쁘게 금테를 두른 접시가 놓여 있었다. 그리고 그 위에 올라가 있는 작고 괴상한 덩어리들. 발리아는 이마를 찌푸렸다.

'맛이 왜 이러지?'

그랬다. 발리아를 고민에 빠뜨린 이 괴식(怪食)은 다름 아닌 과자였다. 그것도 그녀가 직접 구워 본 과자. 강가에서 가장 못생긴 돌덩이만 주워 온 것 같은 모습이기는 했지만.

오늘 아침, 슈덴이 사랑한다는 말을 했을 때 발리아는 솔직히 두근 거렸다. 앞뒤로 보좌관들과 고용인들이 들어차 있어 부끄럽기는 했지만 기쁘긴 했다. 그래서 발리아도 나름대로 마음을 표현하고 싶었다. 당연히 떠오르는 게 과자 굽기였다.

몇몇 귀부인들은 여전히 "아이, 아무리 그래도 나이 들어서 너무 주책이잖아요."라고 했지만, 말만 그렇게 한다. 남편에게 과자를 선물하는 귀부인들이 은근히 많다는 걸 발리아는 알고 있었다.

일전에 디아나도 그러질 않았던가. 흠흠 헛기침을 한 그녀는 조엔 후작에게 한 번 선물해 봤다고 살짝 말했다.

[별로 대단한 건 아닌데 그이가 좀 좋아하더라고요. 아니, 좀 많이……?]

발리아도 두근거렸다. 언젠간 나도 해 줘야지, 라고 생각했다가 오늘 만들어 보았다. 저택 요리사들의 도움을 받지는 않았다. 부유한 귀족들이 굳이 직접 과자를 굽는 이유가 뭐겠는가. 이런 종류의 선물은 원래 정성을 더 중요하게 보았다. 발리아도 당연히 시류에 합승했다. 그랬는데……

'……내가 잘못 기억하고 있나? 분명 이 정도 맛은 아니었는데.'

모양이 엉망진창인 거야 감안했다. 처음 구워 봤을 때도 그랬으니까. 그런데 맛 자체가 달랐다. 발리아는 적어도 사람이 먹을 수 있는 과자를 기대했다. 이렇게 먹기 힘든 과자가 나올 줄은 몰랐다. 그때에는 운수 좋게 성공한 걸까?

'이상해. 아무리 그래도 이렇게까지 맛이 다를 리가 없어.'

발리아는 콧잔등을 찡그렸다.

일단 다 먹고, 다시 구워 봐야겠다. 발리아는 물을 한 잔 마셨다.

※   ※   ※

"마님께서 점심은 드시지 않으시겠대요."

"그래, 알겠다. 가서 일 보도록 하렴."

"네, 하녀장님."

꾸벅 고개를 숙인 하녀가 종종 멀어졌다. 사라는 다른 하녀에게 마님께 차와 우유, 과일 주스 등 이것저것 마실 것을 올리라고 말한 후, 걸음을 옮겼다. 사라가 향한 곳은 가르트 본채의 주방이었다. 한창 분주해야 할 주방이 오늘은 조용했다.

게다가 폴도 그곳에 있었다. 요리사들과 심각한 이야기를 나누고 있던 그는 사라를 보자마자 반색했다.

"사라, 마님께서는요?"

"긴장돼서 차마 들어가 뵙지는 못했어요. 대신 하녀 아이를 들이니 점심도 안 드시겠다고 하셨다 하더라고요."

"그렇습니까……."

폴이 휴우 한숨을 내쉬었다.

"아마 그 과자를 드시려는 모양이군요."

"저도 그렇게 생각해서 마실 것이라도 여러 종류 올리라고 말했어요."

"저, 하녀장님. 총집사장님."

한 요리사가 슬그머니 끼어들었다.

"그 과자를 마님께서 드셔도 될까요?"

옆에 있던 요리사들도 같은 표정이었다. 그들은 전부 마님의 과자를 먹어 본 적 있었다. 말로 형용하기 힘든 그 맛은 시간이 지나도 잊기 힘들었다. 요리사들이 아무리 노력해도 그 기묘한 맛은 따라 하지 못할 것이리라.

하지만 걱정돼도 어쩌겠는가. 마님께서 드시겠다는데 울며불며 말릴 수도 없고. 게다가 잘못 먹으면 탈이 날지도 모른다는 말도 차마 꺼낼 수가 없었다. 어쨌든 마님께서 각하 드리겠다고 열심히 구우신 과자가 아니던가.

"각하께서 마님이 모르시게 하라고 하셨죠?"

"예. 절대 모르시게 하라고 하셨습니다."

예전에 마님이 몰래 구워 낸 과자를 각하께서 드셨다는 사실을. 마님이 드셨던 과자는 사실 요리사들이 기를 쓰고 비슷하게 구워 낸 과자였다는 것도. 일단 최대한 각하의 명령을 따라야겠다. 폴과 사라와 요리사들의 의기투합은 약 두 시간 후에 깨졌다.

그들의 마님이 눈치가 좋다는 게 슬픈 일이었다.

✦⸎✦ ✦⸎✦ ✦⸎✦

황궁 중앙궁의 알현실. 황제는 느긋하게 등받이에 몸을 기댔다.

"대신관. 짐은 그대들을 존중하오."

"그렇다면 폐하……."

"그러나 이상하지 않은가. 그대들의 말대로라면 성녀는 하늘이 내리신 신의 대리자인 것을. 감히 인간 된 몸으로 성녀의 거처를 제한하는 것이 옳겠는가?"

"……."

"짐은 결코 그런 불경을 저지를 수 없소."

평온한 겉모습과는 달리, 이곳에선 지금 칼 없는 전쟁이 치러지고 있었다. 메르실 대신관은 불쾌함을 애써 감췄다.

'정치하는 이는 결국 타고난 모사꾼인 것을.'

처음 분쟁은 얼마 전 있었던 황제의 탄신 파티에서였다. 메르실은 황제가 탄신 파티에서 예리를 인사시켜 버린 것에 대해 불만이 많았다. 언뜻 보면 꼭 성녀가 겔의 귀족인 것처럼 보이게끔 말이다.

이는 결국 주도권 싸움이었다. 성녀의 거취에 대한.

"하지만 성녀님께서는 신성국에 계셔야 합니다. 저희 대신관들이 대신전에 머무르듯이 말이지요. 그곳에서 가장 안정을 찾으실 겁니다."

"그런 거라면 걱정할 필요 없네. 짐 또한 '천자'이질 않은가."

항의하러 온 메르실에게 황제는 오히려 뻔뻔하게 나왔다. 그는 본인이 '천자'임을 수도 없이 강조했다. 틀린 말은 아니었다. 겔의 군주는 다른 나라의 왕과는 다르니까. 천자라는 말이 가지는 무게는 결코 가볍지 않다. 에드가 7세는 겔의 황궁은 천자가 머무는 곳이니 성녀역시 머물러도 괜찮다고 주장했다.

"게다가 성녀가 나타난 곳도 이곳 황궁의 호수인데. 신께서 외려 성녀가 이곳에 있기를 바라고 그리하신 게 아니겠소?"

"……."

아무리 메르실이 대신관들 중에선 수완이 가장 뛰어나다곤 해도, 정치가 업인 황제를 쉽게 당해 낼 수는 없었다.

"……다음에 뵐 때는 부디 그 생각을 철회해 주셨으면 합니다. 폐하. 이만 물러가 보겠습니다."

"살펴 가시게."

황제가 쉬이 내놓을 것 같지 않으니 성녀에게 직접 말해야겠다. 메르실은 능구렁이 같은 황제를 뒤로하고 알현실에서 나왔다.

❦ ❦ ❦

"성녀님."

"응?"

"오늘도 초청장이 왔는데, 안 가실 거예요?"

"응, 안 가."

안젤라는 익숙한 대답을 들으며 초청장을 탁탁 챙겼다. 기껏 해야 서너 장이다. 처음의 열렬하던 분위기도 이제는 많이 시들해졌다. 예리가 어떤 연회나 티 파티에도 응하지 않은 까닭이다. 사교계를 강타할 새로운 인물이 될 줄 알았는데. 아니었다. 예리는 귀족들의 기대를 보기 좋게 깨부쉈다.

"안젤라. 2황자님은? 오늘 오시는 날이잖아."

"아참, 아까 2황자 저하의 시종이 왔어요. 저하께서 갑자기 급한 일이 생기셔서 못 오신다고요."

"그렇구나."

황제는 참 티가 나게 제 아들들과 예리를 붙여 주려고 했다. 다른 세계에서 왔다는 성녀에게 겔의 문물을 알려 준다는 이유로 구스토와 엘반을 격일로 보냈다. 그런데 요즘은 엘반이 영 자주 빠졌다.

'……기뻐하시는 것 같지?'

안젤라는 고개를 갸웃했다. 예리는 엘반이 오지 못한다는 소식을 반기는 것 같았다. 직속 시녀인 안젤라만 알고 있는 반응이었다. 그래서 조금 의아했다. 2황자 저하가 싫으신 건가? 그러기에는 황자 저하는 성녀님께 언제나 정중하고 신사답게 대했는데.

'취향이 아니신가 보지.'

깊게 생각할 필요는 없다. 안젤라는 곧 대신관님들이 오신다는 말을 듣고 자리부터 준비했다.

***** ***** *****

"폐하. 차 한잔하시겠습니까?"

"좋지. 아침부터 싸워 댔더니 머리가 다 울리는군."

황제는 램튼이 따라 주는 차를 마셨다.

"역시 짐은 가르트 공 같은 성격이 편해."

"할 말은 바로 하시니까요?"

"그렇다네. 짐의 말은 잘 안 듣지만 그만한 귀족이 또 없지. 이 자리에 오래 앉아 있다 보면 신뢰할 수 있는 사람과 아닌 사람을 어느 정도 구분할 수 있게 되더군."

황제가 슈덴에게 보이는 신뢰에는 다 이유가 있었다. 슈덴은 원하는 것을 숨기지 않는 성격이었다. 황제는 그런 슈덴의 성격이 편했다. 게다가 원하는 것도 슈덴이 세운 혁혁한 공적에 비하면 별거 아니었다. 애초에 공작 작위도 받아라 싫다 받아라 싫다 몇 년을 실랑이하다 겨우 받질 않았던가.

무엇보다 둘만의 비밀도 있고.

"폐하께서 영명하신 것은 저도 알고 있습니다."

"예끼. 입에 침이나 바르고 말하게."

"제가 어찌 거짓말을 고하겠습니까."

황제는 껄껄 웃었다. 웃는 것도 잠시, 금세 황제는 진중한 얼굴로 물었다.

"성녀는 아직도 처소에만 있는가?"

"예. 폐하. 황비 전하들의 티타임 요청도 죄 거절하고 계신다고 합니다."

"허어. 짐이 생각을 잘못한 것인가."

에드가 7세는 예리가 사교계에서도 활발히 활동해 주기를 바랐다. 예리가 황족이 되기를 원했기 때문이다. 게다가 그녀는 처음부터 사교 활동에 꽤 능숙했다. 황자들의 에스코트도 자연스럽게 받았고, 탄신 파티에서도 별로 어려워하는 기색이 아니었다.

"드레스며 보석이며 많이 선물해 주질 않았는가. 램튼 자네가 확인하고 보냈지?"

"특별히 신경을 써서 골라 보냈습니다, 폐하. 그런데 성녀님의 사교 활동까지 강제할 수는 없는 노릇이라……."

예리가 사교 활동을 하지 않는다는 것은 곧 정치적인 자리에는 나서지 않겠다는 뜻이다. 성녀라는 이름은 고귀했다. 하지만 어디까지나 종교적인 명성이다. 지금의 예리는 비유하자면 데뷔조차 하지 않은 귀족가의 영애 정도의 위치였다.

사교계는 복잡하다. 비슷한 영향력을 가진 백작가의 레이디라고 해도 사교 활동을 어떻게, 얼마만큼 했느냐에 따라서 그 명성은 엄청난 차이를 가져온다. 사교계란 본디 화려한 정치판이다. 순수한 목적의 우정은 드물었다. 그런 점에서 보면 발리아와 디아나의 경우는 아주 희귀한 경우라고 볼 수 있었다.

'계속 이렇게 사교 활동을 하지 않으면……, 아무래도 어렵겠군.'

구스토와 엘반은 각자 황위 다툼을 위해 물밑 다툼을 계속하고 있었다. 가장 강력한 우방을 만드는 법은 뭐니 뭐니 해도 정략결혼이다. 아직은 둘 다 혼인을 하지 않은 상태였다. 그러나 예리가 계속 비사교적인 활동을 고수한다면, 황제도 결혼을 하라고 밀어붙일 수는 없을 터다.

물론 그것과 별개로 좀 아쉬운 건 있었다.

"나는 성녀가 두 녀석 중 하나와 운명적인 사랑에 빠질 줄 알았는데 말이야."

"예?"

"아닐세."

공녀라던 가르트 공작 부인은 남편과 사랑에 빠졌으니까. 공녀에 관해서는 램튼도 몰랐기 때문에 황제는 굳이 말하지는 않았다. 그저 입맛만 다셨다.

"참, 램튼. 가르트 공작 부인에게 사람을 보내게. 짐이 한번 보자고 말이야."

"알겠습니다."

아쉬운 건 아쉬운 거고. 황제는 마음에 드는 신하에게는 여러모로 넉넉히 베푸는 군주였다. 그는 가르트 공작 부인에게 정말로 황궁의 보물 하나를 줄 참이었다.

'공작 부인이 뭘 마음에 들어 할지 궁금하군.'

물론 함께 인사하러 올 슈덴의 모습은 덤이었다.

　

❧❧❧　❧❧❧　❧❧❧

　

예리의 처소에 찾아온 대신관은 두 명이었다. 한 명은 메르실, 한 명은 필레몬.

메르실이 황제와 공방을 주고받을 때 필레몬은 알현실에 없었다. 그는 황궁에 있는 기도실에서 기도를 올리다가, 함께 예리를 보러 왔다.

"성녀님. 잘 지내고 계십니까?"

"네. 황궁은 예뻐서 좋아요."

"다행입니다."

필레몬이 웃는 것과는 달리 메르실은 웃지 않았다. 예리가 황궁을 마음에 들어 하는 건 좋은 일이 아니었다.

"신성국의 대신전도 무척 아름답지요. 고아하기로는 황궁 못지않습니다."

"그렇군요. 다음에 한 번 가 보고 싶네요."

"성녀님께서 원하신다면 오늘이라도 당장 모셔가겠습니다."

"이곳에 좀 더 익숙해지면 가도록 할게요."

원하는 대답은 아니지만, 메르실은 더 강요하지 않았다. 그는 황제가 성녀를 아주 어화둥둥 대해 준다는 걸 알았다. 이 어린 성녀는 그런 분위기를 놓지 못하는 걸 수도 있었다. 신성국에 와서도 그만한 대접을 받을 수 있다는 사실을 은근히 알려 줘야 했다.

"그나저나, 황궁에 계실 요량이시라면 공녀를 한 번 만나 보셔야 하지 않겠습니까? 성녀님께서 부르시기만 한다면 분명 바로 올 겁니다."

예리가 대답 없이 물끄러미 바라보자 메르실이 아, 하면서 너털웃음을 터뜨렸다.

"아직 말씀을 드리지 않았군요. '공녀'는 가르트 공작 부인입니다. 성녀님을 위해 신께서 미리 신탁을 내리신 일종의 제물이지요."

필레몬 대신관이 이마를 찌푸렸다. 물론 지금은 사용인들을 죄 물렸지만, 이곳은 황궁이다. 메르실은 일부러 저러는 것이다. '가르트 공작 부인'이라는 지고한 신분의 여자가 성녀보다 아래라고 낮잡고 싶어서.

"메르실 대신관. 대외적으로는 그분이 공녀라는 게 비밀에 부쳐져 있질 않습니까. 게다가 제물이라뇨."

"성녀님께 비밀이 어디 있습니까? 저는 그저 성녀님께서 그만큼 귀하신 분이라고 말씀드리고 싶은 겁니다."

메르실은 필레몬이 대답할 틈도 주지 않고 말했다.

"성녀님? 공녀를 호출할까요?"

"아뇨."

"예?"

"공작 부인으로서 만나야지, 공녀로 만나는 건 아닌 것 같네요. 메르실 대신관님은 말씀을 주의해 주세요. 대외적으로는 비밀이라고 방금 필레몬 대신관님이 말씀하셨잖아요?"

단호한 목소리였다. 메르실은 당황해서 대답했다.

"아……, 예. 알겠습니다. 제가 주의하겠습니다."

예리는 쩔쩔매는 메르실을 보면서도 표정을 풀지 않았다. 과거에는 이 말을 하지 못해서 많은 게 일그러졌다. 예리는 더 이상 신성력을 쓰지 못하는 반쪽짜리 성녀가 아니었다. 당당하게 본인의 의견을 낼 수 있었다.

"그리고 공녀가 제물이라고 말씀하지 않으셨으면 좋겠어요. 듣기 거북합니다. 일부러 말씀을 그렇게 하시는 건가요? 산 사람한테 왜 제물이라고 하시는 거예요?"

"성녀님. 제 뜻은 그게 아니라……."

"아니면요?"

메르실은 예리의 태도에 당황했다. 그는 성녀의 심기를 풀기 위해 진땀을 뺐다. 이후로 '공녀'와 '제물'이란 말을 일절 꺼내지 못한 것은 당연지사였다.

'이상하군. 왜 속이 시원한 게지.'

평생 기도와 수련을 하며 흐르는 물처럼 살아온 필레몬은 낯선 기분을 느꼈다.

시가지에 위치한 고급 술집. 로건 후작이 주인으로 있는 이곳은 성황을 누리고 있다.

매일 각지에서 올라오는 귀한 술과, 고급 재료를 이용해 만드는 격이 다른 진미. 젊은 귀족들은 너나 할 것 없이 카드 게임을 하거나, 혹은 잔을 기울이며 이야기에 열을 올렸다.

일반 연회보다는 조금 더 과감한 옷차림. 남녀 간의 스킨십도 좀 더 자유롭다. 구비해 있는 와인 장에도 비싸고 좋은 술만 꽉꽉 들어차 있다. 술기운이 오른 귀족들은 평소보다 들떠 있지만, 그렇다고 천박한 짓거리는 하지 않았다.

적정한 선이다. 로건 후작은 젊은 귀족들이 원하는 것과, 보수적인 귀족들이 용납할 수 있는 선을 정확히 파악했다. 이 고급 술집이 호황을 누리는 것에는 다 이유가 있었다. 안에서 즐길 수 있는 가벼운 도박도 인기 요소 중 하나였다.

"어떻습니까. 각하. 생각하고 계셨던 것보다 괜찮지 않습니까?"

슈덴이 로건 후작을 바라보았다. 생각하고 있는 것보다 괜찮냐니. 누가 들으면 슈덴이 이 술집에 악감정이라도 갖고 있나 싶을 말이었다. 슈덴은 간단하게 대답했다.

"처음부터 괜찮다고 생각했습니다."

"그러시는 분이 한 번도 안 오셨습니까."

"언제 한 번 오지 않았습니까?"

"그때 이후로 한 번도 안 오셨으니 드리는 말씀이지요."

"그 후엔 결혼했잖습니까."

"······각하. 누가 들으면 이 술집이 무슨 마의 소굴인 줄 알겠습니다. 결혼했다고 못 오는 곳을 제가 운영하겠습니까?"

"설마요. 후작이 그럴 분은 아니지 않습니까."

"그럼 다음에라도 꼭 또 오십시오. 아니면 공작 부인과 함께 오셔도 좋고요."

로건 후작이 눈을 반짝반짝 빛냈다. 슈덴은 단칼에 거절했다.

"그건 됐습니다."

"예? 왜죠?"

"내가 술을 싫어합니다."

"······."

로건 후작은 기가 막혔다. 슈덴 가르트가 술을 찾아 즐기는 건 아니었지만 그렇다고 거절하지도 않았다. 사업 파트너로 지낸 시간 덕분에 알고 있었다.

'그 말을 믿으라고?'

슈덴은 로건 후작의 눈빛을 다 읽었다. 물론 무시하고 잔을 기울였다. 짙은 색깔의 적포도주가 묵직한 향기를 풍겼다. 로건 후작이 신경을 쓴 덕에 지금 마시는 것도 최고급 와인이었다. 여러모로 나쁘지 않은 곳이다. 나쁘지 않기는 한데.

여기에 아내와 함께 오라고?

아무리 귀족 전용이라곤 해도 엄연히 술집이다. 젊은 남녀 귀족들은 스킨십에도 자유롭다. 부부라면 모를까, 결혼도 안 한 것들이 아주 난리가 따로 없었다. 게다가 이런 곳에는 오늘만 사는 놈들도 많다.

그런 놈 중 하나가 발리아에게 껄떡대기라도 한다면?

슈덴이 시체를 치우는 것보다 처음부터 발리아를 안 데려오는 게 더 평화적이질 않은가. 그는 결혼한 남자답게 평화로운 방식을 좀 더 고려하게 됐다.

"요즘만큼 가게가 성황인 때도 없었습니다. 카드 게임의 배당률이 어찌나 높은지 도박꾼들이 손이 근질근질하지요."

의미심장한 말이었다. 슈덴은 짧게 웃었다.

"주인이 '도박꾼'이라는 말을 쓰면 심기 불편할 사람이 한둘이 아닐 텐데 말입니다."

"괜찮습니다. 이 말을 듣고 심기 불편한 사람들은 지금 대부분 제정신이 아닐 테니까요."

요 근래, 이곳 카드 판의 배당률이 폭등했다. 무려 1,280배. 믿지 못할 사람들을 위해 앞에 아예 황금을 쌓아 두고 판을 열었다. 테이블 위에 산처럼 쌓인 황금. 귀족들조차 보기 드문 장관이었다.

이 황금으로 쌓은 탑은 심지어 줄지도 않았다. 잭팟을 터뜨린 사람이 적지 않은데 매번 황금이 새로 채워졌다. 사람들은 로건 후작이 다이아몬드 광산이라도 발굴한 게 틀림없다고 수군거렸다.

'진짜 다이아몬드 광산을 발굴하면 좋긴 하겠군.'

어쨌든 덕분에 운영하는 술집에 명물 아닌 명물이 생겼다. 도박에 관심 없는 귀족들도 소문을 듣고 한 번씩 보러 올 정도였다. 지배인이 요 며칠 얼굴이 참 좋아졌지. 그때였다. 가르트의 보좌관 중 하나가 다가왔다.

"각하. 끝났습니다."

보좌관의 조그마한 목소리를 들은 슈덴이 빈 잔을 내려놓았다. 그가 자리에서 일어났다. 로건 후작이 따라 일어나며 물었다.

"가시는 겁니까?"

"예. 일이 끝났으니 가 봐야지요."

로건 후작은 입구까지 슈덴을 배웅했다.

"각하. 앞으로도 카드 딜러를 매수하지 마시고 절 이렇게 매수하십시오."

"매수라니 누가 들으면 오해하겠군요. 그냥 투자라고 몇 번을 말씀드립니까."

느긋한 목소리에 로건 후작이 어깨를 으쓱했다. 멀어지는 슈덴을 보내고 난 후에는 어휴 하고 한숨을 내쉬었다.

'정말 가르트의 재력이 무서울 지경이야. 어떻게 그만한 금액을 매일매일 눈도 깜짝 않고 내놓을 수 있는 거람.'

근래 카드 판에 쌓아 올린 엄청난 양의 황금은 전부 가르트의 것이었다. 그런 점에서 보면 슈덴이 말한 '투자'가 또 틀린 말은 아니었다. 그런데 투자한 거액에 비하자면 조건이 정말 보잘것없었다. 일단 로건 후작의 입장에선 그랬다.

'만일 로메인 소후작이 오면 살살 구슬려서 최대한 쥐어짜라고…….'

수단과 방법도 가리지 말라고 했다. 슈덴이 왜 그런 조건을 거는지에 대해서는 몰랐다. 그런 건 묻지 않았다. 하지만 짐작 가는 바는 있었다.

'로메인은 2황자의 가장 큰 지지 기반이지. 만약 가르트 공작이 로메인을 등지려고 하는 거라면……. 가르트 공작이 1황자를 지지할 수도 있다는 소리군.'

로건 후작은 이제까지 중립이었다. 조엔 후작도 마찬가지. 고위 귀족일수록 어느 한쪽을 적극적으로 지지하는 게 쉽지 않은 일이다. 2황자 엘반과 아예 혈연인 로메인 후작은 특수한 경우니 차치하고서라도.

빌리엄 공작은 2황자와 자주 접촉하다가 요즘 좀 뜸해졌다.

'만일 가르트 공작이 1황자를 지지하겠다면……. 나도 그쪽을 지지해야겠어.'

로건 후작이 이렇게 마음을 굳혔다. 1황자 구스토와 2황자 엘반이 그리 슈덴을 영입하려는 까닭이 여기에 있었다. 가르트 공작이 지지한다는 이유 하나만으로 흔들릴 귀족이 이렇게 많았기 때문이다.

'근데 참 신기한 일이군. 그간은 황위 다툼에 전혀 관심을 보이지 않더니 말이야.'

무슨 일이 있었던 모양이다. 거기까지는 알 수 없지만. 멀뚱히 서 있던 로건 후작에게 지배인이 다가왔다.

"후작님. 로메인 소후작이 결과를 이해할 수 없다며 난리를 피우고 있습니다."

"아, 그래. 신분이 신분이니만큼 자네들이 쉽게 감당할 순 없겠군. 내 직접 가 봄세."

"예. 홀에 계십니다."

로건 후작은 지배인을 따라 걸음을 옮겼다.

✿ ✿ ✿

"오늘도 늦으신다니?"

"네, 마님. 먼저 주무시라고 전하셨습니다."

"그래. 나가 보렴."

요즘 슈덴이 계속 바빴다. 발리아는 혼자 남은 침실에서 책을 탁 덮었다. 며칠째 못 본 건지 감도 잡히질 않았다.

슈덴은 침실에 들어오기는 한다. 그런데 아주 늦은 밤에 왔다가, 이른 새벽에 홀쩍 나가 버렸다. 발리아는 잠에 푹 빠져 슈덴에게 말도 제대로 못 했다.

며칠 동안 혼자 저녁을 먹고, 먼저 잠에 들었지만 별로 서운하지는 않았다. 사실 발리아는 자꾸 웃음이 새어 나와 참을 수가 없었다. 그녀는 침실 문이 잘 닫힌 걸 다시 확인했다. 꼭 닫힌 문을 본 후에는 침대에 풀썩 엎드렸다. 그리고 베개에 얼굴을 푹 파묻었다.

[사실은 저희가 구워 낸 과자입니다…….]

[각하께서 마님께 반드시 비밀로 하라고 하셔서…….]

그래. 어쩐지 이상했다. 아무리 해도 과자 맛 차이가 너무 났다. 그래서 요리사들에게 몇 마디 물어보는데 뭔가 이상했다. 과거에 황궁에서 시녀로 일했던 발리아는 고용인들의 표정 변화를 감지할 줄 알았다. 요리사들이 뭔가를 숨기고 있는 것 같았다.

노련한 폴과 사라였으면 들키지 않았을 터다. 하지만 요리사들은 아니었다. 이상하다 싶어 물어보는 마님한테 작정하고 거짓을 고할 수가 없었다. 결국 그들은 하나씩 털어놓았다. 뒤늦게 폴이 왔기만 상황은 모두 끝나 있었다. 요리사들이 울상이 된 건 덤이었다.

'그 사람도 참. 그렇게 휙 가져가 버리면 어떡해.'

발리아는 피식피식 웃음이 나왔다. 아직 슈덴한테 묻지는 못했다. 발리아가 딱 과자에 대한 전말을 알게 된 그날부터 슈덴이 바빠졌기 때문이다. 옛날 일이니 어쩌면 잊었을지도 모른다.

'오늘은 그래도 좀 일찍 귀택한다고 해서 기대했는데.'

집에 오자마자 집무실로 바로 올라가 버렸으니. 보좌관들이 와르르 따라 올라가는 걸 보니 정말로 바쁘긴 한가 보다. 심지어 저녁을 먹으러 내려오지도 않았다. 발리아는 베개를 껴안고 뒹구르르 굴렀다. 이대로 있으면 또 잠들어서 못 보겠지.

솔직히 말하자면 벌써부터 졸렸다.

'어떻게 할까.'

천장을 보는 은회색 눈동자가 깜빡거렸다.

❦ ❦ ❦

찰박거리는 물소리가 났다. 슈덴은 욕탕 벽에 등을 기댔다. 물에 흠뻑 젖은 붉은 금발. 슈덴은 물기 젖은 손으로 얼굴을 쓸어 넘겼다. 김이 모락모락 피어오르는 따뜻한 물에 몸을 담그고 슈덴은 생각에 잠겼다.

로메인 소후작은 도박을 좋아한다. 특별히 공을 기울일 필요도 없는 정보였다. 흠결은 아니었다. 귀족들은 가벼운 도박을 유희의 일종으로 생각하니까.

소후작은 로건 후작의 술집에 자주 드나들었지만, 그보다는 음산하고 퇴폐적인 카지노를 더 좋아했다. 영지에 내려갈 때마다 카지노에 들러 큰돈을 쏟아붓는다는 것을 율리안이 알아 왔다.

이 모든 정보를 취합한 슈덴은 로건 후작에게 막대한 황금을 투자했다. 카드 게임의 배당률을 어마어마하게 높여 놓았다.

카드 테이블에 쌓인 황금 탑.

소문은 금방 퍼졌고, 로메인 소후작은 바로 걸려들었다. 너무 쉽게 걸려들어 와 조금 허무할 지경이었다. 게다가 건 판돈도 엄청났다. 하긴, 원래부터 자기 과시를 좋아하는 성격이라곤 들었다.

'혼자서는 감당하지 못할 금액이니 로메인 후작에게도 알려지겠군.'

아들의 도박 빚을 메꾸기 위해 로메인 후작도 손을 쓸 것이다. 물론 뜻대로 되지는 않을 예정이다. 이후로 로메인 후작가와 직·간접적으로 연결된 가르트의 모든 사업은 본격적인 재정 긴축에 들어갈 테니까.

슈덴은 로메인 후작가에는 별다른 사감이 없었다. 다만 그들이 엘반의 가장 큰 지지 가문이라는 게 문제였다. 원래 황위 다툼이라는 게 이런 도박이다. 줄을 잘못 서면 패가망신도 감수해야 하는 것이다.

물론 그렇게까지 할 생각은 없었지만.

첫 불씨를 삼킨 것은 로메인 소후작이지만, 터지는 건 엘반의 눈앞 일 터다. 슈덴의 경고였다. 엘반도 마냥 멍청한 놈은 아니니 알아들을 거다.

'그래도 못 알아먹으면 그땐 정말 죽여 버려야겠군.'

이럴 때면 황족들은 전쟁터에 나가지 않는 게 참 아쉬웠다. 손쉽게 죽여 버릴 수가 있는데 그러질 못하니. 슈덴은 요 며칠 바빴던 눈을 감았다. 일과가 참 빡빡했다. 일하고, 먹고, 씻고, 자고. 침실로 오면 발리아는 이미 깊게 잠들어 있었다.

그의 어깨 위로 나긋한 손길이 얹어진 건 그때였다. 여자 손이었다.

"뭐지?"

슈덴이 이마를 찌푸렸다. 욕탕에 하녀가 들어온 건가? 안주인의 욕탕에 남자가 들어가지 않듯 바깥주인의 욕탕에도 여자가 들어가지 않는다. 당연한 거다.

주인을 유혹하는 하녀. 뭐, 귀족 가문에서 없는 일은 아닌데 가르트에서 이러는 건 처음이었다.

"슈."

그런데 들려오는 목소리가 익숙했다. 슈덴이 곧장 뒤를 돌아보았다.

"……발리아?"

당신이 왜 여기 있지? 발리아가 무릎을 모으고 앉아 있었다. 그녀가 빙긋 웃었다.

"욕탕에 계신다고 들어서요."

"안 주무셨습니까?"

"자려고 했는데……, 며칠 동안 얘기도 못 했잖아요."

조금 놀라긴 했지만 그도 잠시. 슈덴은 금세 기분이 좋아졌다. 그는 제 어깨에 얌전히 얹힌 발리아의 손을 잡았다. 오늘도 자는 모습만 볼 줄 알았는데. 으레 그렇듯 느긋한 목소리가 발리아를 놀린다.

"제가 많이 보고 싶으셨나 봅니다."

"네."

"……음?"

"보고 싶었어요."

그러나 돌아오는 대답이 슈덴의 예상과는 전혀 다르다. 그가 조금 당황했다. 발리아는 살며시 웃었다. 슈덴이 이렇게 당황하는 모습을 보니까 재미있다. 욕탕 문 앞에서 오래오래 고민하다가 들어온 보람이 있었다. 하인들은 마님의 심각한 표정 때문에 덩달아 심각해져 있었지만, 발리아가 알 리 없었다.

"슈."

발리아는 슈덴의 젖은 금발을 살짝 건드렸다. 손끝에 배어나는 물기가 따뜻하다.

"저한테 숨기고 있는 거 있죠?"

"……."

연애 경험이 전무했던 그녀는 몰랐다. 그 말이 남자에게 어떤 의미로 해석되는지. 남자인 슈덴은 일단 침묵했다.

그녀에게 숨기고 있는 거야 여러 가지가 있다. 엘반에 관한 것도 숨기고 있고 로메인 소후작에 관한 것도 숨기고 있고, 젠장. 혹시 발리아가 엘반의 수작질에 대해서 안 건가?

슈덴은 아직 그녀에게 그 이야기를 꺼낼 생각이 없었다. 언제 어떻게 말해야 하는지 감이 잡히지 않았기 때문이다.

어쨌든 제 무신경했던 성정 때문에 빚어진 일임은 틀림없으니, 발리아가 혹시 실망할까 봐 걱정됐다는 게 맞는 말일 터다. 그녀가 혹 자신한테 실망해서 화라도 낸다면 건 글쎄, 상상이 잘 가지 않는 모습이지만 기왕이면 영원히 상상하고 싶지 않았다.

"발리아."

괜히 꺼내서 부스럼을 만들고 싶지도 않았기 때문에, 슈덴은 질문을 되돌렸다.

"폴한테 무슨 말이라도 들었습니까?"

윤리안이라고 하지 않은 이유는 혹시나 싶어서였다. 발리아가 고개를 가로저었다.

"폴한테 들은 건 아니지만……, 과자요."

"과자?"

"네."

슈덴은 발리아의 목소리가 평소보다 들떠 있다는 걸 어렴풋이 알았다. 아마 얼굴을 마주 본 상태였으면 바로 알았을 것이리라. 발리아의 뺨은 평소보다 발그레했다.

"제 과자 가져가셨다면서요."

앞뒤는 다 생략된 뜬금없는 말이었다. 그런데 생각은 놀랍도록 잘 났다. 예전 일이다. 예전 일이긴 한데, 잊기 힘든 일이기도 했다.

분명 입단속 하라고 말했던 것 같은데. 고용인 중 어떤 간 큰 놈이 그걸 안주인한테 쪼르르 달려가 일렀는지. 그러면서도 슈덴은 약간 안심했다.

무슨 말을 하나 했더니 그 이야기였군.

"그 과자들 가져가서 어쩌셨는지 물어봐도 돼요?"

뭘 그리 조심스럽게 물어보는지 모를 일이다. 슈덴은 가볍게 대답했다.

"어쩌긴요. 먹었지요."

"네? 드셨다고요? 설마 전부 다요?"

"예. 저한테 주려고 만드신 거 아닙니까?"

"아니, 그게, 맞긴 한데, 그 과자들이 맛이 좀......"

"먹을 만했습니다."

칼이 들었으면 진지하게 '네 남편 지금이라도 진료를 받아 보게 하는 게 좋지 않겠느냐?' 하고 말했을 터다. 사실 발리아도 조금쯤 그렇게 생각했다. 그렇게 말할 수는 없어 바람 빠지듯 픽 웃었지만.

"거짓말이어도 그렇게 말해 주니까 좋네요."

"제가 당신한테 거짓말을 왜 합니까?"

"저 기분 좋으라고요."

슈덴이 피식 웃었다. 발리아가 생각하고 있는 것 이상으로 슈덴은 과자에 대해 강렬히 기억하고 있었다.

기강 꽉 잡힌 군부에서도 요즘 몇몇 남자들이 과자를 선물받아 오고 머리를 긁적였다. 슈덴은 그들에게 별말을 할 생각이 들지 않았다.

왜냐면 예전에 자신도 받았으니까. 그것도 아내한테. 단순히 시간으로 따지면 이 군부를 통틀어 가장 먼저 받은 남자가 슈덴 그일 터다.

솔직히 말할까. 그 사실은 슈덴의 기분을 은근히 좋게 했다.

그는 줄곧 앉아 있던 몸을 일으켰다. 찰박거리는 소리. 물이 뚝뚝 떨어졌다. 슈덴이 자신을 돌아보자 발리아는 당황했다. 무릎을 모으고 쪼그려 앉아 있던 그녀는 일어나기도 전에 양팔이 붙잡혔다. 얇은 드레스가 금세 물기에 젖었다.

"음, 슈. 지금 다 벗으셨는데……."

"목욕하고 있었으니 당연하지요. 부인께서 들어오지 않았습니까."

"……그래서 싫으세요?"

약간 붉어진 얼굴로 새침하게 말하는 입술에 슈덴이 가볍게 키스했다. 그럴 리가.

"거기 계속 앉아 있을 바에는 그냥 들어오시는 게 낫지 않습니까."

"……어딜요?"

"어디겠습니까."

그렇게 되묻어 놓고는 대답을 기다리지도 않았다. 슈덴은 발리아가 쉽게 들어오지 않을 것을 알아 아예 직접 욕탕에서 나왔다. 바닥에 물 떨어지는 소리마저 묘한 분위기를 자아낸다.

발리아를 일으켜 세워 나무 침대 쪽으로 데려간 슈덴이 그대로 입을 맞췄다. 수증기 섞인 더운 공기, 입맞춤도 뜨겁다. 슈덴은 발리아의 가슴께에 묶인 리본을 잡아 풀었다.

2층에서만 입는 가벼운 실내 드레스라서 벗기기도 쉬웠다. 사실 이보다 복잡한 드레스여도 슈덴은 금세 벗겨 냈을 거다. 그는 얇은 드레스를 완전히 벗겨 내고 속옷도 풀어냈다. 발목에 걸린 속옷을 벗겨

던진 후 발리아의 말랑한 허벅지를 쓸었다.

발리아의 몸은 부드럽다. 어디든 단단하고 근육이 대다수인 제 몸과는 전혀 달랐다. 손에 감기는 감촉은 복숭아 속살처럼 무르고 연약해서, 항상 힘을 세게 주질 못했다. 조금만 세게 잡아도 왜 그렇게 발갛게 자국이 남는지. 슈덴은 발리아의 가녀린 어깨에 입술을 꾹 눌렀다.

쇄골을 살짝 깨물고 내려가는 입술이 뜨겁다. 그는 동그란 가슴을 한 입에 삼키고 붉은빛 감도는 유두를 혀로 굴렸다. 그녀의 발끝이 조금씩 움찔거렸다. 발리아는 슈덴의 어깨를 그러잡았다. 엉덩이를 살짝 걸치고 있는 나무 침대는 서늘한데, 눈앞의 그는 물기를 머금은 탓인지 평소보다 뜨겁고 야릇했다.

자신이 그를 이렇게 보듯 그도 자신을 이렇게 볼까? 그러면 좋겠다고 생각하다가도 막상 그러면 좀 부끄러울 것 같았다.

허벅지 안쪽, 촉촉한 입구로 거침없이 침입하는 손가락. 처음부터 세 개를 빠듯하게 밀어 넣자 발리아가 흡 하고 숨을 삼켰다. 좁은 곳을 벌리고 내벽을 긁어내는 손끝에 몸이 오싹오싹해졌다.

울컥 쏟아진 애액이 금세 안쪽을 번들번들하게 만들었다. 손가락이 마치 페니스처럼 발리아의 질내를 자극한다. 열기가 고인 아랫배가 조여들었다.

슈덴의 페니스는 어느새 터질 듯 부풀어 올라 있었다. 그는 손가락을 빼고, 발리아를 뒤로 돌렸다. 무방비하게 드러난 등과 엉덩이. 슈덴은 움찔거리는 뒷목에 입을 맞추고, 발리아의 골반을 단단히 잡았다. 젖어 뜨거운 부위로 슈덴의 페니스가 길을 열고 들어갔다.

"……흐윽! 흣!"

좁은 몸을 열고 들어오는 페니스는 언제나 무자비했다. 그의 애무는 부드러운데 정작 정사는 이렇게 거칠어지니. 꿰뚫어 버릴 듯 깊숙이 밀어 넣었다가 빠져나가는 감각에 숨이 다 헐떡여졌다. 그리고 다시 퍽. 이 남자는 정말 손쉽게 그녀를 절정에 올려놓는다. 발리아의 어디를 찌르고 어디를 자극하면 되는지 눈 감고도 아는 것 같았다. 발리아 본인보다 발리아의 몸에 더 잘 아는 것처럼도 보였다.

쾌감에 푹 절여진 여체는 슈덴이 움직일 때마다 꽉 죄었다. 그가 낮은 신음을 토해 냈다.

진퇴가 거칠었던 탓인지 침대 끝을 잡고 있는 발리아의 두 팔이 바들바들 떨렸다. 하긴, 자세가 좀 불안정하기는 하다.

슈덴은 발리아를 상체만 침대에 엎드리게 했다. 그리고 그녀의 두 손목을 등 뒤로 교차해 틀어잡았다. 단단한 손에 쉽게 잡히는 부드러운 양 손목. 슈덴은 다시 움직이기 시작했다. 손목이 잡힌 채 받아 내야 하는 자극이 심하다. 발리아의 몸이 흔들렸다.

❋❋❋

"저하! 벌써 이 외조부의 조언을 잊으신 겁니까? 예? 저하!"

엘반은 아무런 대답도 하지 않았다. 로메인 후작은 크게 화가 난 상태였다.

2황자 엘반의 외조부인 로메인 후작은 머리가 좋은 편이다. 나이가 들었지만 감이 좋았고 날카로웠다. 그는 맏딸인 아라스를 에드가 7세의 후궁으로 밀어 넣을 때부터 거대한 청사진을 그리고 있었다. 그 첫 번째가 아라스로 하여금 아들을 낳게 하는 것이다.

로메인 후작은 후궁으로 들어간 딸에게 물심양면으로 지원해 줄 터이니 황제의 후계를 잇게끔 노력하라고 했다. 물론 겔의 황법은 원칙적으로 황녀에게도 승계권을 인정했다. 그러나 역대로 대통을 이은 것은 황자였다.

아라스는 로메인 후작의 바람대로 아들을 낳았다. 그게 2황자 엘반이었다.

황제에게는 적장자인 1황자 구스토가 있었지만, 그 어미인 황후가 일찍 죽었다. 아라스는 가문의 세와 황자를 낳은 공이 인정되어 1황비가 되었다. 죽은 황후를 대신해 내명부를 통치하게 되었으니 내궁에서는 일인자나 마찬가지였다.

로메인 후작이 본격적으로 나선 건 이때였다. 제 피를 이은 외손자를 제국의 황제로 앉히기 위해서.

황제 에드가 7세는 서열을 따지는 성격이 아니었다. 그는 명리보다 실리를 따지는 성격인 데 반해 이상한 낭만도 여럿 갖고 있는 독특한 군주였다.

무엇보다 황제는 승리하는 자를 좋아했다. 그래서 구스토를 황태자로 봉하지 않은 것이리라. 황제는 황자들이 경쟁하게 내버려 두었다. 이미 많은 황자들이 떨어져 나갔고, 타국의 왕가 또는 자국의 귀족가로 시집갈 황녀들은 제외됐다. 남은 것은 구스토와 엘반. 둘의 싸움이었다.

다만 묵인에도 정도가 있는 법이라, 구스토와 엘반이 다투는 것도 물밑에서였다. 후궁들의 암투와 비슷했다. 그들을 둘러싼 정세가 어떻든 속으로는 어떤 칼을 갈든 공식 석상에서의 그들은 동복형제처럼 다정했다.

그러기를 줄곧 권한 것은 로메인 후작이었다. 엘반은 성격이 다소 불같은 면이 있는지라 모든 게 굳건해지기 전까지는 조심 또 조심해야 했다.

"제가 몇 번을 말씀드리지 않았습니까! 가르트는 건드리면 안 된다고 말입니다!"

로메인 후작은 크게 화를 냈다.

"이 외조부의 말만 잘 들으시면 반드시 황관을 씌워 드리겠다 그리 말씀을 드렸는데!"

로메인은 사업적인 보복을 당했다. 금전에 관해서 할 수 있는 모든 복수는 다 당했다. 소후작이 진 도박 빚은 막대한데 이 빚을 무조건 현금으로만 받겠다고 했다. 토지나 건물 등은 제법 보유하고 있는 로메인 후작가였지만, 그만한 유동 현금을 갑자기 내놓을 수는 없었다.

급한 대로 땅을 담보로 돈을 마련하려고 했는데 줄줄이 거절당했다. 거래하고 있는 무역항과 사업장에서도 난색을 표했다. 부랴부랴 알아보니 전부 가르트와 연관이 되어 있었다. 붙은 불은 겨우 껐지만 손해가 막심했다.

당분간 빈 곳간을 채우는 것만 해도 로메인 후작은 눈코 뜰 새 없이 바빠질 것이리라.

엘반은 입술을 짓씹었다. 가르트가 어떤 의미로 이런 복잡하고 귀찮은 일을 만들었는지 바보가 아니고서야 모를 수가 없었다. 이건 간단한 경고였다. 그런데 그 경고의 규모가 무시무시했다. 엘반은 뒷일이 두려워서라도 입을 다물어야 할 것이다. 처음 하는 경고가 이 정도이니 뒤는 상상조차 가질 않았다.

"하지만 외조부님. 제가 정말 괜찮은 약점을 잡았습니다. 외조부님도 들어 보시면……"

"아니오, 저는 듣지 않겠습니다. 황자 저하께서도 들은 적 없다 생각하시고 어서 잊으십시오."

나이가 많은 로메인 후작은 전 가르트 후작의 음침한 성정을 알고 있었다. 로메인은 남부에 영지가 있었다. 가르트의 영지와도 맞닿은 땅. 가르트 가문에 관한 좋지 않은 소문들을 어릴 때부터 주워듣고 살았다.

지금이야 슈덴 가르트가 수도에서 머물고 황궁에도 꼬박꼬박 나오지만, 대대로 내려온 교활한 성정이 어디 갔을 리가 없다. 로메인 후작이 일부러 정공법으로 나가는 것에는 이유가 있다. 뒷공작질? 어설프게 시도하다가는 배로 호되게 당할 것이 뻔했다.

"저하. 저하께서는 이 늙은이가 용기가 없어서 비굴하게 구는 것처럼 보이시겠지만 이게 정답입니다. 가르트는 예전부터 소문이 좋지 않았습니다. 왜 굳이 그를 건드리려고 하시는 겁니까?"

그야 슈덴 가르트의 목줄을 잡을 만한 정보를 잡았으니까. 엘반은 이렇게까지 조심스럽게 구는 로메인 후작이 답답했다.

"외조부님. 이러실 게 아니라 이야기를 한번 들어 보십시오. 정말 생각이 바뀌실 겁니다. 이마저도 싫으십니까?"

"예, 싫습니다. 저하께서는 지금 눈앞에 보이는 대로를 두고 일부러 골목으로 돌아가려고 하고 계십니다."

로메인 후작은 아예 들으려고 하지를 않았다. 엘반은 이게 또 빈정이 상했다. 어떻게든 혼자 빠져나갈 구멍을 만들어 두는 것처럼 보였기 때문이다.

기분이 나빴다. 애초에 슈덴 가르트에게 경제적인 보복을 당한 것도 따지고 보면 로메인 후작의 잘못이 아니던가. 아들 관리를 잘못해서 말이다. 그러게 왜 구멍을 만들어 놓았지? 가르트 공작이 공격할 여지가 없게끔 아들을 잘 단속시켜야 할 게 아닌가.

'오냐오냐 키우더니 내 이럴 줄 알았다고.'

로메인 소후작. 엘반에게는 외삼촌 격이지만 연배는 비슷했다. 로메인 후작이 늘그막에 본 아들이었기 때문이다. 후작은 소후작을 매우 귀애했다. 딸만 계속 보다가 마지막에 얻게 된 늦둥이 아들. 로메인 후작 부인은 이 아이를 낳고 산욕열을 앓다가 죽었다. 친모와 함께 어린 목숨을 잃을까 봐 애지중지 키웠다고 한다.

겔의 귀족들은 아이가 태어나도 바로 이름을 지어 주지 않는다. 로메인 후작은 달랐다. 며칠도 안 되어 이름을 지어 주고, 곧장 소후작으로까지 봉해 주었다. 이 유별난 부정도 엘반에게 은근히 거슬리는 요소 중 하나였다.

로메인 후작은 항상 엘반을 위한다고 말한다. 그러나 결국은 본인 가문의 이득을 위해 자신을 돕는 게 아니던가. 황제의 외삼촌으로 제 아들을 대접받게 하고 싶은 욕망이 가장 클 것이다. 그동안은 알면서도 좋게 좋게 넘어갔지만 지금은……

"당분간은 뒤처리 때문에 바쁠 겁니다. 저하께서는 푹 쉬시면서 마음을 좀 더 가라앉히도록 하세요. 후일 큰일을 하실 분이 아닙니까."

"……알겠습니다. 조심히 가시길."

엘반은 로메인 후작을 궁문까지 배웅했다. 그리고 처소로 돌아오자마자 냅다 찻잔을 던졌다. 도자기가 깨지는 날카로운 소리에 사용인들이 화들짝 놀라 고개를 수그렸다. 엘반은 씨근덕거리며 의자에 털썩 주저앉았다.

'열 받는군.'

엘반과 로메인 후작은 감정적인 신뢰보다는 정치적인 신뢰로 맺어진 관계다. 그러나 그들 사이에 기반하고 있던 것은 분명히 혈육의 정이었다. 엘반은 나름대로 외조부를 믿었다. 그런데 아들이 좀 이용당했다고 이렇게 화를 내는 로메인 후작을 보니 정이 뚝 떨어졌다.

'외조부는 나랑 맞지 않아. 조금씩 어긋나는 게 있었어.'

어쩌면 말이지. 자신이 기댈 곳이 로메인 후작가 하나밖에 없다고 생각해서 이렇게 막 대하는 걸 수도 있다. 만약 그런 심산이라면 로메인 후작은 잘못 짚었다.

"저하. 조금 후면 성녀님과 티타임을 가지실 시간입니다."

"내가 몸이 안 좋아 가지 못할 것 같다고 전해 드려라."

"예, 알겠습니다."

시종이 물러갔다. 성녀라. 사실 성녀가 처음 나타났을 땐 혹했다. 부황이 마음에 들어 하는 게 보였고, 일단 신비로웠다. 게다가 탄신 파티에서의 모습 또한 훌륭했다.

대다수의 귀족이 생각했듯 엘반 역시 성녀가 사교계에서도 분명한 입지를 다질 거라고 생각했다. 그렇게만 한다면 성녀는 꽤 괜찮은 결혼 상대였다. 그 예상이 부서지기까지는 얼마 걸리지도 않았지만.

성녀는 상상 이상으로 따분한 존재였다. 자신을 만날 때면 잘 웃지도 않았고 말도 극도로 아꼈다.

광대처럼 웃겨 주려는 것도 하루 이틀이지. 자신이 그만한 공을 들여서까지 성녀의 환심을 얻어야 할까?

하긴, 애초에 신의 대리자라는 몸이다. 그 육체를 품을 수나 있을지 의문이었다. 결혼 후 첫날밤도 치르지 못 할 아내 따위 갖고 싶지도 않았다.

엘반이 황태자가 되기 위해서는 강력한 정치적 뒷받침이 필요했다. 고작 종교적인 명예로는 아무것도 되지 않는다. 아니, 나중에 황제가 된 다음에 성녀를 후궁 정도로 들인다면 모를까.

황자의 정비(正妃) 자리는 사교 활동을 전혀 하지 않는 성녀가 가져가기에는 과분한 자리였다. 엘반에게는 지금 당장 새로운 정치적 뒷배가 필요했다.

'가르트는 더럽게 대담하지. 아크 로일론 그자를 보란 듯이 파문하고.'

가르트는 공작 가문이다. 그러나 겔에는 다른 공작 가문이 하나 더 있다. 엘반은 얼마 전 받았던 제안 아닌 제안을 떠올렸다. 아직 늦지 않았겠군. 차일피일 미루고 있기는 했는데. 그가 보좌관을 불렀다.

"빌리엄 소공작에게 은밀히 사람을 보내라. 내가 만나자고 한다고."

"예, 저하."

엘반은 한 가지 줄에만 의존하는 게 얼마나 멍청한 짓인지 깨달았다. 보란 듯이 보여 줄 것이다. 가르트에게도, 로메인에게도.

**** **** ****

"가르트 공작 부인. 이곳입니다."

발리아는 시종장 램튼을 따라 사뿐사뿐 걸음을 옮겼다. 그녀가 온 곳은 황궁의 내궁. 외궁과는 달리 일반 귀족들의 출입이 더 엄격하게 통제된 곳이었다.

겔의 황궁은 복잡하다. 가장 먼저 거대한 궁문을 통해 들어오면 관료들이 근무하는 외궁이 나온다. 외궁의 안쪽에 있는 것이 중앙궁.

황제가 기거하며 귀족들이 알현하러 오는 곳이었다. 여기서 문 몇 개를 더 넘으면 내궁으로 들어올 수 있었다.

황궁의 내궁은 기본적으로 황가의 식구들이 머무는 곳이다. 황후와 후궁, 자녀들, 그 외의 직·방계가 거처한다. 물론 그들이 거주하는 곳 말고도 여러 용도의 궁이 있다. 오늘 발리아가 안내된 곳은 그 다양한 궁 중 하나였다.

"황제 폐하께 인사 올립니다."

"오, 왔는가. 일어나게."

"황공하옵니다."

이미 기다리고 있던 황제가 발리아를 보며 허허 웃었다. 은회색 눈동자가 호기심을 띠고 살며시 움직였다.

이곳은 내궁에 위치한 보물 창고. 역대 황제들이 취미로 수집한 것이든, 공물로 받아 놓은 것이든 그중에서 보물로 취급될 만한 것들을 모아 둔 곳이다. 발리아도 이곳에 대해서 대충은 들어 본 적 있었다. 직접 와 본 것은 처음이지만.

"짐도 이곳에 참으로 오랜만에 와 보는구나."

그래서 솔직히 말해 좀 부담스러웠다.

"폐하. 시종장에게 몇 번 말했지만 정말로 과분합니다."

"과분해 할 것 없네. 원래 군주는 공을 세운 신하에게 아낌없이 베푸는 법이야."

"외람되오나 폐하, 제가 무슨 공을 세웠는지요?"

그야 당연히 슈덴 가르트와 결혼해 준 것이지. 황제는 진지하게 말했다.

"자네는 이 제국으로 시집온 것 자체가 큰 공을 세운 것이야."

"……네?"

"그러니 부담 갖지 말게나. 짐이 주고 싶어 주는 것이니."

겔 제국으로 와서 결혼한 게 왜 공이 되는 거지? 발리아는 차마 이렇게 말하지 못했다. 대체 황제가 왜 자신한테 갑자기 보물을 하나 주겠다고 말하는지 감도 잡히질 않았다. 처음엔 차나 한잔 마시며 담소를 나누자고 부르더니.

시간에 맞춰 입궁했더니, 정작 알현실 바깥에서 기다리고 있는 것은 램튼이었다. 그는 발리아를 보자마자 "황제 폐하께서 공작 부인께 귀한 보물을 하사하시려고 합니다. 함께 가시지요."라고 말했다. 발리아는 얼떨떨했다.

"짐은 공작 부인이 어떤 걸 좋아할지 모르겠더군. 공작 부인이 보고 마음에 드는 게 있으면 직접 알려 주게."

발리아는 거듭 사양하려다가 마음을 바꿨다. 솔직히 말하자면 궁금하긴 했다. 황궁의 보물 창고에 직접 들어가 제대로 구경할 수 있는 기회가 평생 있기야 하겠는가. 또한 귀족으로서 군주의 성의를 계속해서 거절하는 것도 어려웠다.

'아니면 가장 저렴해 보이는 걸로……, 아니 이러면 황실 모독일 테니까 가장 작고 덜 값져 보이는 걸로 골라야지.'

그렇게 마음먹으니 처음의 부담스럽던 마음도 좀 가셨다. 발리아는 그때부터 호기심 가득한 눈으로 주변을 둘러보았다. 명명이야 '보물 창고'로 되어 있지만 그건 별칭일 뿐이다. 실제로는 보석 전시회와 비슷한 구조였다. 보안 마법이 빼곡하게 걸린 유리통 안에 각종 보물이 수도 없이 진열되어 있었다.

황궁의 보물 창고에 보관된 것들은 단순히 값비싼 보석들만이 아니었다. 귀한 성물도 있었고, 아주 희귀한 마법이 걸린 보검도 있었다. 이 보물에 무슨 능력이 있는지 알아보는 것은 쉬웠다. 앞에 작은 글씨로 설명이 되어 있었기 때문이다. 발리아는 무척 값비싼 전시회를 온 기분이 들었다.

그러고 보면 과거에는 전시회를 참 좋아했다. 종신 시녀로 입궁하고 얼마 되지 않아 발리아는 자신을 위한 저축도 조금씩 할 수 있게 되었다. 그렇게 돈은 모으는데 딱히 쓸 곳이 없었다. 황궁은 삼시 세끼가 꼬박꼬박 나오고 잠자리도 제공된다. 사실 저축도 할 이유가 크게 없었다. 일반 시녀였다면 후일 결혼을 위한 지참금이라는 목적이라도 있지, 발리아는 종신 시녀여서 해당도 되지 않았다.

그때 그나마 붙인 취미가 가끔씩 전시회를 보러 가는 것이었다. 호위 시녀가 된 후에는 그럴 시간조차 나질 않았지만.

"공작 부인은 검을 좋아하나? 자세히 보는군."

"신기해서 보았습니다. 이곳에 있는 검들은 전부 마법 용품들이군요."

"그렇다네. 검뿐만 아니라 다른 무기에도 하나같이 전부 마법이 걸려 있지."

발리아가 검에 관심을 보이자 황제가 헛기침을 했다.

"흠, 공작 부인. 짐이 노파심에 말하는데 괜히 가르트 공 챙겨 줄 것 없네. 공작 부인 마음에 드는 걸로 골라 공작 부인이 직접 쓰게나."

"알겠습니다. 폐하."

사람은 외양에 쉽게 현혹된다. 황제도 그랬다. 척 보기에도 가녀리고 연약해 보이는 공작 부인과 보검은 전혀 어울리지 않았기 때문이다. 게다가 부부의 사이가 유달리 좋기로는 사교계에 정평이 나 있으니, 발리아가 슈덴에게 주려고 검을 본다고 생각하기도 쉬웠다.

물론 군걱정이었다. 발리아는 곧 검에서 시선을 뗐다. 사실 그녀는 검에 별다른 관심이 없었다. 호위 시녀일 적에도 남들이 명검 사느라 큰돈을 들일 때 발리아는 아무 검이나 들고 다녔다. 애초에 그녀는 검이랑 잘 맞지 않았다.

'나는 유독 검을 잘 부러뜨려서 그냥 튼튼한 게 최고였는데.'

은회색 눈동자가 도르르 굴러갔다. 발리아는 걸음을 조금씩 옮겼다. 가장 값싸 보이는 걸 고르겠다는 처음 생각과는 달리 그녀는 보물 구경에 푹 빠졌다. 아기 주먹만 한 루비를 보면서 저건 어디에 쓸까 하는 생각도 했다. 저쯤이면 사람이 보석을 착용하는 게 아니라 보석이 사람을 착용하는 수준인데.

"폐하."

"오, 그래. 골랐는가?"

"다른 건 제게 너무 과분한 것 같습니다. 그래서 하나 눈여겨 두기는 했는데……."

"공작 부인은 왜 이렇게 겸양이 지나친가? 어떤 건 갖고 싶은가? 너무 소박한 건 고르지 말게나."

예의상 하는 말이다. 명색이 황궁의 보물 창고이니, 가장 수수한 걸 골라도 평범한 귀족 가문에서는 대대로 물려받을 가보로 삼아야 할 정도였다.

황제는 살짝 기대가 됐다. 과연 부족한 것 없을 가르트 공작 부인이 어떤 것을 골랐을까? 심미안이 뛰어날 테니 아주 진귀한 보물을 달라고 청해 자신을 깜짝 놀라게 할 수도 있을 터다.

"……이것?"

"네, 폐하."

그리고 황제는 다른 의미로 많이 놀랐다. 그는 발리아가 갖고 싶다고 고른 걸 보고 눈을 몇 번 깜빡였다. 황제가 물었다.

"가르트 공작 부인. 진담인가?"

"……제가 너무 귀한 걸 골랐습니까?"

"아니, 아닐세."

당황함이 가시자 헛웃음이 나왔다. 황제는 허허허 웃었다.

'왜 하고 많은 보물 중에서 메이스를 달라는 거지?'

황제가 알기로 슈덴 가르트는 검을 쓴다. 가끔 창을 쓴다고도 들었지만, 일단 기본적으로는 검만 썼다. 둔기는 검 종류와 바로 치환되기 어려운 무기다. 사용해야 하는 악력이 다르기 때문이다. 황제도 소싯적 기사 수련을 받았기 때문에 당연히 알고 있다.

"제왕은 한 입으로 두 말하지 않는 법. 이 메이스는 공작 부인 자네에게 하사하겠네."

"감사합니다. 폐하."

발리아는 고개를 숙였다. 황제가 하사하는 물건은 시종이 두 손으로 직접 건네준다. 시종은 예법대로 가르트 공작 부인에게 메이스를 넘기려다가 제지당했다. 황제가 손을 들어 막은 것이다.

"흠, 가르트 공작 부인. 이건 짐이 시종을 시켜 저택으로 보내 놓겠네. 돌아가는데 짐이 많으면 힘이 들지 않겠는가."

"아. 알겠습니다, 폐하. 신경 써 주셔서 감사합니다."

발리아는 미소와 함께 답했지만 황제는 조금 걱정이 됐다. 가르트 공작 부인이 괜히 메이스를 들다가 팔을 다치기라도 한다면, 음.

"폐하. 다음에 정식으로 감사 인사를 드리러 오겠습니다."

"오, 그래그래. 알겠네. 기다리고 있지."

메이스를 달라고 청한 것은 뜬금없었지만, 그래도 원래 목표는 무리 없이 달성했다. 황제는 발리아와 함께 올 슈텐을 생각하며 턱을 쓰다듬었다.

'그래. 설마 메이스를 직접 휘두르겠어. 당연히 수집용이겠지. 어쨌거나 가르트 공작 부인에게 아주 독특한 취향이 있었군 그래.'

특이하고 아름다운 무기를 수집하는 귀족들은 의외로 종종 있었다. 발리아가 갖고 싶다고 고른 메이스도 그런 종류였다. 거기에 마법까지 걸려 있으니 실로 귀한 수집품이라고 할 법했다. 그러니 우려하는 상황은 벌어지지 않을 것이다. 예컨대 황제가 내린 메이스 때문에 공작 부인이 다친다든지…….

황제는 슈텐의 다양한 표정을 보는 걸 즐거워했다. 그런데 아내를 다치게 해 화난 모습은 별로 보고 싶지가 않았다.

"가르트 공작 부인. 기왕 내궁에 왔으니 정원에서 차라도 마시지 않겠는가? 내궁의 정원은 무척 아름답다네."

"폐하의 말씀을 어찌 거절하니까."

"좋군, 좋아. 램튼?"

"예. 폐하. 이미 준비해 두었습니다. 가시지요."

발리아는 황제를 따라 걸음을 옮겼다. 사실 그녀에게 내궁은 그리 새로울 것 없는 장소였다. 과거에는 아예 여기서 살았길 않았던가. 그때와 다른 게 있다면 지위였다. 가르트 공작 부인이란 위치 덕에 황궁 사용인들은 발리아에게 아주 정중하고 조심스럽게 대했다.

"폐하, 가르트 공작 부인. 요즘은 장미가 한창 예쁘게 필 때지요."

램튼이 안내한 곳은 장미 정원이었다. 다양한 색깔의 장미가 환상

적인 조화를 이루고 있었고, 그 사이 목 좋은 곳에 티 테이블이 마련
되어 있었다.

발리아는 의자에 앉아 주변을 둘러보았다. 수천 송이의 장미 중에
서도 유독 화려하게 피어난 장미가 있었다. 황금빛 테두리가 시선을
끄는 붉은 장미꽃. 예리가 얼마 전에 거의 정원 하나를 뽑다시피 해서
보내 준 적 있는 골드 로즈였다.

"음? 뭘 보고 있나?"

"골드 로즈가 예쁘게 피어서 보고 있었습니다."

"공작 부인이 심미안이 있군. 골드 로즈는 아주 귀한 꽃이지."

황제가 턱을 쓰다듬었다.

"그러고 보니 예전에 짐이 가르트 공에게 저 꽃을 준 적 있었는데
말이야."

가르트 공작이라는 말에 발리아의 귀가 쫑긋했다. 황제가 발리아를
바라보았다.

"혹시 공이 자네에게 말하지 않던가? 짐이 골드 로즈를 준 적 있다
고 말일세."

"지나가다가 얼핏 들은 적은 있습니다. 자세히 듣지는 못했고요."

"흐음, 그런가. 자세히 이야기할 만한 건 아니야. 그럴 건덕지가 없
었거든. 자네도 타국 출신이니 어느 정도 알고 있지 않은가. 자네 남
편이 위명보단 악명이 높다는 걸."

겔 제국 귀족들 중에서는 아는 이가 많지 않지만, 황제는 알고 있
다. 타국에서 부르는 슈덴 가르트의 별칭이 살인귀라는 것을. 단순히
두려움 때문에 지어진 말이 아니었다. 그쯤이면 악에 받친 저주였다.
한 나라의 귀족이, 그것도 고위 귀족인 후작이 그만한 수식어를 목에

걸기까지 얼마나 많은 살인이 있었을까.

"밖에서 그리 죽음을 휩쓸고 다닌 탓인지, 그 잘생긴 얼굴이 거의 언제나 무표정하더군. 당시에도 고위 귀족들 중에서는 가장 젊었는데도 공을 편하게 대할 수 있는 귀족이 없었어. 그러지 못하는 거였지. 어릴 때도 그랬고."

"……제 남편이 어릴 때를 보셨나요?"

"소후작 작위를 받기 위해선 짐의 인가가 필요하지. 그때 처음 보았다네."

황제는 슈덴 가르트를 처음 보았을 때를 기억한다. 지금도 이해가 가지 않는 참사가 가르트 가문에 일어났었다. 당시 가르트 후작은 아들이 셋이나 있었다. 그런데 첫째와 둘째가 급작스레 죽었다. 막내아들은 영지에 내려가 있었는데, 병으로 급사했다고 후작이 직접 말했다. 황제가 알기로 가르트 가문에는 방계가 없었다. 그만한 규모의 귀족 가문이면 방계 가문도 꽤 여럿인 게 일반적인데도.

'가르트가 특별하긴 하지. 여러모로.'

직계 중 유일하게 남은 게 슈덴 가르트였다. 후작은 소후작이 몸이 약해 그간 영지에서 자랐다고 둘러댔지만, 황제는 거짓말인 걸 알았다. 병약함이 짙어 요양을 하며 지냈다는 소년이 그런 눈빛을 할 수는 없다.

'그때 내게 따로 했던 말도 있질 않은가.'

황제는 잠시 그때를 회상하다가 문득 고개를 들었다. 은회색 눈동자가 '어릴 때의 슈덴'이라는 말에 자신을 빤히 바라보고 있었다. 호기심이 담긴 걸 보니 남편의 어릴 적이 궁금한가 보다. 황제는 너털웃음을 터뜨렸다.

"물론 그때에도 공은 아주 잘생겼었다네."

"……."

"그 잘생긴 얼굴이 매번 무뚝뚝한 게 안타까워서 짐이 직접 꽃까지 줬건만, 별 반응이 없더군. 아마 그 꽃도 저택 어디엔가 대충 두지 않았을까 싶어. 골드 로즈가 얼마나 귀한 꽃인데 말이야. 쯧쯧."

발리아는 헛기침을 했다. 황제에게 꽃을 받았다던 슈덴의 말을 듣고 자신도 그렇게 생각했기 때문이다.

"그래서 짐은 자네가 마음에 들어. 그 돌덩이가 사람이 된 건 어쨌든 자네와 결혼하고 난 이후이질 않은가."

……돌덩이. 황제 앞에서 웃을 수는 없어서 발리아는 손수건으로 입을 잠시 가렸다.

"만약 지금 짐이 공에게 꽃을 하사한다면 분명 자네에게 줄 것이야."

"폐하께서 친히 내리신 것을 어찌 제게 줍니까."

"호오, 공작 부인. 짐과 내기라도 하겠는가?"

발리아는 대답하지 않고 차를 마셨다. 황제는 "그래. 질 내기는 하지 않는 것이 상책인 게야." 하고 껄껄 웃었다.

＊＊＊　＊＊＊　＊＊＊

어스름한 저녁이었다.

황실 예부. 겔 황궁의 예법과 법도, 내명부 품계, 의식 전반 등을 담당하는 이곳에서는 작은 소란이 일어나는 중이었다.

"……그 문서는 왜 갑자기 찾아 달라고 하는 건가?"

예부의 총관으로, 예부에서는 한 궁의 시종장과 같은 역할을 하고 있는 그는 얼떨떨한 표정을 지었다. 난데없이 낯익은 시종 하나가 들이닥치더니 사문화된 문서를 하나 찾아 달라고 부탁한 것이다.

말이 부탁이지 실상은 명령이나 다름없었다. 이 시종이 모시고 있는 주인의 권력이 심상치 않은 까닭이다.

"저는 주인의 뜻을 따를 뿐입니다. 총관님도 아시지 않습니까."

"……그럼 잠시 기다려 보게나. 시간이 걸릴 테니 차라도 한 잔 마시는 건……."

"제 주인님이 느긋하게 기다리는 걸 싫어하십니다. 여기서 기다리고 있을 테니 총관님은 가서 일을 보시지요."

"……알겠네."

총관은 예부 소속인 관리 시종들을 호출했다. 스무 명에 가까운 시종들과 함께 문서고로 들어가 오랜 문서들을 뒤지기 시작했다. 총관은 정리된 문서들을 팔랑팔랑 넘겨보았다. 아닌 밤중에 난데없는 노동. 세 시간을 꼴딱 넘겨서야 그들은 마침내 원하는 문서를 찾았다.

"여기 있네. 드디어 찾았군."

"감사합니다."

시종은 문서를 받아 들었다. 확인까지 해 본 시종은 만족스러운 표정을 지었다. 그러더니 곧장 문서고를 떠났다.

'이거, 황궁에 심상찮은 일이 날 것 같은데.'

급하게 수만 장의 문서를 뒤지느라 지친 총관은 흠뻑 젖은 이마를 닦아 냈다.

**** **** ****

저녁의 가르트 저택은 분주하다.

'같이 저녁 먹는 거 오랜만이네.'

발리아는 기분이 좋았다. 그간 말도 못하게 바빴던 슈덴이 요 며칠 들어서 조금씩 한가해지더니, 오늘은 자신과 비슷한 시간에 귀택했다. 혼자 밥 먹는 데 익숙한 발리아여도 슈덴과 같이 먹는 게 더 즐거운 건 부인할 수가 없었다.

오랜만에 함께 식사를 하게 된 공작 부부를 위해 요리사들은 심혈을 기울여 음식을 했다. 레몬즙을 뿌린 차가운 생굴, 노릇노릇하게 구워낸 흰 빵에 농도가 진한 수프. 올리브를 얹은 연어와 양고기 스테이크, 샐러드까지 모두 먹고 난 후에 디저트가 등장한다.

다양한 종류의 디저트 중에서 그 흔한 쿠키는 하나도 없었다. 요리사들은 마님이 과자의 전말을 알고 주인 각하와 어쩌셨는지 아직 모르기 때문이다. 그들은 아주 요리사다운 방식으로 눈치를 보는 것이지만 슬프게도 마님은 알아차리지 못하셨다.

발리아는 블루베리 잼을 채워 넣은 케이크가 입맛에 맞았다. 그래서 맛있게 먹었을 뿐이다. 요리사들은 잘 드시는 마님을 보며 기쁨과 슬픔을 동시에 느꼈다. 내일은 또 어떤 디저트로 과자의 빈자리를 채울까 하며 고민했다.

"슈. 저 내일 궁에 한 번 더 다녀와야 할 것 같아요."

"음?"

"폐하가 보물을 하사해 주셨어요."

"보물? 차를 마신다고 하지 않았습니까."

"네. 그런데 알현실 쪽으로 가니까, 시종장이 기다리고 있더라고요. 램튼 아시죠? 황제 폐하 직속 시종장이요."

슈덴이 고개를 끄덕였다. 발리아는 미소를 지으며 말했다.

"그 시종장이 저한테 그러더라고요. 폐하께서 내궁 보물 창고에서 기다리고 있다고요."

왜 갑자기 남의 아내를 보물 창고로 불러? 슈덴은 황제의 기행이 이해가 가질 않았다. 황제가 발리아를 궁으로 초대했다는 말은 들었다. 슈덴도 그 티타임에 동행하려고 했었다. 그런데 발리아가 안 된다고 말했다. 초대장을 받은 건 그녀 혼자였기 때문이다. 그의 아내는 은근히 원칙주의자였다.

결국 슈덴은 발리아를 혼자 보내야 했다. 어쨌든 그 덕에 오늘 로메인 후작가와 관련된 일을 거의 다 마무리하긴 했지만.

"그래서 내일 인사하러 가시는 겁니까?"

"네. 음, 그리고 시간이 되면 폐하께 허락을 받아 내궁도 잠깐 들르려고요."

이건 무조건 같이 가야겠군. 내일은 원래 슈덴이 외궁으로 가는 날이다. 그러니 본궁에 먼저 들러도 상관없겠지. 군부에 있는 귀족들이 들었으면 머리 위로 물음표를 잔뜩 띄웠을 생각을 슈덴은 아무렇지 않게 했다.

"있죠, 슈. 저 황궁 보물 창고에 가 본 건 처음이에요. 여기부터 저기까지 전부 전시회처럼 유리로 빼곡한데, 천장도 무척 높고……."

아이처럼 들뜬 목소리였다. 슈덴은 발리아의 이야기를 듣느라, 정작 그녀가 받은 보물이 뭔지 물어보는 걸 잊었다. 보물 창고에서 받았다니 당연히 보석이겠거니 넘겨짚은 것도 있었다. 황제가 귀족에게 내리는 하사품은 거의 다 그런 종류였으니까. 원래 황제의 하사품에 대해 무관심한 편이기도 했고.

그래서 슈덴은 설마 황제가 원하는 걸 직접 고르라는 특혜를 내렸을 줄도 몰랐고, 발리아가 그런 것을 골랐을 줄도 몰랐다.

그가 메이스에 대해 알게 되는 것은 다음 날이었다.

✤✤✤

슈덴은 황제의 예상과 조금도 어긋남이 없는 남자였다. 메이스를 하사한 것은 어제인데 인사를 하러 온 것은 오늘. 역대 최고로 빠른 기록이다.

물론 그 중심에는 가르트 공작 부인이 있었다. 진귀한 보물을 하사해 주셔서 감사하다고 허리를 굽히는 발리아 곁에 가르트 공작은 당연하다는 듯 함께 있었다.

사소한 문제가 있다면.

"……."

황제를 바라보는 붉은 눈동자에 어쩐지 불쾌한 기색이 스며들어 있다는 것.

"가르트 공. 왜 짐을 그런 눈으로 보는가."

"폐하."

"말하게."

"제 아내에게 하사하셨다는 보물 말입니다."

"흠흠."

황제가 헛기침을 했다. 이곳은 황궁의 알현실. 황제는 슈덴과 독대 중이었다. 시종장 램튼은 조용히 공작의 찻잔에 차를 따랐다.

"폐하께서 귀족에게 무기를 하사하신 전례가 극히 드물지 않습니까."

"음, 그야 그렇지. 보자, 가장 최근에 하사한 게 공에게 준 것 같군. 그렇지, 램튼?"

"예, 황제 폐하. 공작 각하가 후작이실 시절 승전의 공로를 치하하며 검을 하나 내리셨습니다. 그 때가 마지막입니다."

램튼의 대답은 신속했다. 황제가 슈덴을 돌아보았다.

"그렇다는군."

"제 아내에게는 왜 메이스를 내리신 겁니까?"

"허어, 공. 짐이 가지라고 준 게 아니야. 공작 부인이 직접 골랐다네."

끽해야 보석이나 성물을 달라고 할 줄 알았지. 보검도 아닌 메이스를 덜컥 골라갈 줄 누가 알았겠는가. 황제의 말은 모조리 진담이었지만 슈덴의 낯은 도통 풀릴 기색이 없어 보였다.

'허 참, 공작 부인이 있을 때는 별말 안 하더니.'

괜히 발리아를 먼저 내보냈나 싶었다. 내궁의 정원을 둘러보고 싶다는 그녀에게 얼마든지 그러라고 허락까지 해 줬거늘. 정작 남편은 이러고 있는 걸 알려나 모르겠다.

'흠, 그런데 이상하군. 공작 부인이 무기를 수집하는 취미가 있었다면 당연히 가르트 공이 알고 있어야 하지 않나?'

지금 슈덴의 태도를 보니까 그런 취미에 대해선 전혀 모르는 것 같은데.

'수집하는 용도가 아니면 공작 부인은 왜 메이스를 달라고 한 거지?'

뭔가 좀 이상했다. 의문을 품은 황제는 혹시나 하며 입을 뗐다.

"가르트 공. 혹 가르트 공작 부인이 메이스를……, 직접 쓰나?"

물으면서도 어이가 없는 질문이었다. 슈덴의 저 얼음장 같은 표정만 봐도 알 수 있었다.

"한 번도 그런 적 없습니다."

"음. 짐이 실언했군. 잊어버리게. 암, 그럴 리가 없지. 역시 공작 부인이 무기를 수집하는 취미가 있는 모양이야."

'……무기 수집?'

슈덴의 눈썹이 슬쩍 올라갔다. 발리아한테 언제부터 그런 취미가 있었나? 슈덴이 알기로 그녀는 딱히 수집하는 게 없다. 그는 돌아가는 대로 확인해 봐야겠다고 생각했다.

"수집가의 입장에서 보면 또 그만한 물건이 없지. 그 메이스는 황금으로 상감한 것도 그렇지만 마법까지 걸려 있어. 괜히 황궁의 보물이 아니란 말일세."

"폐하."

슈덴은 이마를 조금 찌푸렸다. 마법이라니. 그건 또 그것대로 처음 듣는 말이다. 애초에 메이스에 대한 이야기를 오늘 알현실에 와서야 들었다.

"무슨 마법이 걸려 있는지 여쭈어도 되겠습니까."

"아, 공은 아직 못 보았나? 지금은 사라진 마법이지. 크기가 줄어든다네."

"크기가 줄어들면 무게도 줄어듭니까?"

메이스는 강철로 이루어진 흉포한 둔기다. 무게가 상당해 힘 좋은 용병들이나 쓴다.

"……흠. 그건 잘 모르겠군."

램튼이 조심스럽게 끼어들었다.

"폐하, 각하. 제가 알기로 무게는 그대로인 걸로 압니다."

"그런가? 음. 그래도 뭐 문제가 있겠는가. 공작 부인이 직접 들 것도 아닌데 말일세. 작게 만들어 두면 잘 조각한 금 세공품 같을 게야."

마법이 걸린 무기는 수집가들 사이에서 굉장히 귀한 물건으로 취급되었다. 암암리에 엄청난 가격이 형성되어 있었다. 이유는 간단했다. 공급하는 자가 아예 없기 때문이다.

대륙의 마법은 사람들의 생활을 편하고 윤택하게 만드는 쪽으로 발달했다. 밤하늘을 수놓는 폭죽의 불꽃을 더 화려하고 다채롭게 만든다든지, 긴 거리를 짧게 이동할 수 있게 한다든지. 가장 대표적인 게 로드 워프였다.

마법은 독학을 할 수 없는 학문이다. 반드시 스승이 있어야만 했다. 사람에서 사람으로 내려오는 유려하며 신비로운 지식. 게다가 정식으로 마법사가 되기 위해서는 피의 선서를 해야 했다. 그 선서에 쓰인 서약 중 하나가 '마법은 어떤 경우든 사람을 해칠 수 없다.'는 것이었다.

왕국 몇 개가 스러질 만큼 오랜 시간이 지나면 어떻게 될지 모른다. 하지만 아직까지 마법이란 학문은 살상용이 아닌 실생활용이었다. 무기에는 어떤 식으로든 마법을 접목시킬 수가 없었다.

다시 말해 현존하는 마법이 걸린 무기들은 아주 오래된 것들이라는 말이었다. 마법사들의 피의 선서가 본격적으로 활성화되기 전에 만들어진. 기백 년은 우습게 뛰어 넘었다.

사정이 이러하니 무기에 걸린 마법들의 종류도 비슷했다. 크게 살상력이 있는 건 아니나, 지금은 사라져 버린 고대의 마법들. 발리아가 가져간 메이스도 그런 종류였다.

'다시 생각해 보니 공작 부인이 참 똑똑하군.'

황궁 보물 창고에 보관된 무기들에서 시간의 흔적을 찾기는 어렵다. 마법의 효력이 지속되는 부분을 아슬아슬하게 남기고 나머지는 전부 갈아 치워 버렸기 때문이다. 날과 손잡이를 교체하는 것은 기본에 위는 황금으로 상감하고 끄트머리에 굵직한 유색 보석을 박았다. 그야말로 보화였다.

그래도 한계는 분명 존재했다. 가장 대표적인 게 검이었다. 검은 예민한 무기다. 아무리 좋은 날로 갈아 끼워도 비단에 비단을 덧붙이는 꼴밖에 되지 않는다. 본디 이음새란 감쪽같이 꿰맨 대도 티가 나는 법. 하지만 메이스는 달랐다. 어차피 악력으로 콱콱 내려찍는 난폭한 무기라 헤드 부분을 계속 갈아 끼워도 상관없었다.

가르트 공작 부인이 메이스를 쓸 리 없다고 되뇌면서도, 황제는 자꾸 한쪽으로 실용성에 대해 생각하고 있었다.

"공. 기왕 본궁까지 왔으니 일도 좀 하고 가는 게 어떻겠나?"

"그러지요."

황제가 이렇게 말할 줄은 예상하고 있었다. 알면서도 발리아와 함께 온 것이니까. 슈덴이 순순히 따르자 황제는 재미없다는 표정을 지었다.

"그래, 프란츠 쪽에서 국경에 주둔한 군대의 절반을……."

"폐하."

램튼이 급하게 끼어들었다.

"송구하오나 드릴 말씀이 있습니다."

"무슨 일인가?"

"예부 쪽에서 방금……."

황제는 램튼이 작게 말하는 걸 들었다. 보고를 듣는 황제의 이마에 깊은 주름이 졌다.

"잠시 기다리라 하게. 램튼 자네도 나가서 기다리고 있고."

"알겠습니다, 폐하."

고개를 숙여 보인 램튼이 알현실을 나섰다. 황제는 반지 낀 손가락으로 팔걸이를 툭툭 쳤다. 무언가를 깊이 생각하는 얼굴이었다.

"가르트 공."

"예."

"공이 예전에 내게 했던 말 기억나는가?"

"폐하께 드린 말씀이 너무 많아 무엇을 이야기하시는지 모르겠습니다."

"공이 처음 황궁에 왔을 때 말일세. 전대 가르트 후작이 공을 데리고 알현실로 왔었지."

슈덴은 무덤덤하게 대답했다.

"오래전 이야기 아닙니까."

"그렇지. 그런데 이 나이가 되면 문득문득 옛이야기가 떠오르는 법이라네. 공이 그때 소후작이었지? 전대 후작이 후계자 인가를 승인받기 위해 왔으니까. 그때 공과 잠시 독대했었는데, 기억나나?"

"나지 않을 리가 있겠습니까."

"그건 다행이군. 그때 있었던 일을 짐 혼자 기억하면 너무 억울한 일이니 말일세."

허허 웃은 황제가 자리에서 일어났다. 그는 따라 일어난 슈덴을 등지고 문 쪽으로 걸어갔다.

"공은 이만 돌아가 보게나. 프란츠에 관한 건 잠시 유보해 두지."

"알겠습니다. 살펴 가십시오."

황제의 기척을 기민하게 감지한 사용인들이 바깥에서 문을 열었다. 바깥에 있던 램튼과 시종들이 고개를 조아렸다.

황제는 혼자 중얼거렸다.

"가르트 공은 참 운이 좋군. 짐이 오늘 세 시간은 붙잡아 두려고 했는데."

그렇게 말하며 기분 좋게 웃었던 것도 잠시, 복도를 따라 걸음을 옮길수록 황제의 얼굴은 심각하게 변했다.

"램튼."

"예, 폐하."

"정말로 '카니에 빌리엄' 영애던가?"

"제가 확실히 확인했습니다."

"……정말 당황스럽군. 일단 예부로 가 봐야겠어."

"모시겠습니다."

황제의 뒤를 따라 호위와 시종들이 긴 줄을 지어 따라갔다.

"……네?"

그날 가르트 저택의 밤이었다.

"제가 말씀 안 드렸었나요?"

화장대 거울에 얼굴을 비춰보던 발리아가 일어났다. 뺨에 번졌던 홍조는 이제 막 진정된 참이다. 물기가 약간 남은 머리카락을 귀 뒤로 넘긴 그녀가 슈덴에게 걸어왔다. 그는 영 탐탁지 않은 표정을 하고 있었다.

"이것 보세요. 이렇게 하면 크기가 줄어든대요."

곧고 가느다란 손가락이 손잡이를 건드렸다. 금세 메이스의 크기가 줄어들었다. 신기하죠? 은회색 눈동자는 순수하게 그렇게 말하고 있었다. 슈덴은 턱을 비스듬히 기울였다.

"그래서 직접 쓰시겠다고?"

"네. 어……."

발리아는 머뭇거리며 물었다.

"역시 귀족이 이런 걸 갖고 다니면 좀 그럴까요?"

"그런 게 무슨 상관입니까. 부인이 다치실까 걱정하는 거지."

발리아는 민망한 표정으로 말했다.

"……아까 다 보셨잖아요. 저 생각보다 힘세단 말이에요."

황궁의 보물답게 메이스는 굉장히 화려했다. 그리고 은근히 손에 착 감겼다. 발리아는 침대에 걸터앉아 홀로 빙글빙글 메이스를 휘둘러 보다가 멈칫했다. 목욕을 끝내고 침실로 들어오는 슈덴과 눈이 딱 마주친 것이다.

물끄러미 자신을 응시하는 붉은 눈동자가 어찌나 민망하던지. 발리아는 메이스에 박힌 보석을 구경하고 있었다고 둘러댈까 하다가 결국 포기했다. 어차피 이미 보인 모습이니 주워 담을 수도 없다.

슈덴이 가볍게 대답했다.

"그래 보이긴 했습니다."

"……."

피식 웃은 그가 메이스를 가져갔다. 그리고 멀뚱멀뚱 서 있는 발리아를 끌어당겨 제 허벅지 위에 앉혔다. 키 차이 때문에 그녀의 발끝이 둥실 떴다. 날씬한 허리를 측면에서부터 끌어안으면 그냥 제 안에 폭 파묻힌다.

겉모습이라도 이렇게 여리지 말지.

슈덴에게 잡힌 발리아의 팔은 조금만 힘을 줘도 부러질 것처럼 가느다랗다. 매끄러운 여체는 어디든 다 이랬다. 그런데 메이스는 왜 그렇게 능숙하게 들고 있던지. 혹시 저 메이스가 특별히 가벼운 건 아닌가 한순간 의심했을 정도로.

그런데 슈덴이 직접 들어본 메이스는 외려 일반 둔기보다도 무거웠다. 대체 이런 무게를 들고 있던 손길이 어떻게 그렇게 나긋나긋했는지 의문이었다. 메이스만 가리고 보면 부채 하나를 든 사람처럼 보일 정도였는데.

"발리아."

"네?"

"전 당신이 메이스를 쓰실 거라곤 생각도 못 했습니다."

"……저도 당신 앞에서 휘두를 생각은 없었어요."

"그렇게 잘 휘두르면서 왜 저한텐 감추십니까."

"민망하니까……."

"민망하실 것도 많군."

"……지금도 당신이 이렇게 놀리시잖아요."

"제가 언제 놀렸습니까. 감탄하고 있는 건데."

"……."

또 뺨이 붉어진 발리아가 고개를 왼쪽으로 홱 틀었다. 금세 따라붙는 슈덴의 입술을 피해 다시 반대쪽으로 옮겼다. 그럼 또 따라오는 입맞춤. 나중에는 귓불을 잘근잘근 깨물었다. 결국 발리아는 간지럽다며 웃음을 터뜨렸다.

슈덴은 발리아의 머리카락에 턱을 묻고 말했다.

"부인이 말씀하셨으면 검을 구해 드렸을 텐데."

일반적으로 검은 메이스보다 더 비싼 무기로 취급되었다. 게다가 마법이 걸린 검이라면, 그야말로 엄청난 가격에 거래되고 있을 터다. 물론 발리아가 갖고 싶어 하면 문제가 되지 않겠지만. 아내를 위해서라면 산더미 같은 재산을 전부 탕진한대도 전혀 아깝지가 않았다. 발리아는 고개를 도리도리 저었다.

"검은 괜찮아요. 제가 잘 부러뜨리거든요. 그리고 특별한 검은 별로 갖고 싶지가 않아서……."

"음?"

마지막 말이 좀 이상했다. 슈덴이 알기로 발리아는 기사의 딸이다. 아니, 꼭 기사 가문 소생이 아니더라도 굳이 그렇게 말할 이유가 있나?

"왜 싫으십니까?"

"어, 예전에 아버지가……, 아."

발리아는 말을 하려다가 살며시 웃었다.

"이런 이야기 다른 사람한테 하는 건 처음인데……, 해도 될까요?"

그녀에 관해선 어떤 이야기든 듣고 싶지 않을까. 슈덴은 발리아를 안은 팔에 힘을 줬다.

"얼마든지."

단단한 품. 안정감을 가져다주는 이 품 때문인지, 잘 하지 않던 옛이야기가 떠올랐다.

"음, 아버지는 기사셨어요. 기사셨는데, 제가 어릴 때 돌아가셨어요. 전쟁터에서 돌아가셔서 마지막은 지키지 못했지만요. 그리고……."

발리아는 약간 머뭇거렸다.

"그리고 어머니는 좋은 분이셨어요. 아버지가 생전에 그렇게 말씀하셨거든요. 전 어머니의 얼굴도 기억나진 않지만, 아버지 말씀대로 좋은 분이셨을 거라고 생각해요."

결혼하기 전 슈덴은 보좌관들을 시켜 발리아에 대한 정보를 수집해 오게 했다. 부친에 관한 건 비교적 상세히 기록된 반면, 모친에 대한 건 고작 몇 줄이 전부였다. 태생적으로 몸이 약했다던 그녀는 발리아를 낳자마자 죽었다고 했다.

"제 기억 속의 아버지는 언제나 바쁘신 분이셨어요. 그래도 제 생일 때에는 항상 같이 계셔 주셨어요. 같이 작은 케이크를 나눠 먹고, 제가 잠들 때까지 기다려 주시고……."

발리아는 어릴 적부터 조용하고 얌전한 성격이었다. 그래도 아이는 아이인지라, 늘 바빴던 아버지가 하루 짬을 내서 놀아 주면 신이 나서 방싯방싯 웃곤 했다.

"그때도 제 생일이었던 걸로 기억해요. 아버지가 계셨으니까요. 평소보다 조금 늦게 잠들었다가, 중간에 잠깐 깼었어요. 그랬는데……."

사람에게는 아무리 시간이 지나도 결코 잊지 못할 장면이 하나씩은 있는 법이다. 발리아에게는 그때 보았던 아버지의 뒷모습이 그랬다.

"아버지가 울고 계시더라고요. 하녀도 퇴근한 늦은 밤이었어요. 어머니 유품을 모셔 둔 곳에서 흐느끼고 계셨어요. 제가 울 때면 하녀가 언제나 사탕을 쥐여 줬거든요. 저도 아버지한테 사탕을 드리면 될 거라고 생각했던 것 같아요. 아마 사탕을 가지러 가려고 했겠죠. 그런데……, 그때 아버지께서 하셨던 말씀이 아직 기억에 남아요."

발리아는 천천히 말했다.

"이 아이를 낳지 말 걸 그랬다고……."

그렇게 말하는 순간 눈물이 후드득 떨어졌다. 발리아는 당황해서 뺨을 닦아 냈다.

"아, 저 잠시만요. 슬픈 게 아닌데 왜 이러지."

급하게 눈을 문지르는 손등을 슈덴이 잡는다.

"발리아."

그리고 엄지손가락으로 그녀의 젖은 눈가를 아프지 않게 닦아 주었다.

"계속 말씀하십시오. 들을 테니까."

"……네."

왜 그 말 한마디에 이렇게 위안을 느끼는 건지.

"어린 마음에 조금 무서웠던 거 같아요. 아버지가 날 원하지 않았구나 싶어서, 언제 버려질지 모른다고……."

발리아는 슈덴의 품에 좀 더 깊숙이 몸을 묻었다. 원래도 또래보단 어른스러웠던 편인 그녀가 유독 빨리 철이 든 것도 그때가 시발점이었다. 버려질까 봐 두려워 잔뜩 주인의 눈치를 보는 작은 새끼 짐승처럼.

"그래서 기사가 되어야겠다고 생각했어요. 그러면 아버지를 따라다닐 수 있으니까 절 버리지 않으실 것 같아서, 아니……, 버리셔도 제가 쫓아가면 되니까……."

부유하지 않은 집이었지만 그래도 기사 가문이다. 창고에도 낡은 검이 몇 자루 있었다. 몰래 창고에 숨어 들어가 하나를 챙겨 나온 발리아는 혼자 검을 갖고 놀았다. 낡은 검이었지만 크기가 작아 아이 손에도 얼추 맞았다. 발리아는 이 검이 은근히 마음에 들었다.

"……그렇게 생각만 했는데 아버지가 돌아가셨어요. 돌아가신 것까진 쫓아갈 수 없잖아요."

아버지의 부음을 듣고 난 어느 날, 발리아는 혼자 검을 휘둘러 보았다. 작고 낡은 검은 튼튼하지 못했다. 그러다가 실수로 검을 부러뜨렸다. 검이 부러진 게 속상해서 울었는지, 다른 이유 때문인지, 어렸던 발리아는 혼자 쪼그리고 앉아 훌쩍거렸다.

"……저 진짜 슬픈 거 아니에요."

"압니다. 발리아."

"진짜 아닌데……."

발리아는 정말 울고 싶지 않았다. 울려고 꺼낸 이야기가 아니었다. 그런데 왜 자꾸 눈물이 뚝뚝 나는지 모를 일이었다. 괜히 투정을 부린 것 같아 민망할 지경이었다.

"안 슬퍼도 울고 싶을 때가 있지 않습니까."

"……당신도 그런 적 있어요?"

슈덴이 흐음 하고 턱을 갸웃했다.

"부인이 없었을 때 그랬던 것 같군요."

"……뭐예요, 정말."

"제가 그만큼 당신을 사랑하니 어쩌겠습니까."

"……전 당신이 이런 남잔 줄 몰랐어요."

슈덴이 피식 웃었다. 그는 발리아의 등을 천천히 토닥였다. 볼을 부풀린 것도 잠시였다. 발리아는 흠뻑 젖은 뺨을 슈덴의 품에 파묻었다.

"참, 슈. 저 내일 황궁에 다녀올 거예요."

"폐하가 부르셨습니까?"

'설마, 또?'라는 말뜻이 여실했다. 발리아는 고개를 붕붕 저었다.

"아뇨."

황제는 발리아를 부르지 않았다. 이번에는 그녀가 직접 보러 갈 사람이 있었다.

❦❦❦ ❦❦❦ ❦❦❦

검은 머리에 검은 눈동자. 상앗빛이 감도는 피부. 황궁 호수에서 나타난 대리자. 곧바로 대신관들을 훌쩍 뛰어넘는 신성력을 쓸 수 있게 된 성녀.

'예리 파이안. 그게 내 이름이지.'

원래 이름은 차예리. 그러나 이 세계에선 예리와 같이 짧은 성은 거의 없었다.

'그리고 예전에는……'

예전. 그러니까 과거에는 '예리 파이안'이라는 이름 뒤에 한 가지가 더 붙었다. 예리 파이안 라겔뢰프. 구스토와 결혼하면서 부여받은 황족의 성이었다.

예리는 구스토를 사랑한다. 그녀는 의외로 취향이 깔끔하고 단순했다. 백마가 잘 어울릴 것 같은 남자. 구스토는 번듯하고 정갈한 이미지의 황자였다. 처음엔 취향을 저격하는 잘생긴 얼굴에 반했던 것 같다.

그러고는 뭐, 뻔하게 사랑에 빠졌다. 구스토를 사랑하는 것은 변치 않는다. 달빛처럼 자주 변하는 게 사람의 마음이라지만, 그중에도 견고한 감정은 분명 있기 때문에. 다시 이곳으로 왔을 땐, 멀쩡히 살아있는 구스토를 보고 눈물이 울컥 차올랐었다.

'지금은 전이랑 달라. 다르지만 그렇게 할 수밖에 없어.'

예리는 구스토에게도 거리를 두었다. 엘반에게 거리를 두는 것처럼. 다만 엘반을 멀리하는 게 마음 속 깊이 솟아나는 혐오감의 표출이라면, 구스토는 애정을 애써 감춘 가장이었다. 예리는 그를 여전히 사랑했다. 하지만 무작정 사랑에 돌진하기에는 이미 쓰디쓴 과거를 맛봤다.

'과거랑 똑같이 흘러가게 하지 않을 거야.'

그리고 무엇보다……, 미안한 마음이 컸다. 발리아, 그 차분한 은회색 눈동자에게. 메르실은 공녀를 낮잡아 본다. 성녀를 위한 부속품쯤으로 여기고, 또 그렇게 말하는데 서슴없었다. 그러나 예리는 결코 그렇게 생각하지 않았다.

예리에게 공녀란 특별한 존재였다. 아는 이 하나 없는 이 이상하고 요상한 세계. 그런데 신이라는 절대자가 미리 신탁을 내려놓았다고 한다. 공녀. 뚝 떨어진 무인도의 유일한 이정표 같은 존재. 그냥 무작정 정이 갈 수밖에 없었다.

'나는 그 애를 지켜 주지 못했는데, 그 애는 날 지켜 주려 했어.'

그러니까 다시 만나게 된다면 꼭 미안하다고 말해 줘야지. 정말 잘해 줘야지. 그렇게 많은 애틋함을 품고는 있는데, 잘 하고 있는 건지는 모르겠다. 그때 그렇게 횡설수설하면서 발리아를 보내 놓고는 아직 만나지도 못했다.

"신이시여."

예리는 제단을 향해 무릎을 꿇고 기도를 올렸다. 사실 그녀는 왜 매일 이렇게 기도를 올려야 하는지 몰랐다. 하지만 나름대로 성녀니까, 구색은 맞춰야겠지. 기도를 올리는 동안 온갖 사적인 소원을 빌기도 하니까 그리 나쁜 시간은 아니었다.

'제가 행복해지기를 바라는 사람이 행복해지게 해 주세요.'

안 해 주면 멍청이. 신의 존재를 믿기는 하나 크게 존경심은 없는 성녀는 그렇게 소원을 빌었다. 그 내용이 어떠하든 그녀가 기도할 때면 제단에서 흰 빛이 잔잔하게 뿜어진다. 그 어떤 대신관도 하지 못하는, 오직 성녀만의 표식.

예리의 뒤에서 함께 기도를 올리던 신관들은 말로 표현할 수 없는 거룩함과 경건함을 느꼈다.

"저, 성녀님."

예리의 직속 시녀인 안젤라가 쭈뼛대며 걸어왔다. 신관들의 얼굴이 약간 굳었다. 지금 기도 시간 중인데……. 게다가 성녀님도 기도 시간을 엄중히 여기는 것은 마찬가지라, 가끔 2황자 엘반이 시간보다 일찍 찾아왔을 때도 눈도 꿈쩍 않았다. 무조건 기도부터 마쳤다.

안젤라는 신관들의 눈치를 보며 몸을 굽혔다. 그리고 예리에게 작게 속삭였다. 다른 신관들에게는 들리지 않을 목소리였다.

"가르트 공작 부인께서 궁에 찾아 오셨다고, 방금 연락이 왔습니다."

예리는 대답이 없었다. 그저 못 들은 사람처럼 제단 앞에 고개를 숙였을 뿐. 역시, 이번에도 기도가 끝난 후에나 가실 생각인가 보다. 모두가 그렇게 생각한 직후였다.

예리가 기도하는 자세 그대로 스르륵 일어났다. 뒤도 돌아보지 않은 채 성녀는 엄숙하게 말했다.

"오늘 기도는 사정상 여기서 마치겠네."

그리고는 후다닥 뛰어 나갔다. 안젤라도 눈치를 보며 살살 걸어 나갔다. 눈 깜빡할 사이에 덩그러니 남겨진 신관들. 내궁에 있는 신전은 한동안 적막에 휩싸였다.

****

"가르트 공작 부인. 성녀님께서 곧 오신다고 합니다."

발리아는 예리가 기도 중이라는 걸 몰랐다. 성녀궁의 시종들은 그저 주인이 잠시 출타했다고만 했다. 안에 들어와 편히 기다리시라며 모셨다.

일전에 예리가 당부한 적이 있었기 때문이다. 그녀는 혹시라도 자신이 출타한 사이에 가르트 공작 부인이 온다면, 무조건 모셔 놓으라고 했기 때문이다.

[일단 정중히 모셔 놓고 나한테 토끼처럼 뛰어와서 알려. 꼭 그래야 해. 꼭! 꼭. 꼭!]

[네……, 네, 네!]

시녀들은 주인의 말을 충실히 따랐다. 사용인들의 충성심 덕에 발리아는 아무것도 몰랐다. 성녀님이 궁을 아주 잠깐 비우셨다는 말을 의심 없이 믿었다.

"좀 걷고 싶은데, 여기서 기다려도 되겠는가?"

"예. 얼마든지요."

정중한 대답이다. 발리아는 다시 시선을 옮겼다. 성녀궁의 내부 정원. 아름다운 꽃이 가득 피어 있었다. 성녀가 머무는 곳답게 초록은 산뜻하고 붉음도 짙었다. 하지만 휑한 느낌이 있었다. 처소의 사용인 외에 드나드는 사람이 없었기 때문이다.

발리아는 종신 시녀로 입궁해 호위 시녀로 살았다. 그래서 황궁의 미묘한 권력 흐름에 대해 어떤 귀족보다 빠삭하게 알고 있었다.

'지금은 성녀궁인데.'

현 예리가 머무는 궁의 이름은 성녀궁. 이렇게 불리는 것은 생각보다 대단한 특혜였다. 과거의 예리에게 내려진 처소는 '하늘궁'이었다. 하늘궁은 원래 그 궁에 붙어 있는 이름이었다.

황제의 본궁과 황후궁, 그리고 황태자 부처의 궁을 제외한 모든 궁은 기본적으로 별칭이 있다. 예컨대 하늘궁, 가닛궁, 장미궁과 같은 식이다. 이런 궁들의 이름이 바뀌는 것은 세력 높은 주인이 들어왔을 때다. 1황비궁, 2황자궁 등으로 주인의 지위를 따서 새로 붙이는 것이다.

황비급이 되지 않은 후궁들에게는 해당되지 않는다. 세 약한 황자나 황녀의 경우도 마찬가지였다.

'여긴 아예 명패가 성녀궁으로 되어 있는데. 오는 사람은 거의 없어.'

귀족들은 내궁에 입장하기 위해서는 미리 허락을 받아야 했다. 혹은 초대장을 받은 상태여야 했다. 이런 작은 제약에서 자유로운 것은 당연히 같은 내궁의 황족들. 과거에는 수많은 황실 식솔들이 예리에게 쉴 새 없이 선물을 보냈다. 혹은 직속 시종이나 시녀를 보내 성의를 표했다.

그런데 지금은 그런 게 일절 없었다. 황제가 내린 성녀궁의 명패가 무색할 정도로. 현 예리의 상태를 극단적으로 보여 주고 있는 것이다. 내궁 사람들은 예리를 공들일 만한 가치가 없는 상대라고 판단한 것이다. 이 근사한 궁에 드나드는 사람이 없으니 어쩐지 쓸쓸해 보였다.

'요즘은 티 파티에서도 거의 얘기가 안 나오고.'

사교계란 이렇다. 어쩔 수 없는 권력의 축소판. 가장 높은 자리는 한정되어 있는데 원하는 자는 수도 없이 많다. 워낙 달려드는 사람이 많다 보니 꾸준한 사교 활동은 필수였다. 일평생 사교계를 주름잡다가 넘볼 수 없는 위치의 거물이 되어 물러난 경우를 제외하면, 항상 어느 정도의 활동은 유지해야 했다.

어떻게 보면 번거로울 수 있지만, 거머쥐게 되는 명성은 그만큼 달콤했다. 누구나 동경하는 화려한 수도 사교계. 영지에서 지낸다면 왕족처럼 지낼 수 있는 영주급 귀족들조차 이 달콤함을 잊지 못해 수도 저택에서 굳이 살지 않던가.

예전의 예리는 반짝반짝한 사교계도 좋아했는데.

발리아는 생각을 곱씹다가 앞에 있는 장미 덤불로 손을 뻗었다. 아이 뺨 같은 발그레한 분홍색 장미꽃이 가득 피어 있었다.

"가르트 공작 부인!"

그때 뒤에서부터 들려오는 목소리. 발리아는 움찔 놀라 손을 거두다가 이마를 살짝 찡그렸다. 가시에 손을 죽 하고 긁혔다. 붉게 가로지른 선이 따끔했다. 어느새 가까이 다가온 예리가 본 모양이다. 그녀가 잔뜩 당황해서 물었다.

"공작 부인? 괜찮아요?"

그리고 거의 동시에 뿜어져 나오는 새하얀 빛. 가시에 그었던 붉은 상처가 순식간에 흔적도 없이 없어졌다. 신성력이었다. 예리는 발리아의 손을 이리저리 돌려 보았다. 발리아는 뺨 닿을 것처럼 가까이 있는 예리를 바라보며 눈을 깜빡거렸다. 예리는 고개를 들었다가 앗, 하고 손을 놓았다.

"미안해요. 내가 당황하면 좀 경황이 없어져서…….”

"괜찮습니다. 성녀님. 감사해요."

발리아는 예리의 손이 따뜻하다고 느꼈다.

"내가 많이 늦었죠? 아! 차 마실래요?"

"차는 마시고 와서……, 성녀님만 괜찮으시다면 이 정원을 더 구경하고 싶어요. 그래도 될까요?"

"당연히 되죠! 되기는 한데 같이 걸어도 될까요?"

"……성녀님 정원이시잖아요. 당연하죠."

예리가 눈을 반짝반짝 빛냈다.

발리아와 예리는 나란히 걸었다. 항상 슈덴하고만 이렇게 걷다가 다른 사람, 그것도 예리와 함께 걷게 되니 기분이 묘했다. 열두 걸음쯤 뗐을 때, 발리아가 입을 열었다.

"저번에 보내 주신 골드 로즈는 감사해요. 잘 받았어요."

"아니에요. 별거 아닌걸요."

보통은 의례상 그렇게 말한다. 그런데 예리는 진심으로 하는 말 같았다. 그 귀한 꽃을 정원 하나 뒤집은 양 보냈는데. 그리고는 조금의 침묵. 먼저 입을 연 것은 발리아였다.

"성녀님. 사실 오늘은 질문드릴 게 있어서 왔어요."

"물어볼 거요? 어떤 건데요?"

"무례한 질문일지도 몰라요."

"괜찮아요. 뭔데요?"

"사교 활동을 안 하신다고 들었어요. 왜 그러시는지 물어봐도 될까요?"

둥실둥실 떠다니던 예리의 표정이 조금 가라앉았다.

"……엘반이 싫어서요."

너무 직접적인 대답이다. 발리아는 반사적으로 주변부터 둘러보았다. 예리의 시녀들과 제 하녀는 저 멀찍이에서 걸어오고 있었다. 그 짧은 시간 사이 가르트의 하녀는 궁중 사용인들에게 느리고 편안하게 걷는 법에 대해 전수한 상태였다.

어쨌든 듣는 이가 없다.

"나는 엘반과 결혼하지 않을 거예요. 아니, 그냥 마주 앉아 쳐다보는 것조차 끔찍해요. 가끔 무섭기도 해요. 저 미친놈이 언제 돌변해서 내 앞에 누구 목을 가져오진 않을까 하고 싶어 신경을 곤두세운 적도 한두 번이 아니고…….”

그래서 사교 활동을 아예 포기하기로 했다. 과거의 예리는 철없고 멋모르는 소녀였지만 지금은 아니었다. 왜 엘반이 자신을 탐냈는지 충분히 알았다. 예리는 곧 밝게 웃었다.

“그래서 그런 거예요. 다른 이유는 아니에요.”

발리아는 물끄러미 그녀를 보았다. 이상하게 동질감이 느껴졌다. 발리아는 꽃잎을 떼어 주려는 엘반의 손끝도 무서워 덜덜 떤 적이 있었다.

그럼 그 모든 살육의 현장을 지켜보아야 했던 예리는 어땠을까.

예리는 그때 죽었을까, 살았을까.

발리아는 자신이 죽고 난 후의 상황은 모른다. 그래도 기왕이면 당신이 살았으면 좋겠다고 생각했다. 그대로 죽어 버렸으면 좋겠다고 생각한 적은 한 번도 없었다. 호위 시녀로서 지키던 사람이라서? 아니면 비슷한 나이대의 또래라서?

이 드넓은 황궁. 혼자 외롭게 있는 예리가 자꾸 눈에 밟히는 이유에 대해서 발리아는 정확히 몰랐다. 하지만 예리의 궁에 방문하기로 마음먹었을 때부터 말하고 싶었던 건 있었다.

“성녀님.”

“네?”

“저는 조엔 후작 부인이 마담인 티 파티의 정기적인 멤버고, 그 외에 로건 후작 부인과 세 명의 백작 부인에게 비정기적으로 티 파티나 연회 초대장을 받고 있어요. 가르트에서 따로 주최하는 티 파티는 없고요.”

웬만한 귀부인들의 절반쯤 되는 수치였다. 하지만 양보다는 질이 우선인 법. 한때 사교계를 신나게 누비고 다녔던 예리라서 어렴풋이 알고 있었다. 그리고 귀족이 언제 이런 말을 꺼내는지에 대해서도. 예리는 '혹시…….' 하는 표정으로 물었다.

"그러면, 남는 시간엔 뭘 하세요?"

"저는 특별한 취미가 없어서, 보통은 집에 있답니다."

"그럼……."

"제가 매달 성녀님께 초대장을 보내도 될까요? 둘이 차를 마시면 좋을 것 같아요."

"……정말요?"

"아니면 제가 입궁해도 좋고요."

"괜찮습니다! 제가 갈게요!"

예리가 바로 목소리를 높였다. 이런 행동을 보면 예리도 과거와 크게 다르지 않다. 사교계를 휩쓸었던 그 발랄하고 당당한 성격.

발리아는 예리를 보며 조금 웃었다.

⁎⁎⁎ ⁎⁎⁎ ⁎⁎⁎

"신, 하이젠 빌리엄. 지고하신 황제 폐하께 인사 올립니다."

"일어나게."

"황공하옵니다."

황제는 하이젠 빌리엄을 바라보았다. 제국의 노공작, 빌리엄의 가주. 황제는 하이젠에게 자리를 권하지 않았다. 에드가 7세의 표정은 어느 때보다 엄중했다.

"오늘 짐이 은밀히 공을 부른 이유는 알고 있을 걸세."

"예, 오는 길에 시종장에게 들었습니다."

"거두절미하고 묻지. 공은 얼마나 관여되어 있는가. 설마 공이 직접 딸아이의 등을 떠민 건 아니겠지?"

"폐하. 소신은 정녕코 아무것도 몰랐습니다. 미리 알았더라면 몸을 내던져서라도 막았을 겁니다."

"정말인가?"

"소신이 어찌 폐하께 거짓을 고하겠습니다. 제 딸아이는 휴베르트 백작가에 혼담을 넣고 있었습니다. 증인 또한 있으니 폐하께서 친히 확인해 보십시오."

황제가 하이젠의 낯을 탐색하듯 살폈다. 곧 황제가 한숨을 내쉬었다.

"좋네, 그러면 공이 빌리엄 영애를 설득하게."

"설득이라고 하셨습니까?"

"빌리엄은 제국의 개국공신 가문이지. 짐이 그대 가문의 공을 생각해 주는 기회일세. 황자의 '후궁'이라니? 선례가 있기는 하나, 그게 가당키나 하는가?"

말이 좋아 후궁이지, 황제의 후궁도 아닌 황자의 후궁이다. 겔 제국에서야 빌리엄 공작가의 눈치를 봐야 하니 입을 다물겠지만, 타국에서는 다른 귀족도 아닌 공작 영애가 황자의 애첩이나 되었다며 비꼴 것이 틀림없었다.

"은혜에 감사합니다. 바로 가 보겠습니다."

"가 보게."

"물러가옵니다."

하이젠은 고개를 숙이고 알현실에서 퇴장했다.

"아버지. 폐하께서 뭐라고 하셨습니까?"

"기회를 줄 테니 카니에를 설득하라고 하시는구나."

하이젠이 마뜩잖은 표정을 지었다.

"도대체가, 카니에 그 아이는 정신이 나간 게냐? 헤른. 네가 오라비로서 잘 가르치지 않고 대체 뭘 한 게냐?"

"……면목이 없습니다. 아버지."

헤른은 고개를 조금 숙였다. 그러면서도 머리는 재빨리 굴러가고 있었다. 헤른은 이미 엘반과 이야기가 끝낸 상태였다. 아버지를 설득하는 것은 본인이 맡아 처리하겠다고 했다.

"아버지, 그런데 후궁이 꼭 나쁜 걸까요?"

"그게 무슨 말이냐? 제왕의 후궁도 아닌 기껏해야 황자의 후궁이다! 그게 어디 당당한 빌리엄 가문의 공작 영애에게 어울릴 자리더냐?"

하이젠은 심기가 매우 불편했다. 빌리엄은 개국 공신 가문이었고, 본인은 얼마 전까지만 해도 제국의 유일한 공작이었다. 명문 가문의 독녀가 어디가 모자란다고 황자의 애첩 같은 자리에 기어들어 가? 마음 같아선 카니에의 머리채를 잡고 끌고 나오고 싶었다. 가문의 이름에 먹칠을 해도 유분수지.

"2황자 저하가 제왕이 된다면요?"

"……뭐?"

"아버지도 알고 계시잖습니까. 천지가 개벽하지 않는 한 겔의 차기 황위는 1황자가 아니면 2황자에게 돌아갈 게 뻔한데, 빌리엄의 힘이 가세한다면 어느 쪽에 우위가 쏠릴지……, 계산이 바로 나오지 않습니까?"

하이젠이 혜른을 돌아보았다.

"지금 네 말은……."

"아버지도 내심 카니에가 한낱 백작 부인이 되기에는 아깝다고 생각하고 계셨잖습니까. 휴베르트가 아무리 돈이 많아도 결국 백작가이니 빌리엄의 격에는 다소 모자랍니다."

"하긴, 그야 그렇지. 쯧, 가르트 공작이 갑자기 결혼만 하지 않았다면 그에게 혼담을 넣을 생각이었는데."

가르트 공작이라는 말에 혜른의 얼굴이 미묘하게 굳었다. 그러나 하이젠은 알아차리지 못했다. 혜른은 다시 입을 열었다.

"엎질러진 물을 주워 담을 수는 없는 노릇이니, 외려 지금이 기회라고 생각합니다. 게다가 2황자 저하는 카니에에게 무척 호감을 갖고 있으신 것 같았습니다. 저번에도 몇 번 만나서 이야기를 할 기회가 있었는데 카니에 이야기를 자주 하시더군요."

"……그래? 그렇다면 어찌 정식으로 청혼을 하지 않고……."

"휴베르트에 혼담을 넣는다는 걸 우연히 들으셨나 봅니다. 마음이 급하셨겠지요."

조금 흔들리던 하이젠은 고개를 저었다.

"아무리 그래도 후궁은 안 된다. 네 어미가 알면 분명 쓰러질 게야."

"어머니에게는 제가 잘 말씀드리겠습니다."

"좀 이상하구나."

"무엇이 말입니까?"

"왜 이렇게 적극적으로 구는 게냐?"

혜른은 순간 당황했다. 하이젠은 한쪽 눈썹을 추켜올렸다.

"너 또한 나만큼 명리를 중히 여기는 성격이지 않았느냐. 동생이 황자의 후궁이 된다는데 화를 내지는 못할망정, 이상하게 2황자 편을 드는 것 같구나."

역시, 아무리 나이가 들었다지만 빌리엄은 날카로웠다. 헤른은 침착하게 대답했다.

"명리를 중히 해서 드리는 말씀입니다."

"뭐라?"

"빌리엄이 2황자 저하를 적극 지지해 황위에 올려 드리면, 그분 또한 빌리엄의 공로를 치하하지 않으실 수가 없을 겁니다. 카니에는 당연히 정비가 될 거고, 또 자연히 이 나라의 황후가 되지 않겠습니까."

"만일 네 수가 틀린다면?"

"그래도 최소한 1황비에는 봉해지겠지요. 아버지, 제국의 어떤 가문이든 빌리엄보다는 낮습니다. 어느 가문에서 황후를 배출한대도 실질적인 권력은 카니에가 쥐게 될 것입니다."

"하긴, 그 사이에 가르트에서 딸을 낳을 것도 아니고……. 낳아도 나이가 맞진 않겠지."

헤른의 이마가 미미하게 찌푸려졌다. 자연스럽게 가르트를 '빌리엄보다 낮은 가문'에서 제하는 아버지의 모습이 매우 마뜩잖았기 때문이다. 하지만 지금 불편한 심기를 드러낸다면 죽도 밥도 안 되게 된다.

하이젠은 한동안 곰곰이 생각을 곱씹었다.

"그래도 카니에를 만나 보기는 해야겠구나. 2황자 저하도 만나 봐야겠어."

"당연하신 말씀입니다. 가시지요."

빌리엄 부자는 내궁으로 걸음을 옮겼다.

꽃무늬 장식

디아나는 귀를 의심했다. 그녀는 화병에 꽂은 장미를 손질하다가 뒤를 돌아보았다.

"칼리드, 그게 진짜예요?"

"나도 듣기만 했소. 아직 확실한 건 아니지만, 그렇다고 귀띔만 들었지."

조엔 후작은 철저히 문관이었다. 예부 쪽에도 영향력이 있었고, 심복도 몇 있었다. 그들에게 어쩌다가 주워듣게 된 이야기였다. 2황자가 후궁 직첩을 요청했다. 그리고 그 상대가 다름 아닌 카니에 빌리엄 영애라고 했다.

"황자의 후궁이라니……, 그런 게 존재는 해요? 난 처음 듣는데?"

"겔 개국 당시에는 있었다고 하더군요."

"세상에, 그게 언제적이래요."

카니에 빌리엄 갠 또 미쳤나? 왜 갑자기 황자의 후궁이 된다는 거야?

'혹시 발리아한테 앙심을 품고……? 개는 왠지 그럴 것 같은데…….'

과한 생각이라고 스스로를 탓하면서도 디아나는 약간 불안해졌다.

"칼리드. 황자의 후궁은 직첩이 어떻게 되는데요? 대우는요?"

"나도 자세한 건 모르오. 예부에서 상당히 바빠지겠지. 아예 새로 만들어 버릴 것 같소."

황자의 후궁이란 선례는 분명 있었다. 다만 아주 먼 옛날이라는 게 문제였다. 겔이 건국되고 몇 대 안에 흐지부지되어 버린 품계였다. 건국 초기의 불안정함 때문에 그 당시는 황족에 대한 명칭도 정확하지 않았다. 황자의 후궁을 뭐라고 불러야 하는지부터 다시 정해야 했다. 한동안 예부의 학자들이 굉장히 바빠질 것이다.

"그래도 빌리엄 가의 여식이니까 낮은 대우는 안 하겠죠?"

"그럴 것 같소. 빌리엄 공작도 문관이니 최소한 공작 부인급의 대우는 받게 하려고 하지 않겠소?"

없던 거나 마찬가지인 품계이니 처음 정할 때가 중요했다. 모르긴 몰라도 벌써부터 물밑 작업을 하고 있을지도 모른다.

물론 황법으로 정해진 공식적인 대우와 실질적인 권력이 반드시 비례하는 건 아니다. 3황녀인 셀마만 보더라도 그랬다. 그녀는 직계 황족이기에 가르트 공작에게 하오체를 쓸 수 있지만, 그뿐이질 않은가. 실제로 끼치는 영향력과 권력은 비교하는 게 민망한 수준이었다.

하지만 디아나는 좋게 좋게 생각할 수가 없었다. 카니에 빌리엄은 사교계에 군림한 시간이 길었다. 하물며 사문화된 법도라도, 손에 쥐고 있다면 어떻게든 써먹을 영애였다.

"당신이 힘 좀 써 봐요."

"……응?"

"한 후작 부인 정도로 낮춰 보라고요."

공작 부인급이라니. 듣기만 해도 발리아에게 맞먹겠다고 난리를 치는 모습이 눈에 선했다.

"디아나. 당신 빌리엄 영애랑 사이 안 좋소?"

"안 좋다 못해 바닷가에 내리꽂고 싶으니까 어떻게 좀 해 봐요. 당신, 그만한 능력은 있잖아요."

"……."

"칼리드?"

"······최대한 노력해 보겠소."

디아나에게 들들 볶이던 조엔 후작은 결국 고개를 끄덕였다.

❈⋰⋰❈ ❈⋰⋰❈ ❈⋰⋰❈

딸랑, 하는 맑은 종소리가 들렸다.

"어서 오세요······, 어머! 오셨군요!"

의무적으로 인사를 하던 직원의 목소리가 돌변했다. 문 근처에서 모자를 고르고 있던 손님들이 입구를 돌아보았다. 젊은 귀족 여자 두 명이 막 들어온 참이었다. 저택에서 데려온 걸로 보이는 하녀를 한 명씩 데리고.

"잠시만 기다려 주십시오. 사장님도 기다리고 계신답니다."

직원의 목소리가 과하게 크고 밝고 친절하다. 뭐야, 누구기에 저렇게 반겨? 손님들은 흘긋흘긋 미지의 여자들을 바라보았다.

두 명의 여자 중 한 명은 화사한 금발이었는데, 부채를 살랑거리며 넓고 쾌적한 1층 홀을 둘러보고 있었다. 그러다 옆에 있는 여자에게 말을 걸며 웃는 모습이 꽤 친한 사이로 보였다.

얼마 지나지 않아 안쪽에서 디자이너 한 명이 뛰어나왔다. 피로로 푹푹 찌든 디자이너의 얼굴을 알아본 손님들은 눈을 동그랗게 떴다. 이 뷰티 살롱의 주인이자, 현재 수도에서 제일 잘 나가는 디자이너 중 하나인 플뢰르였다.

"기다리고 있었답니다. 자자, 어서 안쪽으로 들어오셔요. 두 분을 위해 세팅도 이미 다 끝내 놨어요."

플뢰르의 목소리는 아주 상냥했다. 그녀가 손수 하는 안내를 받으며 두 여자가 안쪽으로 들어갔다. 직원 몇이 따라붙으며 굽실거리는 걸 보니 보통 귀한 손님이 아닌 모양이었다. 게다가 저 안쪽에 있는 곳은 분명 귀빈실이다.

레이디 한 명이 아, 하면서 작게 말했다.

"괜히 낯익다 했더니 그분이네요, 그분."

"누구요?"

"가르트 공작 부인이요. 옆에 있던 금발머리 귀부인은 조엔 후작 부인이고요."

"아하. 어쩐지, 아니면 수석 디자이너가 직접 나올 리가 없죠."

레이디들의 관심사는 금세 가르트 공작 부인에게로 옮겨 갔다.

"제대로 못 봤는데 공작 부인, 생각보다 더 호리호리하신 것 같아요."

"정말요. 입고 계신 것도 이 살롱의 맞춤 드레스겠죠? 착용하신 보석도 굉장히 화려하던데, 전 그렇게 큰 루비는 처음 봤어요. 그것도 귀걸이랑 목걸이 전부……."

"어머. 그거 루비 아닐 걸요?"

"응? 그래요? 루비는 색이 좀 옅었던 것 같기도 하고……, 그럼 가닛인가요?"

"아뇨. 저번에 어머니한테 들었는데 가르트 공작 각하가 부인한테……."

소곤거린 목소리를 들은 레이디의 눈이 동그랗게 커졌다.

"레드 다이아몬드요?"

갑자기 훅 커진 목소리에 살롱에 있던 손님들의 이목이 쏠렸다. 레이디는 얼른 목소리를 줄이고 다시 물었다.

"정말 레드 다이아몬드예요? 그 커다란 것들이요?"

"그렇다니까요. 이번에 제 언니가 약혼식에서 쓸 목걸이를 맞추려고 위베르한테 갔다가 들었다고 하셨어요."

겔 제국의 손꼽히는 보석 장인 위베르는 참을성 있게 기다렸다. 혼을 갈아 열심히 만들어 낸 보석 꽃다발을 가르트 공작 부인이 티파티나, 아니면 연회에서 자랑해 주기를.

하지만 조용했다. 나중에 알고 보니 가르트 공작 부인이 조용한 성격이라고 하더라. 아니, 남편이 그런 엄청난 걸 선물했으면 자랑을 해 줘야 미덕이지! 그건 한낱 보석이 아니라 예술인데!

본인이 직접 나서서 자랑하고 싶었지만 눈치가 보였다. 뒤늦게 입을 놀렸다고 그 무서운 공작이 목이라도 뎅강 잘라 버리면 어떡한단 말인가. 어디다가 말도 못 하고 끙끙 앓고 있었는데, 가르트 공작이 새로운 주문을 넣었다.

요즘 유행하는 붉은색 보석으로 귀걸이와 목걸이를 제작해 달라는 주문이었다. 위베르는 한 치의 망설임도 없이 레드 다이아몬드를 골랐다. 가르트의 보좌관이 내민 수표에는 장인의 용기를 샘솟게 하는 금액이 적혀 있었다.

이번에는 그냥 넘어가지 않으리라. 목이 잘려도 자랑은 하고 죽으리라!

위베르는 보석을 사러 오는 귀족들에게 슬쩍 말을 흘리고 다녔다. 그래도 높으신 분의 심기를 살핀다고 꽃다발 얘기는 하지 않았다. 그리고 최대한 초점을 자기한테 맞췄다.

엄지와 검지를 이어 붙여 "아, 글쎄 이만한 레드 다이아몬드라니까요? 그걸 한 번에 세 개나 써 본 장인이 저 위베르 말고 이 겔에 또 있겠습니까?"라고 말했다.

한 마디로 본인이 제국 보석 장인 중 최고라는 거다. 다른 보석점에도 가 보려던 귀족들은 그 말에 홀랑 넘어가 주문서를 작성했다.

자랑에 한이 맺힌 위베르가 흘린 소문은 귀족들 사이로 조금씩 퍼졌다. 그리고 얼마 후 가르트의 보좌관이 또 보석을 주문하러 온 걸 보고 위베르는 확신했다. 세상에 변고가 생겨 공작 부부가 돌연 이혼이라도 하지 않는 이상 제 목은 아주 안전하겠다고.

🌸🌿 🌸🌿 🌸🌿

"네. 그러면 최대한 빨리, 모레 안으로 댁으로 보내 드릴게요. 더 필요한 건 없으시고요?"

발리아가 고개를 끄덕였다. 플뢰르는 메모한 수첩을 챙겼다. 그녀는 본인이 지을 수 있는 가장 친절한 미소를 머금고 발리아를 직접 귀빈실까지 안내해 주었다.

"모쪼록 편히 구경하세요. 혹시 부르실 일 있으면 언제든 호출하시고요."

디아나가 기다리고 있는 귀빈실은 일종의 작은 의상실이었다. 각양각색의 드레스와 모자, 구두, 숄, 리본과 프릴 장식이 빼곡하게 진열되어 있는. 귀족들이라면 한 번쯤 꿈꿔 볼 만한 고급 드레스 룸 같기도 했다.

"아, 발리아. 주문 다 하고 온 거예요?"

"네. 드레스 고르고 있었네요."

디아나가 싱긋 웃었다. 살롱 직원들이 드레스를 몇 벌씩 들고 그녀를 따라다니고 있었다.

"예쁜 옷이 오죽 많아야죠. 정말 겔에서 레이스를 가장 잘 짠다는 살롱답네요. 아, 이것도 괜찮네. 발리아. 여기 와서 같이 봐요."

살롱에 진열된 드레스들은 전시용을 제외하고는 미완성품이다. 레이스, 프릴, 리본, 꽃 자수 등은 예쁘게 장식되어 있지만 보석은 달려 있지 않기 때문이다. 마음에 드는 드레스를 선택한 고객들은 디자이너와 상의해 치맛자락이나 가슴 부근에 장식할 보석을 고른다. 원래도 고가인 드레스의 가격이 하늘 높은 줄 모르고 뛰기 시작하는 게 이때부터다.

드레스에 달 보석까지 전부 고른 디아나는 냉침한 차를 마셨다. 날씨가 슬슬 더워지는 터라 살롱에서 내온 차도 시원한 것들이었다. 귀빈실은 조용했다. 저택에서부터 데려온 하녀는 드레스 치수를 조정한다고 직원을 따라 나간 상태였다.

"여길 예약도 잡지 않고 들어올 수 있을 줄은 몰랐어요. 귀빈실은 일 년 치 예약이 다 찼다고 하던데, 내가 친구 하난 잘 뒀지."

"전속 디자이너라고 편의를 봐 준 것뿐인데요."

"그 전속 디자이너가 플뢰르인 게 대단한 거죠. 땅을 치면서 후회하는 귀부인들이 얼마나 많은 줄 아세요? 이렇게 유명해지기 전에 진작 플뢰르를 전속 디자이너로 삼을 걸, 하면서 말이에요."

'플뢰르'라는 이름은 이제 하나의 브랜드가 되어 있었다. 디자이너로서는 최고의 영예였다. 아무리 돈을 많이 준다고 해도 전속 디자이너로 고용할 수가 없었다. 그야말로 호황의 정점. 플뢰르가 유일하게 전속 디자이너로 있는 곳이 가르트라는 것도 몸값 상승에 큰 요인으로 작용했다.

디아나는 플뢰르의 뷰티 살롱에 대해서 몇 가지 더 재잘대다가 일어났다. 마음에 드는 드레스가 눈에 또 들어온 까닭이다.

"이 살롱 귀빈실은 예약이 꽉 차 있으니까 이렇게 왔을 때 많이 사놔야죠."

이런 논리로 디아나는 세 벌의 드레스를 더 골랐다. 아직 하녀와 직원들이 돌아오지 않은 터라 그녀가 직접 테이블 위에 얹어 놓았다. 드레스를 가까이서 보게 된 발리아는 고개를 갸웃했다. 디아나가 고른 것들이 하나같이 낙낙하고 하늘하늘한 드레스였기 때문이다.

'그러고 보니 아까도 비슷한 것들만 고른 것 같았는데.'

디아나의 평소 취향을 알고 있는 발리아는 의아해졌다. 그 사이 소나무 같던 취향이 바뀌었나? 아니면 사교계 유행이 바뀌었나?

"발리아? 드레스에 뭐 묻었어요?"

"아, 아뇨."

평소 즐겨 입던 드레스와 전혀 반대되는 디자인만 고르니 궁금증이 안 생길 수가 없었다.

"오늘 고르는 드레스가 평소 입던 거랑 다른 것 같아서요. 원래 허리가 딱 달라붙는 드레스를 좋아하지 않았어요?"

쿠키를 집어 먹던 디아나의 손끝이 멈칫했다. 그녀는 발리아를 돌아보며 음, 하고 목을 가다듬었다.

"이따가 레스토랑에 가면 말하려고 했는데……."

뜸을 들이던 디아나가 헛기침을 했다.

"저 임신했어요."

"네?"

뜻밖의 말에 은회색 눈동자가 두어 번 깜빡인다. 발리아가 세상에, 하면서 입을 가렸다.

"축하해요, 디아나!"

"고마워요."

친구가 아이를 가졌다고 말하는 건 생전 처음이었다. 디아나는 쑥 스러워하면서 웃었다.

"배 한 번 만져 봐도 돼요?"

"그럼요. 그런데 아직 별다른 건 없어요."

"몇 개월이나 됐는데요?"

"주치의가 이제 두 달이라고 그랬어요."

"세상에."

발리아는 조심스러운 손길로 디아나의 배를 만져 보았다. 아직 별다른 티는 안 나지만 신기했다. 두 달이라니 더 조심해야 할 것 같았다. 연약한 아기 새를 만지듯 잔뜩 긴장한 손에 디아나가 키득키득 웃었다.

"발리아만 아는 거예요."

"아무한테도 말 안 할게요."

"으응? 가르트 공작 각하한테도요?"

"당연하죠."

당연하다는 듯한 대답이었다. 디아나는 까르르 웃었다. 아직까지는 아무도 모르지만, 가르트 공작 각하한테까지 비밀로 할 필요는 없다고 말해 주었다. 발리아가 고개를 갸웃했다.

"남편분은요? 조엔 후작도 모르세요?"

"며칠 전부터 좀 바빠졌거든요. 황궁에서 살다시피 해요."

조엔 후작이 바쁜 이유는 카니에 때문이다. 디아나는 이 이야기를 발리아에게 하지는 않았다. 남편의 당부였다. 예부에서 확실히 정해지기까지는 다른 사람에게 말하지 말라고. 순전히 자기 부탁 들어주느라

고생하게 된 남편이다. 디아나는 순순히 알겠다고 대답했다.

"그래서 귀택하면 그때 말해 주려고요. 그이가 깜짝깜짝 잘 놀라는 성격이라서, 듣고 기절하지 않을까 걱정이에요."

"네? 설마요. 기절할 정도로 기뻐하시지 않을까요?"

디아나가 웃음을 터뜨렸다.

"그러면 좋겠어요. 조엔 가가 대대로 손이 귀한 편이라서, 제 남편도 외아들이거든요. 말은 안 해도 은근히 빨리 아이를 갖고 싶어 하는 게 보이더라고요. 손 귀한 가문은 거의 다 그러니까요. 가르트도 방계 없기론 유명한 가문이니까 공작 각하께서는 더하실 걸요?"

"그럴까요?"

"그럼요. 아마 겉으론 별말씀 안 하셔도 그럴 거예요."

발리아는 미소를 지었다. 슈덴의 과거에 대해 어렴풋이 알고 있는 그녀로서는 쉽게 그럴 거라고 생각할 수가 없었다.

'……물어보고 싶네.'

어떻게 물어봐야 하는지는 모르겠지만. 괜히 물어봤다가 슈덴의 안 좋은 기억을 건드리는 게 될까 봐 걱정도 됐다. 슈덴의 마음을 꺼내서 읽어 볼 수 있다면 좋을 텐데.

❦ ❦ ❦

헤른은 눈총을 받고 있었다. 맞은편에 앉아 그를 하염없이 노려보는 것은 여동생인 카니에. 후궁 직첩이 내려질 거라는 말을 들은 후로 내내 이 상태였다. 헤른은 얼마 전 엘반과 했던 거래를 떠올렸다.

[빌리엄 영애를 정비로 들이는 건 보류하겠소.]

처음엔 자신이 건넨 제안을 거절하는 줄 알았다.

[인정하기 싫지만, 알다시피 현 귀족 실세는 가르트요. 부황 폐하께 받는 신뢰도 어마어마하지.]

가르트를 싫어하는 것과는 별개였다. 엘반은 객관적인 상황 판단을 할 줄은 알았다. 빌리엄이 죽을힘을 다해 자신을 원조하지 않는 이상, 승계 다툼의 승패를 장담하기 어려웠다.

[난 확실한 지지를 원해. 그러니 빌리엄 영애를 일단 '후궁'으로 들이고 싶소.]

[저하의 말씀은…….]

[내가 확실히 황태자의 자리에 오르게 되면, 빌리엄 영애도 그때 보상받을 것이오. 또한, 빌리엄 소공작 그대를 완전히 믿도록 하겠소.]

[카니에가 저하의 정비가 되어도 빌리엄은 저하를 지지할 것입니다.]

[그건 내가 밑지고 들어가는 게 너무 많지.]

[…….]

[빌리엄 영애를 영영 후궁으로 두겠다는 게 아니오. 다만 지금은, 나와 빌리엄의 의를 두텁게 하기 위해 서로 조금씩 양보하자는 것이오.]

엘반은 은근하게 말했다.

[또한 훗날 내가 등극했을 때, 그대의 소원도 하나 들어주지. 이건 황가의 명예를 걸고 하는 약속이오.]

혜른은 빠르게 머리를 굴렸다. 카니에가 황자의 후궁이 되는 것. 그 대가로 돌아오는 것은 자신에 대한 절대적인 믿음. 그리고 소원…….

나쁘지 않은 거래라고 판단했다. 혜른은 아버지를 설득하겠다고 했다.

'일단 카니에를 달래는 게 좋겠어.'

훗날 황후가 되든, 1황비가 되어 내명부를 장악하든 카니에는 아주 중요한 패였다. 헤른은 카니에를 달랬다.

"너무 화내지 마, 카니에. 아버지께서 내게 말씀하셨어. 널 어떻게든 정비에 준하는 예우를 받게 해 주실 거라고 말이야."

"뭐?"

"공작 부인급으로 대우하도록 손을 쓰실 거래. 생각해 봐, 카니에. 네가 후궁이라고 이 자리를 걷어찬다면 고작해야 백작 부인이었을 텐데. 그런 걸 원해?"

"……"

카니에의 기세가 조금 수그러들었다. 그녀가 조금 진정하는 기색을 보이자 헤른은 직접 차까지 따라 주었다. 그리고 온갖 감언이설을 늘어놓았다.

"그래, 좋아. 어차피 엎질러진 물이니까."

카니에는 겉으론 타협하는 척했지만 속으로는 다른 생각을 하고 있었다.

'날 달래려고 그딴 말 늘어놓는 걸 모를 줄 알아? 두고 봐.'

지금까지는 가문의 뜻에 따라 이리저리 휘둘렀다. 카니에는 헤른을 싫어하면서도 그의 말을 웬만해선 따라 주었다. 헤른은 빌리엄의 가주가 될 테니까. 하지만 자신이 황족이 되면, 나아가 황후가 되면 입장이 완전히 뒤바뀐다.

그때부터는 빌리엄 공작이 될 헤른의 머리 꼭대기에 설 수 있었다. 미래를 생각하면 지금의 분노 정도는 참고 넘길 수 있었다.

게다가 공작 부인 급의 대우라니. 고작 해야 백작 부인이나 될 뻔했던 카니에에게는 달콤하기 그지없는 말이었다. 후궁이란 말은 불쾌했지만, 당장 가르트 공작 부인과 맞먹을 수 있다는 유혹이 너무 컸다.

'아버지가 실패할 리는 없지.'

그녀의 아버지 또한 일신의 영욕을 위해 뭐든지 하는 사람이다. 딸의 명예는 곧 가문의 명예와 직결되니 어떻게 해서든 자신의 대우를 높게 잡아 줄 것이다. 카니에는 여유롭게 차를 마셨다.

"도련님, 아가씨!"

하이젠의 보좌관이 급하게 달려온 것은 직후였다. 헤른이 자리에서 벌떡 일어났다.

"결정이 났나? 다른 건 됐고, 대우는? 대우부터 말해라."

"그것이……."

보좌관이 우물쭈물하다가 대답했다.

"후작 부인급의 대우로 정해졌습니다……."

카니에가 놓친 찻잔이 쨍그랑 소리를 내며 깨졌다.

❀ ❀ ❀

조엔 후작이 문서를 팔랑 넘겼다. 두드리는 소리도 없이 집무실 문이 빼꼼 열렸다. 그 사이로 얼굴을 비집고 나타나는 젊은 남자.

"후작님?"

움찔 놀랐던 조엔 후작이 한숨을 내쉬었다.

"벤. 제발 말 좀 하고 들어오게. 심장 떨어지는 줄 알았어."

"못 배워 먹은 놈이라 죄송합니다."

"실없는 소리 말고 들어오기나 해."

벤이 집무실로 들어왔다. 그는 문관으로, 황실 예부의 젊은 학자 중 하나였다. 그리고 조엔 후작의 심복이기도 했다.

"오늘 회의 결과 정리하고 계셨습니까?"

"그래. 오늘 수고했어."

"별말씀을요. 후작님이 가장 수고하셨죠."

조엔 후작이 하하하 웃었다. 본인을 공치사하는 성격은 아니지만 오늘은 확실히 자신의 공이 컸다. 그는 문서를 탁탁 정리하며 중얼거렸다.

"이젠 '황자빈'이라고 부르면 되는 건가."

"예, 존칭은 '님'으로 하기로 했고요. 카니에 님. 입에 잘 안 달라붙는 게 문제지만요."

"더 좋은 게 있을 것 같은데, 이게 최선인가 보군."

"없었던 품계이니 오죽할까요. 마땅히 호응되는 존칭도 없고 말입니다. 시간도 많이 촉박했습니다."

조엔 후작의 예상대로, 예부는 일주일간 숨도 쉬지 못하게 바빴다. 선례, 규정, 황법, 기존 내명부 품계 등을 닥치는 대로 긁어모았다. 다른 건 그럭저럭 합치가 되어 진도가 나갔는데, 황자빈의 대우에 관해서 의견이 첨예하게 대립했다.

하이젠 빌리엄 공작은 정비에 준하는 예우를 할 것을 주장했다. 정확한 기준을 요구하는 이들에게 내놓은 것은 예상했듯이 공작 부인급의 대우였다.

지나치게 높은 대우다. 온갖 반발을 받았다. 그런데 꺼내는 뒷받침이 꽤 논리적이었다. 하이젠 빌리엄은 작정하고 준비해 왔다.

황자는 한 명의 후궁만 둘 수 있다. 또한 실제로 사문화되었던 품계이니만큼, 앞으로 다시 나타날 확률이 희박하다고 주장했다. 2황자의 아내가 카니에 빌리엄 하나뿐이니, 이번만 예외적으로 높은 대우를 해도 문제가 없다는 게 그의 논리였다.

근거를 대기 위해 온갖 사례를 다 모아 왔다. 본래 지위와 실질적인 대우가 다른 사례로는 성녀 예리 파이안에 관한 것을 가져왔다. 그녀는 엄밀히 말해 종교인으로, 황궁에 머무는 대신관급으로 대우받아야 하지만 황제가 특별히 황녀의 예로 대해 주는 것이 근거였다.

2황자에게 정비가 생기면 어떻게 하느냐는 문제에도, 정비가 들어오기 전까지만 그 예우를 갖춰 준다고 하면 된다고 방어했다. 일례로는 현 황실의 내명부는 황후가 없어 1황비가 장악하고 있는 것을 들었다.

"후작님이 집요하게 짚고 물어지지 않으셨더라면 분명 빌리엄 공작이 원하는 대로 됐을 겁니다."

"내가 틀린 말을 한 건 아니지. 우리는 '황자의 후궁'에 대한 예우를 정하는 것이지 '카니에 빌리엄' 영애에 대한 예우를 정하는 게 아니잖아. 빌리엄 공작의 논리는 너무 교묘했어."

"교묘한 만큼 학자들이 꽤 납득했었죠. 게다가 그렇게 격렬하게 주장하는 사람이 그 빌리엄 공작이기도 했고요."

벤은 킥킥 웃었다.

"후작님이 그렇게 말씀하셨을 때 빌리엄 공작 표정을 보셨습니까?"

"봤으니까 지금 이렇게 집무실로 도망 오질 않았는가."

"퇴궁은 언제 하실 겁니까?"

"10분 내로 할 거라네."

"정말 빠르시군요."

"아니면 빌리엄 공작이 내 뼈와 살을 분리할지도 모르잖은가."

"그럼 같이 퇴궁하시죠. 저도 이제 퇴궁할 참입니다."

"그래, 함께 나가지."

"오랜만에 귀택하시는군요. 그간 궁에서 머무시더니. 바로 저택으로 가실 겁니까?"

"아, 그건 아니야. 귀족 연무장에 들렀다가 갈 생각이네. 마무리할 일이 좀 있어서."

"……후작님의 일이 정말 끝나기는 하는 겁니까?"

"나 정도면 양호하지. 당장 내일부터 얼마나 많은 귀족이 바빠지겠는가."

"후작님은 역시 타고난 문관이십니다. 의미심장한 말씀을 참 잘하시는군요."

조엔 후작은 픽 웃으며 서류를 챙겼다. 이따가 귀족 연무장에 가서 슈덴에게 줄 것들이었다. 이 서류에는 오늘 있었던 일이 자세히 기록되어 있었다.

조엔 후작은 슈덴이 이 일을 모르고 있을 거라고 생각했다. 예부와 내명부에 관련한 일이었기 때문이다.

'그런데 벌써 알고 있었지. 철저한 군부 쪽 사람이 대체 어떻게 알게 된 건지는 미지수지만.'

그땐 좀 오싹했다. 그래도 설득은 했다. 가급적 나서지 말라고.

'빌리엄이 2황자에게 딸을 시집보낸 건 결국 지지 선언이나 마찬가지지. 황위 다툼에 본격적으로 끼어들겠다는 의사 표현이기도 해. 하지만 가르트는 그러질 않았지. 나 역시 마찬가지야.'

조엔 후작은 슈덴과 엘반, 그리고 로메인 후작 사이에 있었던 일을 몰랐다. 그렇기에 지금은 오직 황실의 예법을 바로 세우기 위한 학자들의 충돌로만 보여야 했다.

슈덴 가르트는 군부 쪽 주요 인사다. 예부에 관여했다가는 붓 무더기 사이의 칼처럼 눈에 띌 터다. 2황자를 지지하는 귀족들이 얼마나 바짝 경계할지. 쓸데없는 분란은 만들지 않는 게 좋았다.

'일단 오늘 가서 바로 이 이야기들을 해 줘야겠어. 빌리엄 영애와 공작 부인 사이에 있었던 일은 당연히 알고 있을 테니까.'

자신도 디아나에게 들었으니 슈덴도 예전에 벌써 들었을 터다. 그 부부는 사이가 너무 좋으니까. 조엔 후작은 전혀 몰랐다. 발리아가 슈덴에게 티 파티에 대해 자세히 이야기한 적 없다는 것을.

❦❦❦ ❦❦❦ ❦❦❦

연무장에서 기사들을 지도하고, 슈덴은 턱을 괸 채 기사단 충원에 관한 서류를 확인하고 있었다. 숀은 보고할 것이 있어 단상으로 찾아왔다가 고개를 갸웃했다.

'왜 자꾸 메이스를 들고 계시지?'

요즘 각하께 독특한 버릇이 생겼다. 틈틈이 메이스를 들고 계시는 거다. 검도 아니고. 그뿐만이 아니었다.

[든 채로 휘둘러 봐라.]

저번엔 메이스를 덜컥 건네주시더니 한 손으로 휘둘러 보라고 했다. 비단 숀에게만 시킨 게 아니었다. 가르트의 기사들은 한 번씩 메이스를 쥐고 휘둘러 봐야 했다. 겔에서도 최강이라고 일컬어지는 기사단답게 막내인 로빈까지도 쉽게 해냈다.

다들 근력 테스트 정도라고 생각했다. 숀도 그렇게 생각할 뻔했다. 각하께서 기사들의 손바닥을 확인해 보신 게 아니었더라면. 그리고 연무장에 오실 때마다 메이스를 꼭 한 번씩 들어 보시는 게 아니었더라면.

"각하. 오전에 말씀하신 기사 서임에 관해 정리해 왔습니다."

그 와중에도 업무는 평소처럼 처리하신다. 슈덴은 손이 내민 문서를 검토했다.

"나쁘지 않군. 이대로 누락 없이 진행해라."

"알겠습니다."

올해는 3년마다 한 번씩 열리는 기사 서임식이 있는 해였다. 은퇴, 전사, 그 외 사건 사고 등으로 정원보다 모자라진 각 가문의 기사단원들을 보충하는 때였다.

특히 작년에 있었던 동부와의 전쟁 때문에 많은 기사가 사망하거나 부상으로 은퇴한 터라 더욱 바빴다. 가르트에도 새롭게 작위를 받은 기사들이 몇 들어오게 된다. 로빈은 드디어 막내를 탈출하게 됐다고 굉장히 기뻐했다.

"숀."

"예, 각하."

"처음 검을 잡은 게 언제지?"

갑작스러운 질문이었지만 숀은 재빨리 대답했다.

"네 살 때입니다."

"손바닥에 굳은살이 박이기 시작한 건 언제고?"

"……예?"

굳은살? 숀은 당황했지만 침착하게 머리를 굴렸다. 하지만 굳은살이 언제 박였는지까지는 기억이 나지 않았다. 항상 검을 잡고 휘두르다 보니까 손바닥은 어느새 상처투성이었다. 물집이 생겼다 터지고,

아물기도 전에 또 검을 잡고. 그렇게 미친 듯이 검을 휘두르다 보니 손바닥에는 어느새 군은살이 가득했다.

결국 손은 잘 모르겠다고 대답했다. 슈덴도 딱히 답을 바란 건 아닌 눈치였다. 그는 다시 메이스를 휘둘러 보았다. 검보다 훨씬 무게가 나가는 무기라 들이는 근력도 더했다.

몇 번 휘둘러 본 후에는 메이스를 내려놓았다. 그리고 물끄러미 본인의 손바닥을 내려다보았다. 슈덴의 손도 다른 기사들과 별반 다르지 않았다.

"나도 있어서 모르겠군."

언제부터 손에 상처가 나고 물집이 잡히고 군은살이 생겼는지. 잘 기억이 나지 않았다. 대강조차 기억이 나질 않았다. 기사단 전원이 마찬가지였다.

'……그런 게 왜 궁금하신 거지?'

손은 당최 주군의 마음을 헤아릴 수가 없었다. 얼마 후, 조엔 후작이 찾아올 때까지 손은 내내 혼란스러운 얼굴로 서 있었다.

❦ ❦ ❦

"마님. 이렇게 고정해 드리면 될까요?"

"응. 조금 더 세게 묶어도 될 것 같아."

"네에. 그런데 이게 좀 많이 뻑뻑해서……, 혹시 아프시면 말씀하셔요."

"알겠어."

하녀들은 발리아의 허벅지에 가터를 고정하고 있었다. 말이 가터지 기존에 보던 거랑은 모양이 많이 달랐다. 뻑뻑하기는 또 얼마나 뻑뻑한지. 플뢰르 뷰티 살롱에서 마님께 직통으로 보내온 게 아니었으면 진즉 하녀들 선에서 수선에 들어갔을 가터였다.

"마님. 여기서 더 세게 묶으면 피부에 자국이 심하게 날 것 같아요."

"그러니?"

하녀들의 말대로 가터는 아주 꽉꽉 묶여 있었다. 발리아는 허벅지에 묶인 가터를 가볍게 잡아당겨 보았다. 확실히 튼튼했다. 주문 제작을 넣은 보람이 있었다. 기존의 것과는 달리 허벅지에 끈을 몇 번씩 돌려 묶어야 하는 이 가터벨트는 발리아가 플뢰르에게 직접 주문을 넣은 것이었다.

'이 정도면 메이스를 달고 다녀도 충분하겠어.'

처음엔 목걸이로 만들어서 걸고 다닐까 했다. 문제는 메이스의 무게. 계속 걸고 다니다간 목이 앞쪽으로 굽어 버릴 것 같았다. 겔의 귀부인들은 꼿꼿한 자세를 최고로 쳤다. 어떻게 해야 할까? 고민하던 발리아의 눈에 들어온 게 가터벨트였다.

'할아버지처럼 메고 다니는 게 제일 편하긴 하겠지만, 이거라도 사용해야지.'

플뢰르가 만든 이 가터는 겉에는 레이스가 달려 있었다. 하지만 안에는 단단한 가죽끈이 삽입되어 있었다. 튼튼함으로 따지자면 용병들이 쓰는 가죽끈 묶음에 뒤처지지 않았다. 발리아는 소파에서 일어나서 몇 걸음 내딛어 보았다.

"어때? 티가 나는 것 같아?"

"아뇨, 마님. 전혀 안 나요."

"여기 거울에 비춰 보셔요."

발리아는 하녀가 세운 긴 거울에 모습을 비춰 보았다. 하녀들의 말대로 전혀 티가 나지 않았다. 가벼운 실내용 드레스로도 이러니, 풍성한 드레스를 입으면 아무도 눈치채지 못할 것이리라.

발리아는 몇 번 더 걸어 보다가 다시 소파에 앉았다. 하녀들이 발리아의 치맛자락을 걷어 올렸다. 그리고 막 뻑뻑한 리본들을 풀기 시작했을 때였다. 밖에서 문을 똑똑 두드리는 소리가 들렸다. 가터를 벗기던 하녀 중 한 명이 일어나 문을 향해 걸어갔다. 파티션은 미리 쳐 놓았지만 그래도 문을 완전히 열지는 않았다.

"마님."

작게 연 틈 사이로 이야기를 전해 들은 하녀가 발리아에게 고했다.

"각하께서 오셨다고 합니다."

"오셨다고?"

오고 있는 게 아니라? 발리아가 막 드레스 치마를 내렸을 때였다. 슈텐이 들어왔다.

✦⁂✦ ✦⁂✦ ✦⁂✦

가르트 저택, 1층의 넓은 홀이었다. 율리안은 폴을 향해 어휴 한숨을 내쉬었다.

"아니 그러게 총집사장님. 왜 진즉 각하께 퍼뜩퍼뜩 고하지 않았습니까."

"······그때 마님께서 말씀하지 말라고 하셨네."

"아휴 참. 그래도 슬쩍 흘리셨어야죠. 각하께서 마님 일에 얼마나 신경 쓰시는지 제일 잘 아는 분이 이래요?"

"내가 생각이 많이 짧았군."

폴은 후회스러운 표정을 지었다. 율리안은 어깨를 두드려 주며 다정하게 타박했다.

"앞으로는 티 파티든 티타임이든 뭐든 마님한테 안 좋은 일이 생기면 어떻게든 각하께 말씀 올리세요."

"말이야 쉽지. 마님께서 말씀하지 말라고 하셨는데, 내가 몰래 가서 말씀드리면 좀 그렇지 않은가. 자네 같으면 그럴 수 있겠어?"

"네. 그날 밤 당장 가서 각하께 말씀드릴 건데요."

"······."

"정 못 하시겠으면 저한테 말해 주세요. 제가 알아서 각하께 잘 전달해 드릴 테니까요."

"자네가 너무 고생이잖아."

"그때 좀 고생하는 게 낫죠. 당장 오늘 밤부터 열 배로 고생하게 됐다고요."

율리안이 투덜거렸다. 하여간, 이 총집사장은 사람이 다 좋은데 융통성이 없어서 문제다. 그때 폴이 살짝 귀띔만 해 줬으면, 지금 밤을 새서 빌리엄 가문에 관한 정보를 싹싹 긁어모으는 일은 없었을 텐데.

'아닌가? 각하가 그때 아셨어도 내가 고생하는 건 똑같나?'

물론 이 가정을 입 밖으로 꺼내진 않았다. 폴이 미안해하며 다음에 좋은 술을 사 주겠다고 달랬기 때문이다. 율리안은 폴에게 보좌관 일 못 해 먹겠다고 장장 10분을 주절거린 후에야 후련한 표정을 지었다.

"각하께서는요? 저희보다 일찍 말을 달려가셨는데."

"어딜 가셨겠나."

"아, 제가 괜한 걸 물었습니다."

율리안은 2층에서 쪼르르 내려오는 하녀들을 보고 납득했다.

팽팽하게 올라가 있던 스타킹이 피부에 미끄러져 조금씩 내려온다. 슈덴이 발리아의 양 허벅지를 안아 들 듯 잡아 제 쪽으로 끌어왔다. 순식간에 바짝 밀착하는 몸. 당황할 틈도 없이 슈덴이 가터벨트를 잡아 풀기 시작했다.

발리아는 민망한 표정으로 물었다.

"저, 슈. 가터벨트……, 풀어 보셨어요?"

"처음 풀어 봅니다."

"……그런데 어떻게 푸시려고요?"

"하다 보면 되겠지요."

"……."

하녀들은 벌써 포르르 사라진 후였다. 침실에 남은 건 슈덴과 발리아 단둘뿐. 그는 그녀를 침대에 앉혔다. 양다리를 가볍게 벌린 후에는 제 쪽으로 끌고 들어왔다. 슈덴의 몸이 자연스럽게 그녀의 다리 사이에 들어왔다. 자세부터가 이상하게 느껴지는 건 비단 발리아만의 착각은 아닐 터다.

슈덴은 발리아의 치마를 골반 위까지 아예 걷어 올려 버렸다. 말랑한 허벅지, 그 위로 리본 두 개가 달랑거렸다. 하녀들이 풀어내다 만 것이다. 그리고 기왕 입어 보는 거 제대로 입어 보자 싶어서 신었던 스타킹.

하복부가 고스란히 드러나게 되자, 발리아는 약간 부끄러워졌다. 게다가 훑어보는 슈덴의 눈빛은 왜 또 그렇게 묘한지.

"……왜 그렇게 빤히 보세요."

슈텐은 꽁꽁 묶인 가터벨트로 손을 뻗으며 말했다.

"전에 쓰시던 거랑 모양이 좀 다르군요."

"살롱에 새로 주문을 넣은 거예요. 벗기기 힘들 텐데……."

"흐음."

단단한 손이 치마 사이를 파고들었다. 골반 바로 위, 허리 부근에 묶인 매듭. 슈텐은 끈을 당겨 풀고 흘러내린 리본을 한 손에 움켜쥐었다. 하녀들만큼 능숙하지는 않았지만, 빽빽한 줄을 당겨 푸는 힘은 비교도 할 수 없이 강했다.

맨피부에 슈텐의 손이 스칠 때마다 발리아는 괜히 긴장이 됐다. 조금만 숙이면 닿을 것처럼 가까이 있는 얼굴이며, 벗겨 내는 손길도 그렇고. 꼭 잠자리를 가지기 직전의 분위기처럼 야릇하고 묘했다.

내리깔고 있는 붉은 눈동자도 그렇고. 이 남자는 대체 왜 이렇게 퇴폐적인 분위기를 자아내는지 모를 일이다. 그의 손길이 야하게 느껴지는 건 저 분위기가 크게 한몫했다. 결혼한 지 1년이 훌쩍 지났는데도 매번 두근거리는 것도 역시. 발리아가 살며시 슈텐의 숙인 얼굴을 훔쳐볼 때였다.

"발리아."

"네, 네?"

슈텐이 고개를 들어올렸다.

"왜 놀라십니까?"

"아뇨. 갑자기 부르셔서요. 왜요?"

슈텐이 피식 웃으며 다시 시선을 내렸다. 그녀의 허벅지를 응시하며 그가 물었다.

"제가 여자들 사교계에 대해선 잘 몰라서 묻는데."

"사교계요? 네."

"티 파티에서 모욕을 받으면 보통은 어떻게 합니까?"

"어……, 상황에 따라 다르지만, 보통은 말로 잘 대처하려고 하겠죠?"

"말로만 그럽니까?"

"보통은요. 그러다가 안 되면 자리를 피하기도 하고……. 거의 다 이러는 것 같아요."

발리아가 고개를 갸웃했다.

"이건 왜 궁금하신 거예요?"

"빌리엄 가를 없애 버릴까 싶어서 물어봤습니다."

"네?"

발리아는 당황했다. 그런 와중에도 왜 슈덴이 이런 말을 꺼내는지 짐작 가는 게 있었다. 티 파티. 모욕. 빌리엄 가문.

"슈. 혹시 빌리엄 영애 때문에 그러시는 거예요?"

붉은 눈동자가 발리아를 한 번 쳐다보았다가 다시 내려간다. 그녀는 그의 눈빛에서 짤막하나 긍정의 의미를 읽었다.

"1년 정도는 걸릴 것 같더군요."

"뭐가요?"

"빌리엄도 꽤 내실이 있는 가문이라, 순수하게 가진 사업체들만 파산을 시키려면 말입니다."

"파산이요?"

세상에. 지금 이 사람이 뭐라고 말을 하는 거야? 빌리엄은 제국의 공작 가문이었다. 파산을 시킬 수 있다는 것도 놀라운데, 그 기간을 구체적으로 정해서 말하는 게 더 당황스러웠다. 분위기로 봐서는 그냥 하는 말도 아닌 것 같고.

"당신이 제국 유일 공작 부인인 것도 좋을 것 같더군요."

"……슈. 농담이시죠?"

"농담으로 알아들으셨으면 됐습니다."

"……."

농담이 아니라는 건가? 발리아는 혼란스러워졌다. 뭐라고 물어도 별로 제대로 대답을 해 줄 것 같지 않았다. 그 사이 슈덴은 어느새 리본을 거의 다 풀어낸 상태였다. 고개를 들었던 슈덴이 피식 웃었다.

"왜 그렇게 표정이 심각하십니까."

"당신이 심각한 말씀을 하셨잖아요."

"그냥 해 본 말입니다."

"……정말요?"

슈덴은 슬쩍 웃기만 할 뿐 대답하지 않았다. 발리아는 의아했지만 더 캐묻지는 않았다.

❧❧❧ ❧❧❧ ❧❧❧

"각하."

새벽 일찍 가르트 저택으로 출근한 율리안은 슈덴의 눈치를 살폈다. 슈덴의 표정이 별로 좋지 못해서였다.

사실이었다. 슈덴은 어제, 조엔 후작에게서 들었던 이야기 때문에 기분이 영 나빴다.

[카니에 빌리엄 영애의 대외적 예우를 낮출 수 있는 한 낮췄습니다. 빌리엄 공작이 버티고 있는 터라 그 이하는 현실적으로 무리였지요. 각하도 부인께 들어서 이미 아시겠지만, 티 파티 때도 그렇고…….]

티 파티라니? 슈덴은 처음 듣는 이야기였다.

[빌리엄 영애가 가르트 공작 부인과 두 번이나 충돌해서 제 아내가 걱정이 많습니다. 작년 황실 연회에서 있었던 일도 대단하더군요.]

그래. 그 일은 알고 있었다. 빌리엄 공작 부인이 직접 사과를 하러 찾아 왔으니까.

나중에 상세한 보고를 받았을 땐 가관이 따로 없었다. 다만 이미 정리된 일이라 어떻게 손대기가 뭐했다는 게 문제였다. 미리 알았으면 발리아가 사과를 받기 전에 뭐라도 했을 텐데.

그런데 뒤의 일, 그러니까 티 파티에서도 사건이 있었다는 건 처음 들었다.

슈덴은 새삼 카니에를 떠올렸다.

빌리엄 공작 영애. 신분이 신분이다 보니 연회나 무도회, 혹은 황궁에서 꽤 자주 마주쳤다. 슈덴이 후작이었을 때부터 꽤 관심을 보이던 영애였다. 그런 레이디가 한 둘이 아니라서 특별할 건 없었지만. 사교계에서는 텃세를 부려 제 영향력을 유지한다고 얼핏 들었던 것도 같다.

'텃세도 상대를 봐 가면서 부려야지.'

개도 자리를 보고 눕는 마당에. 잘 됐다 싶었다. 여러모로 슈덴에게 유감을 갖게 한 카니에가 엘반의 후궁이 되었으니까. 뭐든지 한 번에 치우는 게 속 편한 법이다.

슈덴은 황위 다툼에 본격적으로 끼어들 생각이 없었다. 정쟁에 무관심한 편인 것과는 별개로, 본인의 위치를 잘 알고 있었다. 가르트가 본격적으로 지지를 하고 나선다면 비단 구스토나 엘반이 문제가 아니었다. 계승권과 거리가 먼 황녀라도 단번에 가장 큰 세력으로 우뚝 설 것이리라.

그러면 뒤치다꺼리를 계속해야 한다는 게 문제지. 슈덴은 그런 것에 취미가 없었다. 그는 황위 다툼에 끼어들지 않고 끝까지 방관할 생각이었다. 엘반이 아크를 회유해 발리아를 건드리지만 않았더라면.

그때 생각이 바뀌었다. 이 새끼가 황제로 등극하면 무서울 게 없다며 발리아가 공녀라는 사실도 사방팔방 떠들고 다닐 게 뻔했다.

슈덴은 소후작 시절 했던 맹세 때문에 황제의 목을 벨 수는 없었다. 그렇기에 엘반을 아예 황위에 오르지 못하게 만들 생각이었다. 엘반에게로 기울어진 축은 조금씩, 자연스럽게 흐트러지게 될 것이다. 이 건방진 2황자는 예전에 선을 넘었다.

가장 강력한 라이벌인 엘반이 서서히 기울어질 테니, 구스토에게는 더할 나위 없는 이득이라고 볼 수 있었다. 구스토가 어지간한 천치가 아닌 이상 황위를 얻는 과정은 굉장히 수월해질 것이다. 혹은 그사이에 다른 경쟁자가 등장할지도 모르지. 거기부터는 알아서들 할 일이지만.

몇 가지 지시로 율리안의 얼굴을 핼쑥하게 만든 슈덴은 2층으로 올라갔다.

❦ ❦ ❦

카니에 빌리엄에 대한 예우가 모두 정해졌다. 그녀는 정식으로 2황자 엘반의 후궁이 되었으며, 황실 족보에 이름을 올리게 됐다.

황제 에드가 7세에는 적지 않은 아들딸이 있었다. 황녀 중에는 타국으로 시집간 이가 몇 있었지만, 황자들은 전부 미혼이었다. 정치적인 이해관계가 원체 복잡한 탓이다.

그런 고로 카니에는 황제가 사실상 맞이하는 첫 며느리인 셈이었다.

비록 정비가 아닌 후궁이기는 하나, 황제는 꽤 후한 대접을 해 주었다.

카니에에게는 번듯한 궁이 내려졌다. 성녀처럼 명패를 하사받지는 못했지만, 황자빈이라는 독특한 신분을 감안하면 후한 대우라고 할 수 있었다.

아름답게 꾸며진 궁. 그러나 내부의 분위기는 별로 좋지 않았다. 응접실에 마주 앉아 있는 하이젠과 카니에. 하이젠은 손짓으로 시녀들을 물렸다. 잠시 침묵이 흘렀다. 하이젠이 먼저 입을 열었다.

"비록 지금은 이렇게 됐지만 너무 실망하지는 마라, 카니에."

"……역시 가르트 공작이 반대를 했나요?"

"아니. 가르트 공작은 군부 쪽 사람이야. 반대를 한 건 조엔 후작이다. 아주 집요하게 물고 늘어지더구나."

"조엔 후작이요?"

뜻밖의 이름이었다. 당연히 가르트의 입김이 작용했을 줄 알았는데. 곧바로 짐작 가는 건 있었다. 조엔 후작 부인은 가르트 공작 부인과 꽤 친해 보였다.

'분명 가르트 공작 부인이 조엔 후작 부인한테 부탁했을 거야. 조엔 후작 부인은 대체 뭘 받아먹었기에 남편까지 움직여?'

재력 하나는 알아주는 가문이니 짐작도 못 할 만한 물건을 갖다 바쳤을 것이다.

'조엔 쪽은 경계도 하지 않았는데.'

카니에는 입술을 짓씹었다. 아버지에게 말할까 하다가 관뒀다. 진작 자신에게 말하지 않아 일을 그르쳤다고 길길이 날뛸 게 뻔했기 때문이다.

"카니에. 앞으로는 저택이 아니라 궁에 있으니 모쪼록 언행과 행동

거지를 조심하거라. 나를 실망시키지 말고."

"아버지 기대에 부응하도록 노력할게요."

"아까도 말했지만, 너무 실망하지는 말아라. 지금이야 후궁이지 만…… 너는 2황자 저하의 유일한 아내다. 또 후일 황태자비를 거쳐 황후가 될 몸이지. 아주 귀한 신분이 될 거야."

"저, 아버지."

카니에는 불안한 게 있었다.

"만약 2황자 저하가 다른 여자를 아내로 들이시면 어쩌죠?"

"절대 그런 일은 없어! 빌리엄의 독녀를 두고 어떻게 다른 아내를 들인단 말이냐? 후일 네가 황후가 되고, 그때 다른 여인들을 후궁으 로 들이는 거라면 모를까. 라겔뢰프의 일가가 되었으니 그 정도는 감 수할 수 있겠지?"

"네, 아버지."

하이젠의 단호한 말에 카니에는 불안이 가셨다.

그래, 후궁이면 어떻단 말인가. 2황자는 다른 아내를 들이지 않을 것 이고 자신은 빌리엄의 비호를 받고 있는 것을. 후일 2의 정비 자리를 꿰차게 되는 이는 결국 카니에 빌리엄, 그녀일 것이리라.

＊＊＊ ＊＊＊ ＊＊＊

"그간 격조했습니다. 대신관."

"오랜만에 뵙습니다, 2황자 저하."

사람이 일을 도모하다 보면 반드시 길이 열린다. 그리고 기회는 언 제나 예기치 못했을 때 찾아오는 법. 엘반은 흥미로운 표정을 지었다.

"대신관이 내게 직접 만남을 요청할 줄은 몰랐습니다."

"갑작스러운 요청인데도 흔쾌히 허해 주신 2황자 저하에게 감사드립니다."

"별말씀을 다 합니다. 자자, 너무 딱딱하게 굴지 말고 편히 앉읍시다."

엘반은 메르실에게 공대까지 해 주며 정중하게 대했다. 사실 이게 대신관을 대할 때의 일반적인 반응이었다. 자리에 앉은 메르실은 숨을 한번 돌린 후 말했다.

"후궁을 맞으셨다고 들었습니다. 축하드립니다."

"고맙습니다. 그런데……, 소문이 참 빨리 퍼지는군요?"

"오해하지 마십시오. 저는 궁에 왔다가 우연히 들은 것뿐입니다."

"내가 어찌 정결한 대신관을 오해하겠습니까. 하지만 내 착각이었다니 다행이군요."

엘반은 의례적인 미소를 띠었다.

"그래, 내게 축복이라도 내려 주려고 만나자고 한 겁니까?"

"저하. 저는 거래를 청하고자 왔습니다."

"거래?"

갑작스러운 말이었다. 엘반은 미소를 잃지 않으며 물었다.

"대신관이 이 내게 원하는 게 무엇인지 짐작이 잘 가지 않는군요. 무엇입니까?"

"성녀님을 신성국으로 보내 주십시오."

"……"

순간 엘반의 표정이 굳었다. 그는 말없이 메르실을 바라보다가, 천천히 등받이에 허리를 기댔다.

"대신관. 잘못 찾아오신 것 같군요. 그건 내 영역이 아닙니다."

아무리 엘반이 개차반이어도 선은 있었다. 성녀를 지겹다고 평가하는 것과는 별개로, 그녀의 명성은 무시할 수가 없었다. 성녀라는 이름 하나만으로 이 제국에 얼마나 큰 이득이 되는지 계산을 할 수가 없는데.

그러니 아버지인 황제가 그리 애지중지 대하며 또 은근히 구스토나 엘반과 맺어지기를 바라는 것이다.

"2황자 저하. 맞이하신 후궁이 빌리엄 가의 독녀라고 들었습니다."

"그런데요?"

"만약에 성녀님이 1황자 저하와 혼인하시면 어떻게 되겠습니까?"

"……그게 무슨 말입니까? 성녀님은 형님에게 관심이 없습니다."

성녀는 자신과 구스토 둘 모두에게 공평히 관심이 없었다. 예리는 황궁에 수양이라도 하러 온 사람 같았다. 아무리 값비싼 보석 장신구를 선물하고, 비싼 드레스를 갖다 바쳐도 눈 하나 깜빡이지 않으니까.

은밀히 알아본 바로는 구스토에게도 똑같이 대한다고 했다. 그렇지 않았다면 엘반이 감히 카니에 빌리엄을 후궁으로 삼을 생각을 하지 못했을 것이리라.

엘반은 저돌적으로 계획을 세워 둔 상태였다. 빌리엄 가를 제 세력에 합류시키면 무게 추는 단숨에 자신에게로 기울게 된다. 그 기세에 힘입어 최대한 빨리 황태자가 될 생각이었다. 황태자가 되고 나면 혹여 예리가 구스토와 결혼하여도 안심이 될 테니까.

"게다가……, 이런 말을 하는 건 불경일지도 모르나 성녀님은 철저히 은둔하고 계시지요. 사교 활동도 거의 하지 않으시고요. 솔직히 말해 황자된 입장에서는 그리 매력적인 조건은 아닙니다."

주도권을 잡기 위해 일부러 세게 말하는 것이지만, 진심도 꽤 담겨 있었다. 성녀는 정말이지 멍청했으니까. 본인의 엄청난 신분을 써먹을 줄 모른다.

제국이 아니라 대륙을 통틀어도 대체할 사람이 없는 '성녀'의 이름. 조금만 사교 활동을 해도 본인의 몸값이 얼마나 폭등할지 모르는 것도 재주라면 재주다.

"저하의 생각은 그러시군요. 알겠습니다."

메르실은 선선한 어조로 말했다.

"저는 성녀님께 1황자 저하와 결혼하라고 권해 드리려고 합니다."

"뭐?"

엘반이 자리에서 벌떡 일어났다. 그의 두 눈이 부릅떠졌다.

"대신관! 당신 미쳤소?"

"미쳤으면 저하께 이런 말씀도 올리지 않았겠지요."

"지금, 지금 대신관이 무슨 말을 하는지 알고서 지껄이는 것이오? 형님과 결혼하라고 권하겠다니! 대체 그게 무슨 헛소리요!"

"저하의 말씀대로라면 저는 헛소리를 지껄이고 있는 것인데 왜 이렇게 동요하십니까?"

"하."

내내 인자하게만 보였던 대신관이 갑자기 모사꾼처럼 보이기 시작했다. 엘반은 자신이 대신관에게 걸려들었음을 뒤늦게 깨달았다. 젠장. 엘반은 털썩 의자에 앉았다. 그리고 차가운 얼음차를 벌컥벌컥 들이켰다. 찬물이 들어가자 속이 좀 진정됐다.

"나는 대신관의 도덕성에 대해 한 번도 의심을 해 본 적이 없소."

"제 도덕은 언제나 신을 우러러 한 점의 부끄러움도 없습니다."

"황자를 상대로 덫이나 치는 게 그 잘난 도덕이오?"

"가끔은 신의 말씀을 받들기 위해 어쩔 수 없이 포기해야 하는 부분도 있는 법이지요."

"됐소. 휘황찬란한 말로 꾸미지 말고 본론부터 말해 보시오."

엘반이 메르실을 노려보았다.

"내게 원하는 게 뭐요?"

"아까 말씀드린 그대로입니다. 성녀님을 신성국으로 보내 주십시오."

"다시 말하지만, 그건 내 영역이 아니오. 전적으로 부황 폐하의 의지에 달렸지."

"저하께서 도와주시기만 한다면 충분히 가능한 일입니다. 계획은 제가 세울 테니까 저하께서는 그저 보조만 맞춰 주시면 됩니다."

"지금 이 내게 대신관의 수하 노릇이나 하라는 뜻이오?"

"저는 저하께 새로운 청사진을 그려 보라고 권하는 것입니다."

"대신관이 뭔데 내게 청사진을 그려라 마라……."

"가르트 공작 부인도 신성국으로 보내 주셔야 합니다."

엘반의 투덜거림이 뚝 멎었다.

✾✾✾ ✾✾✾ ✾✾✾

"기분이 별로 안 좋아 보이시네요."

예리의 목소리에 구스토는 퍼뜩 정신을 차렸다. 그는 미안한 표정을 지었다.

"죄송합니다. 다른 생각을 잠깐 한다고."

"괜찮습니다. 그러실 수도 있죠. 마저 생각하세요."

"······아닙니다. 성녀님을 앞에 두고 계속 결례를 저지를 수는 없죠."

구스토는 표정을 갈무리했다. 성녀한테 기분이 읽힐 정도로 감정을 드러냈나 싶어서 약간 겸연쩍어졌다. 요즘 스트레스가 극에 달하긴 했나 보다. 당연한 일인가.

구스토는 현재 안팎으로 여러 압박을 받고 있었다. 그중 하나가 결혼에 관한 것이었다.

엘반이 카니에 빌리엄을 후궁으로 맞았다는 소식은 겔의 귀족들을 강타했다. 사교계는 이 가십거리에 떠들썩했고, 물밑 싸움은 한층 더 가속화됐다. 빌리엄 공작가의 지지를 등에 업게 된 엘반은 그야말로 가파르게 상승하고 있었다.

하지만, 이는 철저히 정치판의 경우였다. 사교계에서의 평가는 최악을 찍고 있었다. 귀부인들의 시선이 특히 달갑지 못했다. 품계를 새로 만들면서까지 후궁을 들인 엘반이나, 또 그런 후궁 자리를 냅다 받은 카니에나.

사교계의 주축은 귀부인들인 점을 감안했을 때, 이 좋지 않은 평가는 꽤 오래 지속될 게 틀림없었다.

빌리엄 공작 부인은 아예 쓰러졌다고 했다. 원래도 몸이 좋지 않아 사교계에 모습을 잘 드러내지 않던 빌리엄 공작 부인이다. 향후 건강 상태도 불투명해 정말로 어떻게 될지 모른다더라, 하는 말이 항간에 떠돌았다.

이런 수많은 악재에도 불구하고 승기는 엘반에게로 기울고 있었다. 빌리엄의 이름을 들은 귀족들은 갈등했고, 그중 적지 않은 수가 2황자에게 붙은 상태였다. 원래도 로메인 후작이라는 강력한 외가를 가진 엘반은 앞으로도 더 승승장구할 게 빤히 보였다.

구스토를 지지하는 귀족들 역시 슬그머니 결혼 이야기를 꺼냈다. 다만 어떤 가문의 레이디와 혼인을 할 것인지에 대해서는 의견이 분분했다. 한 번의 결혼으로 가장 크게 이득을 낼 수 있는 가문이 어디인지. 그들의 계산이 끝나면 구스토 역시 결혼을 하게 될 것이다.

'피곤하군.'

황족으로 태어난 만큼 정략혼은 감안하고 있었다. 황위를 차지하는 데 이득만 된다면 얼마든지 그럴 수 있었다. 어린 시절부터 줄곧 그렇게 살았다. 그런데 왜 요즘 자꾸 걸리는 게 있을까.

"성녀님."

구스토는 예리를 불렀다. 성녀는 종이에 알아볼 수 없는 글자로 뭔가를 쭉쭉 적고 있었다. 원래 세상의 글이라고 했다.

"왜요?"

"일전에, 가르트 공작 부부가 사이가 참 좋아 보인다고 하셨던 일 기억하십니까?"

"아. 당연히 기억하고 있죠! 얼마 전 일이잖아요."

발리아가 예리를 보기 위해 성녀궁으로 찾아왔던 날이었다. 때마침 그날은 구스토와 정기적인 만남이 예정되어 있던 날이기도 했다. 평소보다 조금 일찍 찾아온 구스토 때문에, 셋이 잠시 마주쳤다. 발리아는 막 퇴궁하려던 참이었다.

그리고 발리아를 데리러 온 가르트 공작. 아내를 데리러 오는 그 모습이 너무 당연하게 보여서 신기했다. 그런 걸 보면 정말 과거의 슈덴 가르트는 생각도 나지 않을 지경이었다.

어떻게 그 남자가 저렇게 변하지. 예리는 발리아를 배웅하면서 말했다. 둘이 사이가 참 좋다고.

"그다음에 했던 말씀도 기억하시는지요?"

"어……. 제가 기억력이 별로 좋지 않은데……, 뭐라고 했는데요?"

무슨 말실수라도 했었나? 고개를 갸웃하는 예리에게 구스토가 알려 주었다.

"사랑에 빠진 눈빛이라고 혼자 중얼거리셨죠."

"무슨……, 그런 사소한 걸 어떻게 기억해요?"

예리가 혼자 쿡쿡 웃었다. 구스토는 단정한 겉모습에 비해 은근히 엉뚱한 말을 자주 했다. 그 모습에 매력을 많이 느끼기도 했지.

"하지만 그렇게 말했을 것 같긴 하네요. 공작 부부 두 분이 금실 좋다는 건 다들 아는 사실이라고 하던데요. 눈빛에서도 엄청 드러나고."

좋아 죽겠다는 표정이 말이다.

"황자님도 보시지 않았어요? 저만 본 건가?"

"예. 뭐……, 저도 보긴 봤습니다."

가르트 공작 부인은 표정을 감추는 데 능숙하다. 노련한 귀부인이 따로 없었다. 그런데 그날은, 보는 사람이 적어서인지 아니면 데리러 온 남편이 많이 반가웠던 것인지. 웃는 얼굴이 환했다.

그때 성녀는 옆에서 사랑에 아주 푹 빠진 눈빛이네, 하고 중얼거렸다. 그 중얼거림을 듣고 보니 어렴풋이 알 것 같았다. 상대방을 향해 반짝거리는 눈. 어딘지 모르게 애틋해 보이는 눈.

'……그럼 왜 당신은 나를 그런 눈으로 보는 거지?'

예리를 바라보는 구스토는 기분이 이상해졌다.

진심

　로빈은 3년간 가르트의 기사단의 막내였다. 어디에서든 막내 생활은 호락호락하지 않다. 특히, 지금이야 파문당했다지만 아크 로일론이 갈구는 섯도 별로 달갑지 않았다.

　그래서 로빈은 기사단원이 충원되는 날을 손꼽아 기다렸다. 막내를 벗어난다! 신나게 기뻐하던 것도 잠시였다.

　'이상한 놈이 들어왔어.'

　겔의 기사단은 기본적으로 속해 있던 종자들에서 우선 발탁을 한다. 그러나 이런 구조가 지속되면 기사단의 폐쇄화가 심해진다는 문제점이 있었다. 기사단의 사병화를 특히 경계하는 겔의 황실은 아예 황법으로 종자가 아닌 기사를 일정 비율로 뽑게끔 명시해 두었다.

　의도야 좋았다. 그런데 종자 출신이 아닌 기사들은 간혹 따돌림을 당하는 부작용이 생기는 게 문제였다. 순전히 기사단 내부의 분위기에 따른 병폐였다.

명실상부 제국 최고의 기사단인 가르트는 이런 유치한 짓은 하지 않았다. 일단 본인들의 명성에 굉장한 자부심이 있었고, 따돌림 따위에 골몰할 시간에 검이라도 한 번 더 휘두르는 게 더 이득이라고 생각했다.

그런데 새로 들어온 놈이 심하게 이상할 경우에는? 더군다나 그 이상한 놈이 직속 후배 기사로 지정된다면?

로빈은 말없이 문제의 그 녀석, 제노를 돌아보았다.

"왜요, 선배님. 뭘 그렇게 봐? 나한테 결국 반했나?"

"공대를 하든지 평대를 하든지 둘 중 하나만 하라니까."

"애정 표현인데 왜 그래? 내가 상처 받으면 선배님이 책임지려고요?"

"……때려치워."

갈굴 마음도 들지 않았다. 로빈은 한숨을 내쉬었다.

"여기선 말 편하게 해도 되는데, 밖에서는 말 잘 해라."

"알겠어."

살다 살다 직속 선배한테 반말을 섞어 쓰는 기사는 처음 봤다. 게다가 정신세계는 얼마나 독특한지.

"선배님, 있잖아요."

물어보지 않은 과거사까지 주절주절 떠들었다. 그래도 남들 앞에서는 안 하는 얘기를 로빈한테만 하는 것이긴 했지만. 딱히 감동스럽진 않았다. 그냥 시끄러웠다.

"나 사실 수습 신관 출신이었다? 어릴 적에 어머니가 신전에 날 바쳤다더라고요."

평소처럼 한 귀로 듣고 두 귀로 흘리려던 로빈은 눈을 동그랗게 떴다.

"아니, 잠시만. 그럼 기사는 어떻게 된 건데?"

"신전에서 나왔어요."

"왜? 신관 시험 떨어졌어?"

"아뇨. 여자를 못 만나잖아. 내 발로 걸어 나왔죠."

"넌 진짜 생각했던 것보다 더 미친놈이구나."

"뭘요. 하하하."

제노는 호탕하게 웃으며 말했다.

"그런데 지원하는 기사단마다 다 떨어지더라고요. 검 휘두르는 것도 안 보고 서류 단계에서 불합격 통보를 하지 뭐야? 대가리에 으깬 푸딩이나 차 있을 놈들."

"……뭐, 이해 안 가는 건 아니다. 신관 출신 기사는 나도 태어나서 처음 들어 보니까."

신관은 생명을 함부로 죽이지 않는 것을 기본 도리로 삼는다. 그런 신관이 검을 써서 살생을 하겠다고? 중요한 순간에 기도나 올리지 않으면 다행이라고 생각할 법했다.

"근데 가르트 기사단은 1차 서류 합격 통보가 오더라고요? 옳다구나 지원했지. 여기 떨어지면 황궁에나 들어가려고 했었는데."

"황궁? 황궁 근위병으로 들어가려고 했어?"

"그 생각도 안 해 본 것도 아닌데, 거기서 날 받아 줄까요?"

"물론 안 받아 주겠지."

"매정하기는."

제노는 입을 삐죽였다.

"뭐 어쨌든, 그냥 종신 시종이나 될까 했어. 쫄딱 망하기는 했어도 아버지가 남작이기는 했거든요."

"종신 시종으로 들어가도 여자는 못 만나."

"쯧, 이런 순수하신 기사님아. 다 방법이 있어. 게다가 황궁엔 온갖 미인들로 가득할 테니까, 그곳에서 눈 호강이나 하면서 사는 것도 나쁘지 않겠구나 싶었죠."

"너 솔직히 말해. 네 발로 걸어 나온 게 아니라 파문당한 거지?"

무슨 놈의 신관 출신이 이렇게 욕망이 넘쳐? 제노는 눈 하나 깜빡이지 않았다.

"섭섭한 말씀을 하시네요. 선배님. 난 고결하다고."

저 특유의 뻔뻔함 때문에 '제노는 이상한 놈이다'라는 인식이 기사단에 퍼지는 것이다. 로빈은 몇 번째 내쉬는지 모를 한숨을 또 내쉬었다.

"그런데 우리 지금 어디 가는 겁니까?"

"마님 뵈러 가. 새로 서임 받았으니 인사를 드려야지."

"에엥."

제노는 심드렁했다. 임자 있는 여자한테는 별로 관심이 없었다. 입이 떡 벌어지는 웅장하고 거대한 저택을 둘러보며 휘적휘적 로빈을 따라갔다. 얼굴도 모르는 마님이 정원에 있다고 했다.

"저기 계시네."

"빨리 뵙고 가……."

머리 뒤로 팔짱을 끼고 있던 제노가 서서히 손을 내렸다.

"어……."

여름 새벽 같은 여자가 그곳에 있었다. 햇볕을 받은 검은색 긴 머리카락에 푸른빛이 매끄럽게 돌았다. 몸에 꼭 맞는 연분홍색 드레스는 가벼우나 잘 어울렸고, 자수정 귀걸이가 달랑거리는 귓가가 희었다.

드러난 목이며 팔 아래는 가느다래 훅 불면 날아갈 것 같았고, 언뜻 언뜻 보이는 옆모습에서는 단아하니 잔잔한 분위기가 묻어났다.

벼락을 맞은 듯 굳어 있던 것도 잠시였다. 제노의 이상 상태를 알아채지 못한, 정확히 말하면 관심이 없던 로빈이 먼저 다가가 말을 걸었기 때문이다. 제노는 홀린 듯 그들에게로 걸어갔다.

옆모습도 숨 막히게 예뻤는데 정면은 더했다. 은회색을 띠는 눈동자는 또 얼마나 신비로운지. 제노는 눈을 떼지 못했다.

"아, 마님. 이 녀석은 이번에 새로 서임된 제노 케인입니다."

"제노?"

은회색 눈동자가 살짝 동그래졌다. 그러거나 말거나 반쯤 혼이 나간 제노는 미처 알아채지 못했다. 로빈은 멍하니 서 있는 제노의 옆구리를 쿡 찔렀다.

"마님한테 인사 안 드리고 뭐 해?"

마님한테까지 평대 섞어 쓰면 죽는다. 로빈의 눈짓을 알아보기는 한 걸까. 제노는 정신이 덜 돌아온 표정으로 손을 내밀었다.

"정말 세상에서 가장 아름다우신……, 손등에 입 한 번 맞춰 보아도 되겠습니까……."

'이 녀석 인사를 왜 이렇게 해?'

뭔가 이상하게 흐느적거리는데 예법에 틀린 건 또 아니었다. 마님도 그렇게 생각하셨는지 일단 손을 내밀었다. 부드러운 손등에 제노의 입술이 막 닿기 직전이었다.

뒷덜미가 턱 하고 잡히더니 그대로 들린다.

'이 미친 어느 놈이…….'

이 중요한 순간에 방해를 해? 제노는 인간이 삶에서 느낄 수 있는 모든 분노를 끌어 모아 뒤를 돌아보았다.

"……헉."

"각하."

로빈이 고개를 꾸벅 숙였다. 제노가 아무리 이상한 놈이지만 적어도 주군의 얼굴 정도는 기억하고 있었다. 애초에 한 번 보면 잊기 어려울 만큼 잘난 남자였다.

"……."

그리고 그 수려하니 잘생긴 얼굴이 매우 위협적이었다. 언뜻 보기에는 평범한 무표정으로 보이겠지만 눈빛을 고스란히 받고 있는 제노는 살해 위협을 느낄 정도였다. 슈덴의 눈이 제노의 손을 가볍게 훑었다.

손 놔. 입 거둬.

슈덴의 시선은 딱 그렇게 말하고 있었다. 제노는 저도 모르게 발리아의 손을 놓았다. 살기 위해 놓았다는 말이 어울릴 것이다. 그제야 슈덴도 제노의 뒷덜미를 쥔 손에 힘을 풀었다. 완전히 놓기 전에 제 쪽으로 확 잡아끄는 것은 덤이었다.

"뭐 하고 있는 거지?"

"마님께 인사드리러 왔습니다."

로빈이 대신 대답했다. 그 짧고 치열한 눈빛 경고를 보지 못한 까닭에 로빈의 목소리는 평소와 다를 바 없었다. 제노의 다리만 살짝 떨렸다.

"다 했으면 가 봐."

"예. 물러가겠습니다."

제노의 속도 모르는 로빈은 힘차게 대답했다. 씩씩하게 걸어가기까지 했다. 제노와 로빈은 금세 주인 부부에게서 멀어졌다.

"선배님."

제노는 두근거리는 마음을 감추며 로빈에게 물었다.

"마님은 사교 파티 좋아하시나요?"

갑자기 뒤바뀐 말투에 로빈은 바로 질색하는 표정을 지었다.

"왜 갑자기 공대를 해? 소름 돋는다고!"

"입에 소름 돋은 거 아니잖아요. 빨리 대답해 줘요. 후배가 이렇게 공경해 주는데요."

말만 공대지 공경은 하나도 없다. 로빈은 어이가 없었지만 일단 대답은 해 줬다.

"그냥 그럭저럭 다니셔. 아주 즐겨 다니시는 건 아니고, 아예 안 다니시는 것도 아니고."

"그럼 우리가 에스코트 하겠네요?"

"언제부터 우리가 우리였어? 그리고 꿈 깨. 마님 에스코트는 대부분 각하께서 직접 하시니까. 아니면 단장님이 하시고."

"……엥? 겔 귀족들은 원래 그래요?"

"음……. 일반적으로 그러진 않아. 각하만 그러시지."

"진짜 치사하네요. 원래 귀부인은 기사한테 에스코트 받는 거잖아요."

제노의 머릿속에서 슈덴이 전설적인 기사라는 사실은 사라진 듯했다. 혼자 꿍얼거리던 제노는 불현듯 깨달은 표정을 지었다.

"검을 주문하러 가야겠어요!"

"검은 갑자기 왜?"

"좋은 검으로 열심히 수련해서 단장님보다 강해지면 마님이 나한테 에스코트를 맡기실 수도 있잖아요. 어때요? 내 큰 그림이?"

"……큰 그림 그리다가 종이 찢어지겠는데?"

제노는 들은 척도 않았다. 이상형을 관통하는 발리아의 모습을 되새기며 흥얼흥얼 걸음을 옮겼다.

✦ ✦ ✦

"오늘은 사람이 많이 오지 않아 아쉬워요."

"일부러 자리를 적게 만들어 초대했답니다."

"다음에는 시끌벅적한 티 파티를 기대할게요. 카니에 님."

"살펴 가요. 레이디 나탈란."

살랑살랑 부채를 흔들던 레이디가 떠났다. 도도하게 걸어가는 뒷모습이 가소로운 동시에 조금 우스웠다. 카니에가 한창 빌리엄 공작 영애로 수도 사교계에 군림할 때에는 고분고분 비위만 잘 맞추던 레이디였다. 이렇게 은근히 기어오르려는 모습이 같잖았지만 참아 줄 수 있었다.

전례가 없던 '황자의 후궁'이 되면서 카니에는 사교계 입지를 다시 다져야 했다. 처음에는 암담했는데 상황이 마냥 절망적이지는 않았다. 아버지인 하이젠 빌리엄의 말대로 엘반은 다른 여자에게는 일절 눈도 돌리지 않았다. 처소의 시종과 시녀들은 자신을 황자의 정비로 대우했다. 썩 나쁘지 않은 상황이었다.

"오셨습니까. 카니에 님."

"메르실 대신관님."

게다가 공작 영애 시절에는 상상도 못 한 대신관과의 독대까지. 자신을 우습게 보는 레이디나 귀부인 중 누구도 대신관과 이렇게 사담을 나눠 본 사람은 없을 터다.

"티 파티는 잘 끝나셨습니까?"

"그럼요. 대신관님께서 이리 기다려 주시니 영광입니다."

"황자빈께 마땅한 대우이지요. 그런데……, 표정이 별로 좋지 않으시군요. 티 파티가 순조롭지 않으십니까?"

"정결하신 대신관님께 속세의 이야기를 하려니 민망하네요. 다만 조금 복잡한 일이 있었답니다."

"속세의 일도 결국은 인세의 일 아니겠습니까. 황자빈께서는 재치 있는 말재주를 가지셨으니 괜찮으시다면 듣고 싶습니다."

메르실 대신관은 온화했다. 카니에는 마음이 편해졌다. 다른 사람에게는 자존심이 상해서 못 하는 말도 곧잘 했다.

"그리고 요즘은 어머니의 건강도 염려된답니다. 차도가 없으셔서……."

"황자빈의 효심이 지극하니 금세 나으실 겁니다. 아니면 즐거운 일을 만들어 드리면 털고 일어나시지 않겠습니까?"

"즐거운 일이라면, 어떤 걸 말씀하시는 건지요?"

"자식의 영예만큼 부모에게 기쁜 게 없다고 알고 있습니다."

메르실은 평온하게 웃으면서 말했다.

"예를 들면……, 황태자비가 된다든지요."

"……황태자비라고요?"

"황자빈님!"

그때 시녀가 급하게 뛰어 들어왔다. 이 무슨 무례냐며 카니에가 막 질책하려던 참이었다. 시녀가 다급하게 전했다.

"빌리엄 공작가에서 부고가 왔습니다!"

카니에가 자리에서 벌떡 일어났다.

다른 귀족의 장례식에 와 보는 건 처음이었다. 발리아는 살짝 주변을 보았다. 연회와는 달리 입은 옷이 다들 비슷비슷했다. 검은색으로 맞춘 수수한 드레스와 검은색 망사가 드리운 모자. 그리고 검은색의 장갑. 망자를 배웅하는 길에는 손을 보이지 않는 것이 겔의 예의였다.

"폐하께서도 빌리엄 공작 부인의 죽음을 안타까워하고 계십니다."

"시종장이 나를 대신해서 황제 폐하께 감사하다는 말씀을 올려 주시오."

"여부가 있겠습니까. 공작 각하."

황제는 직속 시종장인 램튼을 보내 애도의 뜻을 보였다. 카니에가 엘반의 후궁이기는 하나 어쨌든 황실의 일원이었고, 빌리엄 공작 부인은 제국에서도 손꼽히는 고위 귀족이기 때문이다.

검은 칠을 한 관에 수의를 입힌 망자를 눕히고, 얼굴을 제외한 몸 위에는 흰 꽃송이를 가득 뒤덮는다. 망자의 머리 위에 성수를 붓고, 신전에서 끊어 온 검은 천으로 낯을 가린다. 관 뚜껑을 닫고 난 후에는 침묵으로 애도의 시간을 가졌다.

장례식은 고인이 죽은 장소에서 치르지만, 관은 영지로 내려가 묻히게 될 것이다. 고위 신관의 정복을 입은 나이 든 신관이 망자를 위해 기도를 올렸다. 조용하고 엄숙했던 시간이 지나고 나면 유족에게 형식적인 애도를 표했다.

그 후에는 가족과 친지들만이 신관과 함께 따로 기도하는 시간을 갖는다. 이때 기다리는 손님들에게 말린 흰 꽃을 띄운 차를 대접해 놓는 게 겔 제국의 장례식이었다.

"빌리엄 공작 부인이 이렇게 갑작스레 갈 줄은 몰랐는데요."

"아시잖아요. 원래 몸이 약하던 사람이었어요."

"어디 그 이유 때문이겠습니까?"

나이 든 백작 부인 한 명이 탐탁지 않은 얼굴로 말했다.

"금이야 옥이야 키운 딸이 냅다 후궁으로 들어가겠다니 그 속이 안 쓰리고 배기겠어요? 제가 주워들었는데 거의 야합 수준으로 황실에 들어왔다고 합니다."

백작 부인에게는 황실 예부에서 일하는 장성한 아들이 있었다.

"화병이 가장 무서운 법이지요. 저라도 속을 펄펄 끓이다가 앓아누웠을 겁니다."

"백작 부인, 마음은 알겠지만 목소리 좀 낮추셔요."

"그래요. 들리겠어요. 기도도 거의 끝나 가고요."

"흥."

원래도 불같은 성격이라 할 말을 다 하는 귀부인이었다. 혹시 들려 사달이라도 날까 봐 몇몇 귀부인들이 말렸다. 조금 떨어진 곳에 서 있던 디아나가 고개를 절레절레 저었다.

"빌리엄 공작 부인, 나쁜 사람은 아니었는데 안타까워요."

"그러게요. 아직 젊으신데."

발리아는 과거의 빌리엄 공작 부인이 언제 죽었는지는 모른다. 호위 시녀였던 그녀와 빌리엄 공작 부인은 아무런 접점도 없었다. 그래도 하나는 확실히 기억했다. 예전의 엘반은 카니에를 후궁으로 들이지 않았다.

"이런 말 하면 고인에게는 죄송하지만, 그래도 빌리엄 공작가에는 가문 일지에 새겨 놓을 영광일 거예요. 발리아가 성녀님을 모셔 왔잖아요."

빌리엄 공작 부인의 부고를 들은 발리아는 예리에게 장례식에 와 줄 수 있느냐고 물었다. 궁에 있는 것보다 나가는 걸 좋아하는 예리는 바로 좋다고 대답했다.

"……저랑 성녀님이랑 따로 왔는데 어떻게 알았어요?"

디아나가 눈을 찡긋했다.

"성녀님이 자꾸 발리아만 쳐다보더라고요. 아, 이러다가 성녀님한테 제 자리를 빼앗기는 게 아닐까 모르겠어요."

"네?"

"그래도 전 발리아를 믿어요. 성녀님보다 제가 더 좋죠?"

"……네?"

"어머, 농담이에요."

발리아가 당황하자 디아나가 숨죽여 웃었다. 남들은 말 한번 걸고 싶어 애를 태우는 지고한 신분의 공작 부인인데. 발리아가 이렇게 귀엽다는 걸 제국의 누가 알까.

'가르트 공작은 알겠지?'

디아나는 남자들이 모여 있는 쪽을 슬쩍 보았다. 검은 슈트를 차려 입은 남자들 사이에서도 가르트 공작은 유독 눈에 띄었다.

객들이 흰 꽃 차를 마시며 담소를 나눌 동안, 기도는 거의 끝나 가고 있었다.

"……로써, 신의 품에서 영원한 안식을 갖기를."

예리가 추모 기도문의 마지막 문장을 읽었다. 고위 신관과 빌리엄 가의 식솔들이 따라 읊고 나면 완전히 기도가 끝난다.

"성녀님. 이렇게 제 아내를 위해 장례식에 와 주셔서 감사합니다."

하이젠의 공치사에 옆에 있던 헤른이 얼른 고개를 끄덕였다. 눈시울이 붉은 그는 적잖이 감동하고 있었다. 비단 그뿐만 아니라 빌리엄 가의 모든 식솔이 그랬다.

"성녀님께서 이리 직접 와 주시니 이 얼마나 영광인지요. 성녀님이 기도를 해 주셨으니 어머니께서도 신의 품에서 평안하실 겁니다."

'내가 기도한다고 좋은 데를 가나……?'

잘 모르겠는데.

속마음은 이랬지만 예리는 엄숙한 표정을 지었다. 그녀는 과거의 뭣 모르고 철없던 성녀가 아니었다. 내키는 대로 축복을 내리고 신성력을 팡팡 쓰고 다녔다가 어떤 사달이 났는지 들어 알았기에 조심했다. '성녀'다운 이미지 관리는 덤이었다.

"황자빈님. 성녀님을 잘 모셔 주십시오."

"물론이지요, 아버지."

카니에는 평소보다 해쓱한 낯으로 대답했다. 그녀의 곁에는 엘반이 없었다. 대신 엘반이 직접 보낸 시종장이 장례식에 왔다. 황족은 기본적으로 귀족의 장례식에 참석할 수 없었다. 배우자라면 이야기가 달라지지만, 카니에는 후궁의 직첩을 받았다. 정비의 대우를 받아도 본질적으로 정비가 아니었다.

참석한 귀족들의 대부분은 이 상황을 인지하고 있었다. 카니에 또한 마찬가지였다. 다만 겉으로 티를 내지 않았을 뿐이다. 지켜보는 눈이 많았다.

'그 가벼운 입들로 뒤에서 얼마나 떠들어 댈지 아니까, 한마디 여지도 주지 않겠어.'

카니에는 허리를 꼿꼿이 세웠다. 검은 드레스 자락을 살짝 들어 올리며 우아하게 청했다.

"제가 직접 차를 대접하고 싶습니다. 가시지요. 성녀님."

"네."

카니에는 예리를 데리고 여자들이 모여 있는 쪽으로 향했다.

"상심이 크시겠어요. 황자빈님."

"금방 털어 버리고 기운 내셔야죠."

"황제 폐하께서 시종장을 직접 보내셨더군요."

"1황비 전하께서도 시녀장을 보내셨고요. 카니에 님을 많이 생각하시는 거지요."

"폐하와 전하의 은혜에는 늘 감복하고 있답니다."

귀족들이 모이는 곳은 어디나 사교 활동지가 된다. 장례식이라고 예외가 되지는 않았다. 특히나 이렇게 많은 사람이 참석한 곳은. 몇몇 귀족들에게는 이곳이 애도의 장소라기보다는 인맥을 쌓을 수 있는 좋은 기회 정도로 보일 것이다.

"어머니의 장례식에 와 주셔서 감사합니다. 가르트 공작 부인."

덕분에 이렇게 흥미로운 구경거리가 생길 때도 있다. 카니에와 발리아가 사교계에서 무슨 일이 있었는지에 대해 모르는 귀족은 적어도 이 자리에 없었다.

"별말씀을요. 망자가 평안하시기를 바랍니다."

카니에는 살짝 웃었다. 그녀의 눈이 발리아가 들고 있는 찻잔을 향했다. 흰 꽃을 모양 그대로 말려 통째로 넣고 뜨겁게 우린 차였다. 발리아뿐만 아니라 대다수의 귀부인과 레이디들이 찻잔을 들고 있었다.

"기대치 않았던 분이라 흰 꽃 차가 부족하지 않을까 걱정이었는데, 다행히 넉넉하게 준비해 놓은 모양이네요."

대접할 차가 부족할지도 몰랐다며 염려하는 것처럼 보였지만, 본뜻은 네가 여기 왜 왔냐는 말이다. 카니에가 발리아를 얼마나 적대시하는지를 감안하면 이 정도의 조롱은 할 법했다. 그러니 발리아의 대답이 관건이었다. 일부는 조마조마해져서, 또 일부는 흥미진진해져서 발리아를 돌아보았다.

"생전에 고인과 여러 이야기를 나눌 기회가 있었지요. 또 그때……, 황자빈님에 관한 이야기도 적지 않게 나누었답니다."

"……가르트 공작 부인이 어머니와 그리 친분이 있으신 건 미처 몰랐군요."

바로 한발 물러나는 카니에의 모습에 귀부인들 몇몇이 '그럼 그렇지.' 하는 표정을 지었다. 가르트 공작 부인은 실로 독특한 화술을 지녔다. 날카롭게 공격하지는 않지만 부드러운 대답 한마디에 의미를 담을 줄 알았다. 그에 비하면 카니에는 사교계의 정통적인 화술을 즐겨 사용했다.

"참, 제가 영지에 내려가 있던 동안 재미있는 이야기를 들었답니다."

상대의 약점을 찾아내 집요하게 물고 늘어지는 방식이었다.

"몇 년 전에 떠들썩했던 '신의 제물'에 대해서 기억하는 분 계신가요?"

레이디 하나가 고개를 갸웃하다가 말했다.

"혹시 '공녀'를 말씀하시는 건가요?"

"맞아요. 기억하시는군요."

"그 이야기는 갑자기 왜 하세요? 흐지부지됐던 걸로 기억하는데……. 아니었나요?"

"맞아요. 흐지부지됐었죠. 왜 그렇게 된 줄 아세요?"

카니에가 의미심장한 표정으로 웃었다.

"공녀가 구해졌기 때문이라더군요."

예리의 낯이 살짝 굳었다.

"그것도 겔의 귀부인으로 말이에요."

"겔의 귀부인이요?"

"공녀가 어떻게 귀부인이 되지요?"

"저도 그게 궁금해서 직접 여쭤보려고요."

카니에가 발리아를 바라보았다.

"대체 어떻게 하신 건가요? 가르트 공작 부인?"

❊❊❊ ❊❊❊ ❊❊❊

장례식장은 일반적인 사교 연회와는 달랐다. 권력자의 주변으로 개미 떼처럼 모여드는 군상이 없었다. 고인을 추모하는 곳이니 나름대로 엄숙한 분위기를 갖추는 것이다.

"듣자 하니 대신관님이 직접 고위 신관을 보내 주셨다고 하던데 정말입니까?"

"성녀님까지 친히 와 주시고요. 다 빌리엄 가의 위엄 덕분이 아니겠습니까."

"하하, 쑥스럽습니다."

슈덴은 우스운 기분이 들었다. 그놈의 대신관이니 성녀가 뭐라고 떠드는 목소리가 컸다. 끊임없이 칭찬을 퍼붓는 것은 당연히 혜른의 추종자들이었다. 십중팔구 혜른의 압박이 있었을 것이다.

"장례식장에서 아주 신이 났군요."

슈덴 옆에 딱 붙어 있던 조엔 후작이 한심하다는 목소리로 말했다.

"지금이 어디 자랑이나 할 상황입니까. 모친의 장례식인데 정숙하지는 못할망정⋯⋯."

"소공작은 원래도 명예욕이 컸잖습니까."

대수롭지 않게 대답한 슈덴이 조엔 후작을 바라보았다.

"그런데 후작은 내 곁에 너무 붙어 있는 것 같습니다."

"좀 봐주십시오. 제가 빌리엄 공작한테 단단히 찍힌 걸 아시잖습니까. 황궁에서 피해 다니는 것만으로도 충분히 죽겠습니다."

"흐음."

조엔 후작이 제노를 돌아보며 당부했다.

"경도 나를 잘 지키게. 여기엔 무서운 범이 살아서 언제 내 목을 낚아챌지도 모르거든."

"예이. 후작 나리."

제노는 심드렁하게 대답했다. 고위 귀족에게 취하기에는 불량한 태도였지만 조엔 후작은 탓하지 않았다. 사실 제노도 조엔 후작의 성정을 대충 짐작하고 이러는 거였다. 그는 로빈의 생각과는 달리 누울 자리를 보고 뻗을 줄 아는 놈이었다.

'뭐야 이게. 마님도 못 보고.'

빌리엄 공작 부인의 부고는 갑작스레 일어난 일이었다. 마침 비어 있던 일정과 강력한 지원 열정 덕분에 제노는 정말 운 좋게 마님을 에스코트할 수 있게 됐다. 신이 나서 따라 왔더니 제노는 남자라며 여자들 쪽엔 얼씬도 못 하고 있었다. 빨리 마님이 보고 싶다. 제노가 하품을 참을 때였다.

"빌리엄 공작 각하."

카니에가 황궁에서부터 대동해 왔던 시녀가 종종걸음으로 다가왔다.

"황자빈님이 신관님을 모셔 오라고 하셨습니다."

"음? 신관님은 갑자기 왜 찾으시는 게냐?"

시녀가 공손하게 고개를 숙이며 말했다.

"가르트 공작 부인에 관해 물어보고 싶은 게 있으시답니다."

"······가르트 공작 부인?"

"예. 공녀라고 하면 아실 거라고 하셨습니다."

"공녀라니?"

시녀와 하이젠의 대화는 근처에 있던 남성 귀족들에게도 다 들렸다. 다들 비슷한 의문을 품은 표정이었다. 조엔 후작도 마찬가지였다.

'공녀라면 예전에 떠들썩했던 신의 제물을 말하는 건가? 그거랑 가르트 공작 부인이랑 무슨 관계지?'

궁금할 땐 물어보는 게 최고다. 조엔 후작이 옆을 보았다. 방금까지 옆에 있던 남자가 사라져 있었다. 반쯤 예상한 실종이기에 조엔 후작은 침착하게 뒤로 시선을 옮겼다. 제노는 여전히 그곳에 서 있었다.

"각하는?"

"방금 저쪽으로 가셨는데요."

왜 그렇게 급하게 가 버리는지 모르겠다는 얼굴이다. 조엔 후작은 빌리엄 공작의 눈치를 보며 제노에게 작은 목소리로 말해 주었다.

"경은 신참이라 모르고 있겠군. 황자빈이 가르트 공작 부인을 잡아먹지 못해 안달이거든. 무슨 일인지는 몰라도 걱정이 될 만하지."

"뭐라굽쇼?"

"별일 아니기를 바라야지. 각하가 돌아오실 때까지 경이라도 나를 잘 지키······."

조엔 후작의 말이 끝나기도 전에 제노는 뛰어갔다. 조엔 후작은 덩그러니 남겨졌다.

카니에의 폭탄 같은 말에 주변이 한바탕 뒤집어졌음에도, 정작 발리아는 별다른 동요가 없었다. 외려 옆에 있던 디아나의 얼굴이 붉으락푸르락해졌다. 그녀는 임신 초기라 감정 변화가 평소보다 심했다. 절대 화를 내지 말라는 주치의의 말도 이미 잊은 상태였다.

"황자빈님. 농담치고는 썩 유쾌하지 않네요."

'그래, 디아나 조엔. 네가 왜 편을 안 드나 했어.'

디아나의 반응쯤은 이미 예상했다. 이 정도는 각본에 벌써 다 있다.

"제가 농담을 하는 것 같나요? 조엔 후작 부인."

"농담이 아니면요? 설마 진실로 하는 말씀인가요?"

"물론이지요. 없는 말을 지어낼 리가 있나요?"

"말만 그러는 건 저도 할 수 있겠네요. 그렇지 않나요, 여러분? 다 짜고짜 이러는 건 가르트 공작 부인께 큰 모욕이에요."

사교계에서 탄탄한 입지를 다져 놓은 디아나다. 그녀의 말에 몇몇 귀부인들이 동조했다. 당시 공녀에 대한 관심은 겔에서도 뜨거웠다. 가십거리로 삼기에는 좋은 소재였지만, 가르트 공작 부인에게 함부로 댈 만한 것은 절대 아니었다.

"증거가 없다고 언제 그랬나요?"

카니에는 여유로웠다. 그녀도 오늘 준비한 게 톡톡히 있었다.

"시녀를 보내 신관을 불러오라 하였습니다. 여러분도 아시다시피, 오늘 참석한 고위 신관은 대신관님께서 친히 보내 주신 분이지요."

대신관. 발리아의 머릿속에 순간적으로 '메르실 대신관'이 스쳐 지나갔다. 카니에는 오만한 목소리로 말했다.

"가르트 공작 부인이 공녀이신지 아닌지에 대해서도 누구보다 정확히 알고 있겠죠. 그렇지 않나요? 가르트 공작 부인."

떠보는 듯한 질문에 대답한 것은 발리아가 아니었다.

"쓸데없는 이야기를 하는 건 못 버리는 버릇인가 봅니다."

으르렁대는 남성의 목소리가 귓가에 선명하게 박혔다.

"어머."

"가르트 공작이네."

"다 들었나 봐요."

귀부인과 레이디들이 웅성댔다. 사람 홀리게 잘생긴 남자가 성큼성큼 걸어 들어온다. 북적북적했던 여자들의 시선이 당연히 쏠렸다. 주변에는 일절 눈길 하나 주지 않은 그 남자의 도착지는 당연히도 아내의 곁이었다.

쏠려 있는 시선을 의식해서인지 발리아는 평소처럼 '슈?' 하고 부르지 않았다.

그저 '여기 왜 오셨어요?'라고 묻는 듯한 은회색 눈동자. 슈덴은 발리아의 손을 잡았다. 그녀를 향할 때만 잠깐 부드러워졌던 표정이 카니에를 향하면서 다시 싸늘하게 변했다.

"내 아내에게 불필요한 용건이 있는 것 같은데."

공녀. 카니에가 어디서 그런 말을 들었는지는 중요하지 않다. 중요한 건 간도 크게 입 밖으로 꺼냈다는 사실이다.

"공녀라고 했습니까. 황자빈님."

"……."

한 마디 한 마디가 얼마나 얼음장 같은지. 사정 모르는 사람이 들으면 카니에가 가문 간의 전쟁을 선포했다고 착각할 지경이었다.

"너무 그러지 마십시오. 가르트 공작 각하."

옆에서 받쳐 주는 손이 없었다면 카니에는 바들바들 떨었을지도 몰랐다. 오늘 계획을 말아먹는 것은 덤이었을 터다.

"오라버니."

무도회에서 파트너를 에스코트 하듯, 혜른은 자상하게 카니에를 잡아주었다.

"황자빈님께서 생각이 있으시니 그렇겠지요. '공녀'라는 게 못 부를 것도 아니고요."

이곳은 빌리엄 공작가의 정원. 익숙한 장소는 없던 자신감도 생기게 하는 법이다. 게다가 정원에는 혜른의 추종자며 일가친척, 가문의 기사들까지 포진해 있었다.

평소라면 슈덴에게 맞먹을 엄두도 내지 못할 혜른은 장소적 우위를 뒷배 삼아 당당하게 말했다.

"신관도 데려왔습니다. 자, 이리로 오시죠."

혜른은 카니에가 가르트 공작 부인을 언급하면서 신관을 청한 것을 보고 뭔가 있겠거니 짐작을 했다. 비록 오누이의 사이는 좋지 못하기만, 카니에의 끈질긴 성격은 혜른도 인정하고 있었다. 카니에는 전갈 같은 습성이 있어서 한 번 문 상대는 집요하게 잡고 늘어졌다.

"빌리엄 소공작."

슈덴의 목소리는 차가웠고, 듣는 이의 등골을 오싹하게 하는 살벌함이 묻어 있었다.

"빌리엄 가에서는 원래 손님 대접을 이렇게 합니까."

"제 여동생이 흥미로운 이야깃거리를 가져온 것뿐이질 않습니까?"

"동생 뒤에 숨는 졸렬함은 여전하군."

냉소적인 목소리에 헤른의 얼굴에서 웃음기가 싹 가셨다. 그의 얼굴이 순식간에 시뻘게졌다.

"각하! 말씀이 지나치십니다!"

"지나치면?"

그래서 어쩔 거냐고. 슈덴은 딱 그렇게 묻고 있었다. 헤른은 말문이 막혔다. 그간의 슈덴과는 달랐다. 가르트 공작은 매사에 냉정하니 싸늘하긴 했지만 이렇게 대놓고 상대를 깔아뭉갠 적은 없었다.

헤른이 할 말을 찾지 못하자 슈덴이 고소를 머금었다. 그는 헤른에게서 시선을 떼지 않은 채로 품속에서 장갑을 꺼냈다. 언제부턴가 항상 챙기게 된 장갑이었다.

퍽. 가죽 장갑이 헤른의 뺨에 맞고 스르르 떨어졌다. 장갑을 맞은 헤른보다 주변이 더 웅성거렸다.

귀족 간의 결투는 한 명이 피를 볼 때까지는 끝나지 않는다. 그래서 장갑을 던지기 전 한 번은 경고하는 게 일반적이었다. 슈덴처럼 이렇게 말도 없이 던지고 보는 경우는 없다고 봐도 무방했다.

"장갑 줍는 법도 잊어버린 모양입니다. 빌리엄 소공작."

빈정거리는 목소리에 얼떨떨하게 서 있던 헤른의 얼굴이 화끈해졌다. 그는 일단 허리를 굽혀 장갑을 주웠다. 사교계의 관습상, 장갑을 받았다면 반드시 주워야 했다.

"지금 신관이 무슨 대답을 하든, 나는 내 아내에게 끼친 무례에 답을 받을 겁니다."

뒷골이 다 서늘해지는 경고였다. 자연스럽게 슈덴이 겔 제국 제일의 기사라는 게 떠올랐다. 당장 조금 후가 두렵지 않은 건 아니었지만, 헤른도 명색이 빌리엄의 후계자다. 이 정도를 버틸 담은 있었다.

"······좋습니다. 각하."

장갑을 쥔 혜른이 카니에에게 눈빛을 보냈다. 빨리 말하라는 눈짓에 카니에가 고개를 얕게 끄덕였다. 평생 쓸모없던 오빠가 처음으로 도움을 주는 날이었다.

"신관님."

나이 든 신관은 고위 신관의 예복을 정갈히 차려 입고 있었다. 슈덴은 잠시 저놈부터 죽일까, 하는 생각을 했다. 보는 눈만 적었다면, 아니 다 집어치우고 발리아만 곁에 없었어도 신관은 지금 두 다리를 똑바로 세우지 못하고 있을 터였다.

"몇 년 전 떠들썩했던 '공녀'에 대해서 기억하고 있는지요?"

"예. 당연히 기억하고 있습니다."

"그때 그 공녀가 여기 서 계신, 가르트 공작 부인이 맞으시죠?"

카니에의 손짓을 따라 신관이 발리아를 바라보았다. 이 상황에서조차 표정 읽기 어려운 의연한 낯에 신관의 눈이 잠시 머무른다. 신관은 카니에를 돌아보며 말했다.

"예."

그 한 마디가 걷잡을 수 없는 파문을 불러일으킨다.

"맞습니다."

슈덴의 손에 힘이 들어간다. 내내 꼿꼿이 허리를 세우고 자세 하나 흐트러지지 않았던 발리아가 처음으로 옆을 바라보았다. 처음 봤을 때부터 심장이 두근거렸던 이 옆얼굴.

기분이 이상했다. 이런 상황에도 이 남자가 이렇게 반응해 준다는 게 좋았다.

"공녀요?"

"진짜 공녀라고요?"

"가르트 공작 부인이요?"

쑥덕거리는 소리가 커졌다. 그러고 보니 원래 타국 출신이질 않았나, 기사의 딸이 가르트 공작과 결혼하는 게 애초부터 말이 안 됐다 등의 수군거림이 뒤를 이었다. 물론 가르트의 이름은 여전히 위압적이었기 때문에 큰 소리로 떠들진 못했지만.

발리아는 다시 시선을 옮겼다.

'나는 사교계에는 그렇게 미련이 없어.'

없는 건 없는 거고. 발리아는 카니에게 이런 무례를 허락한 적이 없다. 당장 옆에서 안절부절못하고 있는 디아나부터 마음에 걸렸다. 가르트 공작 부인의 사교계 입지가 간당간당해지면 속해 있는 소모임부터 타격이 간다.

'그리고 기분 나빠.'

실수로 알려지는 건 어느 정도 예상했다. 사람이 하는 일에 완벽한 건 없으니까. 하지만 이렇게 악의를 갖고 퍼뜨리려는 모양새가 몹시도 거슬렸다. 이제까지는 사교계에서 흔히 볼 수 있는 텃세인 줄 알았다.

그런데 카니에의 악의는 그보다 크고 깊었던 모양이다. 이해가 가지 않았다. 사교계에서 몇 번 부닥침이 있었던 것 말고, 자신이 그녀에게 잘못한 게 있던가?

'일단은……, 필레몬 대신관님을 불러 달라고 그러자.'

발리아는 처음부터 이럴 작정이었다. 카니에가 작정하고 준비한 신관이니 분명 저리 답할 줄 짐작했다. 필레몬은 발리아에게 호감을 가지고 있다.

신탁에 관련한 일에는 또 태도가 다를 수도 있겠지만, 지금은 필레몬을 불러 달라고 하는 게 최선이었다. 이렇게 많은 사람들이 들었으니 숨길 수도 없는 노릇이고.

발리아가 막 입을 떼려고 했을 때였다.

"거짓말이에요."

승리자의 미소를 머금고 의기양양하던 카니에의 표정이 단숨에 구겨졌다.

'누가 감히!'

가르트 공작 부인과 싸잡아서 망신을 톡톡히 줄 요량으로 시선을 옮긴 카니에는 그만 당황하고 말았다.

"⋯⋯성녀님?"

예리가 불쾌한 표정으로 떡하니 서 있었다. 고상하지 못한 낯이었지만, '성녀'였기에 누구도 귀족적이지 못하다고 비웃지 않았다. 예리는 카니에를 바라보며 한 자 한 자 똑바로 말했다.

"공녀라뇨? 가르트 공작 부인은 공녀가 아닙니다."

"성녀님이 아니시라는데요?"

"성녀님께서 직접 말씀하시는 거면 신뢰가⋯⋯."

카니에에게 넘어가기 직전이던 분위기가 단숨에 헤집어졌다. 성녀는, 예리는 그만한 파급력이 있는 사람이었다. 모든 신관의 정점에 있는 유일한 존재. 카니에의 목소리가 조금 떨렸다.

"성녀님. 여기 있는 신관이 맞다고 직접 말했습니다."

"맞습니다, 성녀님!"

헤른이 급하게 끼어들었다. 어떻게 잡은 주도권인데! 이 일이 어떻게 결론이 나든 헤른은 슈덴과 결투를 치러야 했다. 무조건 카니에가 주장하는 쪽으로 끌고 가야지 아니면 억울해서 잠도 못 잘 게 뻔했다.

"이 신관은 평신관도 아닌 고위 신관입니다! 대신관님이 직접 보내 주셨지요. 감히 거짓을 고할 리가 없잖습니까?"

"그럼 나는 거짓말을 한다는 뜻인가요?"

"……예?"

헤른은 순간 할 말을 잃었다.

예리는 성녀다. 대신관보다도 높은 위치에 있으며, 신이 직접 내려 준 존재. 당장 이 자리에 있는 귀족 중에서도 신도가 적지 않았다. 그런데 그들 앞에서 감히 성녀의 명성에 흠집을 내려 한다면…….

"대답해 보세요. 빌리엄 소공작."

그간 사교계에 단 한 번도 얼굴을 비치지 않았던 성녀가, 놀라울 정도로 능숙했다. 답을 추궁하는 말투며 표정, 모든 요소가 겔 사교계의 것이다.

"내가 거짓말을 한다는 건가요?"

"그, 그건……."

헤른이 말을 더듬었다. 예리의 낯이 오만한 빛을 띠었다.

"성녀는 거짓말을 하지 않습니다."

그래. 그 누가 감히 성녀가 거짓말을 한다고 생각하겠는가? 잠시 그런 의문을 품었다고 한들 얼른 훌훌 털어 버리는 게 정상이었다. 카니에만이 다급해졌다. 궁지에 몰린 그녀는 기지를 발휘했다.

"성녀님. 성녀님께서 미처 모르고 계시던 일이 아닐까요?"

어떻게든 만회해야 했다. 이대로 밀려나는 것은 절대 안 된다.

"공녀에 관한 건 성녀님께서 겔에 강림하시기 훨씬 전에 있었던 일이랍니다."

카니에의 목소리는 부드럽고 상냥했다. 하지만 잘 들어 보면, 채 숨기지 못한 급박함이 조금씩 묻어 나오고 있었다.

"성녀님께서 모르실 수도 있는 일이긴 하네요."

"아직 오시기 전의 일이잖아요."

신전과 황궁에서 공녀를 모집한 것은 한참 예전의 일. 예리는 그 후에 황궁 호수에서 나타났다. '예리가 모를 수도 있는 일'이라는 카니에의 말은 상당한 타당성을 확보했다.

이렇게만 몰아가자. 몰아가면 돼. 카니에가 작은 희망을 품었을 때였다.

"내가 '모르는' 일이라고 했나요?"

예리는 조금도 물러서지 않았다. 오히려 놀랍다는 표정이었다. '사실을 미처 인지하지 못해서'가 아니라, '그런 말을 들을 줄 몰랐기에' 놀란 얼굴이었다.

대체 또 무슨 말을 하려고? 카니에는 왈칵 두려워졌다. 손은 피가 쪽 빠져나가 차갑게 식은 상태였다. 식은땀이 밴 발은 검은색 구두 속에서 미끄러지기 시작했다.

오늘 각본에 성녀는 고려 선상에 있지 않았다. 가르트 공작 부인이 공녀라는 것은 분명한 사실이었으니까. 카니에는 한 치의 의심도 없이 비밀을 전해 준 사람을 믿었다.

'그런데 왜!'

다른 누구도 아닌 성녀가 말 몇 마디로 제 계획을 무너뜨리려 하고 있다. 예리는 주변을 휘휘 둘러보더니, 근처에 있던 귀부인에게로 다가갔다. 아직까지 찻잔을 들고 있던 귀부인이었다.

"성, 성녀님?"

갑자기 예리가 다가오자 당황한 귀부인이 주춤거렸다. 예리는 별다른 말도 없이 귀부인이 들고 있던 찻잔을 향해 손을 뻗었다. 찰나의 파장. 그 자리에 있던 고위 신관과 제노가 몸을 흠칫 떨었다. 그리고 잠깐의 호흡.

흰빛이 폭발하듯 터져 나왔다.

예리의 손바닥에서부터 폭발한 흰빛이 귀족들의 시야를 한순간 점멸시킨다. 그리고 사람들이 제대로 시야를 되찾았을 때는…….

"어머!"

"이게 어떻게……!"

쨍그랑! 놀란 몇몇이 찻잔을 떨어뜨렸다.

"말도 안 돼."

"신성력이에요……."

수십 개의 찻잔에서 마치 거품처럼 새하얀 꽃이 풍성하게 피어나 있었다.

햇볕에 통째로 말린 흰 꽃. 망자를 애도하며, 추모객에게 성의를 표시하려 내놓는 마른 꽃이 마치 갓 딴 생화처럼 생생하게 피어나 사람들을 압도했다.

그야말로 기적이었다. 경이롭기까지 한 신의 힘이 이미 죽은 꽃을 단 한 번의 손짓으로 수십 송이나 되살려 보였다. 그 누구도 상상조차해 보지 못한 강력한 신성력에 장례식장이 죽음처럼 고요해졌다.

"나는 신의 선택을 받았어요."

예리는 카니에를 돌아보며 다시 물었다.

"그런 내가 신에 관해 모르는 게 있다고요?"

"그……!"

단말마 같은 목소리는 신경 쓸 가치도 없다. 카니에는 물론, 헤른도 말을 잇지 못했다. 예리는 신관에게로 시선을 옮겼다. 신관은 마치 마법처럼 피어난 새하얀 꽃들에서 눈을 떼지 못하고 있었다.

"나는 대신관보다도 위에 있는 성녀입니다. 내가 아니라고 하는 일을 맞다고 주장한다면 명백한 불경이겠죠."

두말할 것 없는 경고다. 불경이라는 말에 곧바로 파문이라는 단어가 떠올랐다. 신관의 눈이 사정없이 흔들렸다.

"다시 묻겠습니다. 신관. 누가 공녀라고요?"

"제가……."

나이 든 신관의 목소리가 형편없이 떨렸다.

"제가 잘못 알았던 것 같습니다. 성녀님의 말씀이 옳으십니다."

"신관님!"

카니에의 얼굴이 새파래졌다.

"제게 한 말과 다르잖아요!"

신관은 눈을 질끈 감았다. 설사 목에 칼을 들이댄 대도 더 이상은 성녀의 말에 반박할 수 없었다.

"아닙니다! 가르트 공작 부인은 절대 공녀가 아니십니다. 제가 잘못 말씀드렸습니다!"

신관은 이 자리에 있는 어떤 귀족들보다도 신성력에 민감했다. 방금 예리가 보여 준 신성력은 그 어떤 대신관도 감히 따라할 수 없었다.

그야말로 신의 선택을 받은, 신의 대리자. 그 이름을 제대로 실감하는 순간이었다.

"이야기가 정리가 된 것 같네요. 그렇죠, 황자빈님?"

"……."

"빌리엄 소공작도 더 할 말이 있나요?"

"그게……."

아무 말도 하지 못하는 헤른을 향해 예리는 또박또박 쏘아붙였다.

"있으면 지금 하세요. 나중에 딴말을 한다면, 그땐 신성 모독으로 간주하겠습니다."

헤른의 얼굴이 동생 못지않게 파리하게 질렸다. 신성 모독이라는 말을 들었다. 제국의 소공작에게 쓰기에는 과한 감이 있었지만 상황이 상황이라 따질 수도 없었다.

'흥.'

예리는 이 둘의 행태가 짜증나고 역겨웠다.

"가르트 공작 부인."

예리는 발리아를 돌아보았다.

"신관의 실수는 제가 신전을 대표해 사과드릴게요."

발리아는 고개를 저었다.

"괜찮습니다. 성녀님."

완벽한 쐐기였고 마무리였다. 성녀가 사과를 공언한 이상 이 일은 대신관 셋 모두가 온다고 해도 뒤집을 수 없었다. '그래도 혹시 모르지 않나…….' 하던 몇몇 귀족들의 의심마저 완전히 소거되었다.

카니에를 에스코트하고 있던 헤른의 손이 스르르 흘러내렸다.

✤ ✤ ✤

'잘 수습된 거겠지?'

예리는 사실 은근히 긴장해 있었다.

처음에는 공녀는 신의 제물 따위가 아니라고 말할까 싶었다. 모두가 경외해 마지않는 이 신성력도, 결국은 발리아가 있어서 쓸 수 있는 거라고 이야기한다면. 그러면 공녀에 대한 이미지가 전과는 달라지지 않을까 살짝 기대했다.

하지만 파랗게 타오르는 카니에의 눈을 보는 순간 바로 포기했다.

잠시나마 순진한 생각을 한 자신이 바보 같았다. 저들에게 진실은 중요하지 않다. 발리아가 공녀라는 걸 알게 되는 순간 어떻게든 깎아내리기 위해 혈안이 될 터였다. 예리가 성녀라지만 뒤에 도는 소문까지 단속할 수는 없었다.

그럴 바엔 처음부터 싹을 자르는 게 나았다. 생각보다 잘한 것 같다. 예리는 왼쪽 가슴 위를 살며시 눌렀다. 고동 소리가 두근두근 느껴졌다.

'거짓말을 아주 조금 했지만…….'

예리는 아주 당당하게 거짓말을 했다. 하지만 상황이 상황이었으니 신께서도 잘 이해해 주실 거라고 믿었다. 예리는 알지도 못하는 신의 생각을 자의적으로 해석하는 능력이 아주 뛰어났다. 그런 면에서는 1등급 성녀라고 볼 수 있었다.

분위기가 완전히 뒤집어졌다.

예리가 발휘한 강력한 신성력에 심약한 귀족은 기절해 쓰러지기도 했다. 난리가 났다. 여자 귀족 남자 귀족 가릴 것 없이 섞여 방금 보았던 것에 대해 떠드느라 바빴다.

중반부터 이미 상황을 지켜보고 있었던 빌리엄 공작은 당장이라도 그릇들을 깨 버리고 싶은 걸 간신히 억눌렀다. 가주로서 체면이 있었고 수습도 하느라 바빴다.

'젠장, 젠장!'

헤른은 애써 태연한 낯을 그리고 있었다. 하지만 손에서는 땀이 배어나고 있었다. 그는 저보다 몇 걸음 앞서 걷고 있는 슈덴을 보면서 충동에 휩싸였다.

지금이라도 저 느긋하니 무방비한 등에 칼을 꽂아 버리면 되지 않을까. 흉흉한 생각을 품으면서도 손은 주인의 뜻을 따르지 않았다. 본능적으로 알고 있는 것이다. 쓸데없는 계획이라는 사실을.

"검."

졸졸 따라오던 제노가 얼른 차고 있던 검집을 풀었다. 슈덴에게 착 내미는 손길이 아주 재빠르고 신속했다. 제노는 주군을 마음에 들어하지는 않았다. 슈덴을 연적이라고 생각하고 질투심을 활활 불태우고 있었다. 하지만 저 재수 없는 놈—헤른 빌리엄의 콧대를 납작하게 꺾는 것은 아주 찬성이었다.

헤른도 가문의 기사에게 검을 건네받았다. 그의 손은 금속 재질인 검집과 구분이 가지 않을 정도로 차갑게 식어 있었다. 헤른이 살짝 눈짓을 했다. 따라오고 있던 공자 한 명이 얼른 입을 열었다.

"가르트 공작 각하, 빌리엄 소공작. 지금은 장례식 중이니 결투를 하는 것은 고인을 욕보이는 일이 아닐까 합니다만."

"오, 세상에. 그렇군요. 내가 정말 중요한 걸 잊고 있었습니다."

그 와중에도 자존심은 챙기고 싶었다. 헤른은 비통한 얼굴로 말했다.

"공작 각하. 결투를 받아들이지 않는 것은 아니나, 이곳에는 아직 제 모친의 관이 있습니다. 아들 된 도리로서 검을 쥐는 곳은……."

"누가 여기서 결투를 하자고 했나."

발리아의 곁을 떠나자마자 슈덴은 아무렇지 않게 말을 낮췄다. 하대가 너무 자연스러워서 헤른은 미처 인지하지 못했다.

슈덴은 제노가 건네준 검을 무심하게 훑었다. 날이 너무 잘 벼려져 있는 게 마음에 들지 않았다. 무딘 날이어야 저 새끼를 더 오래 후려 팰 수 있는데.

"귀족 연무장으로 가지. 그 정도는 돼야 마음 놓고 결투를 하겠군."

발리아는 여전히 빌리엄 가 정원에 있다. 혹시 이쪽으로 오면 낭패다. 슈덴은 검에서 시선을 떼고 입꼬리를 슬쩍 올렸다.

"연무장이 정 부담스럽다면 내 집에 가서 임해도 좋네."

"……"

헤른의 얼굴이 거무죽죽해지기 시작했다. 도저히 빠져나갈 방법이 떠오르지 않았다. 빌리엄 가의 집사가 말을 대령했다. 슈덴은 말에 오른 후 제노에게 명령했다.

"제노. 너는 가서 마님을 모셔라."

"존명!"

제노는 희희낙락해서 발리아가 있는 곳으로 뛰어갔다. 아주 잠깐, 슈덴은 짜증이 치솟아 올랐다. 고삐를 고쳐 잡는 슈덴의 손길이 평소보다 조금 거칠었다.

❀❀❀ ❀❀❀ ❀❀❀

헤른과 슈덴이 떠나고, 발리아는 혼자 서 있는 카니에를 바라보았다.

"황자빈님."

귀부인과 레이디들은 발리아가 사과를 요구할 거라고 생각했다.

"어디서 그런 말씀을 들으셨는지, 제게 이야기해 주셔야 할 것 같습니다."

그러나 발리아는 다른 것을 추궁했다. 카니에의 사과는 발리아에게 전혀 의미가 없었다. 마지못해 억지로 하는 사과는 받아 봤자 불쾌하기만 했다.

"어디서, 누구한테 들으셨죠?"

그래. 그 말도 안 되는 이야기의 출처가 어딘지나 듣자. 귀족들의 눈이 카니에에게 집중되었다. 카니에는 검은색 드레스 자락을 꽉 말아 쥐었다.

"영지에서 우연히 들었던 이야기입니다."

"우연히 들은 이야기를 가지고 이렇게까지 일을 벌이셨다는 말씀이신가요."

발리아의 목소리가 차가웠다.

"후궁까지 되셨는데도 일의 경중을 따지지 못하는 건 여전하시군요."

카니에는 발끈했지만 결국 입을 열지 못했다. 발리아는 카니에가 쉬이 출처를 말하지 않을 거라고 이미 예상하고 있었다.

카니에는 티 나지 않게 심호흡을 했다. 분위기가 이렇게까지 되어 버렸으니 사과를 해야만 했다. 비록 카니에의 자의로 인한 사과는 아니지만…….

"빌리엄 공작."

한데 저 여자는 왜 제 아버지를 부르는가?

"가르트는 사과를 받아야겠습니다."

카니에가 흡 숨을 들이켰다. 놀란 것은 그녀뿐만이 아니었다. 빌리엄 공작도 당황하여 발리아를 바라보았다.

공작 부인에게 사과하라는 게 아니라, '가르트'에게 사과하라고?

이 말이 뜻하는 바는 명백했다. 발리아는 오늘 이 일을 단순히 개인의 문제가 아니라, 가문의 명예 실추로까지 여기겠다는 것.

따라서 카니에는 사과는커녕 발언권조차 없어졌다. 이를 대신해야하는 건 빌리엄의 가주, 즉 공작이 되어 버렸다.

이런 말도 안 되는! 카니에가 서둘러 입을 열었다.

"공작 부인! 사과는 마땅히 제가……."

"황자빈님."

카니에의 말은 끝까지 이어지지도 못했다.

"저는 빌리엄 공작에게 이야기하고 있습니다."

발리아의 말은 간결했으며 차가웠다. 그녀는 카니에를 돌아보지도 않았다. 그럴 가치도 없다는 듯. 발리아의 시선은 그저 빌리엄 공작에게 향해 있었다.

어찌할 것인가.

비단 발리아만 그러고 있는 게 아니었다. 이 자리에 있는 거의 모든 귀족의 눈길이 빌리엄 공작에게 쏠린 채였으니까. 약간의 침묵이 흘렀다. 빌리엄 공작이 천천히 입을 열었다.

"……드릴 말씀이 없습니다. 가르트 공작 부인. 빌리엄을 대표하는 가주로서 가르트에게 정식으로 사과를 드리겠습니다."

고개까지 숙이진 않았지만, 가주의 이름으로 하는 사과였다. 그야말로 빌리엄의 완벽한 패배. 더할 것도, 덜할 것도 없었다. 카니에의 얼굴은 하얗게 질렸고 귀족들은 수군거렸다.

"정말 이게 다 무슨 일이래요."

"제 말이요. 건드릴 게 있고 아닌 게 있지."

"여기가 빌리엄 공작 부인의 장례식장이라는 자각은 있는 거예요?"

대체 이게 무슨 추태란 말인가. 귀부인과 레이디 중, 신앙심 깊은 몇몇의 눈이 특히 싸늘했다. 이건 해프닝 정도로 끝날 일이 아니었다. 아무리 가르트 공작 부인이 싫어도 그렇지, 황자빈은 본인의 명예까지 땅바닥에 처박았다.

일의 경중을 따지지 못하는 황자빈. 엘반이 황태자가 된다면, 이변이 없는 한 황태자비가 될 사람이 지나치게 조심성이 없다. 귀부인들 몇몇이 심각하게 고민했다. 2황자를 지지하는 남편이 있는 귀부인들이었다.

고위 신관은 소동을 틈타서 슬쩍 귀부인들의 뒤로 자리를 피했다. 온몸이 식은땀으로 젖어 있었다. 성녀의 말에 대치하는 것이 너무 큰 부담이었던 까닭이다. 숨을 가다듬고 있는 고위 신관의 뒤로 제노의 눈이 번쩍였다. 먹잇감을 찾은 듯한 눈이었다.

제노는 고양이처럼 살금살금 그러나 재빨리 움직였다.

"어억!"

"신관님!"

불시에 정강이를 걷어차인 신관이 앞으로 철퍼덕 넘어졌다. 한바탕 소란이 일어났지만 범인은 잡히지 않았다.

제노는 신관에 대한 존경심이 흩날리는 꽃가루만큼도 없었다. 수습 신관 출신이어서 그런지, 그들도 그냥 사람이라는 생각이 강했다.

철퍼덕 넘어진 고위 신관을 보며 쌤통이라는 생각을 했다. 보통 기사라면, 아니 신앙심이 조금만 있는 평민이라도 하지 않을 행동을 해 놓고도 성에 차지 않아 아쉬웠다. 보는 사람만 없었으면 흠씬 밟아 주었을 텐데.

'꼴좋다. 아무도 못 봤겠지.'

이 정도로 만족해야지. 제노는 후후 웃으며 앞을 보았다. 쩍 하고 돌상처럼 굳는 건 순식간이었다. 언제부터였을까? 발리아가 자신을 바라보고 있었다.

"저, 마님."

발리아를 에스코트하면서 제노는 떨었다. 신관을 몰래 걷어찬 걸 보고 마님이 자신을 예의도 없고 근본도 없는 놈이라고 생각하시면 어쩌나 싶었다.

"혹시 아까……, 보셨습니까?"

"뭘요?"

"으흠, 그러니까 신관이 아까 넘어질 때 말이죠."

발리아가 제노를 잠깐 쳐다보았다.

'크흡.'

제노는 발리아가 자신을 봐 준다는 사실이 너무 기뻤다. 그런데 불안했다.

기쁜데 불안하고 불안하면서 기뻐. 과연 무스 말씀을 하신까 떨렸다.

"신관들이 입는 정복은 단이 길잖아요."

발리아는 가볍게 웃었다.

"옷자락을 잘못 밟으면 넘어질 수도 있겠다 싶었죠."

"그, 그렇죠? 그렇게 생각하시죠?"

"네. 왜요?"

"아닙니다. 마님께서 그렇게 생각하셨다면 그런 거죠."

제노는 하하하 웃었다. 긴장했던 게 그제야 좀 가셨다. 그러고 나니 갑자기 꽃길을 걷는 것 같았다. 옆에는 첫눈에 반한 마님이 계시고,

마님을 에스코트하는 것은 자신이고. 동화 속의 아름다운 공주님을 모시는 멋진 기사가 된 기분이었다.

기분이 급상승한 제노는 자신도 신관들 옷이 너무 거추장스럽다고 예전부터 생각해 왔다고 웃으면서 떠들었다.

발리아는 속으로 웃었다.

'제노……, 성이 뭐였지?'

성까지는 기억나지 않았다. '제노'라는 이름과 인상착의, 시종치고는 기사처럼 건장한 체격이었다는 것만 기억났다.

과거의 발리아는 제노를 만난 적이 있었다. 발리아가 종신 시녀로 겔 황궁에 입궁한 지 얼마 안 되어서였다. 당시 발리아는 낯선 환경에 적응하느라 바빴다. 일과 궁중 예법을 배우다 보면 하루가 후딱 지나갔다.

제노는 발리아보다 먼저 시종으로 입궁해 있었다. 일하는 궁도 달랐다. 제노가 언제 발리아를 보았는지는 알 수 없었다. 그저 어느 날, 제노에게서 연서를 받았다. 펼쳐 보니 첫눈에 반했다고 적혀 있었다.

제노는 말끔하니 괜찮게 생긴 남자였다. 성격이 좀 요상하다는 소문만 빼면, 겉모습은 그럭저럭 괜찮았다. 기사처럼 키도 크고 어깨도 떡 벌어져서 남몰래 좋아하는 시녀들도 좀 있었다. 발리아도 두 눈이 똑바로 달려 있어서 제노가 그리 나쁘지는 않았다.

하지만 제노에게는 불행히도, 발리아는 연애에 정말이지 관심이 없었다. 연인 간의 관계를 지속하려면 좋아하는 마음뿐만 아니라 시간도 할애해야 한다는 것을 발리아는 잘 알고 있었다. 그럴 자신도, 여유도 없었던 발리아는 제노의 구애를 거절했다.

얼마 후 모종의 사건을 겪고 발리아는 호위 시녀로 발탁되었다. 그때부터는 눈코 뜰 새 없이 바빠졌다. 제노는 그 사이 외궁으로 차출되었다고 했다. 내궁에서 일하는 발리아와는 접점이 아예 없어졌다. 그러고는 어떻게 됐는지 연락이 끊겼다.

아마 죽었을 거라고, 발리아는 그렇게 생각했다. 엘반이 일으킨 반역 때문에 수많은 시종과 시녀들이 죽었다. 제노도 예외는 아닐 게 틀림없었다.

'그때도 성격이 참 독특했는데, 지금도 그러네.'

세상에, 아무리 그래도 신관을 걷어찰 줄은 몰랐다. 거기다 그 사실을 자신에게 들킨 줄 알았나 보다. 에스코트하는 제노의 손이 떨리고 있었기 때문이다. 날렵한 기사가 손을 덜덜 떠니 그 모습도 은근히 재밌었다.

익숙한 목소리가 들린 것은 직후였다.

"마님!"

기사라 그런지 뜀박질하는 속도도 일반 사람보다 배는 빨랐다. 금세 발리아 앞에 도착한 로빈이 꾸벅 고개를 숙였다.

"마님을 뵙습니다."

"로빈 경? 웬일이에요?"

"각하가 보내셨습니다."

"각하께서요?"

"예. 저보고 마님을 저택까지 모시라고 하셨습니다."

로빈은 싱글벙글 웃으면서 말했다. 각하께서 연무장에 도착하시자마자 빌리엄의 저택으로 가 보라고 하셨다. 마님을 호위하라고. 신뢰받는 것 같아서 기분이 좋았다.

"참, 제노. 넌 연무장으로 가 봐."

"예? 선배님! 저도 같이 마님을 호위하겠습니다!"

발리아 앞이라고 제노는 로빈에게 깍듯이 존댓말을 썼다. 내숭도 저런 내숭이 없다. 로빈은 어이가 없었지만 마님이 보고 계셔 내색하지는 않았다.

"마님. 잠시만 실례하겠습니다."

"그래요."

발리아에게 잠시 양해를 구한 로빈은 제노의 어깨를 잡고 뒤돌아섰다. 그리고 작게 말했다.

"각하께서 넌 연무장으로 가서 대련이나 하라고 하셨어."

"나 오늘 할당된 대련 어제 다 했는데요?"

"원래 기사 정진이란 끝이 없는 법이야. 빨리 가. 내가 돌아가면 대련 상대 해 줄게."

"하지만!"

"오래 서 있으면 마님 다리 아프셔. 귀부인들 구두 제대로 본 적 없지? 불편하다고."

"……."

제노는 결국 서러운 마음을 안고 연무장으로 돌아가야 했다.

그런 그를 보내고 발리아도 곧장 저택으로 돌아갔다.

'피곤하네.'

오늘 예리가 나서 준 덕분에 별 탈 없이 일이 끝나긴 했지만, 심적 소모를 무시할 수 없었다. 발리아는 저택으로 돌아오자마자 목욕부터 했다. 검은색 모자와 드레스, 장갑을 벗고 가터벨트를 풀었다. 메이스를 들어 올린 하녀가 흡 하고 숨을 들이켰다. 크기는 작아서 장식품 같은 게 무게가 장난이 아니었다.

발리아는 화장을 지우고 꽃잎을 띄운 따뜻한 물에 몸을 담갔다. 긴장이 좀 풀렸다. 마사지까지 받고 나니 금세 노곤해졌다. 눈이 자꾸 감겨 발리아는 침대에 누웠다.

"각하가 오시면 꼭 깨워 주렴."

"네, 마님. 걱정 마시고 한숨 푹 주무세요."

푹신한 감촉이 등 뒤에 닿아오자 걷잡을 수 없이 잠이 쏟아졌다. 발리아는 스르르 잠에 빠졌다.

❦ ❦ ❦

귀족 연무장에 오랜만에 재미있는 구경거리가 생겼다.

사교계에서 비롯된 결투. 귀족 간의 결투는 드물지 않게 일어나는 일이다. 하지만 임하는 자가 아주 고위급의 귀족들이었다. 하나는 헤른 빌리엄, 그리고 다른 하나는 슈덴 가르트였다.

사람들, 특히 기사들의 관심은 후자에 쏠렸다. 헤른에게는 먼지 한 톨만 한 관심이 주어졌을 뿐이다.

헤른 빌리엄은 평범한 기사 축에도 끼지 못하는 형편없는 검술 실력을 가지고 있었다. 하지만 슈덴 가르트는 달랐다. 온갖 칭송과 악명을 동시에 거느리고 있는 겔 제국 최고의 기사였다.

다들 슈덴 가르트가 '얼마나 빨리' 헤른 빌리엄을 쓰러뜨릴지에 주목했다.

아무도 헤른이 이길 거라고 생각지 않았다. 헤른 본인조차도.

헤른의 안색은 허여멀겋게 변해 있었다. 검을 들고 서 있는 슈덴이 너무 거대하게만 보였다. 종이에만 베여도 그렇게 아픈데, 날카로운 칼날에 베이는 건 얼마나 아플지 생각만 해도 소름이 끼쳤다.

"빌리엄 소공작."

슈덴은 검에서 시선을 떼고 말했다. 그가 들고 있는 검이 유독 날카로운 빛을 띠었다.

"진검을 쓰는 건 과한 것 같군."

"예?"

"목검으로 결투에 임하는 건 어떤가."

뜻밖의 제안이었다. 헤른은 즉시 고개를 끄덕였다. 목검이라니! 진검으로 결투하는 것보다 훨씬 부담이 덜했다.

행여나 슈덴의 제안이 철회될까 헤른은 얼른 가문의 기사에게서 받은 진검을 내려놓았다. 그리고 가르트의 기사가 내민 목검을 챙겨 들었다. 단단한 나무로 만든 목검은 둔탁했다. 심리적 압박이 훨씬 줄어들었다.

실력 차이가 하늘과 땅 차이니 슈덴을 공격할 수는 없다. 그 정도 판단은 할 줄 알았다. 하지만 방어 정도는 어찌어찌 할 수 있을 것 같았다.

'10분만 버티자. 그리고 항복하는 거야.'

10분은 결투를 진행하는 최소한의 시간이었다. 항복하는 것은 부끄러웠지만 헤른에겐 선택의 여지가 없었다. 결투에 열심히 임하는 모습은 보여야 했다. 구경꾼 중에는 영향력 있는 귀족들도 적지 않았다.

그나마 무도회장이 아니어서 다행이었다. 귀부인과 레이디들이 지켜보는 가운데 항복해야 했다면, 수치심에 혀를 깨물어 버렸을 테니까.

몇 분 후였다.

"악! 으아악!"

비명 소리가 귀족 연무장에 울려 퍼졌다. 목검으로 여기저기 가리지 않고 흠씬 두들겨 맞은 혜른은 눈을 까뒤집고 쓰러졌다. 슈덴은 혜른의 피가 묻은 목검을 바닥에 대충 던진 후 손을 털었다.

"도, 도련님……."

빌리엄 가문의 기사들이 눈치를 보며 혜른을 수습했다.

"각하. 피가 많이 튀었습니다."

숀이 물에 적신 수건을 들고 다가왔다. 온 얼굴에 튄 피를 닦아 낸 슈덴이 냉기 서린 목소리로 말했다.

"율리안을 불러와."

⁂ ⁂ ⁂

슈덴은 결혼 전부터, 연통을 보내지 않고 귀택하는 경우가 종종 있었다. 주인 각하가 오신 줄도 모르고 일하고 있던 고용인들만 심장 내려앉게 놀라곤 했다.

기겁할 일이었다. 아무리 그래도 한 가문의 주인이신 분인데. 고용인들의 마중 인사는 필요가 아닌 필수였다.

그때부터 폴은 훈련 아닌 훈련에 들어갔다. 각하께서 귀택하시는 시간을 기록했다. 슈덴은 용무에 따라 집에 오는 시간이 매번 달라졌다. 귀가 시간을 재고 기록한 후, 이를 토대로 앞으로의 동향도 예측했다.

처음에는 잘 맞지 않았지만, 기록물이 쌓여 가니 정확도도 높아졌다. 약간의 오차쯤이야 1층 홀의 청결 상태를 체크하다 보면 금방 지나갔다.

"총집사장님! 각하께서 방금 도착하셨습니다."

하인의 목소리에 폴의 입가에 뿌듯한 미소가 걸렸다. 오늘도 주인 각하의 귀택 시간을 얼추 맞췄다. 오늘은 순전히 총집사장의 예리한 감으로 때려 맞춘 것이다. 잘 없는 일이었지만, 이럴 때마다 집사가 천직인 것만 같아 기분이 좋아졌다.

"각하를 뵙습니다."

"각하를 뵙습니다."

폴의 뒤에서 함께 대기하고 있던 고용인들이 고개를 숙였다. 슈덴에게 최적화된 가르트의 총집사장은 능숙하게 덧붙였다.

"각하. 마님께서는 주무시고 계십니다."

시간을 알리는 것도 잊지 않았다.

"두 시간 전쯤에 잠드셨습니다."

슈덴은 더 묻지도 않고 바로 2층 계단을 향해 걸음을 옮겼다. 벌써 잠에 들었을 줄은 몰랐다. 아까 일이 피곤하긴 했나 보다.

"저, 각하."

폴이 만류했다.

"소매에 핏자국이 묻어 있습니다만……."

슈덴은 그제야 제 옷소매를 보았다. 언제 튀었는지 모를 핏자국이 묻어 있었다. 이미 말라붙어서 잘 표가 나지는 않았지만. 슈덴은 이마를 약하게 찌푸렸다. 피를 묻힌 채로 발리아를 볼 생각은 없었다.

"목욕부터 해야겠군."

"바로 준비하겠습니다."

분주히 움직이는 고용인 사이에서 고민에 잠긴 하녀가 있었다. 발리아의 시중을 들던 하녀였다. 주인 각하께 여쭤볼까 말까 고심하던 하녀는 용기를 내 입을 열었다. 모시는 주인님의 의중과 심기를 헤아리는 것은 작은 도박이었다.

"각하. 마님께서 각하가 오시면 깨워 달라고 말씀하셨는데……."

2층. 부부 침실 문은 굳게 닫혀 있었다. 잠시 그곳을 바라본 슈덴이 짧게 대답했다.

"깨워 드릴 필요 없다. 내려가 봐."

하녀는 고개를 숙였다.

슈덴은 빠르게 목욕을 마치고 부부 침실로 들어섰다.

부부 침실의 침대 시트는 하얀색이었다. 고용인들이 매일 새로 빨고 널어 보송보송한 침대 위에서 발리아가 잠들어 있었다. 슈덴은 침대 맡에 걸터앉아 발리아의 뺨을 쓸어 보았다. 목욕을 갓 마치고 나온 손에 부드러운 피부가 감겼다.

슈덴은 허리를 굽혔다. 발리아의 팔은 시트 위에 가지런히 놓여 있다. 그는 그녀의 손을 들어올렸다. 가느다란 손가락 마디에 입을 맞춘 후에는 맥박이 여리게 뛰는 손목에도 입술을 갖다 댔다.

왜 이렇게 이 여자가 좋을까.

가끔씩 슈덴은 스스로가 신기했다. 새벽하늘 같은 눈동자는 왜 이렇게 뭉클하고, 또 그녀를 바라볼 때마다 마음은 왜 이토록 저릿한 건지.

사랑한다는 말은 호흡처럼 늘 입가에 머무르고 있었다. 언젠가 이 사람을 불러야 할 때, 이름 대신 고백이 날숨처럼 흩어지지 않을까 염려될 정도로.

"……."

슈덴은 발리아의 분홍빛 입술을 머금었다가 놓았다. 턱을 타고 내려간 목덜미에서는 달콤한 향기가 났다. 슈덴은 잘 모르지만, 발리아의 목욕 시중을 드는 하녀들은 향유 수집에 무척 열성적이었다. 매일매일 다른 향기가 나는 향유를 구해 발리아의 몸에 발랐다.

꽃과 과일 향기가 뒤섞인 것 같은 달콤한 향기. 가만히 들이켰다가 고개를 들었다. 슈덴은 발리아가 가슴께까지 덮고 있는 이불을 걷었다. 그리고 피식 웃었다.

발리아가 입고 있는 검은색 실크 가운이 잔뜩 흐트러져 있었다. 골반 바로 아래까지 말려 올라간 실크 가운. 드러난 다리며 허벅지가 뽀얗다. 발리아는 부끄러움 많은 성격을 가졌지만 잘 때는 편하게 입는 걸 좋아했다. 거기에 은근히 잠투정도 있었다.

슈덴은 발리아의 허리에 묶인 리본을 당겨 풀었다. 하녀가 느슨하게 묶어 놓은 리본은 쉽게 풀렸다. 가운이 스르륵 흘러내려 곡선 아래로 떨어진다.

슈덴은 가운을 벗었다. 벗고 난 후 발리아의 양 허벅지 사이에 자리를 잡았다. 둥근 무릎에 입을 맞춘 후 그녀에게로 상체를 숙였다. 보들보들한 그녀의 나신 위로 근육으로 꽉 죄인 슈덴의 몸이 맞닿는다. 그는 그녀의 뺨에 키스했다.

"으음⋯⋯."

그때까지 얌전히 잠들어 있던 발리아가 뒤척였다. 가운이 걸쳐져 있는 두 팔이 슈덴의 목에 감긴다. 슈덴은 반사적으로 그녀의 어깨를 감싸 안았다.

깬 건가 기대했는데 발리아는 여전히 잠들어 있었다. 그녀는 긴 베개를 끌어안듯이 남편을 끌어안고 다시 곤하게 잠에 빠졌다. 잠투정이었던 모양이다.

슈덴은 잠깐 굳은 듯이 있었다. 이대로 잠들어도 뭐, 나쁘진 않겠지만……. 해결 못 한 게 남아 있어 슈덴을 괴롭혔다. 솔직히 말해 아랫배가 다 뻐근해지고 있었다.

귓가에 닿아 오는 숨결은 또 얼마나 유혹적인지. 슈덴은 작게 신음을 삼켰다. 살다 살다 이런 고문을 당할 줄은 몰랐다.

발리아를 안고 싶다. 안고 싶기는 한데, 잠결에라도 안겨 온 발리아를 떼어 내고 싶지도 않고. 슈덴은 그녀의 어깨를 감싸 잡은 채로 시선을 옮겼다. 우아하게 이어지는 목덜미를 훑어보다가, 다시 그녀의 귓가를 바라보았다. 솜털 돋은 귓불이 말랑해 보인다. 그가 그녀의 귓불을 물었다.

혀가 피부를 훑는다. 귓가에서 노골적으로 들리는 소리가 질펀하고 야했다. 슈덴의 다른 쪽 손은 그녀의 허벅지 안쪽을 파고들었다. 잠들어 있는 클리토리스에 가해지기 시작하는 자극. 잠에 취해 반응 없던 몸이 조금씩 움직인다.

발리아는 어렴풋이 잠에서 깼다. 그녀의 숨소리가 달라지는 것을 기민하게 깨닫자마자, 슈덴의 손가락이 질구를 파고들었다. 그의 애무에는 한없이 솔직하게 반응하는 그녀의 안쪽이 금세 젖어 들어갔다.

"훗……."

발리아의 입가에서 신음이 새어나왔다. 이제 막 젖어드는 입구에 손가락이 하나 더 파고들었다. 부드러운 움직임이 아니었다. 마치 추삽질을 하듯 퍽퍽 거친 손길.

발리아의 다리가 절로 움츠러들었다. 노곤하니 나른한 가운데 오싹한 쾌감이 그녀의 몸을 달아오르게 한다. 잠에 푹 빠져 있던 눈이 느리게 떠졌다.

"슈……?"

발리아는 자신이 슈텐을 끌어안고 있다는 자각도 없었다. 채 쫓지 못한 잠기운에 그의 목에 감겨 있던 두 팔이 스르르 흘러내렸다. 제 위에서 자신을 바라보고 있는 붉은 눈동자만이 선명하다.

"언제 오셨……, 흑!"

가운이 벗겨져 있다는 자각도 뒤늦었다. 슈텐은 발리아의 가슴을 강하게 그러쥐었다. 풀어져 있던 유두가 금세 곤두섰다. 동그랗게 모양이 진 살덩이는 슈텐의 손이 움켜쥐는 대로 야하게 일그러졌다. 단단하게 서 버린 정점을 혀끝으로 굴리며 핥다가, 가슴을 입에 물었다. 발리아의 입에서 신음이 자꾸 흘렀다.

건드리면 건드리는 대로 솔직하게 반응하는 발리아의 몸이 좋았다. 좋다 못해 언제나 애가 탔다. 슈텐은 이 나긋나긋한 몸을 종일 만지고 핥고 빨고 싶은 욕망과 안쪽으로 어서 들어가고 싶은 욕망 사이에서 늘 갈등했다.

어둑어둑한 침실. 가운도 채 벗지 못한 발리아의 몸은 애무로 잔뜩 달아올라 있다. 슈텐이 붉은빛 감도는 금발을 한 손으로 쓸어 넘겼다. 눈은 여전히 그녀에게 고정된 채. 발리아는 두 손으로 얼굴을 가렸다.

"슈, 제발 눈 좀……."

"눈?"

"당신 눈빛 진짜 너무……."

야하다. 그 말을 꺼내자니 또 민망해 발리아는 고개를 돌렸다. 이 남자는 왜 저렇게 나른하고 퇴폐적인 눈을 가져서 자신을 부끄럽게 만드는지.

발리아가 삼킨 뒷말이 대충 짐작이 간 슈텐은 슬쩍 웃었다. 그는 그녀의 턱을 잡아 제 쪽으로 돌렸다. 말을 안 해서 그렇지. 당신 몸도 지나치게 야하다고 말하면 발리아의 얼굴은 얼마나 빨갛게 익을까.

슈덴은 발리아의 허벅지를 잡았다. 평소처럼 그의 허리에 감기려던 두 다리를 들었다. 그리고 제 어깨 위로 올렸다. 은회색 눈동자가 약간 커졌다.

너무 깊게 들어오는 자세였다. 슈덴은 발리아의 체력을 항상 고려했다. 가장 깊숙이 들어가는 자세로, 가능한 오래 하고 싶은 게 본연의 욕망이었지만 발리아가 따라오질 못했다.

그래서 처음부터 이 자세로 하는 경우는 흔치 않았다. 발리아는 자신이 의도치 않게 슈덴을 애 닳게 만들었다는 사실을 몰랐다. 그의 페니스는 이미 터질 듯이 부풀어 있는데.

발리아에게로 깊숙이 몸을 기울인 슈덴이 그대로 짓쳐 들어갔다.

"흑!"

좁은 곳에 길을 내고 단숨에 침입한다. 깊숙한 곳까지 들어와 그녀를 탐했다. 끝까지 들어왔다가 다시 빠지고, 그리고 쿵 하고 박을 때마다 몸이 그대로 잡아먹히는 것 같았다. 슈덴은 발리아의 손가락 사이사이에 깍지를 끼고 시트 위로 잡아 눌렀다.

"아응! 아! 슈, 흐읏……!"

슈덴의 품에 한 번 가두어지면 정신을 차릴 수가 없었다. 정신없이 쏟아지는 쾌감을 따라가는 것만으로도 벅찼다. 자극되는 부위는 하나인데 왜 등줄기며 발끝이 짜릿한 건지 알 수가 없었다. 몇 번의 움직임만으로도 슈덴은 금세 발리아를 절정에 올려놓는다. 발리아의 눈에 눈물이 고여 촉촉하게 변했다.

정신없이 정사를 치렀다. 잘게 남아 있는 쾌감 때문에 발리아는 아직도 몸 여기저기가 떨리고 저릿저릿했다. 체액으로 젖어 있는 허벅지 안쪽은 아릿하기까지 했다. 슈덴은 발리아의 축 늘어진 손등에 입술을 묻었다.

나른하게 풀어진 발리아의 눈동자가 슈덴의 벗은 몸을 본다. 근육으로 뒤덮인 넓은 어깨 여기저기에 손톱자국이 붉게 나 있었다. 발리아가 정사 중에 낸 자국들이다. 그렇게 심한 건 아니었지만 조금 민망했다.

'그러고 보니…….'

어깨에 생긴 손톱자국을 보니 문득 생각이 났다. 발리아가 물었다.

"슈, 결투는 잘 치르셨어요?"

"잘 끝냈습니다."

"다치신 데는 없고요?"

슈덴은 발리아가 이렇게 묻는 게 재밌었다. 제 검 실력을 믿지 못해서가 아니라, 순수하게 걱정이 되어 하는 질문. 이런 염려가 생소하면서도 발리아가 하기에 좋았다. 슈덴은 느긋하게 대답했다.

"없습니다. 당신이 낸 것만 아니면."

"……많이 아프세요?"

고작 이런 자국이 아플 리가. 슈덴은 발리아가 제 어깨를 긁었다는 것도 모르고 있었다. 발리아가 깜짝 놀라지만 않았다면, 나중에 목욕을 할 때나 되어서야 알았을 것이리라. 슈덴은 둥근 이마에 입을 맞추며 물었다.

"아프다고 말하면 보상이라도 해 주실 겁니까."

"보상이요?"

발리아는 곧 그 의미를 깨달았다. 어느새 페니스의 부피가 회복되어 있었다. 세상에. 침대 시트에 흐른 정액이 꼭 거짓말 같았다. 발리아가 당황해서 눈을 깜빡였다.

"저, 슈. 저 아직 피곤……."

"그냥 누워만 있으셔도 됩니다."

간단하게 대답한 슈덴이 몸을 일으켰다. 그리고 발리아의 몸을 손쉽게 뒤집었다. 금세 시야가 뒤바뀌었다. 베개를 가져와 발리아의 배 아래에 끼운 슈덴이 그녀의 엉덩이를 조금 세웠다.

"아!"

발리아가 시트를 꽉 잡았다.

그냥 누워만 있어도 된다는 말은 틀리지 않았다. 틀리진 않았지만……. 발리아는 그날 녹초가 되어서 기절하듯 잠에 들었다.

✳⁎⁎ ✳⁎⁎ ✳⁎⁎

"당신! 진짜 미쳤소?"

"……."

"아무리 그래도 그렇지! 그렇게 대놓고 공격을 하면 어쩐단 말이오!"

엘반이 씨근덕거렸다. 카니에는 입을 꾹 다물고 있었다. 할 말이 없었다. 누가 알려 줬느냐고 거칠게 추궁하는 그에게 카니에는 어쩔 수 없이 털어놓았다.

"……메르실 대신관님이 알려 주셨어요."

"메르실 대신관? 하!"

피가 거꾸로 솟는 것 같았다. 엘반은 이를 갈았다.

'이 정신 나간 놈. 나한테는 안 되니까 내 아내한테 와서 속살거려?'

신을 모시는 신관이라기에는 오히려 사업가에 가까운 남자였다. 날카로웠고 세속적이었으며 상황 판단을 하는 눈도 빨랐다. 그리고 상대방이 원하는 것을 파악하는 능력까지 고루 갖추고 있었다.

엘반은 메르실 대신관의 제안을 보류한 적이 있었다. 성녀는 물론이요 가르트 공작 부인까지 신성국으로 보내 달라던 제의. 메르실 대신관은 막대한 성물을 보상으로 내걸었다. 목록만 봐도 눈이 절로 휘둥그레질 정도였다. 이 정도면 부황의 환심을 단번에 살 수 있었다. 혹하지 않는 건 아니었다. 하지만 위험 부담이 너무 컸다.

'구렁이 같은 놈!'

앞에서는 마음을 굳힐 때까지 기다리겠다고 해 놓고 뒤에서는 이렇게 수를 써 놓았다. 빌리엄 공작 부인의 장례식에 고위 신관을 보내 준 것도 이 계획의 일환이었을 터다. 카니에는 메르실 대신관의 말만 믿고 사고를 쳤다. 그 결과를 떠안는 것은 고스란히 자신이었다.

'입지. 입지, 그놈의 입지!'

벌써 다섯 명의 귀족이 지지를 철회했다. 아예 만나 주지도 않는 귀족까지 생겼다. 그야말로 사면초가. 정치판이라는 게 이랬다. 한순간에 판이 뒤집힐 수도 있었다. 아직까지는 처가인 빌리엄 공작가와, 또 외가인 로메인 후작가가 있어서 버틸 수 있다.

안 그래도 머리가 복잡한데.

"카니에. 이봐, 당신 우는 거요?"

"……"

미치겠군. 흐느끼는 목소리에 엘반은 속이 답답했다. 그는 일단 카니에게 손수건을 내밀었다. 기분 같아선 다 때려 부수고 싶었는데 어릴 적부터 체득된 습관이 무서웠다.

엘반의 어머니이자 황실 내명부의 실세인 1황비 아라스는 그를 때려가며 키웠다. 황후의 소생이며 황제의 장자인 구스토에게 친아들이 지는 것을 용납하지 못했다. 레이디나 귀부인이 눈물을 보이면 깍듯하게 손수건을 내미는 신사의 매너도 그때 매로 맞아가며 철저하게 익혔다.

"울지 마시오. 젠장. 어차피 엎질러진 물이니 울어 봤자 별수 있겠소."

절대 질 수 없다. 자신이 황위에 오르지 못하면 어머니는 분명 제 앞에서 목을 매달 것이다. 황실에 들어와 황제의 여인이 된 이후, 아라스는 자신의 모든 꿈을 아들에게 투영시켰다. 엘반이 등극하는 것. 그게 곧 아라스의 꿈이고 목표였다.

"오히려 잘 됐소. 성녀가 가르트 공작 부인의 편을 들었다는 건, 곧 내 편에 서지 않겠다는 의미일 테니까."

그간 엘반은 긴가민가했다. 예리는 줄곧 태도가 모호했다. 구스토도, 자신도 선택하지 않는다. 누구에게도 흥미를 보이지 않았다. 처음에는 무지해서 그런 줄 알았다. 그런데 이번 소동을 보고 확실히 알았다. 저토록 사교 활동에 능한 성녀이니, 구스토나 자신 둘 중에 하나를 고르는 게 어떤 의미인지 확실히 인지하고 있는 게 틀림없었다.

'이해가 안 가는 건……, 항상 궁에만 틀어박혀 있으면서 어떻게 그렇게 대처가 훌륭했냐는 거야.'

영문을 알 수 없었다. '성녀'라는 게 이미 일반적인 인간의 범주는 아니니, 뛰어난 능력 중에 하나일 거라고 어림짐작하는 게 고작이었다. 아깝다. 아까워 죽을 것만 같았다. 예리가 그런 보석인 줄 알았으면 카니에를 후궁으로 맞지 않았을 것이다. 열과 성을 다해서 예리에게 구혼했을 텐데.

하지만 이미 끝난 일.

엘반은 제 손에 쥐지 못한 보석은 깨 버려야 마땅하다고 생각하는 남자였다.

🌿 🌿 🌿

황제 에드가 7세는 어리둥절했다.

'공녀가 아니라고 했다고?'

빌리엄 공작 부인의 장례식에서 있었던 일은 이미 다 들었다.

"램튼. 보고가 정녕 사실인가?"

"어찌 폐하께 거짓을 고하겠습니까."

"허어."

비단 황제뿐만 아니라 겔 귀족들이 그 일로 시끄러웠다. 황자빈의 철없는 고집에 성녀가 입막음처럼 발휘한 엄청난 신성력. 이것이 중점적으로 퍼지다 보니 정작 발리아가 그 소문의 공녀일지도 모른다는 이야기는 축소되거나 아예 묻혔다.

'이상하군.'

신성국에서 황제에게만 알려 준 신탁의 일부와, 성녀의 말이 맞지가 않는다. 맞지 않다 못해 아예 대치되는 수준이었다. 뭐가 진실인 건지. 황제는 고개를 갸웃했다.

"왜 그러십니까? 폐하."

"아닐세. 타국 놈들이 배 아파하겠다는 생각을 했어. 그런 성녀가 우리 겔에 있으니 말이야.”

벌써부터 외국 사신들이 성녀를 한 번 배알해 보고 싶다고 굽실댈 게 보였다. 귀한 분 뵙는데 맨손으로 찾을 순 없으니 보물들도 적잖게 바칠 것이다.

성녀의 사유 재산은 건드릴 생각이 없다. 하지만 그 과정에 어느 정도 발생되는 콩고물은 있을 것이다. 국고에 예민한 황제는 머릿속으로 계산을 해 보았다.

“전부 폐하의 복이십니다. 큰 소동이 날 뻔한 일도 잘 수습되었고 말입니다.”

잘 수습되었다. 램튼의 말이 맞았다. 발리아가 공녀고 아니고는 중요한 문제가 아니었다. 적어도 황제에게는 그랬다. 국익을 생각하면 가르트 공작 부인이 공녀라는 사실은 묻히는 게 훨씬 나았다.

‘일단 가르트 공이 길길이 날뛸 걸 생각하면 말이지.’

슈덴 가르트가 팍 미쳐서 빌리엄 공작가를 쓸어버리기라도 한다면 그야말로 재앙이다. 슈덴은 황제에 대한 충정 맹세를 했지 제국의 귀족들을 보호하겠다는 서약을 한 게 아니었다.

내국 분열은 곧 망조의 지름길. 황제는 지혜로운 군주답게 폭력보다는 평화를 우선시했다. 한쪽의 잘못이 명백하니 처벌을 하는 게 마땅하기도 했다.

“램튼. 시종을 보내 빌리엄 공작가에게 전하라.”

“말씀하시옵소서.”

“빌리엄은 경거망동하여 물의를 빚은 바, 빌리엄 공작은 1년 치의 녹봉을 압수하며, 아들인 헤른 빌리엄은 소공작의 작위를 임시로 회수한다.”

"폐하의 말씀 받들겠나이다."

겔의 귀족 작위는 다른 왕국들과는 조금 달랐다. 공작의 아들이자 후계를 이을 장자에게는 백작 등의 하위 작위가 내려지는 게 일반적이었다.

그러나 겔은 '소공작'이나 '소후작' 등의 독자적인 명예 작위로 이를 대신했다. '소공작'의 작위를 회수당했으니 혜른은 작위가 없는 상태가 된다. 그야말로 불명예.

카니에에 대한 처벌은 없었다. 엘반이 이미 궁에서 자숙하겠다고 뜻을 밝혔던 것이다. 기실 그 외의 마땅한 처벌이 없기도 했다.

황자빈을 어떻게 처벌해야 하는지, 에드가 7세도 감이 잘 잡히지 않았다. 황제의 후궁이 과오를 범하면, 품계를 떨어뜨리는 것으로 처벌을 한다. 가장 일반적인 방법이었다.

그러나 황자빈은 그렇게 할 수가 없었다. 더 아래인 품계가 없으니까.

'그렇다고 폐해 버릴 수도 없고.'

혜른 빌리엄이 다른 벌도 아닌 소공작의 작위를 반납하게 하는 무거운 처벌을 받은 것은, 동생의 처벌을 가중해서 더 받으라는 뜻도 있었다.

이튿날, 혜른 빌리엄의 작위가 회수되었다는 이야기가 사교계를 강타했다.

*≈⋆ *≈⋆ *≈⋆

"빌리엄이 프란츠를?"

"예, 각하."

슈텐은 다른 귀족의 재정 상태에 대해 그렇게 관심을 가져 본 적이 없었다. 로메인 후작가는 아들이 대놓고 골칫거리여서 특별히 주의 깊게 살필 필요가 없었다.

빌리엄은 조금 달랐다. 그래도 명문가고, 정통성 있는 귀족이다 보니 로메인보다는 난이도가 높았다.

고위 귀족일수록 은닉한 재산이 많은 법. 그리고 아주 높은 확률로 그중 일부가 국법에 저촉될, 이를테면 불법 재산일 터다.

하지만 이걸 파내려면 시간이 필요했다. 아무리 정보 줄이 촘촘해도, 필수적으로 소모되는 시간이 있었다. 일반적으로는 그랬다. 그리고 율리안은 본인을 '일반적이지 않은 유능한 천재 보좌관'으로 생각하고 있었다.

"철광산이라."

슈텐은 문서를 주의 깊게 읽었다. 대륙 북부에는 유달리 광산이 많다. 특히 우수한 품질의 철광산이 산재해 있다.

철은 질 좋은 무기를 생산할 수 있게 하고, 비약적으로 국력을 키우는 데 큰 도움을 준다. 다시 말하자면 개인이 몰래 소유하기에는 위험이 크다는 뜻이었다.

특히 겔에서는 국내의 철광산을 사유 재산으로 인정하지 않았다. 귀족의 사적인 화력이 커지는 것을 경계해 기사 숫자까지 제한해 놓을 정도로 철저하니 당연했다.

외국의 철광산을 구입했다 할지라도 반드시 나라에 알려야 했다. 이를 어길 시에는 준반란으로 간주하고 아주 엄격하게 처벌했다. 여기에 엄청난 금액의 세금까지 부과되니 철광산을 아예 매입하지 않는 게 나을 정도였다.

"일전에 프란츠 왕국 국경 부근에서 대규모의 광산이 발견되지 않았습니까. 처음에는 평범한 철광산인 줄 알았는데, 맥을 타고 이어 가다 보니 그 규모가 갈수록……. 족히 웬만한 왕국의 몇 십 년 치의 예산을 뛰어넘는 규모였습니다."

율리안은 여기서 빌리엄 공작의 흔적을 발견했다. 나라에 미리 알리고 적법한 절차를 거쳐 철광산을 매입하려는 건가 했는데 아니었다. 빌리엄 공작은 직접 광산 관계자를 만나는 것도 아니고, 지시 사항도 사람을 몇 번을 바꿔 가며 전달했다.

"지금까지의 정황으로 봐서는 빌리엄 공작이 이 광산을 몰래 매입한 게 맞는 것 같습니다. 다만 아직까지는 확실한 증거가 없습니다."

"추적당한 걸 알면 바로 손을 뗄지도 모른다는 이야기군."

"그렇습니다. 각하. 그래서 조금 더 조심히 접근하려고 합니다."

생각보다 어렵지 않게 빌리엄의 구린 곳을 잡았지만 아직 확실하지는 않았다. 율리안은 몇 가지 보고를 더 하고 물러갔다.

✦ ✦ ✦

"정말 멋진 정물화입니다. 부인. 낙찰 받으신 건가요?"

"네. 이번에도 훌륭한 신인들이 많이 데뷔했답니다."

귀족들이 수두룩하게 서 있는 이곳. 바로 박람회라고 불리는 정기적인 전시회였다.

겔의 황실은 문화의 중요성을 일찌감치 깨달은 상태였다. 굳이 엄청난 비용을 차출해 가며 각국의 공주와 왕자들을 초빙하는 이유가 있었다. 그들은 단순히 군사력뿐만이 아니라 문화적으로도 제국이 한

발 앞서 있음을 효과적으로 자랑했다.

더군다나 황실은 오래전부터 예술을 사랑했다. 이 사랑은 예술가들에게 특히 호조였다. 타 왕국들은 주로 귀족이 1:1 방식으로 예술가를 후원한다. 겔은 이런 후원 방식을 아예 황실에서 제도를 통해 정립해 버렸다.

겔의 귀족들은 예술 장려 기금이라는 명목으로 일정 비율의 세금을 내야 했다. 이 세금은 겔의 예술가들을 후원하는 데 사용됐다. 그리고 황실은 2년에 한 번씩 전시회도 주최했다.

말이 전시회지 실제로는 경매 자선회였다. 그냥 너희 돈으로 먹이고 키운 예술가들의 성과를 다시 돈 주고 사 가라는 거였다.

이렇듯 자세히 살펴보면 이중으로 돈이 뜯기는 구조였지만, 의외로 열기는 뜨거웠다. 황실에서 체계적으로 후원을 받은 예술가들의 솜씨는 귀족들의 안목을 사로잡고도 남을 정도로 훌륭한 까닭이다.

덕분에 유찰되는 작품은 거의 없었다. 이렇게 벌어들인 낙찰금의 일부는 예술가에게, 남은 일부는 다시 후원에 쓰였다. 바람직한 선순환이었다.

귀족들이 가장 돈을 많이 쓰는 것은 역시 조각품과 그림이었다. 특히 겔에서 '명화'라고 칭송받는 희대의 걸작들은 대부분 이 황실 전시회에서 탄생했다. 전시된 그림만 봐도 눈이 즐거운 터라 귀족들은 대부분 이 전시회가 열리는 날을 고대했다.

귀족들은 체면을 봐서 한 점 이상씩은 반드시 구매했다. 일종의 불문율이었다. 발리아도 그림을 한 점 샀다. 돈을 지불할 가치가 충분한 그림이라 아깝지 않았다.

"가르트 공작 부인은 꽃 그림을 좋아하시는군요?"

"저도 섬세한 햇볕 표현을 좋아한답니다. 가르트 공작 부인이 구매하신 그림처럼요."

"아무래도 서정적인 풍경화가 질리지 않고 오래 보기에 좋지요. 공작 부인이 저와 취향이 비슷하시군요."

디아나는 옆에서 쿡쿡 웃었다. 지금 한마디씩 말을 보태는 귀부인들은 전부 그림 수집에 열성적인 사람들이었다. 그녀들이 2년 전 열린 황실 전시회에서 어떤 그림들을 구매했는지 디아나는 알고 있었다. 적어도 오늘 발리아가 구매한 것 같은 소박한 풍경화는 없었다.

'서재에 걸어 두면 괜찮겠지?'

예쁜 해바라기 들판 그림.

발리아는 슈덴이 이 그림을 보고 마음에 들어 할지 아닐지에만 관심이 있었다.

그날 밤이었다. 슈덴은 오른쪽 손등으로 느긋하게 턱을 괬다.

"······슈. 왜 자꾸 쳐다보세요."

"당신이 자꾸 제 시선을 피하잖습니까."

"그야 당신이······."

"제가 잡아먹기라도 합니까. 바라보기만 하면 피하시는군."

발리아는 "으으." 하면서 얼굴을 두 손으로 푹 가렸다. 슈덴이 자신을 놀리는 걸 안다. 저번 잠자리에서, 그런 눈으로 보지 좀 말라고 한 후 틈만 나면 이러니까. 그가 일부러 장난을 친다는 걸 아는데, 알면서도 민망했다. 똑바로 바라볼 수가 없었다.

"부인?"

"······."

발리아는 결국 손으로 슈덴의 눈을 가렸다. 나름대로의 대책이었다.

갑자기 눈이 가려진 슈덴만 픽 웃었다. 그는 놀라지도 않았다. 슈덴은 발리아의 양 손목을 잡았다. 손쉽게 제 얼굴에서 떼어 낸 다음에는 두 손목을 홱 하고 잡아당겼다.

발리아가 그대로 슈덴의 품으로 무너졌다.

두 남녀의 시선이 잠깐 마주쳤다. 슈덴은 그대로 턱을 기울여 발리아에게 뜨겁게 키스했다. 그녀의 손목은 잡은 채였다. 잡아먹을 듯 거침없이 파고드는 입맞춤에 금세 발리아의 호흡이 가빠져 왔다. 슈덴이 그녀의 가운자락을 걷어 올렸다.

발리아는 이미 젖어 있었다. 슈덴은 그녀의 속옷을 끌어 당겨 벗겨냈다. 어느새 준비된 페니스가 발리아의 입구를 그대로 파고들었다. 평소보다 생략된 애무에, 그녀는 조금 힘겹게 슈덴을 받았다.

촉촉한 윤활유가 있었지만, 거대한 페니스를 쉽게 삼켜버리기에는 조금 부족했다. 버거운 느낌. 발리아의 손등이 하얗게 도드라졌다.

"흣……, 아파요……."

슈덴이 발리아의 눈가에 입을 맞췄다. 다소 거칠었던 슈덴이 움직임이 전보다 조금 부드러워졌다. 그는 발리아의 손목을 놓았다. 대신 날씬한 허리를 끌어안고, 어깨에 얼굴을 파묻었다. 체향을 들이켜고 예민한 부분마다 입을 맞췄다.

간지럽고 야릇한 감각이 올라 꽉 차 있던 발리아의 몸이 조금 풀어졌다. 그녀를 점령하고 있던 슈덴은 거의 본능적으로 안쪽이 달라진 걸 느꼈다. 슈덴은 본격적으로 자세를 잡았다. 근육으로 꽉 죄인 허벅지가 꿈틀거렸다. 세게 짓쳐 넣는 페니스. 순식간에 가장 깊은 곳까지 찌르고 들어간다.

"흑! 흐흑!"

발리아는 슈덴의 목에 팔을 감았다. 신음 소리가 침실을 꽉 채웠지만 아프다는 말이 없어 슈덴의 움직임은 난폭했다. 발리아는 슈덴의 품속에서 숨을 헐떡였다. 왜 이 남자는 평소에는 다정한데 이럴 때는 안 그런지 알 수가 없었다.

* * *

디아나가 모든 사교 활동을 접었다.

배가 본격적으로 부르기 시작하면서부터였다. 사실 주치의는 그 전부터 저택에서 안정을 취할 것을 권했지만, 디아나는 좀이 쑤셔 못 견뎌 했다. 정기적인 티 파티의 마담까지 도맡아 할 정도로 사교 활동에 열성적이었던 그녀다. 집에만 박혀 있으라는 말이 달갑지 않을 만도 했다.

조엔 후작만 전전긍긍했다. 한창 실랑이를 하다가, 결국 디아나가 져 주었다고 했다. 얼마 전에 빚진 게 있어서 어쩔 수 없이 져 준 거라고 디아나가 팔짱을 꼈다. 발리아는 속으로 웃었다. 저쪽도 재미있게 사는구나 싶었다.

오늘 발리아는 입궁했다. 예리의 티 파티에 참석하기 위해서였다.

'그 날 이후였지?'

장례식이 있었던 후부터 예리는 본격적으로 사교 활동을 시작했다. 과거의 기억 덕인지, 본래 성정인지 사교계를 누비는 행보가 아주 거침이 없었으며 능숙하기까지 했다.

하지만 발리아는 은근히 걱정이 되었다. 언젠가 예리가 그랬으니까.

사교계에 나서기가 달갑지 않다고. 엘반 때문이라고도 그랬지.

발리아는 염려를 담아 괜찮으시냐고 물어보았다. 그때 예리는 아주 진지한 목소리로 괜찮다고 대답했다.

[어차피 이렇게 된 일, 겔의 사교계를 지배해 보려고요.]

충분히 가능할 것 같았다. 예리는 원래도 반짝반짝한 무도회를 좋아했으니까. 예리는 특유의 명성을 이용해 순식간에 입지를 다졌고, 이젠 본인이 직접 티 파티를 주최하는 단계에 이르렀다.

"이쪽으로 가시지요. 가르트 공작 부인."

예리의 직속 시녀인 안젤라는 미리 시종을 보냈다. 외궁 입구까지 마중 나온 시종은 발리아를 성녀궁으로 안내했다.

시종은 안내하면서 사용인 특유의 재빠른 눈짓으로 발리아를 훔쳐보았다.

요즘 가르트 가문의 위세가 그렇게 무섭다더라. 빌리엄 공작의 친딸이자, 2황자의 후궁인 카니에가 소동을 빚었는데 그마저도 무산되고, 황제조차 가르트의 편을 들었다. 편을 들다 못해 빌리엄에게 무거운 처벌을 내렸다니 말 다한 셈이다.

원래도 독보적인 가문이었던 가르트는 그야말로 독주하고 있었다. 따라올 자가 없었다. 빌리엄 가에서 슬그머니 떨어져 나온 귀족들은 가르트에 붙기 위해 기웃거렸다. 그런데 가르트는 방계도 별로 없었다. 다시 말해 비빌 언덕이 공작 부인밖에 없다는 소리였다.

주변은 이렇게 눈치 싸움으로 바빴다. 정작 발리아는 혼자서 평온했다. 태풍은 외부에서 보면 혼란스럽지만, 본디 중심은 고요한 법. 발리아는 평소와 같았다. 손을 호위로 데리고 예리의 티 파티에 정기적으로 참석하곤 했다.

엄격하고 근엄하고 진지한 기사단장은 살벌하게 주변을 경계했다. 외궁에서 입맛만 다시던 귀족들은 발리아에게 다가와 인사를 할 엄두도 내지 못했다. 발리아가 꼬박꼬박 예리의 티 파티에 참석하는 것을 알 만한 귀족들은 다 알았다.

일부러 티 파티 날짜와 시간에 맞춰 입궁하는 귀족들도 적지 않았는데, 슌의 기세는 참 험악했다. 아무도 다가오질 못했다. 듬직한 기사단장이 야차 같은 표정을 짓고 있으니 언뜻 보면 괴물이 연약한 미인을 보호하는 것 같았다.

가르트 기사단장의 고요하고 살벌한 호위.

"가르트 공작 부인."

그래서 발리아는, 이렇게 자신을 호명하는 목소리를 참 오랜만에 들었다. 사뿐사뿐 움직이던 그녀의 걸음이 톡 하고 멎었다. 발리아가 뒤를 돌아보았다. 은회색 눈동자가 순간 가볍게 흔들렸다.

슌은 이미 눈을 부릅뜨고 있었다. 애초에 발리아에게 접근하는 걸 알아챈 순간부터 끊임없이 사나운 눈초리를 보내고 있었다. 그런데 이 여자는, 잔뜩 주눅이 들어서도 기어이 걸어와 발리아를 불렀다.

"어느 가문의 누구십니까."

처음 보는 여자였다. 당연히 슌의 목소리는 살벌했다. 여자를 알아본 것은 다름 아닌 시종이었다. 시종이 당황해서 입을 열려고 했을 때였다.

"경, 잠시만요."

"예. 마님."

슌이 바로 한 걸음 물러섰다. 발리아는 여자를 향해 고개를 숙였다.

"만나 뵙게 되어 영광입니다, 3황녀 저하."

발리아가 예의를 갖추자, 숀도 바로 똑같이 고개를 숙였다. 방금까지 이글이글 타오르던 기사가 바로 예의 바르게 돌변하자 황녀는 하마터면 딸꾹질을 할 뻔했다.

시종은 시종대로 놀랐다. 귀족들은 원래 오만한 족속이다. 작위가 높아도 저보다 세력이 낮다 싶으면 고개도 숙이지 않는 게 일반적이었다. 그리고 3황녀는 세력이 한미했다. 궁중 사용인들에게도 종종 무시당하는 그녀다.

"아……, 아니. 그렇게 예의 갖출 것 없어요. 일어나세요."

3황녀는 당황한 목소리였다. 가르트 공작 부인이 온화한 편이라는 소문은 들었다. 그걸 듣고 용기를 내서 온 건데, 이렇게 깍듯하게 인사를 해 줄 줄은 정말 몰랐다.

"무슨 일이신가요?"

"그게……."

"황녀 저하. 죄송하지만 지금 가르트 공작 부인은 선약이 있으십니다."

시종이 끼어들었다. 놀란 건 놀란 거고, 지금은 성녀궁으로 발리아를 데려가는 게 우선이었다. 게다가 시종은 불쾌했다. 3황녀 셀마는 가르트 공작 부인과는 급이 달랐다. 무릇 뒷배 없는 황족이란 시종장보다도 그 처지가 못한 법이었다.

"정말 무례하군."

차가운 목소리에 시종의 뒷골이 쭈뼛 섰다.

"시종이 감히 황녀 저하의 말씀을 끊는 것인가?"

발리아의 표정은 얼음장 같았다. 시종의 몸이 바짝 굳었다. 실세나 마찬가지인 공작 부인의 심기를 건드리면, 제 목숨쯤은 금세 날아갈 것이다.

"죄, 죄송합니다!"

"방금 무례가 내게 사과할 일인가?"

그래도 궁중 생활을 하면서 눈칫밥은 많이 먹었다. 시종은 바로 황녀에게 납작 엎드렸다.

"황녀 저하, 부디 소인의 무례를 용서해 주십시오."

"······앞으론 조심하게. 물러가."

"예······."

시종은 울상이 되어서 뒷걸음질 쳤다. 발리아를 성녀궁까지 모셔 오라고 했는데, 그 명령을 수행하지 못했다. 안젤라에게 한바탕 잔소 리를 들을 게 뻔했다.

시종이 물러나고, 발리아는 다시 황녀를 보았다.

붉은 머리카락이 곱슬곱슬하고, 발리아와 비슷한 나이로 보이는 황 녀. 하지만 당당한 황족의 일원이라기에는 입고 있는 드레스가 소박했 다. 옷감은 고급스러웠지만 디테일한 면에서 재료를 아낀 티가 났다. 눈썰미 좋은 귀족들이라면 바로 알아볼 정도였다.

"공작 부인은 내가 3황녀인 걸 알고 있군요."

"말씀 편하게 하세요. 황녀 저하. 지위가 다릅니다."

"아니에요. 말이 지위지, 나는 황자도 아니고 황위 계승권과 거리가 한참 먼 황녀일 뿐인걸요. 게다가 가르트 공작 부인이잖아요. 공대를 해도 괜찮지요."

악의가 없는 목소리였다. 하지만 황녀치고는 조심성이 묻어났다. 눈 치를 보며 살아온 삶이 짐작이 가는.

아니, 짐작을 할 것도 없다. 발리아는 직접 그녀의 삶을 본 적이 있 으니까.

셀마 오틸리아나 라겔뢰프.

발리아는 이 황녀를 알고 있었다. 그녀가 호위 시녀를 할 수 있었던 게 이 황녀 덕분이었기 때문이다.

'과거에 있었던 일이었지.'

종신 시녀로 갓 입궁했던 발리아는 얌전했다.

주어진 일을 착실하게 수행해 사수들에게는 좋게 보였지만, 특별히 눈에 띄지는 않았다. 남들에게 주목을 끌 만한 일을 벌이질 않았다. 존재감이 없는 건 아니었지만, 딱히 두드러지지도 않는 시녀였다.

그날도 여느 날과 같은 날이었다. 발리아는 내궁 연못에 설치된 다리 위로 걸어가고 있었다. 문득 기분이 이상했다. 돌아보니 웬 소녀가 난간 끝에 아슬아슬하게 서 있었다. 발리아와 아주 잠깐 눈이 마주친 순간이었다.

소녀가 난간을 잡고 있던 두 손을 놓았다. 발리아는 당황해서 달려갔다. 그리고 추락하는 소녀를 잡았다. 거의 반사적인 행동이었다.

보통 발리아 같은 체격의 여린 여자라면 소녀를 잡아 붙드는 것만 해도 고작이었을 터다. 하지만 발리아는 어렵지 않게 소녀를 끌어 올렸다. 근처에 있던 다른 시녀와 시종들이 난리가 나 순식간에 내궁이 시끄러워졌다.

그 소녀가 알고 보니 3황녀인 셀마였다. 황녀가 죽을 뻔한 사건이라 일이 커졌다. 시녀장은 놀란 얼굴로 어떻게 된 일이냐고 물었다. 셀마는 아무렇지 않게 대답했다. 연못에 고인 햇볕이 어여뻐 구경하려고 했을 뿐이라고. 과하게 몸을 숙이다가 그대로 빠질 뻔했다는 셀마의 말을 시녀장은 그대로 믿었다.

황녀를 구한 공로는 발리아에게 돌아갔다. 재능을 알아본 시녀장

덕에 발리아는 종신 시녀에서 호위 시녀로 발탁되었다. 대우도 훨씬 좋아졌고 녹봉도 많이 올랐다. 정식으로 궁에 배정되려면 시간이 걸렸다. 발리아는 임시로나마 셀마의 호위를 맡았다.

셀마는 사용인이 몇 없었다. 그래서일까, 발리아에게 친절하게 대했다. 하지만 발리아는 어쩐지 불편했다. 그녀는 알고 있었다. 셀마가 연못을 구경하려고 한 게 아님을.

이 황녀는 연못에 몸을 던지려고 했으니까. 발리아가 두 눈으로 똑똑히 보았듯이.

그 이유는 뒤늦게, 그리고 우연히 알았다.

1황비 아라스는 혼기가 찬 황녀들을 시집보내려고 했다. 말이 시집이지 팔아 치우는 것이나 다름없었다. 셀마는 그중에서도 가장 먼 이국으로 보내지는 것으로 결정이 났다.

셀마의 남편 될 사람은 타국의 왕태자였다. 왕태자이긴 했지만 재취였고, 셀마보다 훨씬 나이가 많았다. 더군다나 포악하고 잔인하기로 유명했다. 겔과 방위 조약을 맺은 북부의 왕국들을 건드리다가, 슈덴가르트에게 참패하고 꼬리를 말았다는 이야기도 함께 흘러 다녔다.

겔을 향해 이를 갈고 있을 남자에게 시집가야 하는 겔의 황녀. 발리아는 무언가 잘못 먹은 것처럼 속이 울컥 올라왔다. 지옥으로 걸어가야 하는 사람을 멋대로 붙잡은 게 정말 잘한 행동이었을까.

하지만 셀마는 아무런 말도, 탓도 하지 않았다. 그녀가 발리아를 따로 부른 것은, 발리아가 다른 황비의 궁으로 배정되었다는 소식을 들은 날이다.

[나한테 미안해하는 거 알아.]

얌전히 고개를 숙이고 있던 발리아는 조금 놀랐다. 단 한 번도 그런

티를 낸 적 없었는데. 어린 황녀는 나이답지 않게 웃었다.

[그런데 미안해하지 마. 이런 말 하면 모순적으로 들리겠지만……, 사실 난 떨어지는 그 순간에 이상하게 살고 싶어지더라. 살고 싶다고 생각했는데 네가 내 손을 잡았어. 너한테 했던 고맙다는 말은 거짓말이 아니야.]

죽고 싶어 하는 나를 네가 멋대로 살린 게 아니라고. 그러니까 죄책감 갖지 말라고. 그렇게 말해 주는 셀마 때문에 발리아는 눈시울이 붉어졌다. 이상하게 눈물이 났다.

[너를 내 옆에 두고 싶지만, 아쉽게도 내겐 그럴 힘이 없구나. 너도 나보다는 황비 전하의 호위 시녀가 되는 편이 좋을 거야.]

그 말에 담긴 게 정말로 진심이라서. 그리고 진실이라서. 발리아는 황비궁으로 떠났다. 특정한 궁에 배치된 전속 사용인은 다른 궁으로 찾아가는 게 아주 어려웠다. 잘못 꼬투리를 잡히면 주인을 배신하려는 낌새가 보인다며 어느 날 밤 아무도 모르게 죽을 수도 있었다.

그게 둘의 마지막이었다. 그나마 다행이었던 것은, 셀마의 결혼이 무산되었다는 소식이 들려왔다는 점이다

황녀의 결혼은 전적으로 황후의 소관이었다. 현 황실에는 황후가 없다. 그래서 1황비 아라스가 황후의 대행을 맡고 있다. 셀마에게 그런 무지막지한 남편이 생길 뻔한 일은 온전히 아라스의 뜻이었을 터다.

그리고 그 이후로는…….

"……가르트 공작 부인?"

발리아는 셀마의 목소리를 듣고서야 상념에서 깨어났다. 셀마는 여전히 조심스럽게, 그러나 의아한 표정으로 자신을 보고 있었다.

"숀 경. 성녀님에게 연통을 전해야겠어요."

"알겠습니다, 마님. 뭐라고 전해 드리면 됩니까?"

발리아는 셀마를 보며 조금 웃었다.

"오늘 티 파티는 조금 늦을 것 같다고요."

✿ ✿ ✿

구스토는 생각에 잠겨 있었다.

[감축드립니다. 저하.]

[2황자는 언제나 스스로 무덤을 팠지요.]

적의 적은 동료나 다름없는 것처럼, 적의 악재란 곧 호재나 마찬가지였다. 엘반에게서 적잖은 귀족이 떨어져 나갔다. 비록 아직은 그 세력이 구스토에게 고스란히 흡수되진 않았지만, 하지만 결국 갈 곳이 없으니 구스토에게 슬금슬금 붙을 것이다. 엘반의 세력이 약해지는 것은 당연했다.

진즉 구스토를 지지하던 귀족들은 입이 찢어져라 웃었다. 구스토는 그들의 기대에 부응하고자 더 바쁜 나날을 보냈다. 이렇게 바쁜 와중에도 미루지 않는 일과가 하나 있었다.

"황자님. 바쁘신 거 아니에요?"

"아닙니다. 차 마실 시간은 있습니다."

"안젤라가 차를 잘 타긴 하죠."

구스토의 보좌관은 그가 모시는 황자가 성녀를 만나러 가는 것을 좋아했다. 보좌관뿐만이 아니었다. 구스토를 지지하는 귀족들 대다수가 그랬다. 사교적 입지를 제대로 쌓고 있는 성녀는 황자의 배필로 더할 나위가 없었다.

개중 딸이 있는 몇몇 귀족만이 불편한 기색이었다. 아무래도 성녀를 제치고 정비로 제 딸을 밀어 넣기는 무리니까. 그러나 결국은 입지 다지기가 먼저였기에 별달리 의견을 표하는 귀족은 없었다.

이 모든 게 이토록 정치적인 자리다. 알고 있다.

알고 있는데.

"내일 저녁에 자선 파티에 가신다고요?"

"네. 초대장을 받았거든요. 짠, 예쁘죠?"

예리는 싱긋 웃으며 초대장을 보여 주었다. 검지와 중지 사이에 끼워진 초대장이 오후의 햇볕을 받아 반짝반짝 빛났다. 구스토의 입가에도 미소가 조금 옮겨 왔다. 세상에 저런 식으로 초대장을 자랑하는 레이디는 본 적이 없다.

"성녀님. 2황자 저하가 방금 도착하셨습니다."

예리는 얼굴도 안 돌리고 말했다.

"지금 선객이 있다고 전해 드리렴."

"네, 알겠습니다."

안젤라가 총총걸음을 옮겼다. 그리고 몇 분 후, 난감한 표정으로 돌아왔다. 안젤라는 예리에게 귓속말로 뭐라고 속삭였다. 예리의 얼굴이 확 일그러졌다.

"황자님. 죄송한데 잠깐 자리 좀 비워도 될까요?"

"……엘반을 보러 가시나요?"

"네. 급하게 하실 말씀이 있다네요."

예리가 자리에서 일어났다. 아주 잠시, 구스토는 갈등했다. 한 걸음. 또 한 걸음. 멀어지는 예리의 뒷모습. 반사적으로 입이 열렸다.

"성녀님."

저도 모르게 부른 목소리였다. 말로나마 걸음을 붙잡으려는 것처럼.

예리가 구스토를 돌아보았다.

"네?"

"저도 같이 가겠습니다."

"으응? 같이요?"

"……불편하시면 안 가겠습니다."

"아, 아니에요. 같이 가요."

다행히 예리는 선선히 수락해 주었다. 구스토는 곧장 자리에서 일어났다. 이상하게, 엘반과 예리 둘만 본다고 생각하면 속이 뒤집히는 것 같았다.

엘반은 안젤라의 안내를 따라 기다리고 있었다. 그는 인기척이 들리자마자 일어났다. 예리보다도 함께 따라온 구스토에게 먼저 시선을 주었다.

"형님도 함께 계셨군요."

"성녀님과 차를 마시고 있었다. 너는 무슨 일로 온 거냐?"

엘반은 살이 빠져서 전보다 날카로운 인상이 되어 있었다. 그는 먼저 시종과 시녀들을 물리게 했다.

"성녀님."

엘반이 예리에게 고급스러운 상자와 흐드러진 꽃다발을 내밀었다. 예리는 얼떨결에 받아들었다.

구스토의 표정이 굳었다. 설마설마했는데. 겔의 웬만한 남자치고 저걸 못 알아 볼 남자는 없었다.

"청혼하러 왔습니다. 제 정비가 되어 주십시오."

슈덴은 황제 앞에 예를 갖췄다.

"신, 슈덴 가르트. 황제 폐하께 인사 올립니다."

"일어나게."

"황공하옵니다."

"어서 앉게나."

슈덴은 황제의 오른쪽으로 안내되었다. 귀족들의 자리 중에서는 가장 상석이다. 슈덴의 맞은편에는 하이젠이 자리해 있었다. 그는 슈덴과 눈이 마주치자 가볍게 묵례를 했다. 다른 곳이었으면 묵례는커녕 아는 척도 하지 않고 지나갔을 텐데, 그래도 황제 앞이라 예의를 차리는 것이다. 슈덴도 짧게 고개를 까딱였다.

[헤른 빌리엄 말입니다. 몸에 온통 피멍이 들었다고 그럽디다.]

[하인 두 명한테 부축을 받으면서 입궁하지 뭡니까.]

[지나가던 귀부인들이 뒤로 웃고 난리도 아니었습니다.]

얼마 전이었다. 헤른이 입궁했다. 길투 전에 잡혀 있던 중요한 일정 때문에 어쩔 수 없이 입궁한 것이다. 그때 많은 귀족이 헤른의 꼴을 보았다. 소문은 슈덴의 귀에도 금방 들어왔다. 몇 군데 부러진 것 같다고도 들었다.

아들을 그 모양으로 만들었으니 하이젠은 당장이라도 슈덴의 목을 조르고 싶을 터다. 물론 슈덴은 하이젠이 칼을 들고 덤빈대도 눈 하나 깜빡이지 않을 테지만. 아니, 오히려 내심 기다리고 있었다.

두 공작의 물밑 기세 싸움을 모를 리 없는 황제는 흠흠 헛기침을 했다. 오늘 이곳에는 제국의 주요 귀족들이 모두 모여 있었다.

조엔 후작은 없었다. 그는 며칠 전 휴가를 내고 디아나와 함께 영지로 내려갔다.

"그대들에게 이미 서신으로 알렸지만, 며칠 전 프란츠 왕국 국경에서 대규모의 자수정 광산이 발견되었다네."

자수정은 보석으로도 값어치가 높았지만, 다른 쪽으로도 꼭 필요했다. 마법사들이 로드 워프를 설치할 때 자수정이 적지 않게 소비되었다. 제국 내의 로드 워프 보급률을 더 늘리고 싶어 하는 에드가 7세로서는 탐나지 않을 수가 없었다.

문제는 에드가 7세만 탐내는 게 아니라는 거였다. 프란츠와 밀접해 있는 왕국들 대부분이 이 광산에 눈독을 들였다. 나라를 부강하게 만들 엄청난 양의 광석들.

"일전에 프란츠에서 우리 제국 국경에 주둔해 있는 군대의 절반을 철수해 달라고 요청했었지. 우린 수락했고 말이야."

"설마 이제 와서 다시 군대를 보내 달라는 겁니까?"

"그렇다네."

"철수시킨 지 얼마나 됐다고요?"

"정말 뻔뻔하기 그지없군요."

"그만한 군대의 이동이 쉬운 줄 아나 봅니다."

"그만, 그만! 다들 조용하게!"

황제가 손을 들자 흥분해 떠들던 귀족들이 입을 다물었다. 황제는 한숨을 내쉬었다. 젤은 대륙의 유일한 제국이다. 방위 조약을 맺은 나라도 적지 않다. 단순히 젤의 군대가 인근에 주둔해 있기만 해도, 많은 왕국들이 행동을 조심했다.

국경에 타국의 군대가 대규모로 있으면 불안할 수밖에 없다. 특히 변방에 나가 살지 않으려는 백성들 때문에 버려지는 땅이 많았다. 프란츠는 이런 이유로 겔 제국에게 군대의 절반을 철수시켜 줄 것을 요청했다.

"그게 이렇게 독이 될 줄은 프란츠도 몰랐겠지. 벌써부터 국경이 맞닿은 왕국 세 곳에서 사신을 파견했다더군."

프란츠는 국력이 그리 강하지 않았다. 또 특별한 자원이 있는 나라도 아니었다. 그 고만고만함으로 이제껏 외침에서 자유롭고 평화롭게 지냈다. 그런데 뚝 떨어진 엄청난 광산. 지금도 타국 사신들을 대접하느라 빌빌 기고 있을 게 뻔했다.

로건 후작이 물었다.

"폐하. 사신을 파견한 왕국들에게 광산의 지분이 있습니까?"

"아예 없는 건 또 아니라네. 광산의 맥이 하필 국경 부근에 있는 바람에, 파고들면 금세 프란츠의 국경을 넘어 버리더군."

"호재가 악재가 되는군요."

"하지만 그건 프란츠의 사정이지 않습니까?"

"맞습니다. 우리가 그들의 요청을 들어줄 이유가 없습니다. 폐하."

"다른 이들도 그렇게 생각하나?"

황제의 물음에 조심스럽게 반박 의견이 나왔다.

"폐하. 비록 프란츠의 태도는 박쥐처럼 지조가 없으나 상황이 상황입니다."

"동의합니다. 그들도 광산 맥이 그렇게 클 줄 알았겠습니까?"

"동부와 치렀던 전쟁 이후 겨우 전운이 가라앉고 있습니다. 평화를 유지하게끔 하는 게 장기적으로는 이득일 것입니다."

의견 대립이 팽팽했다. 황제는 슈덴에게로 시선을 옮겼다.

"가르트 공은 어찌 생각하지?"

"프란츠는 우리와도 국경이 맞닿은 왕국이니, 전쟁이 일어나면 겔에도 피해가 올 겁니다. 뭐든지 사전에 막는 게 이롭지요."

"그 말은 군대를 파견하자는 건가?"

"그렇습니다. 폐하."

"흠……."

황제는 턱을 쓰다듬었다.

'사람이 갑자기 변하면 죽는다더니만. 가르트 공은 변하기만 하고 죽진 않아서 다행이군.'

예전의 슈덴은 전쟁을 피하지 않았다. 만약 이 안건이 과거에 나왔다면 슈덴은 프란츠를 내버려 뒀다가, 전쟁이 났을 때 가서 지르밟는 쪽에 찬성을 했을 것이다. 그랬던 남자가 지금은 이렇게 변했다. 황제는 쉽게 원인을 유추할 수 있었다.

'공작 부인이랑 떨어지기 싫어서 그런 거겠지.'

전쟁이 나면 슈덴은 길든 짧든 총사령관으로 임명되어 출전을 해야 하니까. 황제는 조엔 후작이 영지에 내려가고 없는 게 아쉬웠다. 결혼 후 심하게 변한 슈덴에 대한 이야기를 조엔 후작과 나누며 와하하 웃는 게 한때 황제의 소소한 낙이었는데.

"하지만 각하. 군대를 다시 급하게 이동시키려면 적잖은 비용이 듭니다."

군부 쪽에서 예산을 담당하는 귀족이 우려의 목소리를 냈다. 그 말에 대답을 한 사람은 슈덴이었다.

"비용이 뭐가 문제인가."

슈덴은 황제를 바라보았다.

"폐하. 신은 군대를 응집시키는 대신 광산 지분의 3할을 요구하겠습니다."

"공이 직접 프란츠로 가겠다는 건가?"

"예."

하이젠의 표정이 묘해졌다.

"짐은 가르트 공의 의견이 가장 좋은 것 같군."

황제에게는 뜻밖의 횡재였다. 슈덴은 군부 내 최고 권력자다. 그만한 적임자가 없다. 하지만 슈덴은 작년 동부와의 전쟁에서 승전을 하고 돌아왔다.

아무리 군주와 신하 관계라지만 암묵적인 규칙은 있었다. 일이 일어날 때마다 등 떠미는 게 좀 그랬던 것이다. 차선책으로 다른 귀족 중 적당한 자를 물색해 보내려고 했는데, 슈덴이 알아서 나서 줬다.

황제에게는 더할 나위 없이 좋은 일이었다.

"처음에는 철광산으로 발견되었다고 들었는데 말입니다. 이참에 직접 가서 둘러보는 것도 나쁘지 않겠지요."

슈덴은 '철광산'이라는 말을 하며 하이젠을 슥 보았다. 하이젠은 아무런 말도 하지 않았다. 당당한 명문가의 가주였던 그는 어느새 인상이 변해 있었다. 시련을 연달아 겪으면서 눈빛도 암울해졌고 어쩐지 강퍅한 느낌이 묻어났다.

"그럼 이야기가 정리된 것 같군. 이참에 프란츠로 광산 시찰단도 보내야겠도다."

시찰단 대표로는 어떤 귀족이 좋을까. 황제가 적당한 인물을 몇 명 지목하려고 했을 때였다.

"폐하."

회의 내내 입을 다물고 있던 하이젠이 처음으로 말문을 열었다. 황제가 발언권을 허락했다.

"말하게, 빌리엄 공."

하이젠은 바로 자리에서 일어났다. 그는 예법에 따라 고개를 숙이고 말했다.

"시찰단 대표로는 소신을 보내 주시옵소서."

✿ ✿ ✿

한편, 비밀 가택에서 율리안은 한창 서류를 뒤집는 중이었다. 부하가 걱정스러운 목소리로 물었다.

"율리안 님. 이 계획은 좀 위험하지 않습니까?"

"으으으음······. 솔직히 약간 위험하긴 한데."

호랑이를 잡기 위해서는 호랑이 굴로 들어가야 하는 법이다. 율리안은 이미 마음을 굳혔다.

"사람을 아예 안 보낼 수는 없어. 빌리엄이 호락호락하지는 않단 말이지."

프란츠 왕국의 국경 부근에 있는 철광산. 율리안은 이곳에 사람을 몰래 위장 투입시킬 생각이었다. 바깥에서 접근하는 것으로는 명백한 한계가 있었다.

"일곱 명을 국경으로 파견해야겠다. 명단은 아까 전했지?"

"예. 그런데 율리안 님. 사람 수가 좀 많은 것 같습니다만······."

"멍청아. 이게 줄이고 줄인 최소수라고. 거기가 겔 제국인 줄 알아? 타국에서 정보 취득하는 게 배는 어렵단 말이야. 함정 파는 건 천 배 더 어렵고."

어느 정도 위험은 감수해야 했다. 몸만 사리다간 아무것도 얻을 수 없다. 율리안은 문서에 마지막으로 서명을 했다. 그는 끙 하며 중얼거렸다.

"아무래도 각하께서 직접 가 보시긴 해야겠네, 프란츠로."

부하는 염려 가득한 낯으로 그 문서를 바라보았다.

***

"내가 그랬잖소. 빌리엄 공작."

엘반은 하이젠을 바라보며 입을 열었다. 후계인 아들은 작위를 회수당해, 자신은 일 년 치의 녹봉이 삭감되었다. 어지간히 마음고생을 했는지 하이젠의 뺨은 움푹 들어가 있었다.

"이번만큼은 가르트가 반드시 걸릴 거라고 말이오."

엘반의 수하가 올린 보고서에는 프란츠의 광산에 관한 사항이 적혀 있었다.

***

이른 저녁이었다. 발리아는 공작 부인의 집무실 책상에 푹 엎드려 있었다. 검은색 긴 머리카락이 등을 덮고 흘러내렸다.

갓 겔 제국으로 왔을 때가 떠올랐다.

리사 왕국에 있을 시절, 발리아에게 필요했던 건 안위였다. 칼을 다치게 하고 싶지 않았고, 또 엘반의 칼에 맞아 끔찍하게 죽고 싶지 않았다.

과거로 경험했던 고단한 삶을 반복하기도 싫었다.

그래서 발리아는 공녀로 자원했다.

그 후로는 놀랄 만큼 행복했다. 남편을 사랑하게 됐고, 그 남자는 자신을 사랑한다고 고백했다. 슈덴이라는 든든하고 견고한 성, 그 안에서 포근포근한 이불에 폭 감싸여 있는 나날을 보냈다. 그게 싫은 건 아니었다. 오히려 좋았지.

다만······.

[공작 부인.]

첫 만남 이후, 발리아는 셀마를 몇 번 더 만났다. 셀마는 출궁이 자유롭지 않은 터라, 발리아가 입궁해 그녀와 차를 마셨다. 애초에 발리아는 셀마에게 적지 않은 호감을 갖고 있었다. 처음엔 발리아를 어려워하던 셀마도 어느덧 마음을 조금씩 열었다.

[사실 공작 부인을 만나서 꼭 물어보고 싶은 게 있었어요.]

발리아는 셀마가 목적을 가지고 자신을 만나려고 한 걸 알고 있었다. 하지만 셀마가 먼저 말할 때까지 한 번도 재촉하지 않았다. 셀마는 정말 조심스럽게 물었다.

[가르트 공작과 결혼하고 행복하세요?]

긴장했던 것치고는 싱거운 질문이었다. 발리아는 의아했다. 그게 그렇게 겁먹고 할 만한 질문인지. 발리아는 일단 고개를 끄덕였다. 그리고 물었다.

[그건 왜 물어보시는 건가요?]

[나도 얼마 있지 않으면 정략결혼을 해야 하니까요. 그런데 황궁 여인들의 삶은 하나같이 별로 행복하지가 않아서 무서웠어요.]

셀마는 어릴 때부터 행궁에서 자라 귀족들과 접촉할 기회가 없었다.

본궁으로 온 뒤에도 마찬가지였다. 볼 수 있는 것은 내궁에 있는 황비와 후궁들의 삶. 그들은 셸마의 눈에 별로 행복해 보이지 않았다. 당장 자신의 어머니만 해도 그랬다. 그리고 정략결혼을 한 여자의 삶을 특별히 기술한 책도 없었다.

[내가 좀 바보 같은 질문을 했죠? 이래서 유모가 그렇게 잔소리를 했나 봐요. 쓸데없는 책 읽지 말고 레이디 교양을 쌓으라고 할 때 들을 걸 그랬어요.]

셸마가 볼을 겸연쩍게 긁었다. 발리아는 고개를 저었다.

[아니에요. 저하께서 읽으신 책들은 다 좋은 책이에요.]

발리아는 셸마의 침대 옆에 층층이 쌓여진 책들을 보았다. 호위 시녀일 때에는 여기까지 들어올 일이 없었는데, 지금은 이쪽까지 초대를 받았다. 덕택에 처음으로 셸마가 읽었던 책들을 보았다. 군사론, 제왕학. 책들은 하나같이 너덜너덜했다. 발리아는 셸마가 이런 쪽에 흥미가 있는지 전혀 모르고 있었다.

[이런 걸 읽어 봤자 사실 쓸모는 없죠. 여자가 오를 수 있는 최고의 자리는 황후인데, 나는 황녀니까 황후가 될 수도 없잖아요.]

이런 책이나 좋아할 바에는 되든 안 되든 황자로 태어났으면 좋았을 텐데요. 발리아는 그렇게 말하며 씁쓸하게 웃는 셸마를 물끄러미 바라보았다.

문득 본인이 안일했고, 태만했음을 깨달았다.

발리아는 셸마가 불행한 결혼 생활을 하기를 원하지 않았다. 비록 과거에도 외국 왕태자와의 결혼은 무산되었으니 이번에도 그러겠지만. 그전에 막연히 생각하고 있었다. 괜찮은 귀족을 골라 셸마에게 혼담을 넣어 주자고. 가르트 공작 부인의 지위가 있으니 어렵지 않은 일이었다.

바보. 같은 생각이었다.

그동안 발리아는 가르트 공작 부인이라는 지위를 특별히 내세운 적이 없었다. 내세울 필요가 없었고 내세울 생각도 없었다. 그녀가 바라왔던 것은 그저 일상의 평화였으니까. 발리아가 굳이 목소리를 내지 않고도 충분히 향유할 수 있는 것들.

셀마에게 주려던 것도 그런 것이었다. 발리아는 이 생각이 잘못됐다는 것을 불현듯 알았다.

[저하.]

발리아는 조금 충동적으로 입을 열었다.

[여자가 오를 수 있는 최고의 자리는 황후가 아니라 황제예요.]

그리고 그 말을 후회하지 않았다.

❄❄❄

고즈넉한 저녁이었다. 성녀궁의 정원. 예리는 턱을 괴고 장미꽃을 바라보고 있었다. 그녀의 맞은편에는 구스토가 앉아 있다. 그는 예리를 신경 쓰고 있었다. 그녀가 무슨 생각을 하는지 짐작할 수가 없었다.

엘반의 청혼을 거절한 직후였다.

안젤라는 티 푸드를 비롯해 달콤한 과자를 잔뜩 내놓고 물러갔다. 예리는 엘반만 다녀갔다 하면 식사를 제대로 하지 못했다. "밥맛이 떨어져서 못 먹겠어."라면서. 성녀님의 과격한 언사 때문에 놀라 식겁하던 것도 예전 일이다.

"성녀님."

예리의 시선이 구스토를 향했다.

"왜 엘반의 청혼을 거절하신 겁니까?"

예리가 픽 웃었다. 옆에서 다 들어 놓고. 구스토는 본인이 납득하지 못한 걸 보았을 때 다시 묻는 버릇이 있었다.

"아까 들으셨잖아요. 후궁 있는 황자님과는 결혼하고 싶지 않다고 거절했는데."

엘반은 의외로 순순히 납득했다. 그는 함께 가져온 꽃다발과 보석 세트는 선물이니 가지라고 말했다. 정말, 아주 정말 예의상 꺼낸 '차 한잔하시고 가겠느냐.'는 예리의 물음에는 괜찮다고 대답했다. 그리고 엘반은 훌쩍 궁을 떠났다.

구스토는 정말이지 묻고 싶었다. 그러면, 후궁이 없는 황자가 청혼하는 건 괜찮겠냐고. 물음이 목 끝까지 차오르는 걸 간신히 삼켰다. 너무 비겁한 고백인 걸 알고 있었다. 그렇게 생각하다 보면 스스로가 우스워졌다.

'언제부터 그런 걸 따졌다고. 그렇게 평생 살아 놓고.'

머리는 그렇게 말하는데 입은 결국 끝까지 열리지 않았다.

구스토는 그날 저녁 늦게까지 예리와 함께 있어 주었다. 원래라면 이렇게 아무것도 안 하고, 가만히 있는 걸 별로 좋아하지 않았는데. 그냥 왠지 그 자리에 있고 싶었다. 구스토도 자신의 마음이 잘 이해가 가지 않았다.

"저하. 늦으셨습니다."

성녀궁 밖에서 발을 동동 구르던 구스토의 보좌관이 서둘러 따라붙었다.

"성녀님과 대화는 많이 나누셨는지요?"

"그럭저럭 나눴어."

"다행입니다. 좋은 관계를 유지하셔야지요."

황태자가 되는데 적잖게 보탬이 될 테니까.

그래. 예리는 일종의 수단이었다. 목표를 위한. 구스토도 처음에는 그렇게 생각했다. 생각한 적이 있었다. 그런데 엘반을 보고 난 후 해쓱해진 예리의 낯은 왜 이렇게 자꾸 신경이 쓰이는지.

"요안."

"예, 저하."

"가르트 공작에게 사람을 보내라. 아니, 네가 직접 가는 게 좋겠어."

구스토는 보좌관과 함께 바쁘게 걸음을 옮겼다. 그러면서도 단정한 눈은 성녀궁을 두어 번 더 돌아보았다.

✳ ✳ ✳

슈덴은 단순히 군대를 주둔시키는 일뿐만 아니라, 프란츠에 직접 가 사신의 역할도 해야 했다. 슈덴은 먼저 가르트의 기사를 차출하는 일부터 진행했다. 전쟁이 아니니 전원을 끌고 갈 필요는 없지만, 어느 정도의 화력은 있어야 했다.

실력 상위 순대로 나열한 후 열 명을 추렸다. 슈덴은 그중 한 명은 겔 제국에 두고 갈 생각이었다.

"안주인 호위를 할 녀석은 남겨 둬야겠군."

제노의 귀가 쫑긋했다. 그는 곧장 손을 번쩍 들었다.

"각하! 제가! 제가 마님 곁에 남겠습니다!"

붉은 눈동자가 말없이 제노를 향했다. 제노는 근래 미친 듯이 수련했다. 먹고 자고 싸는 시간만 빼면 종일 검만 휘둘렀다. 덕분에 부쩍 실력이 늘어서 막내임에도 불구하고 상위 열 명에 안착했다. 제노에게 밀려난 기사들은 자괴감을 느끼고 개인 수련에 들어갔다.

"제가 기사의 명예를 걸고 마님을 호위하겠습니다!"

이렇듯 가르트 기사단에 좋은 자극을 준 제노지만.

"넌 따라와."

"……."

"숀. 네가 안주인의 호위를 맡아라."

"알겠습니다. 각하."

숀이 고개를 숙였다. 슈덴은 기사들을 훑어보며 명령했다.

"선발된 나머지는 프란츠로 떠날 준비를 마쳐라. 이틀 후 출발한다."

"존명!"

기사들이 각을 잡고 외쳤다. 슈덴이 먼저 자리를 뜨고, 기사들도 흩어졌다. 제노만이 그 자리에 남아 세상 다 잃은 공허한 표정을 지었다.

"이리 와, 이놈아."

짐 싸야지. 로빈은 제노의 뒷덜미를 잡고 질질 끌고 갔다.

❋❋❋ ❋❋❋ ❋❋❋

슈덴이 프란츠로 간다는 소식을 발리아는 미리 전해 들었다. 그녀의 남편은 역시 바빴다. 발리아는 무명천으로 잘 감싸 놓은 그림을 살짝 건드렸다. 황실 전시회에서 구매한 풍경화였다. 서재에 아직 걸지 않았다. 그래서 슈덴은 이 그림을 보지 못했다.

"발리아."

"네?"

침대 위. 슈덴은 발리아의 뺨을 만지작거리며 말했다.

"1황자가 오전에 사람을 보냈습니다."

"구스토 저하가요?"

"예."

발리아는 고개를 갸웃했다.

"저하가 무슨 일로요?"

"가르트와 손을 잡고 싶다고 하더군요."

"아. 손이요. 손……, 네?"

슈덴이 너무 아무렇지 않게 말하는 나머지, 하마터면 발리아도 덤덤하게 넘어갈 뻔했다. 그녀는 한 박자 늦게야 슈덴의 말을 제대로 인지했다. 손을 잡고 싶다고. 그게 무슨 뜻인지 모르는 귀족은 없을 것이다.

"슈. 그렇게 중요한 말씀을 저한테 하셔도 돼요?"

"못할 게 뭐가 있습니까."

슈덴은 흥미를 느끼고 있었다. 굳이 비교할 생각은 없지만, 구스토는 엘반보다는 신사적인 황자였다. 간접적인 방법으로 세력을 확장했지, 이렇게 직접적으로 손을 잡고 싶다고 말하는 건 처음이었다. 갑자기 어디에 자극이라도 받았나 싶었다.

발리아는 발리아대로 호기심이 들었다.

"뭐라고 대답하실 거예요? 지지하실 건가요?"

"글쎄요. 2황자보다는 나으니 그럴까 생각 중이긴 합니다."

처음에는 엘반과 이하 세력들만 치워 놓으려고 했다. 그런데 구스토와 손을 잡는다면 그 시간이 단축될 것이다. 슈덴은 그게 마음에 들었다.

"당신은 저한테 뭐든 이야기해 주시네요."

"부인도 웬만한 건 이야기해 주시지 않습니까."

발리아가 눈을 동그랗게 떴다.

"아닌데요? 저 당신한테 얘기 안 한 게 더 많은걸요?"

"……음?"

슈덴의 눈썹이 꿈틀거렸다.

"저한테 얘기 안 하신 게 뭡니까."

발리아는 바로 입을 꾹 다물었다. 슈덴은 헛웃음을 지었다. 그는 발리아의 허리를 안고 있던 팔에 힘을 주었다. 그리고는 둥실 제 위로 그녀를 올려놓았다. 순식간에 시야가 뒤집어진 발리아가 꺅 놀라 슈덴의 어깨를 짚었다.

"진짜 말씀 안 하실 겁니까?"

"으음……."

고민하는 척하던 발리아가 대답했다.

"네."

"서운하게 만드시는군."

발리아가 키득키득 웃었다. 그녀는 슈덴의 가슴에 얼굴을 묻었다. 시간이 따뜻하고 흐르는 애정은 안온했다.

[그렇게 말해 준 건 공작 부인이 처음이네요.]

황위를 바라지는 않지만, 그 말이 고맙다고.

셀마는 진심을 담아 그렇게 말했다. 발리아도 알고 있었다. 셀마는 황위 계승 다툼에 뛰어들지 않은 황녀였다. 본인의 능력으로 눈에 띈 것도 아니고, 유력한 가문의 적극적인 지지로 황위를 잇는다 하여도 결국 장기적으로 좋지 않은 일이라는 것.

대화를 나누다 보니 오히려 서로의 생각에 더 공감하게 됐다. 셀마는 과거나 지금이나, 변한 게 없었다. 다만 그녀에게 좋은 혼처는 주선해 주고 싶었다. 셀마는 그런 걸 부탁해도 되냐고 눈을 동그랗게 떴다. 발리아는 요 근래 티 파티에 적극적으로 나가 보고 있는 중이었다.

슈덴은 발리아의 부드러운 머릿결을 쓰다듬었다.

"발리아."

"네."

"당신이 2황자를 꺼리는 걸 압니다."

발리아는 잠깐 멈칫했다. 그녀가 고개를 들어 올렸다. 붉은 눈동자와 시선이 마주친다.

"왜 그런지 제게 말씀해 주실 수 있으십니까."

사실 슈덴은 아직도 잘 알지 못했다. 왜 발리아가 엘반을 싫어하는지. 원인이 궁금했다. 그래서 율리안을 쥐 잡듯 잡았지만 율리안도 알아내질 못했다. 발리아와 엘반 사이에는 아예 접점이 없었다.

덕분에 발리아는 율리안에게 최초로 절망을 안겨 준 사람이라는 이상한 명예를 갖고 있었다. 물론 발리아 본인은 모르고 있는 명예였지만.

"말씀하기 싫으시면 안 하셔도 됩니다."

엘반의 이야기를 하려면 과거까지 거슬러 올라가야 한다. 적당히 지어낼 수도 있었지만, 사랑하는 남자에게 거짓말을 하고 싶진 않았다. 그리고 믿음도 있었다.

"슈."

죽음을 한 번 겪었다는 제 이야기를 의심하지 않을 거라는 믿음이.

"그거 아세요? 조금 있으면 당신 생일이에요."

"……생일?"

"네."

발리아가 빙그레 웃었다. 작년에는 슈텐의 생일을 몰랐다. 폴에게 물어 보니 벌써 지나갔다고 했다. 이번 연도에는 꼭 챙겨 줘야지 싶었다.

슈텐은 잠시 생각을 더듬었다. 그러고 보니 이맘때가 제 생일이긴 했다. 늦여름이었지. 한 번도 따로 챙겨 본 적이 없었다. 어릴 적, 어촌에서 살 때는 가난했다. 셋이나 되는 아들의 생일을 하나하나 챙겨 줄 만큼 집안 형편이 넉넉하지 못했다.

전대 가르트 후작은 말할 것도 없었고. 무엇보다 슈텐은 자신을 그리 사랑하는 부류가 아니었다. 스스로의 존재를 증오하는 날이 잦았던 남자는 태어난 날을 축하한다는 말도 모순적으로 느끼곤 했다.

"겔에서는 아이 생일이 아니면 크게 축하하진 않지만……, 제 모국은 다르거든요. 작은 케이크도 구워서 생일을 축하하곤 해요."

"그러십니까."

"네. 그러니까……."

사랑하는 남자가 태어난 날. 이 세상에 와 줘서 고맙다고, 날 만나 줘서 고맙다고 말하고 싶은 사람을 향해. 발리아는 슈텐의 일정을 전해 듣고 안심했다. 그의 생일 전까지는 아슬아슬하게 귀환했다.

"그때 돌아오시면 말씀해 드리고 싶어요."

"제가 돌아오면?"

발리아가 굳이 고백을 미루는 이유.

그녀는 알았다. 슈텐이 제 이야기를 듣고 가만히 있지 않을 거라는 걸. 발리아의 말은 분명 그에게 영향을 끼칠 테다. 어떤 식으로든.

지금 당장 중임을 맡아 온 남편에게 굳이 짐을 하나 더 얹어주고 싶지 않았다. 발리아가 이토록 사랑하는 이 남자에게.

"……그래도 될까요? 슈."

슈덴은 발리아를 품에 안았다. 그녀는 안으면 안는 대로 품에 폭 들어와 안긴다. 발리아의 어깨에 턱을 묻은 슈덴이 다정하게 말했다.

"기꺼이."

❋ ❋ ❋

남자는 율리안의 수하이자 가르트의 첩보원 중 하나였다. 그는 조심스럽게 걸음을 옮겼다. 율리안의 생각대로였다. 밖에서 알아낸 정보보다 안에 직접 투입되어 알아낸 정보의 양과 질이 훨씬 뛰어났다. 위험을 감수할 만한 가치가 있었다.

율리안은 남자 외에도 이미 철광산에 일곱 명의 사람을 심어 두었다. 그들은 각기 맡은 곳에서 비밀을 캐내고 정보를 수집했다. 조각조각 나서 들어오는 정보를 취합해 율리안에게 전하는 것이 남자의 임무였다.

"여기서 뭐 하는 거지?"

순간 남자의 등골이 쭈뼛 섰다. 그는 몸을 돌렸다. 관리인으로 보이는 사람이 어느새 등 뒤에 있었다.

"잠시 두고 온 게 있어서 찾으러 왔습니다."

잔뜩 놀란 것과는 달리 남자의 목소리는 태연했다.

"그래? 어서 찾아서 나와. 문단속 다시 해야 하니까."

"예. 알겠습니다."

남자는 속으로 안도했다. 그가 막 다시 시선을 움직였을 때다. 퍽! 머리를 때리는 둔탁한 소리와 함께 남자가 앞으로 쓰러졌다.

"그래. 가르트에는 그렇게 전해 주지."

❦ ❦ ❦

하이젠은 얼굴을 꽁꽁 싸매고 걸음을 옮겼다. 어두운 밤이었다.

"오셨습니까, 각하."

"일찍 도착하셨군요."

"황제에게 말해 먼저 출발하게 해 달라고 했다. 윤허하더군."

하이젠은 에드가 7세에 대한 존경심이 완전히 없어진 상태였다. 이렇게 사적인 자리에서는 '폐하'라는 호칭도 아예 생략해 버렸다.

"앉으십시오."

하이젠은 수하가 마련해 놓은 의자에 앉았다. 그는 얼굴을 가린 망토를 풀면서 말했다.

"잡았다고?"

"예."

"데려와라."

수하들이 남자를 데려왔다. 남자는 손과 발이 꽁꽁 묶이고, 눈에는 두꺼운 천까지 둘러져 있었다. 하이젠이 이마를 찌푸렸다.

"죽인 건가?"

"아닙니다. 약을 먹여 기절시켜 놓았습니다."

"잘했군. 일이 다 끝날 때까지는 살려 놔야지. 어디에 쓸 수 있을지 모르니까."

가르트의 첩보에 대한 이야기는 몇 년 전부터 들어 왔다. 하이젠은 언젠가 서부에 있는 왕국에서 검은돈에 손을 대려고 한 적이 있었다.

그때 어쩌다가 가르트의 이름을 들었다. 호기심이 들었다.

잘하면 사업 파트너로 지낼 수 있겠거니 싶어서 파고들었다. 그리고 며칠 후 손을 떼 버렸다. 대체 어디까지 가르트가 뻗어 있는지 감이 잡히지 않았다. 명색이 일국의 공작도 감당하기 힘들 정도로 가르트의 규모는 컸다. 기가 다 질렸다.

"샅샅이 뒤져라."

수하들은 남자의 옷을 털고 몸을 뒤졌다. 숙소에서 가져온 짐도 모두 가져와 분주히 뒤졌다. 하지만 특별히 수상한 무언가는 나오지 않았다.

"각하. 아무것도 나오질 않습니다."

"그럴 리가 있나. 다시 잘 찾아봐. 구석구석 뒤져."

"예."

하이젠은 초조한 기색으로 수하들을 바라보았다. 문득 하이젠의 눈에 들어오는 게 있었다. 그는 자리에서 일어났다. 그리고 테이블 위에 놓여 있던 깃펜을 잡아들어 올렸다. 남자의 짐에서 나온 것이다.

"각하. 그 깃펜에는 아무런 각인도 새겨져 있지 않았습니다. 평범한 깃털 펜입니다."

"흠."

하이젠은 깃펜을 이리저리 돌려보며 이마를 찌푸렸다. 늘 써서 익숙한 깃펜과 모양이 이상하게 달랐다. 혹시. 하이젠은 펜촉의 몸통을 돌려 보았다. 펜촉과 깃대가 그대로 분리되었다.

"찾았군."

분리된 깃대 안에는 작은 종이가 돌돌 말린 채 숨겨져 있었다. 하이젠은 종이를 펼쳤다. 날카로운 눈이 종이에 적힌 글자들을 읽었다.

"쥐새끼가 일곱 명이나 잠입해 있었어."

놀랍게도 대부분이 빌리엄에 충성을 바친 이들이었다. 그런데 이것들이 다 가르트에서 보내온 놈들이었다 이거지. 하이젠은 배신감에 몸을 떨었다. 한편으로는 이들을 매수한 가르트의 능력이 놀랍기도 했다.

하지만 그 잘난 능력으로 자만도 했겠지. 그러니까 이렇게 결국 꼬리가 잡혀 버리는 것이다.

"하나도 빼놓지 말고 몽땅 잡아들여서 혀와 손을 잘라 버려라!"

❦ ❦ ❦

"황제 폐하께 인사 올립니다."

에드가 7세는 무릎을 굽히는 시녀들을 지나쳐 안으로 들어갔다. 1황비의 궁. 황후의 대행이자 겔의 내명부를 통솔하는 1황비 아라스가 침대에 누워 있었다. 시녀의 간병을 받던 아라스는 황제가 보이자 힘겹게 일어나려고 했다.

"폐하……."

"일어나지 마. 누워 있게."

황제는 시녀를 대신해 침대 머리맡에 앉았다. 바로 며칠 전에 보았을 때만 해도 건강하던 아라스의 혈색은 엉망이 되어 있었다. 얼굴은 창백했고 입술엔 핏기가 없었다.

"이게 갑자기 무슨 변고인가. 궁의는 불렀는가?"

"이미 다녀갔습니다. 그런데 궁의도 전하께서 왜 이러시는지 원인을 정확히 알 수가 없다고 하여……."

"그게 말이 되나? 황비가 이 지경이 될 때까지 짐에게 고하지 않고 뭘 한 게야?"

"송구하옵니다. 폐하."

시녀장이 어쩔 줄 몰라 하며 고개를 조아렸다. 아라스가 힘없는 손으로 황제를 잡았다.

"폐하. 그리 노여워하지 마세요. 제가 이르지 말라고 하였습니다."

"허어."

아라스는 곧 눈물이 글썽해져서 말했다.

"폐하. 제게 소원이 있습니다."

"말해 보게나."

"저를 위하여 안수 기도 의식을 올려 주세요."

"안수 기도 의식?"

안수 기도 의식은 겔의 황후가 큰 병에 걸렸을 때, 혹은 출산이 임박했을 때 올리는 규모 큰 기도였다. 신성국에서 대신관이나 고위 신관을 두 명 초청하고, 수도 백작위급 이상의 귀족들을 불러 모아 기도를 올리게 했다.

"황비. 안수 기도 의식은 본래 황후에게만 허락된 의식이다. 그대도 알고 있잖은가."

"제 평생의 소원입니다. 폐하."

아라스는 일생을 통틀어 황후의 자리를 탐냈다. 죽은 황후의 대행이 되고 황후의 실권을 휘둘렀지만 황후가 되지는 못했다. 황제도 아라스의 욕망을 모르지 않았다.

"하지만 저 또한 신분을 망각하지는 않았습니다. 폐하. 본궁에서의 기도는 감히 바라지도 않으니, 행궁에서나마 안수 기도 의식을 올릴 수 있게 윤허하여 주시옵소서.”

“……그 정도면 문관들이 꼬투리를 잡지는 않겠군.”

원래는 행궁은커녕 길거리에서도 행할 수 없는 일이었다. 겔의 법도는 황후와 황비의 구분을 지엄히 했다.

하지만 지금 황실의 예부는 좋게 말하자면 말랑말랑한 상태였고, 나쁘게 말하면 갈피를 잡을 수 없는 상태였다. 꼭 겔의 건국 초기처럼 여러 품계가 들썩이고 있었다.

“알겠네. 자네 소원이니 행궁으로 신관을 초청하도록 하지.”

“폐하의 은혜에 감읍하옵니다.”

“쉬게나. 궁의를 다시 보내겠네.”

아라스는 고개를 끄덕였다. 시녀장이 따라가 황제를 배웅했다.

며칠 후였다.

프란츠와 맞닿은 겔의 국경으로 대규모의 군사가 이동했다. 총괄한 이는 슈덴 가르트 공작이었다. 프란츠는 비교적 평화로운 왕국이었지만, 그 총사령관의 악명을 모르지는 않았다. 광산에 눈독을 들인 타 왕국들도 마찬가지였다.

“귀국의 요청 때문에 급히 군대를 돌렸소.”

“소, 송구합니다.”

“인사는 내가 아니라 황제 폐하께 하는 게 맞지 않겠소?”

“올해 안에 사절단을 겔 제국으로 파견하겠습니다. 황제 폐하의 은혜에 감사드립니다.”

황제가 예상했던 것처럼, 광산을 둘러싼 문제는 쉽게 해결되었다. 프란츠에서는 광산 때문에 외침을 겪으니 젤의 군대를 주둔하게 하는 게 훨씬 나았다. 젤에서 요구한 광산 지분의 3할도 넘기기로 결정했다. 나라의 안전을 보장받는 값치고는 나쁘지 않았다.

단순히 군대를 주둔시켜 놓고 바로 돌아갈 수는 없었다. 프란츠에 눌러 앉아 이것저것 간섭하려는 타국 사신들에게 압박을 주는 것도 슈덴이 해야 할 일이었다.

어려운 일은 아니었다. 다만 평화롭게 해결하는 게 최우선이라 시간이 좀 걸릴 뿐이었다.

물론 슈덴은 인내심이 짧았다. 하염없이 길어지면 밤중에 홀로 잠입해 사신들 얼굴 옆에 칼이라도 꽂아 버릴 생각이었다. 혼비백산해서 자국으로 도망가는 모습을 보는 것도 나쁘지 않을 것이다.

"각하. 빌리엄 공작이 사람을 보냈습니다."

정말로 한 명을 그렇게 쫓아 보낸 날이었다. 프란츠의 국경, 광산 시찰단 대표로 파견되어 있던 하이젠이 사람을 보냈다.

"가르트 공작 각하를 뵙습니다. 저는 빌리엄 공작 각하의 보좌관 다니엘이라고 합니다."

슈덴은 흘긋 다니엘을 본 후 다시 서류로 눈을 내렸다.

"무슨 용건으로 왔지."

"빌리엄 각하께서 철광산에 대해 긴히 할 이야기가 있다고 전하셨습니다."

철광산이라는 말에 슈덴이 시선을 들어 올렸다. 붉은 눈동자가 날카로운 빛을 띤다. 다니엘은 고개를 숙였다.

"급한 말씀이니 각하께서 친히 광산으로 오셔 달라고 하셨습니다."

"뭐?"

부하의 보고에 율리안이 이마를 찡그렸다.

"연락이 되지 않는다고? 언제부터 그랬는데?"

"엊그제부터 계속 연락이 되지 않고 있습니다."

"엊그제부터 연락이 안 됐다면 그 전에 무슨 일이 났다는 거네. 혹시나 혹시나 했는데."

이래서 타국에서 일하는 건 별로 좋지가 않다. 제때 들어와야 할 소식이 기어 오는 굼벵이보다도 늦었다. 현장에서 개처럼 뛰어다니는 부하들이 들었으면 억울해서 바닥을 데굴데굴 굴렀을 생각이었다.

"짐 씨. 당장 프란츠로 가야 하니까."

"알겠습니다!"

후다닥 뛰어가는 부하를 보며 율리안을 심각한 표정을 지었다.

'젠장. 늦은 거면 어떡하지.'

✦✦✦ ✦✦✦ ✦✦✦

행궁은 이를테면 황실의 별장이었다. 제국 수도의 중심에 위치한 본궁과는 달리, 행궁은 수도에서도 인적 드문 곳에 자리하고 있었다. 그래서 한적했다.

저녁이라도 여름이라 해가 길어 아직 밝았다. 제단에 기도를 마치고 나온 나이 든 귀부인들이 소곤거렸다.

"안수 기도는 참 오랜만에 올리는 것 같네요."

"20여 년 전에 마지막으로 올렸지 않나요? 황후 폐하가 승하하시기 전에 말이에요."

황제는 평생 다른 황후를 들이지 않았으므로, 이번 대에는 안수 기도를 올릴 일이 없을 줄 알았다.

귀부인들은 시종의 안내를 따라 넓은 홀로 안내되었다. 기도는 순서대로 진행이 되었다. 이미 기도를 마친 많은 귀족이 홀에서 이야기를 나누고 있었다.

간혹 무리에 섞이지 않고 홀로 동떨어진 사람들도 있었다. 카니에도 그중 하나였다. 그녀는 실로 오랜만에 처소에서 나왔다. 그간은 연금이나 마찬가지였는데. 안수 기도 의식 때문에 특별히 행궁까지 올 수 있었다.

카니에는 시간을 재고 있었다. 그녀의 손에 들린 유리잔 안에서 색이 진한 주스가 한가득 찰랑거렸다.

[가르트 공작 부인과 성녀를 떨어뜨려 놓으시오. 그 정도는 할 수 있겠지?]

오늘 아침, 행궁으로 출발하기 전 엘반이 당부했다. 무슨 일이 일어날 듯했지만 카니에는 더 묻지 않았다. 그녀는 가르트 공작 부인에게로 걸음을 옮겼다. 그녀는 성녀와 함께 있었다. 두 여자의 주변으로는 사람들이 많았다.

"뭐예요."

"왜 가까이 온대요."

카니에가 중심으로 다가갈 때마다 곱지 않은 시선이 쏟아졌다. 카니에는 그럴수록 도도하게 허리를 폈다. 눈 딱 감고 저질러야 했다.

"가르트 공작 부인."

지척에서 들리는 목소리에 발리아가 뒤를 돌아보았다. 카니에는 그녀에게 가까이 다가가다가 실수인 척 발을 헛디뎠다. 주스 잔은 정확히 발리아의 드레스를 향하고 있었다. 한때 텃세를 부릴 때 자주 부렸던 심술이라 일도 아니었다.

　'정확해.'

　카니에가 막 그렇게 생각했을 때였다. 발리아가 몸을 홱 뒤로 뺐다.

　"……."

　목표를 잃은 주스 잔이 바닥을 굴렀다. 주스가 바닥에 그대로 엎질러졌다. 카니에는 당황했다. 귀부인이 그렇게 빨리 몸을 뺄 수 있는 줄 몰랐다. 사람들의 시선이 집중되자 일단 카니에는 변명을 했다.

　"죄송해요. 손이 미끄러져 실수를 했습니다."

　얼버무리려는 태도는 여전했다. 발리아는 바닥에 엎지른 주스를 보았다가, 카니에에게로 옮겨 갔다. 은회색 눈동자는 딱딱했다.

　"재미있는 실수를 하시네요."

　"……."

　"다른 분들도 이런 실수를 하신 적 있나요?"

　발리아 곁에 서 있던 귀부인이 부채로 입을 가리고 웃었다.

　"전 없는 것 같은데요."

　"저도요."

　"무슨, 아이도 아니고……."

　비웃음 섞인 질타였다. 한때는 사교계를 주름잡던 빌리엄 공작 영애였는데. 사사건건 실패하는데도 끝까지 기어오르니 우습게 보이다 못해 한심해 보였다.

　카니에의 손끝은 하얗게 도드라져 있었다. 엘반이 시킨 일을 하기 위해 어쩔 수 없었다고 속으로 되뇌면서도 어쩔 수 없었다.

'어떡하지?'

더 중요한 건 발리아와 예리를 떨어뜨려 놓는 데 실패했다는 것이다. 카니에는 벽에 바짝 붙어 서 있으면서도 연신 초조했다. 똑같은 수법으로 다가갈 수는 없었다. 더군다나 가르트 기사단장의 따가운 시선이 자신을 찌르고 있었다. 숀은 아예 카니에를 주시하는 중이었다.

"공작 부인."

예리가 발리아의 귓가에 속삭인 건 얼마 후였다.

"오늘 메르실 대신관이 온다는 말 들었나요?"

"네?"

발리아가 이마를 살짝 찌푸렸다. 그런 말은 듣지 못했다. 안수 기도 의식에는 고위 신관만 두 명 초청되었다고만 했다. 메르실 대신관이 온다는 걸 알았으면 몸이 아프다고 핑계를 대고 행궁 자체에 오지를 않았을 것이다.

"못 들었죠? 나도 아까 제단 쪽에 다시 갔다가 들었어요."

신관들은 기본적으로 예리를 공경했다. 몇몇은 아주 신의 화신을 대하듯 우러러보았다. 예리가 몇 마디 툭툭 던지기만 해도 알고 있는 걸 모조리 털어놓곤 했다. 메르실에 관한 이야기는 신관들을 통해 정말 우연히 들었다.

"좀 이상하네요. 돌아가야겠어요."

"응. 같이 나가요. 내가 먼저 나가는 게 좋겠죠?"

"네. 금방 따라갈게요."

예리와 발리아가 한 번에 같이 나가면 사람들의 이목이 쏠릴 것이다. 예리는 아무렇지 않은 표정으로 귀부인들과 담소를 주고받았다.

그러다가 눈치를 봐서 살짝 나가려고 할 때였다.

천장에 장식되어 있던 샹들리에들이 동시에 전부 깨졌다.

"까악!"

"백작님!"

여기저기서 비명 소리가 들렸다. 쏟아진 유리 조각을 정통으로 맞은 몇몇 사람은 아예 피를 흘리면서 쓰러졌다. 순식간에 장내가 혼란스러워졌다.

"마님!"

숀 경이 인파를 헤치고 순식간에 발리아 곁으로 다가왔다. 다행히 그녀는 파편에 맞지 않았다. 숀은 발리아의 머리 위에 망토를 덮어 주면서도 느낌이 영 좋지 않았다. 누군가가 고의로 샹들리에를 깼다. 한번에 깨졌으니 개인이 아닌 여럿이 작정한 것이다.

숀은 당장 이 행궁에서 벗어나야 한다는 걸 직감적으로 깨달았다.

❦ ❦ ❦

황제는 기도를 마쳤다. 이 제단에서는 황제와 황후만이 기도를 올릴 수 있었다.

1황비 아라스를 위한 안수 기도 의식이었지만, 아라스는 엄밀히 따지면 후궁. 황제는 후궁을 위해 기도를 올릴 수가 없었다. 그래서 황제는 제국을 위해 기도를 올렸다. 대신관이 특별히 와 주었으니 겸사겸사 올린 것이다.

이 장엄한 장소에 귀가 찢어질 것 같은 비명 소리가 들린 것은 황제가 기도를 마친 직후였다.

"불이야!"

"불이 났어!"

황제는 물론 함께 기도를 올리던 신관들도 당황했다. 뛰어다니는 소리. 램튼이 다급하게 안쪽으로 달려왔다.

"폐하! 행궁에 불이 났다고 합니다! 어서 피하셔야 합니다!"

"불이라니? 대체 궁 관리를 어떻게 하는 건가!"

"송구하옵니다, 폐하. 옥체 보존이 우선이니 일단은 피하십시오."

황제는 서둘러 제단이 있는 곳에서 벗어났다. 그러나 황제의 눈에 들어온 것은 굳게 닫힌 문이었다. 심상치 않은 기류가 느껴졌다. 거의 동시에 근위대장이 나타났다.

"폐하!"

"근위대장. 불이 났다는 이야기를 들었는가? 자네는 어서 가서 황족과 귀족들을 보호하도록 조치하게. 짐은 알아서 몸을 피할 터이니."

근위대장의 낯빛은 거무죽죽했다. 황제는 이상한 불안감을 느꼈다.

"왜 그러는가?"

"폐하. 지금 나가실 수가 없습니다."

"무어라?"

"궁이……, 궁이 봉쇄되었습니다."

"봉쇄? 제국의 그 누가 감히 궁을 봉쇄한단 말인가!"

"소신의 불찰입니다. 죽여 주십시오!"

어둑어둑해지려는 하늘. 그 위로 타오르는 연기와 비명 소리가 귀를 찌른다. 황제는 굳게 닫힌 문을 노려보다가 홱 몸을 돌렸다.

"근위대장. 궁이 봉쇄되었다는 것은 바깥에 많은 군사가 포진되어 있다는 뜻이겠지."

"……그렇습니다."

"짐의 근위대보다도 더?"

"송구하오나 파악해 본 바로는 그렇습니다."

"이상하군."

황족 개개인의 호위 병력은 그 숫자가 정해져 있다. 설사 모든 황족의 호위를 다 합친다고 하여도 황제의 근위대보다 수가 적었다. 그보다 많이 입궁할 수가 없었다. 아예 제한이 걸려 있기 때문이다.

"대체 어떻게 근위대보다 많은 군사를 입궁시켰냐는 것은 둘째치고."

황제는 미동도 없는 궁문을 돌아보았다.

"왜 쳐들어오지 않고 봉쇄만 하고 있는 거지?"

당장 필요한 것은 이 목숨일 텐데.

❧ ❧ ❧

행궁에서 나가야겠다고 생각한 것은 비단 슈뿐만이 아니었다. 홀은 그야말로 아비규환이었다. 일단 빠져나가려는 귀족들, 지인을 찾으려는 귀족들, 피 흘리고 쓰러진 귀족들을 부축하는 기사와 사용인들로 정신이 없었다.

슌은 인파를 헤치고 입구로 향했다. 뒤에는 발리아와 예리, 그리고 몇몇 귀부인들이 함께였다. 그들도 각자 가문의 기사를 대동한 채였다. 본궁과는 거리가 있는 행궁이라서, 기사를 데리고 온 귀족들이 적지 않았다.

'그리 실력 좋은 녀석들이 아닌 게 아쉽지만, 없는 것보단 낫다.'

느낌이 좋지 않았다. 그리고 촉은 감이 좋은 편이었다. 행궁에서 빠져나가는 게 순탄치 않을 것 같다는 기분이 강하게 들었다.

"경들! 다 같이 미친 거요?"

입구에 다다른 즈음이었다. 얼굴도 보기 전에 선명하게 들려오는 고함이 귀를 찌른다.

"당장 나가게 해 주시오! 지금 안이 어떤 상황인데!"

노신사가 소리를 질렀다. 하지만 막고 선 기사는 조금의 동요도 없었다.

"행궁에 봉쇄 명령이 내려졌습니다. 돌아가 기다리고 계십시오."

함께 나오려던 귀족들이 웅성웅성 댔다. 발리아를 따라온 귀부인들도 마찬가지였다.

"홀이 엉망이라 다시 들어갈 수가 없단 말이오!"

"대체 누가 봉쇄령을 내렸단 말입니까?"

"저희는 윗분들 명을 따를 뿐입니다."

짤막하게 대꾸한 기사는 부들부들 떠는 노신사를 외면했다. 완고하니 철벽같은 통제. 그리고 빠져나가려는 귀족들. 그들에게도 각기 대동한 기사가 있었다.

홀에서 아직 빠져나오지 않은 귀족들이 훨씬 많은 것을 감안했을 때, 이 통제는 곧 몸싸움으로 번질 게 뻔했다. 긴장과 불만으로 팽팽한 침묵이 깔렸을 때였다.

"근위대다."

"근위대야!"

바깥에서부터 근위대가 당도했다. 무리의 가장 앞에서 걸어오던 근위병은 입구를 지키고 서 있던 기사와 눈짓을 주고받았다. 누가 와도 물러서지 않을 것 같던 고집스러운 기사는 바로 자리를 비켜 주었다.

통제 명령이 풀어진 건가, 하는 희망도 잠시였다. 입구 안으로 걸어 들어온 근위병들은 누군가를 찾는 듯 주변을 둘러보았다. 곧 그들의 시선이 한군데에서 멈췄다.

겔의 보통 레이디들과는 달리 귓가에서 찰랑이는 짧은 머리. 그리고 어깨에 걸친 대신관의 정복. 이 독특한 차림새.

성녀였다.

"성녀님."

발리아의 옆에 바짝 붙어 손을 떨고 있던 예리가 어깨를 움찔 떨었다. 근위병들은 예리의 앞까지 다가와 말했다.

"황제 폐하께서 성녀님을 모셔 오라고 하셨습니다."

대답은 예리가 아닌 다른 쪽에서 흘러나왔다.

"지금 홀이 복잡하니 정리된 후 가는 게 좋겠군요."

근위병은 목소리의 출처를 향해 시선을 돌렸다. 곧 그가 머리를 가볍게 숙였다.

"가르트 공작 부인."

고개를 들어 올린 근위병은 발리아를 향해 말했다.

"황제 폐하의 친명이십니다."

"폐하께는 내가 직접 말씀 올리겠습니다."

"황제 폐하의 명을 따르지 않으면 저희가 벌을 받습니다. 이해해 주십시오."

"그대들에게는 피해가 가지 않게 하겠다고 가르트의 이름을 걸고 약속하죠."

"……."

한마디 틈도 없다. 기사는 입술을 가볍게 짓씹었다.

'분명 가르트 공작 부인과 성녀가 떨어져 있을 거라고 했는데?'

이러면 일이 어려워지질 않는가. 보고 있는 귀족들이 적지 않을뿐더러 점점 더 많아지고 있다. 눈이 많으니 가르트 공작 부인에게 함부로 대할 수도 없는 노릇. 근위병은 수하들에게 눈짓을 주었다. 수하들은 바로 예리에게로 표적을 돌렸다.

"성녀님. 저희와 함께 가시지요."

예리는 한 발자국 물러섰다. 그녀는 겁에 질려 있었다.

"시, 싫어요. 안 가요."

"가셔야 합니다."

수하가 예리의 손목을 턱 잡은 순간이었다.

"숀 경!"

발리아의 목소리가 채 끝나기도 전, 숀이 수하의 팔을 낚아챘다. 그리고 곧장 뒤로 꺾어 버렸다. 수하가 비명을 질렀다.

"으아악!"

"미친놈!"

바로 옆에 있던 동료가 품에서 단검을 꺼냈다. 그리고 곧바로 숀에게 휘둘렀다.

"꺄악!"

"근위대가 검을 휘둘렀어!"

수도 백작위급 이상의 귀족 중, 가르트 기사단'장'인 숀을 알아보지 못하는 귀족은 거의 없었다. 그런 숀에게 다짜고짜 검을 휘두르다니! 제압과 살해는 엄연히 다르다. 근위대와 가르트 기사단이 반목하는 상황은 누구도 예상하지 못했다.

"다, 당장 검을 내려놓고 항복해라! 아니면 네놈들 전부 반역으로 간주……, 크악!"

손에게 팔이 찔린 근위병이 데굴데굴 굴렀다. 한두 명이 아니었다. 손은 빼앗은 단검 하나로 벌써 다섯을 쓰러뜨렸다.

귀족들을 호위하던 기사들의 표정이 변했다. 안 그래도 모시는 주인들을 통제한 놈들에게 불만이 가득하던 참이었다. 거기에 기사단 중 최고라는 가르트가 먼저 사고를 쳤으니 묻어갈 수 있지 않을까 하는 생각도 내심 있었다.

"위험합니다!"

"바깥으로 피해!"

쓰러진 근위병들에게서 검을 회수한 기사들이 싸움에 합류했다. 입구를 통제하던 기사들도 섞여 그야말로 아비규환. 귀족들이 우르르 바깥으로 빠져나갔다.

발리아는 예리와 함께 이미 바깥으로 빠져나간 상태였다. 손도 적당히 기회를 봐서 밖으로 나갈 생각이었다.

생각했던 것보다 상황이 심각하게 돌아간다. 손은 얼굴에 묻은 피를 닦으며 이를 갈았다.

'근위대가 아니다.'

폼으로 가르트 기사단장이 된 게 아니다. 타의 추종을 불허하는 무력도 무력이었지만, 손은 기본적으로 검술에 대한 조예가 깊었다.

황법에 의해 반강제적으로 축소된 다른 기사단들과는 달리, 근위대는 황실의 전폭적인 지원하에 특유의 검술을 개발시켰다. 일반인이 보기에는 별 차이가 없지만 살을 베어 내는 각도가 미묘하게 달랐다.

챙! 뒤에서 기습해 오던 병사의 검을 쳐낸 손의 눈빛이 굳었다.

그는 일부러 몇 번 더 검을 맞대어 보았다. 미묘하던 의심이 확신이 되기까지는 얼마 걸리지 않았다.

'……성기사들?'

신전의 기사들이 왜 이곳에?

그런 의문도 잠시. 숀은 곧장 발리아를 찾아 나섰다. 마님의 안위가 최우선이었다.

행궁은 정원이 넓었고 깊은 호수도 있었다. 심어진 꽃나무들도 많았다. 궁문으로 나가는 길도 여러 갈래라 함께 빠져나온 귀족들은 이미 전부 흩어진 후였다.

"늦었습니다. 죄송합니다, 마님."

"괜찮아요. 다친 곳은 없어요?"

"예. 어서 가시지요."

숀은 서둘러 걸음을 옮겼다. 발리아의 뒤를 따라 예리가 총총 발을 움직였다. 홀이 있는 궁에서 조금 벗어나자 바로 엉망이 된 게 눈에 들어왔다. 발리아는 피어오르는 연기를 보며 중얼거렸다.

"불까지 난 모양이군요."

"증거를 없애기에는 불을 지르는 게 가장 편하니까요."

낮은 목소리로 대답하면서도, 숀의 눈은 계속 주변을 살피고 있었다.

"마님. 아까 성녀님을 데려가려고 했던 근위대 말입니다."

"네."

"제가 검을 맞대 보았는데 성기사들 같았습니다."

"……신전의 기사들이요?"

"예. 그들은 기사지만, 율법 때문에 함부로 살생을 하지는 않습니다. 그래서 적의 팔다리를 부수고 힘을 쓰지 못하게 제압하는 쪽으로 검술이 발달했고요."

일전에 제노의 검술이 묘하게 독특해서 물어보니 신전에서 성기사에게 배웠던 거라더라. 어떻게 그렇게 많은 수의 성기사들이 행궁에 들어올 수 있었는지는 알 수 없지만.

"곧 궁문입니다."

인적을 최대한 피해 걸어온 끝에 궁문이 보였다. 굳게 닫힌 문을 보면서 숀은 이마를 가볍게 찌푸렸다. 그때였다.

"누가 옵니다. 물러서십시오."

숀의 기세가 대번 날카로워졌다. 그의 말대로 기사 여럿이 숨죽여 다가왔다.

"누구냐."

여차하면 검을 휘두를 작정이었는데, 기사들은 의외로 순하게 굴었다. 살의를 드러내지도 않았다.

"여기 계시면 안 됩니다. 위험합니다."

"황자가 반역을 일으켰습니다. 성녀님을 비롯한 모든 귀족을 안전히 모시라는 황제 폐하의 명이 있으셨습니다."

"반역…… 이요?"

예리와 발리아가 서로를 쳐다보았다. 반역. 겪은 적이 있다. 이미 사라진 그들의 과거 속에서 엘반은 황태자였던 구스토의 목을 내던졌다.

"예. 그러니 저희와 함께 가셔야 안전합니다."

"궁문도 이미 반란군에 의해 봉쇄되어 있습니다."

"어서 가시지요. 위험합니다."

숀은 계속해서 의심의 눈초리를 거두지 않았다. 그러나 기사들을 향해 내뿜던 살기는 조금 가라앉았다. 숀이 발리아를 돌아보았다.

그녀가 가볍게 고개를 끄덕였다. 발리아는 기사들을 향해 걸음을 떼며 물었다.

"경들. 반역을 일으킨 황자가 누구인가요?"

"예. 1황자 구스토가 반역을 일으켰습니다."

순간 발리아의 걸음이 느려졌다. 그 외에는 전혀 동요가 없어 기사들은 그녀의 변화를 미처 알아차리지 못했다.

[가르트와 손을 잡고 싶다고 하더군요.]

구스토와 손을 잡을 생각이라던 슈덴의 목소리가 떠올랐다. 구스토가 나쁘지 않다고도 했다. 발리아는 남편의 눈을 믿었다.

발리아의 검은색 속눈썹이 살짝 내리깔렸다. 손은 그녀의 옆에 서 있긴 했다. 하지만 모든 기사들이 발리아를 주시하고 있었다. 그런데 지금 손과 눈짓을 주고받기라도 한다면…….

행동으로 보이는 수밖에 없었다.

발리아는 걸음을 멈췄다. 곧 그녀가 도도하게 턱을 세웠다.

"에스코트는?"

"예?"

"공작 부인인 내가 기사의 에스코트도 없이 홀로 걸으라는 말인가요? 불쾌하군요."

"아, 이런. 죄송합니다. 무례를 저질렀습니다."

간혹 까탈스러운 귀족들이 저런 트집을 잡는다. 에스코트를 받지 않으면 걷지도 않을 정도로 콧대 높은 귀부인들. 기사가 허리를 굽히고 발리아에게로 걸어왔다. 손은 발리아의 손을 기사에게 인도하는 척 가까이 다가왔다. 그리고 발리아의 귓가에 작게 속삭였다.

"피하십시오."

짧은 말이었지만 전하고자 하는 의미는 충분했다. 발리아에게 가까이 다가온 기사가 정중하게 손을 내민다. 그녀가 그 위로 사뿐 손을 얹으려던 순간이었다.

숀이 기사의 손을 잡고 그대로 뒤로 꺾었다.

"끄아악!"

뚜둑 하는 소리와 함께 기사가 비명을 질렀다. 발리아는 곧바로 뒤돌아서 예리의 손을 잡고 뛰어갔다. 뒤에서 "성녀를 잡아!" 하는 목소리가 비명과 섞여 들려왔다.

✶✶✶ ✶✶✶ ✶✶✶

"아버지."

에드가 7세의 1황비이자 엘반의 친모. 아라스는 화장대 거울에 얼굴을 비춰 보며 말했다. 붉게 칠한 입술이 요요했다.

"저는 여기에 모든 걸 걸었습니다."

"전하."

로메인 후작은 초조한 얼굴이었다. 오늘 본궁은 비어 있다. 몸이 좋지 않은 아라스와, 품계가 낮은 후궁들을 제외한 모든 황족이 행궁으로 갔다. 황제도 마찬가지였다.

"······이건 위험합니다. 명백한 반역이란 말입니다."

"반역이라뇨, 아버지."

시녀장은 아라스의 머리를 정돈했다. 그리고 황비의 관을 씌워 주었다. 아름답게 빛나는 보석 관. 얼마 전 황제의 앞에서 호소할 때와는 달리, 아라스의 낯은 건강해 보였다.

"황위를 계승하는 방법은 여러 가지가 있잖습니까? 겔의 유구한 역사 속에서도 몇 번이고 일어났던 일입니다."

"전하."

"이미 벌어진 일입니다. 돌이킬 수 없어요."

아라스의 말이 맞다. 이미 벌어진 일이다. 로메인 후작은 부디 이 모든 게 계획대로 끝나기만을 빌어야 했다.

"그리고 아버지. '반역'은 1황자가 일으킨 것입니다."

황제도, 엘반도, 그리고 구스토 역시 행궁으로 갔다. 아라스는 머리 위에서 빛나는 사파이어를 매만졌다. 하지만 이마저도 황후의 관에 비하면 턱없이 모자라다.

"우리 엘반은 감히 폐하에게 흉수를 든 1황자의 목을 베어 버린 것뿐이지요."

❊⁓❊ ❊⁓❊ ❊⁓❊

"저하! 괜찮으십니까?"

"괜찮아. 젠장."

구스토는 이를 악물었다. 그의 팔목에 선명한 자상이 남아 있었다. 날카로운 칼날에 베인 옷자락 사이로 붉은 피가 짙게 배어 나왔다. 보좌관은 품에서 손수건을 꺼내 구스토의 팔을 단단히 묶었다.

보좌관은 입술을 잘근잘근 깨물었다. 황자들이 기도를 올리던 곳에 흉수가 난입했다. 대부분의 황자가 피하지 못하고 죽었다. 구스토만이 간신히 도망쳤다. 몸을 피하는 와중에 팔을 다치긴 했지만.

"대체 누가 이런 짓을……."

"알고 있으면서 뭘 묻고 그래."

구스토는 신음을 삼키며 말했다. 황궁에는 야심을 가진 사람이 적지 않다. 하지만 본격적으로 일을 일으킬 만한 힘이 있는 사람은 아주 적다. 가장 강력한 용의자를 뽑으라면 두 명이 나온다. 한 명은 구스토, 그리고 다른 한 명은······.

"엘반이 오늘따라 왜 그렇게 급하게 사라지나 했지. 의심을 했어야 했는데."

이상하다고 여겼을 뿐 수상하게 보지 않았다. 그 과오가 이렇게 컸다.

"대체 어떻게 이렇게 많은 기사를 행궁에 숨겨 놓을 수 있었던 걸까요?"

"모르겠다. 그 녀석이나 나나 오늘 대동한 기사의 수는 똑같은데."

"······혹시 근위대를 매수한 건 아닐까요?"

"설마. 그건 아닐 거야."

근위대는 오직 당대 황제만을 위한 기사단이다. 그들은 황제의 시체를 껴안고 죽으면 죽었지 결코 배신을 할 인물들이 아니다.

"성녀님께 가야겠다."

"예? 저하, 지금은 폐하께 가는 게 의심을 거둘 수 있고 여러모로 안전합니다. 거기엔 분명 근위대가 있을 테니까······."

"그래, 그렇겠지. 그런데 요안."

구스토는 손수건으로 묶인 팔 위로 옷소매를 내렸다. 스치는 감각이 쓰라려 그의 이마에 구슬땀이 송골송골 맺혔다.

"놀란 건 알겠는데, 좀 침착하게 생각 좀 해 봐라. 지금 내가 부황 폐하께 가기를 가장 바라는 놈이 누구일 것 같지?"

"그건······."

황제가 만약 이대로 죽는다면 차기 황관의 향방이 모호해진다. 황태자는 없고 유력한 황위 계승자는 둘. 그리고 구스토는 최근 슈덴을 끌어들이는 것에 성공했다. 엘반은 기껏 개고생한 보람도 없이 정치 싸움에 뛰어들어야 한다.

"내가 아까 죽었으면 엘반은 분명 내 시체를 부황의 옆에 던져 놓았을 거야. 그러면 답은 간단해지니까. 내가 부황을 시해했고, 자신은 반역을 일으킨 나를 죽였다고."

그렇게 되면 남게 되는 황위 계승자는 엘반. 구스토는 반역을 한 죄로 시체조차 남기지 않고 갈가리 찢길 것이다. 보좌관은 상황도 잊고 "오오." 하면서 감탄했다.

"과연 저하, 현명하십니다. 그런데 그러면 성녀님을 찾기보다는 안전한 곳에 숨어 계시는 게 더 좋지 않을까요?"

"그래. 이득만 따지면 그렇기는 한데……. 나도 모르겠군."

"예?"

예리가 눈에 밟힌다. 엘반은 자존심이 강해서 자신을 거절한 예리를 곱게 놔두지는 않을 텐데. 본인도 뭐라 콕 집어 말할 수 없는 염려가 구스토의 가슴을 쿡쿡 찔렀다.

❈❈ ❈❈ ❈❈

"기도라도 하고 계실 줄 알았는데, 아니었나 봅니다."

메르실은 고개를 들었다. 엘반은 그의 맞은편 의자에 털썩 앉았다.

"하긴, 성녀를 잡는데 신께 도와 달라고 비는 건 어불성설이긴 하지요."

"말씀 조심하십시오, 2황자 저하. 잡는 게 아니라 모시는 겁니다."

"아, 악의는 없었습니다."

엘반은 두 손을 들어 보였다. 메르실은 탐탁지 않은 표정으로 물었다.

"나가서 지휘를 하셔야 할 분이 왜 여기 오신 겁니까?"

구스토를 놓쳤다는 이야기는 방금 전해 들었다.

"이제 곧 나가야지요. 그 전에 대신관에게 한 가지 말해 두려고 온 겁니다."

"무엇입니까?"

"이 일이 다 끝나고 나면......."

"황자 저하가 등극하신 후에 말입니까?"

메르실이 말을 끊었다. 엘반은 눈을 조금 흘겼다. 메르실의 말이 맞긴 하다.

"그렇습니다. 내가 황제의 관을 쓰고 나면 신관에 대한 검문이 철저해질 겁니다. 특히 황궁에 들어오려는 신관들은 더욱."

엘반은 탁자 위에 양팔을 세웠다. 그리고 겹쳐 잡은 손등 위에 턱을 얹었다. 엘반이 무거운 목소리로 말했다.

"내가 신관들을 이렇게 무서워할 날이 올 줄은 몰랐거든."

눈 하나 깜빡이지 않고 엘반을 응시하던 메르실이 바람 빠지는 소리를 내며 웃었다.

"제 덕분에 이리 쉽게 행궁을 점령하신 것 아닙니까?"

엘반은 탐색하는 듯한 눈으로 메르실을 살폈다. 날카로운 시선이었지만 메르실의 표정엔 변화가 없었다. 맥이 빠진 엘반은 고개를 숙이고 하, 하고 숨을 내쉬었다.

"예전부터 느꼈지만 대신관은 정말 모략에 능합니다."

신관이란 무릇 신에게 평생을 바치며 고결해야 한다. 그런 존재에게 모략에 능하다는 말은 조롱이나 마찬가지였다. 메르실은 눈썹 하나 까딱이지 않았다. 같잖은 도발이었다.

"그런데 생각해 보니까, 이건 우리 황실의 잘못이 맞는 것 같더군요. 드나드는 신관들을 너무 믿은 탓이니까."

안수 기도 의식. 오직 황후만을 위한 기도이기 때문에 그 규모가 컸다. 겔 황실에서는 두 명의 고위 신관만을 초청하지만, 기도에는 더 많은 숫자의 평신관들이 필요했다. 평신관들은 또 수습 신관들을 데리고 다닌다.

신관에 대한 믿음은 대륙 공통이나 마찬가지다. 황실도 굳이 기도 의식에 드나드는 신관들의 숫자나 인적 사항에 개입한 적 없었다.

[신관의 옷을 입히면 그 누구라도 입궁시킬 수 있습니다. 아무도 모를 테고요.]

그렇게 많은 병력을 행궁에 입궁시켰다. 기도 의식을 올리는 와중에도 위장한 병사들이 계속해서 들어왔다. 신관의 숫자는 곧 신전의 성의. 궁문을 지키는 병사가 뭔가 수상함을 느껴도 그뿐이다. 굳이 신전과 대치하고 싶지 않아 유야무야 넘어가고 만다. 대신관까지 친히 왔다는 마당에, 무엇이 문제가 되겠는가?

"다시 한번 말씀드리지만, 잘 묻어 주셔야 합니다."

메르실은 불쾌한 동시에 조금 불안했다. 그는 오늘 이 행궁에 올 생각이 없었다. 위험부담이 너무 컸다. 그저 지원과 묘수만을 알려 주고 관망할 생각이었는데, 엘반은 단호했다. 반드시 메르실이 직접 오기를 종용했다.

[나는 이 일에 사활을 걸었습니다. 거사를 치를 때 대신관도 옆에

있어야 내가 안심할 수 있지 않겠습니까?]

혼자 빠져나갈 수 없게끔. 그리 하여 이 일에 전력을 다하게끔.

"잘못 소문이라도 나면 제 처지가 상당히 난처해지는 건 알고 계시겠지요."

"걱정 말라고 말씀드렸잖습니까? 어차피 내가 황제가 될 텐데. 뜬구름 잡는 소문만 좀 나고 말겠지요. 겔의 황제가 작정하고 묻어 주는 소문을 누가 파헤치려 하겠습니까?"

"⋯⋯좋습니다."

이미 시작된 일. 이제는 완전히 조력해야 했다. 엘반이 원한 방향이었다.

"메르실 대신관. 성녀는 부디 안전하게 모십시오. 어쨌든 신께서 우리 겔 황실에 내려 주신 신성한 대리자니까."

"당연히 그럴 생각입니다. 성녀님은 그저 거취를 대신전으로 옮기시는 것뿐. 평온하게 기도를 하시며 여생을 사실 겁니다."

지금처럼 화려하고 부족함 없는 삶일 터다. 죽을 때까지 대신전에서 벗어날 수 없다는 점만 뺀다면.

"참. 가르트 공작 부인도 신전으로 보내 달라고 했잖습니까?"

"신탁으로 정해진 공녀이니 신전에서 보호해야 합니다."

"흠⋯⋯. 그럼 공작 부인도 부유한 삶을 누리게 할 겁니까?"

"설마 그럴 리가 있겠습니까. 그간 분수에 맞지 않게 호화로운 삶을 살았으니 이제는 공녀로서 합당한 삶을 살아야지요."

"오래간만에 즐거운 이야기로군요."

성녀를 증발시킨 후, 그것을 빌미로 공녀를 신성국으로 불러낼 것이다. 그때 겔의 황제가 되어 있을 엘반이 허락을 해 줄 참이었다.

어차피 그때가 되면 가르트 공작 부인을 지켜 줄 수 있는 사람은 아무도 없을 테니까.

"천하의 가르트 공작이라도 몰랐을 겁니다. 빌리엄 공작이 얼마나 이를 갈고 피눈물을 흘리고 있었을지."

그런 생각이나 해 봤겠나, 그 슈덴 가르트가. 한 번도 생각해 본 적 없겠지. 자신에게 당한 자들의 삶에 대해서. 그들이 어떤 눈물을 흘리고 어떤 복수를 꿈꿔 왔는지를. 흔히들 겪는 치열한 후계 싸움도 없이 편히 봉작된 슈덴에게는 너무 먼 이야기일 터다.

결국 뿌리는 대로 거두는 법. 가장 화려했던 공작 가문이 순식간에 몰락하는 것은 얼마나 짜릿할지. 엘반이 자리에서 일어났다.

"황자 저하."

메르실이 지나가는 목소리로 물었다.

"등극하시면 봉호는 뭐로 할지 생각해 놓으셨습니까?"

"글쎄……. 부황께서 아들에게 배신당해 억울하게 돌아가신 것을 기리는 의미로 에드가 8세로 할까 생각 중이긴 합니다."

물론, 아버지를 배신한 아들은 엘반 자신이 아닌, 구스토가 되겠지만.

❋❋❋

예리가 숨을 몰아쉬었다. 그녀는 무릎에 고개를 폭 파묻고 호흡을 진정시켰다. 어깨가 한참 오르락내리락했다.

"괜찮으세요?"

"죽을 것 같아요……."

그 와중에도 솔직한 대답이다. 발리아는 상황도 잊고 약간 웃었다.

현재 그녀들은 궁문 반대편으로 도망치는 중이었다. 중앙 길로는 가지 않았다. 귀족들이 대기하던 홀은 행궁 중앙 부근에 위치해 있었기 때문에.

발리아는 행궁의 지리를 잘 몰랐다. 그런데 예리가 의외로 행궁 지리를 알고 있었다. 예전, 그러니까 과거에 몇 번 와 본 적 있다고 했다. 시간이 많이 지나 기억에 왜곡이 있을지도 모른다며 걱정했지만, 다행히 예리가 기억하는 길이 맞았다.

'기사들이 생각했던 것만큼 빼곡하지는 않았어.'

행궁의 지리를 잘 파악하고 있는 사람이라면 어떻게 잘 피할 수 있을 정도였다. 멀리서 보이는 횃불만 봐도 거의 중앙 쪽에 집중되어 있었다. 이런 샛길은 지나가는 기사가 몇 명 없었다.

'그렇다고 안전한 건 아니지만…….'

중앙을 모두 통제하고 나면, 그다음부터는 행궁의 샛길과, 구석에 박힌 궁들을 순찰할 것이다. 그러면 도망치거나 숨어 있는 사람들도 전부 잡힐 텐데. 특히……. 은회색 눈동자가 예리를 보았다.

"성녀님."

"네……?"

"조금 더 뛸 수 있으시겠어요? 아주 조금이면 돼요."

"그, 그 정도는 괜찮을 것 같아요……."

발리아는 예리에게 손을 뻗었다. 그리고 손쉽게 그녀를 일으켜 세웠다.

"가요. 성녀님."

"……저 지금 두근거려요."

"네? 힘드세요?"

"아, 아니에요. 괜찮아요."

왜 이렇게 가볍게 나를 일으켜 세우지? 힘이 아주 센 남자처럼……. 예리는 발리아의 가냘픈 뒷모습을 보다가 고개를 휘휘 저었다.

✿ ✿ ✿

엘반이 떠나고 난 기도실. 젊은 신관이 조심스럽게 들어왔다.

"대신관님. 성녀님을 놓쳤습니다."

"뭐?"

메르실 대신관은 저도 모르게 목소리를 높였다가 주변을 살폈다. 엘반은 이미 떠나고 난 뒤지만 혹시나 몰랐다. 그 간교한 황자가 어떤 귀를 심어 놓고 갔을지는.

"성기사들에게 전해라. 반드시 성녀님을 모셔야 한다."

"알겠습니다."

메르실은 신관의 옷을 입혀 성기사들도 입궁시켰다. 엘반과는 상의되지 않은 일이었다. 그들은 겉보기에는 엘반의 병사들과 구분이 가지 않았다. 혼란스러운 와중이니 당연했다. 게다가 그들 중 몇은 근위대의 갑옷까지 입고 있다. 엘반이 황명을 사칭하기 위해 빼돌린 것을 메르실이 다시 빼돌렸다.

"준비는 다 해 놓았겠지?"

"물론입니다. 대신관님. 성녀님이 저희 손에 들어오는 순간, 곧바로 궁을 빠져나갈 겁니다."

"좋아. 상황이 상황이니 중간보고는 생략하도록 해라. 무조건 밖으로 모시거라. 그리고 거듭 당부하지만, 성체에 흠이나 상처를 내는 것도 절대 안 돼. 귀하게 모셔야 한다."

"예. 알겠습니다."

이미 은밀히 행궁 밖으로 빠져나갈 수 있는 길도 다 터놓았다. 안수 기도 의식을 핑계로 신관을 계속 보내 몰래 살핀 보람이 있었다.

"절대 2황자에게 뺏길 수 없다."

✦✦✦ ✦✦✦ ✦✦✦

슈덴은 등을 기대고 앉았다. 붉은 눈동자가 나이 든 귀족을 느긋하게 바라본다.

"그래. 이젠 용건을 말할 때도 되지 않았습니까. 빌리엄 공작."

하이젠은 너털웃음을 터뜨렸다. 그러나 슈덴을 바라보는 눈빛은 형형했다.

"사실 그리 급한 일은 아닙니다. 타국에서 자국민을 보면 그리 반가울 때가 없어서 공작을 모셔 오라 한 것뿐이지요."

"공작이 그렇게 정이 많은 분인 줄 진에는 미처 몰랐습니다."

"서운한 말이군요. 저는 보기보다 잔정이 많습니다. 가르트 공작."

"글쎄, 잔정보다는 걱정이 많으신 것 같던데."

슈덴은 왼쪽 턱을 비스듬하게 괬다.

"내 기사들을 굳이 다 떼 놓아야 했습니까?"

현재 슈덴의 뒤에는 제노와 로빈 밖에 없었다. 가르트의 기사들은 바깥에서 기다리고 있었고, 문은 굳게 닫혀 있었다.

"어차피 바로 문 바깥에 있지 않습니까. 그리고……."

하이젠은 짧게 웃었다.

"지금부터 보여 드릴 게 남들 보기엔 좋은 게 아니라서 말입니다."

"음?"

하이젠은 뒤에 서 있던 보좌관에게 일렀다.

"다니엘. 녀석들을 전부 데려와라."

"예. 각하."

곧 보좌관의 지시를 받은 수하들이 남자들을 끌고 왔다. 대부분 죽거나 기절해 있는 상태였다. 두 손을 잘라냈는지 민둥민둥한 손목에는 붕대가 칭칭 감겨 있었고, 입에는 피가 말라붙은 천이 엉망으로 감겨 있었다. 슈덴은 직감적으로 알았다. 이들은 혀도 잘려 있다.

"정확히 일곱 명입니다."

잿빛으로 말라붙은 얼굴. 그들의 낯을 하나하나 확인한 슈덴의 눈빛이 차갑게 가라앉았다. 하이젠이 떠보듯이 물었다.

"아는 얼굴이시지 않습니까? 가르트 공작."

"공작 각하께 무슨 무례입니까!"

로빈이 더 참지 못하고 버럭 소리를 쳤다. 하이젠의 눈길이 로빈을 향했다.

"어린 기사라 그런지 참을성이 없군. 하지만 어리다는 이유가 경의 모자란 예의의 방패막이 되어 주는 건 아닐세."

하이젠이 슈덴을 보았다.

"아닙니까? 가르트 공작."

슈덴은 하이젠에게서 시선을 고정한 채로 한쪽 손을 들어 올렸다.

"물러나 있어라. 로빈."

"……존명."

로빈이 한 발자국 물러섰다. 하이젠은 만족스러운 표정을 지었다.

그는 와인 잔을 흔들었다. 붉은빛의 액체가 묵직한 향기를 피워 올린다. 와인을 그대로 한 모금 마신 하이젠이 눈을 내리깔고 말했다.

"과연 소문의 가르트 첩보원이더군요. 이들은 하나같이 빌리엄에 충성을 맹세한 적 있는 놈들입니다. 어중이떠중이가 아닌 녀석들만을 골라 매수한 것도 가르트의 능력이겠지요."

하지만 그것도 오늘이 끝이다. 처음에는 끓어오르는 배신감을 느꼈다. 나중에는 잘 됐다 싶었다. 호랑이를 잡으려면 호랑이 굴에 들어와야 하지만, 그것은 곧 호랑이에게 잡아먹힐 가능성도 있다는 뜻.

"저는 사업차 타국으로 많이 다녔던지라, 공작의 별칭에 대해서도 심심찮게 들었습니다. 전쟁에서 세운 공이 하도 혁혁하다 보니, '살인귀'라고 불린다지요."

타국에서는 살인귀. 겔 제국에서는 무패의 기사. 두 별칭이 갖는 괴리감에 얼마나 웃었는지 모른다.

"저번에 만났던 어떤 후작은 가르트 공작의 몸에는 붉은 피 대신 검은 피가 흐른다는 게 진짜냐고 묻더군요."

슈덴은 재미없는 농담을 들은 사람처럼 심드렁하게 대꾸했다.

"내 몸엔 붉은 피가 흐릅니다, 빌리엄 공작."

"저도 물론 그렇게 대답했습니다."

하이젠이 잔에 남아 있던 와인을 바닥에 뿌렸다. 그리고 잔을 바닥에 떨어뜨렸다. 쨍! 날카로운 유리 파열음이 귀를 찔렀다.

"그런데 지금 공작의 몸을 갈라도 붉은 피가 나올까요?"

"……무슨 뜻이신지."

"여기 공기가 아까부터 좀 탁하지 않습니까?"

그 말이 의미하는 바.

순간 로빈이 검을 뽑았다. 그에 맞춰 하이젠의 뒤에 서 있던 기사들도 검을 냈다. 하이젠은 고개를 젖히고 웃었다.

"경, 경. 이미 늦었다네."

하이젠은 느긋하게 등을 기댔다. 처음 슈덴이 그랬던 것처럼.

"이 독향은 공작도 들어 본 적 있으실 겁니다. 광산에서 가끔 구할 수 있는 희귀한 독이지요. 식사를 하거나, 아니 단순히 물이라도 마신 사람에게는 아무런 효과가 없지만……."

하이젠이 쏟아 버린 와인이 바닥에 천천히 스며든다.

"네 시간 이상 아무것도 먹지 않은 사람에게는 독으로 작용합니다. 공작을 비롯한 가르트 기사단은 정확히 네 시간 전에 이곳에 도착했고 말입니다."

슈덴과 가르트 기사단은 이곳에 도착한 뒤로 아무것도 먹지 않았다. 빌리엄을 배신한 심복들을 대신해 자리를 차지한 수하가 직접 보고한 일이었다. 자신들이 내온 음식을 경계하는 것 같다고 말했다.

"죽지는 않습니다. 흐르는 피가 일시적으로 검은색으로 변하고, 몸에 좀 힘이 빠질 뿐이지만……, 그 정도로도 충분하지 않겠습니까?"

하이젠의 말이 끝나는 것과 동시에 제노가 큰 소리를 내며 휘청거렸다. 검을 쥐고 있던 로빈의 얼굴이 당황으로 물들었다.

"검은 피를 실제로 보는 건 처음이군."

하이젠이 손짓을 했다. 그의 뒤에 서 있던 기사들이 신중하게 움직였다. 사용 조건이 까다로운 데다가 구하기도 너무 어렵고, 또 그 가격에 비해 효과가 좋은 독은 아니라 하이젠도 직접 써 보는 건 처음이었다.

빌리엄의 기사가 슈덴의 손을 향해 검을 들이댔다. 피부터 내어 볼 작정인 것이다.

"그동안 즐거웠네, 슈덴 가르트."

가르트는 너무 신중했다. 그뿐이다.

❀❀❀ ❀❀❀ ❀❀❀

기사가 쓰러졌다. 발리아는 이마를 가볍게 찌푸렸다. 혹시나 했는데 역시나였다.

"긴가민가했는데 기사들이 정말로 성녀님을 노리고 있네요."

"메르실 대신관일까요? 아니면 엘반……?"

"둘 다일 수도 있고요."

"미친놈들……."

예리는 숨을 몰아쉬었다. '조금만' 뛰면 된다는 발리아의 말은 맞았다. 발리아는 두 명씩 지나가는 기사들 앞에 일부러 모습을 보였다. 그들이 발리아에게 다가오자, 숨어 있던 예리가 튀어나와 반대편으로 달렸다. 예리를 본 기사들은 즉각 발리아를 내버려 두고 예리를 잡으러 뛰어갔다.

'아까 기사들도 성녀를 잡으려고 했고…….'

도망치던 와중에도 들렸던 목소리에 혹시나 했다. 확실하지는 않아 시험해 보았다. 그리고 제대로 알았다. 기사들의 목표는 예리였다. 차라리 수월했다. 적의 목표가 명확할 때 흩트려 놓는 게 더 쉬웠으니까.

"성녀님, 이젠……."

발리아가 막 입을 뗀 순간이었다. 이미 쓰러졌던 기사 중 한 명이 핏발 선 눈으로 발리아의 발목을 향해 손을 뻗었다. 잡아 넘어뜨릴

심산인 것이다. 발리아보다 먼저 기사를 본 예리가 얼굴이 하얗게 질려 외쳤다.

"발리아!"

한 박자 빠르게 발리아가 발을 뺐다. 그리고 구두로 기사의 손을 콱 밟았다. 손이 완전히 부서졌다. 기사가 외마디 비명을 질렀다.

"컥!"

발리아는 곧바로 메이스로 기사의 뒤통수를 내려쳤다. 기사는 그대로 눈을 까뒤집고 기절했다. 예리가 몸을 바들바들 떨면서 물었다.

"바, 발리아. 괜찮아?"

예리는 너무 놀란 나머지 발리아에게 말을 놓고 있었다. 하지만 경황이 없어 알아차리지도 못했다. 발리아도 마찬가지였다. 그녀의 가슴은 놀라서 쾅쾅 뛰고 있었다. 괜찮다고 대답한 발리아는 무릎을 굽혔다. 그리고 실신한 기사 앞에 쪼그려 앉았다.

장검은 필요 없었다. 품을 뒤지자 단검이 나왔다. 발리아는 단검을 챙겨 들었다. 그리고 예리와 함께 다른 곳으로 몸을 피했다.

"잠시만요."

달빛이 그나마 들어오는 곳이었다. 발리아는 주변을 살핀 다음에 멈춰 섰다. 그녀는 거리를 가늠한 다음에 아까 챙겼던 단검을 꺼냈다. 그리고 다른 손으로 머리를 그러모았다.

안수 기도 의식 때문에 머리를 복잡하게 만지지 않은 게 다행이었다. 예리의 머리를 한 번 더 본 발리아가 그대로 제 머리카락을 숭덩 잘라 냈다. 예리의 두 눈이 커졌다.

"발리아! 머리는 갑자기 왜 잘라!"

"제가 성녀님인 척할 거예요."

"……어? 나인 척?"

"네."

예리의 머리카락은 어깨 바로 위까지 온다. 발리아는 길이를 맞춰 머리카락을 잘라 낸 후, 대충 땅에 파묻었다. 그다음 입고 있던 망토를 벗어 예리의 어깨에 둘러 주었다.

"아까 말씀드렸죠? 셀마 저하의 궁으로 바로 뛰어가셔야 해요. 여기서 별로 멀지 않다고 하셨잖아요."

"응. 멀진 않은데……, 발리아 너는? 같이 안 가?"

"성녀님."

예리가 접어서 갖고 다니던 대신관의 정복. 발리아는 예리가 하고 다니던 것처럼 정복을 어깨에 걸쳤다.

"두 명이 숨기엔 그 궁이 좁아요. 셀마 저하가 몇 번 말씀하신 적이 있거든요. 그러니까 성녀님이 가서 숨는 게 좋을 것 같아요."

그리고 예리의 체력은 벌써 한계에 다다라 있었다.

"그럼 네가 위험하잖아……."

"괜찮을 거예요. 가르트 공작 부인이니까."

발리아는 본인의 위치에 대해서 잘 알고 있었다. 가르트 가의 안주인. 슈텐이 군부의 사실상 일인자인 것 또한. 가장 중요한 건 그들의 목표가 발리아가 아니라는 사실이었다.

"전 반대편으로 도망갈 거예요. 제가 성녀님인 줄 알고 쫓아올 테니까요."

"하지만……, 하지만 너무 위험하잖아."

"성녀님."

발리아는 메이스를 그러쥐었다. 예리의 눈이 그 호화로운 둔기에 잠시 머물렀다. 어디서 갑자기 가져온 건지 모를 흉기였다. 발리아는 저 독특하고 신기한 무기로 예리를 쫓아오던 기사들의 머리를 내리찍었다.

"제가 성녀님을 지켜 드릴게요. 옛날에……."

발리아가 조금 웃었다.

"옛날에 제가 성녀님 호위 시녀였잖아요."

예리의 눈에 눈물이 그렁그렁 차올랐다. 더 좋은 방법이 생각나지 않는 게 속상했다. 미안하고 고맙고, 그러면서도 무섭고 두려웠다. 과거의 공포가 다시 생각났다. 이번에는 엘반이 구스토가 아니라 발리아의 목을 제 앞에 던져 버리면 어떡하지.

"발리아. 내가 바보 같은 짓을 한 걸까? 그냥 구스토에게 솔직하게 털어놓고, 엘반을 미리 쳐내라고 했어야 했던 걸까?"

"……."

사실 발리아도 계속 그런 후회를 했다. 슈덴에게 좀 더 일찍 이야기했으면, 이런 상황은 오지 않았을 텐데.

"성녀님. 사실은, 저도 아직 제 남편한테 말하지 않았어요."

그저……, 기왕이면 그 남자의 생일에 말해 주고 싶었다. 마음이 말랑말랑할 그 날에, 오래오래 숨겨 두었던 비밀을 이야기해 주고 싶었다.

소소한 특별함. 폭신한 케이크 위에 층층이 쌓는 생크림처럼. 사랑하는 사람과 쌓아 갈 추억에 한 꺼풀 올리고 싶었을 뿐인데.

후회는 언제나 한 박자 느렸다. 그러나 책임은 져야 하는 법.

"……그러니까, 우리 꼭 무사히 돌아오기로 해요. 그때 말해 주면 그렇게 늦은 건 아닐 테니까……, 아마도요?"

예리는 발리아를 꼭 끌어안았다.

"꼭 무사히 돌아와야 해."

"그럴게요, 성녀님."

발리아는 미소를 지으며 예리의 등을 토닥여 주었다.

※ ※ ※

하이젠은 겔 제국에서도 유서 깊은 가문인 빌리엄의 가주다. 더군다나 공작 작위를 부여받았으니, 제국 귀족들에 대해 많은 정보를 취득하고 있다.

가르트 기사단에 대한 것도 역시. 제국에서도 가장 강력한 기사들은 개개인의 화력이 일반 기사들보다 훨씬 월등했다. 독향을 준비해놓았지만, 혹시나 몰라서 하이젠은 등 뒤에 두 명의 기사를 더 대동해놓았다.

슈덴 가르트는 건방지게도 그러라고 허락했다. 그것만큼은 자만심이 아니었다. 만약 독향을 쓰지 않은 일반적인 상황이었다면, 기사 넷이 모두 덤벼도 가르트 기사 하나에 못 미칠 게 뻔했으니까.

그래. 일반적인 상황이었을 경우에는.

"큭……!"

칼날에 약하게 베인 손등. 갈라진 피부에 배인 핏방울이 손등을 따라 뚝뚝 떨어진다.

그 선명한 붉은색.

슈덴은, 슈덴 가르트는 핏물에 젖은 손으로 하이젠의 턱을 잡았다. 턱뼈가 그대로 부서질 것 같은 악력. 하이젠의 두 눈은 곧 튀어나올 것만 같았다.

"말하지 않았습니까, 빌리엄 공작."

맹수가 으르렁대는 것처럼 살벌한 음성.

"내 몸엔 붉은 피가 흐른다고."

빌리엄의 기사들은 전원 사망했다. 제노와 로빈은 눈 깜짝할 사이에 그들을 해치웠다. 독향에 중독되었다고는 믿을 수 없는 몸놀림이었다.

"그른……."

턱을 세게 잡힌 하이젠이 뭐라고 웅얼대자 슈덴이 조금 힘을 빼 주었다. 그는 하이젠의 바로 앞 탁자에 비스듬히 걸쳐 앉았다.

"네놈!"

턱이 깨질 듯 아팠지만, 소리를 지르지 않고는 참을 수가 없었다. 하이젠은 제노를 향해 외쳤다.

"네놈은 분명 아까 휘청거렸잖아!"

마치 독향에 당한 것처럼. 로빈도 제노를 돌아보았다. 자신도 궁금했다. 분명 몸이 아무렇지도 않았는데, 이 녀석이 갑자기 휘청거려서 엄청 놀랐다. 제노는 어깨를 으쓱했다.

"그냥 공작 나리 흥 깨지실까 봐 박자 맞춰 드린 건데요."

"……."

하이젠의 턱이 부들부들 떨렸다. 핏발 선 눈동자가 슈덴을 찢어 먹을 듯 노려보았다.

"대체……, 대체 언제부터 알고 있었던 거지?"

"공작이 독향을 준비했다는 것부터 알고 있었습니다."

"말도 안 돼! 독향 원석은 가르트에 매수된 것들을 다 처리한 후에 발견한 거란 말이다!"

"내게 매수된 것들을 다 처리하고?"

슈덴이 여유롭게 물었다. 하이젠은 불현듯 깨달은 표정을 지었다.

"그렇군. 그 일곱 명이 다가 아니었던 거지? 더 많은 쥐새끼를 빌리엄에 잠입시킨 건가? 교활한 자식!"

"설마. 정확히 일곱 명입니다. 빌리엄 공작."

"그럼 대체 어떻게! 쪽지에 있는 놈들은 분명 다 처리했다! 네놈의 끄나풀이 숨겨 둔 쪽지에 있던 놈들을!"

"그렇습니다. 공작. 다 처리했겠지. 손을 자르고, 혀도 자른 모양이던데."

슈덴이 머리를 한 번 쓸어 넘겼다. 반듯하니 수려한 이마. 그 아래 붉은 눈동자가 잔혹하게 빛났다.

"그런데 공작은 그 쪽지의 출처가 어디였는지 잊은 모양입니다."

가르트에서 쓴, 가르트의 쪽지.

"귀 공작의 심복들 이름으로만 써 놓는 것도 아주 쉬운 일이었지."

하이젠은 흡사 기절할 것처럼 경련했다.

❧❧❧ ❧❧❧ ❧❧❧

"경! 경! 설마 다 끝났습니까?"

"예, 뭐. 보다시피요."

"으아아악!"

율리안은 머리를 쥐어뜯었다. 로빈은 갑자기 고성을 지르는 수석 보좌관에게 당황해 한 발 물러섰다.

"내가 하이젠 빌리엄 그놈 표정 보려고 쉬지도 않고 달려왔는데!"

자신이 처분한 놈들이 알고 보니 제 심복인 걸 알았을 때 무슨 표정을 지을지! 이 정도로 철저한 계략을 짜낸 것도, 또 그 상대가 내로라하는 대귀족인 것도 처음이었다.

율리안은 그만큼 설렘에 부풀어 있었다. 하이젠 빌리엄의 일그러진 얼굴을 볼 생각에.

그런데 늦었다. 다 끝났다. 율리안은 얼굴을 벅벅 쓸어 넘겼다.

"휴……. 됐습니다."

혼자 마음 정리를 끝낸 율리안이 로빈에게 물었다.

"각하가 여길 떠나신 지 얼마나 됐죠?"

"한 30분 정도 된 것 같습니다."

"로드 워프를 쓰고 최대한 달려도 황궁까지는 시간이 꽤 걸릴 텐데……."

율리안은 이마를 찡그렸다. 그는 수하 보좌관에게 손짓을 했다. 수하는 즉각 다가왔다. 그의 손에는 동그란 형태의 수정구가 조심스럽게 들려 있었다.

"흠. 진짜네요. 신전의 통신구 맞구나. 이게 빌리엄 공작한테 있었다고요?"

"예."

"와, 이게 보통은 모르는 사람이 태반인 건데……. 어떻게 보고 아셨대요?"

그만큼 잘 안 알려진 걸 너는 어떻게 아는 건데.

로빈은 묻고 싶은 걸 삼켰다. 가르트의 수석 보좌관 율리안이 좀 독특하다는 걸 숀과 다니며 알았다.

"그게, 제노가……."

"아, 이번에 새로 들어온 기사님?"

그렇게 되묻는 순간 율리안은 모든 답을 다 구했다.

"아아아. 맞다. 그 기사님 수습 신관 출신이었지. 그럼 보고 알 만하네요."

가르트 기사단이 상황을 정리하는 와중이었다. 저택 가장 깊숙한 곳에 이 수정구가 보관되어 있었다. 그리고 그 밑으로는 정체를 알 수 없는 네모난 금빛 덩어리가 놓여 있고.

처음에 기사들은 장식품인 줄 알고 그냥 넘어갔다. 그 수정구가 갑자기 부웅부웅 울리지만 않았다면 그대로 두고 나왔을 것이다.

[하하하! 빌리엄 공작, 나 이거 뭔지 압니다?]

제노는 바로 알았다. 신전에서만 사용하는 통신구였다. 통신구는 성물이었다. 그래서 신전이 아니면 사용할 수 없는데, 통신구를 받치고 있는 게 아주 거대한 성력 덩어리였다. 슈텐은 하이젠을 앉히고 통신구를 사용하게 했다.

[각하! 행궁 봉쇄에 성공했습니다!]

통신구를 켜자마자 들려오는 첫 마디. 진정한 소란은 하이젠이 애써 아무렇지 않은 척 대화를 마친 후에 일어났다. 수정구가 꺼지기 직전에 들린 '안수 기도에 참석한 귀족들을 모두 성공리에 가둬 놓았다.'는 한마디.

슈텐의 표정이 바로 변했다. 그는 몇 마디 짧게 지시를 내린 후 곧장 밖으로 나갔다. 제노도 물론 함께였다. 슈텐은 따르라고 말한 적도 없는데 후다닥 따라 나갔다. 만류하는 로빈에게 제노는 버럭 외쳤다.

[젠장, 통신구는 신전 외 반출이 아주 엄격하게 금지되어 있다고요!]

통신구는 오직 신탁에 대한 것, 그리고 신의 말씀만 전하는 게 원칙이다. 다시 말해 최소 고위 신관이 이 일에 아주 깊게 얽혀 있다는 소리였다.

그리고 제노가 아는 신관들은 결코 호락호락하지 않다. 이 정도로 개입되었으면 반드시 원하는 걸 이룰 놈들이다.

[아, 모르겠다. 되게 느낌 안 좋아요. 그냥 빨리 갈 테니까 좀 놔 봐요.]

**** **** ****

황녀들의 기도는 황자들보다 일찍 끝났다. 애초에 아라스에게 좋은 감정이 없는 그들이다. 엘반이 지켜보지 않는 곳에서 오래 정성껏 기도를 올릴 이유가 없었다.

그 후로는 자유 시간이었다. 셀마는 오랜만에 지내던 궁으로 왔다. 본궁으로 불려 오기 전 오래 지냈던 곳이라 애착이 깊었다. 원체 외진 곳에 있는 궁이라, 셀마는 바깥의 소란도 잘 모르고 있었다.

"괜찮아요. 울지 마세요, 성녀님."

"그런데 발리아가 혼자……."

항상 고귀하고 성스러웠던 성녀가 눈물을 뚝뚝 흘렸다. 성녀가 공작 부인을 많이 좋아하는구나, 하는 생각이 셀마의 머릿속을 스치고 지나갔다.

"공작 부인은 현명하거든요. 맞는 선택을 했어요. 제 궁은 너무 좁아서 두 명을 숨길 수가 없거든요. 차라리 정원에서 도망 다니는 게 안전할 거예요."

셀마는 침착했다. 그녀는 자초지종을 듣자마자 예리를 숨길 곳부터 찾았다. 하지만 마땅한 곳이 없었다.

"침대 밑에 숨는 건 안 될까요?"

"거긴 바로 뒤져 볼 것 같아요."

셀마가 행궁에서 지내던 시절, 그녀는 주기적으로 아라스가 보낸 시녀들에게 궁이 뒤져지는 수모를 겪어야 했다. 정말 온 군데를 다 뒤질 수 있다는 걸 그때 알았다. 옷장을 열어젖히고, 드레스 사이사이를 꼼꼼히 확인하는 것은 물론이다. 침대 밑은 처음부터 들춰 본다.

'시녀들이 뒤지지 않았던 곳…….'

셀마는 입술을 깨물었다. 문득 그녀의 시선이 제 나풀나풀한 드레스 자락을 향했다. 셀마의 눈이 번쩍 뜨였다. 그녀는 예리를 데리고 궁에 딸린 욕실로 향했다.

"여기에 숨나요?"

딱히 마땅히 몸을 숨길 만한 곳은 없어 보이는데. 그저 커다란 욕탕, 파티션, 얇은 커튼 정도가 전부였다. 셀마는 물을 틀었다. 그래도 궁은 궁이라, 마법을 사용한 고급 수도관이 연결되어 있었다. 얼마 가지 않아 뜨거운 물이 나왔다.

채워지는 물을 보며 셀마가 말했다.

"성녀님. 죄송한데 옷을 좀 벗으셔야겠어요. 다는 아니고 망토랑 드레스만 벗으시면 될 것 같아요."

"……네? 옷이요?"

예리가 당황해서 되물었다.

"오, 옷은 왜요……?"

"제가 욕탕으로 들어갈 테니까, 성녀님이 제 몸 앞에 붙어 숨으세요."

아라스의 시녀들이 온 궁을 뒤엎어도 제 몸에는 감히 손을 대지 못했다. 그래도 황족은 황족이라고. 셀마는 그때의 기억에서 착안을 했다.

"제 드레스 안에 숨어 보시라고 할까 했는데……, 보시다시피 제가 입은 드레스 치맛자락이 그렇게 풍성하진 않아서요."

셀마는 그렇게 말하며 드레스 리본을 슥슥 잡아 풀어냈다. 예리는 얼굴이 조금 빨개졌지만, 셀마를 따라 망토와 드레스를 벗었다. 셀마는 예리의 드레스와 망토를 옷장에 걸었다. 최대한 예리의 드레스가 티가 안 나게 자연스럽게 걸어 놓았다. 마음 같아선 바깥에 가서 파묻어 놓고 싶었는데, 언제 기사가 들이닥칠지 몰랐다.

"한 번 제 궁을 뒤지고 아무도 없는 걸 알면, 적어도 경계는 느슨해질 거예요."

그 어머니에 그 아들이라고. 셀마는 속으로 욕을 했다. 완전히 벗어 버린 그녀가 욕탕 안으로 들어갔다. 예리는 조금 쭈뼛대며 걸어 들어왔다. 셀마는 예리를 품 안으로 안았다.

"숨 안 막히시죠?"

"네……."

예리는 눈을 질끈 감은 채였다. 셀마는 예리의 몸이 날씬한 편이라 다행이라고 생각했다. 적어도 뒤에서는 안 보일 테니까. 약간의 시간이 흘렀다.

잘그락대는 소리가 들리기 시작했다. 그와 함께 시끄럽게 들리는 남자들의 목소리.

"……왔어요."

셀마가 작게 속삭였다. 동시에 바깥에서부터 우지끈 부서지는 소리가 들렸다. 셀마가 걸어 잠가 놓은 문을 부순 것이다. 무장한 병사들의 발걸음 소리가 귀에 박혔다.

"셀마, 셀마!"

불빛이 있는 쪽으로 걸어 온 엘반이 헉하고 놀랐다. 함께 침입한 기사들이 바로 뒤로 돌아섰다. 황녀의 벗은 몸을 보는 것은, 설사 등이라도 당연히 불경이었다.

"엘반 오라버니?"

셀마가 뒤도 돌아보지 않고 물었다. 엘반은 떨떠름해져서 물었다.

"지금 뭐 하고 있는 거냐?"

"보시다시피 목욕을 하고 있었어요. 다 벗고 있는지라 인사를 못 드리는 점 이해해 주세요."

"지금 상황이 어떤 땐데 한가롭게 목욕 따위를……."

"네? 기도는 아까 다 끝냈는걸요. 밖에 무슨 일이 있나요?"

셀마는 무구한 목소리로 물었다. 엘반은 대답 없이 날카로운 눈으로 욕실을 둘러보았다. 하지만 아무것도 없었다. 누군가를 숨길 수 있을 만한 장소도 아니었다.

"오라버니?"

그때 처소 구석구석을 뒤진 기사가 엘반에게 다가왔다. 그리고 아무도 찾지 못했다는 의미로 고개를 저었다.

"아니다. 아무 일 없으니까 오늘은 네 처소에서 나오지 말거라."

"……네. 딱히 나갈 생각도 없었어요."

엘반은 몸을 돌려 욕실을 나섰다. 그는 바깥에서 기다리고 있는 기사들에게 말했다.

"철수한다."

그대로 나가려던 엘반의 시선이 문득 한 곳에서 멈췄다.

"잠깐만."

'이 드레스는…….'

엘반의 기사들은 셀마의 처소 구석구석을 뒤졌다. 당연히 옷장도 열어 뒤졌다. 아무것도 찾지 못했고, 특별히 수상한 점을 발견하지도 못했다. 엘반도 그냥 넘어갈 뻔했다. 별 생각 없이 훑어본 옷장 안에 눈길을 끄는 드레스가 있지만 않았더라면.

엘반은 옷장에서 드레스를 꺼냈다. 안수 기도 의식에 어울리는 새하얀 드레스. 그러나 옷감이 고급이었고 무엇보다 소매에 수놓인 금실이 호화로웠다. 같은 황족이라고 해도 세력과 위치에 따라 누릴 수 있는 사치가 달라진다.

이건 셀마가 입을 수 있는 드레스가 아니다.

엘반은 금실이 수놓아진 드레스를 들고 욕실로 돌아갔다. 셀마는 여전히 욕조 안에서 뒷모습만을 보인 채 앉아 있었다. 엘반은 욕실 바닥으로 하얀 드레스를 턱 하고 던졌다.

"셀마. 너는 검소한 옷을 주로 입는 걸로 아는데."

부유한 귀족, 총애 받는 황족이나 입을 법한 값비싼 드레스가 왜.

"네게 어울리지 않는 드레스가 왜 네 옷장에 있는 거지?"

"……."

셀마는 대답이 없었다. 엘반은 한 쪽 입 꼬리를 끌어 올렸다. 그러고 보니, 가르트 공작 부인과 셀마가 친분을 쌓고 있다고 했던가.

"확인해 봐야겠군. 나가 있을 테니 옷을 입고 나와라, 셀마."

엘반은 뒤돌아 나가다 말고 덧붙였다.

"셀마. 혹시나 해서 말하지만 쓸데없는 생각은 하지 않는 게 좋을 거다. 안팎으로 기사와 병사들이 물 샐 틈도 없이 지키고 서 있으니까."

게다가 이 욕실에는 달리 숨을 수 있을 만한 곳도 없었다. 셀마는 마른침을 삼켰다. 그녀의 품에 바짝 안겨 숨어 있는 예리의 안색도 창백했다. 어떡하지. 셀마가 입술을 꽉 깨문 그때였다.

"저하!"

반쯤 닫힌 욕실 문 바깥으로 기사의 목소리가 들렸다.

"급히 드릴 말씀이 있습니다!"

황녀가 벗은 채로 있는 욕실인지라, 기사는 감히 들어오지는 못했다. 엘반은 여전히 미동도 없는 셀마를 흘긋 돌아보고 밖으로 나왔다. 욕실 문 앞에서 대기하고 있던 기사들이 문을 다시 닫았다.

"무슨 일이냐?"

"궁문 쪽으로 성녀님이 도망가시는 걸 보았다는 보고가 들어왔습니다."

"뭐?"

엘반은 순간적으로 욕실 문을 돌아보았다. 눈썹을 찌푸린 그가 기사에게로 다시 시선을 옮겼다.

"언제 들어온 보고지?"

"방금 전입니다."

셀마의 처소는 궁문과는 정반대 방향에 있다. 설사 신이 은총을 내려, 예리에게 날개를 선사해 주었다고 한들 그렇게 빨리 이동할 수는 없는 노릇이다.

"시간 낭비를 할 뻔했군."

성녀가 없는 곳을 들쑤실 필요가 있을 리가. 그럴 시간도 없었다. 엘반은 기사와 병사들을 데리고 곧바로 셀마의 처소를 나섰다.

"어느 쪽이지?"

"이쪽입니다. 저하."

밤하늘에서는 어느새 비가 내리고 있었다. 절그럭거리는 철갑 소리가 행궁을 가득 메웠다.

✦ ✦ ✦

같은 시간이었다. 행궁 밖에서는 작은 소란이 일어나고 있었다.

"왜 궁문을 열어주지 않는 것이오?"

"궁 안에서 불이 나질 않았소!"

행궁을 태우고 올라오는 검은 연기는 궁문 밖에서도 선명히 잘 보였다. 보통 궁에 불이 나면 금세 진화되기 마련이다. 그런데 이번은 아니었다. 연기가 잦아들기는커녕 곳곳에서 생겨나고 있었다.

"경. 우리 가문 사람들이 궁 안에 있단 말입니다."

"윗분들 명이라 어쩔 수 없습니다."

궁문을 지키는 기사들은 굳건했다. 궁문 앞에 있는 귀족들만 미치고 팔짝 뛸 노릇이었다.

"그래서 궁문을 못 열어 주겠다는 뜻이오?"

"윗분들 명이 철회될 때까지는 그렇습니다."

"하!"

이번 안수 기도 의식 일정이 급하게 잡힌 터라, 바로 참석하지 못한 귀족들이 적지 않았다. 뒤늦게 행궁에 왔더니, 궁문을 열어 주질 않는다. 더군다나 행궁 안에선 매캐한 연기까지 피어오르고 있었다. 특히 아내를 먼저 입궁시켰던 귀족들은 속이 타들어 갈 지경이었다.

귀족들이 아무리 항의를 해도 문을 지키는 기사들이 길을 내주지 않는다. 도리가 없었다. 몇몇이 핏대를 높여 실랑이를 할 때였다. 무표정한 얼굴로 귀족들의 항의를 흘려 넘기던 기사는 별 생각 없이 시선을 옮겼다.

순간 기사의 눈이 부릅떠졌다.

"……."

사람이 너무 당황하면 말문을 잃게 되는 법. 비단 기사뿐 아니라 주변의 병사들조차 당황할 때였다. 붉은 눈동자가 무표정하게 움직였다.

"그 사이에 내 얼굴도 잊은 모양이군."

"죄, 죄송합니다. 가르트 공작 각하를 뵙습니다!"

"공작 각하를 뵙습니다!"

기사와 병사들이 얼른 고개를 숙였다. 슈덴 가르트. 프란츠로 떠났었던 남자가 굳건히 닫힌 궁문 앞에 멈춰 섰다. 그의 뒤에는 아무도 없었다. 기사단을 달고 왔으면 어쩌나 했는데, 다행히 홀로 온 듯했다.

"문을 열어라."

"……죄송하지만 그건 불가능합니다, 각하."

"항명하는 건가."

싸늘한 목소리에 기사가 얼어붙었다. 꿀꺽 침을 삼킨 기사는 떨리는 손을 꽉 쥐었다.

"윗분들의 명입니다. 궁문을 절대 열지 말고 누구의 입궁도 불허한다고 하셨습니다."

"그 윗분들이 누구지?"

"그건……."

기사는 쉽게 입을 열지 못했다. 슈덴은 더 볼 가치도 없다는 듯 기사를 제치고 문 쪽으로 걸음을 옮겼다. 바로 병사들이 앞을 가로막았다.

붉은 눈동자가 위험하게 가라앉았다.

"지금 내 앞을 막은 건가?"

"저희는 하달받은 명을 수행하는 게 최우선입니다. 각하, 부디 이해를……, 컥!"

외마디 비명과 함께 기사가 그대로 쓰러졌다. 다른 기사가 당황해서 소리쳤다.

"각하! 이러시는 건 군령(軍令)에 어긋납니다!"

"말 한 번 잘했군."

붉은 피가 튄 낯이 서늘하다. 사냥감의 목을 자비 없이 물어뜯는 맹수처럼, 기사를 노려보는 슈텐의 시선이 사나웠다.

"지금부터 항명하는 자는 그게 누구든, 군령에 따라 즉결 처형하겠다."

으르렁거리는 목소리에는 그간 접하지 못했던 살의가 가득했다. 등골이 다 저릿저릿할 지경이었다.

"마지막 반복이다, 경. 궁문을 열어라."

✦⋆ ✦⋆ ✦⋆

엘반은 피식 웃었다.

"이젠 더 도망갈 곳이 없군요."

드디어 잡게 된 성녀를 향해 보내는 비웃음일까. 어깨에 닿을 듯 말듯한 짧은 검은색 머리. 그리고 대신관의 정복. 그녀는 더 도망가지 못하고 벽에 몰렸다.

행궁의 담벼락과 담벼락 사이. 그녀는 벽을 바라본 채 뒤돌아보지 않았다. 우산도 없이 도망치느라 머리카락이며 옷은 빗물로 다 젖어 있었다.

"성녀님."

정복을 걸친 어깨가 움찔 떨렸다. 엘반은 그녀에게로 가까이 걸음을 옮겼다. 자연스럽게 따라오려는 기사들에게 한 손을 들어 막았다.

"멀찍이 떨어져 있어라. 우리의 성녀님께서 겁을 드셨잖느냐."

은근한 조롱. 엘반은 기사가 건넨 우산을 들고 천천히 발을 뗐다. 조금씩 굵어지는 빗방울 덕에 환상적일 정도로 극적인 분위기가 연출되었다.

엘반은 이 구도가, 상황이, 사람이 아주 마음에 들었다.

"성녀……, 아니. 예리 파이안. 내가 그 이름 뒤에 '라겔뢰프'를 붙여 줄 수도 있었는데."

걷어차지 말지 그랬어. 그러면 오늘 같은 일도, 지금 같은 순간도 없었을 텐데.

"하지만 이젠 늦었지. 그래도 본인이 선택한 거니까 후회는 없을 테니……. 그리 나쁘지 않겠어. 성녀님?"

가냘프니 반응 없는 뒷모습. 엘반이 그 어깨 위에 손을 올린 순간이었다.

"저하!"

대신관의 흰 정복. 그 아래 입고 있던 드레스가 휙 돌아간다. 빙그르르 펼쳐진 치맛자락이 둥글게 내려앉는다. 순식간이었다. 엘반의 턱 바로 밑에 날카로운 단검이 자리한 것은.

"다, 당신은……."

엘반의 목소리는 너무 작아 기사들에게까지 미처 닿지 않았다. 2황자의 턱에 검을 들이댄 그녀는 의도적으로 몸을 낮추고 있었다. 엘반의 등과 어깨에 얼굴이 거의 가려져 있어 기사들은 미처 알아차리지 못했다.

"기사들 물려."

"……뭐?"

가느다랗지만 흔들림 없는 목소리가 엘반의 귓가를 파고들었다.

"기사들 전부 물리라고. 소리 질러도 오지 말라고 하고."

그 말과 동시에 엘반의 턱에서부터 선혈이 흘렀다. 현실감이 없었다. 기사들은 섣불리 움직이지 못했다. 누구도 성녀가 저렇게 단검을 들고 반항할 거라고는 생각하지 않았다. 엘반도 마찬가지였다.

잠깐 방심한 대가가 이렇게 클 줄이야. 목에 닿아 오는 칼날이 어찌나 선명한지. 게다가 이건 그냥 하는 협박이 아니었다. 자칫 잘못하다가는 정말로 저 날카로운 게 제 턱을 꿰뚫어 버릴 것이다.

"……전부 물러가라."

잔뜩 가라앉은 목소리였다. 기사들은 검을 세운 채 쉽사리 물러서지 못했다. 예리한 칼끝이 피부를 찌르고 깊숙이 파고든다. 엘반이 버럭 외쳤다.

"다들 귀 먹었나! 물러가라고! 당장! 절대 가까이 오지 마!"

결국 기사들이 조금씩 뒤로 물러갔다. 이윽고 그들의 모습이 보이지 않게 되어서야 엘반의 턱을 찔러 대던 악력이 약간이나마 완화되었다. 담벼락과 담벼락의 사이. 바닥을 나뒹구는 우산. 뚝뚝 떨어지는 비.

"당신……, 당신 가르트 공작 부인 맞지?"

남은 것은 발리아와 엘반, 둘뿐.

"왜 당신이 그 옷을……. 아니, 됐소. 당신 말대로 기사들을 물렸으니 놓아주시오."

"내가 뭘 믿고?"

차분한 목소리는 분명 가르트 공작 부인의 것이 맞았다. 하지만 그녀는 분명 언제나 깍듯이 예의를 차렸는데? 엘반은 도저히 이 간극을 믿기 어려웠다. 자신이 순간 잘못 본 게 아닌가 하는 의심이 들 정도였다.

"가르트 공작이……, 시킨 거요? 당신에게 이런 일을 시켰소?"

슈덴은 믿기 힘들 정도로 완벽한 기사다. 아내에게 검 쓰는 법을 알려 주었다고 해도 이상하진 않았다. 아니, 어쩌면 엘반이 일으킬 일을 모두 예상하고 있었을지도 모른다.

'설마 하이젠이 당한 건 아니겠지.'

엘반은 이를 악물었다. 일단은 이 위협에서 빠져나가야 했다.

"가르트 공작이 오해를 했나 보오. 나는 공작 부인은 물론이고 가르트 가에도 어떠한 위해를 끼칠 생각이 없소. 공작이 허황된 이들의 말을 듣고 잘못된 결정을 내린 것 같으니 부디 공작 부인이 공자을 설득해 주시오."

"설득이라니요."

발리아는 차갑게 엘반을 응시했다. 정말이지 지긋지긋한 놈이었다.

"이건 내가 내린 결정인데."

그 가녀린 목소리가 미묘하게 두려웠다. 이유는 알 수 없었지만. 엘반은 바로 몸을 비틀었다. 그리고는 발리아의 손을 세게 붙잡았다. 하지만 그도 한순간이었다. 발리아는 어렵지 않게 엘반의 손을 뿌리쳤다.

전혀 예상하지 못했던 악력. 엘반이 당황해 주춤한 사이였다. 발리아는 단검을 쥐고 있던 손에 힘을 주었다. 푹! 살갗을 가르고 꽂히는 단검.

그러나 빗물이 흐르는 탓에 위치가 조금 미끄러졌다. 칼날은 엘반의 턱보다 조금 사선에 꽂혀 들어갔다. 순간 발리아는 입술을 깨물었다.

'실수했어.'

단검은 급소에 정확히, 그리고 끝까지 들어가지 않았다. 엘반이 예복 안에 목까지 올라오는 갑옷을 입고 있었던 것이다. 발리아는 바로 단검을 놓고 두어 걸음 물러섰다.

"크윽!"

엘반이 거친 신음을 뱉으며 단검을 뽑아냈다. 칼날이 뽑히며 새빨간 피가 울컥 하고 쏟아졌다.

"피……."

엘반은 상처 사이로 쏟아지는 피를 손으로 틀어막았다. 그리고 뽑은 단검을 고쳐 잡았다. 실핏줄이 터진 그의 눈동자가 기이하게 붉었다. 곧바로 엘반이 발리아에게 달려들었다.

"죽어!"

발리아는 왼쪽으로 홱 몸을 틀었다. 목을 찔린 탓에 엘반의 움직임은 재빠르지 못했다. 발리아가 충분히 피할 수 있는 정도였다. 빗물에 젖은 은회색 눈동자가 엘반을 주의 깊게 살폈다.

조금 움직였을 뿐인데 엘반의 호흡은 벌써 거칠어지고 있었다. 목을 감싸 쥐고 있는 그의 손에서는 계속 해서 피가 흘렀다.

발리아는 오른쪽 손으로 메이스를 옮겨 쥐었다. 처음부터 왼쪽 손에 쥐고 있던 것이다. 손바닥 안에 감춰질 만큼 작았던 메이스가 어느새 제 크기를 되찾았다.

엘반의 두 눈이 커졌다. 새하얀 레이스 장갑을 낀 손으로 쥐고 있는 저 둔기.

"그 메이스는……."

유력한 황위 계승자인 엘반. 덕분에 그는 황궁 보물 창고를 구경해 본 적이 있었다.

그때 본 적 있는 메이스였다. 커다란 루비가 박히고, 온갖 귀한 보석들로 장식된 값비싸고 호화로운 마법 무기. 부황이 언제 저걸 가르트에 하사했는지 알 수가 없었다.

대체 얼마나 가르트를 아끼는 건지, 대체 얼마나!

차오르는 분노에 주의가 흐트러진 순간이었다.

"큭!"

묵직한 둔통이 엘반을 내리찍는다.

엘반이 떠나고도 셀마와 예리는 오랫동안 숨죽이고 있었다.

김이 폴폴 올라올 정도로 뜨거웠던 물은 어느새 미지근하게 식었다. 이후로도 한참 들리는 것은 빗소리뿐. 갑주가 절그럭거리는 소리도, 칼날이 스릉 뽑히는 소리도 들리지 않았다.

"……이제 괜찮은 것 같아요."

셀마는 작게 속삭였다. 그녀에 가슴에 찰싹 안겨 있던 예리가 조심스럽게 눈동자를 굴렸다. 그녀들은 식은 욕조에서 발소리를 죽이고 걸어 나왔다. 물기가 뚝뚝 떨어지는 와중에도 셀마는 욕실 문 바깥에 신경을 기울이고 있었다.

인기척은 없었다.

"성녀님, 아까 기사가 하는 말 들으셨죠?"

"……네."

[궁문 쪽으로 성녀님이 도망가시는 걸 보았다는 보고가 들어왔습니다.]

엘반에게 온 신경을 곤두세우고 있던 터라 똑똑히 들었다. 궁문 쪽으로 도망가는 성녀. 발리아였다. 예리의 낯빛이 자꾸만 가라앉았다.

셀마도 마찬가지로 불안했다. 엘반은 황위 찬탈을 꾀했다. 여기서부터 제정신이 아니었다. 평소라면 가르트 공작 부인을 건드리지 않겠지만 지금은 어디로 튈지 몰랐다. 성녀인 줄 알고 쫓았는데 실은 발리아라는 걸 알게 된다면.

'공작 부인을 살해할 수도 있어.'

게다가 높은 확률로 다시 이 처소로 돌아올 것이다. 엘반은 바보가 아니었다. 이곳에 성녀를 숨겼다는 사실을 금세 눈치챌 것이다.

그러니 이젠 이 처소에서 벗어나 도망가야 했다. 드레스를 입고 구두를 신은 셀마는 옷장을 살폈다. 예리가 입고 왔던 망토가 바로 눈에 들어왔다.

"이 망토 성녀님 건가요? 기사들이 입는 망토 같은데요?"

"발리아가 준 거예요. 아마 숀 경이 입던 것 같아요."

"숀 경이라면……."

셀마는 망토를 꺼냈다. 옷감은 좋은 것임에 비해 색깔이 어두웠다.

'좀 무겁네. 비에 젖으면 더 무거워지겠어.'

발리아의 망토를 어깨에 두른 셀마는 옷장을 뒤졌다. 그리고 숄을 두 개 꺼냈다. 하나는 평범한 숄이었고, 다른 하나는 모자가 달린 숄이었다.

"모자가 달린 숄이 하나밖에 없네요. 성녀님 머리를 가리는 게 우선이니까 입으세요."

예리는 평소보다 눈을 부릅뜨고 있었다. 아니면 눈물이 흐를 것만 같았다. 하지만 처량하게 울기나 하라고 발리아가 머리를 자르고 달려간 게 아니니까.

붙잡히지 않고 살아남아야 했다. 그게 예리가 할 일이었다. 그녀는 결의를 다지듯 리본을 세게 묶었다.

"가요. 성녀님."

반란의 밤. 비는 어느새 폭우처럼 쏟아지고 있었다. 하지만 도망치는데 우산을 들고 갈 여유는 없었다.

얼마 후였다. 셀마는 흠뻑 젖은 얼굴로 예리를 돌아보았다.

"여기를 가로질러 가야 하는데 보시다시피 길이 좀 넓어요."

"달릴까요?"

"네네. 비가 많이 오니까 빨리 뛰면 괜찮을 거예요. 제가 먼저 갈 테니까 절 따라오세요."

예리가 고개를 주억거렸다. 인적을 살핀 셀마는 바로 후다닥 달렸다. 예리가 따라서 도도도 달렸다. 막 건너편에 도착한 즈음이었다. 웬 남자가 갑자기 튀어나왔다.

"헉!"

번개 같은 속도였다. 예리는 눈으로도 미처 그 움직임을 좇지 못했다. 남자는 달려가던 셀마를 홱 잡았다. 눈 깜짝할 새였다. 남자에게 붙잡힌 셀마가 몸부림을 쳤다. 예리가 남자의 머리카락을 쥐어뜯으려는 순간이었다.

"마님! 괜찮습니다. 접니다."

익숙한 목소리. 예리의 손이 허공에서 우뚝 멈췄다. 셀마의 가슴이 오르락내리락했다. 그녀는 숨을 몰아쉬며 고개를 돌렸다. 발리아가 아닌 다른 여자의 얼굴. 손은 놀라서 바로 셀마를 놓았다.

"……3황녀 저하?"

셀마의 붉은 머리카락이 비에 흠뻑 젖어 있는 터라 미처 색 구별을 하지 못했다. 예리의 눈이 동그래졌다.

"숀 경!"

숀의 얼굴은 멀끔했지만 옷은 온통 핏자국으로 가득했다. 그는 예리를 한 번 보고 셀마를 한 번 보았다. 그리고 주변도 다시 둘러보았다. 어디에도 발리아가 없었다.

"마님은 어디 계십니까? 그 망토는 분명 제가……."

"내가 잠깐 빌려 입었네."

가르트 기사단장이 자신들을 찾게끔 하기 위해서. 일부러 무거운 기사 망토를 입고 돌아다녔던 셀마는 빗물에 젖은 얼굴을 쓸어 넘겼다.

"상황이 상황이니 본론부터 이야기하지, 경."

❋❋❋ ❋❋❋ ❋❋❋

살랑살랑 부채를 부치던 아라스의 손이 우뚝 멎었다. 그녀는 납작 엎드린 시종을 향해 되물었다.

"지금 뭐라고 했느냐?"

"……비전하. 가르트 공작이 방금 전 1급 비상사태를 선포하고 수도 치안대의 절반을 행궁으로 불러들였습니다."

절반?

아라스의 입술이 파르르 떨렸다. 엘반이 절대로 막아 낼 수 있는 숫자가 아니었다. 아라스가 로메인 후작을 휙 돌아보았다.

"막아야 합니다. 아버지."

로메인 후작의 낯은 어느새 창백해져 있었다.

"전하, 이건 막을 수 있는 일이 아닙니다."

"나는 황후의 대행입니다. 아버지. 폐하께서 직접 말씀하셨단 말입니다! 이 내게 내명부의 통솔 권한 전부를 맡기겠노라고!"

"전하……."

후작이 얼굴을 쓸어 넘겼다. 수하의 보고를 듣는 순간 핏기가 쭉 빠진 늙은 손이 시체처럼 차가웠다.

"가르트 공작은, 황제 폐하께서 친히 하사하신 군부의 인장을 가지고 있습니다. 폐하의 칙서가 아니고서는……. 그 어떤 기사도 가르트 공작의 군령을 불이행할 수 없습니다."

부채를 쥐고 있던 아라스의 손등이 하얗게 도드라졌다. 그녀가 신경질적으로 부채를 던지는 걸 보며 로메인 후작은 초조하게 생각했다.

'……내 쪽으로 보고가 전해지지 않았다.'

수도의 로드 워프에는 로메인 후작이 사람을 심어 놓았다. 슈텐 가르트가 로드 워프를 이용했다면, 당연히 이쪽으로 소식이 전해져야 했다. 그러지 않았다는 것은 한 가지를 의미한다.

보고할 새도 없이 가르트 공작에게 처리되었다는 것.

언제부터 알고 있었는지는 모른다. 다만 확실히 알 수는 있었다. 가르트 공작은 엘반이 일으킨 반역과 로메인 후작가를 이미 한 선으로 묶었다는 사실을.

"전하."

반역에 가담한 가문은 이유를 불문하고 멸문.

"지금이라도 살아 나갈 방법을 강구해야 합니다."

"묘수라도 있으신가요?"

"황제 폐하께 전하와 로메인 가문은 이번 일과 무관하다는 편지를 쓰세요. 폐하의 아량에 매달리는 수밖에 없습니다. 게다가 전하는 내내 아팠다고 알려졌으니 로메인과 함께 충분히 빠져나가실 수 있습니다."

"그럼 엘반은요? 엘반은 어찌하고요?"

"엘반 저하께서는 복이 많으신 분입니다. 분명……, 괜찮으실 겁니다."

순간 아라스의 얼굴에 경멸이 스치고 지나갔다. 다급해 있는 로메인 후작은 미처 알아채지 못했지만.

"나보고 내 친자식을 버리라는 건가요?"

"전하……. 이렇게 하지 않으시면 로메인이 멸문합니다."

"엘반도 로메인의 핏줄입니다. 아버지. 아버지의 피를 이은 외손자란 말입니다!"

"저하는 라겔뢰프의 핏줄이시기도 하잖습니까! 설마 폐하께서 친아들을 내치시겠습니까? 전하, 제발 현명하게 생각하십시오."

아라스는 차갑게 웃었다.

아, 아버지. 야망은 있으나 소심하여, 언제나 한 발자국 물러서는 이 비겁한 로메인의 가주는.

외손자마저도 아무렇지 않게 버리려고 하는 건가.

"제가 아까 말씀드렸지요, 아버지. 저는 여기에 모든 걸 걸었다고요."

"전하!"

아라스는 로메인 후작의 매달림을 외면하며 목소리를 높였다.

"세실라!"

그녀의 부름에 시녀장이 안으로 들어왔다.

"부르셨습니까. 전하."

"가서 전해라. 가르트 공작 부인을 잡으라고. 공작 부인을 인질로 삼고 가르트 공작과 은밀히 접촉하라고 해."

아라스의 눈이 잔혹하게 빛났다.

"필요하다면 몇 군데 부러뜨리거나 상처를 내도 좋다. 이 모든 것을 행궁에 있는 나의 '심복들'에게 전하거라."

마지막 말에 시녀장 세실라의 표정이 묘해졌다. 남들은 읽어 내기 어려울 정도로. 세실라는 아라스의 눈짓을 받고 고개를 숙였다.

"그리 전하겠습니다. 전하."

세실라가 물러났다. 로메인 후작은 고개를 가로저었다.

"전하. 가르트 공작이 공작 부인을 유독 귀애하는 것은 저도 압니다. 하지만 이건 규모가 다른 일이잖습니까. 엘반 저하가 일으킨 일은 반역이란 말입니다."

"아버지는, 사랑에 눈 흐린 남자의 판단력을 잘 모르시는군요."

아라스는 어느새 완전히 여유를 되찾은 상태였다.

"귀족들은 욕심이 많아요. 특히 아끼는 게 위험에 처하는 상황이 오면, 뭐가 옳고 뭐가 그른지도 모르게 되죠."

"하지만……."

"절 믿으세요. 아버지. 믿으셔서 어린 절 황궁으로 보내지 않으셨나요?"

그리고 본인이 어떤 덫에 걸렸는지도 모르게 되겠지.

"제 사랑스러운 남동생이나 어서 본궁으로 부르세요. 조카가 승리해 돌아왔는데, 외삼촌이 본궁에서 기다리고 있지 않고 있으면 엘반성격에 얼마나 섭섭해하겠어요. 우리 엘반은 황관을 쓰자마자 제 외삼촌을 소공작으로 봉해 주려고 할 텐데."

"……알겠습니다."

아라스는 로메인 후작이 저택으로 사람을 보내는 걸 보며 교교하게웃었다.

❊❊❊ ❊❊❊ ❊❊❊

비가 오는 행궁. 메르실이 앉아서 보고만을 기다리고 있는 곳에 신관이 허겁지겁 뛰어 들어왔다. 메르실은 담담한 얼굴로 물었다.

"왜 그리 급히 오는 것이냐. 성녀님을 모시기라도 하였느냐?"

"대신관님!"

신관이 숨을 몰아쉬며 다급하게 말했다.

"가르트 공작이, 가르트 공작이 방금 전 입궁했다고 합니다!"

"뭐라고? 가르트 공작?"

메르실의 두 눈이 커졌다. 그가 자리에서 벌떡 일어났다. 신관의 멱살을 잡을 듯 바짝 붙은 메르실이 믿을 수 없다는 목소리로 물었다.

"그게 무슨 말이냐! 분명 빌리엄 공작이 계획대로 처리했다고 연락이 왔다고 했잖느냐! 가르트 공작이 어떻게 살아서 돌아와!"

"저, 저도 모르겠습니다. 분명히 옆에서 그리 말하는 걸 들었는
데……."

"하이젠 빌리엄……."

추론할 수 있는 답은 두 개다. 하이젠이 변심했거나, 혹은 당했거
나. 메르실은 입술을 짓씹었다. 이래서 귀족 놈들은 믿는 게 아니었는
데. 가르트의 꼬나풀을 잡았다고 그리 장담하더니. 메르실은 휙 몸을
돌렸다. 흰 예복이 펄럭였다.

"준비해라. 지금 당장 신성국으로 돌아가야겠다."

"하지만 아직 성녀님을 찾지 못하였습니다."

"어쩔 수 없다. 성녀님을 모시는 건 나중에도 할 수 있는 일이니 후
일을 기약해야지."

"알겠습니다."

잠입시킨 신관들은 그대로 두고, 성기사부터 순차적으로 빠져나가
게 할 생각이었다. 메르실은 문 쪽으로 걸음을 옮기며 물었다.

"궁문은 어떤 상태지? 가르트 공작이 군사를 대동해 왔다던가?"

"그런 말은 없었습니다. 오히려 가문의 기사단도 없이 혼자 왔다고
하더군요."

메르실의 미간이 좁아졌다.

"급하게 온 모양이군. 하지만 분명 수도에 주둔하고 있는 군사를 불
렀을 것이다. 전장에서의 공훈이 그냥 쌓이는 건 아니지. 가르트 공작
은 머리가 좋은 남자야."

"어찌하시겠습니까?"

궁문으로 바로 나가는 건 위험했다. 메르실은 안전하게 밖으로 나

가야 했다. 겔을 빠져나가 신성국으로 입성하면, 아무리 가르트 공작이라고 해도 차마 군사를 이끌고 오진 못할 것이다.

대륙 전체를 적으로 돌리고 싶은 게 아니라면.

"내 마차를 준비시켜라. 먼저 내보내서 주의를 끌고, 우리는 뒷문으로 빠진다."

❦❦❦

"크윽……."

비틀거리는 발걸음. 엘반은 머리를 잡았다. 그가 느리게 뒤를 돌아보았다. 아니, 돌아보려고 했다. 어느 순간 엘반은 자신이 쓰러졌다는 걸 깨달았다.

머리뼈가 함몰되는 것 같은 통증. 빗물이 고인 돌바닥은 또 왜 이렇게 딱딱한지. 눈앞이 몹시 흐려졌다. 이 상황 어디에서 현실감을 찾을 수 있는가.

황제가 하사한 메이스에 머리가 깨진 황자라니.

그리고 그 메이스를 휘두른 게 가르트 공작 부인이라니.

"부황은……."

마지막까지 내 발목을 붙잡는군. 엘반은 끝까지 말을 잇지 못했다. 깨진 머리에서 피가 흘렀다. 빗물과 섞인 피가 번졌다.

"……."

발리아는 메이스를 꽉 쥐었다. 쓰러진 엘반은 미동조차 없었지만, 죽은 건지 아닌지는 알 수 없었다. 확인할 시간도 물론. 엘반의 기사들은 그리 멀리 가진 않았을 것이다. 언제 들이닥칠지 몰랐다.

코끝에나 톡톡 떨어지던 비는 어느새 폭우. 빗물에 푹 젖은 옷이 무거웠다. 발리아가 눈을 깜빡일 때마다 빗방울이 도르르 떨어졌다. 유일한 무기인 메이스를 손에 쥐고, 발리아는 바로 뒤돌아 달렸다.

✻✻✻ ✻✻✻ ✻✻✻

"저하. 제발 다시 한번 생각해 보십시오."

"……생각 중이야."

"생각 중이신 분이 검은 왜 들고 계시는데요!"

"목소리 낮춰. 들리겠다."

구스토는 앞을 살폈다. 그의 뒤에는 호위 기사들이 숨을 죽인 채 대기하고 있었다. 구스토는 행궁에 올 때 대동했던 제 호위들이 어디에서 대기하고 있을지 짐작하고 있었다. 혹시 모를 암습에 대비해, 언제나 만날 장소를 지정해 두곤 했기 때문이다.

절반이 넘는 호위 기사가 흡수에 습격당해 죽었지만, 또 절반 정도는 살아 있었다. 요안은 기사들을 보고 안심했다. 이 정도면 구스토가 최소한 개죽음을 당할 일은 없을 거라고 생각했다.

"저하. 2황자의 기사가 우리의 몇 배인데요. 승산이 적습니다."

하지만 상황이 이러면 말이 아예 달라지질 않는가. 구스토는 호위들을 데리고 엘반의 기사들을 공격할 생각이었다.

"저 안에 성녀님이 계시다. 저 기사들이 그대로 들어간다면 성녀님은 무사할 수가 없어."

바깥에서 대기하고 있는 엘반의 기사들. 그들이 나누는 짧은 대화로 구스토는 이미 웬만한 상황을 다 파악했다.

"최소한 성녀님이 도망가실 때까지 시간은 벌 수 있겠지."

"저하. 꼭 이렇게까지 하셔야겠습니까?"

"성녀님과 친분을 유지하라고 한 건 요안 너였지 않느냐?"

"친분을 유지하라고 했지 목숨을 걸라고 한 적은 없습니다, 저하!"

구스토는 대답 없이 고개를 돌렸다. 요안은 가슴이 답답해 죽을 지경이었다. 구스토가 일부러 대답을 회피한다고만 생각했다. 요안은 미처 알지 못했다. 지금 가장 혼란스러운 사람은 구스토 본인이라는 것을.

그 또한 자신이 왜 이렇게까지 하는지 정확히 알 수 없었다.

그사이 엘반의 기사들이 슬슬 움직이기 시작했다. 시간이 어느 정도 흘렀으니 안으로 들어가려는 것이다. 그들의 움직임은 아까보다 신중했다. 성녀가 검을 쓸 줄 안다는 걸 알았으니, 최대한 조심히 접근해 성녀를 생포하려는 것이다.

구스토가 제 뒤에 있는 호위들에게 눈짓했다. 엘반의 기사들이 막 들어서기 직전이었다.

"컥!"

"기습이다!"

"죽여라!"

뒤에서부터 갑작스럽게 치고 오는 호위들에게 기사 몇이 맥없이 당했다. 금세 피가 흩뿌려졌다. 거세게 쏟아지는 비. 구스토 또한 검을 들고 기사들을 베어 나갔다.

오래 끌 것도 없다. 끌 수도 없었고. 부디 지금을 틈타 예리가 도망가기만을 바랐다.

"어딜 감히!"

"으아악!"

흐트러졌던 것도 잠시. 기습은 효과적이었으나 숫자 차이가 압도적이었다. 전세는 순식간에 역전되었다. 구스토의 호위들은 한 번에 두셋씩 밀고 들어오는 기사들의 검에 찔려 죽거나 쓰러졌다.

"저하! 피하십시오!"

"위험하다!"

구스토를 중심으로 방어하던 호위들이 하나씩 제거되었다. 애초에 많지 않던 숫자였다. 게다가 그들은 전투 중반부터 표적을 정확히 노리고 있었다.

"아니, 이게 누구신가. 1황자 저하 아니십니까."

구스토. 암습으로 살해하려다가 실패한 1황자. 어느새 기사들에게 포위당한 구스토는 흉흉하게 기사를 노려보았다.

"안면이 있는 낯이군. 부단장이었던가?"

"제 얼굴을 기억해 주시다니 가문의 영광입니다."

부단장의 말에 구스토가 픽 소리 내서 웃었다.

"……갑자기 왜 웃으시는지?"

"아니, 경의 말이 재미있어서 말일세."

구스토는 얼굴에 묻은 피를 닦아 내며 말했다.

"뒤에서 반역이나 일으키는 놈이 가문의 영광도 따지나?"

능글능글하던 부단장의 낯이 싹 굳었다. 겉치레나마 정중하던 허물이 그대로 벗겨졌다. 부단장이 이를 뿌득뿌득 갈았다. 그가 목에 핏대를 세우며 외쳤다.

"잡아라! 내 직접 목을 자르겠다!"

명령이 떨어지는 것과 동시에 기사들이 일사불란하게 움직였다.

구스토도 곧장 검을 휘둘렀다. 챙! 검과 검이 맞부딪히는 소리가 소름이 끼치게 울렸다.

"너희는 가서 성녀를 생포해라!"

"예!"

부단장의 명령을 받은 기사 몇이 안쪽으로 움직였다. 구스토가 이를 악물었다. 아직 충분한 시간은 안 된 것 같은데. 기사들을 막기 위해 구스토가 발을 뗀 순간이었다.

"저하!"

날카로운 검이 구스토의 배를 관통했다. 누구도 부정할 수 없는 치명상. 살을 뚫고 들어간 날이 밖으로 뽑히는 그 찰나, 붉은 피가 세차게 뿜어져 나왔다. 구스토의 지시대로 숨어 있던 요안이 입을 틀어막았다.

'안 돼!'

구스토가 쓰러졌다. 손으로도 막을 수 없는 붉은 피가 숭덩숭덩 쏟아져 빗물에 섞였다. 쓰러진 황자. 구스토의 호위들도 거의 행동 불능의 상태였다.

"비켜라. 확실히 죽이는 게 낫겠지."

부단장은 확인 사살을 위해 직접 검을 들었다. 목을 꿰뚫고 시체를 수거해 엘반에게 가져갈 생각이었다.

"크악!"

입구 쪽에서부터 비명 소리가 들려왔다. 부단장을 위시해 구스토를 포위하고 있던 기사들의 눈이 뒤를 향해 쏠렸다. 부단장의 눈이 부릅 떠졌다.

"당신은······!"

"반역으로 모자라 황자 살해라. 멸문으로는 부족한 모양이군."

슈덴 가르트. 이미 몇을 벤 건지, 그가 들고 있는 검을 따라 피가 뚝뚝 떨어졌다. 비가 오는데도 저 정도면 대체 얼마나 죽인 거지? 무의식적으로 슈덴을 향해 검을 겨눴던 기사들이 주춤주춤 물러섰다.

"검을 버려라. 따르지 않으면 전원 이 자리에서 즉살하겠다."

부단장은 떨리는 손을 애써 가라앉히며 검을 고쳐 잡았다. 천하의 가르트 공작이라지만 혼자 왔다는 것에 위안을 가졌다.

'어쩌면 부상을 입힐 수도 있다.'

"각하!"

그러나 그 뒤를 따라 들어오는 병사는 대체 몇 명인가. 부단장은 기사를 이끌고 들어오는 가르트 기사단장, 숀을 아연한 눈으로 바라보았다. 이윽고 부단장이 검을 떨어뜨렸다.

❦ ❦ ❦

"이쪽입니다. 대신관님."

"비가 많이 오는군."

메르실은 신관 몇과 함께 행궁의 후문으로 향하고 있었다. 정확히는 뒷문 근처에 있는 아주 작은 출입구였다. 담을 조금 허물어 사람이 간신히 지나갈 정도로 만들어 둔 것이다. 이 또한 메르실이 오늘을 위해 신관들에게 만들어 두게 했다.

보안이 엄격하고 까다로운 순찰병들이 즐비한 본궁이라면 상상도 못 할 일이었지만, 행궁은 감시하는 눈이 적었다.

"비록 성녀님은 모시고 나오지 못했지만……."

덤불로 덮어 위장해 둔 출입구를 통해 메르실과 신관들이 빠져나왔다. 그리고 길이 난 후문 쪽으로 부지런히 걸음을 옮겼다. 메르실이 이마를 조금 찌푸렸다. 폭우가 쏟아져 어두운 와중에도, 멀리서 불빛들이 보였기 때문이다. 군사들이었다.

"역시 가르트 공작이 군사를 바로 불렀군."

"정문뿐 아니라 후문까지 감시하고 있을 줄은 몰랐습니다."

뒷문으로 빠져나왔으면 바로 잡혔을 것이리라.

"내 마차는 궁문으로 보내 놓았는가?"

"예. 대신관님이 타고 오신 마차에 저희들 마차까지 전부 한 번에 내보냈습니다."

"잘했군."

안수 기도 의식은 공식적인 기도다. 주관하는 신관은 의장 마차를 타고 와야 했다. 대신관인 메르실에게 할당된 의장 마차는 일곱 대였다. 슈덴의 수하들이 마차 수색에 정신이 팔린 사이 메르실은 겔 제국을 빠져나갈 생각이었다.

"일단 신전으로 가서 마차를 타야겠구나."

로드 워프는 기록이 남아서 위험했다. 애초에 예리를 데리고 신성국으로 가려던 메르실이었다. 마차를 타고 육로를 통해 신성국으로 돌아가는 방법도 이미 다 세워 둔 상태였다.

"성녀님을 모셔 가기 위해 마련해 놓은 게 이렇게 쓰이는군요."

"신께서 안배해 주신 거지. 가자."

"안배는 얼어 죽을……."

메르실의 몸이 흠칫 떨렸다. 신관들이 곧장 메르실을 사이에 두고 주변을 경계했다. 그들은 인기척이 나는 곳을 향해 소리쳤다.

"누구냐!"

"이름 말하면 누군지 알긴 합니까?"

모를 텐데? 두꺼운 기사 망토를 쓰고 나타난 남자는 메르실을 향해 고개를 숙였다.

"메르실 대신관님과 예하 신관님들께 인사 올립니다."

가슴 왼편에 오른쪽 손을 얹고 올리는 인사. 신관이 본인보다 직위가 높은 신관에게 올리는 인사였다. 그제야 신관들이 안심한 표정을 지었다.

"신관이었군."

"2신전에서 보내온 모양입니다."

"아뇨?"

제노가 쓰고 있던 망토 모자를 내렸다.

"가르트 기사단 소속 기사인데요, 신관 나리들."

✼⁓✼ ✼⁓✼ ✼⁓✼

발리아의 어깨가 오르락내리락했다. 기사들이 쫓아올 게 예상돼서 쉬지 않고 움직였다. 얼마나 먼 거리를 움직였는지 힘이 다 빠질 지경이었다. 높은 구두를 신고 달린 터라 발도 욱신거리고 아팠다. 발리아는 벽에 손을 짚고 숨을 골랐다.

'……추워.'

비가 너무 많이 왔다. 대신관의 정복을 걸치고 있긴 하지만, 안에 입고 있는 드레스는 여름용이었다. 빗물이 고여 구두를 벗을 수도 없었다. 찬물에 발을 오래 두면 동상에 걸릴 테니까.

얼마나 더 도망가야 할지 모르겠다. 발리아는 젖은 머리카락을 귀 뒤로 넘겼다. 훅 짧아진 머리카락이 어색했다. 솔직히 말해서 스스로가 한심했다.

'바보처럼 굴었어.'

엘반은 원래 몇 년은 더 있어야 반역을 일으킨다. 발리아는 이 시간을 알고 있었다. 그래서 성급하게 접근하지 않았다. 기억을 더듬어 반란이 일어날 시간을 재고, 엘반의 후궁인 카니에를 궁지에 몰아넣지 않는 정도로 완급을 조절했다.

지나친 신중함은 독이 될 수도 있다는 걸, 발리아는 몸으로 겪고서야 깨달았다. 극심한 후회 역시. 예리에게는 그녀의 잘못이 아니라고 몇 번이나 말해 주었지만, 정작 제 마음은 그렇게 달래 줄 수가 없었다. 발리아는 몸을 조금 움츠렸다.

이 상황에서 슈덴이 보고 싶은 건 지쳤기 때문일까. 아니면 비가 와서일까. 그도 아니라면……. 발리아가 막 고개를 들어 올렸을 때였다.

"여기 계셨군요."

누군가 발리아의 손목을 잡았다. 그리고 홱 끌어 잡았다.

❈❈❈ ❈❈❈ ❈❈❈

슈덴에게 상황 정리를 지시받은 숀은 걸음을 옮겼다. 이유는 모르겠으나 엘반이 혼자 처참하게 쓰러져 있었다.

"죽었나?"

"아닙니다. 숨은 붙어 있습니다. 있기는 한데……."

기사가 말끝을 흐렸다. 숨은 붙어 있지만 굉장한 중상을 입었다.

목에는 칼에 찔린 상처가, 머리에는 묵직한 둔기로 얻어맞고 깨진 흔적이. 피를 많이 흘렸고, 또 빗속에 방치되어 있었다. 지금 당장 궁의 여럿이 달라붙어야 하는 수준이었다.

하지만 반역을 일으킨 주모자로 거의 확실시 되는 황자에게 호사스러운 치료를 받게 하는 게 가당키는 한 것인가? 숀은 기사의 어려움을 충분히 이해했다. 숀 또한 엘반을 어떻게 해야 하는지 쉬이 갈피를 잡을 수가 없었다.

"일단 응급 처치만 해라. 자세한 건 각하께 여쭤봐야겠군."

숀이 그렇게 말한 직후였다.

"비켜라."

"각하를 뵙습니다!"

슈덴이 성큼성큼 걸어왔다. 숀을 위시한 기사들이 재빨리 물러났다. 슈덴이 엘반을 향해 허리를 굽혔다. 그 짧은 순간. 숀은 무언가 이상하다는 것을 알았다. 목숨이 왔다 갔다 하는 전쟁터에서조차 느긋함이 잦았던 주군의 낯이, 마치 폭발하기 직전의 화산처럼 보였기 때문이다.

'……무슨 일이라도 생긴 건가?'

의문도 잠시. 슈덴이 엘반의 멱살을 그대로 들어 올렸다. 기사들이 외려 당황한 순간. 슈덴은 약간의 망설임도 없이 엘반의 뺨을 주먹으로 내리쳤다.

"윽……!"

엘반은 가까스로 정신이 들었다. 멀쩡한 제정신이 아니라, 강한 충격 때문에 억지로 끌어 올린 정신이었다. 엘반은 부은 눈을 제대로 뜨지도 못했다.

"엘반 아달베르크."

사람을 물어뜯는 것 같은 목소리. 붉은 눈동자가 전에 없는 분노로 타오르고 있었다.

"내 아내는 어디 있나."

✵✵✵ ✵✵✵ ✵✵✵

반란, 또는 외침을 의미하는 1급 비상사태. 겔 군부 지휘자인 슈덴 가르트는 인장을 사용해 소집령을 내렸다. 수도 치안대에 소속된 군사의 절반이 행궁을 포위 및 진압하였다.

그와는 별개로, 수도에 있는 가르트 기사단 전원 역시 행궁에 집합했다.

그들에게 내려진 명령은 단 하나. 발리아의 안위를 확보하는 것. 그 외에는 어떤 것이든 상관없었다. 무력도 무력이지만 전략 역시 능한 가르트 기사단은 신속하게 구역을 나눠 행궁을 뒤지고 다녔다.

적지 않은 귀족들이 발견되었다. 엘반의 기사들을 피해 도망치거나 숨은 귀족들이었다. 그러나 그 어디에도 그들의 마님은 없었다.

"신, 슈덴 가르트. 황제 폐하께 인사 올립니다."

"일어나게! 일어나게, 가르트 공."

황제는 직접 슈덴을 일으켜 주었다. 근위대와 함께 포위되었던 세 시간. 바깥으로 나가고 싶어도 그럴 수가 없었다. 근위대가 파악해 본 바로 그들의 숫자보다 약 세 배가 차이 나는 병력이 진을 치고 있었다.

"다치신 곳은 없으십니까, 폐하."

"없다네."

황제는 헛웃음을 지었다.

"짐이 참 공을 볼 면이 없군. 기껏 광산 때문에 프란츠로 보냈더니, 반역을 진압하는 것도 공에게 도움을 받았고."

"신하로서 마땅한 도리입니다."

"지금 당장이라도 공치사를 하고 싶은데……."

황제는 이마를 조금 찌푸렸다.

"공의 표정이 좋지 못하군. 무슨 일이라도 생긴 모양이야."

그리고 그 일을 즉시 보고하지 않는 걸 보니 개인적인 일인 듯하고. 황제는 제 주변을 물 샐 틈 없이 지키고 있는 근위대들을 흘긋 보았다. 상황이 상황인지라 지금 근위대를 물리기는 아무래도 어려웠다.

황제는 슈덴을 바라보다가 흠, 하고 뒤로 돌아섰다.

"가르트 공. 하나 묻겠네. 짐이 지금 자네에게 주어진 권한을 확대해 주기를 바라는가, 아니면 축소해 주기를 바라는가?"

전자라면 반란에 관련된 전부를 슈덴에게 맡기겠다는 뜻이고, 후자라면 반란에 관련된 후처리를 다른 귀족에게 넘겨주겠다는 뜻이다.

"확대해 주시기를 청합니다."

"좋네."

황제가 입을 열었다.

"지금 이 시간부로 짐은, 오늘 반란에 관련한 조사 일체를 슈덴 가르트에게 맡기겠노라. 공은 스스로의 판단 여부에 따라 어떤 권한을 행사해도 좋다."

슈덴이 곧바로 예를 갖췄다.

"신, 황명을 받듭니다."

"가 보게."

"물러가 보겠습니다."

황제가 고개를 끄덕였다. 슈텐은 곧장 뒤돌아 나갔다. 거의 동시에 램튼이 다가왔다.

"폐하."

"그래. 구스토는 괜찮다느냐?"

램튼은 주저하며 대답했다.

"궁의의 말이⋯⋯, 아무래도 목숨이 위험하시다고 합니다. 마음의 준비를 하시라고⋯⋯."

황제는 눈을 감았다. 램튼은 어쩐지 서글퍼져 입을 다물었다. 아들이 곧 죽을지도 모르는데도 황제는 달려가서 끌어안고 울 수가 없었다. 이곳은 황궁. 그리고 상황은 반란 직후. 황제는 군주이기에 자리를 지켜야 했다.

또한.

"2황자를 끌고 와라. 짐이 직접 심문하겠다."

아들의 죄를 밝히는 것도 황제여야 했다.

⁕⁕⁕⁕⁕⁕ ⁕⁕⁕⁕⁕⁕ ⁕⁕⁕⁕⁕⁕

구스토는 빈 처소에 있는 침대에 누워 있었다. 쉴 새 없이 시종들이 드나들었다. 황제가 방문하는 곳에는 항상 따라다니는 궁의가 심각하게 지시를 내리고 있었다.

시종 하나가 물수건이 담긴 놋대야를 들고 바쁘게 움직였다. 예리의 눈동자가 대야를 향했다. 따뜻한 김이 피어오르는 물수건에는 피가 흥건했다.

"저하가 지금 피를 많이 흘리셔서……, 성녀님이 보시기에는 힘들 수도 있습니다."

"……."

예리는 궁의의 만류에도 불구하고 안쪽으로 걸어갔다. 침대. 누워 있는 구스토. 시체처럼 파리한 얼굴과 혈색 없는 입술. 배를 관통당했는지 선혈이 선명했다. 손끝까지 굳어서 그 모습을 물끄러미 바라보던 예리가 천천히 몸을 돌렸다. 그리고 침상에서 조금 비켜났다.

시간이 어떻게 흘렀는지 모르겠다. 궁의는 시종들을 물리고 고개를 저었다.

"이제 신의 자비에 맡기는 도리밖에 없겠군요."

"저하아……."

요안이 아이처럼 엉엉 울었다. 저러다가 탈진하겠다고 궁의가 요안을 데리고 나갔다. 몇몇 시종을 제외하면 남은 사람은 예리뿐. 시종들이 뜨거운 물을 다시 가져오겠다며 나갔다. 잠시간의 적막. 예리는 느리게 걸음을 옮겨 구스토의 머리맡에 앉았다.

"이럴 줄 알았으면 널 멀리하지 말 걸 그랬어."

[그게 저하가, 성녀님을 지키려고 기사들을 막다가…….]

"이번 생에서도 널 좋아하고 있다고 말해 줄걸."

사랑을 고백해 보지도 못한 상대가 죽음을 앞두었을 때의 비참함. 그 완연한 병색. 예리가 얼굴을 쓸어 넘기던 때였다. 바깥에서부터 발소리가 났다.

예리가 고개를 돌린 것과 동시에, 기사가 들어와 고개를 숙였다. 가르트의 기사였다.

"성녀님. 공작 각하께서 부르십니다."

예리는 유령처럼 자리에서 일어났다. 그녀가 안내받은 곳에는 메르실 대신관이 기사들에게 포박되어 있었다. 슈덴은 막 숀의 보고를 전해 받는 중이었다.

"각하, 성녀님을 모셔왔습니다."

예리의 얼굴은 지나치게 창백했다. 모르는 사람이 봐도 걱정이 절로 될 만큼 핏기 없는 얼굴이었지만, 정작 불러온 슈덴의 표정에는 약간의 변화도 없었다.

"성녀님."

게다가 목소리는 또 얼마나 얼음장 같은지.

"신관을 구금하기 위해선 그보다 높은 신관의 허락이 필요하다고 하더군요. 맞습니까."

"네, 맞아요."

예리는 신전에서 준 율법 책을 이미 완벽하게 익힌 상태였다.

"대신관을 구금하기 위해 성녀님의 허락을 받고자 합니다. 성녀님이 허락한다면 메르실 대신관은 겔의 본궁 감옥으로 압송될 겁니다."

"공작 각하, 미치셨습니까?"

메르실이 믿을 수 없다는 표정으로 외쳤다.

"지금 각하께서 무슨 말씀을 하시는지 알고는 계시는 겁니까!"

반란을 도모하는 와중에도, 본인의 명예가 땅에 처박힐지도 모른다는 것은 염려했다. 하지만 신체의 억류는 결코 생각해 본 적이 없었다.

한 나라의 국왕이 끼니를 걱정하지 않는 것과 같은 부류였다. 대체 대륙의 그 누가 대신관을 감옥에 가둘 생각을 한단 말인가? 그리고 아무리 그래도, 성녀가 그런 걸 허락할 리가……

"허락하겠습니다."

"성녀님!"

"메르실 대신관의 신변 일체를 가르트 공작에게 인도하겠습니다."

그야말로 청천벽력 같은 목소리였다. 메르실은 순간 말문마저 잃어버렸다. 슈덴은 뒤에 서 있던 기사들에게 명령했다.

"끌고 가라."

"가르트 공작! 감히 대신관인 나를 구금하려고 하는 겁니까! 뒷일이 걱정되지도……."

"걱정?"

붉은 눈동자는 이상할 정도로 위험하게 가라앉아 있었다. 살의가 짙으면 광기로까지 보이게 되는 법. 메르실은 저도 모르게 마른침을 삼켰다. 평소의 가르트 공작이 아니었다.

"대신관이 지금 걱정해야 하는 건 구금이 아니라 고문입니다."

"……."

그 말이 단순한 협박이 아님을 메르실은 충분히 알고 있었다. 그의 얼굴이 창백해졌다. 슈덴이 턱짓을 하자, 기사들은 바로 메르실을 끌고 나갔다. 성녀의 허락이 떨어진 이상, 대신관이라고 머뭇거릴 것도 없었다. 메르실은 절박하게 외쳤다.

"성녀님! 성녀님!"

메르실이 볼품없이 끌려 나가고, 슈덴도 더 볼 것 없다는 듯 바로 뒤돌아 걸어 나갔다. 예리가 입을 연 것은 그때였다.

"……각하."

머뭇거리는 목소리.

"발리아……, 아니 가르트 공작 부인은 찾았나요?"

슈덴의 발걸음이 조금 느려졌다. 발리아가 저 성녀를 지키려 했다고 한다. 성녀를 대신해 머리를 자르고 대신관의 정복까지 걸치고 도망갔다고. 그 보고는 이미 전해 들었다.

발리아가 왜 그런 선택을 했는지, 슈덴은 알 수 없었다. 그녀의 결정이니 토를 달지도 않을 것이다. 하지만 만약 발리아에게 무슨 일이 생긴다면, 그런다면……

"찾았으면 대신관을 살려서 본궁으로 데려가겠습니까. 여기서 목을 따 버렸지."

슈덴은 그대로 걸어 나갔다. 지금 당장이라도 관여된 모든 이를 죽이고 싶다. 발목과 손목에 칼을 박아 넣고 산채로 씹어 먹어 버려도 모자란데. 그러지 못하는 것은 발리아의 안위가 숨이 막힐 정도로 걱정되었기 때문에.

"본궁으로 즉시 군사를 보내라. 2황자와 관련된 이들은 신분 고하를 가리지 않고 전원 압송하도록."

단지 그뿐이었다.

✶✶✶ ✶✶✶ ✶✶✶

"예? 그게 무슨 말씀입니까?"

"쉿. 목소리 좀 낮춰라."

제노가 어깨를 움츠렸다. 현재 그의 꼴은 엉망이었다. 전부 메르실 때문이었다.

대신관에게 폭력을 휘두르거나, 몸에 상처를 내는 것은 강력한 금기 사항 중 하나였다. 신에게 버림받기 때문에 지양해야 할 일이었다.

그래서 제노는 다른 신관들은 다 쉽게 때려눕히고 왔는데 메르실만은 그러질 못했다.

이 죽일 놈의 신앙심. 놓으라고 바락바락 외치며 반항하는 메르실을 고이 포박해 들고 오는 게 너무 힘들었다. 그렇게 간신히 대신관을 갖다 바치고 왔더니, 기사단의 분위기가 심상치 않았다. 제노는 겪어 보지도 못한 전쟁터에 온 줄 알았다.

"마님이 없어지셨다니요? 아니 거 뭐 귀족들은 지들끼리 두런두런 모여 있던데요?"

"거기에도 안 계신다더라."

"그럼 어디 가셨는데요?"

"모르니까 지금 다들 눈에 핏발이 서 있는 거잖아."

귀족들이 모여 있는 홀에도, 또는 드문드문 있던 제단에도 발리아가 없었다. 제노는 선배 기사에게 그 말을 듣는 순간 당황스러웠다.

"비가 이렇게 많이 오는데……."

비는 그치질 않았다. 폭우는 갈수록 심해져 이젠 양동이로 물을 퍼붓는 것 같았다.

"혹시 마님이 기절해 계시기라도 하면 정말로 위험한 것 아닙니까?"

"……내 말이 그 말이야."

행궁의 경계는 갈수록 삼엄해지고 있었다. 수도 로드 워프는 이미 사용이 중단되었다. 동시에 겔 제국 국경은 봉쇄령까지 내려진 상태였다. 슈텐은 황제에게서 권한 확대를 승인받자마자 할 수 있는 모든 폐쇄를 지시했다.

"마님을 찾으면 꼭 보고해라."

"알겠어요."

제노는 선배 기사와 헤어지고 걸음을 옮겼다.

'마님이 성녀님으로 변장하고 도망치셨다고?'

정문과 후문은 물 샐 틈 없이 봉인. 행궁 주변은 슈덴의 명령으로 제노를 포함한 몇몇 기사들이 직접 순찰했다. 덕분에 메르실을 비롯한 신관 일행을 발견할 수 있었다. 메르실이라는 거물 때문에 기사 몇이 잠깐 자리를 비웠는데.

'신관 일행……'

제노가 그 자리에서 멈춰 섰다. 불현듯 생각나는 대화가 있었다.

[일단 신전으로 가서 마차를 타야겠구나.]

[성녀님을 모셔 가기 위해 마련해 놓은 게 이렇게 쓰이는군요.]

[2신전에서 보내온 모양입니다.]

제노는 그 대화를 슈덴에게 보고하지 않았다. 일부러 누락한 게 아니라 메르실한테 얻어맞느라 잠깐 잊고 있었다.

'설마 마님을 성녀로 착각하고……?'

그사이에 그쪽으로 또 빠져나온 건 아니겠지? 에이 설마 그런 말도 안 되는 일이……. 속으로는 그렇게 되뇌는데 마음은 점점 조급해졌다.

어느 순간이었다. 제노는 미친 듯이 달리고 있었다.

[마님을 찾으면 꼭 보고해라.]

아주 잠깐, 되돌아가 보고는 하고 올까 하는 갈등이 들었다. 하지만 그도 잠시일 뿐. 머리의 이성과는 달리 발이 멈추질 않았다. 제노는 빗속을 뚫고 그대로 행궁을 빠져나갔다.

겔 수도에 위치한 제2신전. 이곳은 겔 제국에서도 가장 규모가 큰 신전이었다. 얼마 전 2신전에 새로 부임한 총괄 신관은 심각하게 얼굴을 굳혔다.

"국경 봉쇄라니? 확실한가?"

"제가 직접 들었습니다."

그 잠시 사이에 일이 커졌다.

"빨리 준비하게. 혹시나 싶어 준비한 게 도움이 되는군."

총괄 신관의 손에는 지도가 들려 있었다.

신관들은 산을 통해서 빠져나갈 생각이었다. 보통 사람이라면 엄두를 내지 못할 길이지만, 그들은 달랐다. 몇 백 년 전부터 고행을 다닌 선대의 신관들은 여로를 꼼꼼히 기록했다. 이 기록물은 하나도 빠짐없이 신성국 대신전에 보관되어 전해졌다.

"기름은 다 뿌렸나?"

"예. 불씨만 점화하면 됩니다."

"아깝긴 하군. 이 좋은 신전을 불태워야 한다니……."

총괄 신관은 새삼스러운 눈으로 2신전을 둘러보았다. 햇볕이 쏟아지면 그 어떤 보석보다 찬연한 빛을 내는 스테인드글라스. 섬세한 대리석 조각. 장엄한 천장과 신성한 제단.

"너무 아까워하지 마십시오. 메르실 대신관님이 약속하셨잖습니까? 더 좋은 신전을 세워 주신다고요."

"그래. 때로는 큰일을 위해 작은 걸 버려야 할 때도 있는 법이지."

언제나 신자와 방문객들로 북적이던 2신전은 일주일 전부터 조용했다. 내부 수리를 이유로 방문하는 사람들을 일절 사절했기 때문이다.

그 외의 수습도 철저했다. 원래 2신전에서 거주하던 신관들 대부분은 현재 신성국으로 떠난 상태였다. 교육을 빙자하여 메르실이 불러들인 것이다.

그리하여 2신전에 남은 것은 극소수의 신관들뿐이었다. 총괄 신관이 신임하는 몇몇과, 또 며칠 전 신성국에서 조용히 온 메르실의 수족들이 전부였다.

"총괄 신관님!"

문이 벌컥 열린 것은 직후였다. 수습 신관 한 명이 뛰어 들어오더니 고개를 깊숙이 숙였다. 어깨를 들썩이는 꼴이 심상치가 않다.

"치안대 병사들이 신전 수색을 요구하고 있습니다!"

"뭐라고?"

총괄 신관이 자리에서 벌떡 일어났다.

"신전이 어떤 곳인데 감히 수색을 요구한단 말이냐!"

"저도 그리 말했지만 도저히 물러나질 않습니다. 중앙에서 긴급 공문이 내려왔다면서……."

긴급 공문? 총괄 신관은 다급하게 옷매무시를 가다듬었다.

"내가 나가서 직접 응대를 해야겠군. 늦으면 먼저 뒷문으로 빠져나가라."

"불은 언제 내면 되겠습니까?"

"행여 치안대에서 불을 끄겠다며 들어올 수도 있으니, 지하부터 내라."

"알겠습니다."

명령을 하달받은 신관이 함께 있던 성기사들을 데리고 일어섰다. 총괄 신관은 먼저 문 쪽으로 급하게 걸음을 옮겼다. 수습 신관은 여전히 고개를 숙이고 기다리고 있었다.

"병사들은 정문에 있나? 공문 직인은 확인했느냐?"

"안 했는데요."

"안 했다고?"

그와 동시에 수습 신관이 고개를 들어 올렸다. 못 보던 얼굴인데, 하는 생각이 총괄 신관의 머리에 스쳐 지나간 직후였다.

"커헉!"

외마디 비명과 함께 총괄 신관이 그대로 쓰러졌다.

"신관님!"

"무슨 짓이냐!"

성기사들이 즉시 검을 뽑았다. 살펴볼 틈도, 누구냐고 추궁할 틈도 없었다. 날카로운 검이 공기를 갈랐다.

"으아악!"

"침입자다!"

순식간에 성기사 두 명과 신관 한 명이 쓰러졌다. 긴장감은 팽팽했으나 고요했던 신전에 붉은 피가 튀고 비명 소리가 귀를 찔렀다. 혼란스러운 틈을 타 신관 하나가 재빨리 빠져나갔다. 금세 시끌벅적해지는 밖. 몰려들기 시작하는 발소리만 들어도 상당한 수가 오고 있음이 쉽게 짐작이 갔다.

'걸리적거리네.'

수습 신관복이 허공으로 휙 날아가 바닥에 떨어진다.

'마님은 어디 계시지?'

제노는 피가 튄 벽에 바짝 붙었다.

바깥이 시끄러운 와중에도 아라스의 궁은 조용했다. 1황비의 시녀장인 세실라가 안쪽으로 들어왔다.

"비전하, 로메인 후작님."

간결한 목소리.

"행궁에서 군사들이 왔습니다."

"군사?"

로메인 후작이 조급한 기색으로 물었다.

"누구의 군사냐?"

"엘반 저하의 군사입니다. 모든 게 비전하의 뜻대로 되었다고 전하라 하셨습니다."

"오, 신이시여."

로메인 후작의 얼굴이 환해졌다. 그의 옆에 앉아 있던 빈센트 역시 마찬가지였다. 아라스의 남동생이자 로메인의 소후작인 빈센트는 정말 잘 되었다며 연신 말했다.

"수고했다. 세실라, 물러가 보거라."

"네, 전하."

세실라는 여느 때보다 깊숙이 절을 올리고 물러갔다. 아라스는 평소보다 조금 더 길게 세실라의 뒷모습을 눈에 담았다.

"축하한다. 빈센트! 이젠 소공작으로 봉해지겠구나."

빈센트의 얼굴이 기대감으로 부풀었다. 전부 아버지와 누님의 공이라 하려던 그의 목소리는 처소 바깥에서 쩌렁쩌렁한 고함 소리에 가로막히고 말았다.

"황제 폐하의 칙서다!"

그와 함께 울리는 시녀들의 비명.

"1황비 궁을 포위하며, 궁내에 있는 사람들은 모두 반역자로 간주하겠다! 반항은 즉결 처분이니 모두 투항하라!"

우지끈 부서지는 소리와 함께 사람이 떼거지로 들어오는 소리도 들렸다.

"아, 아버지, 누님, 이게……."

당혹스러운 것은 로메인 후작도 마찬가지였다. 황제의 칙서라니? 상황 파악이 되질 않았다.

"아버지! 그럼 로메인은 어떻게 되는 겁니까? 예? 전 죽기 싫단 말입니다!"

빈센트의 매달리는 목소리에 로메인 후작은 정신을 차렸다.

"괜찮다. 우리에게는 가르트 공작과 교섭할 수 있는 여지가 있어. 잘만 하면 큰 벌은 피할 수 있을 거다. 비록 작위 유지는 어렵겠지만……."

"가르트 공작과 교섭이라뇨?"

그때 뚝 떨어지는 차가운 목소리. 로메인 후작과 빈센트의 시선이 아라스 쪽으로 향했다. 로메인 후작이 조금 초조한 목소리로 말했다.

"아까 말씀하셨잖습니까? 전하께서 심복을 풀어 가르트 공작 부인을 은밀히 납치하도록 분명……."

"아버지."

고상한 여인의 얼굴에 비웃음이 은은하게 깔린다.

"심복이라니, 그런 게 어디 있겠습니까. 램튼이 얼마나 치밀하고 꼼꼼한 사람인데요. 일처리도 나무랄 데가 없고요."

황제는, 에드가 7세는 결코 우매한 군주가 아니었다. 야망에 들끓는 아라스를 1황비에 봉한 것도, 그녀에게 내명부 통솔 권한을 내어 준 것도 모두 자신이 있기 때문이다. 아라스의 간교에 넘어가지 않을 자신.

　그리고 실제로도 그러했다. 황제는 자애로운 군주로 보였지만 실상은 황궁을 완전히 손에 쥐고 있었다. 여러 변수와 외부 세력이 기가 막히게 얽히지 않았다면, 그래서 승률이 5할을 넘지 않았더라면 아라스는 이 반란에 가담할 생각조차 하지 못했을 터다.

　로메인 후작의 손이 바르르 떨렸다. 시녀장 세실라의 거짓 보고. 태연한 낯의 아라스. 어지간해서는 감정을 드러내지 않는 저 비정한 황비. 그리고 이 거대한 내명부를 다스릴 만큼 머리가 좋은 후궁의 수장.

　“전하, 설마……”

　불현듯 떠오른 한 가지 의문.

　“일부러……, 일부러 빈센트를 입궁시킨 건 아니시겠지요?”

　아라스가 살짝 웃었다.

　“맞아요, 아버지.”

　그리고 그 미소가 주는 타격감.

　로메인 후작이 자리에서 벌떡 일어섰다. 그가 아라스의 멱살을 그대로 움켜쥐었다. 목이 졸리는 듯한 고통 속에서도 아라스는 여전히 차가운 미소를 그리고 있었다.

　“네가! 대체 어떻게 네가 내게 이럴 수 있어! 네 남동생이 불쌍하지도 않으냐!”

　“누님, 대체 왜 그러셨습니까!”

1황비의 궁에 함께 있었으니, 어떤 변명과 구실로도 빈센트는 빠져나갈 수 없다. 소후작과 후작이 한 자리에 있었으니 멸문 역시 당연지사.

분노와 경악에 찬 고함 속에서 아라스는 얼음 꽃처럼 웃었다.

"왜요, 아버지?"

[귀족들은 욕심이 많아요.]

"엘반은 불쌍하지 않으신가요?"

[특히 아끼는 게 위험에 처하는 상황이 오면, 뭐가 옳고 뭐가 그른지도 모르게 되죠.]

"친자식을 잃게 될 저는요?"

그리고 본인이 어떤 덫에 걸렸는지도 모르게 되겠지.

아라스가 뿌린 덫은 가르트가 아닌 로메인을 노린 것. 공작이라는 작위와 명예에 눈이 먼 이 가련한 아버지는 주저주저하면서도 결국 미끼를 물었다.

"반역에 가담한 자는 시체조차 온전히 찾기 힘드니, 미리 자결이라도 하시는 게 좋겠군요, 아버지, 빈센트."

"아라스! 네가 감히!"

로메인 후작이 노성을 질렀다. 그가 아라스의 뺨을 후려치기 직전이었다. 쾅! 닫혀 있던 문이 군홧발에 짓밟혀 거칠게 열렸다.

"2황자와 관련된 모든 이를 잡아들여라!"

"예!"

기사들이 달라붙어 로메인 후작을 붙잡았다. 그리고 차례로 붙잡히는 아라스와 빈센트. 두 팔이 붙잡힌 로메인 후작이 몸을 비틀었다.

"놔라!"

“끌고 가!”

“아버지! 이거 놔!”

로메인 후작이 그대로 끌려 나갔다. 밖은 아수라장이었다. 도망치려는 사용인과 바닥에 납작 엎드려 벌벌 떠는 사용인들 사이, 유독 로메인 후작의 눈에 들어오는 사람이 있었다. 시녀장 세실라였다. 그녀가 피를 토한 채 문 앞에 쓰러져 있었다.

‘저 병은…….’

세실라의 바로 앞에서 굴러다니는 작은 유리병. 눈에 익은 것이다.

[아라스. 너는 겔에서도 가장 고귀한 여인이 될 것이다. 하지만 황궁은 비정한 곳이지. 사소한 실수로도 나락으로 떨어질 수 있다.]

[전 나락으로 떨어지기 싫습니다.]

[그래. 그런 불명예를 안을 바에야, 이걸 마시거라. 명예만은 보존할 수 있을 테니까.]

입궁을 앞둔 아라스에게 로메인 후작이 직접 건넸던 자결용 독약. 모든 게 끝났다. 로메인 후작은 그렇게 깨달았다.

❧ ❧ ❧

제노는 거칠어지는 숨소리를 애써 낮췄다. 비명을 입 안으로 삼키며 왼쪽 팔을 감싸 쥐었다. 꽤 깊게 베였는지 피가 쉴 새 없이 묻어났다.

‘젠장. 이런 놈들 별거 아닌데!’

명색이 가르트 기사단 소속이다. 신전에 매복하고 있던 성기사들이 생각보다 많았지만 충분히 쳐낼 수 있었다. 그런데도 제노가 고전했던 이유는 기름 냄새 때문이었다.

신전의 역사는 소위 말해 기록의 역사였다. 어떤 사소한 것도 공적인 것은 반드시 기록을 해 둔다. 대신전뿐만 아니라 각 신전들마다 엄청난 양의 기록물을 보전하고 있다. 이런 곳에 기름을 뿌렸다는 말은 정말로 신전을 버릴 각오를 했다는 것이다.

까딱 잘못하다가는 그대로 불을 질러 버릴까 봐. 그래서 제노는 평소처럼 몰아칠 수가 없었다. 봐주다가 결국 팔이 이렇게 되었지만 후회는 없었다. 덕분에 마님이 있는 곳을 찾았기 때문이다.

"다 보이거든!"

뒤에서 몰래 달려들던 성기사를 가볍게 피하고 발로 걷어차 쓰러뜨린 그때였다. 미처 보지 못한 곳에서 검이 훅 들어왔다.

"아씨!"

무릎이 베여 빠르게 몸을 움직일 수가 없었다. 반사적으로 뒤로 구른 제노가 이를 악물었다. 젠장! 허벅지를 노리고 들어오는 공격을 막기 위해 다급하게 검을 들어 올린 순간이었다.

"다 좋은데."

챙! 성기사의 검을 쳐내는 소리가 오싹했다.

"급한 부분이 있군."

이 목소리는……. 제대로 인지하기도 전에 성기사가 피를 뿜으며 고꾸라졌다. 제노는 홱 고개를 돌렸다. 신분에 어울리지 않게 젖어 있는 겉옷이며 붉은빛 감도는 금발. 제노의 주군, 가르트 기사단의 주인.

"……각하?"

"발리아는?"

언제나 기사들에게 '안주인은?'이라고 말하던 슈덴이다. 그 입에서 나오는 마님의 이름이 생소해서일까. 아니면……. 제노는 홀린 듯이 멀지 않은 곳에 있는 문을 가리켰다. 붉은 눈동자가 그쪽을 향한다. 그는 곧바로 걸음을 떼며 지나가듯 말했다.

"수고했다."

잘못 들은 건가? 제노는 말문을 잃고 멀어지는 뒷모습을 바라보았다. 동료 기사가 나타나 뒷덜미를 잡고 일으켜 세울 때까지 제노는 얼떨떨한 표정으로 앉아 있었다.

❈ ❈ ❈

문은 바깥에서부터 잠겨 있었다. 하지만 슈텐은 어렵지 않게 문을 열어 낼 수 있었다. 그렇게 단단한 쇠로 묶어 놓지도 않았으니까.

과연, 2신전에서도 손꼽히게 좋은 방이었다. 자줏빛으로 칠한 벽에 바닥은 고급 대리석으로 깔려 있고.

그러나 이 넓은 방에는 창문이 하나도 없었다. 들어오고 나가기가 요원한 이곳. 슈텐은 짧은 복도를 걸어 들어가 가장 안쪽에 있는 방문을 열었다.

그리고 그곳에.

"아무도 들어오지 말라고 했잖아."

온전히 들어오는 한 뒷모습이.

"시중들 신관은 필요 없어. 다 내보내."

푸른빛 감도는 검은 머리는 어깨에 간신히 닿을 정도로 짧았다. 드레스 위에 걸치고 있는 대신관의 정복은 또 어떠한가.

언뜻 보면, 아니 누구라도 성녀로 오해할 만한 모습이었지만.

"······발리아."

그는 그녀의 이름을 안다.

그녀가 누구인지를 알고 있다.

그리고······.

"······."

그녀 또한 그 목소리를 기억하고 있기에.

발리아는 천천히 뒤를 돌아보았다. 아니, 어쩌면 슈덴의 눈에만 느리게 보였는지도 모른다. 희고 둥근 이마, 맑은 살갗과 우아하며 차분한 입매. 그토록 눈 떼기 힘들던 새벽 같은 은회색 눈동자가.

"······슈?"

언제부터 그는 그녀를 이렇게 사랑하게 되었나.

내딛던 걸음이 빨라졌다. 어느새 뛰고 있다고 생각한 순간이었다.

슈덴이 발리아를 세게 끌어안았다.

❦ ❦ ❦

"하녀장님, 진정하세요."

사라는 대답 없이 연신 눈물을 닦아 냈다. 하녀는 어쩔 줄 모르는 표정으로 쩔쩔맸다. 당최 그치질 않았다. 하녀는 포르르 걸음을 옮겼다. 폴에게 가는 것이다. 하녀장님 좀 달래 보시라고 말하려던 그녀는 시도도 못 하고 돌아서 나왔다. 폴이 아무도 몰래 손수건으로 눈가를 찍어 내는 것을 본 것이다.

'마님 상태가 그렇게 심각하신가······.'

늦은 밤, 잠들어 있던 가르트 저택에 불이 환하게 켜진 게 아까

전이었다. 마님이 각하께 안겨서 돌아오신 것이다. 무슨 일이 있었는지는 잘 모르지만, 주치의까지 불려간 것은 안다. 그런데 멀리서 얼핏 보기에는 안색이 괜찮으셨는데.

'하지만 마님 상태가 많이 안 좋으시니까 두 분 다 우시는 거 아냐?'

갑자기 왈칵 무서워졌다. 이 저택은 마님을 중심으로 돌아간다. 가르트 저택에서 꽤 오래 일했던 하녀는 마님의 유무에 따라 저택 분위기가 얼마나 달라지는지 뼈저리게 알고 있었다. 어느새 하녀의 눈가에도 눈물이 그렁그렁 고이기 시작했다.

'설마 마님께서 정말 크게 아프신 거라도……'

총집사장과 하녀장이 남몰래 운 이유. 그것이 '마님의 머리카락이 짧아지셔서'라는 사실을 당시의 하녀는 전혀 몰랐다.

❈❖ ❈❖ ❈❖

반란이 진압되었지만, 대부분의 귀족은 행궁에 그대로 있어야 했다. 황족들도 마찬가지였다. 본궁으로 간 황제를 제외하고는, 대부분의 황족이 임시로 배정된 처소에서 초조해하고 있었다.

그중 가장 경계가 삼엄한 것은 구스토의 처소였다.

유령들이 멀리서부터 웅성대는 것 같은 소리. 구스토의 귀로 조금씩 흘러들어 오던 소음들은 딱 그런 종류들이었다.

몸이 무거웠다. 깊은 물에 잠겨 있는 것처럼. 정신 또한 또렷하지 않아 사위 분간도 어려웠다. 그러나 흐느낌 비슷한 작은 소음들이 끊임없이 구스토를 흔들어 댔다.

구스토는 아주 느리게 눈을 떴다. 눈꺼풀을 들어 올리는 그 별거 아닌 행동조차도, 구스토에게는 무던히도 버거웠다. 가물었던 시야가 조금씩 빛을 되찾는다. 천천히, 그리고 흐리게 잡히는 군상들.

구슬땀을 뻘뻘 흘리고 있는 궁의들과 시종들, 아. 요안이 보였다. 얼핏 보기에도 한 번 탈진했다가 일어난 모습인데. 램튼이 있는 걸 보니 부황께서도 다녀간 모양이다.

그 외에는……

구스토는 익숙하거나 익숙하지 않은 얼굴들을 하나씩 훑어보았다. 해 질 녘의 바람이 물결을 더듬는 것처럼, 소리조차 없는 움직임이었다. 구스토 그 혼자만 겨우 인지하고 있는.

그리고 그 시야에 예리는 없었다.

'……없는 게 당연하지.'

자신과 예리는 공식적으로 어떤 관계도 아니니까. 그저 성녀와 황자일 뿐. 다친 자신의 곁을 지켜 줘야 할 이유가 예리에겐 전혀 없었다.

그러니까 이게 맞는 거라고.

불현듯 웃음이 터졌다. 아니, 터진 줄 알았다. 구스토는 자신이 웃었다고 생각했지만, 실제로 그의 몸은 옅은 미소조차 그려 내지 못하고 있는 상태였다. 미동도 하지 못하는 극심한 치명상.

구스토의 눈꺼풀이 천천히 내려앉았다.

이런 모습은 예리에게 보이지 않는 게 더 낫다. 이성적으로는 그랬는데.

이상한 미련이 남았다. 입 밖으로 소리를 밀어낼 수 있다면 얼마나 좋을까. 이 형용하기 힘든 감정에 대해 생각이나마 해 볼 시간이 주어진다면.

죽음이 잠겨 들어간 몸이 납처럼 무거웠다. 구스토는 다시 눈을 뜨지 못했다.

✿✿✿ ✿✿✿ ✿✿✿

예리의 직속 시녀, 안젤라가 울먹였다.

"성녀님……."

대답은 나오지 않았다. 예리는 베개에 얼굴을 파묻고 울고 있으니까.

달달 떨리는 어깨. 그 뒷모습이 어찌나 가련해 보이는지. 안젤라는 이러지도 저러지도 못하고 눈물만 그렁그렁 매달았다. 그저 흐느끼고 있는 주인의 등을 바라보는 게, 안젤라가 할 수 있는 전부였다.

하루 종일 수발을 드는 직속 시녀인지라 안젤라는 예리의 마음을 어렴풋이 알고 있었다.

방금 전까지도 그랬다. 예리는 구스토의 궁 앞을 처량하게 서성였다. 그러다가 어깨를 축 늘어뜨리고 돌아왔다.

"저처럼 미천한 시녀한테도 신성력을 써 주셨잖아요. 그런데 왜 1황자 저하께는……."

신성력을 쓰시지 않는 것이냐. 안젤라는 차마 묻지 못한 말을 삼키며 제 팔을 내려다보았다. 단정한 소매 밑으로 언뜻 보이는 손목은 뽀얗고 깨끗했다.

원래는 이렇지 않았다. 안젤라의 팔과 손목에는 자글자글한 화상 자국이 있었다. 실수로 입었던 상처였다. 백방으로 약을 구해서 발라

보았지만 완전히 낫지 않았다. 거의 포기하고 있던 이 흉터를 지워 준 것이 예리였다.

그 강력한 신성력을 보면서, 과연 성녀님이구나 싶었는데.

[서, 성녀님, 제 가문이 풍족하질 못한데……. 이 은혜를 어떻게 갚아야 할지…….]

[와, 안젤라. 너도 참 너다. 예전이랑 어떻게 그렇게 똑같이 말해?]

[네에? 예전……이라뇨?]

[아냐, 됐어. 어디 가서 말만 하지 마. 그거면 돼. 꿀이랑 우유 넣고 차나 타 주지 않을래? 난 안젤라가 타 주는 우유차가 제일 맛있더라.]

빙글 돌면서 웃는 모습이 발랄하기 그지없던 아가씨. 그때의 모습은 간데없다.

"구스토는 안 돼……. 너무 많이 다쳐서……."

신관들에게는 금기가 있었다. 죽기 직전의 사람, 혹은 시체에게는 절대 신성력을 사용하면 안 됐다.

전자의 경우에는 신성력이 거의 완전히 고갈되고, 후자의 경우에는 신관의 목숨까지 앗아가게 된다. 일반 신관은 아예 시도조차 할 수 없었고, 고위 신관은 곧바로 죽음. 대신관이라면 간신히 목숨만은 놓지 않는 정도였다.

목숨을 건 신성력은 고이지도 않았다. 죽음의 기운을 타고 그대로 흩어져 버리는 것이다.

성녀만이 유일하게 달랐다. 예리는 신성력을 써서 죽음의 문턱을 넘은 사람도 살릴 수가 있었다. 다만 그녀에게도 쉬운 일은 아니었다.

예리가 이걸 뼈저리게 알게 된 것은 과거에서였다. 마르지 않는 샘물처럼 무한정 솟아나는 신성력을 펑펑 써 대고 다녔던 예전.

예리는 본인이 좋아하는 사람들에게는 아낌없이 퍼 주는 성격이었다. 그 성격은 성녀궁의 사용인들에게도 마찬가지였다.

그러던 어느 날이었다. 성녀궁에 배정되어 있던 어린 시녀 한 명이 일을 친 적이 있었다. 높은 나무에 올라갔다가 떨어지는 바람에 크게 다친 것이다. 예리는 다급히 신성력을 쓰려다가 멈칫했다. 평소와는 달리 손바닥이 따끔따끔했기 때문이다.

무언가 이상하다 싶었다. 신관을 불러 물어보는 게 순서였지만, 그냥 나중으로 미뤘다. 일단은 시녀의 목숨을 살리는 게 먼저였으니까. 예리는 신성력을 썼다. 이제까지와는 비교도 되지 않을 만큼 엄청난 양의 신성력이 그녀에게서 빠져나갔다.

그야말로 고갈되는 기분. 휘청한 순간, 예리는 그대로 정신을 잃었다.

이후로 한동안은 누워 지냈다. 죽기 직전의 사람은 물론이요 시체에게도 절대 신성력을 쓰지 마시라는 엄포도 몇 번이나 들었다. 성녀의 몸을 그렇게 만든 죄로 어린 시녀는 궁에서 쫓겨났다는 것도 후에야 들었다.

'이번에도 그랬어. 손바닥이 따끔거렸으니까…….'

구스토의 머리맡에 손을 올렸을 때, 예리는 알 수 있었다. 지금 구스토의 상태는 그때 그 어린 시녀와 마찬가지라고.

숨을 거두기 직전이라고.

"……발리아가 돌아오지 않았는데."

발리아는 아직까지도 돌아오지 않았다. 어떻게 되었는지도 모른다. 행궁은 현재 폭발하기 직전의 긴장 상태. 슈덴 가르트, 그 남자는 어디로 갔는지도 모르겠다. 두려웠다. 발리아가 죽은 게 아니라는 건 알고 있다. 그리 멀리 있는 게 아니라는 것도 짐작할 수 있었다. 예리는 아직까지 신성력을 사용할 수 있었으니까.

하지만 발리아가 구스토처럼 크게 다쳤다면?

그땐 자신이 살려야 하는데, 구스토를 살리느라 신성력이 고갈된 상태라면…….

발리아는?

"왜 난 항상 후회만 해야 할까……."

예리는 구스토와 발리아, 그 어느 쪽도 함부로 선택할 수가 없었다. 사랑하는 사람을 멋대로 선택할 수가 없었다. 죽어 가는 구스토를 보는 것도 괴로워 도망치듯 제게 배정된 궁으로 돌아왔다.

"……이러다 또 후회하겠지."

힘이 잘 들어가지 않는 다리로, 예리는 자리에서 일어났다. 안젤라가 얼른 달려와 그녀를 부축했다.

"성녀님?"

"구스토한테 가자. ……가고 싶어."

마지막을 보는 게 고통스럽다고 해도 그 옆에 있어 주고 싶었다. 그게 맞는 거였다.

❦❦❦

숀은 슈덴의 명령을 받고 예리를 찾아다니고 있었다.

"숀 경."

구스토가 누워 있는 임시 궁. 그 앞을 지키고 있던 기사와 병사들이 숀을 알아보고 묵례를 했다. 가볍게 고개를 끄덕인 숀이 물었다.

"성녀님이 여기에 계시다고 하던데, 맞나?"

"예. 안쪽에 계십니다. 들어가 보시겠습니까?"

"그래."

바깥의 경계가 삼엄한 것처럼, 내부도 사람들로 들끓었다. 1황자의 지지 세력이었던 귀족들이 대다수였다. 이미 침전에 한 번씩 들어왔다 나온 귀족들의 안색은 하나같이 어둡게 가라앉아 있었다. 숀은 아는 체를 해 오는 귀족들에게 묵례를 해 주고 빠르게 안쪽으로 들어갔다.

'......피 냄새가 심하군.'

지혈제를 뿌리고, 피를 닦아 내고, 환기까지 했음에도 침전에는 피 냄새가 가시질 않았다. 환자가 얼마나 많은 피를 흘렸는지 짐작할 수 있을 정도였다. 이 정도면, 전쟁터에서도 치명상으로 분류할 수준인데.

"오랜만입니다, 시종장."

"숀 경 아니십니까."

침전에서 막 나오던 램튼이 고개를 살짝 숙였다. 보통 귀족 가문의 기사단장이 황제의 직속 시종장과 안면을 트는 기회는 거의 없다. 숀은 특별한 경우였다.

"1황자 저하의 차도는 어떠십니까?"

램튼은 입을 다물었다. 그가 고개를 가로저었다. 숀은 머리를 주억거리며 안으로 들어갔다.

침전 안은 고요했다. 꼭 무덤 안에 들어온 것만 같았다. 급하게 뛰어다니는 사용인도 없었고, 궁의들의 표정은 침중하다 못해 침통했으니까. 평소라면 부산해야 할 궁의의 손은 힘없이 달싹이고 있었다.

그리고 예리.

손이 찾아다니던 그 성녀는 안쪽에 서 있었다. 1황자가 누워 있을 침대와는 조금 거리가 있는 곳에서. 손은 목을 가다듬고 예리를 불렀다.

"성녀님."

예리가 뒤를 돌아보았다. 손의 얼굴을 확인한 그녀가 튀어 오르듯 자리에서 일어났다. 예리가 서둘러 손에게 다가왔다.

"공작 각하가 보내서 온 거죠? 맞죠?"

"예, 그렇습니다."

예리는 슈덴이 무서운 와중에도 용기를 내서 말했다. 혹시라도 발리아를 찾으면 꼭 자기한테 바로 알려 달라고. 그 싸늘한 남자는 의외로 그러겠다고 대답해 주었다. 그리고 슈덴은 약속을 지켰다.

"각하께서 마님을 찾았다고 전하라고 하셨습니다."

"다친 곳은? 다친 곳은 없어요?"

"마님은 무사하십니다."

순간 예리가 숨을 크게 들이마셨다. 그녀가 한 손으로 입을 틀어막았다.

"아, 진짜……."

애써 의연한 척 있던 예리의 두 눈에서 눈물이 주르륵 쏟아지기 시작했다. 그녀는 닦을 생각도 하지 못했다. 우는 얼굴로 안도하며 웃었다.

"진짜 다행이다……."

이제 마음 놓고 구스토에게 신성력을 쓸 수 있다. 예리의 머릿속에서 자신의 안위는 이미 부차적인 일이었다. 그녀가 막 침대를 향해 걸음을 뗐을 때였다.

"저하!"

"1황자 저하!"

침대 쪽에서부터 터지는 그 비명. 순간 예리의 호흡이 멈췄다. 궁의들이 침대 앞에 무릎을 꿇기 시작한 것이다. 사용인들도 마찬가지였다. 하나같이 무릎을 꿇은 그들이 그대로 엎드렸다.

저것이 무엇을 의미하는지 모르는 귀족은 적어도 겔에는 없다.

황족이 죽을 경우에 갖추는 예의.

요안이 바들바들 떨면서 엉거주춤 무릎을 굽혔다. 그의 얼굴은 눈물로 이미 엉망이었다.

"안 돼……."

예리의 목소리가 떨렸다. 그녀가 침대를 향해 뛰어갔다. 꿇어앉아 울부짖는 사용인들을 제치고, 구스토가 누워 있는 침대에 다가가 앉았다.

단정한 얼굴. 예리의 눈에는 아까 전과 똑같이 보였다. 핏기 없이 창백하다는 점만 빼면, 꼭 살아 있는 것 같았다. 그렇게 믿고 싶었는지도 모른다. 목에서 울음이 턱 막혀 속이 답답했다.

"……구스토."

예리는 토해 내듯 그의 이름을 불렀다. 그녀가 구스토의 가슴 위에 손을 올렸다. 신성력을 쓰면 안 되는 대상이라는 걸 알려 주는 미묘한 파장이 예리의 손바닥을 따끔따끔 찔러 댔다.

금기인 걸 안다. 너를 살리면 안 되는 걸 알아.

"그거 알아? 내가 성녀가 아니었대도, 너한테 신성력을 썼을 거야."

왜냐면 내가 너를 좋아하니까. 곧 예리가 입을 다물었다. 그녀가 눈을 감는 순간, 맞닿은 손에서 강력한 신성력이 터져 나왔다. 시야를 점멸하는 흰빛. 침전에 자리한 모든 이의 등골이 오싹해지는 찰나. 가장 가까이에 있던 요안의 두 눈이 크게 떠졌다.

"저, 저하!"

미동도 없던 구스토의 손가락이 움직였다. 그 분명한 기적. 멍하니 입을 벌리고 있던 궁의들이 벌떡 자리에서 일어났다.

그리고 그와 동시에.

"성녀님!"

예리가 쿨럭 피를 토했다. 그녀가 그대로 쓰러졌다.

❦ ❦ ❦

카니에는 낡은 침대 위에 앉아 있었다. 엎드릴 책상도 없어 낡은 벽에 머리를 기댄 채였다.

항상 갖은 보석으로 장식했던 붉은 머리카락이 초라하게 묶여 있었다. 오도 미친가지였다. 잠옷으로도 입이 볼 저 없는 미끄러 오깅이 피부에 거슬렸다. 곱게 자란 공작가의 영애인 그녀에게는 익숙지 않은 축축하고 쾌쾌한 습기가 발을 눅눅하게 만들었다.

카니에가 있는 곳은 본궁에 있는 감옥이었다.

그나마 신분 덕분에 독방을 쓰고 있는 것이다. 그녀의 측근 시녀나 시종들은 전부 지하 감옥으로 압송된 상태였다. 백이면 백 피부병을 옮아서 나올 정도로 더럽고 냄새나는 곳으로 악명이 자자했다.

'오라버니는 부럽네. 살아남을 수 있어서.'

거사가 일어나던 그날, 혜른은 행궁에 오지 않았다. 얌전히 저택에 있었다. 왜 오지 않는 걸까 했는데 이제는 알았다. 혜른이 빌리엄의 후계자이기 때문이다. 비록 처벌의 의미로 소공작의 작위는 임시로 박탈당한 상태지만, 말 그대로 임시. 혜른이 후계자임은 변함이 없다.

'가주'의 권력 안에 재물처럼 묶이는 식솔들과는 달리, 후계자는 달랐다. 황제에게 공식으로 인가받은 후계자는 그 위치가 좀 더 독립적이었다.

로메인 후작이 거사가 치러지는 날, 빈센트를 저택에 두고 온 이유도 위와 상통했다. 혜른은 내내 저택에 있었으니 계속 잡아뗀다면 화를 피할 수 있었다. 하이젠은 혹여 일이 틀어질 경우, 후계자인 혜른만을 위해 손을 써 둔 상태였다.

비록 공작의 작위는 지킬 수 없겠지만, 형장의 이슬이 될 카니에보다는 처지가 낫질 않은가.

[네 오라비는 빌리엄의 핏줄이 아니더냐. 혜른이 건재해야 빌리엄이 건재한다.]

언젠가 아버지가 했던 말이 떠올랐다. 직접 행궁에 가서, 가르트 공작 부인을 잡아 놓기까지 해야 했던 자신과는 달리 오빠는 어화둥둥 보호받는 꼴이라니.

'나도 똑같이 빌리엄의 핏줄인데.'

반란은 진압되었고, 자신은 이곳에 있으니. 어떻게 되었든 카니에는 사형을 면치 못할 것이리라. 목이라도 곱게 잘리면 다행이겠지. 교수형도 아니면 어떡하지? 산 채로 사지를 잡아 뜯거나, 불길에 묶어 놓는다면……

두려워진 카니에는 두 팔을 붙잡고 몸을 떨었다. 그때였다. 덜컹거리는 소리가 들리더니 간수가 들어왔다. 그는 쟁반을 들고 있었다.

시계가 없는 감옥에서는 세 끼 제공되는 식사로 시간을 계산한다. 저녁 시간이었다.

식사는 보잘것없었다. 건더기가 거의 없는 묽은 수프와 딱딱한 빵 한 개, 그리고 물 한 잔이 전부였다. 식욕도 돌지 않는 식사였다. 여느 때처럼 쟁반을 밀어내려던 카니에의 귓가로 낮은 목소리가 파고들었다.

"아버님의 배려십니다."

순간 카니에가 흠 놀라 고개를 들었다. 그러나 간수는 예의 그 딱딱한 표정으로 뒤돌아 나갔다. 덩그러니 남겨진 카니에는 망연히 쟁반을 내려다보았다. 놀란 것과는 별개로, 간수의 말은 바로 이해할 수 있었다.

'아버지의 배려……'

이 식사에 독이 들었다는 소리니까. 딱딱한 빵에는 독을 넣기 힘들고, 물은 깨끗하니 아마 수프에 독을 넣었을 것이리라.

'헤른은 살리고, 나는 죽이는 게 아버지의 배려시구나.'

하지만 카니에에게는 다른 선택지가 없었다. 교살보다는 독을 먹고 편히 눈을 감는 게 나았으니까. 카니에는 떨리는 손으로 수프 그릇을 잡았다. 쉬이 마시지 못하고 그릇을 잡고만 있는데, 갑자기 문이 열렸다.

"심문 시간이오. 나오시오."

카니에는 간수의 말에 그릇을 두고 일어났다. 심문이라지만 형식적인 것이다. 카니에가 잡아뗴든 아니든 정황이 너무 명백했으니까. 그래서 카니에는 심문관으로 앉아 있는 남자를 보고 매우 놀랐다. 간수가 억지로 자신을 자리에 앉히고 나서야 정신이 들었다.

카니에가 더듬거리며 말했다.

"가, 가르트 공작 각하."

슈덴 가르트. 그가 카니에를 바라보았다. 슈덴은 무덤덤한 목소리로 말했다.

"빌리엄 영애라고 부르겠소. 황자빈이라는 신분은 더 이상 의미가 없을 테니."

저 남자의 말이 묘하게 들리는 건 착각일까? 의미가 없어진 것은 '빌리엄 영애'의 신분도 마찬가지일 텐데.

'꼭 아닌 것처럼…….'

"심문에 들어가기 전에, 내가 영애에게 약속할 수 있는 것들부터 말하지."

"약속……이라뇨?"

결과가 정해진 형식적인 심문에 무슨. 붉은 눈동자가 카니에를 꿰뚫어 보듯 응시했다.

"영애의 목숨은 당연히 보장해 주겠소."

카니에가 숨을 들이켰다.

"빌리엄의 공작 작위까지는 보장해 줄 수 없지만, 단승이라는 조건 하에 남작 작위는 약속해 줄 수 있소."

"그게 무슨……."

"또한."

슈덴이 덧붙였다.

"영지에 있을 빌리엄의 성에서 계속 살 수 있도록 해 주지. 물론, 영애가 죽고 나면 국고로 회수되겠지만."

"……."

눈을 뜬 채로 꿈을 꾼다는 게 이런 걸까. 카니에의 목소리가 조금 떨렸다.

"그 남작 작위를……, 제 오라버니에게 주신다는 말씀이신가요?"

"아니."

손등으로 턱을 괸 슈덴이 물끄러미 카니에를 바라보았다.

"영애에게 주겠다는 말이오. 나는 영애의 증언이 필요하거든."

카니에는 그제야 슈덴의 말이 이해가 갔다. 이건 심문이 아니었다. 거래였다.

"헤른 빌리엄이 이 반란에 가담했다는 증언을 말이지."

❊❊❊

가르트 저택의 문이 열렸다. 1층 홀에 대기하고 있던 고용인들이 즉각 허리를 굽혔다.

"각하를 뵙습니다."

"각하를 뵙습니다."

막 들어선 슈덴의 시선이 고용인들을 훑었다. 두 번 볼 것도 없었다. 어디에도 발리아가 없었으니까. 슈덴은 곧장 고용들을 지나쳐 2층으로 올라갔다. 공작 부부의 침실 앞은 하녀들이 지키고 있었다. 그들은 주인 각하를 알아보자마자 얼른 기립해 문을 열었다.

일어나 있지 않을까.

슈덴이 품었던 일말의 기대감은 금세 사그라진다. 발리아는 깊게 잠들어 있었다. 그리고 슈덴에게 인사를 하는 주치의와 고용인들. 슈덴은 안으로 들어서며 무뚝뚝하게 말했다.

"안주인께서 왜 이렇게 잠을 많이 주무시나."

이틀 전부터, 정확히는 신전에서 데려오면서부터 발리아가 갑자기 잠이 많아졌다. 과장 조금 보태서 종일 잤다.

"소, 송구합니다. 하지만 정말로 몸에 이상은 없으십니다."

주치의가 쩔쩔매며 대답했다. 매번 느끼지만, 정말 주인 각하는 마님이 함께 계실 때와 안 계실 때의 표정 차이가 너무 컸다. 어찌나 눈빛이 살벌하신지. 북방의 겨울을 그대로 얼려 붉은색으로 칠해 놓은 것 같았다.

무서움 반, 직업의식 반을 섞어 주치의는 얼른 설명했다.

"다행스럽게도 주무시는 시간이 점점 줄어드십니다. 첫날에 비해서 깨어 계신 시간이 많이 늘었습니다."

"흐음."

"일어나실 때마다 탕약도 꼬박꼬박 드셨습니다. 노곤하신 게 문제로 보이니 금세 괜찮아지실 겁니다."

슈덴은 주치의의 설명을 들으며 침대 머리맡에 놓은 의자에 앉았다. 발리아의 잠든 얼굴은 여느 때처럼 평화롭기만 한데.

"나가 봐."

금세 조용해진 침실. 슈덴은 발리아의 손을 잡았다. 체온이 머물러 포근한 손이 슈덴의 서늘한 손에 폭 덮인다. 그는 허리를 조금 굽히고 잠든 발리아의 모습을 눈에 담았다.

아픈 데는 없다지만, 그래도 매번 이렇게 자고 있으니 불안한 건 어쩔 수가 없었다. 슈덴은 별달리 관심을 준 적이 없었던 주치의의 실력까지 의심하고 있었다. 덕분에 내일 가르트 저택에는 황궁에서 궁의 두 명이 올 예정이었다.

꽤 오랫동안 발리아를 살피던 슈덴은 벽에 걸린 시계를 흘긋 보았다. 아내 곁에 있는 시간은 아무것도 안 해도 이렇게 빨리 지나가서 문제다. 슈덴은 다시 황궁으로 가 보아야 했다. 잘 나지 않는 짬을 억지로 쥐어짜서 매일 저택으로 오는 그였다.

'조엔 후작이 있으면 일 처리가 빠를 것 같은데.'

영지로 내려가 있는 조엔 후작을 부르고 싶은 마음이 굴뚝같았다. 하지만 후작 부인이 임신 중인 게 문제였다. 정확히 말하면, 조엔 후작 부인이 발리아와 절친한 사이라는 사실이 슈덴을 제지했다. 아니었으면 별 망설임도 없이 조엔 후작을 수도로 불렀을 텐데.

이렇게 아쉬워하는 사이에도 시간은 착실히 흐른다. 이제 슬슬 궁으로 가 봐야 할 시간이었다. 슈덴은 손을 뻗어 발리아의 말랑한 뺨을 조심스럽게 쓰다듬었다.

"⋯⋯."

문득 발리아의 눈매가 파르르 떨린다. 슈덴의 손끝이 반사적으로 멎은 사이, 그녀가 천천히 눈을 떴다. 긴 속눈썹 사이 드러난 은회색 눈동자에 잠기운이 가득하다. 이윽고 발리아가 슈덴에게로 고개를 옮겼다.

고여 있던 잠기운이 스르르 씻어져 내려간다. 발리아가 슈, 하며 그를 불렀다.

"다녀오신 거예요? 언제 오셨어요?"

뚫어지게 발리아를 응시하고 있던 슈덴이 그제야 입을 열었다.

"⋯⋯예, 방금 전에."

곧 나가 봐야 한다는 말은 꺼내지도 않았다. 발리아는 의심 없이 그대로 믿었다.

"저 얼마나 잔 거예요? 어두울 때 잔 것 같은데 왜 또 어둡지……?"

"오래 주무시긴 했습니다. 주치의 말로는 피곤해서 그렇다더군요."

"그래요?"

발리아는 그런가 보다 하고 납득하는 눈치였다. 그녀의 안색이 괜찮아 보이기는 해서 슈덴은 약간이나마 안심할 수 있었다.

"일어나시려고?"

"너무 오래 잤잖아요."

슈덴이 발리아를 가볍게 안아 앉혀 주었다. 푹신한 쿠션을 몇 개씩 쌓고, 등을 기대게 해 주는 그의 손길이 왠지 간지러웠다. 빙긋 웃는 발리아를 본 슈덴도 조금 웃었다. 종일 자서 그의 가슴을 철렁 내려앉게 하는데도, 무탈한 미소만 보면 또 사르르 녹았다.

"발리아."

"네."

슈덴이 발리아의 손을 만지작거렸다.

"카니에 빌리엄 영애 말입니다."

"아, 네. 이야기 잘 끝내셨어요?"

은회색 눈동자가 궁금증을 품었다. 순조롭게 이야기가 끝났다고 대답한 슈덴은 물끄러미 발리아를 응시했다.

오늘 슈덴이 카니에에게 제안했던 거래. 그 이야기를 처음 꺼낸 것은 발리아였다. 그녀를 신전 독방에서 발견해 안아 데려오던 그때. 발리아는 노곤해 보였지만 다친 곳은 없어 보였다. 그녀는 슈덴의 목에 팔을 감은 채로 물었다.

혹시 이 반란에 빌리엄이 가담해 있느냐고. 안수 기도 의식에 헤른 빌리엄이 나오지 않은 게 이상했다면서. 만약 국가 기밀 같은 거면 안 알려 줘도 된다는 발리아에게 슈텐은 선선히 대답해 주었다.

빌리엄이 연관되어 있는 게 맞다고.

[그럼 빌리엄 가문이 멸문……하나요?]

[지금으로써는 아닙니다. 빌리엄 소공작이 저택에 있었다고 하더군요. 내부 증언자를 찾지 못하면 소공작은 살아남을 겁니다.]

슈텐의 대답을 들은 발리아는 묘한 표정을 지었다.

[왜 그러십니까.]

[아뇨, 그냥…….]

발리아는 이마를 찡그렸다. 예리와 가졌던 티 파티가 생각난 까닭이다. 빌리엄 공작 부인의 장례식이 끝나고 난 후였다. 발리아가 공녀라는 폭로를 무마시켜 준 예리는, 이런 일에도 불구하고 카니에가 밉다기보다는 불쌍하다고 했다.

[물론 저도 처음엔 카니에 걔 재수 없는 애라고 생각했는데, 그 우리 옛날 말이에요. 과거에. 그때 혜른 빌리엄 결혼식에 초청받아 간 적 있거든요.]

빌리엄 대부인이 손녀를 고까워한다더니, 직접 본 건 그 이상이었다. 예리 입장에선 납득하기 어려운 인격 모독을 아무렇지 않게 퍼부었다. 그런데 그 성깔 더러운 카니에는 고분고분 듣기만 했다. 빌리엄 공작은 모르는 척 방관하고.

그때 예리는 깨달았다. 쟤 성격이 그냥 이상해진 건 아니라고.

나중에 카니에는 하이젠과 혼처 문제로 다투다가, 아예 빌리엄에서 쫓겨났다고 했다. 너무 과한 처사 아닌가. 아무리 그래도 친딸인데. 카니에가 얼마 가지 않아 큰 병에 걸렸다는 소문도 귀부인들 사이서 알음알음 퍼졌다.

예리는 그게 없는 말이 아니라 사실일 것 같다고 이야기했다. 발리아는 직접 보지 못했던 일이기에, 카니에가 별로 불쌍하지는 않았다.

그래도 그때 카니에의 이야기가 떠오르기는 했다. 발리아가 그렇게 꺼낸 말. 카니에는 슈덴의 제안을 받아들였고, 실제로 저택에 오기 전 모든 증언을 끝낸 상태였다. 증언은 심문관 주관하에 차질 없이 기록되어 황제에게 바쳐졌다.

빌리엄이 빠져나갈 수 있는 확률은 0에 수렴한다고 봐도 좋았다. 한 가문이, 그것도 제국의 공작 가문이 멸문하는 일이다. 겔의 귀족들은 물론 주변 왕국들에게도 적잖은 영향이 갈 정도로 큰 사건이었지만.

"발리아."

"네?"

슈덴에게는 이런 일들보다, 더 중요하게 묻고 싶은 게 있었다.

"그때 빌리엄에 대해 이야기 하실 때, 혜른 빌리엄의 '결혼식'이라고 하셨던 거 기억나십니까. 말하던 도중에 갑자기 잠들긴 하셨지만."

"아……, 네. 기억나요."

슈덴은 발리아의 이야기를 주의 깊게 들었다. 다만 의아한 게 있었다.

[혜른 빌리엄은 아직 미혼 아닙니까?]

왜 결혼식 이야기가 나오지? 대답은 돌아오지 않았다. 발리아가 갑자기 잠들어 버린 것이다. 이상하다 싶었지만, 깊이 잠든 그녀를 깨우고 싶지는 않아 조심히 저택 침실까지 데려왔다. 그날로부터 발리아의 수면 시간이 대폭 늘어난 게 문제지만. 긴 대화는 나눌 엄두도 내지 못할 정도였다.

"헤른 빌리엄은 미혼이질 않습니까. 그런데 어떻게 소공작의 결혼식에 빌리엄 대부인이 옵니까."

내내 궁금했다. 카니에에 대한 조사를 명하면서 헤른에 대한 것도 곁들여 알아보게 했다. 하지만 헤른이 몰래 결혼했다는 보고 따위는 없었다.

발리아는 숨을 골랐다. 그날 졸리기는 했으나, 실수로 말을 흘린 건 아니었다. 발리아는 모든 걸 솔직히 털어놓을 생각으로 헤른의 결혼식을 언급했다. 다짐이 무색하게 잠들어 버렸지만.

"……사실 당신 생일에 말씀드리려고 했는데."

"……음?"

발리아는 진지한 표정으로 말했다.

"슈. 일단 저 미치지 않았어요. 진짜 정상이에요."

"알고 있습니다."

농담도, 장난기도 없는 그 대답. 발리아의 긴장을 풀게 만드는. 그래, 애초에 이 남자를 믿지 않았던가. 어떤 말을 해도 믿어 줄 거라고.

"그래서……."

슈덴은 발리아의 이야기기 이어지는 내내 한 번도 시선을 떼지 않았다. 한 번쯤은 되물어 볼 법한 이야기도 그저 들어 주었다. 심지어 말이 끝나고도 물끄러미 자신을 바라보아서, 발리아는 살며시 입을 열어 그게 끝이라고 알려 주어야 했다.

발리아는 조심스럽게 물었다.

"음, 슈. 제가 한 이야기……, 역시 믿기 힘드시죠?"

"그럴 리가."

간단히 대답한 슈덴이 자리에서 일어났다.

"처음 하신 말부터 다 믿고 있습니다."

슈덴은 발리아의 옆으로 자리를 옮겼다. 그는 눈을 깜빡이고 있는 그녀를 제 품에 기대게 했다. 허리까지 오던 검은색 머리카락이 이제는 어깨 부근에서 살랑인다.

발리아의 고백을 듣고 나니 이해가 갔다. 왜 그렇게까지 해서 성녀를 지켜 주고 싶어 했는지. 슈덴은 발리아의 머리칼에 턱을 묻고 말했다.

"발리아."

슈덴의 가슴에 뺨을 조금 비비던 발리아가 대답했다.

"네?"

"이제 보니 예전에 하셨던 말이 그냥 하셨던 게 아니었군요."

"말? ……무슨 말이요?"

"저한테 그러셨잖습니까. 만약 당신이 죽기 전으로 다시 돌아왔다면, 그 이유가 뭐일 것 같냐고."

"아……. 맞다. 그랬죠."

그때는 책에서 본 거라고 둘러댔는데. 발리아는 그때 슈덴이 해 주었던 대답을 아직 기억하고 있었다.

[제가 부인을 이렇게 사랑하는데. 부인도 절 보러 오셔야지.]

발리아가 장난스럽게 웃었다.

"슈. 혹시 민망하신 거예요? 신께서 그냥 되돌려 보내 주신 건데, 당신만 괜히 그렇게 말한 것 같아서?"

"그렇게 보이십니까?"

발리아가 빙긋빙긋 웃었다.

"네."

"당신 마음속에서 제가 그렇게 좋은 놈이 아닌 건 알겠습니다."

"네? 아니에요!"

슈덴을 놀려 볼까 하던 것도 금방 사그라진다. 발리아가 눈을 동그랗게 떴다. 슈덴이 피식 웃었다. 그가 지나가는 목소리로 말했다.

"감사하긴 하군요."

"뭐가요?"

신에게 감사한다는 뜻인가? 발리아가 묻자 슈덴은 무슨 말이냐며 눈썹을 슬쩍 추어올렸다. 신에게 뭘 감사할 게 있다고. 신은 당연히 수습해야 할 일을 한 걸로 보이는데.

"그러다 큰일 나면 어쩌려고 그러세요."

"고작 이런 말 좀 했다고 지옥에라도 보내겠습니까."

"……정말."

슈덴은 이마를 찌푸리는 발리아를 보며 슬쩍 웃었다. 발리아의 이야기를 듣는 내내 생각했던 것은 하나였다. 그녀가 자신을 선택해 주어서 다행이라고. 슈덴이 감사하는 것은 신이 아니다. 자신을 선택해 준 열여덟의 그녀지.

슈덴은 발리아의 손을 들어 올렸다. 그리고 가느다란 손가락 마디를 입에 물고 잘근잘근 깨물었다.

피부에 살짝살짝 닿아 오는 혀가 은근히 색정적이다. 발리아는 몸을 살짝 움츠렸다. 다시 나가야 하는 게 분명해 보이는데, 슈덴의 입술이 조금씩 손등 위로 올라오고 있었기 때문이다.

그때였다. 똑똑 문 두드리는 소리가 나더니, 침실 문이 아주 조금 열렸다.

"각하, 저 폴입니다."

폴은 사람이 드나들기는커녕 얼굴도 내밀 수 없을 만큼 좁게 문을 열었다. 귀족가의 고용인으로서는 당연한 매너였지만, 발리아는 그게 왠지 민망하게 느껴졌다. 침실에서 무슨 일이 있을 것 같으니 저러는 것 아니겠는가.

"다름이 아니고, 궁에서 방금 사람이 왔습니다만……."

슈덴은 못 들은 척 무시하려 했지만 발리아가 대답했다.

"알겠어. 금방 나가신다고 전하렴."

"네, 마님."

문 닫히는 속도는 또 얼마나 빠른지. 슈덴은 어쩔 수 없다는 심정으로 시계를 확인했다. 확실히, 시간이 많이 지체되기는 했다. 나갈 수밖에 없겠군.

"다녀올 테니 더 주무십시오. 아직 피곤하신 것 같은데."

발리아가 고개를 끄덕였다. 사실 몇 분 전부터 또 졸리기 시작하던 참이다. 그녀 자신도 이해하기 힘들 정도로 잠이 쏟아졌다. 어디 아픈 건가? 싶다가도 몸은 또 멀쩡했다. 본인 건강은 스스로가 가장 잘 아는 법인데도.

'예전에도 이렇게 잠만 잔 적이 있질 않나? 호위 시녀 때였던 것 같은데…….'

일하는 중에도 꾸벅꾸벅 졸아 결국 휴가를 끌어다 일주일을 넘게 쉬었다. 평소 성실히 일한 덕분에 누구도 발리아가 꾀병을 부린다고 생각하지 않았다. 어디 아픈 거라고만 생각했다. 그때 발리아는 처소에서 종일 잠만 잤다.

'그때랑 지금이랑 무슨 공통점이 있는 건가? 모르겠는데…….'

졸려서 그런지 기억이 쉬이 더듬어지질 않았다. 사실 더듬을 만한 것도 없었다. 그때 발리아는 처소에서 일주일 넘게 자다 깨다만 반복했으니까. 그나마 예리가 그즈음 해서 쓰러졌다는 게 어렴풋이 기억났지만, 지금은 아니질 않나.

'성녀님은 잘 있다고 이 사람이 그랬잖아.'

신전에서 저택으로 오던 날, 발리아의 질문에 슈덴은 그렇게 대답했다. 성녀는 무사하다고. 발리아는 그 말을 의심하지 않았다.

"있죠, 슈."

"음?"

발리아는 제 가슴께까지 이불을 덮어 주는 슈덴을 올려다보았다.

"저 혹시 벌을 받는 게 아닐까요? 빌리엄 소공작의 결혼식 이야기부터, 말하면 안 되는 걸 말해서 신께서 벌을······."

미소를 띠며 장난 식으로 이야기하던 발리아는 입을 다물었다. 슈덴의 얼굴이 너무 굳었기 때문이다.

"슈, 농담인 거 아시죠? ······슈?"

슈덴의 낯빛이 쉽게 풀리지 않아 발리아는 당황했다. 그녀가 계속 농담이라고 했지만, 그는 더 주무시라며 입술에 가볍게 키스를 할 뿐이었다.

'······별일이야 있겠어.'

결국 오래지 않아 발리아는 포기했다. '알겠다'라는 대답이 웬만해선 나오지 않을 것 같았기 때문이다. 게다가 깃털을 채워 넣은 베개의 푹신한 감촉이 자꾸만 눈을 감기게 했다.

이윽고 발리아가 깊은 잠에 빠졌다. 물끄러미 그녀를 바라보던 슈덴은 그제야 침실을 나섰다. 발리아의 고백을 듣고 나니, 숨을 끊어버려야 할 놈이 몇 있었다.

"이렇게까지 큰일을 벌여 놓고, 할 말이 있느냐. 엘반."

황제 앞에 무릎 꿇고 있는 엘반은 놀랍도록 멀쩡한 기색이었다. 다만 기색이 그러할 뿐, 사실 엘반은 무너지기 직전이었다. 죄인을 심문해야 하는데, 죄인이 죽어 갈 때 먹이는 특별한 탕약이 있었다. 그러면 서너 시간 정도는 멀쩡하다.

엘반은 말이 없었다. 황제는 엘반에게 신관의 신성력도, 궁의의 치료도 허락하지 않았다. 그저 죽지만 않을 정도의 응급 처치. 머리에는 붕대가 감겨 있었고 목에도 마찬가지였다. 그게 전부였다.

2황자가 왜 저렇게 심한 부상을 당했는지 정확히 아는 사람은 없었다. 반란이라는 큰 사건이 있었으니, 그 소동 중에 입은 거라고 다들 짐작할 뿐이었다. 엘반도 굳이 입을 열지 않았다. 가르트 공작 부인이라고 이야기해 봤자, 믿을 사람이 없을 테니까.

"그래, 할 말이 없겠지. 하지만 네 입으로 직접 듣고 싶구나."

황제는 물끄러미 엘반을 바라보았다.

"왜 반란을 일으켰느냐?"

엘반이 고개를 들어 올렸다. 실핏줄이 터진 눈에 만큼은 약을 바를 수가 없었다. 붉어진 눈 탓인지, 그는 어딘지 모르게 독기로 가득 차 보였다.

"구스토 형님에게 지고 싶지 않았습니다."

"네 세력이 그렇게까지 기울었느냐? 오히려 엘반 네가 구스토보다 앞서고 있다는 걸 짐이 알고 있다."

"역시 부황께서는 다 알고 계시는군요."

엘반이 허탈하게 웃었다. 부황께서는, 그의 아버지는 늘 이런 식이었다. 구스토와 자신의 물밑 싸움을 알고 있으면서도 겉으로는 모르는 척, 묵인해 버리는.

"부황께서는 정말 잔인하신 분입니다. 모르는 게 없으시니, 분명 제 어마마마의 욕망도 잘 알고 계시겠지요."

"황후로 봉해지고 싶은 욕망을 말하는 것이냐."

"예."

엘반이 눈을 감았다가 떴다.

"어차피 일이 이렇게 된 마당에, 저도 부황께 여쭙고 싶습니다."

아라스는 황제와 있었던 일에 대해서는 엘반에게 잘 말하지 않았다. 그래서 엘반은 언제나 의아했다. 어머니가 저렇게 황후가 되고 싶어 하는 걸, 어린 자신도 알겠는데 부황은 모르시는 걸까? 알지 못해서 황후로 봉해 주지 않으시는 걸까?

나중에 알았다. 그는 모르는 척하는 것이었다.

"제 어머니가, 황비 전하께서 황후가 되고 싶어 하는 걸 그리 아시면서두 왜 모르는 척하셨습니까? 왜 새로운 황후를 봉하지 않으셨지요?"

"아라스는 국모의 재목이 아니다."

"그럼 형님의 어머니는, 돌아가신 황후 폐하는 국모의 재목이셨습니까?"

황제는 대답이 없었다. 그저 엘반을 바라볼 뿐이었다. 엘반은 피식 웃었다.

"이젠 저한테 솔직히 말씀해 주셔도 되는 것 아닙니까, 부황. 그저 어머니의 외가인 로메인 후작가가 부담스러웠을 뿐이라고요."

엘반의 말이 맞았다. 황제, 엘반의 친부, 에드가 7세는 일평생 외척을 경계했다. 이미 죽은 전 황후는 물론이고, 다른 후궁들도 모두 변변치 못한 가문의 소생들이었다. 아라스만이 예외였다.

"짐의 의중을 그리 제대로 짐작하고 있으면서, 너는 왜 빌리엄 가의 영애를 후궁으로 맞은 것이냐?"

"왜냐고 물으셨습니까?"

엘반의 눈이 벌겋게 달아올랐다.

"지고 싶지 않았으니까요!"

"……."

"그렇게라도 황위에 오르고 싶었습니다! 제 어머니께 황후의 관을 드리지 못하니 그 이상의 관이라도 씌워 드리고 싶었습니다! 적통을 제치고 적통이 되고 싶었을 뿐이란 말입니다!"

"황족은 본인의 욕망에만 충실해서는 안 된다. 마땅히 지켜야 할 의무가 있다는 걸 아직도 모르는 것이냐!"

"예! 좋습니다. 제가 황족으로서의 의무를 다하지 못한 것은 인정하겠습니다."

엘반이 숨을 크게 들이켰다.

"하지만 부황, 부황께서도 마찬가지시지 않습니까?"

"뭐라?"

"부황은 한 가문을, 가르트를 지나치게 총애하셨습니다. 감히 말씀드리옵건대, 명군으로서 전혀 옳지 못한 행동이셨습니다."

"가르트?"

생각지도 못한 가문의 등장. 황제가 헛웃음을 지었다. 그제야 빌리엄 공작이 프란츠에서 벌였다던 일이 이해가 갔다. 왜 굳이 가르트에게 덤볐나 했더니.

"그래서 반란을 일으킨 것이냐? 가르트 공작까지 잡으려고, 빌리엄 공작과 작당해 덫을 쳐 가면서?"

"예, 그랬습니다!"

엘반이 피를 토하듯 외쳤다.

"부황이 가르트를 지나치게 총애하지 않으셨습니까! 한낱 귀족에게 너무 많은 권력을 하사한 것은 부황이십니다!"

"지나치게 많은 권력이라고 했느냐? 너는 슈덴 가르트가 지난날 세운 수많은 무훈을 벌써 잊은 것이냐!"

"신하가 주군을 위해 공을 세우는 건 당연한 일입니다!"

"그 공을 질시하는 건 황족으로서 옳은 일이냐!"

본심을 꿰뚫는 그 한마디. 엘반은 순간 말문을 잃었다. 황제의 목에 핏대가 섰다.

"네 열등감이! 고귀한 핏줄을 가지고 태어났음에도 자제하지 못한 추악한 열등감이! 충신과 간신을 구분할 눈마저 흐렸구나!"

인정하고 싶지 않은 말. 열등감이라는 단어가 엘반이 속을 뒤집었다. 그의 얼굴이 시퍼렇게 변했다. 엘반이 무릎걸음으로 기어가 다급하게 황제의 다리를 붙잡았다.

"그런 게 아닙니다, 그런 게……!"

"입 닥쳐라!"

황제는 벌떡 자리에서 일어났다. 지지대를 잃은 엘반이 허망하게 무너졌다.

"램튼! 황명을 전하라!"

황제의 옆에서 대기하고 있던 램튼이 고개를 숙였다.

"엘반 아달베르크 라겔뢰프는 본인의 신분을 망각하고 반역이라는 대죄를 저질렀다! 이에 황족의 신분은 물론이요 라겔뢰프의 성 역시 영구히 회수한다!"

성이 회수된 황족. 차라리 목숨을 끊는 게 더 나을 것이다. 엘반은 황실 명부에서 영원히 제해지며 죽어서도 라겔뢰프의 무덤에 묻히지 못할 것이리라.

"또한 이 반역에 가담한 자는 신분 고하를 가리지 않고 전부 중벌로 엄히 다스릴 것이다! 1황비는 폐한 후 냉궁에 가두며 빌리엄 공작가와 로메인 후작가의 식솔은 한 명도 남기지 말고 전부 극형에 처해라!"

혜른 빌리엄은 이미 혐의가 인정되어 감옥에 압송된 상태였다. 하이젠도 마찬가지였다.

"폐, 폐하……."

"전하질 않고 뭘 하나!"

"……명 받들겠습니다."

황제가 사납게 엘반을 내려다보았다.

"너 같은 것을 황자라고, 귀히 모시기 위해 피땀 흘려 일한 제국민들에게 평생 속죄하며 살아라! 짐은 너를 변방으로 추방할 것이며, 오늘부로 영원히 부자의 연을 끊겠다!"

"……."

바닥을 짚고 고개를 숙이고 있던 엘반이 덜덜 떨었다. 그게 끝이었다. 황제는 그대로 엘반을 두고 나가 버렸다.

빌리엄 공작가와 로메인 후작가의 멸문. 그리고 가장 유력한 황위 계승자 중 하나였던 2황자의 몰락. 하나같이 증거가 명백하고 증인이 확실해 빠른 속도로 정리가 되었다.

이렇듯, 대다수가 빠르고 명쾌하게 정리가 되었지만 황제가 독단으로 처리할 수 없는 인물이 하나 있었다.

"대신관님. 식사 시간입니다."

눈을 감고 참선을 하고 있던 메르실 대신관이 고개를 들어 올렸다. 간수가 식사가 담긴 쟁반을 가져오고 있었다. 내려놓는 손길도 무척 조심스러웠다.

"아. 오늘도 고맙네."

"아닙니다. 그럼……."

"수고하게."

인사까지 꾸벅 한 간수가 나간 후, 메르실은 쟁반을 훑어보았다. 꽤 괜찮은 식단이었다. 따끈한 수프에는 풍부하진 않지만 고기 건더기가 들어 있었고, 빵도 좋은 밀가루를 써서 폭신하게 구워 낸 흰 빵이었다. 거기에 차가운 우유 한 잔, 후식으로는 신선한 햇사과까지 있었다.

수감자들이 먹는 것치고는 꽤 사치스러운 구성. 이것은 간수들이 먹는 식사였다. 메르실이 처음 본궁의 감옥으로 끌려온 이후, 줄곧 이런 식사가 제공되었다. 신앙심 깊은 간수가 자발적으로 메르실에게 갖다 주는 것이었다.

메르실은 무표정한 얼굴로 수프를 한 입 떠먹었다.

'어떻게 되었는지 모르겠군.'

슈텐 가르트는 자신을 감옥에 처넣은 날 이후 코빼기도 비추질 않고 있었다. 메르실은 그저 독방에 갇혀 있을 뿐이었다.

고문이라는 말에 평정을 잃을 뻔했지만, 메르실은 간신히 정신을 다잡았다. 하루 이틀 지나면서 점점 침착해졌다. 제 몸은 건재했고, 또한 간수들조차 제 눈치를 보며 공손히 대하는 덕분이었다.

'지금쯤이면 보좌 신관들이 신성국에 알렸겠군.'

다른 이도 아닌 대신관이 억류된 사건이다. 조금만 더 기다리면 신성국에서 공식으로 자신의 신변을 인도해 달라고 겔의 황제에게 요청할 것이다. 비록 질책을 피할 수는 없겠지만, 한동안 속죄 수행을 다녀오면 잠잠해지리라.

'그때가 되면 성물을 써야겠어.'

메르실이 할 일은 그때까지 참는 것이다.

그리고 그날 저녁. 메르실은 제 예상이 빗나가지 않았음을 알았다.

"메르실 대신관, 나오시오."

"어디로 가는 건가?"

"특별 심문실로 대신관을 데려오라는 명령이오."

본궁의 기사가 딱딱한 어조로 말했다. 쩔쩔매며 제 눈치를 보는 간수들과는 달리, 사무적이고 고압적인 태도였다. 황제의 근위대를 제외한 기사들은 슈덴 가르트의 직속하에 있다는 걸 생각하면 이럴 만도 했다.

"메르실 대신관."

"……."

그리고 특별 심문실. 메르실은 제 앞에 있는 인물을 쉽게 믿지 못했다. 근 며칠 만에 다시 보게 되는 슈덴 가르트. 그 옆에는…….

"바, 바이나나 대신관……."

수십 년간 타국은커녕 대신전 밖으로도 잘 나오지 않던 바이나나 대신관. 그녀가 앉아 있었다. 직접 올 거라고는 상상도 하지 못했다. 예상치 못한 바이나나의 등장에 당황했지만, 메르실은 곧 정신을 차렸다.

이 심문실에는 슈덴 가르트가 있었다. 정신을 똑바로 차려야 했다. 게다가 오히려 호재라면 호재였다. 바이나나 대신관이 친히 걸음 했으니 자신은 거의 확실하게 신성국으로 귀환할 수 있을 것이다.

"바이나나 대신관. 모든 설명은 신성국으로 돌아가서 하겠습니다. 일단은……."

메르실이 슈덴을 흘긋 노려보았다. 감히 대신관인 자신에게 이런 치욕을 준 것은 영원히 잊지 않을 것이다.

"일단은 저와, 또 제 보좌 신관들을 구명해 주십시오."

"그들은 구할 수 없습니다."

"……예?"

"전부 신의 품으로 돌아갔으니까요."

"그게 무슨 말입니까!"

메르실이 당황해서 외쳤다. 곧 그의 머리에 번개처럼 스쳐 가는 게 있었다. 고문은 물론 심문도 안 하고 내버려 두더라니, 설마.

"가르트 공작, 당신 짓입니까?"

"설마."

슈덴의 목소리는 홀로 느긋했다.

"내가 그렇게까지 쓰레기는 아닙니다, 메르실 대신관."

"그럼 내 보좌 신관들이 왜 전부 죽었다는 겁니까! 공작 당신이 심한 고문을 가했으니 죽은 게 아닙니까! 이건 비단 당신뿐 아니라 당신의 핏줄 전체가 지옥에 떨어질 만한……!"

"신에게 맹세하건대, 메르실 대신관."

여유롭던 슈덴의 표정이 급격히 싸늘해졌다.

"나는 그들에게 손끝 하나 대지 않았습니다."

"……."

감옥에 압송되어 덜덜 떨던 것도 그들. 성녀가 대신관을 구금하는 것을 허락했다는 사실을 듣고 졸도하려던 것도 그들.

고문은커녕 심문에도 익숙지 않은 신관들은 중첩되는 두려움을 이기지 못했다. 모든 걸 쉽게 자백한 덕에 슈덴은 바로 2신전으로 갈 수 있었다.

그사이 보좌 신관들은 전부 죽어 있었다. 하나같이 혀를 깨물어 자살한 것이다. 죄책감에 못 이긴 건지, 아니면 메르실의 보복이 두려워서인지는 알 수 없었다.

메르실은 천천히 심호흡을 했다.

일단, 그래. 차라리 잘된 일이다. 아무리 바이나나라고 해도 황궁에 구금된 모든 신관을 구명하는 건 버거웠을 터다. 숫자를 덜었으니 좋은 일이라고 여겨야 했다. 메르실은 애써 침착함을 가장했다.

"메르실 대신관."

아니, 가장하려고 했다.

"대신관은 신성국으로 돌아가지 못할 겁니다."

바이나나의 차가운 목소리가 아니었다면.

"진작 이랬어야 했는데. 내가 그동안 너무 물렀군요, 메르실 대신관."

"그, 그게 무슨 말……."

"당신은 파문입니다."

메르실의 호흡이 그대로 멎었다.

'……파문?'

메르실은 바이나나가 한 말을 바로 이해하지 못했다. 아니, 받아들이지를 못했다. 꿈이라고 하기에는 지나치게 생생하다. 어느 순간, 가슴이 칼에 베인 듯 서늘해졌다.

이것은 현실이다. 부정할 수 없는.

메르실의 두 눈이 시뻘겋게 변했다. 그가 벌떡 일어났다. 두 발에 묶인 쇠사슬이 절그렁 소리를 냈다.

"대신관을 파문하려면 두 명의 대신관이 찬동해야 합니다! 아무리 신탁을 해석하는 바이나나 당신이라도, 그렇게 독단적으로는……!"

필레몬은 그 어떤 대신관보다도 선했다. 갈등을 싫어하고, 평화로운 것을 사랑한다. 신관의 인생을 나락으로 떨어뜨리는 파문에 동의할 리가 없다.

"메르실 대신관."

그러나 끔찍하게도, 바이나나의 목소리는 곧고 흔들림이 없었다.

"필레몬 대신관 또한 이미 동의한 일입니다."

"안 돼! 안 됩니다! 이게, 이게 무슨……."

메르실이 고개를 퍼뜩 들었다. 그가 매달리듯이 말했다.

"바이나나 대신관, 제발 자비를 베풀어 주십시오. 신성국으로 돌아가자마자 속죄 수행을 떠나겠습니다! 10년, 아니 20년이라도 수행을 하다 올 테니 제발, 제발 파문만은……."

"아직도 꿈에서 헤어 나오질 못하는군요, 메르실."

언제나 신묘한 분위기를 풍기던 바이나나의 싸늘한 목소리.

"당신은 대신관, 아니 신관으로서의 자격이 없습니다. 그게 우리의 결론입니다."

"……."

결국 다리에 힘이 풀리고 만다. 메르실이 털썩 주저앉았다. 대신관이라는 직위의 박탈. 파문. 신에게 버림받은 신관.

메르실이 그동안 쌓아 둔 모든 공로와, 걸어온 사명의 길이 한순간에 부서져 내린다. 으깨진 유리 조각처럼.

"이젠 하나만 정리하면 될 것 같군요."

바이나나가 자리에서 일어났다. 그녀는 허망하게 앉아 있는 메르실의 목을 향해 손을 뻗었다. 그녀의 손끝이 향하는 곳에 있는 것은 대신관의 증표. 너무 귀한 것이라서, 본궁의 기사들조차 차마 압수하지 못한 목걸이였다.

"안 돼! 안 됩니다!"

메르실이 몸을 웅크렸지만 소용없었다. 바이나나의 손에서 뿜어져 나온 신성력에 증표가 반응했다. 심장이 통째로 거둬지는 듯한 허무함.

"이럴 순 없어……."

메르실은 덜덜 떨리는 손으로 목을 더듬었다. 하지만 잡히는 건 빈 목걸이뿐. 성물로 만들어진 고귀한 증표는 흔적도 없이 증발해 있었다. 메르실은 미친 사람처럼 중얼거렸다.

"내 증표……, 내 증표가……."

슈덴은 물끄러미 이 상황을 지켜보고 있었다. 대신관이 파문당하는 상황이다. 대륙 역사에 기록될 만한 기념비적인 일이었지만, 그는 별달리 감흥도 없는 표정이었다.

"이야기가 끝났으면 이만 나가시지요, 바이나나 대신관."

슈덴에게 중요한 건 그런 게 아니다.

"이자에게 남은 건 겔의 국법과 관련된 일뿐이니까."

메르실이 더 이상 신성국에서 보호받지 못하는 신분이 되었다는 것뿐.

"예, 그럼. 나가 보도록 합시다, 공작 각하."

바이나나는 한 치의 미련도 없이 메르실에게서 시선을 거뒀다. 바들바들 떨리는 손으로 목걸이를 움켜쥐고 있던 메르실은 이를 악물었다.

어째서? 어디부터, 무엇 때문에 잘못된 거지?

내가 왜 파문을 당한 거지?

메르실은 금세 답을 구할 수 있었다. 공녀. 공녀 때문이었다. 빌어먹을 공녀! 메르실을 둘러싼 세상이 조금씩 뒤틀리기 시작한 시발점. 모든 게 신탁의 공녀를 구하고 난 다음부터였다.

열이 오를 대로 오른 메르실의 두 눈에서 실핏줄이 툭툭 터지기 시작했다.

자신을 이렇게 만들어 놓고, 슈덴과 바이나나는 나갈 준비를 하고 있었다. 화가 났다. 메르실 본인은 이런 꼴이 되었는데? 바이나나는 여전히 대신관이고, 슈덴 가르트 역시 여전히 제국의 공작이라니!

그리고 공녀! 그 여자 역시 죽을 때까지 가르트 공작 부인으로 호의호식하며 살겠지!

"슈덴 가르트!"

목이 터질 것 같은 부름. 그러나 슈덴은 뒤돌아보지도 않았다. 분노가 솟구쳤다. 모든 걸 빼앗긴 메르실에겐 더 이상 지켜야 할 품위도 예의도 없었다. 그런 걸 계산할 정신도 없었다. 메르실이 악에 받쳐서 외쳤다.

"네놈은 모르겠지! 그렇게 아끼고 도는 공녀가 무슨 비밀을 가지고 있는지!"

공녀라는 말에 슈덴의 걸음이 바로 멈췄다. 그가 망설임도 없이 뒤를 돌아본다.

"공녀는 네놈과 결혼하기 전에 미혹의 축복을 받았어!"

바이나나의 표정이 돌처럼 굳은 순간이었다. 메르실은 목에 핏대를 세우며 소리쳤다.

"그 여자의 육체에 미혹의 축복이 자리하고 있단 말이다! 공녀가 네게 이런 이야기를 하던가? 당연히 하지 못했겠지! 떳떳하지 못하니까!"

"……."

슈덴은 아무런 대답도, 반응도 없었다. 그 무표정한 얼굴.

'그래, 충격적이겠지!'

처음으로 저 망할 공작에게 한 방 먹였다. 그것도 커다란 한 방을. 메르실은 통쾌함을 느꼈다. 마음 같아서는 천한 용병들처럼 소리를 내 왁자지껄하게 웃고 싶을 정도였다.

잠시 메르실을 응시하던 슈덴이 입꼬리만 슬쩍 올렸다. 웃는 것 같았지만 눈빛은 더없이 잔혹해 소름이 돋았다.

"정말이지."

시선은 메르실에게 칼처럼 꽂은 채로.

"대신관이 예상한 그대로군요."

슈덴의 말에 바이나나가 나지막한 한숨을 내쉬었다.

"……죄송합니다, 각하. 자꾸만 부끄러운 꼴을 보여 드리는군요."

"대신관이 사과할 게 뭐가 있겠습니까. 이자는 이제 신전과 인연이 없는 사이인데."

메르실을 응시하는 붉은 눈동자가 사납게 번뜩인다.

"뭐라고 지껄이든 상관없지."

메르실의 턱이 바르르 떨렸다. 등골이 오싹해지는 와중에도, 무언가 잘못 돌아간다는 건 알 수 있다. 메르실은 슈덴과 바이나나의 대화를 쉬이 알아듣질 못했다.

"……무슨 말이지? 예상한 그대로라니, 그게 무슨 말인가?"

특별 심문실로 오기 전 이미 슈덴에게 이야기를 끝낸 바이나나는 침착하게 말했다.

"공작 부인은 미혹의 축복을 받지 않았습니다, 메르실."

메르실은 코웃음을 쳤다.

"바이나나 대신관, 이제 당신까지 거짓말을 하는 겁니까? 필레몬 대신관이 직접 공녀에게 미혹의 축복을 내려 주었다고 했는데도 말입니까?"

바이나나는 대답이 없었다. 그저 나지막하게 한숨을 내쉴 뿐이었다. 바이나나는 대신관의 정복 안쪽에서 곱게 접은 문서 하나를 꺼냈다. 접혀 있던 문서가 메르실의 앞에 툭 떨어진다.

문서를 본 메르실의 눈이 크게 뜨인다. 저 종이를 모를 수가 없었다. 신비로운 문양이 그려진 종이. 대신관들이 공적인 증언을 해야 할 때 쓰는 것이었다.

메르실은 문서를 주워 펼쳤다. 그런데 왜 알 수 없는 불안감이 느껴지는 건지. 손에서도 이상하게 식은땀이 났다.

곧 눈에 들어오는 익숙한 필체.

바이나나가 메르실을 내려다보며 말했다.

"가르트 공작 부인은 미혹의 축복을 받지 않았습니다."

메르실이 서서히 경련하기 시작했다.

"필레몬 대신관이 성물을 앞에 두고 직접 증언한 대로 말입니다."

"그, 그럴 리가……."

"오직 메르실 당신만 그리 생각하고 있었을 뿐이지요."

"그럴 리가 없어!"

메르실이 버럭 외쳤다.

마지막까지 아끼고 아껴 둔 비장의 한 수가 이리 허망하게 갈 리가 없다. 정신이 나갈 것만 같았다. 공녀가, 아무것도 없는 그녀가 신전의 도움도 없이 완벽한 공작 부인이 되었다니? 붙들고 있던 끈이 실은 허상이었다니!

"슈덴 가르트!"

메르실은 고래고래 소리를 질러 댔다.

"이건 거짓말이다! 네놈이 사랑이라고 느끼는 것도 그냥 다 몸정일 뿐이라고! 하! 공작 부인은 무슨, 웃기지도 않지! 기껏해야 고급 창부인 주제에! 네놈은 그냥 공녀에게 유혹당한 것뿐이다!"

메르실이 알고 있는 게 진실이다. 그래야만 했다. 성물 앞에서는 거짓말을 할 수 없다는 걸 알고 있으면서도. 메르실은 반쯤 정신이 나가 뭐라고 지껄이는지도 모르고 외쳐 댔다.

짧은 침묵이 흘렀다. 슈덴은 바이나나를 돌아보았다.

"바이나나 대신관. 이젠 이자에게 더 들을 말은 없습니까?"

"더 없기는 합니다만……."

"그럼 됐군."

슈덴이 메르실을 향해 성큼성큼 걸어갔다. 남자도 감탄할 만큼 수려한 얼굴이 얼음장처럼 무표정했다. 그러나 그와 함께 느껴지는 위압감은. 메르실이 저도 모르게 숨을 참은 사이였다. 그대로 멱살이 잡혀 들린다.

"이, 이거 놓, 커억!"

픽! 쇠처럼 단단한 주먹이 메르실의 턱에 거칠게 내리꽂힌다. 강타당한 턱뼈 절반이 부서지고 입 안쪽이 터졌다. 피범벅이 된 메르실이 눈을 까뒤집고 기절했다. 슈덴은 쓰레기를 버리듯 가차 없이 메르실을 바닥에 던졌다. 턱.

"가르트 공작 각하. 메르실 대신관을 원래 있던 독방으로 데려가면 되겠습니까?"

"아니."

슈덴은 메르실을 데려가기 위해 온 기사들에게 냉정한 목소리로 명령했다.

"대신관 직위를 박탈당했으니 지금 이 순간부터 이 자의 모든 특별 대우를 회수한다."

영예스러운 삶을 살았던 대신관의 몰락. 진짜는 지금부터였다.

"따라서 어떤 고문을 가해도 상관없다고 간수에게 전해라."

"예, 알겠습니다."

메르실 대신관. 그의 영광이 막을 내리는 순간이었다.

메르실이 끌려 나간 후, 슈덴과 바이나나는 접빈실로 자리를 옮겼다. 접빈실에는 몇 명의 귀족들이 기다리고 있었다. 대신관을 비롯한 여러 신관이 내란에 엮여 있어, 의견 합치를 보아야 했기 때문이다.

바이나나는 선뜻 사과를 했다. 대신관이 고개까지 살짝 숙이는 바람에, 함께 앉아 있던 귀족들이 쩔쩔맸다. 슈덴은 무심하게 받아들이겠다고 대답했다.

그 말도 안 되는 뻔뻔함에 귀족들은 진땀을 뺐지만, 정작 바이나나는 감사하다고 웃었다.

합의는 쉽게 끝났다. 나머지는 바이나나 대신관이 황제와 직접 대면해 나눌 이야기였다. 바로 일어서려는 슈덴을 붙잡은 것은 바이나나였다.

"가르트 공작 각하. 황제 폐하를 알현하러 가기 전에, 개인적인 이야기를 좀 해도 되겠습니까?"

붉은 눈동자가 벽에 걸린 시계를 한 번 보았다. 발리아가 일어나 있을까. 일이 밀려 집에 가지도 못하면서 자꾸 시간을 확인하는 습관이 생겼다.

"말씀하십시오."

다른 사람들은 먼저 물렸다. 둘만 남은 접빈실. 바이나나는 따뜻한 차를 먼저 한 모금 마셨다. 가을 햇볕에 잘 말린 고급 재스민 향이 머리를 맑게 해 준다. 그녀가 여상한 어조로 입을 열었다.

"신전에서는 오늘부로, 공녀에 관한 모든 사료를 폐기할 생각입니다."

황금빛 짙은 눈썹이 슬쩍 움직였다. 오늘 들었던 것 중 가장 흥미로운 이야기였다. 신전의 역사는 기록의 역사. 그들이 얼마나 기록에 미친 자들인지 슈덴도 어느 정도는 들은 바가 있었다. 하물며 신탁에 관한 것이라면, 두 번 말할 필요도 없었다.

"비공식적으로도 폐기하겠다는 말씀입니까?"

"그렇습니다."

신의 말씀을 가장 가까이에서 듣는다는 대신관. 바이나나는 부드러운 미소를 지었다.

"노을이 한 번 스러질 정도의 시간이 지나면, 그 어떤 사람도 가르트 공작 부인이 공녀라는 사실을 모르게 될 겁니다. 신관들도 마찬가지고요. 공작 부인은 그저 겔 제국의 가르트 공작 부인으로 역사에 기록될 뿐이겠지요."

"기꺼운 제안이군요."

슈덴이 손끝으로 탁자를 가볍게 두드렸다. 그가 물었다.

"기부금은 얼마나 내면 되겠습니까?"

"이건 사과의 의미이니 기부금은 괜찮습니다. 파문된 대신관의 독단적인 행동 때문에 공작 부인이 많은 고생을 겪었으니까요."

"대신관이 그러시다면야."

대답은 그렇게 했지만 슈덴의 머릿속은 달랐다. 신성국 부근에 위치한 왕국에 호화로운 성 몇 채가 있던 게 얼핏 기억이 났다. 물론 가르트의 소유였다. 율리안이 알면 머리 위로 물음표를 삼천 개쯤 띄울 기부금이 확정되었다.

"그리고……."

말을 잇는 바이나나의 안색이 약간 어두워졌다.

"각하도 아실 테지만, 성녀님의 상태가 매우 좋지 못합니다. 벌써 며칠째 깨어나지도 못하고 계신다는군요.”

예리는 그날 이후 한 번도 일어나질 못했다. 신성력이 아예 고갈됐다고 했다. 수정구를 통해 긴급하게 전해진 보고에 대신전이 발칵 뒤집어졌다. 바이나나는 메르실을 파문하러 가기 전, 성녀궁에 가 예리의 상태부터 확인했다.

“조금 후에 황제 폐하께만 말씀드릴 이야기지만, 각하께는 미리 알려 드리겠습니다. 성녀님은 오늘부로 신성국으로 모셔 갈 겁니다.”

예리가 피를 토하고 쓰러졌으니 황제도 막지 못할 것이다. 슈덴은 성의 없이 말했다.

“빨리 나으시길 바라지요.”

“감사합니다. 그리고 각하.”

바이나나는 아까부터 머릿속으로 정리해 왔던 말을 꺼냈다.

“이건 순전히 제 추측이지만, 공작 부인이 있어 성녀님의 신성력이 다시 차오르는 것 같습니다.”

“……음?”

바이나나 대신관은 아까 확인했던 예리의 상태를 떠올렸다. 분명했다. 예리의 몸에는 신성력이 아주 미약하게나마 차 있었다.

[성녀님의 신성력이 바닥까지 고갈되었습니다!]

처음 신성국으로 왔던 급보와는 달랐다. 고갈된 신성력이 다시 차오른다니. 어떤 신관도 이런 경우가 없었다. 한 번 바닥을 찍은 신성력은 절대로 다시 축적되지 않는다.

물론 역사에 다시없을 성녀라서 그럴 수도 있지만, 바이나나의 생각은 조금 달랐다. 정확히는 슈덴의 이야기를 듣고 홀로 추측했다.

“며칠 전부터 공작 부인의 수면 시간이 이상할 정도로 대폭 늘었다고요. 성녀님과 공작 부인, 두 분께서는 신탁으로 이어진 아주 긴밀한 사이시죠. 어떤 식으로든 연관이 되어 있을 것 같습니다. 그러니…….”

초승달이 보름달로 차오르듯이. 하지만 마냥 추측에만 기댈 수는 없었다. 예리는 신성국으로 가 치료를 받아야 했다.

“성녀님이 빈사 상태에서 벗어나시면, 공작 부인이 주무시는 시간도 점차 줄어들 겁니다.”

슈덴의 미간이 좁아졌다. 왜 그 성녀는 쓸데없이 신성력을 고갈시켜 남의 아내를 종일 잠들게 하나. 숀에게 보고받기로는 죽은 구스토를 되살리는 기적을 일으켰다던데, 그딴 건 슈덴이 알 바 아니었다.

1황자고 나발이고. 슈덴은 불쾌한 얼굴로 말했다.

“성녀가 깨어나시면 전해 주십시오. 신성력 좀 작작 쓰라고.”

“예, 꼭 그리 말씀 올리겠습니다.”

선뜻 대답한 바이나나가 여상한 어조로 말했다.

“사실 성녀님의 상태가 모호하니 신탁에 명시된 바, 그분과 한 몸이나 마찬가지인 가르트 공작 부인도 함께 신성국으로 모셔 가…….”

“미치신 모양이군.”

“……면 더 좋을 것 같았지만, 역시 각하의 반대가 격렬하실 것 같아서 마음속으로만 품었습니다.”

슈덴은 바이나나를 노려보았다. 그러나 바이나나는 꿈쩍도 않았다. 그저 빙그레 웃을 뿐.

‘정말이야. 필레몬이 한 말이 틀리질 않는군.’

사실 바이나나는 슈덴의 반응이 무척 재밌었다. 나이 든 대신관의 눈에는 아내를 애지중지하는 젊은 공작의 모습이 흐뭇하기만 했다.

공녀와 혼인하지 않겠다고, 매정하게 필레몬을 쳐내 곤란케 했다던 그 남자는 어디로 갔을까.

바이나나가 혼자 웃기만 하자, 슈덴이 빈정거렸다.

"그 농담 같지 않은 농담이 아주 재미있으셨나 봅니다, 바이나나 대신관. 기분이 좋아 보이시는군요."

"오, 아닙니다. 각하."

바이나나의 입꼬리가 호선을 그렸다. 장난은 이쯤 하면 됐다. 사실 더 했다가는 정말로 가르트가 신성국에 전쟁을 선포할 것 같았다.

남은 것은 아까부터 말해 주고자 했던 진심뿐. 바이나나는 부드러운 목소리로 말했다.

"지금 저는 손녀가 괜찮은 사위를 데려왔을 때의 기분을 즐기고 있는 겁니다."

"……."

단순히 아부성으로 하는 말이 아니었다. 슈덴도 그 정도는 구분할 수 있었다.

"저에게 피가 이어진 자식은 없지만, 이런 기분이 뭔지는 이제 명확히 알겠군요. 아주 흡족하고 기쁩니다. 즐겁기도 하고요."

신탁을 직접 해석하는 바이나나에게 공녀란 특별한 의미였다. 메르실이 발리아를 '가르트 공작의 부인'으로 보는 것과는 달리, 바이나나는 슈덴을 '공녀의 남편'으로 보았다. 이런 차이와 여러 이미지가 쌓이다 보니 이젠 슈덴이 무슨 손녀사위 비슷하게 보였다.

바이나나의 말을 듣던 슈덴은 기분이 묘해졌다. 솔직한 말로, 슈덴은 바이나나가 별로 편하지 않았다. 슈덴이 보기에 대신관의 '정석'이라 함은 역시 필레몬이었다. 그에 반해 메르실은 상단주나 모사꾼.

바이나나는 앞선 두 명과 달랐다. 세속에 얽매이지 않은 것 같은 신성한 분위기를 풍기는 동시에, 보통의 할머니들처럼 수더분하게 웃을 줄 알았다.

무엇보다 바이나나는, 슈덴을 흐뭇한 눈길로 바라보는 유일무이한 사람이었다.

그게 정말 이상했다. 그간 누구도 슈덴을 저런 식으로 보지 않았으니까. 겔의 내로라하는 노귀족들은 물론이고, 타국의 왕족들도 마찬가지였다. 황제조차도 분명한 예의는 갖춰 대하는 마당이니. 슈덴의 친조부는 말할 것도 없었고.

"마음 같아선 겔까지 온 김에 공작 부인을 직접 보고 싶었는데, 각하를 보니 그러지 않아도 되겠습니다. 공작 부인이 행복하게 잘 지내고 있을 것 같군요. 감사합니다."

그래서일까. 슈덴은 바이나나의 태도가 낯설어 불편했다.

"……별말씀을."

이상한 것은, 기분이 그리 나쁘지 않다는 것이었지만.

✻✻✻ ✻✻✻ ✻✻✻

"원래 이렇게 많이 발라야 하니?"

발리아는 하녀가 비춰 주는 거울을 보며 물었다. 가르트 저택의 욕탕. 발리아의 물음에 하녀가 얼른 대답했다.

"불편하셔요? 좀 덜어 낼까요, 마님?"

"아니, 불편한 건 아니야."

그런데 왜 이렇게 많이 바르지? 발리아는 고개를 갸웃했다. 푸른빛 감도는 검은 머리카락이 말끔하게 빗겨져 있었다. 잘 빗어 넘긴 머리카락 사이사이로 하녀 두 명이 작은 빗으로 차곡차곡 무언가를 바르는 중이었다.

듣기로는 벌꿀, 장미유, 곱게 간 허브에 금가루 등 온갖 걸 섞어 만든 것이라고 했다.

발리아는 거의 온종일 잤지만, 몸은 항상 뽀송뽀송했다. 그녀가 깊게 잠든 와중에도 하녀들이 안아 들어 욕탕으로 데려가 씻기고, 향유로 마사지를 하고, 특히 머리에는 온갖 좋다는 걸 구해다 바른 후 씻어 냈다.

갈수록 잠 오는 게 덜해져 오늘 발리아는 두 눈을 뜨고 있었다. 그래서 하녀들이 제 머리에 뭘 바르는지 볼 수 있었다. 머릿결을 관리하는 일은 늘 있었지만, 이렇게 치덕치덕 아기들 진흙 놀이처럼 바르지는 않았던 것 같은데.

'내 머리카락이 그렇게 많이 상했나?'

발리아가 이렇게 생각하는 것도 무리는 아니었다. 마님의 짧아진 머리카락을 빨리 길게 해 드리려고 하녀들이 이러고 있다는 걸 그녀는 짐작도 하지 못했다.

침실로 돌아와서는 머리를 말렸다. 하녀들은 또 발리아의 머리카락 끝에 꼼꼼히 무언가를 또 발랐다. 달콤한 향이 났다. 그게 뭐냐고 발리아가 물으려던 참이었다. 침실 문이 예고도 없이 열렸다.

"슈?"

침실로 들어서는 것은 슈덴이었다. 실로 오랜만에 뜬 눈으로 맞이하는. 발리아가 자리에서 일어나는 것과 동시에, 뒤에 있던 하녀들이 재빨리 침실을 나섰다.

슈텐이 발리아의 앞까지 온 것과, 문이 달칵 닫히는 것은 거의 함께 였다. 마님이 일어나 계신다는 폴의 말을 듣자마자 슈텐은 2층으로 올라왔다. 대체 얼마 만인지.

"지금 오신 거예요?"

"예, 부인."

가벼운 대답과 함께 슈텐은 발리아의 턱을 가볍게 잡아 들어 올렸다. 그리고 곧장 허리를 굽혔다. 키 차이 때문에 이 정도는 숙여야 했다. 말할 틈도 없이 발리아의 입술을 찾아든 슈텐이 입을 맞춘다. 따뜻한 체온을 머금고 구석구석의 촉감을 남김없이 훑었다.

발리아는 작은 신음을 내며 슈텐의 목에 팔을 감았다. 처음 키스를 할 땐 낯선지 자꾸만 움찔거렸는데. 그 반응도 귀여웠지만 지금도 좋았다. 슈텐은 발리아의 뒷머리와 허리를 부드럽게 받쳐 잡고 깊게 키스했다.

사랑스러운 인사 같았던 입맞춤은 어느 순간 급류를 탄 듯이 격렬해졌다. 어느새 발리아의 몸이 더워졌다. 슈텐은, 이 남자는 왜 이렇게 진하게 입을 맞추는 건지. 게다가 키스를 능숙하게 잘하기까지 한다.

'음……. 그것만 잘하는 건 아니지만…….'

살짝 뜬 발리아의 눈에 슈텐의 손이 보인다. 사실 키스가 깊어지면서 그런 생각을 했다. 슈텐이 단추를 풀고 있지 않을까? 하지만 의외로 그의 옷은 원상태 그대로였다. 키스가 잡아먹을 듯 뜨거워서 당연히 옷을 벗고 있을 줄 알았는데.

발리아는 그런 생각을 하면서 눈을 깜빡였다. 정말 생각지도 못한 의문 때문에 키스에 집중하던 것이 깨졌다. 발리아가 눈을 뜨고 있다는 걸 안 슈덴이 입술에 쪽 하고 입을 맞추고 턱을 들어 올렸다.

키스를 한 후의 붉은 눈동자는 지나치게 짙어진다. 발리아는 제 두 눈도 저렇게 변해 있을지 조금 궁금했다. 무심코 자신의 눈가를 건드려 보는 그녀의 손을 슈덴이 잡아 깍지를 꼈다.

"발리아."

"네?"

"주치의가."

슈덴은 발리아의 손을 제 입가로 가져왔다. 그리고 보드라운 손등에 입술을 꾹 눌렀다가 말을 이었다.

"당분간 무리는 하지 말라고 하더군요."

슈덴이 말하는 '무리'가 뭘 뜻하는지 안다. 아는데……, 타이밍이 참 묘하다는 생각이 들었다. 슈덴이 제 생각을 읽고 한 말도 아닐 텐데 발리아는 괜히 찔렸다. 그녀는 헛기침을 하며 말을 돌렸다.

"슈. 황궁 일은 괜찮으세요? 요즘 계속 바쁘셨잖아요."

다행이라고 해야 할지, 물어볼 이야기는 차고 넘쳤다. 덕분에 그녀의 남편은 의심도 없이 순순히 대답을 해 주었다. 성녀가 신성국으로 가게 됐다는 이야기도 말해 주었다. 발리아는 눈을 동그랗게 떴다.

"그럼 성녀님이 가셨다가 언제 오시는데요?"

"그것까진 모르겠습니다. 바이나나 대신관도 확답을 못 하더군요."

"그래요……."

예리가 빈사 상태가 됐다는 건 처음 들었다. 발리아가 생각에 잠기자 슈덴이 물었다.

"혹시 신성국으로 같이 가고 싶으신 겁니까?"

슈덴은 그렇게 물으면서도 조금 불안했다. 성녀와 각별한 사이로 보이는 발리아가, 혹여 신성국에 다녀오고 싶다고 할까 봐. 현재 몸 상태도 안 좋고 연약한 아내를(지극히 슈덴의 기준에서) 멀리 보내고 싶지 않았다.

물론 슈덴이 동행한다면 신성국이 아니라 대륙 여행을 가자고 해도 응하겠지만, 지금의 그는 너무 바빴다. 도저히 신성국으로 다녀올 시간을 낼 수 없었다. 이렇게 며칠에 한 번 저택으로 오는 것만으로도 휘하 귀족들이 발을 동동 굴릴 지경이었다.

발리아가 되물었다.

"슈. 혹시 바이나나 대신관님이 제가 필요하다고 하셨나요?"

"그런 말은 없었습니다."

"그러면 제가 뭐 하러 가요."

의외의 대답이었다. 표정에 고스란히 드러났는지, 발리아가 약간 뾰로통해져서 물었다.

"슈, 설마 제가 신성국으로 가는 게 좋으세요?"

"좋을 리가 있겠습니까. 간다고 하셨으면 뜯어말리려고 했는데."

발리아의 표정이 바로 풀렸다. 당신이 그렇게 말하니 안 가겠다고 이야기하며 그녀는 빙긋 웃었다. 슈덴도 따라서 피식 웃었다.

"발리아."

"네?"

"메르실 대신관이 파문되기 전에 한 말이 있는데 말입니다."

"아, 네."

"당신이 미혹의 축복인지 뭔지를 받았다고 하던데."

"……미혹의 축복요?"

발리아가 눈을 깜빡였다. 한 박자 늦게 슈덴이 말하는 '미혹의 축복'이 무엇인지 떠올랐다. 겔 제국에 처음 왔을 때 필레몬이 권했던 것이다.

"세상에, 저 그거 안 받았어요."

"압니다. 바이나나 대신관이 아니라고 말해 주더군요."

바이나나는 슈덴과 함께 특별 심문실로 들어가기 전에 미리 보여 줄 게 있다며 말을 꺼냈다. 궁지에 몰린 메르실이 무슨 말을 할지 모르니 미리 말씀드리고 싶다면서. 필레몬이 직접 쓴 문서는 메르실이 보기 전 슈덴이 이미 확인한 것이었다.

그러나 바이나나는 몰랐다.

"저는 당신이 진짜 미혹의 축복을 받은 줄 알았습니다."

'미혹의 축복'이라는 말을 들었을 때 슈덴이 혹시나 했다는 것을.

"……농담하시는 거죠?"

"농담으로 들리십니까?"

"……."

그렇게 말하는 슈덴의 눈동자는 아직도 짙었다. 발리아는 저도 모르게 손을 움찔 떨었다. 슈덴이 아무것도 하지 않을 거라고 아는데도, 그의 눈빛은 왜 저렇게 묘하고 야할까.

게다가 그녀의 남편은 은근히 짓궂은 면이 있었다. 자신이 민망해하는 걸 아는 게 분명한데도, 계속 물끄러미 쳐다보니까. 결국 발리아는 손을 들었다. 그리고 슈덴의 두 눈을 폭 가렸다. 나름대로의 임시방편이었다.

"……정말, 그렇게 쳐다보지 좀 마세요."

"음?"

삽시간에 눈이 가려진 슈덴이 고개를 갸웃했다. 물론 그뿐이었다.

눈이 가려진 대신이라고 할지, 슈덴은 발리아를 향해 턱을 숙였다. 그는 바로 앞에 서 있는 그녀의 입술을 손쉽게 머금고 그대로 입을 맞췄다. 자꾸 뒤로 밀려나는 발리아의 허리를 단단히 붙잡고 하는 키스가 달았다.

"으응……."

발리아는 슈덴의 눈을 가린 손을 떼지도 못하고 쏟아지는 키스를 받았다. 얇은 눈두덩이 위로 느껴지는 가느다란 손가락이 파르르 떨린다.

긴 입맞춤이 끝나고, 슈덴은 발리아를 침대 위로 안아 데려다주었다. 성녀의 회복이 더뎌 은회색 눈동자엔 또 잠기운이 돌고 있었다. 꾸벅꾸벅 조는 모습이 꼭 한낮의 병아리 같았다. 슈덴은 발리아에게 이불을 덮어 준 후 그 옆에 걸터앉았다.

"있죠, 슈."

발리아는 슈덴을 바라보며 입을 열었다.

"저 다른 축복을 받기는 했는데. 그것도 들으셨어요?"

"다른 축복?"

"네."

슈덴이 알고 있는 건 발리아가 미혹의 축복을 받지 않았다는 것뿐이다.

"그런 말은 못 들었는데. 무슨 축복을 받으셨습니까?"

"당신이 맞춰 보세요."

슈덴이 턱을 살짝 기울였다. 신관의 축복은 대가로 바쳐야 하는 사례금도 어마어마했지만, 아무에게나 내려 주지도 않았다. 그래서 종류도 무척 한정적이었다. 슈덴은 알고 있는 축복을 몇 개 말했지만,

발리아는 전부 아니라고 대답했다.

슈덴이 눈썹을 슬쩍 올렸다.

"……축복을 받으시긴 한 겁니까?"

"그럼요. 필레몬 대신관님이 직접 내려 주셨는데요."

"흐음."

궁금하니 말을 해 주면 좋을 텐데 싶다가도, 이런 대화도 괜찮다는 생각이 들었다. 일단 발리아가 즐거워하는 모습이 나쁘지 않았다.

"저 보면 생각나는 거 없으세요? 바로 아실 텐데."

바로 안다는 말에 슈덴이 발리아를 꼼꼼히 살펴보았다. 그는 이마를 조금 찌푸렸다. 발리아를 훑자 생각나는 게 하나 있긴 했다.

"혹시 축복 중에 예뻐지는 축복도 있습니까?"

"……네?"

"당신이 너무 예쁜 것 말고는 모르겠는데."

"……."

이젠 슈덴이 농담을 하는 건지 아닌지도 모르겠다. 표정 하나 안 바뀌고 저런 말을 하니까. 발리아는 대체 뭐라고 대답을 해야 할지 감이 오지 않아 가만히 있었다. 그녀가 말없이 눈만 깜빡이자 슈덴이 슬쩍 웃었다.

어쩐지 발리아가 지나치게 예뻐 보이더니. 이유가 있었다.

"제가 맞춘 모양이군요."

"아니에요!"

세상에, 아무리 그래도 그렇게 세속적인 축복이 있기는 하나? 따지고 보면 육체의 미혹이라는 축복이 더 세속적이고, 또 은밀하기까지 하지만 그것까지 짚을 정신은 없었다.

"슈."

계속하다가는 이 남자가 온갖 낯부끄러워지는 축복을 이야기할 게 틀림없었다.

"저 행복해지는 축복을 받았어요."

"……부인. 그런 축복을 보기만 해서 어떻게 압니까."

"네? 이상하네요. 당연히 아셔야 하는데?"

언젠가 칼이 발리아를 보고 행복해 보인다고 했다. 그래서 슈덴도 바로 알 줄 알았는데.

"제가 당신을 만나서 이렇게 행복해졌잖아요."

물끄러미 발리아를 바라보던 슈덴이 피식 웃었다. 평소에도 그녀의 앞에선 자주 웃는 그였지만, 어쩐지 웃음이 좀 더 부드럽다.

"왜 웃으세요?"

"글쎄요."

슈덴의 웃음이 깊어졌다.

"왜 웃는지 모르겠습니다, 저도."

속삭이는 것 같은 목소리가 얼마나 다정하게 들리던지. 발리아는 슈덴을 보면 행복했다. 그를 사랑했고, 그가 사랑하는 사람이 자신이어서 기뻤다. 평생 모르고 살았던 충만감이 발리아의 가슴을 꼭꼭 채우는 기분이었다.

사랑에 빠져서 이렇게 행복한 걸까. 아니면 사랑하는 사람이 당신이어서 행복한 걸까. 발리아는 그것까지는 알지 못했다. 이 사람이 아닌 다른 사람을 사랑하는 건 상상이 가질 않으니, 아마 평생 모를 것이다. 몰라도 상관없긴 했지만.

그저 내가 행복한 만큼 이 남자도 행복하면 좋을 텐데. 발리아는 졸린 목소리로 말했다.

"슈, 다음엔 꼭 배웅해 드릴게요."

"안 해 주셔도 됩니다."

작은 중얼거림. 발리아는 그대로 잠에 빠졌다. 슈덴은 말없이 잠든 아내를 응시했다. 내내 붙잡고 있던 손을 들어 마디마디 입을 맞췄다. 발리아는 축복을 받아 행복해졌다지만.

자신은 축복을 받지도 않았는데 왜 이렇게.

솔직한 말로 미혹의 축복이 진짜 줄 알았다. 매일 침대 위에서 발리아가 그리워지는 이유가 있었구나 싶었다. 그런데 아니라고 하니. 다시 돌이켜 보니 발리아가 그리웠던 건 비단 침대 위에서 뿐만이 아니었다. 장소를 가리지 않고 언제나 이 사람이 모자랐다. 애달플 정도로 발리아를 사랑했다.

"발리아."

슈덴은 나지막하게 그녀의 이름을 불렀다. 잠결에도 제 이름이 들리는지 발리아가 이마를 약간 찌푸린다. 슈덴은 슬쩍 웃었다.

그는 신탁을 받았고, 그녀는 신탁에 응했고.

그게 정해진 운명이라면, 슈덴은 발리아를 만나기 위해 그 긴 고난을 견뎌왔다고 생각해도 좋을 것 같았다.

붉은 눈동자는 오래토록 발리아에게 머물렀다.

당신을 만난 이유 i

바이나나 대신관은 예리를 데리고 신성국으로 떠났다. 황제는 정치적인 입장 때문에 예리를 타국으로 보내는 게 내키지 않았지만, 그녀의 목숨 상태가 위태로웠다. 성녀를 죽음에 이르게 했다는 오명을 쓰는 것보다는 신성국으로 보내 살리는 게 백배는 더 나았다.

게다가 이번 사건은 아주 미묘했다. 표면적으로는 젤의 2황자를 중심으로 한 몇몇 고위 귀족들의 반역인데, 가장 큰 조력자 중 하나가 다른 사람도 아니고 대신관이었다. 거기에 성녀의 목숨이 얽혔으며 1황자는 크게 다쳤다가 기적적으로 회생해 치료를 받고 있었다.

실제로 1황자는 한 번 죽었다가 되살아났다고 궁의들이 증언했지만, 신성국 측에서 그렇게 기록되기를 원하지 않았다. 그 대가로 무엇이 오갔는지는 신성국과 황제만 아는 비밀이었다.

어쨌든 이 거대한 반역 건을 어디서 어디까지, 또 얼마나 자세하게 기록해야 하는지 몰라 황궁의 문관들은 바쁘게 뛰어다녔다. 덕분에 황궁은 매일같이 폭풍의 연속이었다.

귀족 원로회는 하루가 멀다 하고 열렸고, 휴가 혹은 개인적인 사정으로 인해 수도에 부재했던 주요 귀족들이 줄줄이 수도로 소환되었다. 그 명단에 조엔 후작이 없는 것을 적지 않은 귀족들이 의아하게 여겼다.

내궁 역시 조심스러운 분위기였다. 황자들은 흉수에 당해 거의 다 죽었다. 내명부의 수장이었던 1황비 아라스는 관을 빼앗긴 후 냉궁으로 쫓겨났으며, 2황자 엘반은 바로 몇 시간 전 국경으로 추방되었다. 반역을 저지른 죄인은 탈 것을 이용하지 못하기 때문에 그 넓은 땅을 걸어가야만 했다.

혹여 반역자들과 조금이라도 엮일까 봐 내궁의 사람은 누구나 몸을 잔뜩 움츠리고 있었다. 구스토가 기거하는 1황자궁은 다른 의미로 조용했다. 궁의 주인이 계속 일어나지 못하고 있으니 당연했다.

요안은 문서를 처리하고 있었다. 구스토가 일어나지 못하는 것과는 별개로, 그는 보좌관으로서 구스토의 세력을 유지시키고 있을 필요가 있었다.

서류를 슥슥 넘기던 요안은 별생각 없이 시선을 돌렸다. 새롭게 들인 습관이었다. 구스토가 잠들어 있는 침대를 확인하는 것.

"······어?"

곧 요안이 벌떡 자리에서 일어났다.

"저하? 저하!"

요안이 침대로 후다닥 달려들었다. 내내 정신을 차리지 못하고,

깊게 잠들어 있던 구스토가 눈을 뜬 것이다.

"궁의한테 가서 저하께서 일어나셨다고 전해!"

"예!"

요안처럼 눈을 동그랗게 뜨고 있던 시종이 재빨리 움직였다. 구스토를 전담하는 궁의가 마침 자리를 비운 상태였기 때문이다. 시종은 약재궁을 향해 후다닥 달려갔다. 요안은 발을 동동 굴리며 물었다.

"저하! 구스토 저하! 괜찮으세요? 저 알아보시겠어요?"

구스토가 느리게 요안을 향해 시선을 옮겼다.

"요안……."

오래 잠긴 목소리가 흘러나왔다. 그마저도 힘이 부치는지 구스토는 이마를 조금 찌푸렸다. 요안이 아무 말도 하지 말고 계시라고 입을 떼려던 찰나였다.

"성녀님은?"

"……신성국으로 가셨어요. 대신관님이 직접 모시러 오셨거든요."

"신성국……."

구스토가 나지막하게 중얼거렸다. 요안은 성녀님이 많이 다치셨다는 이야기를 할까 말까 하다가 그만뒀다. 말했다가는 구스토가 저 시체 같은 몸으로 벌떡 일어나 신성국으로 가려고 할 것만 같아서였다. 구스토는 입술만 달싹이는 요안을 향해 물었다.

"돌아오신다고는 했나?"

"……아니요."

"그래……."

체념한 것처럼 구스토는 다시 눈을 감았다. 궁의가 헐레벌떡 들어와서 진료를 하더니, 다시 잠드셨다고 말했다. 요안은 착잡해졌다.

그것만 묻고 바로 잠드시다니. 성녀의 거취를 묻기 위해 겨우 일어난 것처럼 보이질 않는가.

요안은 대신관님이 성녀님을 모셔간다고 했을 때, 가서 사정을 했다. 성녀님이 언제 돌아오시는지 대충이나마 알려만 달라고. 혹시 몰라 성녀님께 드릴 편지도 준비해 갔지만 신관들은 받아 주지도 않았다. 요안을 싸늘하게 대할 뿐이었다.

그들의 입장이 이해가 가지 않는 건 아니었다. 만약 처지가 바뀌었다면 자신이라도 그렇게 했을지도 모른다. 실제로 예리는 피까지 토했으니까.

'……못 돌아오시는 건 아니겠지.'

요안은 예리가 구스토를 살려 내는 기적을 보일 때, 가장 가까이에 있던 사람이었다. 그래서 예리가 뭐라고 속삭이는지 전부 듣고 말았다. 또 구스토가 예리에게 어떤 감정을 가지고 있는지도 어렴풋이 알고 있었고.

문제는 이걸 요안만 알고 서로는 모른다는 거지만.

'저하께는 내가 말씀드리면 되는데……, 성녀님은 모르시잖아? 영영 모르시면 어쩌지? 그래서 안 돌아오시면?'

신성국에 가도 문전 박대당할 게 뻔한데. 요안은 한숨만 연거푸 내쉬었다.

✿✿✿   ✿✿✿   ✿✿✿

겔 제국의 서쪽. 빌리엄 영지. 장엄한 고성에 수십 명의 병사가 들이닥쳤다.

"까아악!"

"살려 주세요!"

귀가 찢어지는 비명과 울부짖는 소리, 그리고 절그럭거리는 검 소리가 홀을 가득 메웠다. 병사들은 도망가려는 고용인들을 잡아 제압하고, 여타 직·방계 식솔들을 생포해 무릎 꿇렸다.

"항명하는 자는 신분 고하를 가리지 않고 즉살하겠다!"

가장 앞에 있던 기사가 외쳤다. 빌리엄 대부인은 온몸을 부들부들 떨었다. 도무지 이 상황을 납득할 수도, 이해할 수도 없었다.

빌리엄 성에 포위령이 내려진 것은 얼마 전이었다. 빌리엄은, 이 가문은 제국의 개국 공신 가문 중 하나다. 몇 대째 이어 내려오는 공작가의 영예는 아무나 가질 수 있는 게 아니었다.

또한 아무나 짓밟을 수 있는 것도 아니었고.

"너희가 감히! 예가 어디라고 이리 경망되게 구는 것이냐! 빌리엄은 엄연히 후계자가 있는 유서 깊은 공작 가문이란 말이다!"

"후계자요? 헤른 빌리엄 말하는 건가?"

대부인이 홱 고개를 추어올렸다. 갓 이십 대가 되었을 법한 젊은 기사가 고개를 갸웃하고 있었다.

"헤른 빌리엄 말하는 거면 이미 처형되지 않았나?"

대부인의 두 눈이 부릅떠졌다. 제노는 모르고 있을 줄 알았다며 친절하게 설명해 주었다.

"목이 뎅강 잘려서 성벽에 전시된 걸로 아는데요."

제노는 옆에 서 있는 로빈을 바라보며 물었다.

"맞다. 하이젠 빌리엄은 사지가 찢겨 죽지 않았나요? 공개 처형이어서 나도 봤는데."

"……."

대부인의 얼굴이 새파랗게 질렸다. 무릎을 꿇은 와중에도, 허리만은 꼿꼿이 세우고 있던 그녀였다. 하지만 아들과 손자가 끔찍하게 죽었다는 말에 평정심을 유지할 수 없는 모양이었다. 대부인이 그대로 허물어졌다.

그러거나 말거나 제노는 순진무구한 표정으로 룰루랄라 걸어갔다. 로빈은 그 가증스러운 낯을 일별하고 나지막이 한숨을 내쉬었다. 저 인성이 수습 신관 출신이라고?

'어떻게 저렇게 악독하지……?'

왜 빌리엄 성을 정리하는 데 가고 싶다고 찡찡 조르나 했더니만.

제노는 그저 빌리엄이 싫었던 것이다. 당한 게 많다고 종일 종알대던 놈이니 분풀이할 기회를 놓칠 리가 없었다.

로빈은 그냥 내버려 뒀다. 말린다고 해서 제노가 들을 것 같지도 않고, 솔직히 별로 말리고 싶지도 않았다.

와중에도 빌리엄의 성은 차곡차곡 정리되었다. 겔의 황법에 의거하여, 값나가는 사치품과 보물은 전부 국고로 환수된다. 벌써 일흔 대가 넘는 마차가 그득그득 채워지고 있었다. 그 외에 물적 가치가 없는, 예컨대 역대 빌리엄 직계들의 초상화는 정원에서 불살라졌다.

한 공작가의 전복.

꼬박 한나절이 지난 후였다. 눈물을 흘리며 허무하게 앉아 있던 대부인이 눈을 부릅떴다. 대부인은 본인이 본 것을 믿지 못해 몇 번이나 눈을 끔뻑거렸다.

"카니……에?"

카니에 빌리엄이 홀에 나타난 것이다. 공작 영애였을 때와는 비교도 되지 않게 수수한 옷차림. 하급 귀족들이나 입을 법한 옷을 걸쳤지만 분명히 손녀인 카니에였다. 그녀는 쭈뼛쭈뼛, 그러나 온전한 모습으로 홀에 나타났다.

"저, 저 애는 이미 처형된 게 아니었어?"

당연히 카니에는 벌써 형장의 이슬이 된 줄 알았다. 그런데 어떻게?

"저 애라뇨? 카니에 빌리엄 남작 말하는 건가요?"

카니에가 들어오는 순간, 대부인의 곁으로 잽싸게 온 제노가 물었다. 대부인은 반쯤 넋이 나가 고개를 주억거렸다. 그러다가 퍼뜩 정신이 들었다.

"남작이라니? 누가 남작이라는 거지?"

"황제 폐하께서 카니에 빌리엄 영애를 빌리엄 남작으로 오늘 막 새로 서임하셨거든요. 아, 괜찮아요. 괜찮아. 뒷방 늙은이 신세면 모를 만도 하죠."

제노는 싱글벙글 웃으며 말했다.

"가서 매달려라도 보세요. 친손녀라면서요? 혹시 모르죠. 황제 폐하께 탄원서를 올려 노부인의 목숨만은 부지해 줄 수도 있고. 이제 저 남작님이 빌리엄의 가주니까요."

"가주……?"

"네. 가주요."

단승 작위라 가주라는 말이 과분하지만, 지금 상황에 중요한 건 그런 게 아니었다. 대부인은 부들부들 떨기 시작했다.

응당 함께 죽었어야 할 아이가 혼자 살아 있다고? 그뿐만 아니라 빌리엄의 가주가 되었다고? 하이젠을 죽이고, 헤른을 제치고, 제까짓 게?

대부인의 눈에 핏발이 섰다. 언제나 한 올 흐트러짐 없이 말끔하게 빗겨 올라가 있던 우아한 백발은 소란 중에 엉망이 되어 있었다. 다이아몬드가 달린 비단 머리끈 장식은 병사들에게 압수된 지 오래였다. 대부인은 목에 핏대를 세우고 외쳤다.

"저것을 데려가! 데려가고 혜른을, 하이젠을 데리고 와!"

"이미 죽었는데 어떻게 데리고 와요? 아니면 조각이 났겠지만 시체라도……, 아! 맞다."

제노는 안타까운 목소리로 말했다.

"반역자는 시체도 보존 못 하는 게 겔의 황법이었죠. 벌써 개밥이 됐겠네……."

대부인의 턱에 힘이 들어갔다. 실핏줄이 부어올라 눈이 붉어지고 뒷골이 띵 하니 아프게 울려 왔다.

"카니에 빌리엄!"

대부인은 결국 끓어오르는 화를 주체하지 못하고 카니에에게 달려들었다. 오래 꿇어앉아 있어 다리에는 감각이 없었지만, 머리끝까지 차오른 분노가 초인적인 힘을 발휘하게 했다. 대부인은 반쯤 정신이 나가서 카니에의 목을 거칠게 졸랐다.

"네가 혜른 대신 죄를 뒤집어썼어야지! 그렇게 해서라도 오라비를 살렸어야지! 어떻게 그렇게 이기적이란 말이냐!"

대부인의 돌발 행위. 순식간에 목이 졸린 카니에가 끅끅대기 시작했다. 병사들이 서둘러 따라붙었다.

"노부인!"

"이거 놓으시오!"

그 짧은 사이 대부인의 손톱은 카니에의 목을 파고들고 있었다.

피가 배어났다. 병사들은 쉽사리 대부인을 떼어 내지 못했다. 평소라면 한 줌 거리도 안 될 노인의 악력인데, 광인과 다름없어지자 은근히 만만찮았다. 남은 모든 기력을 카니에의 목을 조르는 짧은 행위에 폭발적으로 쏟아붓는 것 같았다.

"큭, 흡……!"

숨이 막힌 카니에의 얼굴이 새파래졌다. 황궁에서 온 기사는 이 뜻밖의 상황에 짜증이 팍 났다. 한시가 바쁜데 웬 소동이란 말인가.

조심조심 떼어 내야 할 필요성도 느끼지 못했다. 어차피 대부인은 빌리엄의 직계 식솔이라 수도로 압송되어 바로 처형된다. 봐줄 것도 없었다. 기사는 검을 뽑았다. 그리고 그대로 대부인의 손목을 잘라냈다.

"아아아악!"

카니에의 얼굴에 뜨끈한 피가 흩뿌려졌다. 그녀가 털썩 주저앉았다.

"끌고 나가!"

"예!"

귀가 찢어질 것 같은 비명을 뒤로하고, 순식간에 두 손을 잃은 대부인이 질질 끌려 나갔다. 그 와중에도 병사들의 표정에 어린 것은 난감함보다는 성가심이었다.

카니에가 남작이라지만, 단승 작위라는 걸 모두가 알았다. 게다가 카니에는 반역 가문 빌리엄의 마지막 소생. 미치지 않고서야 어떤 귀족 가문이 그녀에게 혼담을 넣을 것인가. 말 그대로 카니에는 목숨 줄만 길어진 것뿐이었다.

아니었으면 평생 붉은 것이라곤 와인과 비단, 꽃과 보석밖에 보지 못했을 귀한 귀족 아가씨 앞에서 그렇게 무자비하게 손목을 잘라

내지 않았을 터였다.

카니에는 이 차이를 똑똑히 느꼈다. 무력감과 절망감이 차올랐다. 병사들은 대부인의 손목을 거둬 가 주었지만 그뿐이었다. 제국의 공작 영애로서 마땅히 받고 살았던 의사의 치료와 귀한 약재는 어디에도 없었다.

남은 것은 무서울 정도로 큰 빌리엄의 고성. 시중을 들어 줄 최소한의 고용인도, 지켜 줄 기사도 병사도 전무했다.

식솔들마저 죄다 끌려 나간 고요한 성에서, 로빈이 입을 열었다.

"저희 임무는 여기까지입니다. 빌리엄 남작."

슈덴은 약속을 지켰다. 혹여 모를 불상사를 대비해 가르트 기사인 로빈을 직접 동행시켜 주었다. 빌리엄 성까지 카니에를 안전히 데려다주었으니 이제 슈덴의 책임은 끝났다. 남작 작위까지는 죽을 때까지 유지시켜 주겠지만, 그 외엔 아무것도 없었다.

"아까도 말씀드렸지만, 절대 이 영지 밖으로 나가지 마십시오. 아시다시피 하이젠 빌리엄의 죄상이 무거워, 폐하께서 남작의 자유로운 이동을 허락지 않으셨습니다. 알아서 잘 처신하시리라 믿습니다."

"……알겠습니다."

제노는 어느새 로빈의 곁에 얌전히 서 있었다. 이유는 간단했다. 충분히 제지할 수 있었던 대부인을 모른 척 방관한 죄. 온갖 등신짓을 다 했던 처음과는 달리 요즘 제노는 로빈의 눈치를 제법 보는 편이었다.

"뭐, 단승이어도 남작이시니 공대는 할게요. 빌리엄 영애……, 아니 남작."

그래도 입방정은 참을 수 없는 모양이었다.

"앞으론 착하게 좀 사세요. 악하게 사니까 저렇게."

제노가 턱짓으로 문밖을 가리켰다. 손목이 잘려 끌려 나간 대부인을 따라 핏자국이 괴기스럽게 묻어 있었다.

"천벌을 받잖아요."

'너나 착하게 살아.'

로빈은 속으로 말을 삼켰다. 하여간 가르트 기사단에서도 제일 못된 놈이 말은 참 잘 했다.

"로빈 경, 제노 경! 출발할 준비가 다 되었습니다!"

이윽고 병사의 보고가 왔다. 제노는 뒤도 돌아보지 않고, 로빈은 한 번 뒤를 흘긋 돌아본 후 홀을 나섰다.

값비싼 흰 대리석으로 장식된 문이 끼이익 닫혔다. 항상 고용인들이 지키며 여닫던 문이었다. 이제는 아무도, 아무것도 없지만.

카니에는 멍하니 주위를 둘러보았다. 얼굴엔 조모의 피가 붉게 뿌려지고, 목은 상처로 가득했다. 이 넓고 고독한 성. 처형되기 위해 끌려간 식솔들의 울음소리가 유령처럼 울리는 것 같았다. 해가 진 밤에는 또 어떠할까.

죗값을 치르는 방식은 사람마다 다르다고 했던가.

카니에는 귀를 막고 울음을 터뜨렸다.

❋❋❋

가르트 공작 부인의 전속 디자이너, 플뢰르는 충격을 받아 비틀거렸다.

"머리가……! 머리가……!"

플뢰르는 발리아의 머리카락에 차마 손도 뻗지 못했다. 발리아를 만나기 전 한 차례 이야기를 듣고 마음의 준비까지 하고 왔음에도 그랬다. 플뢰르가 어쩔 줄 몰라 하며 발만 동동 구르자, 발리아는 약간 민망해졌다.

"음⋯⋯. 그렇게 놀랄 일인가?"

플뢰르는 퍼뜩 정신을 차렸다. 아무리 그래도 공작 부인 앞이었다. 너무 무례하게 비쳤을지도 몰랐다. 플뢰르는 흠흠 헛기침을 했다.

"너무 예쁜 머리카락이셨잖아요. 제가 다 아까워서 그랬어요."

"머리는 다시 자라는걸."

"그야 그렇지만요⋯⋯."

원래 발리아의 머리는 허리까지 오는 긴 생머리였다. 지금은 어깨를 스치는 짧은 머리고. 하녀들에 의해 모양이 가지런히 다듬어졌지만, 그래도 아까워 죽을 것 같았다. 플뢰르는 눈물을 삼키면서도 직업 정신을 발휘했다.

얼마 전 황궁에서 반역이라는 큰일이 있었던 탓에, 사교계도 바짝 얼어붙었다. 새로운 드레스를 주문하고 보석을 맞추는 귀족들이 확 줄었다. 의상점과 보석점이 한가해진 대신 의사들과 약재상들만 바빠졌다. 황궁에서 다친 귀족이 적지 않은 탓이었다.

이렇듯 매상이 전체적으로 크게 줄어 버리니, 자연히 디자인 경쟁만 치열해졌다. 자고로 가라앉은 분위기를 뒤바꾸려면 과감한 한 수가 필요한 법. 플뢰르의 뷰티 살롱은 금전적으로 부족하진 않았다. 원체 유명세가 있으니 손님이 끊이질 않았던 것이다.

하지만 그와는 별개로 시류에 영향은 받았다. 실제로 플뢰르는 요즘 새로 나오는 자유로운 디자인에 눈독을 들이는 중이었다. 노출이 좀 있는 디자인이었다.

"그럼 가르트 공작 부인. 다음 주에 새 드레스 견본을 갖고 또 방문하도록 하겠습니다."

오늘은 사정상 조수를 달고 오지 않았지만, 다음 주에는 조수 넷을 대동해도 모자랄 만큼 바리바리 싸 들고 올 생각이었다. 발리아는 미소를 지으며 고개를 끄덕였다.

"조심히 가게."

고개를 숙인 플뢰르가 하녀의 안내를 받아 바깥으로 나갔다. 긴 복도를 지나, 1층 홀까지 내려온 플뢰르는 하녀에게 웃으며 말했다.

"배웅은 여기까지 받아도 돼요. 이젠 들어가 보세요."

"아, 알겠습니다. 조심히 가세요."

마님이 어디까지 배웅해 주고 오라고 하신 적도 없었기에 하녀는 의심 없이 뒤돌아섰다. 플뢰르는 넓고 아름다운 1층 홀을 구경하는 척 천천히 걷다가 고개를 슥 돌렸다. 뒤에서 조심히 따라오고 있던 폴과 바로 눈이 마주쳤다.

'이쪽입니다.'

폴이 입 모양으로 그렇게 말했다. 플뢰르는 아주 얕게 고개를 끄덕이고 슬쩍슬쩍 걸음을 옮겼다. 혹시 공작 부인의 하녀와 마주칠까 봐 부지런히 주변을 살피는 것도 잊지 않았다. 폴은 플뢰르에게 작은 목소리로 물었다.

"혹 마님께서 의심은 안 하셨습니까?"

"물론이지요. 총집사장님."

플뢰르는 작지만 확실하게 대답했다. 폴은 그제야 안심한 표정을 지었다. 그는 지금 비밀 임무를 수행 중이었다. 마님의 전속 디자이너인 플뢰르도 함께였다.

폴과 플뢰르가 향한 곳은 저택의 2층이었다. 넓은 계단과 긴 복도를 후다닥 올라가 조심스럽게 이동했다.

"총집사장님."

문 앞을 지키고 있던 하인이 폴을 알아보고 고개를 가볍게 숙였다. 플뢰르는 침을 꿀꺽 삼켰다. 복잡하고 정교한 문양이 양각된 문. 가르트 공작의 집무실이었다. 수습 디자이너로 뼈 빠지게 단추를 달 때에도 생각해 본 적 없던 곳이었다.

사전에 이야기가 끝난 모양인지, 하인은 큰 목소리로 고하지도 않았다. 가볍게 노크를 하고는 정중하게 문을 열어 주었다. 폴이 먼저 들어간 후, 플뢰르도 따라서 들어갔다.

정말로 넓은 집무실이었다. 책과 문서로 빼곡하게 채워진 책장이며 커다란 책상, 테이블, 또 그 외의 집기 일체들은 얼마나 값비싸 보이던지.

폴이 허리를 굽혔다.

"각하를 뵙습니다."

사람이 작아 보이는 것 같은 이 집무실에서, 저렇게 존재감이 뚜렷한 것도 능력이라면 능력이었다. 붉은빛 감도는 금발. 플뢰르도 폴을 따라 예를 갖췄다.

"가르트 공작 각하를 뵙습니다."

슈덴의 시선이 플뢰르를 향했다.

플뢰르를 일별한 붉은 눈동자가 다시 서류를 향해 내려갔다.

"자리에 앉지."

"감사합니다."

플뢰르는 집무실 한쪽에 마련된 손님용 의자로 가서 앉았다. 그사이 하인이 차와 다과를 낸 쟁반을 들고 왔다. 싸한 허브 향이 시원하게 올라오는 차였다. 플뢰르는 차를 마시는 척하면서 슬쩍 가르트 공작을 훔쳐보았다. 그는 아직 문서를 보고 있었다.

플뢰르의 머리가 팽팽 돌아갔다.

며칠 전이었다. 가르트 저택에서 사람이 왔다. 마님께서 겨울용 드레스를 주문하고 싶다고 하시니, 저택에 방문해 달라는 용건이었다. 제국이 들썩이는 와중에도 계절은 착실히 바뀌었다. 더군다나 겔 수도의 겨울은 가르트 영지와는 달리 추웠다.

플뢰르는 바로 일정을 비웠다. 새 원단 샘플을 챙기고 견본책을 여럿 골랐다.

가르트 저택에서 사람이 '또' 온 것은 그날 저녁이었다. 첩자처럼 은밀하게 온 남자는 아주 비밀스러운 목소리로 말했다.

[공작 각하께서 마님 모르게 좀 보자십니다. 마님 드레스 맞추러 저택에 오는 날에.]

서큐으로 금화를 혼이 빠질 만큼 받았다. 돈은 무섭도록 주고 갔으면서 정작 용건은 저 한마디가 끝이었다. 남자는 통보만 하고 바람처럼 사라졌으니까. 플뢰르는 꿈을 꾸나 싶었다. 영롱하게 반짝이는 금화들이 비현실적으로 보였다.

'대체 왜 날 부른 거지? 왜지?'

공작 부인의 드레스 중 마음에 안 드는 게 있었나? 한마디 하려고 그러나? 아니면…….

'혹시 공작 부인한테 깜짝 선물이라도 하려고 그러나?'

그렇다면 살롱으로 주문서를 넣으면 될 텐데? 이렇게 번거롭게 몰래 부를 이유가 뭔데? 플뢰르의 무릎이 불안감으로 달싹거릴 때였다.

"각하."

슈덴이 플뢰르의 맞은편으로 와 앉았다. 바로 앞에서 대면하게 된 플뢰르는 마른침을 삼켰다. 슈덴을 처음 보는 건 아니었다. 발리아와 함께 있을 때 자주 보았다.

하지만 그때의 슈덴은 꼭 얇고 부드러운 천을 한 겹 씌운 느낌이었다. 그 천 역할을 하는 공작 부인이 같은 장소에 없으니 긴장될 수밖에 없었다.

"안주인과 이야기는 끝냈나?"

"예. 각하."

'혹시 공작 부인이 뭘 얼마만큼 샀느냐고 캐물어 보려고 그러나? 아냐. 그건 아닌 것 같아.'

그럴 남자론 안 보여. 플뢰르의 가늠대로, 슈덴은 발리아가 배정된 예산을 어디에 쓰는지 전혀 간섭할 마음이 없었다. 그런 생각을 한 적조차 없었다.

슈덴의 용건은 전혀 다른 것이었다.

"요즘 남자 귀족들이 연인에게 가죽을 선물하는 게 유행이라고."

'연인'과 '유행'이라는 말이 나왔다. 눈을 홀릴 정도로 수려하지만 동시에 싸늘한 분위기를 지닌 이 남자의 입에서. 일반인이라면 저도 모르게 당황했겠지만, 플뢰르는 아니었다.

"네, 맞습니다. 각하."

그뿐만 아니라 바로 감을 잡았다.

'공작 부인한테 과자라도 선물 받았나? 그런데 이를 어쩌지……'

플뢰르는 살짝 난감해졌지만, 일단 분위기를 말랑말랑하게 하고 싶어 친절히 설명했다.

"직접 동물을 사냥해 그 가죽을 선물하는 게 대대적으로 인기몰이를 하고 있답니다. 덕분에 다치시는 남성 귀족분들이 부쩍 느셨죠."

귀족들은 '손수' 한 무언가에 무척이나 의미를 부여했다. 발리아가 굳이 실력 좋은 주방장들을 줄줄이 두고 혼자 쿠키를 구웠다가 대실패한 이유가 따로 있는 게 아니었다. 문관 쪽 귀족 남성들조차 직접 사냥을 하겠다고 나섰다가 데굴데굴 구르곤 했다.

"요즘 귀부인들 사이에서 여우 모피로 목도리를 만드는 게 유행한다더군."

"예……, 특히 은빛 여우 모피가 인기가 좋지요."

플뢰르는 디자이너라서 귀족들의 유행에 무척 민감했다. 하지만 그전에, 중요하게 할 말이 있는데.

"무늬가 고른 사슴 가죽으로도 장식을 만들 수 있나?"

용기 내 말하기도 전에 슈덴이 다른 이야기를 꺼내 버렸지만. 차마 가르트 공자의 말을 중간에 끊음 없두는 나지 않았다 플뢰르는 눈물을 삼키며 대답했다.

"……물론이지요. 각하. 보통 부채 장식에 많이 이용한답니다."

"그럼 그것도 함께하지."

"함께……요?"

"곰 가죽으로는 뭘 만들 수 있지?"

"크기에 따라 다르기는 한데……."

플뢰르는 이 공작이 대체 어느 숲을 털려고 이러는지 알 수가 없었다. 게다가 겔의 유행 관례대로라면 전부 직접 사냥해야 하는데, 족히

작은 산을 쌓을 분량이었다. 허세인가 싶었는데 옆에서 총집사장이 진지하게 기록까지 하고 있었다.

설마 지금 말하는 것들을 혼자 다 잡겠다는 건가? 그게 돼? 플뢰르는 눈이 팽팽 돌 지경이었다. 넉넉하게 떨어질 의뢰금은 둘째 치고, 그렇게 훌륭한 품질의 가죽들을 잔뜩 보고 싶다는 순수한 열망도 없진 않았다.

"저, 각하."

하지만, 이런 욕심보다 먼저 올려야 할 말이 있었다. 플뢰르는 용기를 내서 입을 열었다.

"공작 부인께서 가죽 소재를 별로 좋아하지 않으십니다만……."

"……음?"

순간 공기가 뚝 가라앉은 것 같았다. 옆에 서서 열심히 기록하던 폴의 손까지 퍼뜩 멎었으니까. 플뢰르는 심장이 쪼그라드는 걸 느끼며 말했다.

"정말로 가죽을 좋아하지 않으셔요. 가죽 특유의 북슬북슬한 감촉을 싫어하시고, 예쁜 것도 모르겠다고 하시고……. 그래서 겨울용 드레스와 망토도 공단으로만 만들겠다고 말씀드리고 온 터인데……."

"……."

이번 겨울은 발리아가 겔 수도에서 맞는 첫 겨울이었다. 작년에는 요양차 가르트 영지로 내려가 있었다. 남부는 겨울에도 날씨가 온화해 굳이 두껍게 입고 다닐 필요가 없었다. 그래서 저택의 그 누구도 마님의 옷감 취향에 대해 모르고 있었다.

침묵이 흘렀다. 플뢰르는 슈덴의 눈치를 보았다. 폴도 마찬가지였다. 슈덴이 이마를 조금 찌푸렸다.

누가 봐도 당황한 모습이었다.

"……싫어하는 걸 선물이라고 줄 수는 없지."

그런 선물은 의미가 없었다. 슈덴은 손끝으로 테이블을 톡톡 두드리며 물었다.

"다른 건 없나? 가죽을 싫어하는 귀부인은 뭘 받지?"

"그것까지는 저도 잘……."

겔 수도의 귀족들은 오래전부터 가죽을 선호했다. 무늬가 예쁘고, 잡기 힘들며, 질 좋은 가죽들은 들여오기 무섭게 팔려 나갔다. 깃털을 장식한 모자도 주기적으로 유행을 탔으니까. 하지만 발리아는 달랐다. 그녀는 리사 왕국에서 나고 자라 취향이 달랐다.

아무도 예상 못 했다는 게 문제였을 뿐.

대신이라고 해야 할지, 슈덴은 발리아의 짧아진 머리카락에 어울리는 머리 장식 스무 개를 주문했다. 하지만 그뿐이었다. 이 젊고 잘생긴 공작이 불만족스러워한다는 건 지나가는 개가 봐도 알 수 있을 정도였다.

'대체 과자 맛이 얼마나 훌륭했기에 저래?'

물론 슈덴이 무서우니 묻지는 못했다. 그날 플뢰르는 잔뜩 주눅이 들어 집무실에서 나왔다. 빨리 가르트 공작이 만족할 만한 대안을 찾아야 했다.

'젠장!'

메르실은 도망치고 있었다. 운이 좋았다.

아니, 좋았다고 생각했다.

대신관의 지위를 박탈당하니, 메르실에겐 아무것도 남지 않았다. 버티기 힘든 고문이 매일매일 메르실을 기다렸다. 첫날에는 신성력을 사용해 겨우겨우 치료했다. 멍청한 짓이었다. 간수는 메르실의 몸이 나은 걸 보고 더 악랄하게 고문을 가했다.

그러던 어느 날이었다. 간수가 바뀌었다. 그는 메르실에게 고문을 가하지 않았다. 채찍으로 때리는 척만 했고, 심지어 몰래 약을 들여와 치료해 주기까지 했다.

[예전에 신전의 도움을 받은 적 있었습니다. 수행 신관님 덕에 딸아이의 목숨을 건졌지요. 신관님이 아니었다면 제 딸은…….]

착실하게 은혜를 갚던 간수는, 어느 날 조용한 목소리로 엄청난 이야기를 꺼냈다. 이 감옥에서 도망칠 기회가 있다고.

[대신관님을 대신해 희생하겠다는 사람이 있습니다. 마침 대신관님과 체격이며 머리색까지 비슷합니다.]

[하지만, 그자와 나는 얼굴이 다르질 않겠는가?]

[제게 해결할 방법이 있습니다. 대신관님이 조금 고통스러우시긴 하실 겁니다.]

얼굴을 알아보기 힘들게 난도질을 하면 된다고 했다. 섬뜩했지만, 평생 이 감옥에서 썩는 것보단 낫지 않을까? 하룻밤을 꼬박 고민하던 메르실은 결국 응했다. 간수는 미리 마취 효과가 있는 약을 구해 와 얼굴에 발라 주었다.

그리고 송곳을 꺼내 죽 그었다.

지옥이었다. 아무리 마취 효과가 있는 약을 발랐다 한들, 생살을 날붙이로 사정없이 그어 대는 고통을 참다 보니 어금니 하나가 깨졌다.

메르실은 그날 펄펄 끓는 고열로 앓았다. 당장이라도 치료를 하고 싶었지만, 대신관의 신성력은 강력했다. 흉터까지도 사라질 것이리라. 메르실은 식은땀을 흘리며 약속된 날만 기다렸다.

그리고 마침내 그날이었다.

메르실은 몰래 전달받은 간수복으로 갈아입었다. 심장이 터질 것 같은 초조함. 감옥에서 도망쳤다가 붙잡히면 이유 불문 사형에 처했다. 몇 시간 후였다. 메르실은 드디어 황궁 탈출에 성공했다.

그런데 그 모든 일이 실은 놀아난 거였을 줄이야. 메르실의 손이 차갑게 식었다.

'젠장, 젠장, 젠장!'

도움을 구하는 편지를 막 부치고 돌아오는 길이었다. 수도 은행 계좌에서 여비도 찾았다. 이대로 도망갈 수 있을 거라고 여겼다. 율리안이 나타나기 전까지만 해도.

[어쩐지, 사유 재산을 아무리 추적해도 얼마 안 나오는 게 이상했다 이거죠. 가명으로 계좌를 만들어 쓰고 있지 않을까 싶었는데……. 블리오 이돕프? 멋진 가명이에요. 이러니까 내가 못 찾았지.]

여기는 대체 어떻게 알고 왔냐고. 메르실의 표정은 고스란히 읽혔다.

[설마, 파문당한 신관한테 은혜를 갚는 멍청이가 진짜 있을 거라고 믿은 건 아니죠?]

메르실의 얼굴이 새파랗게 변했다. 율리안은 대동한 부하들에게 슉슉 턱짓했다. 재산을 은닉해 둔 가명도 알아냈으니, 메르실은 다시 황궁 감옥에 넘겨져 처넣어질 것이다. 주인 각하가 그러라고 하셨다.

율리안이 생글생글 웃던 그 순간이었다. 메르실이 율리안에게 번개처럼 달려들었다.

[이, 이러지 마세요! 잘못했어요!]

율리안은 순식간에 인질이 되었다. 프란츠에서 하이젠 빌리엄의 얼굴을 못 본 게 한이 되어, 메르실의 구겨진 면상이라도 보겠다고 나선 게 객기였다. 악취미가 목숨을 간당간당하게 만들었다.

메르실은 율리안을 인질 삼아 도망쳤다. 목적지는 산이었다. 다른 이유가 있던 건 아니었다. 산이니 율리안의 부하들이 쉽게 쫓아오지 못할 거라고 생각한 것이다.

제 목숨이 세상에서 제일 소중한 율리안은 눈물 콧물을 질질 흘렸다. 다리에 힘이 풀려 잘 걷지도 못했다.

성가신 인질. 게다가 율리안의 부하들은 거리를 둔 채 계속 쫓아오고 있고. 메르실은 간신히 산 중턱까지 율리안을 끌고 왔다.

그리고 보이는 절벽. 메르실은 냅다 율리안을 떠밀었다. 율리안이 비명을 지르며 그대로 추락하는 사이 메르실은 미친 듯이 도망쳤다.

"슈덴 가르트, 슈덴 가르트!"

메르실은 이를 뿌득뿌득 갈며 연신 가르트 공작의 이름을 되뇌었다. 정신이 나갈 것 같았다. 율리안이 가르트 공작의 수하라는 것을 아까 얼핏 들었다.

그 남자의 손아귀 위에서 놀아났다는 모멸감이 얼마나 지독했는지, 차라리 미쳐 버리는 게 나을 것 같을 정도였다.

원래는 적당한 타국 시골을 찾아 조용히 잠적할 생각이었다. 하지만 생각이 바뀌었다. 자신을 이렇게까지 치욕스럽게 만든 슈덴 가르트. 그 남자에게 복수하지 않으면 죽어서도 편히 눈을 감지 못할 것 같았다.

"공녀를 죽여 버려야겠어, 공녀를……."

영혼을 중독시켜 죽음에 이르게 하는 멋진 독이 있었다. 성물을 결합해 만든 희귀한 독이었다. 그걸 공녀에게 사용할 것이다.

슈텐 가르트. 그 잘난 낯에 금이 가는 걸 봐야 이 속이 조금은 풀릴 테니까. 메르실은 이를 악물었다. 이 겔에서 살아 나가 반드시 복수를 해야지. 이대로 죽을 수도, 질 수도 없다.

내가 어떻게 대신관이 되었는데. 밑바닥에서 살다가 어떻게 올라왔는데!

산의 밤은 금세 찾아왔다. 사위를 분간하기가 힘들어진 때였다. 메르실은 굵은 나무뿌리에 발이 걸려 앞으로 자빠졌다. 순간 머리가 띵했다.

"큭……."

하필 넘어진 곳에 돌부리가 뾰족하게 있었다. 이마를 콱 세게 찍힌 메르실이 신음을 흘렸다. 찍힌 곳을 만지자 붉은 피가 제법 많이 묻어났다.

'치료하는 게 좋겠군.'

신성력을 사용하려던 메르실은 눈가를 찌푸렸다. 곧 그의 눈동자가 흔들리기 시작했다.

"이게, 이게 왜……."

신성력이 나오질 않았다. 손바닥에서부터 하얗게 터져야 할 신성력이 완전히 증발해 버린 것처럼. 메르실은 다급하게 정신을 집중했다. 다시 신성력을 사용해 보았지만.

"……."

메르실의 손은 어둡기만 했다. 신성력은 조금도 보이지 않았다. 믿을 수 없었다. 파문당한 신관도 신성력은 계속 사용할 수 있었다.

신성력은 태어날 때부터 타고나는, 일종의 재능이었으니까.

"시, 신이시여!"

그런 신성력이 나오지 않는다는 것은…….

"저를……, 신의 종인 저를 버리신 겁니까?"

마치 신의 대답처럼, 뒤에서부터 으르렁대는 소리가 들렸다. 메르실의 모골이 송연해졌다. 그는 덜덜 떨며 뒤를 돌아보았다. 어둠 속에서 굶주린 시선이 번뜩였다. 명백한 포식자의 눈길.

원래 고위 신관들에게 맹수는 위협적인 존재가 아니었다. 강력한 신성력을 보이면 맹수들이 약속이라도 한 듯 물러갔기 때문이다. 신의 은총이자, 신성국이 숨기는 비밀 중 하나였다.

"신이시여……, 신이시여!"

메르실은 미친 듯이 신을 불렀다. 까마득한 하늘은 답이 없었다. 일평생 사용했던 신성력 역시 마찬가지였다.

"저를, 저를 버리시면 안 됩니다. 신이시여, 제발……!"

마침내 영혼 마지막 한 조각마저 버림받은 신관.

파문 신관이라는 말이 차라리 영예로웠을 지경이었다. 메르실이 모시고 사랑하여, 메르실을 빈민가에서 구원해 준 신은 이제 메르실을 완전히 버렸다. 끔찍한 절망감과 무력감에 숨쉬기가 고통스러울 정도였다. 메르실이 털썩 엎드렸다.

"제발……!"

짐승의 날카로운 이빨이 메르실의 목을 물어뜯었다.

"율리안……."

폴이 슬픈 목소리로 말했다.

"이럴 줄 알았으면 생전에 좀 더 잘해 주었을 텐데."

폴은 손수건으로 눈가를 찍었다.

"자네가 이렇게 일찍 죽을 줄 미리 알지 못해서……."

흰 침대. 그 위에 누워 있는 율리안.

그는 울컥해서 외쳤다.

"총집사장님! 저 아직 안 죽었습니다!"

"아주 멀쩡하군."

폴이 고개를 끄덕였다. 각하께는 멀쩡하다고 전해 드리겠네, 라고 말하는 총집사장 때문에 율리안은 입술이 삐죽 튀어나왔다.

"멀쩡하다고?"

"예, 각하."

슈덴이 이마를 슬쩍 찌푸렸다.

"분명 절벽에서 추락했다고 하질 않나."

"신께서 보호하셨는지, 다행히 죽지는 않으셨습니다."

인질이 된 율리안은 흐엉흐엉 울면서도 쉬지 않고 머리를 굴렸다. 이대로 계속 산 위로 끌려가다가는, 늑대 밥이 돼서 죽지도 몰랐다. 메르실이 자신을 버리게 해야 했다. 그때 눈에 들어온 게 절벽이었다.

결정은 빨랐다. 율리안은 괜히 절벽을 흘끔흘끔 보았다. 차라리 저기서 추락하는 게 살 확률이 높을 것 같아서. 메르실을 성가시게 하려고 일부러 넘어지고 발도 자꾸 헛디뎠다. 여유가 없던 메르실은 율리안의 생각대로 행동했다.

"······라고 하셨습니다. 예전에 로빈 경한테 낙법 네 가지를 배운 적이 있다고도 하셨고요."

사자 우리에 바늘 하나만 주고 가둬 놔도 살아 나올 놈이다. 슈덴은 심드렁하게 말했다.

"낙법 개수를 운운할 정신이 있는 걸 보니 크게 다친 것도 아닌 모양이군."

"예. 그런데 하필 양팔 뼈에 금이 가서 당분간 업무를 이행하기가······."

율리안은 장장 세 시간을 아프다고 고래고래 소리를 지르고 있었다. 누가 들으면 온몸의 뼈가 부러진 걸로 오해할 정도였다. 두뇌는 참 비상한데 엄살도 참 비상한 사람. 수하 보좌관들이 평가하는 율리안이었다.

"아픈 녀석에게 일을 시킬 순 없지. 낫기나 하라고 전해."

"알겠습니다. 각하."

수하는 이후로도 몇몇 보고를 더 했다. 일단 메르실의 시체를 발견했다는 것부터. 맹수에게 잔혹하게 물어 뜯겨 온전한 모양은 아니라고 했다. 만족스럽진 않았지만, 그럭저럭 나쁘지 않은 최후였다.

메르실이 사유 재산을 숨기는 데 사용한 가명도 알아냈다. 그 모사꾼 같은 성격치고는 모아 둔 재산이 거의 없어 의아하던 참이었다. 어디에 은닉했는지 알아내기 위해 낚싯줄을 던졌는데 성과가 제법 괜찮았다. 확실히 고문이 모질긴 했던 모양이다.

신성국에서 메르실의 시체를 회수할 생각이 없다는 뜻을 전했다는 보고를 마지막으로, 수하가 물러갔다. 이런 일은 늘 그렇듯 순조로웠다.

다른 일도 이렇게 순조로우면 좋을 텐데. 아니라서 문제였다. 슈덴은 자리에서 일어났다.

❦❦❦ ❦❦❦ ❦❦❦

"어? 이거 찾으셨네요?"

발리아가 눈을 동그랗게 떴다. 그녀는 슈덴이 가져온 메이스를 잡아 들었다. 엘반의 머리통을 깨부수고 도망치다가, 신관에게 납치되면서 떨어뜨린 거였다. 못 찾을 줄 알았는데.

"어떻게 찾으신 거예요?"

슈덴은 가볍게 대답했다.

"오늘 아침에 군부로 신고가 들어왔습니다. 어떤 병사가 주웠다며 가져왔더군요."

"그래요? 본궁 병사들은 무척 양심적이네요."

메이스는 손바닥에 감춰질 만큼 작은 크기였다. 귀하디귀한 마법 무기기는 긴 물기도, 보서시 같뜩 바친 값비싼 미니어커르늘 버였다. 허름한 보석점에 팔아도 한 몫 두둑이 챙길 수 있을 텐데.

"그때 상황이 상황이었잖습니까. 반역에 관련된 물건인 줄 알았던 모양입니다."

발리아가 아하 하며 고개를 끄덕였다. 그제야 메이스가 곱게 돌아온 게 납득이 갔다. 기뻐하는 발리아를 보는 슈덴의 입가에도 엷게 미소가 떠올랐다.

사실 다 거짓말이었다.

언젠가 발리아가, 메이스를 잃어버린 것 같다며 지나가듯 아쉬워하는 걸 슈덴은 놓치지 않았다. 그는 메이스의 행방을 수색하는 한편, 암시장에도 사람을 풀었다. 값비싼 보석, 미술품, 보물 등이 주로 거래되는 암시장이었다.

반역이 일어나는 중에 취득한 귀물이니, 집에 모셔 두기도 애매할 것이다. 웬만한 담을 지닌 게 아닌 이상 빨리 처분하려고 할 터였다. 슈덴의 예측은 정확했다. 얼마 후 발리아의 메이스가 보란 듯이 매물로 나왔으니까.

"발리아."

그녀는 메이스에 박힌 루비를 만지작거리고 있었다.

"혹시 그런 무기가 더 갖고 싶으십니까?"

"네? 아뇨?"

발리아는 무기에 크게 관심이 없었다. 다만 이 메이스만이 손에 착 감겨서 괜찮을 뿐이었다. 화려하니 예쁘기도 했고. 남편이 왜 그런 걸 슬쩍 물어보는지 알지 못하는 발리아는 빙긋빙긋 웃었다. 다시 가터 벨트에 차고 다녀야겠다고 생각하면서.

✦✦✦ ✦✦✦ ✦✦✦

〈……성녀님의 상태가 괜찮다니 정말 다행이네요.
혹시라도 성녀님께 무슨 일이 생긴다면 반드시 연통을 보내 주세요.
바로 뵈러 갈게요.〉

필레몬은 흐뭇한 표정으로 편지를 읽었다. 발리아가 보낸 편지였다. 그녀는 신성국을 바로 방문하지 못하는 이유에 대해서 솔직하게 적은 다음, 그럼에도 예리에게 무슨 일이 생긴다면 즉시 신성국으로 가겠다고 적어 주었다.

말만으로도 고마운데, 진심까지 담겨 있어 따뜻했다.

몇 번이고 편지를 복독한 필레몬은 편지를 다시 반듯하게 접었다. 시선을 옮기자, 거대한 아름드리나무가 눈에 들어왔다. 장정 열 명이 팔을 쫙 펴야 간신히 밑동을 안을 수 있을 정도로 커다란.

신이 메시아들과 함께 내렸다는 세계수였다. 대신전의 가장 중심, 겔의 황제도 들어올 수 없는 신성한 홀을 가득 채우고 있는 거목.

그 경건한 나무뿌리 사이에 두 개의 관이 놓여 있었다. 세계수로 짠 관으로, 아주 먼 옛날 두 명의 메시아가 본인들의 죽음을 대비해 만든 것이라고 했다.

예리는 그 관에 누워 있었다. 잠든 것처럼 보이는 그녀의 귀 밑으로 성수가 한가득 찰랑거렸다. 대신관들이 직접 축성한 것이다. 성수뿐만이 아니었다. 조약돌 형상으로 빚은 신성력 덩어리들이 강가의 돌처럼 가득했다.

신성력은 예리의 몸으로 차곡차곡 흡수되는 중이었다. 그 덕분에 예리의 안색도 많이 좋아졌다.

"성녀님, 어서 일어나셔야지요……."

필레몬은 아직도 눈을 뜨지 못하는 예리를 보며 안타까운 표정을 지었다.

"구스토, 몸은 좀 성해졌느냐?"

"예. 많이 나아졌습니다. 부황."

구스토의 건강은 꾸준히 회복되고 있었다. 전보다 조금 수척해지긴 했지만, 잘 먹고 잘 쉬면 금세 좋아질 것이다. 황제는 차를 한 모금 마셨다. 찻물처럼 씁쓸한 미소가 황제의 얼굴에 감돌았다.

"짐에게 남은 황자라곤 이제 너 하나뿐이구나."

"……."

구스토는 아무런 대답도 하지 못했다. 무슨 말을 해도 어설픈 위로밖에 되지 못할 걸 알아서. 잠시간 침묵이 흘렀다. 먼저 입을 연 것은 황제였다.

"구스토. 이번에 각국의 왕자들을 초청한 것은 알고 있지?"

"예. 알고 있습니다."

엘반이 일으킨 반역에 직접적으로 얽힌 가문은 빌리엄과 로메인이었다. 덕분에 흘린 피가 그나마 적었다. 문제는 반역 이전에 엘반의 '세력'에 속해 있던 귀족들이었다. 그들은 반란에 가담하지는 않았다. 하지만 따를 주군을 잘못 고른 죄로 이번 대에는 중앙 정계에 진출하지 못할 것이다.

실제로 엘반을 지지했던 많은 귀족이 대거 영지로 물러나게 됐다. 엘반의 세력이 구스토보다 컸기에, 수많은 공석이 생겼다. 빈자리를 메우느라 바쁜 건 둘째 치고, 황제로서는 신경 쓰이는 문제가 생겨 버렸다.

바로 황녀들의 반려를 찾는 일.

다른 일도 아니고 반역이다. 반역자를 주군으로 점찍었던 가문에 황녀를 시집보낼 수는 없었다. 사정이 이렇게 되다 보니, 황제는 골치가 아파졌다. 황녀들의 혼인 상대로 고를 만한 귀공자가 극심히 적어져 버린 것이다.

"황녀들의 체면이 있으니 고만고만한 집안에 보낼 수는 없지. 타국의 왕족 정도는 되어야 하질 않겠느냐."

이번에 왕자들을 초청한 것도 황녀들의 혼처를 잡아 주기 위해서였다. 구스토는 고개를 끄덕였다.

"부황."

그리고 내내 궁금했던 것을 물었다.

"성녀님은 어떻게 되셨는지요?"

"아직도 일어나질 못하고 계신다더구나. 신성국과의 관계를 회복하려면 꽤 많은 시간이 걸리겠어."

"그렇군요."

구스토의 표정이 약간 어두워졌다. 그나마 황제가 직접 사람을 보내니 대답이라도 들을 수 있었다. 신성국은 구스토를 적 비슷한 거로 간주한 것 같았다. 1황자의 방문을 완곡하게 거절하는 것은 물론 선물도 같은 태도로 돌려보냈다.

몇 번이고 청했지만 똑같은 반응이었다. 세 번째에는 성녀님이 누구 때문에 쓰러지신 건지 모르냐는 대답이 돌아왔다. 빙빙 돌려 말했지만 그 뜻이었다.

"구스토."

황제는 분위기를 환기하기 위해 짐짓 밝은 어조로 말했다.

"이번에 타국의 공주들도 적지 않게 함께 온다고 하더구나. 너와 나이가 맞는 공주들이 있을 테니 마음에 드는 공주가 있다면 짐에게 말하거라. 특별히 신경을 써 줄 테니까. 너도 슬슬 혼인을 해야지."

"……예, 부황. 알겠습니다."

그렇게 대답을 하면서도 마음이 시큰거렸다. 구스토답지 않은 일이었다. 1황자로 태어나, 황위 다툼에 뛰어들면서 마음에 없는 말은 수도 없이 했었는데.

그래도 구스토는 고개를 끄덕일 수밖에 없었다. 겔 제국의 수많은 귀족 레이디를 두고, 황제가 굳이 외국의 공주를 이야기한 까닭을 모르지 않기 때문이었다.

황제는 구스토가 예리에게 가지는 마음을 어느 정도 눈치챘다. 하지만 황제조차도 쉽게 이루어 줄 수 없는 짝이었다. 구스토를 살리고 대신 피를 토한 성녀. 지금도 구스토를 은근히 꺼리는 신성국에게 혼담을 넣었다가는 그날로 외교가 단절될 것이다.

차라리 새 사람을 만나서 잊어라. 외국의 어떤 공주라도 당장 혼인시켜 줄 테니까. 구스토가 원하는 사랑은 정치적 관계가 너무 복잡하게 얽혀 있었다. 신성국과 제국은 수면 위로든 수면 밑으로든 원만한 사이를 유지해야 했다.

황족에게는 지켜야 할 의무가 있었다. 모르지 않는 구스토는 씁쓸하게 웃었다.

❦❦❦

발리아는 요즘 들어 잠이 부쩍 줄어들었다. 주치의가 감동해 눈물을 찔끔 흘릴 정도였다. 긴 수면에서 해방되었지만, 발리아는 다른 이유로 바빠졌다. 성큼 다가온 겨울 때문이었다. 어느 저택이든 겨울 준비를 해야 할 때였다.

그래도 일주일 정도가 지나자, 내정 관리도 얼추 정리가 되었다.

발리아는 총집사장과 하녀장의 유능함에 감탄했다.

'시간이 참 빠르네.'

모레부터는 각국의 왕자와 공주들이 황궁에 도착한다. 파티가 예정되어 발리아도 가 봐야 했다. 플뢰르는 아주 인생의 역작을 만들어 오겠다며 주먹을 불끈 쥐었다.

오랜만의 여유였다. 발리아는 후원이 훤히 보이는 창가에서 티타임을 가졌다. 발리아의 키보다 큰 유리창 너머로 광활한 후원이 보였다.

부쩍 추워진 계절. 대리석 티 테이블 위에는 따뜻한 차와 다과가 예쁘게 차려져 있었다. 복숭아 향이 은은해 기분이 좋았다.

그리고 맞은편에 앉아 있는 슈덴. 그는 서류를 검토하고 있었다. 은회색 눈동자가 빙그르르 굴러갔다.

'여기보단 집무실이 편할 텐데.'

벌써 보좌관이 몇 번째 새 서류 뭉치를 가져오는지. 굳이 여기서 하는 이유를 모르겠지만, 같이 있는 건 좋았다. 발리아는 미소를 지으며 고개를 내렸다. 슈덴이 일을 하는 사이, 그녀는 편지 답장을 쓰고 있었다.

깃털 달린 펜이 한창 살랑거렸다. 흰 손에 잉크가 조금 묻었다.

"부인."

"네?"

발리아가 꾹꾹 눌러서 쓰는 종이가 벌써 두 장이 넘어가자 궁금해진 슈덴이 물었다.

"누구한테 그렇게 길게 편지를 쓰시는 겁니까?"

"필레몬 대신관님이요."

“필레몬 대신관?”

필레몬이 발리아와 친분이 있는 건 알고 있었다. 그런데 둘이 할 이야기가 그리 많던가?

“대신관님이 재미있는 이야기를 많이 해 주시거든요.”

“재미있는 이야기?”

“네.”

“무슨 이야기를 하시기에?”

발리아가 눈을 깜빡였다. 그녀는 쓰고 있던 편지지를 한 번 내려다본 다음, 다시 슈덴을 바라보았다. 붉은 눈동자에 의아함이 들어찼을 때였다.

“당신이 공녀랑 결혼하라고 했을 때 계속 거절하셨다는 이야기요.”

“……”

슈덴은 그야말로 말문을 잃었다. 대체 뭐라고 대답해야 하는지 도무지 감이 잡히지 않았다. 진짜 심각한 문제는, 거기서 끝나는 게 아니라는 점이었지만.

“음, 당신이 하도 거절하셔서요.”

“……”

“필레몬 대신관님이 애걸복걸 매달리셨다면서요?”

“……”

“한 달도 넘게요.”

“……”

필레몬이 보낸 편지를 보며 하나씩 짚어 준 발리아가 고개를 들어 올렸다. 그녀는 눈을 깜빡이며 물었다.

“정말 그러셨어요?”

"······그때는."

슈텐은 사람이 긴장하면 손이 식는다는 게 무슨 뜻인지 절실히 이해했다.

"그때는 공녀가 당신인 줄 몰랐잖습니까."

솔직히 억울했다. 신전에서 신탁이랍시고 다짜고짜 들이대니, 당시 슈텐으로서는 탐탁지 않을 수밖에 없었다. 그래서 그때 일이 잘한 일이냐고 물으면 딱히 할 말은 없지만.

발리아는 산뜻한 목소리로 대답했다.

"하긴, 그러네요."

"······."

발리아가 들고 있던 깃털 펜이 다시 움직이기 시작했다. 슈텐은 대체 그녀가 뭐라고 답장을 하고 있는지 알고 싶어 애타 죽을 것 같았다. 아니 그 전에, 필레몬이 발리아에게 어디부터 어디까지 말했는지부터 추궁해야겠다.

슈텐이 눈치를 보든 말든 은회색 눈동자는 평소와 비슷했다. 필레몬에게 답장을 쓰는 게 재미있는지 입가에는 옅은 미소도 걸려 있었다.

발리아의 정말 무서운 점은 이런 것이다. 툭 던져 놓고 정작 그녀는 평온한 표정을 그리고 있는 것.

분위기는 아까와 다름없이 평화로운데, 슈텐의 상태만이 달랐다. 그는 서류에 도저히 집중을 하지 못했다. 정말 이대로 넘어가도 괜찮은 건지 아닌지.

후회도 됐다. 필레몬 대신관이 신탁 이야기를 하러 올 때 머리 위로 꽃잎이라도 들이부어 줬어야 했나.

아니, 그렇게 귀찮은 티라도 풀풀 내지 말았어야 했는데.

[머저리 같은 새끼.]

언젠가 레오가 몇 번 했던 욕이 생각났다. 그땐 들은 척도 안 했는데, 제 형제는 선견지명이 있었나 보다. 자신은 머저리 새끼가 맞았다.

결국 그날 슈덴은 처리해야 할 문서의 반도 처리하지 못했다.

✽✿❀ ✽✿❀ ✽✿❀

같은 시각, 동부 왕국이었다. 함께 앉아 있던 레오가 갑자기 표정을 찡그리자 왕녀가 물었다.

"왜 그래?"

"아닙니다. 그냥요."

이상하게 왠지 귀가 간지러웠다. 누가 자기 얘기라도 하나. 부하 기사들이 뒤에서 욕이라도 하고 있나?

'뭐, 그건 그럴 만도 하지.'

없는 자리에선 나라님 욕도 하는 마당에. 레오도 많이 했다.

레오는 따뜻하게 데운 술을 조금 마셨다. 동부의 계절은 젤의 수도보다 느렸다. 가을의 끝자락인 젤의 수도와는 달리, 이곳은 이제 가을로 접어들고 있었다. 바람이 시원하게 스쳐 지나갔다. 레오의 옆에 앉아서 같이 술을 홀짝이고 있던 왕녀가 입을 열었다.

"어때? 여기 예쁘지?"

"예. 왕궁에 이런 곳이 있는 줄 몰랐네요."

레오는 눈앞에 펼쳐진 작은 황금색들을 응시했다. 루드베키아 정원. 해바라기와 비슷하지만 작고 앙증맞은 루드베키아들이 한가득 심겨 있었다. 레오는 술잔을 기울이며 물었다.

"보통 정원에는 여러 꽃을 섞어서 심지 않나요? 동부는 다른가."

"보통은 그러지. 근데 내 이름이 루드베키아잖아. 오라버니가 등극하시자마자 선물이라고 이렇게 정원을 만들어 주셨어."

"국왕 전하가요? 왕녀님께 어지간히 잡혀 사시네."

"뭐라고?"

"아무 말도 안 했습니다."

루드베키아가 노려보자 레오는 어깨를 으쓱했다. 무르익은 가을, 하늘이 물드는 초저녁. 노을은 뉘엿뉘엿 지고 붉은빛 감도는 황금색 꽃잎들이 가득했다. 해바라기가 가득 피어 있던 어릴 적의 어촌이 생각나는 풍경이라서, 레오는 잠깐 추억에 잠겼다.

"레오. 무슨 생각해?"

"어릴 적 생각 좀 했습니다. 애네는 생긴 게 해바라기랑 판박이네요."

"나도 어릴 땐 루드베키아가 해바라기인 줄 알았어. 넌 내가 말 안해 줬으면 평생 몰랐겠지? 아마 루드베키아를 해바라기라고 했다가 다른 귀족들한테 웃음거리가 됐을 거야."

"……대체, 왕녀님."

레오는 어이없다는 표정으로 루드베키아를 돌아보았다. 붉은색 선명한 본연의 눈동자에 왕녀가 고스란히 담겼다.

"절 얼마나 멍청한 놈으로 보시는 겁니까?"

"말해도 돼? 상처 받을 텐데 괜찮겠어?"

"……됐습니다. 내가 말을 말아야지."

루드베키아는 킥킥 웃었다.

발리아는 마차에서 내리기 전 모습을 점검했다. 그녀의 옆에는 플뢰르가 꼼꼼한 눈길로 발리아를 살펴보고 있었다. 저택에서부터 따라온 것이다. 귀밑머리 한 올까지도 세심하게 체크한 플뢰르가 완벽하다는 의미로 고개를 끄덕였다.

"마님."

발리아를 에스코트한 것은 숀이었다. 그녀는 숀의 손을 잡고 마차에서 내렸다. 둘러보니 가르트의 마차 외에도 수많은 마차가 이미 도착해 있었다.

"아직 절반도 안 온 것 같네요."

"예. 조금 있으면 혼잡해지지 않을까 싶습니다."

엘반의 반역 이후 공식적으로 열리는 첫 파티였다. 게다가 2황자 세력의 귀족들이 물갈이되면서, 수도에 새로 자리 잡은 신흥 귀족들도 엄청났다. 그러니 이 파티는 무조건 참석해야 했다. 타국의 왕족들까지 포함하면 사람이 아주 바글바글할 게 뻔했다.

발리아와 숀의 뒤로는 플뢰르와 하녀 두 명, 그리고 로빈과 제노가 졸졸 따라오고 있었다. 로빈은 정말 성가신 표정으로 말했다.

"너 약속했다. 다음번 휴일 꼭 나한테 양보해야 해."

제노가 재빨리 고개를 끄덕였다. 그의 시선은 발리아의 뒷모습에 붙박여 있었다. 날이 추워져 망토를 걸친 마님은 뒷모습마저도 눈이 부셨다. 짧아진 머리카락을 티도 안 나게 솜씨 좋게 틀어 올린 디자이너의 솜씨가 경이로웠다.

'어떻게 저렇게 아름다우시지?'

흰 장갑을 끼고 있지만 않았더라도, 주먹을 입안에 넣고 오열했을 것이다. 비번임에도 불구하고 로빈을 찡찡 조르고 졸라 황궁에 따라온 제노. 그는 휴일을 반납한 보람을 아주 만끽하고 있었다.

오늘부터 열리는 파티는 아주 호화롭게 기획이 되어 있었다. 3일로 예정된 파티가 끝나면 일주일의 휴식, 그 후에 또 3일간의 파티가 있었다. 이렇게 약 한 달간 같은 일정으로 반복됐다. 타국에서부터 온 왕족들은 이미 황궁에 각자의 숙소를 배정받았다. 황녀들의 혼인 상대를 찾는 자리인지라 황제는 거하게 돈을 썼다.

발리아도 두근두근했다. 그녀의 관심사는 셀마였다. 과연 셀마가 어떤 왕자를 마음에 들어 할지 궁금했다. 반역 사건 이후 셀마의 위상은 전과 달랐다. 성녀를 엘반의 손아귀에 넘어가지 않게 지켜 낸 공로를 인정받았다. 공치사로 새로운 궁도 하사받았다.

그렇지 않아도 황제의 직계 자식 수가 급감한 터였다. 셀마는 이제 그저 그런 황녀들 중 하나가 아니었다. 3황녀로서 위치를 견고히 했다.

추운 날씨와는 달리, 황궁은 따뜻했다. 황궁에서만 사용하는 예술품 같은 화로들이 복도마다 간격을 두고 놓여 있었다. 파티 홀에 입장하기 전, 발리아는 미리 약속한 곳에 멈춰 섰다. 여기서 슈덴을 만나기로 했다.

"공작 부인. 망토는 슬슬 벗으시는 게 어떨까요?"

여기까지 오는 내내 플뢰르는 손을 가만두지 못했다. 가장 완벽한 모습을 선보이고 싶어 애가 탔다. 발리아가 그러겠다고 하자 플뢰르는 얼른 망토의 리본을 풀어 당겼다.

'헉.'

발리아의 뒤에 서 있던 제노의 눈이 동그래졌다. 이유는 다른 게 아니었다.

연하늘색 드레스가 과감했다. 무척이나.

어깨 윗부분을 아예 동강 도려낸 것 같았다. 가슴은 적당히, 등은 아예 푹 파여 있었고, 그 선을 따라 레이스 면사가 예술적으로 달려 있었다. 깨알 다이아가 무수히 박힌 레이스 덕에, 직접 드러나는 살갗은 그리 많지 않았지만. 그런 면을 감안해도 노출이 꽤 있는 드레스였다.

발리아도 이렇게 노출이 많은 드레스는 처음 입어 보았다. 처음엔 약간 거부감이 들었는데, 거울을 보니 또 괜찮았다. '인생의 역작'을 만들어 오겠다던 플뢰르의 말은 진짜였다. 발리아를 위해 태어난 옷 같았다.

플뢰르는 섬세한 손길로 드레스 주름을 다시 잡아 주었다. 치수를 잴 때마다 느꼈지만 공작 부인은 몸매가 꽤 성숙한 편이었다.

'이대로 문제없이 입장할 수 있으면 참 좋을 텐데.'

그러지 못할까 봐 걱정됐다. 플뢰르는 의상점에서부터 길고 얇은 레이스 스톨(어깨 위에 걸치듯 덮는 숄)을 챙겨 왔다. 비상용으로 가져온 것이었다.

"부인."

발리아의 시선이 옆으로 향했다. 뒤에 서 있던 기사들과 하녀들이 고개를 숙였다.

"각하를 뵙습니다."

슈덴이었다. 성큼성큼 걸어온 그가 발리아에게 손을 내밀었다. 그녀가 미소를 지으며 사뿐 손을 얹었다. 손등에 닿는 입맞춤이 부드럽다.

장갑을 끼지 않았으면 간지러웠을 것 같다. 그런 생각이 들었다.

"오래 기다리셨습니까?"

"아뇨. 온 지 얼마 안 됐어요."

"다행이군."

슈덴은 평소에 입는 경장이 아니라, 연회용인 검은색 슈트를 입고 있었다. 포마드로 넘긴 붉은 금발은 또 왜 저렇게 잘 어울리는지. 이 남자는 거적을 걸쳐도 멋있지 않을까? 홀에 있는 공주님들이 다 제 남편만 바라볼 것 같았다.

발리아가 슈덴을 응시하는 사이, 슈덴도 발리아를 바라보았다.

곧 그가 눈썹을 슬쩍 추어올렸다. 오늘 발리아가 입은 드레스는 평소 입던 것과 많이 달랐다. 말랑한 살결이 바로 눈에 들어왔다. 그 많은 키스 마크들을 어떻게 저렇게 잘 가렸나 하는 생각이 스쳤다.

'디자이너가 바뀌었나?'

그렇게 생각한 것이 무색하게, 바로 뒤에 서 있는 플뢰르가 눈에 들어왔다. 그녀는 안절부절못하고 있었다. 노출이 많다고 자신의 목을 따 버리면 어떡하지? 레이스 스톨을 따로 챙겨 온 이유도 가르트 공작 때문이었다.

발리아는 눈을 살짝 굴렸다. 저택에서 출발하기 전, 플뢰르는 간곡하게 말했다. 만약 위에 뭘 걸쳐야 한다면, 자신이 숙고해서 골라 온 레이스 스톨이 제일 낫다고. 그러니 부디 홀에 입성하기 전에 공작 각하께 한 번 여쭤 보아나 달라고.

'그런 건 어떻게 물어야 하지?'

발리아가 고민하는 사이 슈덴은 그녀에게 에스코트를 신청했다. 얼떨결에 슈덴에게 팔짱을 낀 발리아는 흘긋 뒤를 돌아보았다. 홀까지 따라 들어올 수 없는 플뢰르는 발을 동동 구르고 있었다.

"슈."

"예, 발리아."

"저 드레스 이대로 입고 들어가도 되겠어요?"

"음?"

"보기 좀 그러시면 드레스 위에 다른 걸 걸치게요."

슈덴은 보기 좀 그러냐는 질문이 잘 이해가 가지 않았다. 그의 눈에 발리아는 무척 예뻤다. 혹시 너무 예뻐 보이는 게 문제인 건가? 그렇게 묻자 발리아의 눈이 동그래졌다. 그녀의 뺨이 약간 붉어졌다. 발리아가 헛기침을 했다.

"이 드레스가 노출이 좀 많잖아요. 혹시 당신이 싫어하실까 봐 걱정했어요."

"별걸 다 걱정하시는군요. 당신이 입고 싶어서 입으신 거 아닙니까."

"네. 그렇긴 한데⋯⋯."

"그럼 제가 부인 옷차림에 왜 관여하겠습니까. 뭘 입으시든 당신 자유인데."

이렇게 말하는 슈덴은 발리아가 그 옷이 마음에 안 든다고 하면 당장 갈아입을 용의가 넘쳤다. 물론 그녀는 그럴 생각이 전혀 없어 보였지만. 자신을 바라보는 은회색 눈동자가 또 살짝 몽롱해지는 것만 봐도 알 수 있었다.

꼭 미인계에 홀린 것 같은 눈빛. 슈덴은 발리아가 저런 표정을 지을 때마다 재밌었다. 내 얼굴이 그렇게 좋냐고 물어보고 싶을 정도였으니까. 그가 그녀를 향해 턱을 숙였다. 붉게 칠한 입술 위로 가벼운 키스가 내려앉았다.

급작스러운 입맞춤. 멍하니 슈덴을 응시하던 발리아는 미처 피하지 못하고 당황했다. 게다가 뒤에서 들려오는 헛기침 소리들은 또 어떤지. 발리아가 여기서 이러면 어쩌냐고 하자, 슈덴이 오히려 고개를 갸웃했다. 그가 턱짓으로 플뢰르를 가리켰다.

"키스해도 된다는 뜻으로 디자이너를 데려오신 것 아닙니까?"

디자이너가 황궁에 있으면 언제든 입술 화장을 고칠 수 있으니까? 진심으로 그렇게 생각한 모양이다. 슈덴의 말에 발리아는 어안이 벙벙해졌다.

"세상에, 아니에요."

결국 플뢰르가 달라붙어 입술 화장을 고쳐 주었다. 홀에 입장하는 발리아의 입술은 처음처럼 붉게 반짝거렸다.

꺄ᆞ꺄ᆞ 꺄ᆞ꺄ᆞ 꺄ᆞ꺄ᆞ

슈덴이 발리아의 드레스에 대해 알게 되는 것은 조금 후였다.

홀에 입장하고 난 뒤였다. 인사해 오는 사람이 꽤 많아서, 슈덴은 먼저 자연스럽게 발리아의 등으로 팔을 둘렀다. 그녀의 등을 감싸기 위해서였다. 그런데 닿아 오는 촉감이 조금 달랐다. 슈덴이 끼고 있는 흰 장갑과 슈트의 소매 사이, 조금 드러난 살갗으로 맨살이 느껴진 것이다.

혹시나 싶었다. 발리아가 은쟁반에 놓인 샴페인 잔을 고르기 위해 잠깐 고개를 돌린 사이였다. 슈덴은 그녀의 뒤를 확인했다. 발리아는 미처 알아채지 못할 정도로 민첩한 시선 옮기기였다. 뽀얗고 날씬한 등이 바로 눈에 들어왔다.

조금도 아니라 꽤나 많이.

"슈."

때마침 발리아가 그를 불렀다. 슈덴은 정말 자연스럽게 그녀를 돌아보았다.

"선물 보내 주신 공주님들이랑 인사를 나눠야 할 것 같은데, 옆에 계실 거예요?"

"예. 있어야겠군요."

"네?"

"아닙니다."

슈덴의 말이 뭔가 이상했지만 발리아는 곧 잊어버렸다. 잊어버릴 수밖에 없었다.

"안녕하세요, 가르트 공작 부인. 저는 비제스 왕국의……."

"공작 부인의 말씀은 정말 많이 들었답니다. 실제로 뵈니 훨씬 더 기품이 느껴지시고……."

공주들은 정말 앞다투어 발리아에게 인사를 했다. 하나같이 예의도 발랐고 발리아에게 깍듯하게 대했다. 하지만 인사를 받을수록 발리아의 기분은 점점 묘해지기 시작했다.

'……정말 공주님들이 이 사람만 쳐다보네.'

대놓고 쳐다보는 건 아니었다. 대부분 흘끔흘끔 슈덴을 보고, 수줍은 듯 고개를 돌렸다. 뺨이 살짝 붉어진 공주들도 있었고, 귀까지 빨개진 공주들도 있었다. 발리아에게 인사를 하면서도 슈덴을 한껏 의식하는 모습이었다.

'정말, 왜 이렇게 멋진 거야.'

이게 다 슈덴 탓이다. 사람이 그냥 있어도 너무 잘생겼는데 저렇게 멋지게 하고 나오니까 공주님들의 여심을 쥐고 흔들지 않는가.

정작 슈덴은 공주들이 쳐다보든 노려보든 혹은 씹어 먹어 버리려고 하든 전혀 관심이 없었다. 그의 관심사는 오직 발리아. 오늘따라 지나치게 예쁜 슈덴의 아내였다.

처음에는 그래, 괜찮았다.

노출이 많은 건 의외였지만, 사실 그런 건 상관없었다. 슈덴이 보기에도 발리아가 입은 드레스는 완벽했다. 홀에 이렇게 여자들이 많은데 하나도 눈에 들어오지 않을 지경이니. 오직 발리아만 이 샹들리에 밑에서 혼자 반짝반짝 빛나는 것 같았다.

그런데 발리아가 눈부신 건 다른 놈들 눈에도 마찬가지였던 모양이다. 그건 그렇다 쳤다. 하지만 그중에서도 슈덴의 표정을 썩어 들어가게 만드는 부류가 있었다.

발리아의 등을 보면서 음흉하게 웃는 놈들. 혹은 그런 비슷한 시선으로 응시하는 놈들. 슈덴이 조져야 할 건 저런 놈들이었다. 몇몇 눈치 좋은 놈들은 슈덴과 눈이 마주치자 슬그머니 도망쳤지만, 그런 눈치마저도 말아먹은 놈들이 있기 마련이었다.

"이따가 봐요. 슈."

파티의 흐름에 따라 함께 입장한 부부도 떨어져야 할 때였다. 슈덴이 떠난 발리아의 곁으로 금세 귀부인들이 모여들었다. 호시탐탐 저 가르트 공작이 공작 부인을 놔주기만을 기다리고 있던 참이었다.

"제노."

"예에."

제노는 불퉁함을 애써 감추고 대답했다. 슈덴은 손과 로빈은 발리아 곁에 호위하게끔 두고 굳이 제노만 데려왔다. 발리아의 뒷모습을 바라보는 제노의 표정은 눈물 나게 아련했지만 본 척도 안 하고.

슈덴이 물었다.

"장갑을 가져왔나."

"장갑이요? 예, 뭐. 챙겨는 왔습니다."

"몇 벌이나 가져왔지?"

"한 벌 챙겨 왔습니다."

"모자라겠군."

"예?"

"가서 장갑을 구해 와라. 일곱 벌 정도면 되겠군."

"장갑을……, 일곱 벌이나요?"

"그래."

제노가 슈덴의 명령을 이해하는 건 조금 후였다.

"왕자님은 눈 둘 곳을 똑바로 두는 방법부터 배워 오는 게 좋겠습니다."

검집으로 온몸을 두들겨 맞은 왕자는 대답도 하지 못했다. 이 여자 저 여자 가리지 않고 신나게 훑어보고 품평하던 대가가 컸다.

제노는 슈덴의 뒤에 서서 왕자의 이름을 기록하기에 바빴다. 슈덴이 지시한 일이었다. 저런 놈이 황제의 부마 후보 중 하나로 있다는 것 자체가 제국의 수치였다.

'……진짜 권력이 깡패네.'

물론 장갑을 던지긴 했지만, 저렇게 개 패듯 팼는데도 왕자의 보좌관들은 조용했다. 아무런 항의도 하지 못했다. 오히려 왕자가 얼마나 홀에서 여자들을 변태처럼 훑어보고 다녔기에, 가르트 공작의 심기가 저렇게 불편해졌나 싶어 쩔쩔맸다.

제노는 새삼 슈덴의 이름을 실감하고 은근히 뻗대던 것을 그만두기로 마음먹었다.

✻✻✻ ✻✻✻ ✻✻✻

슈덴이 시선 불순한 놈들을 패러 다니는 사이, 발리아는 셀마와 함께 있었다.

"어떠세요? 저하 마음에 드는 왕자님이 계시던가요?"

셀마는 뺨을 살짝 붉혔다. 그녀가 발리아의 귀에만 들릴 만큼 조그맣게 말했다.

"네, 아직 멀리서밖에 못 봤지만요. 절 마음에 들어 하지 않으면 어쩌죠?"

"음, 글쎄요. 제가 그분이라면 황녀 저하한테 첫눈에 반할 것 같은 걸요."

"……이래서 공작 각하가 공작 부인한테 푹 빠지셨나 봐요."

발리아가 푸 하고 웃음을 터뜨렸다. 샴페인 잔을 든 황녀와 공작 부인이 사이좋게 이야기를 나누던 때였다.

"3황녀 저하."

갈색 머리를 가진 왕자가 다가왔다. 왕족들과는 이미 면을 튼 셀마가 간단히 인사를 하자, 왕자가 만면에 미소를 머금고 물었다.

"옆에 계신 아름다운 분은 누구십니까?"

"이 귀부인은 가르트 공작 부인이시랍니다. 공작 부인. 이 왕자님은 아벨 왕국의……."

발리아가 왕자를 바라보았다. 왕국과 이름을 들으니 기억이 났다.

이틀 전 가르트 저택으로 선물을 보냈던 왕자였다.

"반갑습니다. 가르트 공작 부인. 부군과는 아까 인사를 나눴습니다만, 공작 부인이 이리 아름다우실 줄은 상상도 못 했군요. 제가 미인만 보면 꼭 인사를 하고 싶은 성격이라 이렇게 달려왔습니다. 피부도 무척 고우시군요."

발리아는 의례적인 미소를 지었다. 첫 만남에 이렇게 세세하게 나눠서 칭찬받는 기분이 별로 좋지는 않았다.

"감사합니다."

그게 끝이었다. 보통 눈치가 있으면 이쯤에서 겸연쩍은 미소로 물러날 텐데, 왕자는 아니었다. 발리아에게 어떻게든 자꾸 말을 붙이려고 했다. 뒤에서 발리아를 호위하고 있던 로빈의 표정이 구겨졌다.

"하하하! 제가 그런 말을 많이 듣습니다. 행동거지가 바르기 그지없다고요!"

'행동거지가 바르긴 뭐가 발라.'

온몸의 뼈나 발라 버릴까.

로빈은 짜증이 났다. 이상하다. 예전 같으면 저 정도 개수작 가지고, 이런 험한 생각까지는 안 할 텐데. 제노 때문에 악영향을 받았다. 그러면서도 이 자리에 제노가 없어 다행이라는 생각이 들었다. 이를 뿌득뿌득 갈았을 게 뻔했다.

'엎어지는 척하면서 다리를 걸어 버릴까? 단장님이 계시면 좋을 텐데.'

근위대가 부르는 바람에 손은 잠깐 자리를 비웠다. 로빈이 고민하는 사이 왕자는 끊임없이 발리아에게 추파를 던졌다.

"……그러니, 괜찮다면 저와 춤을 한 곡 추시겠습니까?"

왕자가 손을 내밀었다. 발리아는 그 손을 빤히 내려다보았다. 사교계이니만큼, 친교의 목적으로 남녀가 춤을 추는 상황은 종종 있었다. 하지만 왕자는 딴마음을 품은 게 너무 명확하게 보였다. 자신이 가르트 공작 부인인 것을 빤히 알면서, 금기의 사랑이라도 꿈꾸는 걸까?

특히 제 춤 신청을 거절할 리 없다는 저 자신만만한 얼굴. 하긴, 왕국에서 어떤 간 큰 레이디가 왕자의 춤 신청을 거절하겠는가.

"아뇨, 왕자님."

여긴 왕국이 아니라 제국이라는 걸 잊은 모양이었다.

"춤은 괜찮습니다."

단칼에 거절당할 줄 몰랐던 왕자가 당황했다. 발리아는 미소를 지었다.

"참, 인사를 잊었네요. 저택으로 보내 주신 백상아 보석함이 무척 예쁘더군요. 감사합니다."

"보, 보석함이 아니라……."

"그럼 이만 실례할게요."

왕자는 말문을 잃었다. 자신이 선물한 건 백상아 보석함이 아니라 루비 장식이 붙은 오르골이었다. 발리아가 선물을 제대로 기억하고 있음에도 일부러 틀리게 말했다는 것을 왕자는 추호도 몰랐다. 수치스러워져서 얼굴에 열이 올랐다. 왕자는 보좌관에게 돌아가 괜히 화풀이를 했다.

"이게 뭐야! 비싼 선물을 보내면 좋아할 거라며? 내 선물이 뭔지 기억하지도 못하잖아!"

"제 생각이 짧았습니다. 왕자님."

오늘 아침 가르트에서 받은 답례품이 왕자가 보낸 오르골보다 값비싼 것일 줄이야. 왕자를 달래 준 보좌관이 슬그머니 입을 열었다.

"직접 보니까 어떠셨습니까? 정말 미인이던가요?"

"그래. 백작 말이 맞더라. 아벨 왕국엔 왜 그런 미녀가 없는지 몰라."

왕자가 투덜거렸다. 겔 제국은 어떤 왕국들보다도 사교 문화가 화려했다. 제국 수도의 최신 유행에 걸맞은 드레스를 입고 꾸민 귀부인들은 하나같이 세련되고 아름다웠다. 왕자가 발리아에게 접근한 것은 다른 이유가 아니었다. 그 수많은 귀부인 사이에서 발리아의 신분이 가장 높았기 때문이다. 물론 우아하니 예쁘기도 했고.

"미녀면 뭐 하냐, 나한텐 관심도 없던데. 얼마나 쌀쌀맞은지 원."

"왕자님. 벌써 포기하지 말고 생각을 좀 해 보십시오."

"무슨 생각을?"

"다른 누구도 아닌 가르트 공작 부인입니다. 겔 제국의 공작 부인이라고요. 그녀가 왕자님과 스캔들이 나면 얼마나 난리가 나겠습니까?"

보좌관은 열심히 바람을 불어넣었다. 왕자는 그 말에 점점 넘어가기 시작했다.

"비단 왕자님만 공작 부인과의 금단의 사랑을 꿈꾸고 있는 게 아닙니다. 제가 전해 들었는데, 적지 않은 왕자들이 공작 부인을 노리고 있다고 합니다."

"뭐? 다른 놈들도?"

"예. 그렇다니까요. 그런 놈들을 제치고 왕자님이 공작 부인을 쟁취한다면 얼마나 많은 왕자들이 부러워하겠습니까?"

살살 이어지던 말은 마지막 한 마디로 정점을 찍었다.

"그 악명 자자한 '가르트 공작의 아내'입니다. 탐내지 않으면 남자가 아니지요."

그 말에 왕자는 결국 홀라당 넘어갔다. 제국보다 타국에서 더 유명한 가르트 공작이다. 겔에 수많은 승리를 안겨 주었다는 말은 타국에 수많은 패배를 선사했다는 말과 동일했다.

만약 가르트 공작의 아내와 스캔들이라도 터지면, 그야말로 무형의 트로피를 얻는 것이나 진배없다고 왕자는 생각했다.

"어떻게 해야 하지? 가르트 공작 부인은 굉장히 도도하던데. 내 춤까지 거절했다고."

"성의 표시를 해야지요. 왕자님. 이럴 때를 대비해서 가져온 게 있잖습니까?"

아벨 왕국의 보물인 다이아몬드 브로치가 왕자의 손에 있었다. 솔직히 말해 조금 아까웠지만, 어떤 종류의 명예는 알 굵은 다이아몬드보다도 값비싸게 느껴지는 법이다.

"넌 정말 최고의 보좌관이다. 이카스. 왜 한갓 독 따위나 연구하고 있었어? 좀 더 일찍 내 보좌관으로 삼았어야 했는데."

"왕자님을 위해서라면 당연한 일 아니겠습니까?"

이카스는 아무도 모를 웃음을 지었다.

※ *※* *※*

3일간의 파티는 성황리에 끝났다. 이제 일주일 동안의 휴식 후, 다시 3일 동안의 야회(夜會)를 즐기면 된다.

황궁에서의 공식적인 파티는 쉬는 중이지만, 그 사이에도 귀족들의 티 파티는 꾸준히 열렸다. 수도의 계절은 겨울로 접어드는 데 반해 사교계는 만개하는 봄 같았다. 하루에도 몇 개씩 티 파티가 열렸다.

발리아는 술을 마셔 보고 있었다. 리사 왕국의 공주가 선물해 준 술이었다.

"맥주라는 건데요. 이렇게 구름 같은 거품이 보글보글 올라온답니다."

"예쁘네요."

왕궁에서만 먹는 술이라고 했다. 시원하게 먹으니 정말 맛있었다. 슈덴에게도 맛보여 주고 싶어 두 병 얻어 가기까지 했다.

리사 왕국의 공주님은 그 외에도 발리아에게 특히 여러 가지로 성의 표시를 했다. 맥주를 담는 잔이라며 독특한 모양의 크리스털 잔도 선물해 주었다. 동향이니 당연한 걸까.

사실 리사 왕국의 국왕은 틈만 나면 아까워했다. 국왕조차도 신전과 겔 황실에 협조만 했을 뿐, 공녀니 뭐니에 대해선 전혀 몰랐다.

별생각 없이 보낸 기사의 딸이 가르트 공작의 신부로 떡하니 자리 잡을 줄이야! 배가 아파 죽을 지경이었다. 미리 알았으면 양녀로 삼아 공주로 봉했을 텐데!

하지만 이미 늦었다. 그저 이번 기회를 틈타 공주에게 친분만 잘 쌓아 놓으라고 했다. 나이 맞는 왕자가 없어, 겔 황실과 사돈을 맺을 수 없는 리사 왕국에서 굳이 공주만 제국으로 보낸 이유가 이것이었다.

"공작 부인. 다음에라도 모국에 방문하시면, 꼭 왕궁에도 들르셔요. 왕궁에서는 언제나 공작 부인을 환영할 준비가 되어 있답니다."

"그럴게요."

겔 제국으로 오기 전, 왕궁에서 빡빡 씻겨졌던 걸 생각하며 발리아는 웃었다. 그땐 옷도 참 엄한 걸 입었었는데.

즐거웠던 티 파티는 저녁 무렵에야 막을 내렸다.

슈덴은 오늘도 발리아를 데리러 왔다. 소문으로만 들었지, 진짜로 '그' 가르트 공작이 아내를 데리러 올 줄은 몰랐다. 공주님들이 눈을 동그랗게 뜨는 것과는 별개로 겔의 귀부인들은 아주 익숙하게 발리아를 배웅했다.

늘 있는 일이었다. 가르트 공작이 저러는 게 하도 유명해져서, 이젠 아내를 직접 데리러 오는 남편들도 꽤 생길 정도였다.

"슈."

발리아의 뺨이 평소보다 훨씬 붉었다. 마차에 앉은 그녀는 슈덴의 어깨에 머리를 기댔다. 그가 발리아의 손을 감싸 잡으며 물었다.

"술을 드셨습니까?"

"네. 조금요."

발리아가 빙긋 웃었다. 맥주를 마셔서 그런지 몸이 뜨거웠다. 발리아는 슈덴의 손을 잡아 뺨에 비비적거렸다. 발그레한 뺨에 닿아 오는 서늘한 체온에 기분이 좋아졌다.

슈덴은 아기 고양이처럼 구는 발리아를 물끄러미 바라보다가 물었다.

"부인."

"네?"

"많이 더우신 것 같은데."

"으음……, 네. 마차가 좀 덥네요."

바깥 날씨는 싸늘한데 마법 처리를 한 마차 안은 따뜻했다. 발리아는 걸치고 있던 망토 리본을 풀었다. 도톰한 공단 망토가 어깨에서부터 스르르 떨어졌다. 발리아는 마차 바닥에 떨어진 망토를 줍기 위해 몸을 숙였다.

슈덴의 눈길이 발리아에게 고정됐다. 그녀의 드러난 목, 쇄골, 그리고 이어지는 가슴까지 물 흐르듯. 지금은 저렇게 뽀얀 피부인데, 목욕을 하고 나오면 화장으로 잘 가려 둔 키스 마크가 바로 나타난다. 붉은 자국을 생각하니 갈증이 나기 시작했다. 왜 그녀를 보면 이렇게 목이 마르는지.

"발리아."

망토를 슥슥 접고 있던 발리아가 슈덴을 바라봤다. 그는 그녀의 허리와 두 다리 밑에 팔을 끼워 손쉽게 안아 올렸다. 발리아는 순식간에 슈덴의 무릎 위에 앉혀졌다. 그가 그녀의 등을 부드럽게 받쳐 잡았다. 붉게 반짝거리는 저 입술 사이로 파고들고 싶었다. 슈덴이 턱을 약간 기울였을 때였다.

발리아가 슈덴에게 먼저 키스했다.

"……."

붉은 눈동자가 슬쩍 벌어졌다. 발리아가 먼저 입을 맞추는 일은 정말 드문 일이었다. 아니, 처음인 것 같기도 하고. 그런 분위기가 잡힐라치면, 슈덴이 먼저 입술을 물고 삼켜 버리기 일쑤였다.

슈덴만큼 저돌적이진 않았지만, 그의 입술 틈으로 비집고 들어오는 혀가 놀라울 정도로 자극적이었다. 슈덴이 살짝 굳어 있는 사이, 발리아의 두 팔이 그의 목에 감겨온다. 키스를 받는 기분이 이런 건가 싶었다.

길게 키스가 이어졌다. 그 사이, 단단한 손이 발리아의 드레스 자락 안으로 파고들었다. 허벅지까지 올라와 있는 매끄러운 실크 스타킹. 그 위로 거침없이 올라갔다. 발리아는 비단 뺨만 뜨거운 게 아니라 몸

전체가 뜨거웠다. 달아오른 피부를 쓸어 보는 손은 왜 이렇게 색정적으로 느껴지는지.

슈텐은 고개를 들어 올렸다. 키스로 젖은 입술에 쪽 하고 입을 맞추고, 발리아를 제 쪽으로 마주 보게끔 앉혔다. 그녀의 양 다리는 자연히 벌려졌고, 속옷도 어느새 슈텐의 손에 얽혀 있었다. 발리아는 그가 대체 언제 제 속옷을 벗겨 냈는지 기억이 나질 않았다.

발리아는 슈텐의 옷을 향해 손을 뻗었다. 예전엔 부끄러워 벗기기는커녕 제대로 쳐다보지도 못했었지.

바지 버클을 풀고 내리는 그녀의 손끝으로 이미 솟아오른 페니스가 슬쩍슬쩍 닿아 왔다. 늘 이랬다. 슈텐의 준비는 언제나 발리아의 준비보다 한 발자국 앞서 있었다.

그리고 그녀보다 몇 배는 더 목이 마른 듯했다. 슈텐이 발리아의 턱을 잡더니 다시 키스했다. 격렬한 입맞춤에 그녀의 호흡이 흐트러지기 시작했다.

술기운에서 밀려오는 몽롱한 기분. 평소보다 뜨거운 체온만큼 발리아의 안쪽도 뜨거웠다. 슈텐은 발리아의 양 허벅지를 벌려 잡았다. 그녀가 그의 목에 팔을 감았다. 잠시 허공에 떴던 발리아의 몸이 천천히 내려앉혀졌다. 굵디굵은 페니스가 꽉 닫혀 있던 질구를 벌리고 삽입된다.

흣 하고 신음을 흘린 발리아가 슈텐의 어깨를 그러쥐었다. 아래쪽을 채우다 못해 빠듯한 무게감까지 주는 이 감각은 매번 발리아를 버겁게 했다. 핏줄 불거진 기둥이 촉촉한 질내를 벌리고 꽉 채웠다.

"흐윽……."

몸 안이 꽉 차는 기분에 발끝까지 오므라졌다. 흔들리는 것이 거칠어질수록 눈앞이 하얘졌다. 귓가 바로 옆에서 들리는 그의 낮은 신음소리가 너무 야했다. 그녀가 그의 몸에 매달렸다. 슈덴의 입술이 발리아의 부드러운 피부를 빨아 당겼다.

그날 저녁이었다.

목욕을 끝내고, 부부 침실에서 슈덴은 발리아가 가져온 맥주를 나눠 마셨다.

"슈, 어때요? 맛있죠?"

슈덴은 기대감에 반짝거리는 은회색 눈동자를 응시하며 짧게 웃었다. 그의 관심사는 리사 왕궁에서만 마신다는 구름 같은 술이 아니라, 맥주를 마신 발리아가 또 자신에게 키스를 해 줄까 하는 것이었다.

물론 슈덴의 기대는 이루어지지 못했다. 발리아는 얌전히 술잔을 비운 후 그대로 잠들어 버렸다. 너무 순식간에 잠들어 버린 터라, 결국 슈덴은 고이 잠든 아내를 품에 껴안고 눈을 감아야 했다.

❊⃝ ❊⃝ ❊⃝

율리안은 몸을 뒤집었다.

겔에 온 왕자들 신상 조사를 해라. 율리안이 열과 성을 다해 보좌하는 가르트 공작 각하께서 친히 내리신 명령이었다.

발리아는 셀마의 결혼 상대에 관심이 많았다. 과거의 셀마는 너무 불행하게 죽었다. 그래서인지 발리아는 정말로 셀마가 행복하기를 바랐다. 적어도 정상적인 남편을 만났으면 했다.

슈덴은 발리아가 저녁을 먹다가 "왕자님들은 다 괜찮은 분들일까요? 황녀 저하들이 결혼하셔서 불행하게 사시진 않겠죠?"라고 했던 말을 잊지 않았다.

사랑하는 아내가 스쳐 가듯 한 이야기와 절벽에서 떨어져 요양하고 있는 부하.

당연히 전자가 비교도 할 수 없을 만큼 중했다. 슈덴은 그날 바로 율리안한테 왕자들 신상 조사를 명령했다.

'……각하께서는 내가 환자인 걸 기억은 하고 계시는 거겠지?'

까라면 까야지 어쩌겠는가. 율리안은 투덜대면서도 일은 했다. 왕자들의 간단한 신상을 취합하게 하고 뭔가 좀 구리다 싶으면 사람을 풀었다. 율리안에게 정보 긁어모으는 건 일도 아니었다. 며칠 만에 꽤 괜찮은 신상 보고서가 완성되었다.

"자, 어서 낭랑한 목소리로 읽어 봐."

"넵."

양팔은 아직 움직이기 싫어 부하에게 명단을 들고 읽으라고 그랬다. 아파 누워 있는 자신에게 굳이 일을 시킨 슈덴에 대한 시위 아닌 시위였다.

"아니, 아니. 잠깐만."

열심히 읽던 부하가 바로 멈췄다. 눈 감고 편안히 듣고 있던 율리안이 어느새 자신을 보고 있었다.

"방금 그 서류만 다시 읽어 봐."

"예……."

혹시 누락된 단어라도 있었나 싶어서, 부하는 더 정성껏 읽었다. 그런 노력도 무색하게, 율리안은 아예 누워 있던 자세에서 벌떡 일어나 앉았다.

"이카스? 아벨 왕국의 이카스?"

"예? 아, 예. 이번 아벨 왕국에서 3왕자의 보좌관으로 따라왔습니다."

"동명이인인가? 보좌관 하기 전엔 뭘 했는데?"

"보좌관이라서 자세히는 적혀 있지 않습니다만 독 제조가였다고 ……."

"뭐? 그럼 그놈이 맞잖아?"

뜻밖의 상황이었다. 율리안은 침대에서 벗어나 서류를 보관해 두는 거대한 지하실로 들어갔다. 수하를 시켜 서류 몇 개를 빼내게 한 율리안은 적혀 있는 내용을 확인했다. 확실했다. 예전에 공작 각하의 명령 때문에 율리안이 직접 알선했던 독 연구가였다.

"이 자식이 왜 갑자기 왕자의 보좌관이 된 건데? 독이나 만들던 놈이?"

슈덴은 후작으로 봉해진 직후부터, 레오가 강제로 복용한 독을 해독할 방법을 찾았다.

그러나 독한 늙은이는 그 독에 관한 자료를 남겨 두지 않았다. 아주 희귀한 독이라, 이름조차 알 수 없었다. 독에 대한 기초적인 자료가 있어야 해독제를 만들 수 있는데.

켈은 독의 사용과 연구를 굉장히 제한하는 편이었다. 슈덴의 명령을 받은 율리안은 타국까지 뒤져 독에 해박한 연구가를 찾았다. 그게 이카스였다. 이카스는 눈 색깔을 강제로 바꿔 버리는 독에 난감해하더니, 율리안이 제시한 엄청난 연구비에 바로 응했다.

그리고 얼마 후, 슈덴은 우연히 모든 독을 해독시키는 특별한 성물에 대한 정보를 들었다. 해독제를 만드는 것보다 성물을 손에 넣는 게 쉬웠다.

다만 그 사이에 신탁이 내려왔다. 메르실은 결혼을 해야 성물을 내주겠다고 했다. 확실히 어떻게 될지 몰라 슈덴은 그때까지 독에 대한 연구비 지원을 끊지 않았다.

연구비 지원을 끊기로 결정한 것은 발리아를 만난 그날이었다.

해독제가 필요 없게 되었으니 연구를 중단해도 좋다는 연락에 이카스는 거세게 반발했다. 편지를 보내 호소까지 했다. '생살을 썩게 만드는 강력한 독'을 만들어 가르트에게만 납품할 테니 연구를 계속하게 해 달라고.

물론 씨알도 먹히지 않았다. 슈덴은 별다른 재고도 없이 불허했다.

율리안은 성물이니 신탁이니 이런 것에 대해선 전혀 몰랐다. 그저 각하께서 연구비 지원을 끊으라고 하시니 끊었다.

독이나 만드는 음침한 놈과 상종하는 것도 내키지 않았고. 이후로 이카스가 어떻게 되었는지는 신경도 쓰지 않고 있었다.

각하께 좋은 감정 없을 놈이 왜 군이 왕자의 보좌관이 되어 겔까지 온 거지? 그나마 이름을 바꾸지 못한 건 보좌관이라는 직위 때문인 듯했다.

괜히 기분이 이상했다. 율리안은 조사를 해 볼 필요를 느꼈다. 어차피 조사에 쓰이는 비용은 가르트에서 다 나와서 괜찮았다.

율리안은 그날 바로 아벨 왕국으로 사람을 보냈다. 아벨 왕국과 겔 제국은 로드 워프가 연결되어 있어서 어렵지 않게 왔다 갔다 할 수 있었다.

'팔만 안 이랬으면 내가 갔을 텐데.'

율리안이 직접 갔으면 시간이 훨씬 더 단축되었을 것이리라.

'망할 메르실.'

그로부터 정확히 열흘이 지난 후였다.

율리안은 저녁밥을 와구와구 먹다가 아벨 왕국에서 새로운 보고를 받았다. 향긋한 버터와 달콤한 라즈베리 잼을 바른 빵을 입에 물고, 보고서를 훑어 내려가던 율리안이 벌떡 일어섰다. "미친." 하는 욕이 절로 나왔다.

율리안이 빵을 꿀꺽 삼키고 다급히 움직였다.

"마차 준비시켜! 각하를 뵈러 가야겠어!"

이카스. 이 독 전문가를 후원한 사람의 이름이 간결하나 확실한 필체로 적혀 있었다.

〈지난 1년간 이카스를 후원한 인물의 이름은 '블리오 아돌프'로 확인됨. 단, 이 후원자는 현재 생사 불명.〉

✿✿✿ ✿✿✿ ✿✿✿

슈덴은 기분이 별로 좋지 못했다.

정확히 표현하자면 매우 나빴다.

오늘은 야회의 마지막 날. 밤에는 불꽃놀이도 예정되어 있었다. 마침 날씨도 계절답지 않게 온화해, 플뢰르는 망토 대신 숄을 새로 가져왔다.

가르트 저택에 선물이 하나 온 것은 점심 즈음이었다. 수취인은 발리아. 발신인의 이름이 문제였다. 슈덴의 기억대로라면 이 이름은 분명 아벨 왕국 3왕자의 것이었다.

상자를 열어 보니 웬 다이아몬드 브로치가 있었다. 척 보기에도 귀한 것이었다. 사교의 목적으로, 혹은 눈도장을 찍기 위해 보내기에는 과한 보물이었다. 뭔가 촉이 왔다. 브로치에 동봉된 편지를 읽은 발리아가 이마를 찌푸렸다.

연서였다.

그것도 아주 절절한.

생각지 못한 연서가 그저 내키지 않는 정도인 발리아와는 달리, 슈덴은 아주 부글부글 끓었다.

'이 새끼가 지금.'

남의 아내한테 무슨 수작질이지? 심지어 연서에는 오늘 야회에서 단둘이 만나자고까지 적혀 있었다. 구체적인 장소에 시간까지.

더 볼 것도 없었다. 슈덴은 편지를 구겨 상자 안에 집어넣었다. 직접 가서 왕자의 낯짝에 집어 던져 줄 생각이었다. 장갑은 덤이었다. 발리아가 그냥 돌려보내면, 그마저도 공작 부인과 밀서를 주고받는다고 소문을 낼 놈이었다. 깔끔하게 자르는 게 훨씬 나았다.

"지금 보내 봤자 내일에나 확인할 테니, 오늘 만나서 돌려줍시다."

"……그럴까요?"

슈덴이 아주 거친 손길로 상자를 챙겼다. 발리아는 그가 질투를 하고 있다는 걸 아주 쉽게 알았다. 분명 눈빛은 이글이글한데, 왜 은근히 귀여운지 모르겠다.

그러면서 한편으로는 이상했다.

'선물 이름을 다르게까지 말했는데, 보통 그 정도면 자존심이 상해서라도 그만두지 않나?'

대체 이 왕자의 머릿속은 뭐로 만들어져 있는지 궁금했다. 왜 이렇게 자신에게 집착하는지 알 수가 없었다. 그렇게 정중한 선에서 딱 잘라 거절했는데, 머릿속이 꽃밭인 걸까?

왕자가 발리아에게 밀회를 청한 시간은, 야회가 예정된 때보다 두 시간이 빨랐다. 속전속결로 마음을 확인하고 함께 춤이라도 추고 싶은 모양이었다.

가르트의 마차는 평소보다 일찍 황궁으로 향했다.

✶⁓✶ ✶⁓✶ ✶⁓✶

"휴우, 이카스. 가르트 공작 부인이 과연 올까?"

"당연히 오시지요. 왕자님. 대체 어느 여자가 그런 귀한 보물을 받고 오지 않겠습니까?"

"네 말이 맞다. 양심이 있다면 당연히 와야지."

왕자는 긴장한 얼굴로 옷매무새를 정돈했다. 긴장이 되는 한편 흥분도 됐다. 가르트 공작의 아내와 밀회를 가지는 남자가 세상에 자신 말고 또 있을까? 이걸 안 다른 왕자들이 얼마나 부러워할까? 왕국 귀족들은 또 어떻고?

그야말로 영웅담이나 마찬가지였다.

처음에는 가르트 공작이 좀, 아니 많이 무서웠다. 첫날 파티가 끝나고 가르트 공작에게 장갑을 처맞고 침대에서 걸어 나오지도 못하는 왕자들이 속출했다. 자신도 혹시 그렇게 되면 어쩌냐고 묻자, 이카스는 진지한 얼굴로 괜찮다고 말했다.

"왕자님이 몰래 보낸 연서이니, 가르트 공작 부인도 어쩔 줄 몰라서 나오실 겁니다. 일단 만나기만 하면 왕자님도 자신 있으시지 않습니까?"

"그야 그렇지."

공작 부인과 실컷 아름다운 사랑을 하고, 가르트 공작의 귀에 들어가기 전에 귀국해 버리면 끝이라고 했다. 어차피 왕자는 황녀와 혼인하기 위해 제국까지 온 것도 아니니, 해가 될 건 아무것도 없다고.

이카스의 설득은 꼭 뱀 같았다. 왕자는 넘어갔다.

"시간이 좀 남았지만 미리 가 있자꾸나."

"예, 왕자님."

가르트 공작 부인과 만나기로 한 장소는 본궁 후원 후미진 곳에 있는 분수대 근처였다. 지나가는 사람이 거의 없다며 발 빠른 이카스가 알아 온 곳이었다.

왕자는 신이 나서 걸음을 옮겼다. 이카스는 자연스럽게 걸음을 옮기다가, 화들짝 놀라는 척을 했다.

"뭐야? 왜 그래?"

"깜빡하고 있었네요. 국왕 전하께서 오늘까지 보내라고 했던 서류가 있었는데……."

이카스가 하늘을 보았다. 조금 있으면 노을이 번질 시간이었다.

"왕자님. 전 서류만 보내고 금방 분수대로 뛰어가겠습니다. 천천히 가고 계세요."

"알겠다."

왕자의 뒷모습을 본 이카스가 몸을 돌렸다.

〈 추적당했습니다. 〉

"역시, 가르트는 가르트군."

편지를 확인한 이카스가 중얼거렸다. 편지를 보낸 남자는 지난 사건에서 살아남은 이카스의 마지막 부하였다. 아마 지금은 가르트에 의해 숨을 거뒀으리라.

슈덴은 메르실이 숨겨 둔 재산을 차압하는 걸로 끝내지 않았다. 가명으로 연관된 세력도 있을 것이라고 판단했다. 실제로 그랬다. '블리오 아돌프'와 연관된 상단 등은 거의 다 정리되었다. 이쯤 되니 메르실이 대신관이 맞긴 했는지 의심이 될 정도였다.

이카스도 그중 하나였다. 다만 그는 메르실이 특별히 공을 들여 숨겨 둔 피후원자라, 가르트의 갈퀴에서 살아남을 수 있었다.

"메르실 대신관님……."

이카스는 제 방에 들어서서 눈물을 흘렸다. 세상에 그분보다 더 좋은 분이 존재할까? 메르실이 파문되었다고 신성국에서 공식적으로 선포했을 때, 믿지 못했다. 믿을 수 없었다.

이카스는 3왕자의 보좌관이라는 지위를 이용해 정보를 모아 보았다. 메르실 대신관의 최후는 생각보다 더 비참했다. 겔의 2황자가 일으킨 반역에 가담되어 황궁에 구금되고, 이후에는 죽었다고 했다.

그것도 비참한 몰골로.

심지어 메르실의 죽음에는 뜻밖의 이름이 연관되어 있었다.

가르트. 바로 산 채로 씹어 먹어도 모자랄 가르트였다.

겔 제국을 기준으로 하여 서쪽에 위치한 아벨 왕국. 원래 이카스는 이 아벨 왕국에서 독을 연구하는 연구가였다.

많은 왕국에서 독을 터부시했기 때문에 풍족한 연구를 할 수는 없었다. 그러던 어느 날이었다. 겔 제국에서 사람이 찾아왔다. 이카스는 의뢰자의 이름을 믿을 수가 없었다. 가르트 후작? 자신도 들어 본 적 있는 이름이었다.

이카스는 가르트로부터 말도 안 되는 연구비를 제안받았다. 한 달에 지원받는 연구비가 이카스가 일 년 동안 쓰던 금액의 정확히 서른 배였다. 그 자리에서 응했다.

처음에는 의뢰받은 독의 해독제를 만들기 위해 열심히 노력했다. 아무리 풍족하게 연구를 해도 연구비는 매달 8할이 넘게 남았다.

그냥 모아 두기만 했던 잉여 연구비. 이게 몇 달 쌓이자 엄청난 금액이 되었다. 액수를 보자 슬슬 욕심이 났다. 이카스는 좀 더 강력하고, 획기적인 독을 만들고 싶었다. 생살을 썩게 만드는 독. 마침 연구비도 넉넉하니 적기였다.

이카스는 일부러 차일피일 해독제 연구를 미뤘다. 가르트에서 지원을 받는 돈의 대부분을 새로운 독을 만드는 것에 사용했다.

연구 성과를 속이는 건 아주 쉬웠다. 불로소득처럼 들어오는 거액이 있으니 아끼지도 않고 펑펑 사용했다. 덕분에 이카스는 연구하는 독의 거의 7할을 완성할 수 있었다.

그러던 어느 날이었다. 돌연 가르트 공작저에서 연락이 왔다. 해독제가 필요 없게 되었으니, 지원을 끊겠다는 이야기였다. 그동안 지원한 연구비는 돌려줄 필요 없다고도 했다.

하지만 그걸로는 안 됐다. 이카스는 매달렸다. 거의 완성 단계인 독도 독이었지만, 당장 시급한 건 돈이었다.

매달 들어올 연구비만 생각하고 아무 고민 없이 빚을 냈다. 파산하는 건 순식간이었다. 금액이 너무 커서 아무리 재능을 팔아도 탕감해 주는 귀족이 없었다.

피죽 한 그릇도 겨우 먹는 나날. 거지나 다름없어진 이카스에게 구원의 손길을 내민 이는 아벨 왕국의 한 백작이었다. 백작은 선뜻 이카스의 빚을 탕감해 주었다.

나중에 알게 되었지만, 이카스의 빚을 갚아 준 것은 백작이 아닌 블리오 아돌프라는 사람이었다. 이 사람이 그 고귀한 대신관이라는 사실은 훨씬 후에 알게 되었다.

메르실은 오래전부터 성물의 가치를 좀 더 올리기 위해서 고민했다. 영혼과 공명하는 성물은 어떤 식으로든 더 발전될 가치가 있어 보였기 때문이다. 이런 고심 끝에 떠올린 게 독이었다. 메르실은 성물로도 고칠 수 없는 아주 강력한 독을 만들어 보고 싶었다.

독에 관해 저명한 연구가들을 수소문했다. 메르실은 그중에서도 큰 빚에 시달리고 있다는 이카스를 골랐다. 돈이란 게 참 그랬다. 사람의 목숨을 쥐고 흔들었다. 빚을 탕감받은 이카스는 쉽게 메르실의 사람이 되었다.

빚은 탕감 받았지만, '생살을 썩게 하는 독'은 더 연구할 수 없었다. 그런 연구를 지원받으려면 정말 돈이 썩어 남아도는 가르트 정도는 되어야 했다.

그래도 이카스는 성실히 메르실의 의뢰를 수행했다. 성물과 독을 결합해 영혼을 중독시키는 고대 연구. 메르실은 훌륭한 대신관이었다. 자신을 빚에서 구원해 주었을 뿐 아니라, 인맥을 통해 3왕자의 보좌관으로도 만들어 주었다.

이카스는 귀한 성물과 신전의 고대 사료를 아낌없이 제공해 주는 메르실을 위해 밤낮을 가리지 않고 연구했다. 그리고 마침내 메르실이 원하던 독이 완성되었다. 메르실은 크게 기뻐했다. 이카스를 칭찬

하고 독려해 주는 것도 잊지 않았다.

새로운 독을 만드는 것도 어려웠지만, 그 독의 해독제를 만드는 건 몇 배로 더 어려웠다. 해독제를 연구하는 도중에 돌연 모든 지원이 끊겼다. 메르실이 겔 황궁에 구금된 날이었다.

이카스는 모든 정보망을 동원해 메르실의 최후에 대해서 알아냈다. 놀랍게도 슈텐 가르트가 그 중심에 있었다. 처음 그 보고를 받은 날, 이카스는 목에 핏대를 세우고 울었다.

자신을 지옥으로 처넣더니 이제는 제 구원자의 목숨마저 거둬 가? 세상에 이런 악마가 또 있나 싶었다. 복수심이 벌레처럼 드글드글 끓어올랐다.

이카스는 아벨 왕국에서부터 비밀스럽게 가져온 단검을 챙겨 소매에 넣었다. 성물이었다. 이 단검 안에 바로 그 독이 융합되어 있었다. 영혼을 중독시키는, 해독제마저 없는 신성한 독.

딱 한 명분의 몫이었다. 가장 처음 찔린 사람의 영혼만을 피할 수 없는 죽음으로 서서히, 느리게 끌고 가는. 성물이라는 것은 너무도 신비로워서 이카스조차 이 구조를 다 파악하지 못했다.

성물이 검 모양이라 무기 반입을 금지하는 홀에는 가져갈 수 없었다. 게다가 이미 가르트에서 자신의 정체를 추적했다. 이카스에게는 이번이 최초이자 최후의 기회였다.

이카스는 눈물로 범벅된 얼굴을 말끔하게 닦았다.

이제 마지막 복수 시간이었다.

왕자는 흠흠 헛기침을 했다. 공작 부인을 보면 뭐라고 말을 할까. 일단 그 나긋나긋한 손등에 입부터 맞춰야겠지. 왕자의 기분이 한창 들떠 있을 때였다. 곱게 깔린 돌길을 또각또각 걷는 구두 소리가 들렸다. 왕자의 입술이 헤벌쭉 벌어졌다.

"왕자님."

그리고 어김없이 들리는 고운 목소리. 틀림없는 가르트 공작 부인이었다. 왕자는 지을 수 있는 가장 멋진 표정으로 뒤를 돌아보았다.

"가르트 공작……."

왕자가 저도 모르게 혀를 씹었다.

"……공작 각하……?"

떨리는 목소리를 들은 슈덴의 입꼬리가 한쪽으로 올라갔다. 웃는 게 웃는 게 아니었다. 붉은 눈동자가 어찌나 살벌하고 사납던지, 왕자는 꼭 맹수 앞에 발가벗고 서 있는 것 같았다. 발리아는 뒤에 서 있던 하녀에게서 상자를 건네받았다.

"돌려드리려고 왔어요. 죄송하지만, 왕자님의 마음은 받아 드릴 수가 없네요."

"……."

왕자는 덜덜 떨며 겨우 상자를 받아 들었다. 상자 안의 연서가 얼마나 개판으로 구겨져 있는지는 미처 확인하지 못했다. 혀가 그대로 얼어붙어 버려 뭐라고 말도 하지 못했다. 거절을 당했다는 수치감보다 생존에 대한 갈구가 더 급했다. 왕자는 차마 슈덴 쪽은 바라보지도 못했다. 눈빛에 뚫려 죽을 것 같았다.

"내 아내에게 쓸데없는 선물은 하지 않는 게 좋겠습니다."

죽기 싫으면.

슈덴이 하지 않은 말이 환청처럼 왕자의 귀에 박혔다. 그나마 발리아가 곁에 있어서 이 정도였다. 아니었으면 진짜로 죽였다. 그 무언의 협박을 왕자는 분명히 인지했다. 거기에 장갑까지 받고 나자 다리에 힘이 풀렸다.

황궁 시종은 일곱 자루의 검을 왕자에게 내밀었다.

"먼저 검을 고르시지요. 왕자님."

왕자는 얼굴이 잿빛이 되어 검을 하나 골랐다. 슈덴은 남은 검들 중 가장 둔탁해 보이는 걸 고를 생각이었다. 붉은 눈동자가 잠시 검을 훑어보던 때였다.

발리아가 이마를 살짝 찡그렸다.

'저 사람이 왜 가까이 오는 거지?'

왕자의 보좌관이라던 남자가 은근히 슈덴 곁으로 다가오고 있었다. 그냥 오는 건가, 싶다가도 뭔가 이상하다는 생각이 들었다. 그 순간이었다. 이카스의 소매 밑에서 날카로운 빛이 반짝였다. 은회색 눈동자가 커졌다.

"슈!"

발리아가 슈덴을 홱 제 쪽으로 끌어당겼다. 건장한 남자를 잡아당기는 건 그녀에게 일도 아니었다. 슈덴은 발리아에게 잡히는 순간 모든 상황을 파악했다. 순식간에 목표물을 잃어버린 이카스가 욕설을 내뱉었다.

"제기랄!"

이카스의 판단은 빨랐다. 그는 바로 방향을 틀었다. 눈 깜짝할 새였다.

"이, 이카스!"

황궁의 호위 시녀는, 대상의 보호를 최우선으로 두었다. 그들이 배우는 것은 기사의 것과도 궤가 조금 달랐다.

만약 발리아에게 호위 시녀로서의 과거가 없었더라면 어땠을까.

발리아는 습관처럼 슈덴을 가장 안전한 쪽으로 보내 버렸다. 흉기를 소지하고 있는 대상과 가장 먼 쪽. 위급한 상황에 몸이 먼저 반응해 버린 것이다. 슈덴이 몸을 되돌리는 것보다 이카스가 조금 더 빠를 수 있었던 이유.

그리고 이카스가 고대하던 복수에 실패한 이유.

발리아가 단검에 찔렸다. 이카스의 단검에 찔린 발리아는 이마를 찡그렸다. 찔리긴 했지만 그뿐이었다. 이 정도면 경상이었다. 일주일도 지나지 않아 나을 것이리라. 발리아의 상처 깊이를 확인하자마자 슈덴은 시선을 옮겼다.

그는 짧은 시간 동안 상황 판단을 끝냈다. 동선으로 파악하건대 이카스가 처음 노렸던 건 분명 자신이었다. 발리아가 어쩌다가 자신을 그렇게 홱 잡아당겼는지는 모르겠지만. 발리아가 그리 깊게 찔린 게 아니어서 그나마, 정말 그나마 다행이었다.

"이카스!"

이카스는 순식간에 제압당했다. 그는 눈을 희번득 뒤집었다. 비록 슈덴 가르트는 찌르지 못했지만, 그래도 이젠 끝이다. 더 이상 아무것도 남지 않았으니까. 효용을 다한 단검이 바닥에 툭 떨어졌다.

'메르실 대신관님! 하늘에서 평생 당신을 보좌하겠습니다.'

이카스는 그대로 혀를 깨물었다. 아니, 깨물려고 했다. 턱을 무자비하게 잡아 벌리는 악력이 아니었더라면.

"커윽!"

강제로 벌려진 입안으로 장갑이 쑤셔 들어왔다. 입가가 찢어져 피가 났지만 손길엔 자비가 없었다. 슈텐이었다. 그는 이카스의 멱살을 그대로 들어 올렸다. 목이 졸린 이카스는 버둥거리면서 시선을 들어 올렸다. 그리고 저도 모르게 침을 꿀꺽 삼켰다.

붉은 눈동자가 그 어느 때보다 흉포했다. 이카스의 눈빛에 복수심이 이글거렸다면, 슈텐의 낯빛에는 살의가 번들거리고 있었다. 한순간 다리에 힘이 풀릴 정도였다.

"가, 각하. 저는 정말 모르는 일입니다! 정말로······!"

어느새 주저앉은 왕자가 덜덜 떨며 부인했다. 이카스가 왜 저랬는지 정말 이해가 가지 않았다. 자신은 그저 가르트 공작 부인과 달콤한 일탈을 꿈꿨을 뿐인데 어째서? 그나마 공작 부인이 크게 다친 게 아니라서 다행이었다.

'아니었다면 분명 이건 양국의 전쟁으로까지 비화될······.'

"고, 공작 부인!"

그때 뒤에서부터 들려오는 비명 소리. 싹싹 빌던 왕자의 시선이, 그리고 그보다 한발 앞서 슈텐의 눈이 뒤를 향했다. 붉은 눈동자가 크게 뜨여졌다.

거짓말처럼 발리아가 쓰러져 있었다.

그래, 거짓말처럼.

인지하는 순간 모든 게 멎는 것 같았다. 슈텐은 이카스를 그대로 내던졌다. 돌바닥에 거칠게 처박힌 이카스가 몸을 둥글게 말고 신음을 흘렸다.

"궁의를 불러오겠습니다!"

"마님, 마님!"

슈덴은 이카스가 이유 모를 복수 때문에 칼을 휘둘렀다는 걸 알았다. 정확한 사유는 몰라도, 그 악의 가득한 눈빛만 봐도 쉽게 짐작할 수 있었다. 복수심과 증오심으로 똘똘 뭉친 눈빛.

슈덴은 전쟁터에서 그런 놈들을 숱하게 보았다. 등이 화살꽂이가 되면서도, 끝끝내 제 앞으로 기어들어 와 핏물을 뿜고 죽던 적진의 수장도. 부러진 팔로라도 자신을 죽여 버리겠다며 검을 휘두르던 적군의 부사령관도.

그 어떤 것도 지금처럼 비현실적이지는 않았는데.

발리아가 놀라는 바람에 기절했다고 생각했다. 그렇게 생각하려고 했다.

아니, 그렇게 생각해야만 했다.

"마님, 일어나 보세요. 마님!"

비명이 한데 얽혀 사위가 소란스러웠다. 끔찍할 정도로. 그런데 왜 슈덴에게는 아무것도 들리지 않는 걸까.

슈덴은 발리아를 제 품으로 안아 들었다. 그녀는 인형처럼 미동도 없었다. 호흡도 맥박도 온전한데 눈을 뜨질 못했다.

"발리아."

이상했다. 그녀는 그렇게 깊게 찔리지 않았다.

"……발리아."

부르는 목소리가 미약하게 떨렸다. 그의 품 안에서 그녀는 아무런 반응을 하지 않았다.

"이쪽입니다!"

그사이 시종은 궁의를 데려왔다. 마침 야회 마지막 날이라 궁의들이 전부 황궁에 입궁해 있던 참이었다.

궁의는 재빨리 발리아에게 달려왔다. 얼마나 허겁지겁 달려왔는지 궁의의 꼴은 단정치도 못했고 그야말로 엉망진창이었다.

"각하! 잠시만. 잠시만 봐 주십시오. 먼저 편히 눕혀 드려야 합니다."

애타는 목소리를 듣고서야 슈덴은 자신이 발리아를 놓지 못하고 있다는 걸 알았다. 그가 영영 놓지 못할 것 같은 손길로 그녀를 놓았다. 꼭 깊게 잠이 든 것 같은 그 부드러운 얼굴. 발리아는 궁의에게 업혀 들어갔다.

마음이 이상하게 불안해, 슈덴은 손을 꽉 쥐었다가 놓았다.

✿✿✿ ✿✿✿ ✿✿✿

율리안은 초조했다. 그가 마차를 타고 가르트 저택에 도착했을 때, 이미 주인 부부는 없었다. 벌써 황궁으로 떠나셨다고 했다.

'왜? 야회 시간은 아직 한참 남았잖아?'

당황스러웠지만, 일단 황궁으로 행선지를 틀었다. 지금 가면 따라잡을 수 있을 것이다. 율리안의 희망은 궁문에서 막혔다. 마지막 야회라 일찍 온 귀족들이 많았다. 하나하나 검문을 해야 해서 대기하는 시간이 꽤 길었다. 율리안은 입술을 잘근잘근 깨물었다.

싸한 직감이 들었다. 무슨 일이든 치고도 남을 시간이었다. 율리안은 상황 판단에 빨랐다. 별일 없을 거라며 좋게 좋게 생각할 여유도 없었다. 언제나 최악의 수를 생각하여 최선의 수습책을 고안해 내는 게 보좌관의 몫이었다.

율리안은 아까 급하게 챙겨 오느라 중요한 부분만 읽었던 보고서를 다시 꺼냈다. 아벨 왕국으로 갔던 부하는 이카스에 관해 긁어 올 수 있는 정보는 모조리 긁어 왔다. 정리가 덜 되어 조금은 뒤죽박죽인 보고서를 읽었다. 단어 하나도 놓치지 않았다.

블리오 아돌프. 큰돈을 받고 성물을 몇 번이나 옮긴 적 있다는 인부의 진술. 이카스의 연구실. 수도 없이 나온 동물의 사체. 이카스에게 매달 입금되던 거액.

천재적인 독 연구가와 야심 많은 대신관. 그리고 계속 언급되는 성물과 독.

"렌."

율리안은 동행하고 있던 부하를 불렀다. 그의 낯빛이 어찌나 파리해졌는지.

"내려서 신성국의 대신전으로 갈 준비 좀 해. 최대한 빨리, 15분 안으로. 로드 워프를 바로 쓸 수 있다면 몇 배를 지불해도 좋아. 흥정도 하지 마. 그냥 부르는 대로 줘 버려."

다다다 쏟아지는 지시를 부하는 열심히 기억했다.

"알겠습니다. 제가 신성국으로 가면 되는 겁니까?"

"아니."

만약에 제 추측이 사실에 근접했다면.

"각하와 마님이 가셔야 할 것 같아."

어떻게든 가장 빠르게 대신전으로 가야 했다. 율리안은 궁문을 통과하여 마차에서 내리는 순간, 미친 듯이 슈덴을 찾기 시작했다.

"필레몬 대신관님! 가져왔습니다!"

"어서 이리 주게!"

고위 신관들이 다급하게 성물함을 건넸다. 묵직한 성물함을 받아 든 필레몬이 끙 소리를 냈다. 이런 육체노동은 보통 평신관이나, 보좌 신관이 하기 마련이었지만 지금은 장소가 장소였다. 거대한 세계수가 뿌리를 뻗고, 성녀가 잠들어 있는 곳.

고위 신관들은 들어가지도 못했다. 대신관인 필레몬만이 성물함을 들고 안으로 들어갔다. 거대한 지하. 바이나나는 신성력을 들이붓고 있었다. 그녀가 쉬지 않고 축성한 성수들이, 예리가 누워 있는 관에 새로 채워졌다.

필레몬은 관 앞으로 가서 성물함을 열었다. 그 안에는 조약돌 모양 의 신성력 덩어리들이 가득했다. 이것만 해도 무려 몇 십 년 치의 양 이었다. 필레몬은 하나하나 조심히 잡아 예리의 관에 새로 놓았다.

"허어……."

필레몬은 아연한 얼굴로 관을 바라보았다. 신성력 덩어리들이 관에 들어가는 순가 빛을 잃었다. 성스러운 황금빛이 환상처럼 사라지고, 한낱 회색 조약돌처럼 변하더니 이윽고 감쪽같이 증발했다. 아무리 넣어도 마찬가지였다.

"바이나나 대신관. 대체 성녀님께서 왜 이러시는 걸까요?"

"저도 잘 모르겠습니다만……, 정말 이상하군요."

이렇게 빠른 속도로 신성력을 흡수하는 경우는 없었다. 처음 관에 눕힐 때도 이 정도는 아니었다. 지금의 성녀는 마치 죽지 않기 위해 신성력에 매달리는 것 같았다.

연유를 알 수 없이 불길했다. 바이나나 필레몬, 둘 다 그렇게 생각했지만 차마 입 밖으로 내진 못했다.

"필레몬 대신관님! 겔 제국에서 마차가 왔습니다!"

두 대신관의 짐작이 들어맞기까지는 얼마 걸리지 않았다.

✿⌖✿ ✿⌖✿ ✿⌖✿

슈덴은 신성국까지 어떻게 왔는지 기억이 잘 나질 않았다.

발리아를 진료한 궁의는 바들바들 떨리는 목소리로 말했다.

[도, 도저히 공작 부인의 증세를 알 수 없습니다. 중독된 증세도 아닌데 왜……. 왜 일어나지 못하시는지…….]

다른 궁의들도 급하게 왔지만 다를 건 없었다. 전부 같은 말을 하면서 벌벌 떨었다.

차라리 앵무새를 뽑아 궁의 자리에 앉히는 게 낫겠다고.

슈덴은 폭발할 것만 같았다. 더 끔찍했던 것은 발리아의 상태가 서서히, 그러나 확실히 나빠지고 있다는 사실이었다.

평소와는 다른 미약한 호흡. 귀를 기울이지 않으면 잘 들리지조차 않는, 멎기 직전의 숨소리가. 마치 슈덴을 죽여 버리려고 하는 것처럼.

더 기다릴 수가 없었다. 슈덴은 바로 돌아서 나왔다. 이카스의 눈알을 산 채로 뽑아서라도 발리아에게 무슨 짓을 했는지 알아내야겠다. 광기 같은 감정이 슈덴을 잡아먹으려고 했다.

[각하! 각하!]

율리안이 슈덴을 찾아낸 건 천운이었다. 율리안은 앞뒤 설명을 다 잘라 먹고, 대신전으로 가야 한다고 헉헉댔다. 뭘 재고 물을 여유도 시간도 없었다.

슈덴은 곧장 발리아를 안아 들고 움직였다. 중간중간 슈덴을 알아본 귀족과 왕족들이 인사를 했지만 본 척도 하지 않았다. 그럴 정신이나 있었을 리가.

슈덴의 모든 정신은 발리아에게 집중되어 있었다. 발리아는 서서히 죽어 가고 있었다. 눈을 감고 있는 그녀의 얼굴은 저녁노을처럼 평온한데. 슈덴은 희미해지는 발리아의 숨결을 알 수 있었다.

단 한 번도 이런 식의 상황을, 죽음을, 끝을 생각해 본 적이 없었다. 그렇게 수많은 나날을 수많은 죽음 속에서 살아왔지만, 발리아의 죽음만은 변두리에서마저도 건드려 본 적이 없었기에.

슈덴은 대신전으로 오는 한순간도 발리아를 품에서 놓지 않았다. 잠깐이라도 놓는 순간 발리아가 영영 사라질까 봐. 이런 생각을 하는 것마저 두려웠다. 스스로가 믿을 수 없을 정도로 얼간이처럼.

슈덴이 천천히 얼굴을 쓸어 넘겼다. 손가락 틈새 사이 붉은 눈동자가 약한 빛을 띠었다. 발리아가 보았다면 걱정스럽게 눈가를 쓰다듬었을 정도로.

필레몬과 바이나나가 발리아를 데려간 게 10여 분 전이었다, 어디지는 곤란해하며 알려 주지 않았다. 슈덴은 기다려 달라는 말에 기다렸다.

두 대신관은 양처럼 양순하게 구는 슈덴을 보면서, 새삼 저 남자가 얼마나 아내 목숨에 정신이 나가 있는지 알았다.

"가르트 공작 각하. 필레몬 대신관님께서 모셔 오라고 하십니다."

슈덴은 고위 신관의 말이 들리자마자 바로 자리에서 일어났다.

레오는 짤막하게 말했다.

"재밌네."

남자는 마른침을 삼켰다. 남자는 가르트의 수하 보좌관 중 한 명으로 급하게 동부로 달려온 터였다. 레오는 제 앞에 각을 세우고 앉은 남자를 보면서 물었다.

"그래서, 넌 성물 돌려 달라고 이 동부까지 온 건가?"

"……그렇습니다."

"대단하네. 동부가 겔 제국민한테 얼마나 적대적인데. 슈덴 가르트라면 말할 것도 없어."

레오는 천성이 자유분방했다. 대문을 꽁꽁 걸어 두고 경비병까지 수십 명을 두는 다른 귀족들과 달리, 그냥 대문을 열어 놓았다. 이중 삼중 걸어 놓는 철문이 답답해 보인다고 싫어했다.

그래 놓고 다른 귀족들이 좀 친해져 보겠다고 방문하면, 자는 척하고 안 나갔다. 하도 그러니까 이상한 성격이라고 소문이 났다. 그 후에는 찾아오는 귀족들도 몇 안 됐다.

그 덕에 남자는 쉽게 레오의 저택으로 들어올 수 있었다. 무슨 목적으로 오셨냐고 묻는 집사에게 그는 한마디만 했다.

겔 제국의 슈덴 가르트 공작 각하가 보내서 왔다고.

집사의 보고를 전해 들은 레오는 꿈을 꾸나 싶었다. 슈덴 가르트 그 자식이 혹시 다시 전쟁이라도 하자는 건가 싶어서 나왔더니, 웬걸.

성물을 좀 달라고.

줬다 뺏는 연유를 알 수 없었다. 레오는 두 손을 모아 코끝에 대고 남자를 가만히 노려보았다. 공작 각하와 레오 카누트의 숨겨진 속사정에 대해 전혀 모르는 남자는 긴장에 긴장만 거듭했다. 혹시 이러다가 성물을 못 받아 가면 어쩌나 싶어 애가 탔다.

"저……."

"가져가라. 난 이제 필요도 없으니까."

너무 선선히 떨어진 허락. 품속에 손을 넣던 남자가 움찔 놀랐다. 레오가 한쪽 눈썹을 휙 올렸다.

"뭔데 그건. 암살이냐?"

"아닙니다!"

남자는 그저 공작 각하가 주신 편지를 꺼내려고 했을 뿐이었다. 바로 주지는 말고, 혹시 레오가 뜸을 들이거나 하면 그때 보여 주라고 하신 편지였다.

레오는 집사를 통해 편지를 건네받았다. 말이 편지지 그냥 쪽지 수준이었다. 첫머리도, 귀족다운 안부 인사도, 심지어 밀랍 인장도 없었다.

그저 간결하게 적힌 한 줄. 레오가 이마를 찌푸렸다.

"너희 마님한테 무슨 일 생겼냐?"

"……아닙니다."

그래도 가르트의 보좌관이라고, 남자는 표정 관리가 철저했다. 솔직히 웃겼다. 이 편지에 뭐라고 적혀 있는지도 모르는 눈치면서.

알았으면 저러진 못하겠지.

"뭐, 돈이나 보석은 됐어. 나도 먹고살 만큼은 있으니까."

"그러시면……."

"쓸데없는 흥정할 생각 말고 빨리 돌아갈 준비나 해. 투르, 내 침실에 있는 성물 가져다줘라."

"알겠습니다."

집사가 꾸벅 고개를 숙였다. 이윽고 성물을 건네받은 남자가 몇 번 허리를 굽혔다. 그리고 서둘러 저택을 떠났다.

그로부터 얼마 후였다. 배웅이라는 명목으로 남자를 따라갔던 레오의 부하 기사가 저택으로 돌아왔다. 레오는 지나가는 목소리로 물었다.

"대신전으로 간다더만. 어땠냐? 진짜 신성국으로 가는 로드 워프를 탔어?"

"예. 분명히 타는 것까지 보고 왔습니다."

"흠."

레오는 두 손을 머리 뒤로 깍지 끼고 등을 기댔다. 천장을 쳐다보는 붉은 눈동자가 시간이 지날수록 험악해졌다.

아, 진짜.

'더럽게 신경 쓰이네.'

레오는 다시 편지를 보았다. 연락은 고사하고, 평생 남남으로 살 줄 알았던 놈이 이딴 소리를 해 대니. 고민하던 레오는 결국 자리에서 일어났다.

걱정돼서 가는 건 절대 아니다. 그저 곧 죽을 것 같은 놈한테 한 번 안 가 보면 평생 꿈자리가 뒤숭숭할 것 같아서 가 보는 것뿐이다. 레오는 아무도 궁금해하지 않은 걸 속으로 합리화했다.

"어디 가십니까?"

"신성국에 좀 가 봐야겠어."

"신성국이요? 내일 근위대 정기 수련은 어쩌시고요?"

"내가 갑자기 많이 아프다고 해."

"또요?"

"예예, 또요."

레오는 부하 기사를 버려두고 쏜살같이 마구간을 향했다.

✦✦✦ ✦✦✦ ✦✦✦

슈덴이 안내된 곳은 대신전의 수많은 건물 중에서도 가장 중심에 위치한 곳이었다.

웅장하게 솟아오른 뾰족한 천장. 당대의 가장 뛰어난 예술가가 혼을 불태워 완성한 스테인드글라스며 신성한 대리석 제단. 금빛으로 빛나는 벽과 바닥.

없는 신앙심마저 자아내는 그 모든 것에 슈덴은 일말의 눈길조차 주지 않았다. 걸음걸이마다 기묘한 조급함이 묻어나 고위 신관도 덩달아 속도를 높였다.

벌써 네 번째 열리는 문. 안으로 들어가는 복도가 그렇게 길고 복잡했다. 슈덴의 인내심이 바닥나기 직전이었다. 고위 신관이 헉헉대며 마지막 문을 열어 주었다.

"공작 각하. 저희도 여기부터는 들어가지 못합니다. 쭉 걸어가시면 필레몬 대신관님을 만날 수 있으실 겁니다."

고위 신관도 들어가지 못하는 곳. 성기사들의 경비도 유독 삼엄했다. 보통 중요한 곳이 아니라는 건 쉽게 짐작할 수 있었다. 슈덴은 곧장 안으로 들어섰다.

신비로운 곳이었다.

어디서부터 피어오른 것인지, 시야를 가리는 안개가 조금씩 감돌고 있었다. 축축한 느낌은 없었다. 오히려 안개 속으로 발을 디디자

기분이 기묘하게 진정되었다.

　이상한 곳이라고. 슈덴은 그렇게 생각하면서도 계속 안쪽으로 걸음을 옮겼다. 어느 순간 안개가 홱 사라지는 지점이 있었다. 열 걸음도 떼지 않았는데 한순간에 다른 공간에 온 것 같았다. 붉은 눈동자에 거대한 나무가 들어왔다.

　범상치 않은 거목이었다. 뻗은 뿌리며 잎사귀가 풍성하고, 그 밑에서 필레몬이 혼자서 슈덴을 기다리고 있었다.

　"오랜만에 뵙는군요. 가르트 공작 각하."

　필레몬은 초췌한 얼굴이었다. 단시간에 많은 신성력을 쓴 그는 안색이 말이 아니었다. 1년은 충분히 쓸 신성력을 두 시간 만에 쥐어짜냈으니 쓰러지지 않는 게 용할 지경이었다.

　"이리로 오십시오. 바이나나 대신관은 성물을 찾느라 잠깐 자리를 비웠고……, 공작 부인은 안쪽에 계십니다."

　필레몬 대신관은 슈덴을 좀 더 안쪽으로 데리고 갔다. 거침없이 뻗은 굵은 나무뿌리 옆.

　그곳에 신성한 관 두 개가 놓여 있었다. 사람 키보다 큰 통나무를 속만 길쭉하게 파낸 것 같은. 그래서 관이라기보다는 소나 말들의 여물을 놓는 길고 커다란 구유처럼 보이는.

　슈덴의 시선이 그곳에 멎었다.

　발리아가, 그의 아내가 관 안에서 눈을 감고 있었다.

　귀 밑으로 찰랑이는 성수. 그 밑으로 가득 깔린 금빛 신성력 덩어리들. 다행스럽게도 발리아의 안색은 신성국으로 올 때보다 훨씬 나아 보였다.

　당장이라도 일어나 미소를 지을 것 같은데.

"필레몬 대신관."

왜 그녀는 눈을 뜨지 못하는지.

"이게 뭐기에 내 아내를 눕혔는지 물어봐도 되겠습니까."

"물론, 말씀드리겠습니다. 각하."

필레몬은 고단한 얼굴로도 침착하게 입을 열었다. 어차피 슈덴을 이쪽까지 데려오기로 결정한 이상 더 숨길 것도 없었다.

"이 성스러운 관은 수백 점의 성물 중에서도 가히 결정체라고 불리는 성물입니다. 저희에게는 더할 나위 없이 귀중한 성물이지요."

두 명의 메시아를 뜻하는 두 개의 관. 대신전에서도 극소수만 알고 있는 비밀.

"지금은 이렇게 공작 부인을 눕혀 놓았습니다만...... 원래는 성력이 다한 성물에 새로 신성력을 채워 넣을 때 사용하곤 합니다."

성력을 다해 효능을 상실하려는 성물을 이 관에 넣어 두고, 축성한 성수를 채워 두면 성물은 다시 처음처럼 되살아났다. 구명줄 잡는 심정으로 예리를 눕혀 본 이유가 원래의 이 용도 때문이었다.

그런 곳에 공작 부인까지 눕게 될 줄이야

"이걸 잘 보십시오, 각하."

필레몬은 발리아가 누워 있는 관 앞에서 허리를 조금 굽혔다. 그가 발리아의 팔을 조금 들어 올린 후, 손을 관 바닥에 대 보려고 했다.

타닥.

보호막처럼 일어난 황금빛 파장이 손바닥을 밀어냈다. 필레몬의 손은 말 그대로 튕겨 나갔다. 슈덴의 표정이 약간 변했다.

"방금 보셨듯이, 이 관은 저 같은 대신관의 접촉도 허락하지 않습니다. 일반 사람들은 말할 것도 없지요. 관에 눕는 것은 물론이고 바닥에 닿는 것조차 허락받지 못했습니다."

"그런 관에 내 아내가 어떻게."

어떻게 누워 있을 수 있는 거냐고. 필레몬은 슈덴이 묻고자 하는 것을 알아들었다. 필레몬은 쓰게 웃었다.

"저도 사실 잘 모르겠습니다. 공작 부인이 신탁으로 부름받은 공녀여서 그러신 것인지, 아니면······."

필레몬의 눈길이 옆쪽에 있는 관을 향했다.

"성녀님이 공작 부인만은 특별하게 생각하시는 건지······."

발리아가 누워 있는 관과 대칭을 이루고 있는 동일한 모양의 관. 붉은 눈동자가 그를 따라 움직였다. 슈덴은 그제야 그 관 안에 성녀도 있다는 걸 알았다. 성녀는 발리아와 똑같은 모습으로 잠들어 있었다.

그사이 필레몬은 아까 가져왔던 상자를 열었다. 작은 상자 안에는 마법 처리를 한 천에 꽁꽁 묶인 단검이 들어 있었다. 이카스가 발리아에게 휘둘렀던 성물이었다.

"아까 각하의 수석 보좌관이라던 젊은이가 준 서류를 살펴보았습니다. 이 단검도 함께 보았지요. 모양이 조금 변하긴 했지만 분명 대신전에 등록된 성물 중 하나입니다. 비록 음험한 독과 결합되어 통탄스럽게 변하기는 했습니다만······."

단순히 단검 끝에 독을 바른 게 아니었다. 아예 구조 자체를 변환시켜 놓았다. 메르실이 대체 어떻게 그런 연구를 했는지 짐작할 수도 없었다. 그런 발상을 했다는 것 자체가 끔찍하기만 했다.

슈덴은 신성국으로 오는 동안 이카스에 관한 것을 전부 들었다. 메르실에 관한 것도, 남김없이. 목덜미가 다 뜨거워지는 것 같은 살의는 뒤로 미루어 두고.

"필레몬 대신관."

슈덴은 먼저 물어야 하는 게 있었다.

"독을 정화하는 성물을 가져오면 해독을 할 수 있는 겁니까?"

동부 왕국 연합과의 전쟁 마지막 날, 슈덴이 레오에게 주었던 성물.

이카스가 일전에 가르트의 의뢰를 수행하던 독 연구가라는 보고에 그 성물부터 생각났다. 신성국으로 달려오는 도중 이미 율리안의 수하 한 명이 동부로 향했다. 슈덴은 레오가 조건으로 뭘 제시해도 원하는 대로 주라고만 했다.

그 성물을 가져올 수만 있다면.

그래서 발리아가 죽지 않을 수만 있다면.

"각하……."

실낱같은 희망도 잠시였다. 필레몬은 침통하게 말했다.

"각하께서 말씀하시는 그 성물은 육체를 파고든 독을 정화시킵니다. 하지만 공작 부인이 중독된 곳은 육체가 아니라 '영혼'입니다."

"……영혼?"

"그렇습니다. 본래 이 단검은 영혼과 공명하는 성문이지요. 그리고 신전에 기록된 수백 점의 성물 그 어떤 것에도……, 영혼을 정화하는 성물은 없습니다."

슈덴은 가라앉은 목소리로 물었다.

"그럼 내 아내에게 무슨 성물을 가져와야."

대체 어떻게 해야 당신이.

"뭘 가져와야 해독이 되는 겁니까."

"……각하."

슈덴을 불러 놓고, 필레몬은 바로 말을 잇지 못했다. 그 짧은 한

마디 간격이 슈덴의 숨통을 죄어 오는 것 같았다. 멍청하게도. 피를 뒤집어쓰는 게 일상이었던 자신이, 왜.

대체 왜.

왜 이렇게까지 불안해지는 건지.

필레몬의 침중한 목소리가 무겁게 내리꽂혔다.

"이걸 해독할 수 있는 성물은, 저희에게도 없습니다……."

고작 한 마디. 그 한 마디에 턱 하고 숨이 막혀 왔다. 산 채로 짓밟히는 것 같아 손끝마저 굳었다. 잠시간 서서 꿈을 꾸는 것처럼.

붉은 눈동자가 발리아를 향해 움직였다. 메마른 나뭇잎이 바닥을 향해 추락하듯. 어느새 슈덴의 걸음은 발리아를 향하고 있었다. 그는 성수에 잠겨 있던 그녀의 손을 천천히 잡았다. 그 젖은 손이 슈덴의 손에 나뭇가지처럼 얽혔다.

아직 따뜻했다. 발리아에게는 그렇게 희미한 온기가 남아 있었다.

이 손이 차갑게 식어도 제정신을 유지할 수 있을까.

아니, 내가 살 수나 있을까.

우습다. 질문 자체가 성립이 되지 않았다.

만약 발리아가 죽는다면, 그런다면……. 멀쩡히 숨을 쉬고 있을 스스로가 한심하고 역겨웠다. 제 손목을 산 채로 물어뜯어 버리고 싶었다. 이 관을 피로 채우고도 모자랄 것 같아서.

발리아.

차마 나오지 못한 이름이 입속에서 맴돌았다. 슈덴은 발리아의 손에 눈가를 묻었다. 보드라운 손등에 묻어 있는 물기가 누구의 것인지, 알 수가 없었다.

신성국의 대신전에는 총 열두 개의 성물 보관소가 있었다. 그중에서도 가장 깊숙한 쪽. 언제나 무덤처럼 고요한 그 보관소가 유독 바쁘게 굴러갔다.

"바이나나 대신관님! 찾은 것 같습니다!"

"찾았다고?"

성물함을 하나하나 열어 보고 있던 바이나나가 얼른 일어났다. 신성력을 들이부은 그녀 역시 안색이 말이 아니었다.

나이 지긋한 고위 신관이 후다닥 달려왔다. 주름진 손에는 손바닥만 한 성물함이 들려 있었다. 바이나나는 급하게 상자를 열어 보았다. 내용물을 확인한 그녀가 고개를 끄덕였다.

"제대로 찾았구나. 수고했다."

성물함을 품속에 갈무리한 바이나나가 서둘러 보관소를 빠져나왔다. 원하는 성물을 정확히 찾았음에도 바이나나의 표정은 전혀 밝지 않았다. 한시가 급하기도 했으며, 이 성물이 안전도를 쉬이 기능할 수도 없었다.

'신이시여. 제발, 제발 도와주십시오.'

바이나나는 빌고 또 빌었다.

필레몬 대신관이 착잡한 얼굴로 슈덴의 뒷모습을 바라보던 때였다. 발소리가 들리더니, 안개 너머로 익숙한 낯이 보였다.

"바이나나 대신관!"

필레몬이 서둘러 걸음을 옮겼다. 어지간히 급히 걸음을 옮겼는지, 비아나나 대신관은 다급하게 온 티가 역력했다.

필레몬은 숨 돌릴 틈도 주지 못하고 물었다.

"찾았습니까?"

"찾았습니다."

바이나나의 대답에 필레몬의 눈이 크게 뜨였다. 그뿐이었다. '찾았다'는 긍정의 말에도 필레몬은 쉬이 기뻐하는 낯을 그려 내지 못했다. 그의 표정은 아까의 바이나나처럼 그저 복잡하기만 했다.

바이나나는 필레몬의 마음을 십분 이해했다. 하지만 이것 외에는 도저히 방법이 없었다. 그야말로 최후의 수단이었다.

"가르트 공작 각하. 공작 부인의 독에 관해 드릴 말씀이 있습니다."

슈텐은 발리아의 손을 조심스럽게 내려놓았다. 찰박하는 소리와 함께 관 속의 성수가 찰랑였다. 슈텐은 굽히고 있던 몸을 일으켰다. 뒤를 돌아보는 눈빛이 평소와 얼마나 다른지. 저 공작이 저런 표정을 지을 수도 있구나 싶었다. 바이나나는 말로 표현할 수 없는 안쓰러움을 느꼈다.

'정말 이 방법을 써도 되는 걸까.'

소매 밑에 갈무리해 놓은 성물함의 존재감. 마지막의 마지막까지 고민됐다. 하지만 이 외에는 도무지 방법이 없었다.

영혼이 중독된 공작 부인을 살릴 수 있는 유일한 방법.

그러나 정작 슈텐의 목숨을 장담할 수 없는 방법이 이 작은 성물함 속에 들어 있었다.

"각하."

바이나나는 복잡한 표정으로 성물함을 열었다. 그 안에 들어 있는 것은 독특하게도 불꽃이었다.

엄지손가락 길이의, 제비꽃 같은 생생한 보랏빛을 띠는 작은 불꽃. 태울 수 있을 만한 것은 전혀 없는데도 홀로 꺼지지도 않고 불타오르고 있었다.

"이게 저희가 생각해 낼 수 있는, 공작 부인을 되살릴 수 있는 유일한 방법입니다."

〈다음 권에 계속〉

외전
가르트

이것은 슈덴 가르트가 후작이 되기 전의 이야기다.

겔의 황제에게는 대대로 물려 내려오는 비밀스러운 장소가 있다. 황후는 물론 황태자에게도 공개되지 않는 이곳에는, 역대 겔의 기밀들이 마법을 통해 고스란히 기록되어 있었다. 에드가 7세는 이곳을 '기억의 서재'라고 이름 붙였다. 그는 거대한 제국의 군주답지 않게 서정적인 감수성을 가지고 있었다.

오직 황제만이 출입 가능한 공간. 에드가 7세는 등극하자마자 이 서재의 존재 여부를 알게 됐다. 황자일 시절엔 상상도 못했던 묵직한 역사에 에드가 7세는 압도됐다. 겔 황실에 대한 것도 있었고, 귀족들에 대한 것도 있었다.

그중에서 에드가 7세가 특히 눈여겨본 것은 가르트에 관한 문건이다.

'……가르트는 정말 마족이라도 되는 것인가?'

제국에는 네 개의 후작 가문이 있다. 그중에서 황제가 가장 경계하는 것은 다름 아닌 가르트 후작가였다.

가르트는 원래 겔의 토착민이 아니었다. 어디선가 홀연히 흘러들어오더니, 언제부턴가 남부의 귀족으로 기록되어 있었다. 몇 백 년 전의 이야기다. 건국 초기라 불안정하다 보니 이 정도 공백은 다른 귀족 가문들에게서도 심심찮게 발견할 수 있었다.

그런데도 에드가 7세가 가르트에게 관심을 가지는 이유는, 그들의 과거 때문이었다. 가르트는 한때 남부에서 심하게 배척을 받았다고 전해진다.

그 이유는 더 가관이었다. 가르트 가문이 사술을 부리니 마족이 틀림없다는 소문이 남부 영지에 쫙 퍼졌다고 한다. 귀족에게 그런 소문이 붙는 것은 쉽지 않은 일인데도 불구하고.

'가르트의 뿌리를 찾기 어려우니 아무래도 소수 민족 출신이었던 모양이군.'

신성국이 없던 그 당시 대륙에는 여러 소수 민족이 있었다. 소수 민족들은 대개 배척받았고, 또 으레 안 좋은 소문들이 따라다녔다. 마족이라는 소문은 거기서 비롯된 게 틀림없었다. 이후에는 급속도로 안정되기도 했고.

'그래도 소문치고는 참 심하게 났어. 기록이 이렇게 구체적이면 실제로는 더 했을 텐데 말이지.'

악소문은 보통 첫 정착 때 붙는 게 일반적인데, 가르트는 중간에 붙었다. 이미 귀족이 된 후였다. 단순히 공포의 발현이라기에는 기록된 말들이 구체적이었다. 게다가 당시 같은 남부의 귀족이었던 로메인은 가르트를 꺼리고 두려워해 아예 자리를 옮겼다고까지 했다.

하지만 이것도 남부 지방에서의 이야기일 뿐.

당시 수도에서는 남부에 떠도는 괴팍한 소문에까지 신경 쓸 여력이 없었다. 끊임없이 침략하는 외적을 상대하기에도 바빴다. 로드 워프가 완성되기 전이라 지역과 지역 사이의 왕래가 자유롭지 않은 까닭도 한몫했다.

그동안 가르트는 착실히, 그러나 폭발적으로 성장했다. 몇몇 영지의 귀족들이 독립하겠다고 반역을 일으키다가 제압된 것과는 달랐다. 황실이 요구하는 세금도 꼬박꼬박 납부했다. 건국 초기라 여러모로 예산이 부족했던 수도에서는 어여삐 볼 수밖에 없었다. 설령 문제가 몇 가지 생기더라도 넘어가 주었을 게 틀림없었다.

다만 가르트의 급성장에 의문을 가진 사람은 있었다. 당시 황궁에서 근무하던 한 문관이었다. 그는 남부에 몰래 수하를 파견했다. 하지만 어찌 된 일일까. 파견된 자들은 남김없이 행방불명이 되었다. 가르트와는 전혀 연관이 없는 실종이었다. 충복을 몇 명이나 잃은 문관은 상심한 나머지 몇 년 후 세상을 떴다고 기록되어 있다.

후일 겔이 안정되고, 본격적으로 '제국'의 형태를 띠게 된 후에는 달라졌다. 가르트는 더 이상 배척받지 않았다. 마족이라는 둥의 소문도 완전히 묻혀 아는 사람이 없었다. 외려 어마어마한 부를 기반으로 하여 남부에서는 무시할 수 없는 입지를 다졌다.

가르트는 그때에도 품위도 체면도 없이 사업에만 몰두했지만, 결국 돈이 돈을 부르는 법. 수도로 온 뒤로도 마찬가지였다. 가르트가 동전은 있는데 기품은 없다며 무시하던 고아한 귀족들도 돈을 빌린 후에는 굽실댈 수밖에 없었다.

막대한 부를 기초 삼아 가르트는 작위도 한 단계씩 높여 갔다. 몇 대 전에는 고위 귀족으로 분류되는 '후작'으로 봉해지기까지 했다.

이제 가르트는 손쉽게 도려낼 수 있는 가문이 아니었다. 그들이 내는 세금은 제국의 1년 치 예산의 3할에 이르렀으며, 유력한 상단들의 실질적인 소유주이기도 했다. 드러난 것만 이 정도이니 숨겨진 건 대체 어느 정도일지 짐작도 가지 않았다.

에드가 7세는 가르트를 견제해야 할 필요성을 느꼈다. 과거와는 달랐다. 이제는 황금이 권력이 되는 시대였다. 한 귀족 가문이 지나치게 비대해지는 것은 황제의 입장에서 결코 달가운 일이 아니다. 장차 황실을 위협할 위험 분자가 될지도 모르는 일이기 때문이다.

하지만 아무 이유 없이 한 가문을 멸문시킬 수는 없는 노릇. 에드가 7세는 고민했다. 자신이 등극해 있는 동안은 힘을 빼 놓는 정도로 만족할까 싶었다. 몇 대를 이어 차근차근 정리하다 보면 가르트도 결국은 패가할 것이리라.

'슈덴 가르트라고 했지. 이름도 그렇고 얼굴도 아주 잘생겼군.'

에드가 7세가 슈덴을 보고 처음 한 생각이었다. 열다섯 살의 소후작. 슈덴은 오늘 조부인 가르트 후작을 따라 궁에 방문한 참이었다. 소후작의 인가를 정식으로 받기 위해서였다.

가르트 후작은 아들들이 죽고 난 후 손자를 후계자로 삼았다. 줄곧 영지에서 자라 에드가 7세도 얼굴 한 번 보지 못한 아이였다. 수도에 데려오지 않은 이유는 몸이 약해서라더니. 핑계였다는 걸 척 봐도 알 수 있었다. 키도 크고 건장했다.

어쩐지 흥미로웠다. 에드가 7세는 슈텐에게 독대를 권했다. 옆에서 가르트 후작이 궁중 예법에 서투르다며 극구 만류했지만 못 들은 척 넘겼다. 결국 시종장인 램튼을 제외한 모든 인물들이 알현실에서 나갔다.

"소후작. 이리 만난 것도 인연인데, 짐에게 할 말이 있으면 하게."

그때 뚝 떨어지는 한 마디.

"공을 쌓고 싶습니다."

"흠? 소후작은 겔의 고위 귀족이야. 대를 잘 잇기만 해도 이 나라에 공을 쌓는 것이지."

"그런 공을 말씀드리는 게 아닙니다. 저는……, 전장에 나가고 싶습니다."

에드가 7세는 회의적인 시선을 던졌다. 뜬금없는 말인 건 둘째 쳤다. 일단 소년이 어리기도 했거니와, 모든 직계가 죽고 하나 남은 소후작을 굳이 전쟁터에 내보낼 이유가 없었다.

무엇보다.

"소후작. 전장에서 공을 쌓는 건 좋아. 그러나 짐이 그대를 어떻게 믿지?"

당장 엊그제만 해도 가르트의 힘을 빼 놓을 생각을 했던 군주의 앞에서.

"가르트는 여러모로 특별한 가문이지. 귀 가문의 부유함은 이루 말할 수가 없어. 가히 한 왕국에 버금가는 수준이지. 그런데 무훈까지 쌓아 올리고 싶다니……. 남부의 가정교사들은 그대에게 이런 것을 가르쳐 주지 않았던가? 수하가 세력이 지나치게 강해지면 필히 화근이 된다고 말이야."

에드가 7세는 세상 물정 모르는 이 도련님이 웃겼다. 그리고 다시금 깨달았다. 가르트를 이대로 두는 것은 너무 위험하다.

"짐은 짐의 목에 줄을 맬 생각이 전혀 없어."

"저는."

아직 앳된 목소리에 감정이 지나치게 적었다.

"저는 폐하의 목줄을 틀어쥘 생각이 없습니다."

그리고 그만큼 어려서, 귀족들이 즐겨 사용하는 에두른 은유에 서툴렀다. 황제의 말을 그대로 따라 쓰는 노골적인 대답에 램튼은 불편한 표정을 지었다. 슈덴은 아랑곳하지 않고 제 할 말을 이었다.

"그러나 폐하께서 불안하시다면 맹세라도 하겠습니다."

"……맹세?"

"황실 성물 중에 그런 기능을 하는 게 있는 걸로 압니다."

에드가 7세가 느긋하게 기대고 있던 등을 들어 올렸다.

"소후작. 진심으로 하는 말인가?"

"진심이 아닌 말을 굳이 할 이유가 없습니다."

"쉽게 말할 일이 아니야."

"쉽게 말씀 드리는 게 아닙니다."

허어. 황제는 당황함을 감추고 표정을 가다듬었다. 그래. 그런 성물이 있기는 했다. '천자'는 단순한 명칭이 아니었다. 성물 중에는 오직 천자인 겔의 황제만이 쓸 수 있는 것들이 몇 가지 있었다. 그중 하나가 피로 묶는 계약이었다.

영원한 충성, 주종의 서약.

그러나 겔 제국의 어떤 황제도 공식적으로 이 성물을 쓴 적이 없었다. 비공식적으로도 마찬가지였다. 그도 그럴 것이 한 번 성물을 통해 맹세를 하면 가문 자체가 완전히 묶이기 때문이다. 에드가 7세는 당황할 수밖에 없었다. 영원토록 라겔뢰프와 가르트를 주종 관계로 묶어 버리겠다는 슈덴의 말이.

"가르트 후는 소후작의 이런 생각을 알고 있는가?"

"조부님은 모르셔도 상관없습니다. 폐하께 공을 갖다 바치는 건 제가 할 일이니까요."

"그대는 짐에게 뭘 바라기에 굳이 전장에 가고 싶다고 하는 것이지?"

"특별히 바라는 건 없습니다."

"소후작은 짐에게 그 말을 믿으라고 하는 것인가?"

"믿기 힘드신 걸 알지만 정말입니다."

아무것도 바라지 않는다. 그저 전쟁터로 보내만 달라. 말하는 목소리에는 높낮이가 없고, 얼굴 또한 무표정한데 눈동자는 기묘하게 절박했다. 약간의 침묵이 흘렀다. 이윽고 에드가 7세는 램튼을 시켜 성물을 가져오게끔 했다.

"짐은 그대가 성물로 계약을 맺었다는 걸 공표하지 않을 것이다. 누구에게도 말하지 않겠다고 약속하지. 이 서약을 알게 될 자는 대대로 황관을 쓸 후대의 황제들뿐이다. 그러니 소후작 그대 또한 언제나 비밀로 감추다가, 후일 가르트의 가주가 될 자식에게만 알려 주도록 하게."

"알겠습니다. 성은에 감사합니다."

에드가 7세의 피가 묻은 성물에 슈덴도 피를 묻혔다. 동전 모양의 성물에는 신비로운 힘이 있어서 그 즉시 빛을 뿜었다. 이 빛이 진정되고 나면 비로소 맹약이 완료되는 것이다.

에드가 7세는 조금 감상적인 기분이 되었다.

역대 겔의 어느 황제도 받지 못한 서약을 자신이 받고 있다. 그것도 열다섯 살짜리 소년에게서. 물론 그가 지고 있는 가문의 이름은 황제조차 위협할 수준이라지만, 아직은 어린 아이에게 엄청난 계약을 시킨 게 아닌가 싶어 에드가 7세의 양심이 조금 아프긴 했다.

그러나 이보다 더 효과적이고 평화로운 방법이 있냐고 묻는다면, 글쎄. 이 성물을 통해 에드가 7세는 가르트를 더 이상 경계하지 않아도 된다. 외려 천자가 믿을 수 있는 단 하나의 가문이 되는 것이었다. 골치가 아팠던 가르트의 어마어마한 재력도 이제는 더 벌어 오라고 지원해 줄 판이었다. 원래부터 세금 하나는 꼬박꼬박 내던 가르트다.

이윽고 성물의 빛이 가라앉았다. 에드가 7세는 성물을 들어 올렸다가 눈을 크게 떴다. 달빛 같던 맑은 은색 표면 위로 붉은 줄이 죽죽 엉망으로 그어져 있었다.

'……이게 웬 붉은 줄이지?'

심상치 않고 불길한 징조였다. 에드가 7세는 순간적으로 기억의 서재에서 읽었던 가르트가 마족이니 어쩌니 했던 소문을 떠올렸다. 그는 슈텐에게도 램튼에게도 보여 주지 않고 성물을 갈무리했다.

그날 밤, 에드가 7세는 심복을 시켜 은밀히 신성국으로 성물을 보냈다. 수취인은 대신관들 중에서도 가장 현덕하기로 이름 높은 바이나나 대신관. 그녀는 에드가 7세가 직접 쓴 편지와 성의 표시인 순금으로 만든 작은 사자 조각상을 받았다. 그리고 문제의 성물.

성물을 본 바이나나의 눈이 충격으로 부릅떠졌다.

"대신관님? 괜찮으신지요?"

"······그래. 잠시만. 혼자 가 볼 곳이 있어."

"아, 알겠습니다."

바이나나는 자세한 감정을 핑계 삼아 자리를 피했다. 그녀가 향한 곳은 대신전의 심장부. 그중에서도 오직 한 명만의 출입이 허락된 곳으로, 바로 신탁을 받는 장소였다.

이곳에는 수많은 계시록의 원본이 보관되어 있었다. 대부분은 세간에도 알려진 계시록이지만, 그렇지 않은 것이 한 권 있었다.

침묵의 기록서. 바이나나는 이 양피지 묶음에 적힌 내용을 토씨 하나 틀리지 않고 기억하고 있었다.

먼 옛날이었다. 인간은 불과 돌을 숭배했고 해와 달을 두려워했다. 짐승에게 잡아먹히는 것은 예삿일이었으며 수명도 짧았다.

우매한 군락. 신은 이들에게 깨달음을 주고자 두 명의 메시아를 내렸다. 하나는 신성력을 허락받아 신의 의지를 확인시켜 줄 제사장 메시아였으며, 다른 하나는 인간들을 모아 다스려 줄 제왕의 메시아였다.

두 메시아에게는 이름이 없었다. 신은 어떤 명칭으로도 자신을 부르지 않기를 원했다. 제사장은 신의 뜻에 복종하여, 포교 활동 중에도 스스로에게 이름을 붙이지 않았다. 이때의 율법이 이어져 현재의 신전에도 이름이 없다. 오직 '신'이라는 대명사만이 존재할 뿐이다.

그러나 제왕은 달랐다. 그는 다스릴 군중들에게 알려 줄 이름이 필요했다. 게트투르드. 그것이 제왕의 이름이었다.

처음에는 편의를 위해서 붙였던 이름이었을 뿐이다. 그러나 휘장은 때로 명예를 앞지르는 법. 제왕의 이름은 어느새 영광 그 자체가 되어 있었다. 제사장이 받는 존경은 신에게 온전히 흘러갔지만,

게트투르드는 아니었다.

공경과 숭상이 명명된 이름, '게트투르드'에 조금씩 고이기 시작했다.

명예, 권력, 숭배.

인간에게 달콤한 것은 메시아에게도 마찬가지였다. 인간들은 자신을 다스리는 강력한 군주에게 매료되었다. 게트투르드의 이름을 거듭 외치는 백성들의 목소리. 게트투르드는 그때의 희열을 잊지 못했다. 이 권력을 언제까지고 누리고 싶었다.

신이 게트투르드에게 허락해 준 것은 힘과 지혜였다. 게트투르드는 비열한 모사가 없어도 군림할 수가 있었다. 하지만 언제까지 이런 순조로운 흐름으로 흘러갈 것인가? 제왕의 권력을 탐낸 인간 중 몇은 술수를 쓰다가 붙잡혔다.

게트투르드는 인간을 다스리는 동시에 인간이 두려워졌다. 제왕은 변해 갔고 인간과 닮아 갔다. 인간이 숱하게 행하는 행동이 메시아에게는 죄악인 경우가 많았다. 죄는 차곡차곡 쌓여 갔고, 게트투르드는 마침내 돌이킬 수 없는 강마저 건너고 말았다.

사제 살인.

제사장이 날로 탐욕스러워지는 게트투르드에게 경고하기 위해 보낸 사제들이었다. 단죄가 두려웠던 게트투르드가 사제들을 죽여 버리고 만 것이다. 그중 한 명만이 간신히 살아남아 제사장에게 돌아갔다.

사제들은 제사장이 직접 기르고 가르친 제자들이었다. 그들의 피를 손에 묻힌 것은 씻을 수 없는 죄였다. 제사장은 금기를 어긴 제왕을 처단해야 했다.

메시아들에게는 서로를 단죄해야 할 의무가 있었기 때문이다. 신이 두 명의 메시아를 내려보낸 것에는 이런 의미도 있었다. 상대가 죄를 지었을 경우 직접 치죄하라는.

그러나 제사장은 망설였다. 그는 같은 의무를 지고 내려온 게트투르드를 동료로 여겼다. 쉽게 단죄할 수가 없었다.

제사장이 결단을 내리지 못하고 머뭇거리는 사이, 게트투르드는 왕국에서 도망쳤다. 그가 도망친 곳은 북쪽의 눈 쌓인 산이었다. 온통 얼음과 빙벽으로 견고한 이곳을 요새 삼아 게트투르드는 숨죽여 지냈다.

아주 긴 시간이었다.

게트투르드가 세운 왕국이 멸망하고, 대륙의 왕조가 몇 번이나 바뀔 정도로.

아득한 시일을 눈 쌓인 곳에서 지내다 보니 게트투르드의 외양도 조금씩 변했다. 햇볕을 받지 못한 머리 색은 점점 옅어져 금발이 되었고, 피부는 하얗게 변했으며 눈동자는 푸른빛을 띠었다. 제왕다웠던 호탕한 성격도 폐쇄된 겨울처럼 점차 차갑고 냉정해졌다.

게트투르드가 길 잃은 신관을 만나게 된 것은 순전히 우연이었다. 고행을 하다가 설산에서 길을 잃은 신관은 게트투르드를 알아보지 못했다. 아예 제왕 메시아에 대해서 알지를 못했다. 신관이 알고 있는 것은 제사장 메시아가 전부였다. 게트투르드는 그제야 자신의 존재가 비밀에 부쳐졌다는 것을 알았다.

그러나 신관의 신성력은 유효했다. 그 긴 시간 동안 신은 여전히 이 대륙에 힘을 쏟고 있었다. 뜻하는 바가 명확해 게트투르드는 두려웠다. 신은 자신을 잊지 않고 있었다. 여전히. 그렇게 많은 나날이 지났음에도.

언젠가 죽어 신의 앞에 서게 된다면? 지옥으로 떨어지는 것보다

더한 벌을 받지 않을까?

게트투르드는 결심했다. 영원토록 신의 품으로 돌아가지 않기로.

제사장과는 달리 게트투르드는 신성력을 허락받지는 못했다. 하지만 일반적인 인간을 압도하는 지혜와 수려한 외모, 그리고 강한 힘이 있었다. 또한 본질적으로 신이 내린 메시아였기에 몇 가지 기적을 행할 수 있었다.

게트투르드는 인간과 혼인해 아이를 낳았다. 작은 가문을 꾸리고 난 후에는 남쪽으로 향했다. 그는 북쪽 눈 쌓인 곳의 황량함을 좋아하지 않았다. 제왕의 메시아였기에 풍요롭고 찬란한 삶을 사랑했다.

남쪽. 햇볕이 따뜻하고 익은 곡식이 황금빛으로 물드는 곳. 게트투르드는 남부에 정착하며 이름도 바꿨다. 가르트. 게트투르드의 이름을 딴 이 이름은 곧 가문의 성이 되었다.

가르트는 특유의 지혜와 힘을 이용해 순조롭게 입지를 다졌다. 귀족 작위도 받았다. 당시 대륙은 전쟁으로 혼란스러웠던 탓에 가르트에게 주목하는 자도 적었다.

문제는 없었다. 이제 얼마 남지 않은 본인의 수명만이 신경 쓰일 뿐. 함께 강림했던 제사장은 몇 백 년도 전에 신의 품으로 돌아갔다.

오랜 시간 세웠던 계획을 실행할 때였다. 가르트는 후대의 생명에 제 영혼을 묶었다. 메시아의 기적이었으나, 신이 허락한 일이 아니었기에 여러 산 제물이 필요했다. 이 과정은 상당히 끔찍했으며 요란스러웠다. 최대한 몰래 행했음에도 가르트가 사술을 부린다고 소문이 퍼졌다.

가르트는 소문을 입에 올리는 자들을 몰래 죽였다. 신관들의 귀에 흘러 들어갈까 봐 두려웠던 것이다. 그러나 아무리 죽여 입막음해도 이미 퍼진 공포가 감쪽같이 증발하는 것은 아니었다. 가르트는 결국 정착한 귀족으로서는 이례적으로 배척받기 시작했다.

신의 메시아가 마족이라는 소리를 듣는 아이러니.

하지만 그런 건 아무래도 좋았다. 가르트는 후일을 걱정했다. 자신이 없어지고 난 후, 후대가 평안하게 살아남기 위해서는 적당한 힘이 필요했다. 그러나 지나치게 눈에 띄면 필히 제사장의 후예들에게 꼬리를 잡힐 터다.

이미 신성국의 기초가 쌓이고 있던 시절이었다. 힘. 그러나 눈에 띄지 않을 정도로.

가르트는 고민 끝에 황금을 선택했다.

당시 돈은 권력의 지표가 아니었다. 오히려 멀리하는 게 높은 자들의 덕목으로 여겨졌다. 가르트는 이 틈새를 파고들었다. 황금은 후대들의 안전을 보장해 줄 것이다.

모든 게 다 됐다. 가르트는 안심했다. 그는 마지막으로, 가문의 휘장에 황금으로 된 잔을 그려 넣었다.

남부의 특산품인 고급 와인? 그딴 걸 뜻하는 게 아니었다. 이 잔은 게트투르드의 손에 묻혔던 사제들의 붉은 피를 상징했다.

본인의 죄를 기록하는 마지막 증표였고 메시아로서 남았던 마지막 양심이었다.

그리고 아주 긴 시간이 지났다.

"……게트투르드의 영혼이 정말로 이 땅에 남아 있었구나."

메시아 제사장은 게트투르드의 존재를 모든 계시록에서 삭제했다. 단 하나, 침묵의 기록서에만 기록해 두었을 뿐이었다.

사라진 메시아. 제왕의 메시아.

이 존재를 아는 것은 신탁을 해석할 수 있는 단 한 명의 대신관뿐이었다.

바이나나는 붉은 줄이 엉망으로 그어진 성물을 제단 위에 올려놓았다. 일반적인 성물을 일반적인 용도로 사용했다면 이런 반응이 나타나지 않았을 것이다. 소후작이 영혼을 걸고 맹세를 했기 때문에, 그 안에 숨어 있던 게트투르드를 성물이 감지한 것이다.

"소후작의 나이가 열다섯 살이라고 하였지."

그 어린아이를 죽여 단죄하는 것이 정녕코 옳은 일일까. 지은 죄도 없는 아이를, 이단 심문관과 성기사의 손에 죽게 하는 게 맞는 걸까. 바이나나는 혼란스러운 마음으로 기도를 올렸다.

❊❊❊ ❊❊❊ ❊❊❊

가르트는 게트투르드의 습성을 물려받았다.

성정이 차갑고 치밀했으며, 황금을 긁어모으는 데 평생을 바쳤다. 범인을 압도하는 지혜가 얼마나 요긴했는지. 설산에서 변해 버린 외양도 대를 이었다. 게트투르드의 후손들은 금발을 지녔으며 피부는 하얗고 눈은 푸른색을 띠었다.

다만 시대의 흐름만은 게트투르드도 완벽하게 예지하지 못했다. 황금은 권력이 되었고 가르트는 지나치게 성장했다. 가문이 그렇게 커지지 않았더라면, 겔의 황제가 가르트를 경계하게 될 일은 없었을 것이다.

또한 처음으로 눈동자 색깔이 붉게 달라진 후손이 성물을 건 맹세를 하기를 원하지도 않았을 테지. 사제들을 죽이고 달아난 게트투르드의 영혼을 마침내 찾은 신은 말했다.

"네가 단죄하지 못한 게트투르드를 네 제자의 후손이 찾아냈다."

본래 게트투르드는 죽어야 한다. 죽어서 금기를 깬 벌을 받아야 했다. 그러나 게트투르드는 사특한 주술과 피를 사용해 영혼을 후대에게 묶어 버렸다. 단순히 실타래를 얽어 놓은 수준이 아니라, 아예 물과 물을 섞어 버린 정도였다.

게트투르드의 영혼만을 온전히 건져 내는 것은 이미 불가능하니 후손의 목숨도 함께 앗아 가야 했다.

"그러나 너는 그러지 않기를 바라고 있구나."

아껴 키운 제자들을 죽였는데도 제사장은 게트투르드를 증오하지 못했다.

배신을 당했음에도 왜 기어이 그를 단죄하지 못했는가.

"게트투르드의 후손이 주종의 맹세를 했다. 라게를뢰리프의 핏줄에게."

라게를뢰리프는 게트투르드가 제사장 메시아의 제자들을 죽일 때 홀로 살아남은 제자였다. 누구에게도 무릎 굽히지 않아야 할 제왕의 메시아가, 라게를뢰리프의 후손인 라겔뢰프에게 기사가 되겠다고 스스로 자처했다. 아이러니한 운명이었다.

메시아들이 풀지 못했던 매듭이 기어이 먼 후대에까지 내려왔다. 신이 정한 숙명을 거스른 것도 결국은 또 다른 숙명일 터.

"게트투르드의 후손에게 운명을 만날 수 있게끔 신탁을 내리겠다. 그 아이 덕분에 게트투르드를 찾았으니 그만한 보상은 해야겠지."

누구나 운명을 갖고 태어나지만, 그 운명을 만나는 것은 철저히 우연이었다. 같은 하늘 아래에 태어났어도 일평생 만나지 못한 채 죽을 수도 있다. 운명이란 그런 것이었다.

"또한 라겔뢰프에게는 신탁을 두른 대리자를 보내야겠구나."

대리자의 신성력은 가히 메시아에 버금갈 것이다. 그러나 인간의 육체는 한계가 있는 법이라, 힘을 온전히 발현하게끔 하려면 매개체가 필요했다. 신은 슈덴 가르트의 운명을 대리자의 매개체로 삼을 생각이었다.

대리자와 매개체는 신탁으로 묶여 서로를 위한 존재가 될 것이다.

서로가 서로를 위한 존재.

"대리자가 라겔뢰프와 영원을 맹세하면 그땐 가르트에 아이를 허락하마. 가르트의 아이가 먼저 빛을 보면 다시 그 아이의 운명을 대리자의 육체를 빌려 태어나게끔 하겠다."

이 모든 것은 게트투르드의 영혼만을 거둬 가기 위한 포석이었다. 신의 축복을 받은 대리자의 아이는 반드시 가르트의 아이를 사랑할 것이다.

그리고 그 아이들이 사랑하여 다시 아이를 낳으면, 그 아이의 목숨엔 더 이상 게트투르드의 영혼이 묶이지 못할 테지. 사술이 풀린 게트투르드의 영혼은 온전히 신의 품으로 돌아올 터였다.

묵묵히 듣고만 있던 메시아는 처음으로 입을 열었다.

"은혜에 감사드립니다."

누구의 목숨도 앗아가지 않기 위해 신은 온화하나 복잡한 방식을 선택했다. 그것이 인간에 대한 배려라는 것을 메시아는 알고 있었다.

내내 메시아를 등지고 있던 신이 몸을 돌렸다. 신은 메시아와 똑같은 얼굴을 하고 있었다. 그러나 메시아는 알고 있었다. 자신의 눈에만 똑같은 얼굴로 보이는 것임을.

신을 바라보는 자는 누구나 신에게서 자신의 모습을 보게 된다.

"하지만 게트투르드의 힘이 아직도 남아 있을 테니 쉽게 두 운명이 만나지는 못하겠구나."

신을 두려워해 도망친 게트투르드이니 제 후손에게 신탁이 올곧게 행해지는 것도 어떻게든 막으려고 할 것이다. 게트투르드의 힘은 신에게도 미지수였다. 절대적인 총량으로 따지면 비교도 할 수 없었지만, 게트투르드는 영혼이 그 땅에 직접 거하고 있었다. 어떤 변수가 일어날지는 신조차 알 수 없었다.

"어쩌면 몇 번의, 몇 개의 비극은 감수해야 할지도 모르겠지."

신이 머무는 곳과 인간이 머무는 곳은 까마득하게 멀었다. 신의 목소리는 몇 번이고 희석되어 불분명하고 추상적으로 나타나게 된다. 슈덴 가르트와 발리아 딘의 이름을 명확히 알려 보낸다 한들 대신관에게는 그저 희뿌옇게 보일 터다.

"그러나 결국은 순리대로 돌아갈 것이다."

온통 흰 곳이었다.

신에게 돌아오기 직전까지 게트투르드를 찾았고, 신의 품으로 돌아간 이후에도 안식에 들지 못했던 메시아는 그제야 평안히 눈을 감았다.

꽃꽃꽃   꽃꽃꽃   꽃꽃꽃

비록 허락된 양이 다르기는 하나, 신관이라면 누구나 기본적으로 신성력을 쓸 수 있었다.

물론 그중 최고봉은 대신관이었다. 어마어마한 신성력을 보유한 대신관들에게는 여러 가지 청탁이 들어오기 마련이다. 예컨대 축복을 내려 달라든가, 혹은 성물을 감정해 달라거나.

대신관에게 의뢰를 하기 위해서는 최소한 왕족의 신분 정도는 갖춰야 했다. 그들은 체면이 있었기에 요구받은 기부금 외에도 귀한 보물을 함께 보내곤 했다. 이런 건 처분하기가 애매했던지라 바이나나도 그냥 보관하고 있었다.

웬만해서는 건드리지 않는 이 보물들을 내보낼 때가 있었다. 준 사람이 죽었을 경우였다. 바이나나는 애도의 의미로 받았던 선물을 되돌려 보내곤 했다. 이때 십중팔구 보물은 죽은 이의 무덤에 함께 묻혔다.

이번에도 같은 경우였다. 신앙심이 유독 깊어 바이나나도 인상적으로 기억하고 있던 북부의 공주였다. 공주는 순금으로 조각한 하프 미니어처를 바이나나에게 선물했다. 이 공주가 말에서 떨어져 급사했다는 소식을 들은 바이나나는 개인 보관실로 향했다. 선물받았던 순금 하프 미니어처를 북부로 되돌려 보내기 위해서였다.

"이건 뭐지?"

순금으로 만든 사자 조각상이 있었다. 바이나나를 따라 들어왔던 신관이 금세 알아보고 말했다.

"이건 저번에 겔의 황제 폐하가 보내 주신 겁니다. 성물을 감정해 달라고 하셨지요."

"내가 성물을 감정했다고?"

"예. 기억 안 나십니까?"

"아아, 그래. 기억이 나는군. 아무 문제없다고 돌려주었지."

그런데 왜 내용이 기억이 안 나지? 바이나나는 고개를 갸웃하며 돌아갔다. 그리고 곧 이 일에 대해서 잊었다.

신이 기억을 지워 버렸음을, 바이나나는 전혀 알지 못했다.

그리 하여 이 세상에는 오직 신과 메시아만 아는 비밀이 생겼다.